KNAUR

Im Knaur Verlag sind bereits folgende Romane der Autorin erschienen:

Die Wanderhure
Die Kastellanin
Das Vermächtnis der Wanderhure
Die List der Wanderhure
Die Wanderhure und die Nonne
Die Wanderhure und der orientalische Arzt
Die Tochter der Wanderhure
Töchter der Sünde

Die Kastratin
Die Goldhändlerin
Die Tatarin
Die Löwin
Die Pilgerin
Die Feuerbraut
Die Rose von Asturien
Die Ketzerbraut
Feuertochter
Die Flammen des Himmels
Die steinerne Schlange
Die Rebellinnen
Die Fürstin
Das Mädchen aus Apulien
Die Widerspenstige

Der Fluch der Rose
Die Saga von Vinland
Die Rache der Wanderhure

Dezembersturm
Aprilgewitter
Juliregen

Das goldene Ufer
Der weiße Stern
Das wilde Land
Der rote Himmel

Die Wanderapothekerin
Die Liebe der Wanderapothekerin
Die Entführung der Wanderapothekerin
Die Tochter der Wanderapothekerin

Tage des Sturms
Licht in den Wolken
Glanz der Ferne

Die Perlenprinzessin – Rivalen
Die Perlenprinzessin – Kannibalen

Über die Autorin:

Iny Lorentz ist das Pseudonym des Autorenpaars Iny Klocke und Elmar Wohlrath. Ihr größter Erfolg „Die Wanderhure" erreichte ein Millionenpublikum und wurde ebenso wie fünf weitere ihrer Romane verfilmt. Außerdem wurde dieser Roman für das Theater adaptiert. Seit der „Wanderhure" folgt Bestseller auf Bestseller. Viele ihrer Romane wurden zudem ins Ausland verkauft. Neben anderen Preisen wurde das Autorenpaar mit dem „Wandernden Heilkräuterpreis" der Stadt Königsee ausgezeichnet und in die „Signs of Fame" des multikulturellen und völkerverbindenden Friedensprojekts »Fernweh-Park« aufgenommen.
Besuchen Sie auch die Homepage der Autoren und ihren Facebook-Auftritt:
www.inys-und-elmars-romane.de
https://www.facebook.com/Inys.und.Elmars.Romane

Iny Lorentz

DIE LIST DER WANDERHURE

Roman

KNAUR

Besuchen Sie uns im Internet:
www.knaur.de

MIX
Papier | Fördert gute Waldnutzung
FSC® C014496

Vollständige Taschenbuchausgabe Dezember 2015
Knaur Taschenbuch

Ein Imprint der Verlagsgruppe
Droemer Knaur GmbH & Co. KG
Maria-Luiko-Straße 54, 80636 München

Redaktion: Regine Weisbrod
Covergestaltung: ZERO Werbeagentur, München
Coverabbildung: © Sandra Cunningham/Trevillion Images;
akg-images; FinePic®, München
Satz: Adobe InDesign im Verlag
Druck und Bindung: GGP Media GmbH, Pößneck
ISBN 978-3-426-50410-9

Kontaktadresse nach EU-Produktsicherheitsverordnung:
produktsicherheit@droemer-knaur.de

6 8 9 7 5

Erster Teil

Der Überfall

1.

Mit einem Gefühl der Bitterkeit las Isabelle de Melancourt den Brief noch einmal durch, den ein Kurier ihr zwei Tage zuvor gebracht hatte. Bislang hatte sie gezögert, Schwester Justina von seinem Inhalt zu unterrichten. Nun blieb ihr nicht mehr viel Zeit, die junge Nonne über die große Änderung zu informieren, die deren Leben in wenigen Tagen nehmen würde.

»Es ist besser, wenn ich es hinter mich bringe«, dachte sie, stand auf und ging zur Tür. Als sie die Hand auf die Klinke legte, vernahm sie auf dem Flur ein Geräusch. Rasch öffnete sie und sah im Schein einer blakenden Fackel den Mönch, der am Nachmittag um Unterkunft für die Nacht gebeten hatte.

»Suchst du etwas?«, fragte sie streng.

Der Mann fuhr herum. »Habt Ihr mich jetzt erschreckt!«, sagte er. »Ich bin auf der Suche nach dem Abtritt, ehrwürdige Mutter. Dabei muss ich mich verlaufen haben.«

»Allerdings! Hier geht es zur Eingangspforte des Klosters. Der Abtritt ist auf der anderen Seite. Du musst den ersten Quergang links nehmen. Verfehlen kannst du ihn nicht, denn es gibt dort nur die eine Tür.«

»Danke, ehrwürdige Mutter!«

Der Mönch, von dem die Äbtissin nur wusste, dass er Landolfus hieß und im Auftrag des Passauer Fürstbischofs reiste, eilte in die gewiesene Richtung und verschwand im Quergang. Der Abtritt wurde ebenfalls von einer Fackel erleuchtet, und so konnte er ihn nicht verfehlen. Zwar trat er ein, benutzte ihn aber nicht, sondern wartete angespannt. Als er wieder auf den Flur trat, beobachtete er, wie Isabelle

de Melancourt mit einer Nonne ihre Räume betrat. Es gefiel ihm gar nicht, dass die beiden Frauen zu dieser Stunde noch wach waren, doch das durfte ihn nicht aufhalten.
Wenig später hatte er den Flur so leise wie eine Maus passiert und stieg über die Treppe hinab. Unten angekommen, sah er die Tür vor sich, die in die Pfortenkammer führte. Dort saß die Nonne, die in dieser Nacht Wache halten musste. Durch diesen Raum gelangte man dicht beim äußeren Tor in den ummauerten Hof des Klosters.
Landolfus' rechte Hand wanderte durch einen Schlitz in seiner Kutte zu dem dort versteckten Dolch und schloss sich um den Griff. Nach wenigen Schritten erreichte er die Tür der Kammer, legte die freie Hand auf die Klinke und drückte sie langsam nach unten.
Mit einem leichten Knarzen schwang die Tür auf. Die Nonne, die ein wenig eingenickt war, schreckte hoch. Sie schien erleichtert, statt einer ihrer Mitschwestern den Mönch eintreten zu sehen.
»Ich muss etwas zu innig gebetet haben«, sagte sie mit einem scheuen Lächeln. Dann musterte sie Landolfus erstaunt. »Ihr seid so spät noch auf?«
»Ich war zu unruhig, um schlafen zu können«, antwortete der Mönch. »Da ich niemanden wecken wollte, dachte ich, ich komme zu dir, und wir können ein wenig miteinander plaudern.«
»Gerne!«
In dem Augenblick zog Landolfus seinen Dolch und stach zu. Die Nonne riss noch den Mund auf, aber statt eines Schreis kam nur noch ein Röcheln über ihre Lippen.
Landolfus drehte den Dolch in der Wunde um, um sicher zu sein, dass sein Opfer starb, und sah zu, wie die Frau zusammensackte und vom Stuhl sank. Im Schein der Fackel, die in einer Halterung an der Wand steckte, breitete sich eine rote Lache auf dem Boden aus.

»Leichtgläubiges Ding!«, spottete der Mönch, während er die Tür öffnete, die von der Kammer zum Haupttor führte. Bevor er hinaustrat, lauschte er angespannt. Es waren jedoch nur die Geräusche des Waldes zu vernehmen, der das Kloster umgab. In den Gebäuden blieb alles still. Allerdings drang immer noch der Schein von Kerzen aus einem Zimmer der Äbtissin, und er hoffte, dass es dieser nicht einfiel, nach ihrer Nachtwächterin zu schauen.

2.

Nachdenklich musterte Isabelle die junge Nonne. Mit den großen, blauen Augen wirkte Schwester Justinas Gesicht noch kindhaft, aber ihre Figur nahm bereits weibliche Formen an, die auch die schlichte Kutte nicht zu verbergen vermochte. Die blonden Augenbrauen, die den ängstlichen Gesichtsausdruck noch unterstrichen, ließen die sonnenhellen Haare erahnen, die sich unter der Haube verbargen.

»Was wünscht Ihr von mir, ehrwürdige Mutter?«, flüsterte Schwester Justina zittrig, als befürchte sie, einen Fehler begangen zu haben.

Lächelnd wies Isabelle de Melancourt auf den zweiten Stuhl. »Setz dich!«

Erleichtert gehorchte die Nonne, denn aus dieser Aufforderung schloss sie, dass sie keinen Tadel zu erwarten hatte. Dennoch nahm sie nur auf der Kante des Stuhles Platz, der im Gegensatz zu dem mit Schnitzereien verzierten Lehnstuhl der Äbtissin völlig schmucklos war.

»Ich habe dich geholt, um …«, setzte Isabelle de Melancourt an und brach dann ab, weil sie immer noch nicht so recht wusste, wie sie dem jungen Mädchen erklären sollte, dass sein Schicksal eine unerwartete und wohl eher unangenehme Wendung nehmen würde. Daher griff sie nach dem Brief und sah Schwester Justina über dessen Rand hinweg an.

»Dein Vater hat geschrieben«, sagte sie mit ehrlichem Bedauern, »und teilt dir mit, dass dir Änderungen bevorstehen.«

Bei dem Wort »Vater« zuckte Schwester Justina zusammen. Sie kannte diesen nur als barschen alten Mann, der sie nach dem Tod der Mutter vor vierzehn Jahren, als sie selbst erst drei Jahre alt gewesen war, ins Kloster gegeben hatte. Danach war er noch zweimal erschienen und hatte sie gemustert wie eine Stute von minderem Wert.
Einen Brief von ihm fasste sie daher als schlechtes Zeichen auf.
»Welche Änderungen?«, fragte sie so leise, dass die Äbtissin sie kaum verstand.
»Deine beiden Brüder sind während eines Kriegszugs ums Leben gekommen. Da keiner von ihnen einen Erben in die Welt gesetzt hat, hat dein Vater König Sigismund um das Privileg gebeten, dich zur Erbin seines Titels und seines Besitzes einsetzen zu können.« Das ist erst die Hälfte, dachte Isabelle mitleidig. Das Schlimmste kam nämlich noch.
Schwester Justina sah so aus, als hätte der Blitz neben ihr eingeschlagen. »Meine Brüder sind tot? Aber …«
»Wie sie starben, kann ich dir nicht sagen, denn das hat dein Vater nicht erwähnt. Wie er schreibt, will er nicht, dass sein Besitz als Mitgift an unser Kloster geht. Alles soll einmal seinen Nachkommen zugutekommen.«
An Schwester Justinas Gesicht war abzulesen, dass sie den Sinn dieser Worte nicht begriff. Daher musste die Äbtissin deutlicher werden. »Dein Vater hat beim Papst in Rom einen Dispens für dich erwirkt, so dass du den Schleier ablegen und eine Ehe eingehen kannst.«
»Ich soll heiraten?«, rief die junge Nonne abwehrend und zeigte zum ersten Mal ein wenig Temperament.
»So ist es«, erklärte Isabelle. »Nach dem Willen deines Vaters bist du von heute an nicht mehr Schwester Justina, sondern wieder die Freiin Donata von Frommberg. Es wurde auch ein Ehemann für dich bestimmt, und zwar Hartwin von Frommberg, der jüngere Bruder deines Vaters.«

Jetzt war es ausgesprochen. Isabelle tat das junge Mädchen leid, das zum Spielball väterlicher Interessen geworden war. Doch der Brief des alten Freiherrn ließ ihr keine Möglichkeit, zu Justinas – oder, besser gesagt, zu Donatas Gunsten einzugreifen.

»Hartwin ist ein Bastard – auch wenn mein Großvater ihn als Sohn anerkannt hat. Weshalb soll ich ihn heiraten?«, stieß Donata hervor.

»Weil dein Vater will, dass der Name der Sippe erhalten bleibt und weitere Generationen der Frommbergs auf seinem Besitz leben. Er befürchtet wohl auch, dass Hartwin versuchen könnte, sein Testament anzufechten, um alleiniger Erbe zu werden.«

Es gab nach Isabelles Meinung etliche Gründe für diese Heirat, doch keiner davon versprach einem siebzehnjährigen Mädchen eine Ehe, in der gegenseitige Zuneigung keimen konnte.

»Ich würde dir gerne helfen, aber mir sind die Hände gebunden«, fuhr sie fort. »Dein Vater hat alles durchdacht und sich die richtigen Unterstützer gesucht. Versuchte ich, dich vor dem Schicksal, an einen Bastard deiner Familie verheiratet zu werden, zu schützen, müsste ich mich gegen den Papst und den König stellen. Das aber kann ich nicht. Dein Vater wird in den nächsten Tagen jemanden schicken, der dich nach Hause bringt. Nun geh zu Bett und überschlafe die Neuigkeiten. Morgen im Licht der Sonne sieht alles anders aus.«

Es klang ein wenig Verzweiflung mit, denn Isabelle fühlte sich von dieser Entwicklung ebenso überfahren wie ihr Schützling.

»Ja, ehrwürdige Mutter!«, antwortete Donata, die so wirkte, als würde sie gleich in Tränen ausbrechen.

Für einige Augenblicke überlegte Isabelle, ob sie das junge Mädchen in ihrer Kammer behalten und trösten sollte. Doch

welchen Trost konnte sie ihr spenden? Donatas Vater hatte bestimmt, was zu geschehen hatte, und würde sich durch nichts und niemanden davon abhalten lassen.
Mit einem bitteren Gefühl sah sie zu, wie Donata mit hängenden Schultern die Kammer verließ. »Schlaf gut, mein Kind«, rief sie ihr nach und ahnte doch, dass das Mädchen diese Nacht wohl keinen Schlaf finden würde.
Donata drehte sich noch einmal um und knickste. »Auch ich wünsche Euch eine gute Nacht, ehrwürdige Mutter.«
Dann verließ sie das Zimmer. Nach einem kurzen Zögern folgte ihr Isabelle, begleitete sie bis zu ihrer Zelle und wartete, bis das Mädchen den Riegel innen vorgelegt hatte. Normalerweise verschloss keine der Schwestern ihre Zelle, doch in dieser Nacht hielt Bruder Landolfus sich im Klostergebäude auf, und Isabelle wollte vermeiden, dass er eine ihrer Nonnen bedrängte. Es ärgerte sie, dass sie dem Mönch Gastfreundschaft erweisen musste, denn ihr kleines Kloster verfügte nicht über einen Gästetrakt. Landolfus hatte jedoch ein Empfehlungsschreiben des Passauer Fürstbischofs Leonhard von Laiming vorgewiesen, und diesen Herrn durfte sie nicht vor den Kopf stoßen.
Die Äbtissin ahnte, dass auch sie nicht so rasch würde einschlafen können. Daher setzte sie sich wieder an den Tisch und las den Brief des Freiherrn von Frommberg noch einmal. Der Tonfall entbehrte jeglicher Herzlichkeit, aber noch mehr störte es Isabelle, dass er keine Trauer um seine Söhne erkennen ließ. Scheinbar hatte Donatas Vater ihr Ableben einfach so hingenommen und sofort einen Plan geschmiedet, wie er das Erbe an andere Nachkommen seines Namens weitergeben konnte. Seine Tochter und damit auch sie als deren Äbtissin hatte er erst in Kenntnis gesetzt, als alles zu seiner Zufriedenheit geregelt worden war. Nun blieb Donata nichts anderes übrig, als einen Bastardonkel zu heiraten, denn ihr Vater hatte bestimmt, dass nur einer ihrer Söhne

mit Hartwin dessen Nachfolger auf Frommberg werden dürfe.

»Hätte ich doch Zeit genug, an Sigismund zu schreiben«, sagte Isabelle zu sich selbst. Einst war sie Sigismunds Geliebte gewesen, und sie vermutete, immer noch einen gewissen Einfluss auf ihn zu haben. Doch bis ihr Bote den König fand, der sich häufig auf Kriegszügen im Ungarland befand oder in ferneren Teilen des Reiches Hof hielt, würde Donata längst verheiratet sein.

Sie bedauerte es, dass sie dem Mädchen nicht helfen konnte, und grübelte immer noch, als sie sich zur Nacht zurechtmachte und ins Bett legte.

3.

Als das Licht im Zimmer der Äbtissin endlich erlosch, atmete Bruder Landolfus auf. Dennoch lauschte er noch eine Weile, ob wirklich alles ruhig blieb. Dann erst verließ er die Pförtnerkammer und trat zum Tor des Klosters. In der Nacht waren die schweren Balken vorgelegt worden, die er allein nicht hochstemmen konnte. Daher öffnete er die kleine Pforte im rechten Torflügel, steckte den Kopf hinaus und ahmte den Ruf einer Eule nach.
Im nächsten Augenblick erscholl ein ähnlicher Ruf, doch die Eule, die da antwortete, hörte sich sehr menschlich an. Kurz darauf rannten dunkle Gestalten auf das Kloster zu. Sie trugen Kapuzenumhänge, die ihr Äußeres verhüllten, und hielten Schwerter in den Händen. Ihr Anführer, ein großer, schlanker Mann mit einem Gesicht, das im Mondschein totenbleich erschien, blieb vor dem Mönch stehen.
»Ist es gelungen, Bruder Landolfus?«, fragte er angespannt.
Der Mönch nickte. »Jawohl, Euer Exzellenz. Der angeblich vom Passauer Bischof stammende Schrieb hat mir alle Türen geöffnet. Doch kommt jetzt! Die Äbtissin ist erst vor kurzem zu Bett gegangen. Wenn sie etwas bemerkt, könnte sie den Zugang zur Pfortenkammer versperren. Bis wir diese Tür oder einen der beiden anderen Zugänge aufgebrochen hätten, bliebe ihr genug Zeit, sich uns zu entziehen.«
»Die Melancourt darf uns auf keinen Fall entkommen!«, erklärte sein Anführer grimmig. »Das gilt auch für ihre Nonnen. Treibt die Weiber zusammen!«
Das Letzte galt seinen Männern, die in den Hof strömten

und das dunkle Hauptgebäude des Klosters anstarrten, als könnten ihre Blicke ihnen den Haupteingang öffnen.
»Gibt es noch weitere Zugänge von außen in diese alte Burg?«, fragte der Anführer.
»Ein zweites Tor führt dort hinten bei dem Turm hinaus in den Wald.« Der Mönch wies auf einen Rundturm, der das Klostergebäude um mehrere Klafter überragte.
»Drei Männer gehen wieder nach draußen und bewachen den Eingang beim Turm!«, befahl der Anführer und wandte sich erneut Landolfus zu. »Führe uns hinein!«
Mit einer knappen Geste wies der Mönch auf die Pfortenkammer und trat ein. Leopold von Gordean folgte ihm, blickte kurz auf die tote Nonne herab und strich mit einer zärtlichen Geste über seinen Schwertgriff.
»Das war gute Arbeit, Landolfus! Die hat nicht mehr schreien können.«
»Sonst würde es hier von Nonnen nur so wimmeln! So aber schlafen die Weiber süß und selig«, spöttelte der Mönch nicht ohne Stolz.
»Für viele von ihnen wird es kein Erwachen mehr geben!« Der Hochmeister trat beiseite und ließ seine Krieger ein. Die Kammer war zu klein für so viele Männer, und so schlichen die ersten bereits durch den Gang, der in den Klostertrakt hineinführte, während von draußen immer noch Leute hereinkamen.
»Wie viele Nonnen gibt es hier, und wo schlafen sie?«, fragte der Hochmeister.
»Ich habe beim Abendessen vierundzwanzig gezählt«, berichtete Landolfus. »Zwar ist mir in einer anderen Kammer aufgetischt worden, doch konnte ich die Frauen heimlich beobachten. Die meisten schlafen im ersten Stock des linken Flügels. Hier in diesem Flügel gibt es eine Kapelle, und darüber befinden sich die Zimmer der Äbtissin. Zwischen den Flügeln liegen die Eingangshalle mit dem Haupttor und das

Refektorium. Wenn wir dort eindringen, müssen wir sehr leise sein, sonst hören uns die Melancourt oder eines ihrer Weiber.«

Der Hochmeister nickte und wies die an ihm vorbeidrängenden Männer zum wiederholten Mal an, achtzugeben. »Was auch geschieht, die Äbtissin muss lebend in unsere Hände fallen! Sie allein kennt das Geheimnis, das wir ergründen wollen. Ihr erkennt sie an ihrem roten Haar. Nehmt also den Nonnen die Hauben ab, bevor ihr sie tötet!«

»Sollen wir die anderen wirklich umbringen?«, fragte einer seiner Gefolgsleute, der sich Eusebius nannte, erschrocken.

»Nicht alle! Lasst ein paar am Leben, damit wir sie vor Isabelle de Melancourts Augen foltern können. Wenn sie sieht, wie ihre Weiber leiden, wird es ihre Zunge lösen. Und nun macht rasch!«

Nach seinen Männern verließ auch Leopold von Gordean die Kammer, durchschritt den Flur und trat in die Eingangshalle des Klosters. Von dort aus beobachtete er zufrieden lächelnd, wie seine Männer leise die Treppe zu den Schlafräumen emporstiegen. Es hatte lange gedauert, bis er die richtige Spur gefunden hatte, aber hier würde er eines der größten Geheimnisse dieser Welt enträtseln können und damit mehr Macht erringen als je ein Mensch vor ihm.

4.

Isabelle de Melancourt lag noch wach und dachte über Schwester Justina nach, die nun wieder Donata von Frommberg hieß, und ärgerte sich über deren Vater. Das Lebensglück seiner Tochter war dem Mann anscheinend gleichgültig, Hauptsache, sie brachte in ihrer Ehe Söhne zur Welt, welche den Namen Frommberg weitertragen würden. Es ist zum Verzweifeln, dachte sie. Wir Frauen sind der Willkür der Männer ausgeliefert und immer wieder deren Opfer. Ihr selbst hatte der dunkle Schatten, der über einem ihrer Ahnen lag, es versagt, ein anderes Leben zu führen als das einer Nonne. In diesem Kloster hatte sie endlich Frieden gefunden vor den üblen Nachreden über das schlechte Blut, das angeblich in ihren Adern floss und das jede eheliche Verbindung mit einem gleichrangigen Mann verhinderte. Als Geliebte jedoch wäre sie vielen dieser Männer hochwillkommen gewesen. Diesen Weg beschritten etliche Frauen, die in ähnlicher Situation waren wie sie, und sie war ihm ebenfalls eine Weile gefolgt, bis ihr Stolz sich dagegen aufgebäumt hatte, die willige Dienerin hoher Herren zu sein.

Sie seufzte, weil ihre Gedanken sich in eine Vergangenheit verirrten, die sie vergessen wollte, stand auf und entzündete die Kerze ihrer Laterne. Das schwache Licht würde ihr den Weg in die Klosterapotheke weisen, um dort jenes Mittel zu holen, das ihr schon öfter dabei geholfen hatte, ein wenig Ruhe zu finden.

Als sie auf den Flur hinaustrat, stutzte sie. Hatte da nicht eine Stufe geknarzt? Isabelle drehte sich um, blickte die Treppe hinab und sah flackerndes Licht und schwankende

Schatten an der Wand auftauchen. Fremde waren in ihr Kloster eingedrungen! Um diese Zeit waren das mit Sicherheit keine Freunde.
»Wie konnte das geschehen?«, flüsterte sie und wich von der Treppe zurück. Erneut vernahm sie das Knarzen der Stufe und sah im nächsten Moment einen Kopf über den Stufen erscheinen, der auf breiten Schultern zu sitzen schien. Das Licht der Fackel spiegelte sich auf dem blank polierten Stahl einer Schwertklinge.
Isabelle schüttelte ihre Erstarrung ab und rannte auf den Gebäudetrakt zu, in dem ihre Nonnen schliefen.
»Da ist eine!«, rief der Mann, der als Erster die Treppe heraufgekommen war.
»Das muss die Äbtissin sein! Sie darf nicht entkommen!«
Als Isabelle Landolfus' Stimme erkannte, zischte sie eine Verwünschung. Schnell bog sie in den Flur ein und schlug die Tür, die diesen gegen den Rest des Klosters abschloss, so heftig hinter sich zu, dass es laut hallte. Noch während sie den Riegel vorschob, streckte eine der Nonnen den Kopf aus ihrer Zelle.
»Was ist geschehen, ehrwürdige Mutter?«
»Ein Überfall! Rasch, weck die anderen! Nehmt die Waffen zur Hand! Landolfus muss Schwester Agneta überwältigt und Feinde eingelassen haben.«
Mittlerweile waren alle Nonnen erwacht. Die meisten kamen mit nicht mehr als ihren Hemden bekleidet aus ihren Zellen. Ein paar streiften noch rasch ihre Kutten über, während die Eindringlinge schon draußen an der Tür rüttelten. Mit bleichen Gesichtern eilten die Schwestern in die Kammer, in der sie ihre Waffen aufbewahrten.
Da die Klostergemeinschaft Männer nicht einmal als Knechte bei sich dulden durfte, mussten Isabelle und ihre Nonnen ihr Kloster selbst verteidigen und hatten sich auch auf einen solchen Fall vorbereitet.

»Macht auf! Wenn ihr euch ergebt, geschieht euch nichts«, rief jemand von draußen herein.
»Er lügt!«, flüsterte Isabelle den anderen Frauen zu. Zu ihrem Ärger aber las sie in einigen Gesichtern die Bereitschaft, auf das Angebot einzugehen. Daher scheuchte sie diese Nonnen nach hinten und rief ihre engsten Vertrauten zu sich.
»Nehmt die Bogen zur Hand und stellt euch zu dritt nebeneinander auf«, befahl sie.
Ihre Stellvertreterin sah sie fragend an. »Wie viele Feinde mögen es sein?«
»Ich konnte sie nicht zählen, aber es sind viele«, antwortete Isabelle.
»Sollten wir nicht besser fliehen? Die Treppe am anderen Ende des Flurs führt direkt zum Seiteneingang«, schlug Schwester Eulalia vor.
Sofort wichen einige Nonnen bis zu der Treppe zurück.
Isabelle schüttelte den Kopf. »Landolfus hat gestern überall herumgeschnüffelt und ganz bestimmt den Seiteneingang entdeckt. Also werden die Kerle ihn bewachen.«
»Das wissen wir erst, wenn wir nachgesehen haben!« Bevor Isabelle Schwester Eulalia zurückhalten konnte, eilte diese die Treppe hinab.
»Komm zurück!«, rief Isabelle ihr nach. Doch da schlugen die Eindringlinge mit einem schweren Gegenstand gegen die Flurtür, und sie sah mit Schrecken, dass das Holz splitterte. Schnell wich sie hinter die Bogenschützinnen zurück und befahl ihnen, auf die Eindringlinge zu schießen.
Die Frauen waren ihre besten Kämpferinnen und liebten es, sich beim Schießen auf Zielscheiben zu messen. Auch konnte in dieser Enge kein Pfeil fehlgehen. Einige der in den Flur quellenden Krieger stürzten schreiend zu Boden, doch zu mehr als zwei Schüssen kamen die Frauen nicht, dann waren die Angreifer über ihnen.

Isabelles Stellvertreterin hieb dem Ersten den nutzlos gewordenen Bogen ins Gesicht und zog ihr Kurzschwert. Hier im Flur war diese Waffe besser geeignet als die langen Schlachtschwerter der Feinde. Doch die Männer waren im Kampf geübt. Zwei Angreifer konnten die Bogenschützinnen noch abwehren, dann wurden sie niedergemacht.
Andere Nonnen verteidigten sich noch mit ihren Kurzschwertern, wurden aber immer weiter nach hinten auf die Treppe zugedrängt. Die ersten stiegen schon nach unten, weil ihnen der Seiteneingang Rettung zu versprechen schien. Da der Kampf gegen die erfahrenen Krieger sinnlos wurde, befahl Isabelle allen, nach unten zu flüchten, und schloss sich ihnen als Letzte an. Zu ihrer Überraschung folgten ihnen die Feinde nicht sofort. Dafür aber hörte sie, wie oben einer befahl, dass zehn Männer nach draußen eilen und die Flucht der Nonnen verhindern sollten. Fast gleichzeitig erklang der Schmerzensschrei der Nonne, die als Erste zum Seiteneingang geeilt war und diesen geöffnet hatte.
Als Isabelle das Erdgeschoss erreichte, sah sie, wie die Feinde nun auch durch diesen Eingang ins Kloster eindrangen. Ihre wie Schafe zusammengedrängten Nonnen vermochten keinen Widerstand mehr zu leisten. Einige wurden von den mordgierigen Kerlen niedergemacht, der Rest warf sich zu Boden und flehte um Gnade.
»Gebt acht, dass ihr mir nicht die Melancourt umbringt!«, erklang erneut jene schneidende Stimme, die Isabelle bereits vernommen hatte. Das musste der Anführer sein. Sie versuchte, sich zu erinnern, ob sie den Mann kannte, entschied dann aber rasch, dass sie derzeit andere Sorgen hatte.
Isabelle versteckte sich hinter der Treppe, stieß gegen jemanden und konnte im letzten Augenblick einen Aufschrei zurückhalten. Die andere Person blieb ebenfalls stumm. Als Isabelle nach ihr tastete, fühlte sie den festen Stoff einer Kutte in ihrer Hand. Es war also eine ihrer Nonnen.

»Sei ganz ruhig«, wisperte sie ihr zu. »Sobald wir können, schleichen wir uns in den Keller.«
»Aber dort sitzen wir wie eine Maus in der Falle«, kam es kaum hörbar zurück.
Schwester Justina!, fuhr es Isabelle durch den Kopf.
Sie spürte die Angst, die das Mädchen in den Klauen hielt, aber auch die tausend ungestellten Fragen, die sie beide bewegten. Wer waren die Angreifer und was wollten sie hier? Schlichte Räuber konnten es nicht sein. Die besaßen nur selten Ritterschwerter und liefen auch nicht mit Umhängen herum, die an einen Ritterorden erinnerten.
Bei dem Gedanken überlief es Isabelle heiß und kalt. Diesen Männern ging es nicht darum zu plündern, denn dafür war ihr Kloster zu arm. Zudem lag es versteckt in einem Winkel des Waldgebirges, und die nächste Straße, die diese Bezeichnung verdiente, führte in knapp drei Meilen Entfernung daran vorbei. Wer hierherkam, hatte konkrete Absichten. Sollte etwa ihr Geheimnis verraten worden sein?, fragte sich Isabelle. Oder folgten die Eindringlinge nur einem Gerücht?
Auf jeden Fall war wieder unschuldiges Blut geflossen, wie schon einmal zu jener Zeit, in der ihr Vorfahr versucht hatte, das Geheimnis zu schützen. Ich hätte mich niemals darauf einlassen dürfen, es zu bewahren, fuhr es Isabelle durch den Kopf. Doch nach dem Tod ihrer Tante war sie die letzte Nachfahrin des Ritters Raoul de Melancourt und an dessen Vermächtnis gebunden.
Während diese Gedanken wie Blitze durch ihren Kopf zuckten, beobachtete Isabelle, dass die Angreifer ihre überlebenden Nonnen wieder nach oben scheuchten, wo sie von den anderen Kriegern in Empfang genommen wurden.
»Habt ihr die Melancourt?«, erklang die schneidende Stimme des Anführers erneut auf.
»Eines der Weiber wird sie wohl sein«, rief ein Krieger von der Treppe aus zurück.

»Sechs von euch bleiben unten und bewachen den Seiteneingang. Ich will nicht, dass uns das Weib entkommt.«
»Jetzt müssen wir in den Keller«, flüsterte Isabelle Donata zu und schob diese zurück, um die Falltür heben zu können. Sie musste vorsichtig sein, damit die Wachen beim Eingang kein Geräusch vernahmen. Zu ihrem Glück achteten die Männer dort mehr auf das, was sich oberhalb der Treppe ereignete.
Einer der Wächter stieß einen seiner Kumpane in die Seite. »Was meinst du? Wird der Hochmeister uns die Nonnen überlassen? Mir wär schon danach, wieder einmal ein Stück warmes Weiberfleisch unter mir zu spüren.«
»Kämpfe gegen die Versuchung an, Bruder, denn sie bedroht dein Seelenheil!«, gab der andere tadelnd zurück.
Inzwischen hatte Isabelle ihre Ruhe zurückgewonnen. Sie schob Donata zur Kellertreppe und flüsterte ihr ins Ohr, sich nach unten zu tasten. Sie fragte sich, in welchem Alptraum sie gefangen war. Hochmeister war der Titel des Oberhaupts des Deutschen Ritterordens, aber dieser Mann würde wohl kaum wie ein Dieb des Nachts in ihr kleines Waldkloster eindringen. Auch sahen die Umhänge der Angreifer anders aus als die der Deutschritter. Sie waren dunkel, ob schwarz oder braun, vermochte Isabelle in dem flackernden Schein der Fackeln nicht zu sagen. Sie hatte auch nicht bemerkt, ob Kreuze darauf genäht waren. Dabei wäre es für sie wichtig, mehr über ihre Feinde zu erfahren.
»Ich bin unten!«, meldete sich Donata fast zu laut aus dem Keller.
Isabelle warf einen letzten Blick auf die Männer, die wie Statuen vor der Pforte standen, dann folgte sie dem Mädchen in die Dunkelheit.

5.

Landolfus musterte die gefangenen Nonnen, die wie verschreckte Hühner vor ihm standen, und suchte nach deren Oberin. Auf seine Anweisung hin zogen einige Krieger den Frauen, die eine Kutte trugen, die Hauben ab, doch keine war Isabelle de Melancourt.

»Was ist? Hast du sie?«, fragte sein Anführer scharf.

»Sie ist nicht bei den gefangenen Weibern! Hoffentlich wurde sie nicht an der Seitenpforte erschlagen«, antwortete Landolfus besorgt.

»Das wäre verheerend! Die Melancourt ist der Schlüssel zu dem, was wir suchen. Die anderen Weiber wissen bestimmt nicht darüber Bescheid.« Der Hochmeister wandte sich mehreren seiner Gefolgsleute zu. »Bringt die toten Nonnen herauf und untersucht sie. Wehe, die Äbtissin ist unter ihnen.«

Die meisten seiner Krieger schienen unter dieser Drohung zu schrumpfen. Aber einer schüttelte den Kopf. »Die haben wir mit Gewissheit nicht erschlagen! Ich habe das Weib vor ein paar Jahren in Nürnberg gesehen und es vorhin wiedererkannt. Sie ist als Letzte nach unten gegangen.«

»Dann müsste sie unter den Gefangenen sein«, herrschte der Hochmeister ihn an. »Wahrscheinlich hat sie sich irgendwo versteckt. Durchsucht das Kloster! Findet die Melancourt!«

Seine Männer gehorchten so schnell, als wäre der Teufel hinter ihnen her.

Gordeanus stieß eine der toten Bogenschützinnen mit der Fußspitze an. »Diese Weiber haben vier unserer Mitbrüder getötet und zwei weitere verletzt. Dafür werden sie bezahlen! Bringt alle bis auf sechs um!«

Bevor seine Untergebenen den Befehl befolgen konnten, mischte sich Landolfus ein. »Das würde ich nicht tun, Euer Exzellenz. Wenn Isabelle de Melancourt uns entkommen sein sollte, brauchen wir die Weiber als Speck für die Falle, in der sie sich fangen soll. Hinaus kann sie nicht, denn wir bewachen beide Zugänge zum Kloster. Also muss sie sich irgendwo versteckt halten. Ein paar unserer Männer sollen in jedem Stockwerk, in jedem Trakt dieses Gebäudes und in allen Nebengebäuden verkünden, dass Ihr jede Stunde eine Nonne hinrichten lasst, wenn die Äbtissin sich nicht ergibt. Dann muss sie es mit ihrem Gewissen ausmachen, ob sie deren Tod in Kauf nimmt oder sich stellt.«

»Der Vorschlag ist gut! Trotzdem werde ich dich nicht loben. Es ist nämlich deine Schuld, dass die Äbtissin sich verbergen konnte.«

Der Hochmeister kehrte Landolfus den Rücken und befahl einem seiner Männer, mehr Fackeln zu entzünden. »Hier ist es ja so düster wie in einer Neumondnacht«, setzte er hinzu. Er stellte sich vor den gefangenen Nonnen in Positur. »Ihr habt gehört, was Bruder Landolfus eben gesagt hat. Es ist auch in eurem Interesse, dass die Äbtissin sich uns ergibt, denn ihr wollt gewiss nicht sterben. Also nennt uns die Orte, an denen sie sich versteckt haben kann.«

Eine der Nonnen, eine groß gewachsene, hübsche Frau mit bernsteinfarbenen Flechten, spie ihn an. »Das ist alles, was Ihr von uns bekommt!«, rief sie voller Hass. »Ihr seid ein Räuber, ein Mörder und ein Schurke, der der ewigen Verdammnis nicht mehr entkommen kann. Ihr …«

Zu mehr kam sie nicht, denn der Hochmeister packte sie am Kiefer und erstickte die weiteren Worte. Er zog die Nonne so nahe an sich heran, dass sich ihre Stirnen fast berührten. »Nicht mir ist die Hölle bestimmt, sondern deiner Herrin, enthält sie der Kirche doch die heiligste Reliquie der Christenheit vor! Deren Kraft allein würde ausreichen, die heidnischen Osmanen aus Ungarn und aus ganz Europa zu vertreiben. Mit ihr könnte eine neue, Christus geweihte Zeitepoche beginnen, an deren Ende die Vernichtung aller Heiden und das ewige Reich Gottes stünde.«

Nach dem letzten Wort versetzte er der Nonne einen Stoß, der sie zu Boden stürzen ließ, und wechselte einen kurzen Blick mit Landolfus. »Wenn Isabelle de Melancourt sich nicht ergibt, wird dieses Weib als Erste sterben.«

Landolfus nickte und fragte die Nonne streng nach ihrem Namen. Ängstlich wie ein Vögelchen blickte sie zu ihm auf.

»Schwester Hilaria.«

»Brav«, lobte Landolfus sie und rief dann, so laut er konnte, dass Schwester Hilaria in einer Stunde sterben werde, sollte Isabelle de Melancourt sich nicht stellen.

6.

Isabelle und Donata waren ungesehen in den Keller gestiegen und befanden sich nun in geradezu ägyptischer Finsternis. Während Donata aus Angst, gegen irgendeinen abgestellten Gegenstand zu stoßen, stehen blieb, tastete Isabelle sich zu einem kleinen Wandschrank vor, öffnete diesen und holte Stahl, Feuerstein und eine Zunderbüchse heraus. Es war mühsam, in der Dunkelheit Funken zu schlagen. Doch nach mehreren Versuchen gelang es ihr, und sie blies die kleine Flamme in der Büchse vorsichtig an. Deren Licht erhellte kaum ihr Gesicht, dennoch konnte Isabelle eine der Kerzen, die ebenfalls in dem Wandschrank lagen, an ihr anzünden.

Nun war es hell genug, ihre Umgebung erkennen zu können. Donata kam auf Isabelle zu und klammerte sich an sie.

»Die Schurken werden den Zugang zu diesem Keller bald gefunden haben. Dann sind auch wir verloren.«

»Komm mit!«, gab Isabelle zur Antwort und schritt mit der Kerze in der Hand voraus.

Zitternd folgte Donata ihr. »Was waren das für böse Menschen, die uns mitten in der Nacht überfallen haben?«

Isabelle schnaubte wütend, ohne den Schritt zu verlangsamen. »Das wüsste ich auch gerne. Doch jetzt müssen wir zusehen, dass wir von hier verschwinden.«

»Aber die Fremden haben Wachen an beiden Eingängen aufgestellt!«

»Ich sagte nicht, dass wir einen davon benützen würden.« Isabelle wandte sich dem Gewölbe zu, in dem die Vorräte des Klosters aufbewahrt wurden. Von der Decke hingen Schinken und Würste. Zwischen ihnen war ein langes Brett angebracht, auf dem Brot so in Körben aufbewahrt wurde, dass es nicht von Mäusen oder Ratten erreicht werden konnte. Im Halbdunkel kaum erkennbar war ein Weinfass aufgebockt, und in der hintersten Ecke befand sich ein weiteres, sehr großes Fass, das man auf keinem Karren transportieren konnte und das Donatas Wissen zufolge noch nie mit Wein gefüllt worden war. Genau auf dieses ging Isabelle zu.

»Halte mir das Licht!« Sie drückte der Jüngeren die Kerze in die Hand und zerrte am Spundhahn. Noch während Donata sich fragte, was das sollte, hielt Isabelle diesen in einer Hand und griff mit der anderen durch das entstandene Loch. Ein Klacken ertönte, dann schwang die Vorderseite des Fasses auf wie eine Tür.

Isabelle wies mit einer einladenden Geste auf die dunkle Öffnung. »Das ist ein Geheimgang, durch den wir das Kloster ungesehen verlassen können. Sind wir erst einmal draußen, werden wir Hilfe holen und unsere Mitschwestern retten.«

Sie wollte eben in das Fass steigen, als von oben Landolfus' Stimme ertönte. »Isabelle de Melancourt! Wir wissen, dass du dich hier irgendwo versteckt hast. Wenn du dich nicht ergibst, werden wir jede Stunde eine deiner Nonnen töten. Hast du gehört? Wir töten jede Stunde eine deiner Frauen, solltest du dich weiter vor uns verborgen halten!«

»Das sind keine Menschen, sondern Teufel!«, flüsterte Donata mit bebenden Lippen.

Unwillkürlich nickte Isabelle und fragte sich, was sie tun sollte. Sie traute es diesen Schurken zu, auch die restlichen ihr anvertrauten Nonnen umzubringen. Der Gedanke, dass in der nächsten Nacht um die Zeit alle tot sein würden, entsetzte sie. Allerdings ahnte sie, dass die Schurken da oben sie auch weiterhin mit ihren Mitschwestern erpressen würden, um an ihr Ziel zu gelangen. Sie hatte geschworen, das Geheimnis ihres Ahnherrn niemals preiszugeben, was auch immer geschah. Es überlief sie heiß und kalt, und der Wunsch, das eigene Leben auf Kosten der anderen zu retten, wurde schier übermächtig. Dann aber schüttelte sie den Kopf. Wenn sie ihre Mitschwestern im Stich ließ, würde sie nie mehr in einen Spiegel sehen können, ohne darin neben ihrem eigenen die totenbleichen, anklagenden Gesichter ihrer Nonnen zu sehen.

Sie zog Donata zu sich und sah sie mahnend an. »Höre mir gut zu, mein Kind! Du fliehst durch den Geheimgang und holst Hilfe. Ich stelle mich den Feinden, um unsere Mitschwestern zu retten.«

Donata blickte sie entsetzt an. »Aber wie soll ich Hilfe holen? Hier lebt doch weit und breit niemand!«

»Vielleicht solltest du zu …«, begann Isabelle, brach dann aber ab, denn im weiten Umkreis gab es tatsächlich keinen Menschen, der ihr und den anderen Nonnen helfen konnte. Sie überlegte, Donata zu König Sigismund zu schicken, der ihr einst seine Gunst geschenkt hatte, dachte dann aber daran, dass dieser überall im Reich, ja sogar im fernen Ungarn weilen konnte, und entschied sich anders.

»Hier hast du Geld! Kauf dir unterwegs ein Pferd, reite nach Würzburg und verlange, vor den Fürstbischof Johann von Brunn geführt zu werden. Reiche ihm diesen Ring und fordere ihn auf, den Schwur, den er mir einst geleistet hat, zu erfüllen.«

Hastig steckte Isabelle dem Mädchen ihre Geldkatze mit den Goldmünzen zu, die sie aus alter Tradition stets bei sich trug, zog sich einen der beiden Ringe vom Finger und drückte ihn Donata in die Hand. Dann schob sie das Mädchen ins Fass.

»Pass auf, dass dir die Kerze nicht ausgeht, denn der Weg hinaus ist beschwerlich. Viel Glück, mein Kind! Wenn du auf der Flucht Zeit findest, bete für uns! Ich fürchte, es wird nötig sein.«

»Vielleicht solltet Ihr doch mitkommen«, flüsterte das Mädchen.
Isabelle schüttelte den Kopf. »Es ist mein Schicksal, zu bleiben und mein Kreuz auf mich zu nehmen, so wie es unser Herr Jesus Christus auf Golgatha getan hat.«
Nach diesen Worten schloss sie den Zugang zum Geheimgang, drehte den falschen Zapfhahn wieder fest in das Spundloch und kehrte in den vorderen Teil des Kellers zurück. Ein wenig wunderte es sie, dass die Eindringlinge die Falltür noch nicht entdeckt hatten. Allerdings war diese im Dunkel der Nacht unter der Treppe kaum zu erkennen. Sobald das Licht des Tagesgestirns die Schatten der Nacht vertrieben hatte, würde es anders sein. Doch so lange konnte sie nicht warten. Dennoch würde sie einen Großteil der Stunde, die als Ultimatum genannt worden war, verstreichen lassen, damit Donata einen kleinen Vorsprung erhielt.

7.

Donata hastete durch den Geheimgang, immer in der Sorge, der Luftzug könnte ihre Kerze löschen, so dass sie für immer in diesem feuchten, modrig riechenden Stollen eingeschlossen sein würde. Der Gang war teilweise in den Fels gehauen worden, andere Stellen bestanden aus unregelmäßig behauenen Steinen, und an einigen dieser Stellen wuchs Wurzelwerk von oben hinein. Einmal musste Donata sich sogar zwischen zwei besonders dicken Wurzeln hindurchzwängen. Daraus schloss sie, dass der Geheimgang lange nicht mehr benutzt worden war.

Eine Bewegung weiter vorne entlockte ihr einen Schreckensruf. Nach zwei vorsichtigen Schritten atmete sie erleichtert auf, denn es war nur eine Eidechse gewesen. Dennoch bewegte sie sich, als ginge sie auf rohen Eiern. Sie wollte die Tiere der Tiefe nicht berühren, galten sie doch als Diener des Satans, die dieser aussandte, um in der Welt der Menschen für ihn zu spionieren.

Donata befürchtete schon, der Gang würde nie ein Ende finden, da stand sie auf einmal vor einem verrosteten Gitter. Sie zerrte daran, doch es gab nicht nach.

»Herr im Himmel! Lieber, gütiger Christus, hilf mir!«, flehte sie und zog mit aller Kraft. Ebenso gut hätte sie versuchen können, einen Felsen zu verrücken. Verzweifelt hielt sie inne und betrachtete das Gitter.

»Die ehrwürdige Mutter hätte mir sagen müssen, wie ich es öffnen kann«, rief sie und spürte, wie ihr die Tränen kamen. Dann aber straffte sie die Schultern. Gewiss gab es eine Möglichkeit, hier herauszukommen. Sie musste sie nur finden. Als sie das gesamte Gitter mit der Kerze ableuchtete, entdeckte sie ganz links oben und weit rechts unten je einen Riegel. Diese waren verrostet, doch nachdem sie den Rost mit dem Silberring an der Geldkatze ein wenig abgekratzt hatte, ließen sie sich zurückziehen.

Erleichtert öffnete Donata das Gitter und schlüpfte hinaus. Sie drehte sich noch einmal um, zog das Gitter wieder zu, griff hindurch und schob die beiden Riegel in ihre Krampen. Dabei stellte sie fest, dass diese so angebracht waren, dass sie jemand von außen nur durch gründliches Tasten im Dunkeln entdecken konnte. Sie prägte sich die beiden Stellen ein, denn sie würde die Retter – falls sie welche fand – wahrscheinlich auf diesem Weg ins Kloster führen müssen. Männer, die drohten, eine ihrer Mitschwestern nach der anderen abzuschlachten, wenn die Äbtissin sich nicht in ihre Hände begab, würden auch mögliche Belagerer mit ihnen erpressen.

Als Donata weiterging, fiel ihr ein, dass sie keine Nonne mehr war, denn ihr Vater hatte sie in den Laienstand zurückversetzen lassen. Sollten seine Boten sie nicht in ein paar Tagen abholen? Nun überlegte sie, auf diese Leute zu warten und sie zu bitten, Isabelle de Melancourt und den anderen Nonnen beizustehen.

Dann aber schüttelte sie den Kopf. Was war, wenn die Männer sich weigerten und sie zu ihrem Vater brachten, ohne auch nur einen Finger für die gefangenen Nonnen im Kloster zu rühren? Die Äbtissin hatte ihr aufgetragen, zum Würzburger Fürstbischof Johann von Brunn zu gehen, damit dieser ihnen beistand. Dieser Bitte würde sie Folge leisten, und wenn sie den gesamten Weg zu Fuß zurücklegen musste.

Mit diesen Überlegungen erreichte Donata das Ende des Geheimgangs, der nach dem Gitter eine scharfe Biegung gemacht hatte und sich noch ein paar Schritte dahinzog. Büsche und dicke Baumwurzeln hatten den Ausgang überwuchert, und sie musste sich durch rauhes Gehölz zwängen. Als sie endlich draußen stand, ragten um sie herum die Baumriesen des uralten Waldgebirges auf und bildeten mit ihren Kronen ein schier endloses Dach, unter dem es so dunkel war, dass sie kaum die Hand vor Augen sehen konnte. Die Kerze war ihr keine Hilfe mehr, denn der erste Windstoß im Freien hatte sie trotz ihrer schützenden Finger ausgeblasen.

Am liebsten hätte Donata sich auf den Boden geworfen und ihren Tränen freien Lauf gelassen. Die Angst vor möglichen Verfolgern und vor den wilden Tieren des Waldes trieb sie jedoch weiter. In der Wildnis um das Kloster herum gab es Bären und Wölfe, aber auch Auerochsen, die nicht weniger gefährlich waren.

Ihr wurde klar, dass sie ganz auf die Hilfe des Himmels angewiesen war, wenn sie ihr Ziel erreichen wollte. Außer dem Geld der Äbtissin und dem Ring, den sie dem Fürstbischof übergeben sollte, besaß sie nur ihre Kutte, ein einfaches Hemd auf der Haut, Sandalen mit dünnen Sohlen und ein kleines hölzernes Kreuz an einer Kette aus Holzperlen. Für eine Reise nach Würzburg, für die selbst ein Reiter etliche Tage benötigte, war sie erbärmlich schlecht ausgerüstet.

Zwischen tiefster Verzweiflung und dem Willen schwankend, alles zu tun, um ihre ehemaligen Mitschwestern zu retten, tastete sie sich zwischen den Bäumen dahin und betete leise den Rosenkranz, um ihre Angst zu bezwingen.

8.

Isabelle de Melancourt! Was ist nun? Wenn du nicht sofort hier erscheinst, wird die erste deiner Nonnen sterben!«
Landolfus' Worte fuhren wie eine Raspel über Isabelles Nerven. Jetzt gilt es, dachte sie. Entweder ergab sie sich, oder sie würde sich für immer der Feigheit bezichtigen müssen und wohl auch den Todesschrei ihrer Mitschwester niemals vergessen können.

»Nun, hörst du nicht? Gleich ist es so weit!«, brüllte Bruder Landolfus, so laut er konnte. Er hatte es kaum gesagt, da hallte der Entsetzensschrei einer Frau durch den Raum.

»Nein, nicht, Gnade!«

Nun hielt es Isabelle nicht mehr im Keller. Mit einer resignierenden Geste öffnete sie die Falltür und stieg nach oben. Die Wachen, die bislang nur den Seiteneingang des Klosters im Auge behalten hatten, fuhren herum und glotzten sie im flackernden Licht einer Fackel verdattert an.

»Ich glaube, da ist sie!«, quetschte einer von ihnen heraus. Ein anderer stürmte die Treppe hinauf. »Wir haben die Äbtissin!«

»Na also! Sagte ich es doch«, rief Bruder Landolfus mit einem boshaften Lachen und blickte den Hochmeister triumphierend an.

Dieser kaute angespannt auf seinen Lippen herum und trat dann ein paar Schritte vor, um nach unten zu sehen. Als er der Äbtissin ansichtig wurde, die mit müden Schritten die Treppe hinaufstieg, nickte er zufrieden.

»Sei mir willkommen, Isabelle de Melancourt!«

Die Äbtissin erwiderte seinen Blick mit zornerfüllter

Miene. »Da dies hier mein Kloster ist, wäre es an mir, Gäste willkommen zu heißen. Ihr gehört jedoch nicht hierher.«

»Du bist immer noch so stolz und schön wie damals, als du mit Sigismund das Bett geteilt hast. Aber dein Stolz kann dir nicht mehr helfen. Der König wird es übrigens auch nicht, denn der hat genug mit Hussiten und Türken zu tun.« Gordeanus lachte höhnisch auf und deutete dann auf die anderen Nonnen. »Sperrt die Weiber ein und räumt die Toten weg. Sie sollen sie morgen begraben.«

Einer seiner Männer nickte und packte eine der Toten, doch Landolfus gebot ihm Einhalt. »Noch nicht! Bringt alle hierher. Und ihr Weibsleute haltet still, damit ich euch zählen kann.«

Das Letzte galt den gefangenen Frauen, die sich in ihrer Angst eng aneinanderdrängten.

»Was hast du im Sinn?«, fragte der Hochmeister verwirrt.

»Als ich am Nachmittag ins Kloster kam, habe ich vierundzwanzig Nonnen gezählt. Doch eben bin ich nur auf dreiundzwanzig gekommen. Eine fehlt! Habt ihr die Nonne aus der Pförtnerstube auch heraufgebracht?«, fragte Landolfus. Als die Männer nickten, zählte er die Gefangenen noch einmal laut durch und sah sich dann mit verkniffener Miene zu seinem Anführer um. »Auch jetzt komme ich nur auf dreiundzwanzig Weiber!«

»Vielleicht hast du dich gestern verzählt«, sagte Isabelle, um ihn zu verunsichern.

Der Mann achtete nicht auf sie, sondern winkte zwei seiner Kumpane zu sich. »Los, steigt in den Keller und durchsucht ihn. Wahrscheinlich hält die letzte Klosterfrau sich dort verborgen.«

Die beiden Männer gehorchten, kehrten aber bald wieder zurück. »Dort unten gibt es nichts anderes als die Vorräte für die Klosterküche.«

»Habt ihr in jeden Winkel und hinter jeden Kasten geschaut?«, fragte Landolfus scharf.
»Natürlich«, antwortete der Mann. »Im Keller ist keine Menschenseele. Ich würde vorschlagen, dass wir noch einmal das gesamte Kloster durchsuchen. Vielleicht hat sich das fehlende Weibsstück in ihrer Zelle verkrochen oder steckt in einem der Nebengebäude.«
»Tut das!«, wies der Hochmeister seine Leute an und richtete den Blick auf Isabelle. »Du weißt, wo die andere Nonne ist! Sag es, oder das erste der anderen Weiber stirbt!«
Isabelle musterte den Mann, der einen roten Kapuzenumhang aus dickem Stoff trug. Das Kreuz, das darauf eingestickt war, hatte sie in dieser Art noch nie gesehen. Mit einer Querstange, die kürzer war als bei anderen Kreuzen, aber weitaus dicker, glich das Symbol mehr einem Hammer denn dem Kreuz Jesu.
Trotz ihrer Angst und dem entsetzten Gesicht Schwester Hilarias, die als erstes Opfer auserkoren war, schüttelte sie den Kopf. »Ich weiß es nicht.«
Das ist nicht einmal gelogen, dachte sie. Donata befand sich längst im Wald, und die genaue Stelle hätte sie beim besten Willen nicht zu nennen vermocht.
»Sag es!«, herrschte der Hochmeister sie an und zog sein Schwert. »Tust du es nicht, bist du schuld am Tod dieser Braut Christi!«
»Ich weiß es wirklich nicht!« Isabelle brüllte so laut zurück, wie sie konnte, und es gelang ihr, Gordeanus zu verunsichern.
Dieser musterte spöttisch Schwester Hilaria, die so bleich wirkte, als hätte der tödliche Schlag sie bereits getroffen, sah dann Isabelle an, die seinen Blick hasserfüllt zurückgab, und wandte sich zuletzt an Landolfus.
»Sie mag die Wahrheit sprechen. Andererseits will ich nicht den geringsten Anschein von Lüge durchgehen lassen. Hackt

der Nonne daher die rechte Hand ab. Dann wissen die Weiber, dass mit uns nicht zu spaßen ist.«

»Nein! Übt Gnade! Bitte nicht!«, flehte Hilaria.

Landolfus packte sie und bog ihren Arm nach vorne. Aber sie wehrte sich so, dass zwei seiner Kumpane ihm helfen mussten, die Schwester festzuhalten. Als das gelungen war, schwang ein Dritter sein Schwert.

Es gab ein hässliches Geräusch, als die scharfe Klinge den Knochen durchtrennte. Schwester Hilarias abgeschlagene Hand flog durch den Raum und fiel Isabelle vor die Füße. Blut spritzte auf und benetzte Landolfus und seine Helfer. Der Mönch gab der Verletzten einen Stoß, der sie zu den anderen gefangenen Nonnen trieb.

»Verbindet sie, sonst blutet sie aus wie ein geschlachtetes Schwein.«

Während die Frauen ihre Mitschwester mit Streifen von ihren eigenen Gewändern verbanden, trafen vorwurfsvolle Blicke die Äbtissin.

Der Hochmeister bemerkte zufrieden, dass er einen Keil zwischen die Melancourt und ihre Untergebenen getrieben hatte. Das wollte er ausnützen. Als er nun auf die Nonnen zutrat, klang seine Stimme beinahe sanft.

»Ich bedauere, euch Kummer und Leid zufügen zu müssen. Daran ist nur diese Frau schuld! Sagt ihr mir, wo eure geflohene Mitschwester sein könnte!«

Isabelle begriff, dass sie die anderen nicht davon abhalten konnte zu reden, und war froh, dass keine von ihnen wusste, wohin Donata geflohen war. Sie kannten nicht einmal deren richtigen Namen. Bei dem Gedanken zuckte sie zusammen, denn in ihrer Kammer lag noch der Brief des Freiherrn von Frommberg. Wenn dieser seltsame Hochmeister das Kloster durchsuchen ließ, würden seine Männer auch dieses Schreiben finden und wissen, dass bald Leute kommen würden, um das Mädchen abzuholen.

Ob Donatas Verwandte uns helfen?, fragte sich Isabelle und empfand mit einem Mal einen Funken Hoffnung.
Währenddessen forderte der Hochmeister eine Adelina genannte Nonne auf zu reden. Diese schüttelte den Kopf und kniff die Lippen zusammen.
Eine andere besaß weniger Widerstandskraft und stieß die Worte so schnell heraus, dass sie einzeln kaum zu verstehen waren. »Schwester Justina fehlt! Sie ist die Jüngste von uns.«
»Sie hat recht«, stimmte ihr Eulalia zu. »Die Äbtissin hatte sie am Abend zu sich geholt.«
»Das stimmt! Ich habe gesehen, wie Schwester Justina ihre Kammer verließ und zu den Zellen der anderen Nonnen ging«, erklärte Landolfus eifrig.
»Sie war noch bei uns, als Ihr uns angegriffen habt, mein Herr«, setzte Schwester Adelina hinzu. »Ich sah noch, wie sie mit uns die Treppe hinabstieg, um zum Seiteneingang zu gelangen. Dann habe ich sie aus den Augen verloren.«
»Gibt es unter der Treppe noch einen anderen Weg nach draußen oder einen versteckten Keller?«, fragte der Hochmeister nach.
Die Nonne nickte. »Man kommt von dort unten in die Küche. Sonst wäre es ja sinnlos, die Lebensmittel im Keller aufzubewahren.«
Landolfus stieß eine leise Verwünschung aus. »Dieses Miststück kann in die Küche geflohen sein. Seht dort noch einmal nach, und durchsucht alle Türen und Korridore, die sie von dort aus erreichen kann.«
Sofort eilten mehrere Männer davon, und neben Landolfus und dem Hochmeister blieben nur zwei Bewaffnete zurück. Isabelle fragte sich, wie sie die Situation ausnutzen konnte. Neun ihrer Nonnen waren unverletzt geblieben. Gemeinsam hätten sie die vier Kerle vielleicht überraschen und deren Waffen erbeuten können, um dann gegen die im ganzen Kloster verteilten Männer vorzugehen. Doch als sie in die

Gesichter ihrer Mitschwestern blickte, las sie darin nur Angst und Verzweiflung, aber keine Bereitschaft mehr, sich gegen ihr Schicksal aufzulehnen. Isabelle fragte sich, wer diese Männer und vor allem ihr Anführer sein mochten. Dieser schien einiges über sie zu wissen, doch sie selbst hatte ihn noch nie gesehen. Auf jeden Fall hatte er auf ganzer Linie gesiegt.
Nicht auf ganzer, verbesserte sich Isabelle sogleich. Donata war entkommen, und mit jeder Viertelstunde, die sie hier gewann, entfernte sich das Mädchen weiter vom Kloster. Doch selbst wenn Donata Würzburg erreichte und von Fürstbischof Johann von Brunn Hilfe erhielt, konnte es für sie alle zu spät sein. Daher schwankte sie nun doch, ob sie nicht reden sollte. War ihr Familiengeheimnis es wert, dafür zu sterben und darüber hinaus auch noch ihre Mitschwestern zu opfern? Sie war noch zu keiner Entscheidung gelangt, als die ersten Männer zurückkehrten.
»Euer Exzellenz, wir haben die vermisste Nonne nicht gefunden«, berichtete einer.
»Ihr müsst sie finden!« Der Hochmeister ballte die Fäuste und drohte ins Unbestimmte hinein. Seine Männer verschwanden erneut, und man hörte sie fluchend Türen aufreißen und wieder zuschlagen.

9.

Als die Schatten der Nacht wichen, war allen klar, dass Schwester Justina, wie Donata von Frommberg für die anderen Nonnen noch immer hieß, sich nicht mehr im Kloster aufhielt. Gordeanus stand mit versteinerter Miene im Flur und bewegte seine Kiefer, als kaue er auf diesem Problem herum. Zwar sagte er nichts, doch Isabelle war sich sicher, dass er Donata und auch sie in Gedanken verfluchte.
»Wie kann diese Nonne entkommen sein?«, fragte er Landolfus.
Dieser hob in einer hilflosen Geste die Hände. »Ich weiß es nicht. Vielleicht gibt es einen Geheimgang.«
Isabelle benötigte ihre gesamte Selbstbeherrschung, um sich den Schrecken über diese Worte nicht anmerken zu lassen. Wenn die Kerle richtig nachdachten, kamen sie auf den Keller und würden diesen gründlich untersuchen. Dabei konnte ihnen das leere Weinfass mit dem Zugang zu dem unterirdischen Stollen nicht entgehen. Doch zu ihrer Erleichterung winkte der Hochmeister ab.
»Gäbe es einen solchen Gang, hätte die Melancourt ihn benutzt, um zu fliehen.«
»Aber fortgeflogen kann die Nonne nicht sein!«, wandte Landolfus ein.
Da schob einer ihrer Begleiter einen Kameraden nach vorne. »Sag du es, Bruder Eusebius«, flüsterte er.
Der Hochmeister fuhr herum. »Was soll er sagen?«
»Nun, es war so: Als es in der Nacht hieß, die Nonnen wären alle gefangen, haben wir unseren Posten beim Haupteingang verlassen. Wir konnten doch nicht ahnen, dass eines

der Weiber sich noch versteckt halten würde. Sie kann sich daher durch die Küche auf den Hof geschlichen haben und in den Wald geflohen sein.«

»Und das sagst du mir erst jetzt?«, herrschte Gordeanus ihn an. »Bei Gott, in diesen Stunden kann die Nonne bereits etliche Meilen weit gekommen sein. Sucht alle Wege ab, die vom Kloster wegführen, und auch den Wald. Ihr müsst sie finden!«

»Ist das wirklich notwendig?«, fragte Landolfus. »Dieses Kloster liegt sehr abgelegen, und es gibt im weiten Umkreis niemanden, den diese Nonne um Hilfe bitten kann. Sie wird in der Wildnis umkommen. Hier gibt es noch Bären und Wölfe, und die haben durchaus Appetit auf Mädchenfleisch.«

Ein paar Männer lachten wie über einen guten Witz, doch sie verstummten, als sie die zornige Miene ihres Anführers sahen. Als er sprach, hielt Gordeanus seine Stimme im Zaum, damit keine der Nonnen ihn hören konnte. »Ich will dieses Kloster zum neuen Zentrum unserer Gemeinschaft machen. Aber das können wir nur, wenn keine Nonne entkommt und uns des Überfalls beschuldigen kann. Anderen können wir erklären, dass wir das Kloster von den frommen Frauen übernommen hätten. Wohin diese sich gewandt hätten, wüssten wir jedoch nicht.«

Isabelle hatte jedes Wort verstanden. Zu ihrem Ärger mochte dieser Streich sogar gelingen. Es kamen nur selten Besucher zum Kloster, und die Verwandten der Nonnen würden sich mit dieser Erklärung zufriedengeben. Wenn sie und ihre Mitschwestern nicht mehr auftauchten, konnte die Schuld leicht auf die Hussiten geschoben werden, die immer wieder die Landstriche um Böhmen herum verheerten.

Während Isabelle stumm die Mächte des Himmels anflehte, Donata beizustehen, bestimmte Landolfus zwölf Männer, die, in Dreiergruppen aufgeteilt, die Umgebung durchsuchen sollten.

»Kommt nicht ohne das Weibsstück zurück!«, rief er ihnen nach, als sie das Kloster verließen.
Unterdessen hatte Gordeanus sich beruhigt und wies auf die gefangenen Nonnen. »Sperrt die Weiber endlich ein, aber so, dass keine von ihnen entkommen kann. Ihre Oberin bringt in ihre Räume. Ich werde sie dort verhören.«
Isabelle sah mit hilfloser Wut zu, wie sich die überlebenden Nonnen von nur drei Männern ins Erdgeschoss scheuchen und im Keller einsperren ließen. Sie selbst wurde von zwei Kerlen in ihre Zimmerflucht geschleppt und in ihr Empfangszimmer gestoßen. Der Hochmeister folgte ihnen gemächlichen Schrittes, setzte sich dann auf ihren eigenen Lehnstuhl und nickte seinen beiden Männern zu.
»Zieht sie aus! Ich will sicher sein, dass sie keinen versteckten Dolch bei sich trägt.«
Isabelle versteifte sich, aber sie wusste, dass sie die Kerle nicht hindern konnte, den Befehl zu befolgen.
Die beiden rissen lachend ihre Kutte entzwei, zerfetzten ihr Hemd und drehten sie einmal um die eigene Achse. Dann wandten sie sich feixend an ihr Oberhaupt.
»Sie trägt keinen Dolch bei sich, Euer Exzellenz!«
»Das sehe ich! Bleibt neben ihr stehen und achtet darauf, dass sie keinen Unsinn macht. Und nun zu dir, Isabelle de Melancourt. Du wirst mir sagen, wo du den Heiligen Gral versteckt hältst.«
»Der Gral ist doch nur ein Märchen!«, antwortete Isabelle mit einem harten Auflachen.
Der Blick des Hochmeisters wurde eisig. »Wir beide wissen genau, dass er kein Märchen ist. Dieser verfluchte Tempelritter – dein Vorfahr Raoul de Melancourt – hat ihn gefunden und in unsere Lande gebracht. Das haben mehrere Templer zugegeben, die man in Paris und in Rom verhört hat. Anstatt die kostbare Reliquie der Christenheit zu weihen, behielt Raoul sie für sich und hat sie versteckt. Danach

hat er unter Missachtung seines Keuschheitsgelübdes Kinder gezeugt und diese in sein Geheimnis eingeweiht. Seitdem wird das Wissen um den Gral in eurer Familie von Generation zu Generation weitergegeben. Zu meinem Glück haben nicht alle Mitglieder deiner Familie geschwiegen, und so ist mir ein interessanter Brief in die Hand gefallen.«

Einen Augenblick lang verstummte der Mann, um dann mit leidenschaftlicher Stimme weiterzusprechen. »Dein Vorfahr Raoul und alle seine Nachkommen bis hin zu dir haben eine große Sünde begangen, indem sie den Heiligen Gral vor der Welt versteckt hielten. Welche Wunder hätte diese machtvolle Reliquie in der Hand kundiger Glaubensritter vollbringen können! Jerusalem wäre noch unser, und über Konstantinopel würde das Kreuz herrschen und nicht der Halbmond von Mahomets heidnischen Anhängern.«

»Der Gral ist wirklich nur eine Sage«, antwortete Isabelle mühsam beherrscht. »Mein Ahne Raoul mag einen goldenen Becher oder Pokal aus dem Heiligen Land als Beute mit nach Hause gebracht haben, doch wenn es so war, ist das Ding längst verschollen. Vielleicht wurde er auch verkauft oder verschenkt. Ich für meinen Teil weiß nichts von ihm.«

»Du lügst!« Mit einem Schritt war der Hochmeister bei ihr und zog seinen Dolch.

Isabelle sah ihm furchtlos ins Gesicht. Wenn er sie umbrachte, würde er vielleicht ihre Nonnen freigeben – und damit hätte ihr Tod einen Sinn.

Doch dem Hochmeister war klar, dass vor ihm der einzige Mensch stand, der ihm das Geheimnis, dem er nachspürte, offenbaren konnte. Mit einer höhnischen Grimasse fuhr er mit der Dolchspitze über Isabelles Wangen, den Hals und ihre rechte Brust.

Isabelle spürte den Schmerz, als er die empfindliche Haut ihrer Brustwarze mit der Dolchspitze ritzte, verzog aber keine Miene.

»Ich könnte dir die Brüste abschneiden«, drohte er.
»Seid Ihr ein Ritter oder ein Metzger?«, fragte sie in bissigem Spott.
Er zog den Dolch zurück und schlug mit der linken Hand zu. Die harte Ohrfeige ließ Isabelle gegen einen ihrer Bewacher taumeln. Mit einem spöttischen Lachen hielt dieser sie fest und quetschte ihren Busen mit seinem Unterarm ein.
»Wenn du Seiner Exzellenz nicht gehorchst, könnten einige unserer Ritter vergessen, dass sie ein Keuschheitsgelübde abgelegt haben«, flüsterte er ihr ins Ohr.
»Schweine seid ihr! Nichts als unreine Schweine!«, stieß Isabelle aus.
Die Antwort war eine weitere Ohrfeige des Hochmeisters.
»Du hast eben Jesu Worte erfüllt und mir neben der einen auch die andere Wange hingehalten«, sagte er lachend, wurde dann aber sofort wieder ernst. »Ich kann auch anders! Für jede Stunde, die du schweigst, werde ich eine deiner Nonnen köpfen lassen.«
»Jesus Christus wird sich ihrer annehmen, und ich werde ihr Schicksal teilen!« Isabelle wusste im Augenblick keine andere Antwort mehr. Wenn alle ihre Nonnen starben, so hatte auch sie kein Recht mehr zu leben.
Der Hochmeister begriff, dass es ihr vollkommen ernst damit war, und trat einen Schritt zurück. Während er die nackte Frau mit finsterem Blick musterte, überschlugen sich seine Gedanken. So rasch würde er die verlangte Auskunft nicht von der Melancourt erhalten. Da nützte es auch nichts, sie mit dem Leben der anderen Nonnen zu erpressen. Sie würde nur noch halsstarriger werden und am Ende ihren eigenen Tod in Kauf nehmen, und sei es nur, um auf diese Weise über ihn zu siegen. Doch er hatte nicht Jahre seines Lebens geopfert, diesem Geheimnis nachzuforschen, um kurz vor dem Ziel zu scheitern.
Mit einem Lächeln, das seine Überlegenheit beweisen sollte,

setzte er sich wieder auf den Stuhl der Äbtissin. »Bringt sie in eine der leeren Zellen und sorgt dafür, dass sie nicht entkommen kann«, befahl er seinen Männern.

Diese packten Isabelle und schleiften sie zur Tür hinaus. Kurz darauf stand sie in einer Kammer, in die nicht mehr hineinpasste als ein Bett und ein Stuhl, und starrte auf das schießschartengroße Fenster, durch das vielleicht eine Taube entfliehen konnte, aber kein Mensch. Voller Wut zischte sie Verwünschungen, die einer frommen Äbtissin eigentlich nicht über die Lippen kommen dürften. Wenn ihr Feind sie wenigstens zu ihren Frauen gesteckt hätte, wäre es ihnen vielleicht möglich gewesen, durch den Geheimgang zu fliehen. Nun aber waren sie alle gefangen. Die Einzige, die außer ihr diesen Fluchtweg gekannt hatte, war ihre Stellvertreterin gewesen, und die hatten die Kerle umgebracht.

10.

Donata von Frommberg sank auf die Knie, als die ersten Sonnenstrahlen das Blätterdach des Waldes trafen und das Dunkel der Nacht einem goldenen Licht wich, in dem sie ihre Umgebung deutlich wahrnahm. Wie lange und wie weit sie in der Nacht gelaufen war, hätte sie nicht zu sagen vermocht. Ebenso wenig wusste sie, welche Richtung sie eingeschlagen hatte. Das Kloster konnte überall sein, im Osten ebenso wie im Westen. Sie hatte sich die Schienbeine und die Arme aufgeschürft, sich einen Dorn in den Fuß getreten – und, was noch schlimmer war, die Geldbörse ihrer Äbtissin verloren.

Das Plätschern eines Baches weckte ihre Aufmerksamkeit. Sie stand auf, folgte hinkend und stolpernd dem Geräusch und sah wenig später das Wasser vor sich. Nun überwog quälender Durst ihre Angst. Als Gefäß besaß sie nur ihre Hände, aber die waren ziemlich schmutzig, und an der Stelle, die sie sich bei einem Sturz aufgerissen hatte, klebte Blut. Donata wusch Hände und Gesicht im Bach, hatte danach aber immer noch das Gefühl, unsauber zu sein. Ihr Bedürfnis zu trinken war jedoch größer als ihr Ekel.

Während sie mit den zur Schale geformten Händen Wasser schöpfte, rasten ihre Gedanken. Der Überfall auf das Kloster erschien ihr wie ein schlechter Traum, war jedoch bittere Wirklichkeit. Zwar hatte die Äbtissin ihr die Flucht ermöglicht, damit sie Hilfe holen konnte, doch unter dem dichten Blätterdach konnte sie nicht feststellen, in welcher Richtung Westen lag. Auch hätte ihr dieses Wissen nicht viel genützt, denn sie konnte sich nach dieser Nacht nicht

mehr vorstellen, den weiten Weg nach Würzburg zu Fuß zurückzulegen.
Mit dem niederschmetternden Gefühl, eine Aufgabe erfüllen zu müssen, die sie nicht bewältigen konnte, begann sie zu weinen. Soweit sie sich zurückerinnern konnte, hatte sie in der Geborgenheit des Klosters gelebt und sich nie mit der Welt draußen beschäftigen müssen. Sie kannte alle Gebete auswendig und konnte Priestergewänder und Altardecken besticken, aber sie kannte nicht einmal den Namen des nächstgelegenen Dorfes. Selbst Würzburg war ihr nur aus den Erzählungen anderer Nonnen ein Begriff – als Hauptstadt eines geistlichen Fürstentums, von denen es im Reich mehrere geben sollte. Eines war klar: Sie durfte auf keinen Fall nach Osten geraten, denn dort lag Böhmen, das Land, in dem die mörderischen Hussiten hausten. Denen war ihr kleines Kloster durch seine Abgeschiedenheit bisher entgangen.
»Nimm dich zusammen, Justina!«, schalt sie sich und erinnerte sich dann erst, dass sie eigentlich wieder Donata hieß. Der Name klang seltsam fremd, und doch würde sie ihn bis ans Ende ihres Lebens tragen müssen. Bei diesem Gedanken glitt Donatas Blick über die Felsen und die uralten, bemoosten Bäume ringsum. Furcht sprang sie an wie ein Raubtier. Wenn sie keine Menschen fand, die ihr weiterhalfen, würde ihr restliches Leben wohl sehr kurz sein.
Der Schrei eines Tieres ließ sie zusammenzucken. Welche Kreatur ihn ausgestoßen hatte, konnte sie nicht feststellen, doch es hatte so laut geklungen, dass es ein sehr gefährliches Wesen sein musste.
Die Angst trieb sie weiter, und da im Augenblick jede Richtung die falsche sein konnte, folgte sie dem Bach. Irgendwann, so sagte sie sich, würde das Gewässer in einen Fluss münden, und an dessen Ufern gab es gewiss eine Stadt oder wenigstens ein Dorf. Für einige Augenblicke stellte Donata

sich vor, tagelang vergeblich zu laufen und irgendwann erschöpft zu Boden zu sinken, um nie mehr aufzustehen. Schnell verdrängte sie den Gedanken, aber er kehrte hartnäckig zurück.

Felsblöcke und Gestrüpp verlegten ihr den Weg, und einige Male verlor sie den Bach aus den Augen. Als sie nach langer Wanderung eine Stelle erreichte, an der das breiter werdende Gewässer sich tief in die Flanke eines dicht bewachsenen Hügels eingeschnitten hatte, war ihr Weg erst einmal zu Ende. Mühsam suchte sie sich einen Weg um die Steilhänge herum, fand dann aber den Bach nicht mehr und stolperte verzweifelt weiter.

Als sie schon aufgeben wollte, traf sie auf einen Weg und fasste neuen Mut. Das lehmige, fast schnurgerade durch den Wald eingeschnittene Band war schmal, aber es hatten sich Karrenspuren tief darin eingegraben. Das bedeutete Hoffnung, denn der Weg musste zu einem Ort führen, an dem Menschen lebten. Doch zu welcher Seite sollte sie sich wenden? Wenn sie die falsche Richtung wählte, lief sie vielleicht auf das Kloster zu und geriet in die Hände der Männer, die es überfallen hatten.

Da sie sich nicht entscheiden konnte, murmelte sie einen Abzählreim und bog dann nach rechts ab.

Die Zeit verging, und ihr Durst kehrte zurück. Sie verspürte nun auch nagenden Hunger und hätte alles für ein Stück Brot und einen Becher mit Wasser vermischten Weines gegeben. Doch sie entdeckte kein Gewässer mehr, an dem sie hätte trinken können. Ihre einzige Mahlzeit blieben ein paar Beeren, die sie unterwegs von einem Busch zupfte. Da diese gelegentlich auch von einer Mitschwester gesammelt und als Nachtisch gereicht worden waren, konnte sie sie ohne Bedenken essen. Sie fand jedoch viel zu wenige, um davon satt zu werden. Mit dem Gefühl, dass das Schicksal es besonders schlimm mit ihr meinte, ging sie weiter. Ihr einziger Trost war, dass die Bäume bald weiter auseinanderstanden und sie den Sonnenstand erkennen konnte. Zu ihrer Erleichterung stellte sie fest, dass sie tatsächlich in westlicher Richtung unterwegs war.

»Wahrscheinlich ist das hier die Straße, die vom Kloster wegführt«, sagte sie zu sich selbst, um den Klang einer Stimme zu hören.

Der Tag verging, und Donata spürte ihre Kräfte schwinden. Die schlaflose Nacht, der Hunger und die Anstrengungen der Flucht forderten nun ihren Tribut. Zuletzt taumelte sie nur noch vorwärts und stürzte schließlich zu Boden. Sie war nicht einmal mehr in der Lage zu weinen, sondern lag still auf dem Weg und dämmerte immer wieder weg. Erst als es dunkel wurde, kam sie wieder zu sich. Das ferne Heulen eines Wolfes erschreckte sie so, dass sie auf allen vieren auf ein Gebüsch zukrabbelte und sich darin verkroch. Es wurde kalt, und bald zitterte sie am ganzen Leib.

»Oh, heilige Muttergottes, warum quälst du mich so?«, wimmerte sie und presste sich die Hände auf die Ohren, um den Wolf nicht mehr hören zu müssen, dessen Heulen jetzt weitaus näher erklang als zuvor. Lange hielt die Angst sie wach, aber irgendwann schwanden ihr die Sinne, und ihre Ohnmacht ging in einen tiefen, von Alpträumen geplagten Schlaf über.

11.

Laute Stimmen und Hufgeklapper rissen Donata aus dem Schlaf. Erschrocken öffnete sie die Augen, stellte fest, dass es um sie herum taghell war, und steckte vorsichtig den Kopf aus dem Gebüsch.

Fünf Reiter kamen die Straße herauf, und seltsamerweise führten sie ein sechstes Pferd mit sich, das für eine Dame aufgezäumt war. Es erleichterte Donata, dass die Männer normale Reisekleidung trugen und keine dunklen Kapuzenmäntel. Trotzdem hätte sie sie beinahe an sich vorbeireiten lassen. Im letzten Augenblick kämpfte sie sich auf die Beine und stolperte einem der Pferde vor die Hufe.

Mit einem scharfen Ton fuhren die Schwerter aus den Scheiden. Dann erst bemerkten die Reiter, dass nur eine einzige Person und keine Räuberbande aus dem Wald heraustrat, und zügelten ihre Tiere.

Ihr Anführer, ein breitschultriger, robust wirkender Mann zwischen dreißig und vierzig, blickte misstrauisch auf Donata hinab. »Wer bist denn du?«, fragte er barsch.

Donata hob flehend die Arme. »Ihr müsst uns helfen, Herr! Schlechte Menschen haben unser Kloster überfallen, mehrere meiner Mitschwestern getötet und den Rest gefangen genommen. Ich konnte als Einzige entkommen.«

»Welches Kloster? Doch nicht etwa das der Melancourt?«, fragte der Mann.

»Aber ja, Herr, das ist es!«, antwortete Donata.

Der Mann verzog das Gesicht. »Das ist fatal! Ich wollte dorthin, um jemanden abzuholen. Wie viele Männer haben euch überfallen?«

»Ich konnte sie nicht zählen, aber es waren gewiss mehr als zwanzig.«

»Mehr als zwanzig? Wir sind nur zu fünft, und da ist es sinnlos, etwas für die Nonnen zu unternehmen, Herr Hartwin. Zumal wir nicht wissen, ob eure Braut noch lebt«, warf einer seiner Begleiter ein.

»Vielleicht wurde sie von diesen Schurken geschändet«, meinte ein anderer.

Donata sah den Männern an, dass sie nicht die geringste Lust verspürten, etwas für Isabelle de Melancourt und deren Nonnen zu tun. Gleichzeitig begriff sie, dass der so bäuerlich derb aussehende Ritter der ihr von ihrem Vater bestimmte Bräutigam war.

»Wenn das Mädchen tot ist oder nicht mehr Jungfrau, dann braucht Ihr es nicht mehr zu heiraten und könnt Euren Bruder so beerben«, brachte einer seiner Reiter vor.

»Du bist ein Narr, Stoffel!«, herrschte ihn Hartwin von Frommberg an. »Selbst wenn ich ehelich geboren wäre, hätte ich von meinem Vater her nur Anspruch auf die alte Stammburg der Frommbergs. Der größte Teil dessen, was mein Bruder sein Eigen nennt, wurde ihm vom König zu Lehen gegeben, und Sigismund kann es jederzeit wieder einfordern, wenn nicht ein Leibeserbe oder in diesem Fall die Leibeserbin meines Bruders diesem nachfolgt. Um das gesamte Erbe zu bekommen, muss ich meine Nichte heiraten. Beim Teufel noch mal, warum konnten diese verdammten Banditen das Waldkloster nicht ein paar Tage später überfallen?«

Dieser Ausspruch machte Donata den Ritter noch unsympathischer. Dennoch stellte er im Augenblick für sie die einzige Möglichkeit dar, ihre Oberin und Mitschwestern zu retten. »Ich bitte Euch, Herr, lasst uns nicht im Stich! Gott wird es Euch lohnen!«, rief sie weinend.

»Wer bist du eigentlich?«, fragte der Mann, der Stoffel genannt wurde.

Einen Augenblick lang überlegte Donata, einen anderen Namen als den ihren zu nennen und zu behaupten, dass sie selbst noch unter den Gefangenen sei. Da Ritter Hartwin sie heiraten musste, um den Besitz ihres Vaters in die Hände zu bekommen, würde er ihr helfen müssen. Doch als sie den Mund öffnete, schreckte sie im letzten Moment vor der Lüge zurück.

»Ich ... ich bin Schwester Justina!«

»Justina? Das heißt Donata von Frommberg!« Ritter Hartwin atmete auf, während einer seiner Gefolgsleute einem Kameraden grinsend in die Seite stieß.

»Die Kleine ist nicht dumm! Die weiß, wo das Nest gepolstert ist. Sie hat gewiss gehört, dass Jungfer Donata abgeholt werden sollte, und gibt sich nun als diese aus, um von uns mitgenommen zu werden.«

»Ich bin Donata von Frommberg!«, rief sie empört, erntete aber von den Begleitern ihres Bräutigams nur ein höhnisches Lachen.

Hartwin von Frommberg musterte sie unter zusammengekniffenen Lidern heraus und schien unsicher zu werden. Doch sein Stellvertreter Stoffel lenkte seinen Gaul an seine Seite und wies auf Donata.

»Das Mädchen ist etwa im selben Alter wie Eure Braut und recht hübsch, wenn ich das bemerken darf. Warum sollten wir sie nicht mitnehmen und als Jungfer Donata ausgeben? Euer Bruder hat seine Tochter jahrelang nicht mehr gesehen und weiß gewiss nicht, wie sie jetzt aussieht. Die Kleine hier wird allein schon aus eigenem Interesse schweigen. Oder wollt Ihr wirklich weiter zu dem Kloster reiten und nachsehen, ob Eure Braut noch lebt? Vergesst nicht, es sollen sich über zwanzig Schurken dort aufhalten. Für uns wäre es ein Ritt in den Tod.«

»Stoffel hat recht!«, rief einer der Männer. »Wir können nichts für Eure Braut und die anderen Weiber im Kloster tun. Mag der Herrgott sich ihrer annehmen. Wir hingegen können zu Eurem Bruder zurückkehren und ihm dieses Mädchen als seine Tochter überbringen.«

Während die Männer auf ihren Anführer einredeten, fragte Donata sich, ob sie das alles nur träumte oder vor Hunger und Furcht wahnsinnig geworden war. Ihr Onkel und dessen Gefolgsleute glaubten ihr nicht, sie selbst zu sein. Doch anstatt sich Gedanken zu machen, wie sie die »echte« Donata von Frommberg befreien konnten, wollten sie ihrem Vater ein in ihren Augen fremdes Mädchen als Tochter unterschieben. Vor so viel Feigheit ekelte sie sich und hoffte, dass wenigstens ihr Bräutigam ehrenhaft handeln würde.

Hartwin von Frommberg musterte die junge Nonne und fand, dass sie der Beschreibung ähnelte, die sein Halbbruder ihm gegeben hatte. Daher würde dieser sie ohne Zweifel als Tochter akzeptieren. Seinen Leuten gegenüber musste er jedenfalls so tun, als würde er ihr glauben. »Da wir Graf Elerts Tochter gefunden haben, wäre es eine Narretei, unser Leben für einen Haufen Weiber zu riskieren, die wir nicht kennen. Wir werden daher umkehren und Donata zu ihrem Vater bringen.«

Die junge Frau konnte nicht glauben, dass ihr Verlobter die anderen Nonnen einfach im Stich lassen wollte, und hasste ihn dafür fast ebenso sehr wie den Anführer der Banditen, die ihr Kloster überfallen hatten. Aber da sie hier im Wald nicht die geringste Möglichkeit sah, Hilfe für ihre Mitschwestern zu erhalten, musste sie wenigstens die Chance für sich selbst nutzen und hoffen, dass sie einen Weg fand, die anderen befreien zu lassen.

»Wohin bringt Ihr mich?«, fragte sie mit mühsam beherrschter Stimme.

»Nach Mainz. Dort wartet dein Vater auf dich«, antwortete Ritter Hartwin.

»Wo liegt das?«, fragte Donata weiter.

»Dort, wo der Main in den Rhein mündet. Wir werden Richtung Würzburg reiten und, sobald wir auf den Main treffen, ein Schiff flussabwärts nehmen.«
Würzburg bedeutete Fürstbischof Johann von Brunn, zu dem sie laut Isabelle de Melancourt gehen sollte, um Hilfe zu erlangen. Nun war Donata klar, dass sie mit Ritter Hartwin reiten musste. Doch sobald sie in die Nähe der Stadt kamen, würde sie alles tun, um den Auftrag der Äbtissin zu erfüllen.

Zweiter Teil

Ein Hilferuf

1.

Marie musste nur dem Lachen folgen, um ihre Kinder zu finden. Als sie alle unter dem großen Birnbaum versammelt sah, konnte auch sie die Heiterkeit nicht mehr zurückhalten. Da die süßen Früchte für sie zu hoch hingen, stand Trudi unter dem Baum und kommandierte Anni, die den Stamm hinaufgeklettert war, wie ein Feldherr herum.

»Du musst mehr nach links greifen! Da hängen besonders große Birnen.«

»Sei vorsichtig, Anni! Nicht, dass du vom Baum fällst«, rief Marie besorgt.

»Anni fällt nicht herab! Sie klettert wie ein … ein …«

Trudi fiel das Wort Affe nicht ein, das sie vor einigen Wochen gehört hatte. Ein Bänkelsänger hatte im Meierdorf der Burg eine Geschichte erzählt, in der es um einen längst verblichenen Kaiser namens Ludwig ging, der als Kind von einem flinken Affen entführt worden war. Dieser war auf das Dach des Palas geklettert, und man hatte ihn nicht abschießen können, weil der kleine Prinz sonst in die Tiefe gefallen wäre. Erst als ein kluger Knappe das Tier mit einer Birne angelockt hatte, war es gelungen, das Kind zu retten.

Marie erinnerte sich ebenfalls an diese Geschichte und zerzauste ihrer Tochter das blonde Haar. »Man vergleicht einen Menschen nicht mit einem Tier!«

Erstaunt sah Trudi zu ihr auf. »Aber Tante Hiltrud sagt doch, ihr Knecht sei dümmer als ein Ochse!«

»Das ist ihr im Zorn herausgerutscht, als er etwas Falsches getan hatte. Aber Anni hat keinen Fehler gemacht, außer dem einen, für euch auf den Baum zu klettern. Was ist,

kommst du allein wieder herunter, oder soll ich eine Leiter bringen lassen?«
Maries letzter Satz galt dem Mädchen aus Böhmen, das sie vor vier Jahren als Halbwüchsige schwer verletzt aufgefunden und gesund gepflegt hatte. Mittlerweile arbeitete Anni fleißig auf Burg Kibitzstein mit und war mit Sicherheit nicht so dumm wie ein Ochse.
Anni stellte mit einem Blick nach unten fest, dass der Boden arg weit weg war. »Es tut mir leid, Frau Marie, aber ich werde die Leiter brauchen.«
»Du sollst mich nicht Frau Marie nennen. Immerhin bist du ebenso meine Freundin wie Hiltrud, die Ziegenbäuerin, oder Alika. Wo steckt diese eigentlich?« Marie vermisste die junge Afrikanerin, die sich als Kindsmagd für die kleine Hildegard nützlich machte. Nun lag das Kind in seinem Korb und strampelte missmutig.
»Alika ist zur Ziegenbäuerin gegangen, um von ihr einen Aufguss aus Kamille und Wiesendistel zu holen. Hildegard zahnt und ist deswegen schier unerträglich«, erklärte Trudi und fing gleichzeitig die Birne auf, die Anni ihr zuwarf.
Sofort drängten sich ihr Bruder Falko und die etwa gleichaltrige Lisa an sie und wollten ihr die Frucht wegnehmen.
»Jetzt seid nicht so gierig!«, rief Marie den beiden Dreijährigen zu. »Es sind genug Birnen für euch alle am Baum!«
»Wenn wir die alle auf einmal essen würden, bekämen wir Bauchweh! Das sagt Tante Hiltrud immer. Eine Birne ist genug für jeden!« Erneut klang Trudi wie ein altgedienter Befehlshaber und nicht wie ein gerade mal sechsjähriges Kind. Sie war die Älteste der vier und sah es als ihr von Gott gegebenes Recht an, Lisa und Falko herumzukommandieren. Hildegard war noch zu klein dazu, doch auch diese Schwester wollte Trudi in ihre Schar aufnehmen, sobald die Kleine sicher genug auf den Beinen stand.

Marie erschien ihre Älteste arg selbstherrlich, und sie nahm sich vor, darauf zu achten, dass alles im Rahmen blieb. Nun aber ließ sie sich von Anni mehrere Birnen reichen, gab Lisa und Falko je eine und steckte die beiden anderen ein. Trudi gefiel das gar nicht, und sie streckte ihr die rechte Hand entgegen. »Ich möchte auch eine!«

»Aber du hast doch schon eine«, antwortete Marie und wies auf Trudis Linke, die eine prachtvolle Frucht umschlossen hielt.

Sofort versteckte das Kind die Hand hinter dem Rücken. »Ich sehe keine!«

»Pass mir nur auf, mein Fräulein! Lügen mag ich nicht.« Jetzt klang Marie schärfer, und Trudi schrumpfte ein wenig zusammen.

»Aber ich …«

»Du hast gesagt, jeder von euch darf nur eine Birne essen!«, unterbrach Marie sie.

Ihre Tochter schüttelte mit einem spitzbübischen Lächeln den Kopf. »Das habe ich nicht gesagt. Ich sagte nur, wenn wir alle Birnen am Baum auf einmal essen würden, bekämen wir Bauchgrummeln. Eine zweite Birne aber dürfen wir ruhig essen.«

»Also gut, eine zweite soll sein!« Mit diesen Worten steckte Marie Lisa und Falko je eine Birne zu.

»Aber die wollte doch ich«, brach es aus Trudi heraus.

»Da du die Älteste und Verständigste von euch vieren bist, hast du gewiss die Geduld zu warten, bis Anni eine zweite Birne für dich gepflückt hat. Aber du könntest dir noch eine weitere Birne verdienen, wenn du zu deiner Patin läufst und sie fragst, ob sie etwas aus Würzburg braucht.«

»Ihr reitet nach Würzburg? Da will ich mitkommen!« In dem Augenblick hatte Trudi die Birne vergessen und sah ihre Mutter mit einem bettelnden Blick an.

»Es ist nur für ein paar Tage, Kind. Außerdem: Wer sollte so lange auf deine Geschwister achtgeben, wenn euer Vater und ich nicht da sind?«

Maries Appell an das Verantwortungsgefühl ihrer Tochter verfing auch deswegen, weil es Trudi auf den zweiten Blick doch amüsanter schien, mit Falko und Lisa herumzutollen. Auf der Burg des Fürstbischofs würde sie still sitzen und den Mund halten müssen, weil die Erwachsenen leicht böse wurden.

»Aber du bringst mir etwas mit!« Das war für Trudi ein tragbarer Kompromiss, und sie lächelte erfreut, als ihre Mutter nickte.

»Ich laufe schnell zur Patin!« Trudi wollte schon loseilen, sah aber, dass Anni eine Birne herabwarf, und schnappte sich diese. Danach sauste sie so schnell davon, dass ihr niemand die Frucht wieder abnehmen konnte.

Marie sah ihr einige Augenblicke nach und schüttelte dann den Kopf. »Du darfst Trudi nicht alles durchgehen lassen, Anni. Sonst bleibt mir bald nichts anderes mehr übrig, als sie mit dem Stock zu erziehen.«

»Trudi ist schon sehr verständig und gibt auf die Kleinen acht. Doch so schöne, saftige Birnen können eine Sechsjährige leicht in Versuchung führen«, antwortete Anni mit einem Lächeln.

»Trotzdem müssen ihr Grenzen gesetzt werden!«

Trudis Erziehung war ein Problem für Marie. Michel, ihr Ehemann, ließ der Tochter zu viel durchgehen, und Anni, Alika und das übrige Gesinde erlegten dem Mädchen ebenfalls kaum Schranken auf. Das taten im Grunde nur sie selbst und ihre Freundin Hiltrud, die Ziegenbäuerin. Marie wollte jedoch nicht als böse Mutter gelten und schärfte Anni ein, während ihrer Abwesenheit die Zügel stramm zu halten.

»Trudi muss lernen, dass sie nicht alles darf«, setzte sie hinzu und rief dann nach einem Knecht. Dieser brachte eine Leiter, mit deren Hilfe Anni vom Baum steigen konnte.

Kaum war ihre junge Freundin wieder auf dem sicheren Boden angekommen, fasste sie nach Maries Hand. »Wie lange werdet Herr Michel und du in Würzburg bleiben?«

»Nur ein paar Tage. Der Fürstbischof braucht wieder einmal Geld und hat uns einen Teil der Vogteieinkünfte von Volkach versprochen, wenn wir ihm einen Kredit gewähren«, antwortete Marie mit einer Handbewegung, die ihr Unverständnis für Johann von Brunns Verschwendungssucht ausdrückte. Auch wenn dieser Mann sich stolz Herzog von Franken nennen ließ und einen diesem Rang entsprechenden Aufwand betrieb, so herrschte er doch nur über das Hochstift Würzburg und musste sich mit dessen Erträgen begnügen.

»Du solltest Tuch für feste Kleidung mitbringen. Trudi, Falko und Lisa wachsen schon bald aus ihren Sachen heraus«, sagte Anni und wies auf Falko, dem die Ärmel seines Hemdes arg kurz geworden waren.

»Ich werde mich darum kümmern«, versprach Marie, drückte dann kurz Falko, Lisa und auch die kleine Hildegard an sich, damit niemand sich benachteiligt fühlen konnte, und kehrte zur Burg zurück.

2.

Am Abend waren auch Trudi und Alika wieder vom Ziegenhof zurückgekehrt. Während Trudi munter drauflosplapperte, dass die Patin ihnen Pfannkuchen gebacken habe, wirkte die junge Afrikanerin ein wenig schuldbewusst. »Ich weiß, ich hätte Hildegard nicht so lange allein lassen dürfen, vor allem, weil sie Zähne bekommt. Aber die Ziegenbäuerin und ich sind einfach ins Reden gekommen, und dann tauchte auch noch Trudi auf.«
»Hat sie sich gut benommen oder muss ich mich ihrer schämen?«, fragte Marie heiter. »Was Hildegard betrifft, so hat Anni sich ihrer angenommen!«
Alika nickte, sah aber nicht gerade glücklich aus. Immerhin war Anni die Person auf Kibitzstein, mit der sie am schlechtesten auskam. Zu hören, dass diese die Aufgabe übernommen hatte, die eigentlich ihr übertragen worden war, gefiel ihr gar nicht.
»Ich wollte wirklich nicht …«, begann sie.
Doch da schloss Marie sie in die Arme und zog sie an sich. »Es ist doch alles gut! Da Hildegard zahnt, musstest du etwas holen, damit es ihr leichter fällt.«
»… und sie nicht so schreit«, ergänzte Trudi vorlaut.
Sofort eilte Alika zu dem Korb, in dem die Kleine lag, und zeigte dieser lächelnd ein kleines Tongefäß. »Jetzt werden wir die Kiefer fein einreiben, damit du nicht mehr …«
»… so plärrst«, kam es erneut von Trudi.
Marie wurde die Kleine zu aufmüpfig. »Trudi! Wenn du so weitermachst, wirst du noch meine Hand auf deinem Hintern spüren!«

Die Warnung ging ins Leere, denn Trudi schmiegte sich an ihren Vater, als wolle sie bei ihm Schutz vor den Vorhaltungen der Mutter suchen. Michel Adler auf Kibitzstein wusste nicht so recht, was er tun sollte. Zum einen verstand er seine Frau, die Trudi zu große Frechheiten austreiben wollte, zum anderen aber liebte er seine Tochter und wollte sie nicht weinen sehen.

»Wenn du brav bist, bringe ich dir etwas aus Würzburg mit«, versprach er dem Mädchen.

Dafür erntete er einen tadelnden Blick von Marie. »Du verwöhnst Trudi zu sehr! Auf diese Weise wird das Kind glauben, es müsse sich nur gut benehmen, wenn es dafür eine Belohnung erhält. Dann wird es, wenn diese ausbleibt, unausstehlich sein.«

»Das bist du gewiss nicht, nicht wahr, Trudi?«, fragte Michel.

Die Kleine sah mit leuchtenden Augen zu ihm auf. »Ich bin immer brav!«

»Vielleicht, wenn du schläfst«, spottete Marie und versetzte ihr einen leichten Nasenstüber. »Höre mir gut zu, mein Fräulein. Wenn ich aus Würzburg zurückkomme und hören muss, dass du bockig gewesen bist, wirst du kein Geschenk bekommen und darfst zudem eine Woche lang kein Honiggebäck mehr essen.«

Nun zog Trudi ein langes Gesicht, denn sie aß die süßen Leckereien für ihr Leben gern. Dann aber dachte sie daran, dass ihre Patin, die Ziegenbäuerin, noch besser backen konnte als die Köchin auf Kibitzstein, und lächelte verschmitzt.

»Ich hab dich lieb, Mama!« Mit diesen Worten, das wusste sie, entwaffnete sie ihre Mutter jedes Mal.

So war es auch diesmal. Marie drückte sie an sich, setzte sich dann an den Tisch und befahl, das Abendessen aufzutragen. Die Kinder erhielten ihr Essen in einem Teil des Raumes, den sie überblicken konnte, und verhielten sich ausnahmsweise manierlich. Trudi wollte einen guten Eindruck auf den Vater machen, damit er das versprochene Geschenk nicht vergaß, und auch auf ihre Mutter, weil diese ihm sonst womöglich ausredete, etwas für sie zu kaufen. Auch Lisa und Falko, die aufgrund des geringen Altersunterschieds wie Zwillinge wirkten, verzichteten darauf, einander mit Brei zu bespritzen, und Hildegard wurde von Alika so lange gewiegt, bis auch sie zufrieden ihren Brei vertilgte.

»Ein friedliches Bild«, sagte Michel mit einer gewissen Wehmut. »In den letzten Jahren hatten wir nur wenige solche Augenblicke.«

»Jetzt werden wir nur noch solch schöne Augenblicke haben«, erklärte Marie lächelnd. »Immerhin haben wir in unserem Leben bereits so viel mitgemacht, dass das Schicksal uns jetzt friedliche Stunden gönnen sollte.«

Michel verzog ein wenig das Gesicht. »Wir müssen heute Abend noch reden«, raunte er Marie zu.

»Gibt es etwas Besonderes?«, fragte diese besorgt.

»Nicht direkt, aber wir sollten uns trotzdem unterhalten.«

Marie ahnte, dass er ihren Rat brauchte. In der Hinsicht lebten sie und Michel weitaus besser zusammen als die benachbarten Ritter und deren Ehefrauen. Entweder bestimmten die Männer alles, ohne ihre Frauen überhaupt zu fragen, oder sie standen – wie der Herr auf Steinfeld – völlig unter dem Pantoffel der Ehefrau und wagten ohne deren Erlaubnis nicht einmal, den Mund aufzutun. Sie und Michel hingegen besprachen alles, und es schlug ihnen zum Vorteil aus.

Mit diesem Gedanken beendete Marie ihre Mahlzeit und warf ihren Kindern einen auffordernden Blick zu. »Ihr Lieben, es ist Zeit, ins Bett zu gehen.«

»Ich bin noch nicht müde«, maulte Falko, obwohl er kaum noch die Augen offen halten konnte.

Trudi hingegen stand auf und knickste, wie es sich für ein Ritterfräulein gehörte. »Gute Nacht, Mama!«

»Gute Nacht! Ich komme später noch einmal zu euch.« Marie drückte jedes der vier Kinder an sich und sah dann zu, wie Alika und Anni die Kleinen wegbrachten.

»Manchmal ärgert man sich über sie, doch zumeist sind sie recht brav, und man hat sie lieb«, meinte sie zu Michel.

Dieser lachte leise. »Sie sind ja auch unsere Kinder und haben ein Recht darauf, von uns geliebt zu werden.«

Marie nickte, obwohl Lisa nur ihr Ziehkind war und gleichzeitig die Tochter ihrer ärgsten Feindin. Hulda von Hettenheim hatte das Kind sterben lassen wollen, weil es ein Mädchen gewesen war, und ihr Falko geraubt, um ihn als ihren eigenen Sohn auszugeben. Doch auch diese Prüfung Gottes hatten Michel und sie überstanden. Lisa hing mit großer Liebe an ihr, während Falko eine gewisse Zeit gebraucht hatte, um sich an sie als richtige Mutter zu gewöhnen. Hildegard hingegen war die Tochter ihres Mannes mit Schwanhild von Magoldsheim, die von König Sigismund mit Michel verheiratet worden war, als man Marie für tot gehalten hatte.

»Ja, sie haben ein Recht darauf, von uns geliebt zu werden«, sagte nun auch Marie. »Allerdings haben wir auch die Pflicht, sie zu aufrechten Menschen zu erziehen. Trudi wird daher nur dann ihr Geschenk erhalten, wenn sie sich während unserer Abwesenheit gut benommen hat.«

»Das wird sie gewiss, schon um des Geschenkes willen!« Michel lachte erneut, zog Marie in seine Arme und knabberte an ihrem Ohr. »Ich danke dir für die Tochter, die du mir geboren hast, für den Sohn und dafür, dass du Hildegard in dein Herz geschlossen hast.«

»Warum hätte ich es nicht tun sollen?«, fragte Marie mit einem sanften Lächeln. »Sie ist deine Tochter und soll nicht darunter leiden müssen, dass Sigismund so selbstherrlich über dich und ihre Mutter bestimmt hat. Doch auch ich habe dir zu danken, denn ich liebe Lisa wie ein eigenes Kind, und du hast sie ebenfalls ins Herz geschlossen.«

»Wenn man bedenkt, wer ihre Eltern waren, so ist sie ein Engel«, gab Michel gut gelaunt zurück.
»Ein derzeit noch sehr pausbäckiger Engel«, lachte Marie und entwand sich seinen Armen. »Ich will nachsehen, ob alles in Ordnung ist. Dann können auch wir zu Bett gehen.«

3.

Eine knappe Stunde später hatte Marie ihren abendlichen Rundgang gemacht und trat in das Schlafzimmer der Kinder. Alle vier lagen in ihren Betten und schlummerten tief. Auch Alika schlief bereits, während Anni noch auf war und die junge Afrikanerin mit gekrauster Nase betrachtete. »Warum muss sie so schwarz sein, als hätte der Teufel sie angesengt?«, schimpfte sie leise.

Marie wusste, dass nicht Alikas Hautfarbe bei Anni Abneigung erzeugte, sondern die Eifersucht. Beide Frauen hatten sie auf unterschiedlichen Pfaden ihres Lebens begleitet und besaßen ein Anrecht auf ihre Freundschaft. Es fiel Anni jedoch schwer, Alika zu akzeptieren, glaubte sie doch, von dieser in den Schatten gestellt zu werden, weil Alika das Leben ihrer Herrin gerettet hatte, während sie selbst ihr Leben Marie zu verdanken hatte.

Sie würde weiterhin ausgleichend wirken müssen, dachte Marie und zog Anni kurz an sich. »Gott hat Alika so geschaffen. Sich darüber zu erheben hieße, Gottes Schöpfung in Frage zu stellen. Er hat sich gewiss etwas gedacht, als er Afrikaner, Tataren und uns schuf.«

»Aber er hat doch nur Adam und Eva erschaffen«, wandte Anni ein. »Unser hochwürdiger Herr Pfarrer sagt, die Schwarzen wären Diener des Satans. Darum hat Gott sie gezeichnet, damit man sie sofort erkennt.«

»Die Stelle in der Bibel muss er mir noch zeigen, an der das steht!« In Maries Stimme schwang Verachtung für den Pfarrer mit, der als Seelsorger auf Kibitzstein und in den dazu gehörenden Dörfern wirkte. Leider konnten Michel und sie ihn nicht wegschicken, weil der Bischof das Recht besaß, die Priester zu bestimmen, und der jetzige war ein entfernter Verwandter von Johann von Brunn.

Marie verscheuchte die unangenehmen Gedanken, küsste Anni auf die Wange und sah sie mahnend an. »Du und Alika, ihr werdet euch während unserer Abwesenheit vertragen!«

»Wenn sie nichts sagt! Ich werde es nicht tun«, antwortete Anni.

Sie liebte Marie und wollte ihr keinen Kummer bereiten, doch die Angst, von der Afrikanerin verdrängt zu werden, nagte ständig an ihr. Bei der Ziegenbäuerin war es etwas anderes. Diese war bereits seit langem Maries Freundin und lebte zudem nicht auf der Burg, sondern auf ihrem Hof im Meierdorf.

»Ich verlasse mich auf euch! Außerdem sind wir nur ein paar Tage weg.« Marie drückte Anni noch einmal an sich, warf einen letzten Blick auf die schlafenden Kinder und verließ den Raum.

Als sie in ihr Schlafgemach kam, wusch sich Michel mit freiem Oberkörper gerade Gesicht und Hände. Vorsichtig schlich Marie näher und kitzelte ihn unter den Achseln. Zwar zuckte Michel kurz zusammen, drehte sich dann aber nach ihr um und umfasste sie mit nassen Händen.

»He, was soll das!«, rief sie, doch da küsste er sie bereits und zwinkerte ihr zu. »Ich glaube, wir sollten die Nacht ausnützen. Wer weiß, wo wir auf der Feste Marienberg untergebracht werden.«

»Ich dachte, du wolltest mit mir reden. Stattdessen steht dir der Sinn nach anderen Dingen«, antwortete Marie mit leichtem Spott.

»Reden können wir auch hinterher!« Michel lachte, hob Marie auf und trug sie zum Bett. Als er sie entkleidete, wehrte sie sich spielerisch, ergab sich dann aber und schmiegte sich an ihn.

»Wir sind glückliche Menschen«, sagte sie leise.
»Vor allem bin ich ein glücklicher Mann!« Noch während er es sagte, betrachtete Michel Marie und fand, dass sie noch immer sehr gut aussah. Ihre Brüste waren fest, die Taille schlank, und ihr Gesicht glich dem einer Madonna in einer der großen, berühmten Kirchen. Sein Blick wanderte weiter zu dem kleinen Dreieck zwischen ihren Schenkeln, das etwas dunkler war als ihr Haupthaar, und er spürte, wie sein Verlangen nach ihr wuchs. Rasch glitt er zwischen ihre Beine und kitzelte sie dann mit seinen Bartstoppeln an den Brustwarzen.
»Ich liebe dich«, sagte er und drang sanft in sie ein.
»Ich liebe dich auch!« Marie umschlang ihn mit den Beinen, so dass er sich nicht mehr zurückziehen konnte, und hielt ihn einige Augenblicke fest.
»Es ist schön, dass wir uns haben«, flüsterte sie und gab ihn wieder frei.
Michel nutzte es aus, und eine Zeitlang gab es für die beiden nur sie selbst und ihre Leidenschaft.
Erst als er erschöpft neben Marie auf das Laken sank, wurden sie sich ihrer Umwelt wieder bewusst – und auch ihrer Sorgen.
»Es geht um Volkach«, sagte Michel nach einer Weile. »Der Fürstbischof will uns doch einen Teil der Vogteirechte verpfänden.«
Marie nickte und fragte sich, weshalb Michel dieses Thema ausgerechnet jetzt ansprach.
»Lägen die gesamten Vogteirechte der Stadt noch bei Würzburg, würde ich auf diesen Vorschlag mit Freuden eingehen. Doch auf Fuchsheim habe ich heute erfahren, dass Herr Johann einen Teil der Vogteirechte bereits anderweitig verpfändet hat und es Probleme mit den Abrechnungen gibt. Fast habe ich das Gefühl, als wolle er uns die Volkacher Rechte nur deshalb geben, damit wir uns in Zukunft mit

dem anderen Pfandinhaber auseinandersetzen müssen und nicht mehr er selbst.«

Michel klang bedrückt, denn er wollte die Gunst des Fürstbischofs nicht verlieren, zum anderen aber keinen Handel abschließen, der ihm und Marie nur Verdruss brachte.

Marie sah ihn nachdenklich an. »Wir sollten uns die Lage in Volkach genau erklären lassen und nur dann auf Herrn Johanns Vorschlag eingehen, wenn wir sicher sein können, nicht über den Löffel balbiert zu werden. Ansonsten bieten wir ihm das Geld für die Einkünfte eines unserer Nachbardörfer an. Mit etwas Glück können wir dieses später sogar ganz kaufen und damit das Kibitzsteiner Gebiet erweitern.«

Als Michel ungläubig den Kopf schüttelte, zog Marie mit ihrem Zeigefinger seinen Rippenbogen nach und brachte ihn zum Kichern. »Sei versichert, Herr Johann wird darauf eingehen. Er braucht das Geld, denn seine Schulden wachsen ihm über den Kopf, und er erhält von den Kaufleuten in Würzburg kaum noch Kredit.«

Michel lachte. »Ich glaube, damit hast du recht. Herrn Johann dürfte es gleichgültig sein, welches Pfand er uns gibt, Hauptsache, es wandern genügend Gulden in seine Kasse.«

»Wir müssen uns ja nicht geizig zeigen. Für die Rechte an einem Nachbardorf bin ich bereit, mehr zu geben als für einen Anteil an der Volkacher Vogtei«, sagte Marie mit einem spitzbübischen Lächeln.

Ihre Miene erinnerte Michel so an seine Tochter, dass er erneut zu lachen begann. »Sag du noch ein Wort gegen Trudi! Sie ist dein Ebenbild.«

»Das war aber nicht nett von dir. So störrisch wie sie bin ich noch lange nicht. Das muss sie von dir geerbt haben, du Ochse!« Marie umarmte Michel, küsste ihn und kitzelte ihn dann am Kinn.

»Das war jetzt nicht nett von dir!«, konterte er. »Hättest du wenigstens Stier gesagt. Ein Ochse kann nämlich das nicht tun, was ich vorhin mit dir gemacht habe.«

Er brachte es in einem so spielerisch gekränkten Ton vor, dass Marie hellauf lachen musste.

»Trotzdem Ochse!«, antwortete sie, als sie wieder zu Atem gekommen war, und kroch unter die Decke. »Es ist schon spät, und wir sollten schlafen. Oder willst du morgen nicht mehr nach Würzburg reisen?«

»Und ob ich will!«, antwortete Michel.

»Dann gute Nacht!« Marie gab ihm noch einen Kuss, drehte sich um und schloss die Augen. Das amüsierte Zucken um ihren Mund zeigte, dass sie das kleine Wortgefecht mit ihrem Mann genossen hatte.

Michel murmelte etwas, das nach Haaren und Zähnen klang, blies die Kerze aus und legte sich neben sie.

4.

Am nächsten Morgen konnten sie nicht so früh aufbrechen, wie sie es sich erhofft hatten. Zuerst musste Marie einen Streit zwischen Anni und Alika schlichten, die sich uneins waren, wie die durch ihr Zahnen unleidliche Hildegard zu behandeln war. Anschließend erschien Hiltrud auf einem Esel, weil ihr das Laufen nach einer Verletzung schwerfiel, und übergab ihr eine Flasche mit einem Extrakt, den sie der Ehefrau eines Würzburger Vasallen mitbringen sollte. Zuletzt lahmte auch noch der Gaul eines der Knechte, die sie in die Stadt begleiten sollten.

Marie schüttelte in gespielter Verzweiflung den Kopf. »Heute hat sich wohl alles gegen uns verschworen!«

»Ob wir jetzt mit vier Begleitern nach Würzburg aufbrechen oder mit dreien, bleibt sich gleich«, wandte Michel ein. »Auf dem Weg müssen wir weder mit Räubern noch mit unliebsamen Nachbarn rechnen.«

»Dein Wort in Gottes Ohr!« Ihrer Erwiderung zum Trotz glaubte auch Marie nicht, dass es auf dem Weg nach Würzburg Schwierigkeiten geben würde. Daher musterte sie die vier Bewaffneten, die erwartungsvoll bei ihnen standen.

»Heiner, Frieder und Hannes werden uns begleiten. Willi bleibt daheim, weil er den Stein im Huf seines Pferdes übersehen hat.«

Während die drei Erstgenannten feixend die Gesichter verzogen, konnte Willi seinen Ärger kaum verbergen. Der Ritt nach Würzburg hätte Abwechslung versprochen, einen guten Tropfen in der Schenke und die Gelegenheit, Neuigkeiten zu erfahren. Nun musste er damit rechnen, dass der

Ehemann der Ziegenbäuerin, der auch dem Wirtschaftshof der Burg vorstand, ihm Arbeiten zuwies wie einem einfachen Bauernknecht.

Marie kümmerte sich nicht um die beleidigte Miene des Mannes, sondern ließ sich von Michel in den Sattel ihrer Stute heben, winkte noch einmal den Kindern, Anni und Alika zu und ritt, begleitet von ihrer Freundin, zum Tor hinaus. Auf dem Weg durch das Dorf hielt sie beim Ziegenhof an und sah zu, wie Hiltrud von ihrem Esel stieg und das Hoftor öffnete.

»Benötigst du selbst wirklich nichts aus Würzburg?«, fragte sie zum Abschied.

Die Ziegenbäuerin schüttelte den Kopf. »Ich habe alles, was ich brauche, Marie. Aber du könntest im Dom für mich eine Kerze vor der Heiligen Jungfrau anzünden. Ich will mich bei ihr bedanken, weil das letzte Jahr so gut war und auch das Vieh gediehen ist.«

»Das mache ich!«, versprach Marie, sah sich dann zu ihrem Mann und den drei Waffenknechten um und trabte an.

Es war ein sonniger Tag, nicht zu warm und wie geschaffen für einen vergnüglichen Ritt durch die hügelige Landschaft am Main. Marie und ihre Begleiter ließen den Fluss jedoch bald hinter sich, um die große Biegung abzuschneiden, die ihnen das Dreifache des Weges nach Würzburg abgefordert hätte.

Nach einer Weile lenkte Michel sein Pferd neben das seiner Frau und blickte sie lächelnd an. »Ich freue mich, dass wir wieder einmal gemeinsam nach Würzburg reiten können.«

»Ich war ja auch lange genug weg«, antwortete Marie seufzend.

Gelegentlich erzählte sie von ihrer zum größten Teil unfreiwilligen Reise zu den russischen Fürstentümern und den Tataren und beschrieb die Farbenpracht Italiens und den Glanz Venedigs, der ihren Worten zufolge jedoch von dem

Gestank der Kanäle arg getrübt wurde. An diesem Tag aber richtete sie ihre Gedanken auf die Zukunft und überlegte, was sie den Kindern, Hiltrud, Anni und Alika als Geschenk mitbringen konnte.

»Willst du heute bis Würzburg durchreiten, oder sollen wir auf dem Weg dorthin übernachten?«, fragte Michel. »Allerdings müssten wir die Pferde antreiben und kämen erst spät am Abend in die Stadt und müssten die erhöhte Torsteuer bezahlen.«

»Ich will die Gäule nicht schinden«, antwortete Marie. »Daher sollten wir zur Nacht einkehren. Morgen haben wir dann nur noch eine Meile oder anderthalb zu reiten.«

»Machen wir es so!« Michel ließ seinen Hengst langsamer gehen und blickte über die Weinberge, die sie umgaben. »Vielleicht sollten wir keine Vogteirechte kaufen, sondern Weingärten, die unsere Hörigen bewirtschaften können«, meinte er nachdenklich.

Marie lachte leise auf. »Wer hindert uns daran, beides zu tun? Der Fürstbischof braucht immer Geld, und der eine oder andere Herr des Domkapitels nicht minder. Auf diese Weise könnten wir reich werden.«

»Wir haben doch bereits genug, um angenehm leben zu können«, wandte Michel ein.

»Das mag sein, aber kommt eine schlechte Ernte oder eine Viehseuche, werden wir um die Gelegenheiten trauern, die wir versäumt haben, uns ein Polster zu verschaffen.«

Marie war die Tochter eines Kaufmanns und wusste um den Wert, den Waren und Geld darstellten. Zwar war es undenkbar, dass Michel und sie als geadeltes Paar Handel trieben, wie ihr Vater, ein bürgerlicher Kaufmann, es getan hatte, dennoch tat sie einiges, um ihren Besitz zu mehren. Es galt schließlich, ihre Kinder zu versorgen, damit diese einst standesgemäß leben konnten.

Als sie das laut aussprach, musste Michel lachen. »Trudi ist erst sechs, Falko drei und Hildegard ein gutes Jahr alt. Lisa wird eine Mitgift ihres Verwandten Heinrich von Hettenheim erhalten …«

»Dennoch will ich sie nicht ohne alles aus dem Haus gehen lassen«, erklärte Marie mit Nachdruck. »Ihre Aussteuer und eine gewisse Summe soll sie bekommen, damit sie nicht auf Gnade und Ungnade von ihrem zukünftigen Gatten abhängt.«

»Dagegen habe ich nichts. Ich mag das Kind! Aber müssen wir jetzt schon daran denken, was sie einmal erhalten soll?« Michel schüttelte den Kopf über den Eifer seiner Frau.

Doch Marie ließ sich nicht beirren. »Jeder Gulden, den wir jetzt ansammeln, muss später nicht auf Gedeih und Verderb herbeigeschafft werden. Denke an Ritter Moritz von Mertelsbach. Er musste sich Geld leihen, um seine Schwester an den Mann zu bringen. Doch Zinsen zu zahlen kommt teuer.«

Dagegen konnte Michel nichts sagen. Er hatte selbst erlebt, wie schwer es den edelfreien Herren in ihrer Gegend fiel, ihre nachgeborenen Kinder zu versorgen. Oft genug musste der Besitz geteilt werden, um alle befriedigen zu können. Er aber wollte, dass Kibitzstein einmal ohne große Einbußen an ihren Sohn überging.

»Du hast recht«, sagte er deshalb. »Man soll wirklich in der Zeit sparen, in der man es kann, um für die Not gerüstet zu sein.«

»Das sind genau meine Worte«, antwortete seine Frau lächelnd und begann ein Gespräch über die Möglichkeiten, die sich ihnen durch den Geldbedarf des Fürstbischofs und seiner Vertrauten ergab.

5.

Donata von Frommbergs Verachtung für ihren in vielerlei Hinsicht grobschlächtigen Bräutigam stieg mit jeder Meile, die sie zurücklegten. Weder fragte er sie nach ihren Wünschen noch nahm er auf ihre Bedürfnisse Rücksicht. Mehr als ein Mal musste sie mit schmerzender Blase auf ihrer Stute sitzen, weil er nicht bereit war, anzuhalten, damit sie sich im Wald erleichtern konnte. Auch trug sie immer noch die alte Kutte, mit der sie aus dem Kloster geflohen war, und ihre fast durchgelaufenen Sandalen. Ein Bad hätte sie sich ebenso gewünscht wie frische Kleidung. Doch für solch nebensächliche Dinge besaß Ritter Hartwin kein Ohr.

»Was ist das für ein Ort?«, fragte sie und wies nach vorne auf einen Kirchturm.

»Das ist Rottendorf. Wir werden dort übernachten«, antwortete Ritter Hartwin.

»Und wie weit ist es nach Würzburg?«, bohrte sie weiter.

»Noch etwa eine Meile«, erklärte er unwirsch.

»Warum übernachten wir nicht dort?«

»In der Stadt sind die Herbergen teurer als im Umland, der Wein ebenso, und vom Fürstbischof wollen wir nichts.« Donatas Bräutigam hatte auf dem bisherigen Weg bereits gezeigt, dass er ein sehr sparsamer Mann war. Insgeheim hieß Donata ihn bereits einen Geizhals, und der Gedanke, ihr weiteres Leben mit ihm teilen zu müssen, hatte etwas zutiefst Erschreckendes an sich.

»Ich würde Würzburg trotzdem gerne sehen«, wandte sie ein, obwohl sie nicht viel Hoffnung hatte, den Ritter umstimmen zu können.

»Wozu? Das ist auch nur eine Stadt mit stinkenden Gassen und Pfeffersäcken, die einem ehrlichen Mann das Geld aus der Tasche ziehen wollen. Dieses Gesindel soll mir vom Leib bleiben!« Hartwin von Frommberg ritt weiter und bog, als sie das Dorf erreichten, zu dem Gasthaus ab, das Reisenden eine bescheidene Unterkunft bot.

Als sie in den Hof ritten, stellte Donata fest, dass sie nicht die einzigen Gäste waren. Ein adliges Paar mit drei bewaffneten Knechten hatte den Gasthof kurz vor ihnen erreicht, und eben hob der Mann seine Dame aus dem Sattel. Auf eine solche Geste wartete sie bei Ritter Hartwin vergebens. Dieser überließ es seinen Knechten oder denen des Wirts, ihr vom Pferd zu helfen. So war es auch diesmal. Ihr Bräutigam schwang sich aus dem Sattel, warf einem Wirtsknecht die Zügel des Pferdes zu, obwohl dieser bereits zwei Gäule der anderen Gäste führte, und stiefelte breitbeinig an dem fremden Edelmann vorbei auf die Gaststube zu.

Auch von den vier Waffenknechten dachte keiner daran, ihr beizustehen, und so überlegte sie schon, ob sie allein absteigen sollte. Da stupste die fremde Dame ihren Begleiter an.

»Michel, bist du so gut und hilfst der frommen Schwester?«

»Aber natürlich!« Mit einem Lächeln, das Donatas Herz schneller schlagen ließ, trat Michel auf sie zu, streckte ihr die Arme entgegen und hob sie vom Pferd herab.

»Ich danke Euch, edler Herr!«, flüsterte Donata und sah sich dann hilfesuchend um.

»Kann einer von euch mir sagen, in welcher Kammer ich schlafen soll?«, fragte sie einen der Wirtsknechte.

Der sah sie mit schräg gelegtem Kopf an. »Eine Kammer für einzelne Gäste haben wir nicht, sondern nur einen großen Raum, den sich die Herren mit ihren Knechten teilen müssen, sowie einen kleineren für die Damen.«

»Dann zeig uns, wo der Raum für die Damen ist. Außerdem könntest du dafür sorgen, dass ein Bad für uns bereitet wird.« Da Marie am Vortag gebadet hatte, hätte sie sich nicht erneut gründlich säubern müssen, doch die junge Nonne sah so aus, als hätte sie ein warmes Bad dringend nötig.

Donata schenkte ihr ein scheues Lächeln. »Ihr seid sehr gütig, aber ich weiß nicht, ob mein … Herr Hartwin damit einverstanden ist, für ein Bad zahlen zu müssen.«

So wie Donata aussah und roch, bezweifelte Marie dies. Da sie jedoch selbst auf Sauberkeit hielt, wollte sie das Bett nicht mit einem Mädchen teilen, das wie ein Ferkel aussah. Um die Nonne nicht zu beleidigen, behielt sie diesen Gedanken für sich und wies auf den Gasthof.

»Da ich auf jeden Fall baden will, kann ich das Wasser mit dir teilen. Komm mit! Oder willst du vorher essen?«

Donata blickte auf ihre Hände, unter deren Fingernägeln schwarze Ränder zu sehen waren, und schüttelte den Kopf. »Ich würde lieber gleich baden.«

»Dann machen wir es so!« Marie erteilte den Wirtsknechten einige Anweisungen, die Donata verrieten, dass die Dame sich durchzusetzen vermochte, und betrat dann mit ihr zusammen das Gasthaus.

Sofort kam eine Magd herbei und versuchte einen Knicks. »Lass das! Du fällst uns höchstens vor die Füße. Mach uns lieber ein Bad zurecht«, sagte Marie lachend, weil die in einen schlichten Kittel gehüllte Frau Mühe hatte, sich auf den Beinen zu halten.

»Wenn die Damen mir folgen wollen! Soll auch die Kleidung gewaschen werden?« Das Letzte galt Donata, deren Kutte durch das Herumirren im Wald und den Ritt bis hierher vor Schmutz starrte.

»Ich habe nichts anderes anzuziehen«, bekannte das Mädchen und wurde rot.

»Wie kommt eine fromme Schwester wie du eigentlich zu solchen Reisegefährten?« In Maries Stimme schwang Tadel für Hartwin von Frommberg mit. Ihr Michel hätte es einer

Dame niemals zugemutet, anderen in einem solchen Zustand gegenübertreten zu müssen.
Donata schwankte, ob sie die Fremde ins Vertrauen ziehen sollte, nahm aber davon Abstand. Zum einen wusste sie nicht, wie die Frau reagieren würde, zum anderen erschien ihr ihre Geschichte beinahe selbst zu märchenhaft.
»Ich … ich bin Schwester Justina. Herr Hartwin begleitet mich zu meinem Vater!« Das zumindest war nicht gelogen, sagte Donata sich.
Dann aber sah sie Marie fragend an. »Stammt Ihr aus dieser Gegend?«
»Ursprünglich nicht«, erklärte Marie. »Doch vor einigen Jahren hat König Sigismund meinen Ehemann mit der Herrschaft Kibitzstein belehnt, und nun leben wir hier. Ich heiße übrigens Marie und mein Mann Michel.«
»Kennt Ihr Würzburg?«, fragte Donata weiter.
Marie nickte. »Sehr gut sogar. Wir reisen mehrmals im Jahr dorthin.«
»Seid Ihr auch schon dem Herrn Fürstbischof begegnet?«
»Wir sind auf dem Weg zu ihm, um ein paar Dinge mit ihm zu besprechen.« Marie wunderte sich ein wenig über die Neugier der jungen Nonne, gab aber bereitwillig Auskunft, als diese mehr über Würzburg und die Burg des Fürstbischofs wissen wollte.
Nicht lange, da unterbrach die Wirtsmagd ihr Gespräch mit der Auskunft, dass das Bad fertig sei, und führte die beiden in eine Kammer, in der ein großer Bottich dampfte.
»Wenn Ihr Seife braucht: Dort ist sie«, erklärte die derb aussehende Frau.
»Ich glaube, das werden wir«, antwortete Marie mit einem Seitenblick auf Donata, die sich wegen ihrer schmutzigen Kutte fürchterlich schämte.
»Zieh dich aus!«, fuhr Marie fort und entledigte sich selbst ihrer Kleidung.

Da Isabelle de Melancourt im Kloster auf Sauberkeit geachtet hatte, war Donata es gewohnt, sich vor anderen Frauen nackt zu zeigen. Dennoch zögerte sie zunächst. Immerhin war sie im Kloster Teil einer geschlossenen Gemeinschaft gewesen, während hier eine Fremde und die Wirtsmagd vor ihr standen.

»Was ist? Ich dachte, du willst wieder sauber werden?«, fragte Marie provozierend.

Mit unglücklicher Miene zog Donata Kutte und Hemd aus und streifte die Sandalen ab. Marie konnte jetzt die Hautrisse und Schrunden sehen, die Donata sich bei ihrer Flucht durch den Wald zugezogen hatte, und trat neben sie.

»Es sieht so aus, als hättest du einiges erlebt«, sagte sie in der Hoffnung, die Nonne zum Sprechen zu bewegen.

»Ich bin vom Pferd gefallen und genau in einem Dornbusch gelandet«, redete Donata sich heraus und merkte dann erst, dass sie sich einer Lüge schuldig gemacht hatte.

»Ein paar Stellen haben sich entzündet. Die solltest du behandeln lassen, sonst bleiben Narben zurück, die hässlich aussehen können«, riet ihr Marie.

Da Donata nicht antwortete, wandte Marie sich an die Magd. »Gibt es hier eine Hebamme oder sonst jemanden, der sich mit der Behandlung von leichten Wunden auskennt?«

»Eine richtige Hebamme gibt es nicht. Aber die alte Wabn ist genauso gut. Wenn Ihr wollt, werde ich sie holen.«

»Tu das!«, sagte Marie und steckte ihr eine Münze zu.

Als Donata das sah, krümmte sie sich innerlich. Sie hatte Isabelle de Melancourts Geldbeutel im Wald verloren und war daher mittellos. Nun musste sie froh sein, wenigstens den Ring noch zu besitzen, den sie Johann von Brunn zeigen sollte. Da sie diesen nicht zu Geld machen durfte, fühlte sie sich doppelt in der Schuld der fremden Dame.

Marie nahm Lappen und Seife und funkelte die Nonne auf-

fordernd an. »Bevor wir beide in den Bottich steigen, sollten wir den gröbsten Dreck bei dir abwaschen!«
Mit diesen Worten begann Marie, Donata von oben nach unten abzuschrubben. Diese schämte sich fürchterlich und weinte schließlich nicht nur wegen der Seife, die in den entzündeten Wundenstellen biss.

6.

Kurze Zeit später saßen Marie und Donata zusammen in dem Bottich. In dem warmen Wasser entspannte sich das Mädchen allmählich, wagte aber noch immer nicht, vertraulich zu werden, sondern überließ Marie das Gespräch.

»Ich weiß nicht, welche Vorzüge deinen Reisemarschall auszeichnen, aber in deinem Fall hat er versagt«, erklärte diese gerade. »Ein Ritter, der einer Dame zumutet, ohne Bad und frische Kleidung auszukommen, wird im Allgemeinen als Stoffel bezeichnet!«

»Herr Hartwin hat es sehr eilig«, antwortete Donata und setzte lächelnd hinzu, dass dessen Unteranführer Stoffel genannt werde.

Marie lachte leise und dachte sich, dass sowohl der Herr wie auch der Knecht diesen Namen verdienten. Während es ihr Vergnügen bereitete, mit der jungen Nonne zu reden, war auch Donata froh um die Begegnung mit der Fremden. Sie glaubte nicht, dass sie so schmutzig, wie sie gewesen war, in Würzburg am Hof des Fürstbischofs empfangen worden wäre. Nun war sie wenigstens wieder sauber. Eine Wirtsmagd wusch ihr Hemd und ihre Kutte und legte eine Decke für sie bereit, in die sie sich einhüllen konnte, bis ihre Kleidung trocken war.

Das größte Problem, das Donata vor sich sah, war, überhaupt nach Würzburg hineinzugelangen, denn Ritter Hartwin hatte seine Absicht noch einmal deutlich gemacht, die Stadt zu meiden. Erneut überlegte sie, ob sie sich nicht der fremden Dame anvertrauen sollte. Vielleicht musste sie dann

nicht einmal selbst nach Würzburg gehen, sondern konnte der Dame einen Brief an Johann von Brunn mitgeben.
Noch während sie diesen Gedanken fasste, schalt sie sich der Feigheit. Isabelle de Melancourt hatte ihr aufgetragen, den Fürstbischof um Hilfe zu bitten. Dies nur durch einen Brief zu tun, den eine Fremde diesem überbringen würde, hieß, die Äbtissin und die Mitschwestern im Stich zu lassen. Wahrscheinlich wusste Johann von Brunn nicht einmal, wo das Waldkloster lag. Sie hingegen hatte, seit sie auf Ritter Hartwin getroffen war, die Augen und Ohren offen gehalten und konnte möglichen Rettern den Weg dorthin zeigen. Notfalls würde sie auch den Beginn des Geheimgangs finden, durch den sie entkommen war, so dass ihre Begleiter die schrecklichen Männer mit den dunklen Mänteln überraschen konnten. Für einen Augenblick dachte sie daran, dass diese ihre Oberin und die anderen Nonnen möglicherweise schon umgebracht hatten und wieder verschwunden waren, schob den Gedanken aber schnell weg.
Ihr wurde klar, dass sie spätestens am nächsten Tag eine Möglichkeit finden musste, in die Stadt zu gelangen. Doch solange Hartwin und dessen Männer bei ihr waren, bot sich ihr kaum eine Chance, denn zumeist band einer von Hartwins Knechten die Zügel ihrer Stute an seinen Sattel. Sie war keine geübte Reiterin, und selbst wenn sie die Möglichkeit bekäme, ihren Begleitern zu enteilen, würden die Männer sie bereits nach kurzer Zeit eingeholt haben.
Da sie nicht einmal den Zipfel einer Idee hatte, wie sie ihren Auftrag erfüllen konnte, schloss sie die Augen, genoss das warme Wasser und freute sich, dass Frau Marie ihr das verfilzte Haar entwirrte und wusch.
Nach einiger Zeit erschien die Wirtsmagd mit einer alten, gebeugten Frau, die einen abgeschabten Beutel bei sich trug und die beiden Badenden aus kurzsichtigen Augen anblinzelte.

»Welche der beiden Damen hat sich gekratzt?«, fragte sie mit schwacher Stimme.«
»Ich!« Donata stieg aus der Wanne und nahm das Laken entgegen, das ihr die Magd reichte, um sich abzutrocknen. Danach schlang sie das Tuch um Brust und Hüften und zeigte der alten Heilerin ihre Schrunden.
Diese besah sie sich aus der Nähe und wackelte mit dem Kopf. »Sieht bös aus! Hätte längst versorgt werden müssen! Werden Löcher bleiben.«
»Es ist bedauerlich, dass meine Freundin, die Ziegenbäuerin, nicht mitgereist ist. Sie wüsste, wie man solche Risse so versorgt, dass keine Spuren überbleiben.« Maries Stimme klang schärfer als sonst, da sie der Alten nicht viel zutraute.
Diese kümmerte sich nicht um den Zwischenruf, sondern kramte in ihrem Beutel und brachte ein irdenes Töpfchen zum Vorschein, das durchdringend nach Schweineschmalz roch. Als sie den Deckel abnahm, zeigte die Salbe eine grünliche Farbe, so dass Marie im ersten Augenblick annahm, das Zeug wäre schon schimmlig. Rasch nahm sie der Frau das Töpfchen ab, musterte den Inhalt mit einem misstrauischen Blick und roch daran. Die grüne Farbe stammte jedoch nicht vom Schimmel, sondern von den Kräutern, welche die Alte in das Schweinefett eingerührt hatte.
Halbwegs beruhigt, gab Marie der Heilerin das Gefäß wieder zurück und sah zu, wie diese die Salbe auf Donatas Beinen und Unterarmen auftrug.
»Ihr solltet saubere Tücher um die Stellen wickeln, sonst fettet Ihr in der Nacht Euer Bett ein«, erklärte die alte Frau, als sie damit fertig war, und formte die salbenverschmierte Rechte mit einer fordernden Geste zur Schale.
Donata sah sie hilflos an, da sie nicht einmal einen Pfennig ihr Eigen nannte.
»Wenn du keine kleinen Münzen hast, so kann ich dir aushelfen«, bot Marie an, griff nach dem Gürtel, den sie auf den

Hocker neben der Wanne gelegt hatte, und zog ein paar Pfennige aus ihrem Beutel.

Die Heilerin nahm sie dankbar entgegen, und auch die Wirtsmagd knickste erfreut, als Marie ihr etwas gab.

»So, jetzt will auch ich den Trog verlassen«, erklärte Marie und stieg heraus. Während sie sich abtrocknete, wandte sie sich an die Magd. »Gibt es hier eine Kammer, in der wir Frauen allein essen können?« Zwar wäre sie gerne mit Michel zusammen gewesen, doch eine innere Stimme riet ihr dazu, mit Schwester Justina – wie Donata sich ihr vorgestellt hatte – allein zu sein. Sie spürte, dass es ein Geheimnis um die junge Nonne geben musste, doch diese würde in Anwesenheit ihrer Begleiter gewiss nichts preisgeben.

Die Nonne war jedoch verschlossener, als Marie erwartet hatte. Obwohl sie sich während des Essens Mühe gab und geschickte Fragen stellte, brachte sie nicht einmal in Erfahrung, wo sich das Kloster befand, zu dem Schwester Justina gehörte. Sie erfuhr nur das Ziel der Reise, nämlich Mainz, das noch etliche Tagesreisen entfernt gegenüber der Mündung des Mains in den Rhein lag. Donata berichtete auch ehrlich, dass sie mit drei Jahren in das Kloster gegeben worden war, das zu jenem Zeitpunkt von der Tante der jetzigen Äbtissin geleitet worden war.

Da solche Arrangements in adeligen Familien üblich waren, wunderte Marie sich nicht über eine solche Erbfolge, sondern erzählte vom Kloster Hilgertshausen in der Nähe von Kibitzstein, für das eine fränkische Grafenfamilie bereits seit drei Generationen die Oberin stellte.

»Es ist nicht zum Schaden des Klosterguts«, setzte sie lächelnd hinzu. »Jede neue Äbtissin bringt eine gewisse Mitgift mit ein, und auch ohne diese wurde das Kloster seit dem Antritt der letzten Äbtissin um drei Dörfer reicher.«

»Große Abteien mögen ihren Besitz vermehren, doch in unserer kleinen Gemeinschaft habe ich so etwas nie gehört«,

antwortete Donata. Obwohl sie noch jung und unerfahren im Umgang mit fremden Menschen war, spürte sie Maries Interesse, wagte es aber nicht, dieser mehr über Isabelle de Melancourts kleinen Frauenorden und dessen Kloster zu berichten.
Aus dem Nebenzimmer erscholl nun immer öfter eine laute Stimme, die Marie unwillkürlich dem Reisemarschall der jungen Nonne zuordnete. Gelegentlich gab Michel Antwort, doch den größten Teil des Gesprächs bestritt Hartwin von Frommberg. Dabei gab er mit dem Reichtum seiner Familie an, der nun bald ihm gehören würde.
»Wisst ihr«, sagte er mit anschwellender Stimme, so dass Donata erschrocken zusammenzuckte, »mein Bruder, der Freiherr, will mich mit seiner Tochter vermählen, damit der Besitz in der Familie bleibt. Ich begleite Donata jetzt zu ihm. Sobald wir angekommen sind, wird der Pfaff den Trausegen sprechen, und dann kann ich mich ebenfalls mit Fug und Recht Freiherr auf Frommberg nennen.«
Als Marie das hörte, sah sie Donata voller Bedauern an. Mit einem solchen Mann zusammengegeben zu werden, musste ein empfindliches Mädchen erschrecken.
»Du tust mit leid«, entfuhr es ihr unwillkürlich.
Donata senkte den Kopf, damit Marie nicht sehen konnte, wie es in ihrem Gesicht arbeitete. Auch wenn sie ihrem Schicksal, Ritter Hartwins Frau werden zu müssen, nicht entgehen konnte, so wollte sie doch zuvor den Auftrag ihrer Äbtissin erfüllen. Sie fragte sich zwar immer wieder, ob Isabelle de Melancourt und die anderen Nonnen noch am Leben waren. Doch auch wenn sie alle umgebracht worden waren, wollte sie ihre Pflicht erfüllen. Irgendwie würde sie dafür sorgen müssen, dass die Mörder bestraft wurden. Lebten Isabelle und die anderen noch, so musste sie alles tun, um sie zu retten. Dafür aber musste sie nach Würzburg gelangen, und da erwies ihr Bräutigam sich als Hindernis.

»Wir sollten zu Bett gehen. Es wird spät!«, sagte sie, da ihr eine Idee kam, wie sie vorgehen musste.
»Du hast recht!« Marie stand auf, legte ihren rechten Arm um die junge Nonne und zog sie einen Augenblick lang an sich. »Wenn ich nur wüsste, wie, würde ich dir gerne helfen.«
Zunächst glaubte Donata, Marie hätte sie durchschaut, begriff dann aber, dass diese ihre geplante Heirat mit Ritter Hartwin meinte. Mit einer müden Bewegung hob sie die Schultern.
»Es ist der Wille meines Vaters! Für ihn zählen meine eigenen Wünsche nicht. Ich kann nur beten, dass die Ehe mit meinem Oheim nicht allzu schlimm wird.«
Insgeheim dachte Donata, dass sie unbedingt Isabelle de Melancourts Aussage oder die einer Mitschwester benötigte, um beweisen zu können, dass sie tatsächlich Elert von Frommbergs Tochter war. Sonst würde Ritter Hartwin sie für ein Mädchen aus dem Kloster halten, das sich für sie lediglich ausgab, und sie weiterhin schlecht behandeln. Auch wenn sie ahnte, dass er es auch dann tun würde, wenn er die Wahrheit kannte, so hoffte sie doch, dass ihr Vater es in seinem übermäßigen Stolz nicht zulassen würde, dass man sie wie eine Dienstmagd behandelte.
Marie bemerkte, wie es in Donata arbeitete, wusste aber keinen Rat. Daher führte sie die Nonne in die Kammer, die ihnen die Wirtsmagd gewiesen hatte, überzeugte sich, dass ein Nachtgefäß unter dem Bett stand, und fragte Donata, welche Seite des Bettes sie wählen würde.

7.

Es dauerte, bis Marie einschlafen konnte, denn sie haderte mit dem Schicksal, das die blutjunge Frau neben ihr zum Spielball ihres Vaters und ihres Onkels werden ließ. Obwohl sie das Problem von allen Seiten betrachtete, fand sie keine Möglichkeit, Schwester Justina – oder vielmehr Donata – zu helfen. Sie nach Würzburg mitzunehmen hatte keinen Zweck, weil Fürstbischof Johann von Brunn das Mädchen mit Sicherheit an ihre Verwandten ausliefern würde. Ebenso wenig war es möglich, Donata nach Kibitzstein zu bringen, denn jedes Gericht würde dem Vater das Recht zusprechen, nach eigenem Gutdünken über seine Tochter zu verfügen.
Nicht nur Marie machte sich Gedanken. Auf dem Weg in die Kammer hatte Donata gesehen, wo ihr frisch gewaschenes Hemd und ihre Kutte zum Trocknen auf einer Stange hingen. Da ihre Kleidung nicht mehr so aussah, als hätte sie diese durch einen Sumpf geschleift, hoffte sie, zum Würzburger Fürstbischof vorgelassen zu werden. Dafür aber musste sie in die Stadt und in seine Veste gelangen.
Um ihren Begleitern zu entkommen, würde sie sehr früh aufstehen müssen. Daher beschloss Donata, nicht zu schlafen, um im ersten Schein der Dämmerung das Bett zu verlassen. Als Nonne hatte sie gelernt, nächtelang zu beten und am nächsten Tag trotzdem ihre Pflicht zu tun. Allerdings würde sie ihre Gebete nur in Gedanken sprechen können, um Frau Marie nicht zu wecken. Sie rückte daher bis zum Rand des Bettes, faltete die Hände und betete in Gedanken den Rosenkranz. Wie oft sie dies in den Nachtstunden wie-

derholte, hätte sie schon bald nicht mehr zu sagen vermocht. Der Kampf gegen den Schlaf war hart, denn sie konnte weder aufstehen noch sich allzu sehr regen.
Ihre Bettnachbarin schlief irgendwann ein und träumte offensichtlich wild, denn sie warf sich mehrmals herum und griff zuletzt sogar nach ihr und hielt ihren Arm fest.
Donata wagte nicht, sich zu befreien, sondern flehte die Frau in Gedanken an, sich wieder anders hinzulegen. Am schlimmsten fand sie es jedoch, dass sie die Zeit nicht messen konnte. Zwar wusste sie in etwa, wie lange sie für den Rosenkranz brauchte, hatte aber nicht daran gedacht zu zählen, wie oft sie ihn schon gebetet hatte. Die einzige verlässliche Hilfe bot ihr die Morgendämmerung. Also musste sie aufpassen, dass sie den grauen Schein am Horizont nicht versäumte.
Die Zeit verging, und Donata sehnte den ersten Schimmer des erwachenden Tages herbei. Trotz ihrer Anspannung fielen ihr irgendwann doch die Augen zu, und sie schlummerte einige Zeit. Als sie wieder erwachte, bekam sie es mit der Angst zu tun, es wäre bereits zu spät zur Flucht und damit alles vergebens. Doch als sie sich vorsichtig aus dem Griff ihrer Bettnachbarin löste, aufstand und in die Decke gehüllt ans Fenster trat, war es draußen noch dunkel. Im Osten aber entdeckte sie einen Hauch von Rot am Himmel. Sofort war sie hellwach und warf Marie einen kurzen Blick zu. Diese schlief tief und fest und schien auch nicht mehr von bösen Träumen gequält zu werden.
Erleichtert öffnete Donata die Tür und spähte hinaus. Noch war es in der Herberge ruhig. Nur aus einer der Kammern drang ein misstönendes Schnarchen, das sie aus ihrer Abneigung heraus Ritter Hartwin zuordnete. Leise schloss sie die Tür hinter sich und stieg die Treppe hinab.
Wenig später hatte sie ihr Hemd und ihre Kutte von der Stange genommen und streifte sich beides über. Sie band

sich auch noch die Sandalen fest, dann verließ sie die Herberge und schlich zum Stall.
Die Pferde stampften unruhig, als sie eintrat, und von oben ertönte ein weitaus leiseres Schnarchen als das, welches sie eben vernommen hatte. Nun kam der schwierigste Part, denn sie musste im schwachen Licht der Nachtlaterne ihre Stute satteln. Dies hatte sie noch nie getan, aber da sie unterwegs häufig den Knechten dabei zugesehen hatte, traute sie sich zu, es diesmal selbst zu schaffen.
Als sie den Sattel aufgelegt hatte, verzweifelte sie beinahe, denn die Stute schien sich einen Spaß daraus zu machen, sie immer wieder gegen die Wand zu drücken und wild zu stampfen. Jedes Mal erstarrte Donata und lauschte, ob der Knecht von dem Lärm wach wurde. Doch das Glück verließ sie nicht, und nach schier endloser Zeit saßen Sattel und Zaumzeug fest, und sie konnte die Stute aus dem Stall führen. Auch das Hoftor stellte kein großes Hindernis für sie dar, denn es war nur durch einen einfachen hölzernen Riegel gesichert, den sie leicht anheben konnte. Schwieriger wurde es, sich in den Sattel zu hieven, doch schließlich gelang ihr auch das, und sie konnte das Dorf verlassen. Wohin sie sich wenden musste, um Würzburg zu erreichen, hatte sie am Vorabend Frau Marie entlockt.
Als die Gäste der Herberge wach wurden, fiel das Fehlen der Nonne zunächst niemandem auf. Marie nahm an, Donata hätte die Kammer bereits verlassen, um mit ihren Begleitern zu frühstücken, und machte sich selbst reisefertig. Sie aß ihren Morgenbrei in der gleichen Kammer, in der sie das Abendessen eingenommen hatte. Diesmal gesellte sich Michel, der Hartwins Aufschneidereien überdrüssig geworden war, zu seiner Frau, küsste sie und schüttelte dann den Kopf. »Ich hoffe, du hast angenehmer geruht als ich. Einer von Ritter Hartwins Knechten hat derartig geschnarcht, dass ich fast kein Auge zugemacht habe.«

»Bei mir hat es auch eine Weile gedauert, bis ich einschlafen konnte. Mich beschäftigt das Schicksal der jungen Frau. Ihr Vater hat sie aus dem Kloster herausholen lassen, um sie mit diesem Hartwin zu verheiraten.«
»Das habe ich auch gehört. Dabei ist der doch, soviel er mir gestern erzählt hat, ihr Oheim«, antwortete Michel kopfschüttelnd.
»Ihr Vater hat sich aus Rom einen Dispens besorgt, damit sie ihr Nonnengewand ablegen kann, und einen anderen für die Ehe mit ihrem Verwandten.« Marie fauchte leise und machte eine resignierende Geste. »Es gibt einfach zu viel Ungerechtigkeit auf der Welt.«
»Man muss immer schauen, wie man am besten durchs Leben kommt«, antwortete Michel nachdenklich.
»Das darf aber kein Freibrief für Feigheit sein!« Marie wurde ein wenig laut, denn für sie hatte es sich so angehört, als wolle Michel allen Problemen aus dem Weg gehen. Dann aber dachte sie daran, wie mutig und entschlossen er ihr vor vielen Jahren in Konstanz beigestanden hatte, und senkte betroffen den Kopf. »Es tut mir leid! Ich wollte dich nicht kränken.«
»Sagen wir lieber, ich habe mich ungeschickt ausgedrückt«, erklärte Michel mit einem nachsichtigen Lächeln. »Ich hätte besser gesagt, man muss zusehen, wie man mit dem Leben fertig wird. Das ist beileibe nicht immer leicht, und sich ständig wegducken heißt, anderen die Gelegenheit zu geben, einem auf den Rücken zu schlagen. Man muss sich verteidigen, sowie es unumgänglich ist.«
»So ist es besser«, antwortete Marie, während sie sich ein Stück Brot abschnitt. »Nur wird Donata nicht die Gelegenheit finden, sich zur Wehr zu setzen.«
»Auch wenn sie dir leidtut: Wir können nichts ändern!« Michel kannte Marie und wollte sie davor warnen, unbedachte Schritte zu unternehmen.

Sie nickte seufzend. »Ich weiß! Deshalb tut es mir ja doppelt leid.«
»Sobald wir gefrühstückt haben, brechen wir auf und werden diese Leute wohl niemals mehr wiedersehen.« Bei der Vorstellung lächelte Michel erleichtert, denn er hatte Hartwin von Frommberg am Abend vorher zur Genüge kennengelernt und hielt ihn für einen sehr ungehobelten Menschen.
»Wahrscheinlich hat eine gierige Verwandtschaft seinen Halbbruder dazu bewogen, dem Bastardsohn seines Vaters die Tochter anzutragen«, sagte er und berichtete zwischen einigen Bissen zähen Brotes, was er von dem Frommberger erfahren hatte.
Marie und Michel blieb nicht viel Zeit, sich zu unterhalten, denn auf einmal platzte Ritter Hartwin in den Raum. Seine vier Begleiter folgten ihm und stellten sich um den Tisch auf, an dem die beiden saßen.
»Wo ist sie?«, fragte Donatas Bräutigam mit drohender Stimme.
»Ich verstehe nicht, was Ihr meint«, antwortete Michel ungehalten.
Sofort schlug einer der Frommberger Knechte mit der Faust auf den Tisch. »Steh meinem Herrn gefälligst Rede und Antwort, wenn er es von dir verlangt!«
Diese Frechheit war zu viel. Michel legte das Brot beiseite, stand auf und trat auf den Kerl zu. »Rede mich gefälligst so an, wie es einem freien Reichsritter zusteht, Knecht! Sonst lehre ich dich die gebotene Höflichkeit.«
Der andere warf seinen Kameraden einen kurzen Blick zu und wich einen Schritt zurück. Gleichzeitig zogen diese ihre Schwerter und richteten sie auf Michel. Ihr Anführer packte unterdessen Marie an den Schultern und schüttelte sie.
»Du hast im gleichen Bett wie meine Braut geschlafen. Also musst du wissen, wo sie ist. Sag es mir, sonst …«
Mit einer raschen Bewegung entwand Marie sich seinem

Griff und versetzte ihm eine schallende Ohrfeige. »Das hier ist für Eure Unverschämtheit!«, fauchte sie ihn an.
Da Hartwin von Frommberg die Hand hob, um zurückzuschlagen, zog sie ihren Dolch und streckte ihn dem Mann entgegen. »Glaubt nur nicht, dass ich damit nicht umgehen kann. Also bleibt friedlich und sagt Euren vier Auerochsen, sie sollen die Schwerter wegstecken. Es wäre ja noch schöner, wenn ein paar landfremde Knechte hier bei Würzburg einen Freund des Fürstbischofs ungestraft bedrohen könnten! Was Schwester Justina – oder vielmehr Eure Braut Donata – betrifft, so befand diese sich, als ich heute Morgen aufwachte, nicht mehr in der Kammer, und ich habe sie auch nirgends mehr gesehen.«
Hartwin von Frommberg starrte auf die Spitze des Dolches, der sich keine zwei Zoll vor seinem Gesicht befand, und spürte Maries Willen, die Waffe einzusetzen. Zu seinem Leidwesen befanden seine eigenen Männer sich auf der anderen Seite des Tisches. Als einer von diesen auf ihre Seite kommen wollte, wanderte Maries Dolch weiter auf seine Kehle zu.
»Ich sagte, Eure Ochsen sollten ihre Waffen wegstecken!« Marie klang so scharf, dass Ritter Hartwin förmlich schrumpfte.
»Tut, was sie sagt!«, befahl er seinen Männern.
Widerwillig gehorchten die Knechte. Um zu verhindern, dass Marie und er noch länger zu zweit gegen fünf standen, rief Michel nach seinen Leuten.
»Frieder! Hannes! Heiner! Wo seid ihr? Kommt sofort hierher!«
Die drei Kibitzsteiner schossen förmlich zur Tür herein.
»Was gibt es, Herr?«, fragte Hannes, ihr Anführer.
»Seht zu, dass die Kerle hier verschwinden. Mein Gemahl und ich lassen uns nicht gerne beim Essen stören!«, befahl Marie voller Zorn.

Beim Anblick der vier Frommberger Knechte zogen Hannes und seine beiden Freunde blank. »Ihr habt unsere Herrin gehört. Also macht, dass ihr hier rauskommt! Wir müssten sonst nachhelfen.«
Mittlerweile war Donatas Bräutigam zu der Überzeugung gelangt, dass er mit seinen Drohungen den Bogen überspannt hatte. Ein Streit, vielleicht gar ein Kampf mit einem Edelmann, der beim Fürstbischof von Würzburg gut angesehen war, konnte ihn hier im Hochstift in große Schwierigkeiten bringen. Daher wandte er sich mit einer heftigen Geste an seine Leute. »Geht und forscht nach, ob irgendjemand meine Braut gesehen hat!«
Während die vier Kerle mürrisch abzogen, wandte er sich wieder an Marie. »Ihr sagt, Ihr hättet meine Braut heute Morgen nicht mehr gesehen?«
Diese nickte. »So ist es.«
»Hat sie Euch vielleicht gestern gesagt, was sie vorhat?«, bohrte Ritter Hartwin weiter.
»Glaubt Ihr, sie hätte mich, eine Fremde, eingeweiht, wenn sie von hier verschwinden will?«
»Nun, ich dachte, weil Ihr auch ein Weib seid …«, begann der Ritter und wurde sofort von Marie unterbrochen.
»Erzählt Ihr einem Gast, der zufällig in derselben Herberge wie Ihr übernachtet, auch sofort alles, was Euch bewegt und was Ihr vorhabt?«, fragte sie voller Spott, um dann eisig hinzuzufügen: »Jetzt wäre ich Euch sehr verbunden, wenn Ihr mich in Ruhe weiterfrühstücken lasst. Unter meinen Röcken werdet Ihr das Mädchen jedenfalls nicht finden.«
Michel lachte leise und machte eine Bewegung, als wolle er ein Huhn verscheuchen. Die Geste wirkte auf den Frommberger so beleidigend, dass dieser es bedauerte, sich nicht mit dem Mann anlegen zu können. Mit Groll im Herzen verließ er die Kammer und herrschte draußen den Wirt an, ob er wisse, wo seine Begleiterin sei.

Gewohnt, dass man ihm im Dorf mit Achtung begegnete, rümpfte der Mann die Nase. »Bin ich der Hüter der jungen Dame oder seid Ihr es, Herr Ritter? Ich habe sie heute noch nicht gesehen.«

Nach dieser patzigen Antwort stand Hartwin von Frommberg kurz vor dem Platzen. Da stürmte sein Stellvertreter Stoffel herein. »Herr Hartwin!«, rief er außer Atem. »Die Stute ist weg! Aber der Stallknecht will sie nicht gesattelt haben.«

»Der Kerl lügt! Gewiss ist er mit diesem Biest im Bunde.«

Der Frommberger eilte aus dem Haus und fand seine Männer im Stall versammelt. Zwischen ihnen steckte der Knecht, dessen blutige Lippen davon zeugten, dass Hartwins Gefolgsleute ihn rauh behandelt hatten.

»Wo ist meine Begleiterin?«, schrie der Ritter ihn an.

Der Knecht hatte genug von den Hieben und sah es daher als sein Recht an, eine Notlüge zu gebrauchen. »Eigentlich darf ich es ja nicht sagen, denn die fromme Schwester hat es mir verboten, aber sie musste heute Morgen sehr früh aufbrechen. Da sie ja geistlichen Standes ist, dachte ich, es hätte alles seine Ordnung.«

»Trottel!«, brüllte Ritter Hartwin ihn an. »Sag, wohin ist sie geritten?«

In dem Wissen, weitere Schläge zu bekommen, wenn er keine Antwort gab, deutete der Stallknecht aufs Geratewohl in eine Richtung. »Dorthin, Herr!«, sagte er noch, zwängte sich dann an den Kerlen vorbei, die ihn in der Zange hatten, und eilte ins Hauptgebäude, um sich beim Wirt über diese Gäste zu beschweren.

»Weit kann sie noch nicht gekommen sein«, erklärte Hartwin. »Also, marsch in die Sättel und hinterher!«

»He, Stallknecht, sattle unsere Pferde!«, rief Stoffel.

Doch der Knecht hatte genug von ihm und seinem Herrn und ließ sich nicht blicken. Also blieb den Frommbergern

nichts anderes übrig, als ihre Gäule selbst zu satteln. Kaum hatten sie diese auf den Hof geführt, wartete der Wirt mit seinem gesamten Gesinde und einigen Nachbarn auf sie.
»Habt Ihr nicht etwas vergessen, Herr Ritter?«, fragte der Wirt grimmig.
»Nicht, dass ich wüsste!« Ritter Hartwin wollte seinen Hengst an dem Mann vorbeilenken, doch dieser vertrat ihm den Weg und packte die Zügel. »In diesem Land ist es Sitte, dass man für Übernachtung und Essen bezahlt. Also zückt Euren Beutel und begleicht Eure Zeche!«
Da sich immer mehr Dörfler zusammenrotteten, blieb Hartwin von Frommberg nichts anderes übrig, als seine Geldkatze abzuschnallen und einige Münzen herauszunehmen. Mit einer verächtlichen Geste warf er sie dem Wirt zu.
»Hier, das dürfte wohl genug sein!«, rief er.
Zu seinem Pech fiel eine Münze zu Boden, und sein Pferd stellte den Huf darauf. Der Wirt zählte das Geld und schüttelte den Kopf. »Ein Schilling fehlt noch!«
»Aber den habe ich dir gegeben!« Ritter Hartwin funkelte den Wirt zornig an, doch der schüttelte den Kopf.
»Gegeben habt Ihr mir nichts, sondern es mir zugeworfen wie einem Hund den Knochen. Da hier kein Schilling auf dem Boden liegt, müsst Ihr ihn eben herausrücken!«
»Ganz genau! Das müsst Ihr!«, rief der Pferdeknecht. Er hatte zwar gesehen, was mit der anderen Münze passiert war, dachte aber nicht daran, den Ritter darauf aufmerksam zu machen.
»Verflucht gieriges Pack!« Mit diesen Worten feuerte Ritter Hartwin einen weiteren Schilling auf den Boden und ließ sein Pferd antraben.
Der Wirt musste zur Seite springen, um nicht niedergeritten zu werden, und ballte die Faust. »Kommt mir ja nicht mehr unter die Augen!«
Noch während er schimpfte, musste er erneut Platz machen.

Die vier Waffenknechte des Frommbergers konnten ihre Wut kaum bezähmen, folgten aber ihrem Herrn. Als sie den Hof verlassen hatten, spie der Wirt verächtlich aus und wies dann auf den Schilling, der einsam auf dem Boden glänzte. »Nimm ihn dir, Lutz, für die Schrammen, die diese unguten Kerle dir beigebracht haben. Und so was will ein Edelmann sein! Da lobe ich mir den Kibitzsteiner. Der weiß, was sich gehört.«

8.

Von der Behauptung des Stallknechts in die Irre geführt, ritten Hartwin von Frommberg und seine Männer denselben Weg zurück, den sie gekommen waren.

Der Ritter glühte vor Zorn und stieß eine Verwünschung nach der anderen aus. »Dieses Bauern- und Wirtsgesindel gehört aufgehängt! Wie können diese Kerle es wagen, mich so zu behandeln?«

»Da könnt Ihr den Kibitzsteiner und sein Weib auch gleich mit aufhängen«, rief Stoffel, den der schmachvolle Rückzug aus der Kammer immer noch ärgerte.

Ritter Hartwin nickte mit düsterer Miene und wies nach vorne. »Was meinst du, weshalb die Metze diesen Weg gewählt hat?«

»Ich nehme an, dass sie Verwandtschaft in der Nähe hat, zu der sie will. Mit uns ist sie nur geritten, um nicht ohne Geld und zu Fuß die Strecke zurücklegen zu müssen«, gab sein Stellvertreter zum Besten.

»Verdammt, ich brauche das Weibsstück! Ohne diese Dirne an meiner Seite kann ich meinem Bruder nicht unter die Augen treten. Der nimmt sonst an, ich hätte mich seiner Tochter entledigt, um ohne Heirat an seinen Besitz zu kommen. So wie ich ihn kenne, setzt er aus reiner Bosheit noch König Sigismund als Erben ein – oder gar den Fürstbischof von Mainz.«

Ritter Hartwin knirschte vor Wut mit den Zähnen und befahl seinen Männern, schneller zu reiten. Erst nach einer Weile wurde er ruhiger und lachte boshaft auf. »Wenn wir dieses Biest wieder eingefangen haben, werde ich ihm das Hinterteil verbläuen, dass es nicht mehr sitzen kann.«

»Das, Herr Ritter, halte ich für keinen guten Vorsatz«, widersprach Stoffel. »Dann kann sie nämlich auch nicht reiten, und wir müssen noch länger in diesem Landstrich mit seinen aufmüpfigen Wirten bleiben.«
»Sie muss reiten!«, bellte Frommberg.
»Was macht Ihr, wenn wir dann nach Mainz kommen und sie Eurem Bruder das grün und blau verfärbte Hinterteil zeigt? Herr Elert hält das Mädchen für seine Tochter, und er hat strenge Richtlinien erlassen, denen zufolge Ihr das Weibsstück in Ehren halten müsst. Wenn er glaubt, Ihr hättet das Mädchen misshandelt, wird er von einer Heirat mit Euch absehen und einen anderen Bräutigam für sie wählen.«
Diesen Einwand konnte Ritter Hartwin nicht beiseiteschieben.
»Du hast recht!«, brummte er unwillig. »Ich kann die Metze nicht so verprügeln, wie sie es verdient hätte. Doch irgendwann geht mein Bruder zum Teufel, und dann bin ich der Herr, und sie wird meine Hand zu spüren bekommen.«
In dem Augenblick wies einer seiner Männer auf drei Reiter, die ihnen entgegenkamen. »Vielleicht haben diese Leute Eure Braut gesehen.«
Hartwin von Frommberg nickte. »Wir werden sie fragen.«
Während die Reiter näher kamen, wunderte er sich über die braunen Umhänge mit dem seltsamen Kreuz darauf, denn er hatte noch nie von einem Ritterorden mit diesem Zeichen gehört. Doch letztlich konnte ihm das gleichgültig sein. Er zügelte sein Pferd so, dass es den Fremden den Weg versperrte.
»Gott zum Gruß, meine Herren. Ich suche eine junge Nonne. Habt ihr sie zufällig gesehen?«, fragte er.
Die drei Reiter sahen sich kurz an, dann deutete einer nach hinten. »Vor einer Stunde etwa kam uns eine Braut Christi entgegen. Wenn Ihr rasch reitet, holt Ihr sie bis Mittag ein.«
»Habt Dank!« Erleichtert, eine so klare Auskunft erhalten

zu haben, lenkte Hartwin von Frommberg seinen Hengst an den drei Reitern vorbei und ließ ihn antraben. Seine Gefolgsleute folgten ihm wie ein vierfacher Schatten.
Die Ordensritter blickten ihnen nach und grinsten dann einander an. »Welch ein Narr!«, spottete der, der die Auskunft gegeben hatte. »Wenigstens wissen wir jetzt, dass wir auf der richtigen Spur sind. Der Kerl da eben muss Hartwin von Frommberg gewesen sein, der seine Braut abholen sollte. Wahrscheinlich hat er sie unterwegs aufgegriffen, und sie ist ihm hier irgendwo abhandengekommen.«
»Aber wo mag die Frau sein?«, fragte einer seiner Begleiter.
»Auf jeden Fall nicht hinter uns. Kommt, lasst uns weiterreiten! Beim nächsten Dorf werden wir nach Donata von Frommberg fragen.«
Der Anführer spornte seinen Gaul an und legte die Strecke bis Rottendorf im Galopp zurück. Dort musste er sein Pferd zügeln, weil ihm ein Hütejunge mit einer Kuhherde entgegenkam.
»He, du da!«, rief der Ordensritter. »Hast du heute eine Nonne gesehen?«
»Ja, das habe ich!«, antwortete der Junge. »Sie ist in aller Herrgottsfrühe durchs Dorf geritten.«
»In welche Richtung?«, fragte der Ritter weiter.
»Auf Würzburg zu!«
Der Ordensritter nickte zufrieden. »Und wie kommt man von hier nach Würzburg?«
»Da müsst Ihr diesen Weg weiterreiten und nach dem Dorf links abbiegen. Dort steht ein Meilenstein.«
»Gott wird dir deine Auskunft vergelten!«, erklärte der Ritter und wartete, bis der Junge die Kühe an ihm und seinen Gefährten vorbeigetrieben hatte. Dann ritt er weiter und durchquerte das Dorf, ohne nach rechts oder links zu schauen. Wenig später erreichte er den genannten Meilenstein und bog in die Richtung ab, die nach Würzburg führte. Da der

Weg frei war, ließ er seinen Gaul rascher laufen und winkte seinen Begleitern, zu ihm aufzuschließen.
»Wenn wir schnell genug sind, holen wir sie noch vor der Stadt ein«, rief er und legte eine Hand bezeichnend auf den Schwertgriff.
»Und wenn nicht?«, fragte einer seiner Männer.
»Dann folgen wir ihr in die Stadt und sehen zu, dass wir sie dort erwischen.«
Da sich der Anführer bei diesen Worten umschaute, entdeckte er hinter sich eine Reitergruppe, die aus vier Männern und einer Frau bestand, welche ebenfalls auf Würzburg zuhielten.

9.

Donata hatte es sich leichter vorgestellt, nach Würzburg zu reiten. Doch sie war, da sie die Zügel kaum einmal selbst hatte führen dürfen, im Reiten viel zu ungeübt. Ihre Hoffnung, trotzdem so gut mit dem Pferd umgehen zu können, dass ihre Flucht gelang, erhielt bereits auf der ersten halben Meile einen argen Dämpfer. Die Stute bog einfach nach links in einen Waldweg ab und schnaubte unwirsch, als Donata sie wieder herumziehen wollte.

»Bitte tu, was ich möchte! Ich muss dringend nach Würzburg. Stutchen, lass mich jetzt nicht im Stich. Wir sind doch bisher so gut miteinander ausgekommen«, flehte sie die Stute an.

Nach einer Weile gelang es ihr endlich, ihr Pferd zu wenden und den Waldweg zurückzureiten. Das Tier bog auch gehorsam in Richtung Würzburg ein, doch Donata schätzte, dass sie durch diesen Abstecher mindestens eine halbe Stunde verloren hatte. Wenn Ritter Hartwin ihre Flucht zu früh bemerkte hatte, würde er bereits unterwegs sein.

»Ich muss schneller werden!«, stöhnte sie und versuchte, die Stute anzutreiben. Diese setzte ihren Weg jedoch in einem so gemächlichen Schritt fort, als hätte sie alle Zeit der Welt.

»Vorwärts, du stures Biest!«, schalt Donata und hieb ihr die Zügelenden gegen den Hals. Statt schneller zu werden, bockte das Pferd und warf sie beinahe ab.

»Verzeih mir das ›sture Biest‹! Du bist ein ganz braves Tier.«

Donata schwitzte Blut und Wasser, bis sie die Stute wieder unter Kontrolle hatte und diese einen leichten Zuckeltrab einschlug, der ihr wenigstens das Gefühl gab, ihrem Ziel näher zu kommen.

Sie sah bereits die Mauern der Stadt vor sich, als hinter ihr Hufschlag erklang. Donata drehte sich um und erschrak bis ins Mark. Hinter ihr kam nicht ihr Verlobter mit seinen Männern, sondern drei Reiter in braunen Kapuzenumhängen. Wie es aussah, hatten die Ordensritter sie bis hierher verfolgt.
Nur die Angst, die Stute könnte erneut bocken, hielt sie davon ab, das Tier mit den Zügelenden anzutreiben. »Bitte, lauf!«, stöhnte sie und maß ihre Entfernung zum Tor und die zu ihren Verfolgern. Das Ergebnis war ernüchternd. Die Ordensritter würden sie schon lange vorher erreicht haben. Nun konnte sie nur hoffen, dass die Männer es angesichts der nahen Stadt nicht wagen würden, Hand an sie zu legen. Den Erfahrungen im Kloster zufolge traute sie den Kerlen jedoch alles Schlechte zu.
Der Anführer der Verfolger quittierte die Probleme der Nonne mit ihrem Reittier mit einem triumphierenden Lachen. »Wir kriegen das Weib weit genug vor dem Stadttor, so dass die Wachen nicht eingreifen können.«
»Was machen wir mit ihr?«, fragte einer seiner Begleiter.
»Wenn wir sie gefangen nehmen, haben wir sie den gesamten Heimritt am Hals und müssten sowohl auf sie achtgeben wie auch auf ihren Verwandten, den Frommberger. Daher ist es wohl am besten, wir erschlagen das Weib und verschwinden dann aus dieser Gegend! Das wäre auch im Sinne des Hochmeisters!«
Bei diesen Worten streichelte der Anführer seinen Schwertgriff und rückte die Waffe so zurecht, dass er sie ziehen konnte, sobald er zu Donata aufgeschlossen hatte.
Die drei Ordensritter waren so in ihre Jagd vertieft, dass sie Marie, Michel und deren Begleiter völlig außer Acht ließen. Zunächst ritten sie auch schneller als diese. Dann aber entdeckte Marie ein ganzes Stück vor sich Donata und kurz dahinter deren Verfolger.

»Sieht das nicht so aus, als wären diese Reiter hinter der Nonne her?«, fragte sie Michel verwirrt.
Ihr Mann blickte ebenfalls nach vorne und nickte. »Das könnte schon sein, aber wieso?«
»Ich wusste, dass die fromme Schwester ein Geheimnis verbirgt. Donata versuchte gestern zu offensichtlich, mich über Würzburg und den Fürstbischof auszuhorchen. Sie will zu ihm, und ich habe das Gefühl, als wollten diese Leute dort vorne sie daran hindern. Los, lass uns schneller reiten, damit wir notfalls ein Schurkenstück verhindern können.«
»Was du schon wieder denkst!«, antwortete Michel kopfschüttelnd, spornte aber sein Ross an.
Marie hielt sich auf ihrer Stute knapp hinter ihm, während die Waffenknechte mit ihren langsameren Gäulen mehr und mehr zurückblieben. Bald hatten Michel und Marie den Abstand zu Donatas Verfolgern halbiert und waren schon der Ansicht, die junge Nonne würde vor diesen das Tor erreichen. Da bockte Donatas Stute erneut und warf ihre Reiterin ab. Donata flog im hohen Bogen ins Gebüsch, rappelte sich mühsam wieder auf und sah die drei Ordensritter vor sich, deren Gesichter in den über den Kopf gezogenen Kapuzen verborgen lagen. Drei Augenpaare funkelten sie triumphierend an.
»Jetzt haben wir dich, du kleine Hure!«, rief der Anführer und zog sein Schwert.
Du musst fliehen, durchfuhr es Donata, doch sie starrte wie gelähmt auf die blitzende Klinge, die sich gleich in ihren Leib bohren würde.
Da ertönte ein wütender Schrei. Marie stieß ihrer Stute den Sporn in die Weichen und sprengte auf den Ordensritter zu. Dessen Pferd wollte ausweichen, war aber zu langsam und wurde mitten in der Bewegung gerammt. Während es Marie gelang, sich auf ihrem Reittier zu halten, wurde der Ordens-

ritter aus dem Sattel geworfen, schlug mit dem Kopf voran auf den Boden und blieb regungslos liegen.
Die beiden anderen sahen kurz auf ihren Kameraden hinunter und zogen ihre Schwerter.
»Dafür wirst du sterben, Weib!«, rief einer und wollte auf Marie losgehen.
»Das denkst auch nur du!« Michel lenkte seinen Hengst zwischen die Kerle und seine Frau und wehrte die Klinge des Gegners mit dem Schwert ab.
Die Ordensritter begriffen, dass sie zuerst Michel niederkämpfen mussten, bevor sie auf die beiden Frauen losgehen konnten. Zu zweit gegen einen glaubten sie leichtes Spiel zu haben, doch Michel war geübt und kämpfte mit dem kalten Zorn eines Mannes, der seine Frau bedroht sieht. Schließlich griff einer der Ordensritter ihn mit wuchtigen Schwerthieben an und drängte ihn ein wenig zurück, während der andere Michel in den Rücken fallen wollte.
Marie zog ihren Dolch, um ihrem Mann zu Hilfe zu kommen. Da vernahm sie ein Schwirren, gefolgt von einem leichten Schlag, und sah den Pfeil, der in den Rücken des heimtückischen Angreifers eingeschlagen hatte.
»Haltet aus, Herr Michel!«, klang eine Stimme auf.
Ein junger Mann tauchte am Waldrand auf. Er war in lederne Hosen und ein ledernes Wams gekleidet und trug auf dem Kopf eine schlichte Kappe. Eben legte er einen weiteren Pfeil auf die Sehne, musste jedoch nicht mehr schießen, denn Michel warf den letzten Ordensritter mit einigen harten Schwertstreichen aus dem Sattel. Dann wollte er sich dem Ritter zuwenden, den der Pfeil getroffen hatte, doch der rutschte gerade vom Pferd und prallte mit einem dumpfen Ton auf die Erde.
»Ich glaube nicht, dass der noch einmal aufsteht«, stellte Michel bissig fest.
»Der hier auch nicht!« Maries Stimme klang belegt, als sie

auf den Ritter zeigte, den ihre Stute aus dem Sattel geschleudert hatte. Sein verdrehter Kopf verriet, dass der Mann sich das Genick gebrochen hatte. Obwohl er Donata im nächsten Augenblick erschlagen hätte, fühlte Marie sich schuldig an seinem Tod.

Der von Michel verletzte Ordensritter war trotz seiner stark blutenden Wunden wieder auf die Füße gekommen und blieb für einen Augenblick schreckensstarr neben seinem Gaul stehen. Seine Gefährten lebten nicht mehr, und er selbst hatte keine Chance, dem Ritter und dem Bogenschützen zu entkommen. Aber er durfte auch nicht in Gefangenschaft geraten. Den Ritter noch einmal anzugreifen, erschien ihm sinnlos, denn der hatte sich als zu guter Kämpfer erwiesen und würde ihn mit dem nächsten Hieb erschlagen. Da traf sein Blick Donata, die schreckensbleich neben der Straße stand und nicht zu begreifen schien, was um sie herum geschah. Wenn er das Weib tötete, hatte er den Auftrag seines Hochmeisters erfüllt. Mochte der Ritter ihn danach erschlagen – ihm war das Paradies sicher.

Mit einem Schritt war der Mann bei der Nonne und überraschte Michel damit. Doch als er sein Schwert hochriss, um Donata zu töten, traf ihn der Pfeil des jungen Schützen. Trotz der neuen Verletzung versuchte er, sein Werk noch zu vollenden. Marie, die aus dem Sattel geglitten war, hechtete auf Donata zu und riss sie zu Boden. Im nächsten Moment fuhr die Klinge des Ordensritters über die Köpfe der Frauen hinweg. Ehe dieser zu einem zweiten Schlag ausholen konnte, war Michel über ihm und schwang sein Schwert mit aller Kraft.

Der Schlag hallte unheimlich von den Bäumen wider, dann waren nur noch das Stampfen der Pferde und das Geräusch des Windes in den Büschen zu vernehmen. Erst als der Bogenschütze zu der Gruppe trat und sich grüßend vor Marie und Michel verbeugte, fiel die Lähmung von dem Paar und auch von Donata ab.

»Ich danke dir, Krispin!« Michel lächelte erleichtert und atmete tief durch. »Bei Gott, was waren das für Schurken?«
Marie half Donata auf und drückte sie tröstend an sich. Dann schob sie die junge Frau ein Stück von sich und blickte sie auffordernd an. »Ich fürchte, du wirst uns einiges erklären müssen, Mädchen – und dem Fürstbischof wohl ebenfalls!«
»Das will ich tun! Bitte, bringt mich so schnell wie möglich zu Herrn Johann von Brunn«, antwortete Donata und hielt sich den Ärmel vors Gesicht, denn sie vermochte die drei toten Ordensritter nicht anzusehen. Selbst der Gedanke, dass diese Männer mehrere ihrer Mitschwestern ermordet hatten, vertrieb nicht das bittere Gefühl, dass die drei ihretwegen gestorben waren.
»Gewiss werden wir dich zum Fürstbischof bringen!« Maries Worte klangen beinahe wie eine Drohung, doch Donata ergriff ihre Hand und führte sie an ihre Lippen.
»Vergelte es Euch Gott, was Ihr für mich getan habt. Ich sah mich schon tot!«
»Der Dank gebührt nicht nur mir, sondern auch meinem Mann und ganz besonders Krispin, der auf unserer Seite eingegriffen hat.« Marie lächelte dem Burschen dankbar zu.
Nun drehte Donata sich zu dem Mann in Jägerkleidung um. Krispin konnte höchstens ein, zwei Jahre älter sein als sie, denn sein Gesicht wirkte noch jugendlich weich. Zudem war er nur einen halben Kopf größer als sie und schlank wie eine Tanne. Der entschlossene Zug um seine Lippen aber verriet, dass er sich durchzusetzen wusste. Als er den Mund öffnete, blitzten ihr zwei Reihen blendend weißer Zähne entgegen. Seine Augen waren von einem sanften Blau, und sein Haar war der Strähne nach, die sich unter seiner Kappe hervorstahl, von dunklem Blond.
»Ich danke auch Euch, Herr«, sagte sie.

Krispin winkte mit einer heftigen Geste ab. »Ich bin kein Herr, sondern nur ein Bastard, dessen Vater nicht zu mir stehen will! Außerdem bin ich nicht Euch beigesprungen, sondern Herrn Michel und Frau Marie.«

Die schroffe Antwort verletzte Donata, und sie sah Marie hilfesuchend an.

Diese schüttelte seufzend den Kopf. Obwohl sie Krispin recht gut kannte und seine Verbitterung verstand, so ärgerte sie seine Unhöflichkeit.

»Ich danke dir ebenfalls, Krispin, und ich würde mich freuen, dich einmal auf Kibitzstein begrüßen zu dürfen.« Es klang kühler, als ihr Helfer es verdient hatte.

Unterdessen hatten Heiner, Hannes und Frieder zu ihnen aufgeschlossen und starrten die drei toten Ordensritter erschrocken an. »Da brat mir doch einer einen Storch! Was ist diesen Kerlen eingefallen, euch anzugreifen?«, rief Hannes aus.

»Eigentlich haben wir sie angegriffen. Sie wollten die junge Dame hier ermorden«, erklärte Marie, und Michel setzte hinzu, dass die Waffenknechte die Pferde der Toten und Donatas Stute einfangen sollten.

»Dort kommen bereits Leute aus der Stadt. Sie sollen euch helfen, die Leichen nach Würzburg zu bringen. Mich würde interessieren, welchem Orden die Kerle angehören. So ein eigenartiges Kreuz habe ich noch nie gesehen!« Marie blickte Donata an und erhoffte von ihr Auskunft.

Die junge Frau senkte den Kopf. »Ich weiß auch nicht, wer diese Männer sind. Sie haben vor etlichen Tagen unser kleines Kloster überfallen, mehrere meiner Mitschwestern umgebracht und den Rest samt unserer Äbtissin gefangen genommen. Mir ist es als Einziger gelungen zu entkommen. Jetzt hoffe ich, in Würzburg Hilfe zu erhalten.«

»Wenn die Kerle da Frauenmörder sind, tut es mir weniger leid, dass sie durch unsere Hand umgekommen sind«, ant-

wortete Marie und bat Krispin, Donata auf die Stute zu heben, die einer ihrer Knechte eben herbeiführte.
Der junge Mann folgte ihrer Aufforderung mit ablehnender Miene und blickte Donata auch nicht an, während er ihr half.
Der Zwischenfall war von der Stadt aus beobachtet worden, und es eilten bereits eine Gruppe von Bütteln des bischöflichen Richters und dieser selbst zum Ort des Geschehens. Der misstrauische Blick des Beamten verlor sich, als er Marie und Michel erkannte.
»Bei Gott, welch eine Frechheit, weniger als eine Achtelmeile vor der Stadt einen Überfall zu wagen!«, rief er und begrüßte das Paar. »Willkommen in Würzburg, Herr Michel, und auch Euch, Frau Marie. Was habt Ihr mich erschreckt! Ich habe schon angenommen, im Würzburger Land sei eine Fehde ausgebrochen. Was sind das für Kerle?«
»Das wüssten wir auch gerne«, antwortete Marie. »Sie kleiden sich wie Mitglieder eines Ritterordens, doch von dem Zeichen, das sie tragen, habe ich noch nie etwas gehört.«
»Werden wohl Ausländer sein!«, meinte der Richter und wies seine Knechte an, die Toten in die Stadt zu bringen. Dann wandte er sich wieder an Marie und Michel. »Was beliebt Ihr jetzt zu tun?«
»Wir wollen umgehend Seine Eminenz aufsuchen und mit ihm sprechen!« Maries Blick warnte Michel und auch Donata, mehr zu sagen, denn sie wollte nicht, dass der Vorgang unter die Leute kam, bevor sie selbst Genaueres darüber wusste. Daher schenkte sie dem Stadtrichter ein freundliches Lächeln und lenkte ihre Stute auf das Stadttor zu.

10.

Im Allgemeinen trat Johann von Brunn, Fürstbischof von Würzburg, standesgemäß mit großem Gefolge auf. Doch als Marie und Michel ihm diesmal gemeldet wurden, zog er es vor, sie ohne seine Berater und Höflinge zu empfangen. Er wollte niemanden als Zeugen haben, wenn er die beiden um ein Darlehen anging. Als Würzburger Fürstbischof und Herzog von Franken brauchte er nun einmal Geld, um jenen Aufwand zu treiben, der diesen Titeln gerecht wurde. Als nicht nur Marie und Michel bei ihm eintraten, sondern in deren Gefolge auch Donata und Krispin, blickte er verwundert auf.

»Seid Uns willkommen, Herr und Herrin auf Kibitzstein«, grüßte er.

»Wir danken Euer Hoheit, dass Ihr uns so schnell empfangt«, antwortete Marie. »Doch wir erscheinen nicht nur auf Euren Ruf hin, sondern auch wegen dieser jungen Dame hier. Sie heißt Donata von Frommberg und war bis vor wenigen Tagen als Schwester Justina bekannt.«

»Sie trägt immer noch die Kutte der dienenden Schwester eines Minderordens«, erklärte Johann von Brunn verwundert.

»Sie hatte noch keine Gelegenheit, ihr Gewand zu wechseln. Doch soll sie Euch selbst sagen, weshalb sie zu Euch gekommen ist.«

Marie begleitete ihre Worte mit einem leichten Rippenstoß, der Donata dazu bewegen sollte, ihre Botschaft auszurichten. Diese trat einen halben Schritt vor und sank dann vor dem Fürstbischof nieder.

»Ich überbringe schlimme Nachricht, hoher Herr, und die Bitte unserer Frau Oberin an Euch, ihr und ihren armen Schwestern zu helfen, die durch eine Gewalttat in Not geraten sind.«
Johann von Brunn kniff irritiert die Augen zusammen. »Wir verstehen nicht, was du meinst, mein Kind.«
Verzweifelt streckte Donata ihm die Arme entgegen. »Hoher Herr, frevlerische Männer haben unser Waldkloster überfallen, mehrere Schwestern getötet, und nun halten sie unsere Äbtissin und die übrigen Nonnen gefangen. Ich konnte als Einzige entkommen und stehe nun im Auftrag der Oberin hier, Euch um Unterstützung und Rettung zu bitten.«
Obwohl ihm nun klar war, weshalb Donata ihn aufgesucht hatte, nahm Johann von Brunns Gesicht einen abweisenden Zug an. »Wir bedauern, mein Kind, aber Wir kennen weder dich noch deine Oberin. Auch sind Unsere Mittel zu beschränkt, um außerhalb des Hochstifts Hilfe leisten zu können.«
Seine Hoffnung, die junge Nonne könnte gehen und sich an jemand anderen wenden, erfüllte sich jedoch nicht, stattdessen zog Donata einen Ring aus einer Innentasche und streckte ihm diesen entgegen.
»Unsere Äbtissin ist Isabelle de Melancourt, und sie schickt Euch diesen Ring, um Euch an eine alte Schuld zu erinnern.«
Da Donata begriff, dass der Fürstbischof sich ihrer Bitte entziehen wollte, klang ihre Stimme nun etwas schärfer.
Beinahe gegen seinen Willen nahm Johann von Brunn den Ring entgegen und starrte ihn an. Es dauerte einige Augenblicke, bis er ihn erkannte und sich an den Anlass erinnerte, an dem er ihn verschenkt hatte. Damals wäre sein Leben zu Ende gewesen, hätte eine junge Edeldame ihn nicht gerettet. War ihr Name tatsächlich Isabelle de Melancourt gewesen?, fragte er sich. Ganz sicher war er sich nicht, doch der Ring

war auf jeden Fall der, den er damals seiner Retterin zum Dank geschenkt hatte. Auch kam ihm nun sein damaliges Versprechen in den Sinn. Er hatte drei Heilige als Zeugen aufgerufen, Isabelle de Melancourt zu Hilfe zu eilen, sollte sie je in Not geraten. Nach so vielen Jahren an diesen Schwur erinnert zu werden erschien ihm wie ein Hohn des Schicksals. Doch was konnte er tun?

Johann von Brunn stand auf und legte Donata mit einer bedauernden Geste den Arm um die Schulter. »Wir würden dir gerne helfen, mein Kind. Doch Unsere Möglichkeiten sind sehr gering. Weder vermögen Wir Soldaten durch fremde Territorien zu schicken noch irgendjemanden in einem fremden Land zu befehligen.«

»Aber Ihr könnt diese Äbtissin und ihre Nonnen doch nicht einfach ihrem Schicksal überlassen!« In seiner Erregung vergaß Michel ganz die Ehrerbietung, die er dem Fürstbischof schuldig war.

Dieser wollte ihn schon zurechtweisen, besann sich dann aber und musterte ihn nachdenklich. »Ihr habt recht, Kibitzstein! Es wäre eine Schande, frommen Damen in der Not die Hilfe zu versagen. Doch wie Wir bereits sagten, sind Wir nicht in der Lage, Truppen auszusenden. Es müsste schon eine kleine Gruppe unter dem Kommando eines erfahrenen Kämpen aufbrechen, um die Äbtissin und ihre Mitschwestern zu retten.«

Marie begriff sofort, worauf der Fürstbischof aus war: Er wollte Michel losschicken! Dabei gingen die Äbtissin und das Versprechen, das Johann von Brunn dieser gegeben hatte, ihren Mann nicht das Geringste an.

Noch während sie überlegte, was sie darauf antworten sollte, nickte Michel. »Wenn Eure Hoheit einverstanden ist, werde ich mich dieser Aufgabe annehmen.«

Bist du verrückt geworden?, wollte Marie schon fragen. Im nächsten Moment wurde ihr jedoch bewusst, dass sie und

Michel nun mit Donatas Schicksal verbunden waren. Immerhin hatten sie dem Mädchen gegen seine Feinde beigestanden und drei Männer getötet. Daher konnte ihr Mann nicht anders handeln. Dennoch wünschte sich Marie, Johann von Brunn würde einen anderen schicken als ihn.
Der Fürstbischof lächelte Michel freundlich an und nickte erleichtert. »Das erscheint Uns die beste Lösung, Kibitzstein. Ihr könnt Unserer Dankbarkeit versichert sein, wenn es Euch gelingt, Äbtissin Isabelle und ihre Nonnen zu retten.«
»Ich werde sie retten!«, erklärte Michel mit Nachdruck.
»Das wird aber nicht durch Gewalt möglich sein, sondern nur durch List«, wandte Marie ein und setzte in Gedanken ein »… und dafür brauchst du mich!« hinzu.
Donata verfolgte das Gespräch mit wachsender Verwirrung, dachte dann aber, dass Michel von Kibitzstein ein Mann war, der es mit den seltsamen Ordensrittern aufnehmen konnte. Trotzdem fand sie noch ein Haar in der Suppe, und das betraf sie selbst.
»Verzeiht, Euer Hoheit, aber ohne mich wird es Herrn Michel schwerfallen, das Waldkloster zu finden. Selbst wenn er es erreicht, wird er wohl kaum ohne mich den Geheimgang entdecken, durch den ich entkommen konnte. Diesen Weg aber muss jeder benutzen, der mit Aussicht auf Erfolg in das Kloster eindringen will.«
»Dann reitest du eben als seine Führerin mit!« Der Fürstbischof dachte, damit alles geklärt zu haben, doch Donata ließ nicht locker. »Da gibt es leider eine Schwierigkeit, Euer Hoheit. Mein Vater hat Boten zum Kloster geschickt, die mich von dort abholen sollten. Auf meiner Flucht bin ich auf diese Männer getroffen, und sie haben mich bis kurz vor Würzburg begleitet. Allerdings wollten sie mir nicht erlauben, Euch aufzusuchen, und so musste ich vor ihnen ausreißen. Sie werden nicht zulassen, dass ich mit Herrn Michel reite,

sondern mich zurückfordern. Einer von ihnen ist der von meinem Vater bestimmte Bräutigam, den ich nach einem Dispens durch den Heiligen Vater in Rom ehelichen soll.«

»Das finden Wir äußerst fatal«, erklärte Johann von Brunn, ohne einen Gedanken daran zu verschwenden, sein Vorhaben wegen dieser Verwicklungen aufzugeben. »Uns wird gewiss eine Lösung einfallen«, setzte er hinzu und machte ein Zeichen, dass er die Audienz für den Augenblick als beendet ansah. Erst als Marie und Michel den Saal verlassen hatten, erinnerte er sich daran, dass er ein Darlehen von ihnen hatte fordern wollen. Doch damit würde er warten, bis diese Sache erledigt war, sonst fiel es Michel Adler noch ein, hierzubleiben und nicht zum Waldkloster zu reiten.

Marie lag etliches auf der Zunge, doch sie schwieg, bis sie die Kammer erreichten, die ein Diener des Fürstbischofs ihr und Michel als Unterkunft anwies. Für Donata war das Kämmerchen daneben bestimmt, während Krispin im Trakt der hochrangigen Bediensteten wohnte und deshalb keinen Schlafplatz im Gästetrakt benötigte.

Kaum hatte der Diener sich zurückgezogen, wandte Marie sich an Donata. »Jetzt, meine Liebe, wirst du uns haargenau erzählen, was im Kloster und danach geschehen ist.«

Bevor das Mädchen etwas sagen konnte, mischte Krispin sich ein. »Es war sehr unbedacht von Euch, Herr Michel, dem Fürstbischof Eure Hilfe anzubieten. Ihr entlasst ihn damit aus einer Verpflichtung, die er vor langer Zeit eingegangen ist. Habt Ihr Erfolg, wird er diesen sich auf seine Fahnen schreiben! Falls Ihr aber scheitert, kann er mit einer Träne im Auge behaupten, er habe alles versucht. Er selbst wird keinen Schaden erleiden, aber Ihr begebt Euch in sinnlose Gefahr.«

»Irgendjemand muss uns doch helfen!«, rief Donata weinend. »Diese Männer sind so grausam! Sie haben mehrere meiner Mitschwestern erschlagen, als seien es Tiere.«

»Wahrscheinlich leben auch die anderen nicht mehr. Ich halte es daher für einen Fehler, zu diesem Kloster zu reiten. Sind die Angreifer noch dort, steht Herr Michel einem weit überlegenen Feind gegenüber, sind sie fort, könnten andere ihn für den Mörder der Nonnen halten.« Krispin klang so ablehnend, dass Marie ihre eigenen Einwände beiseiteschob.
»Für den Mörder der Damen halten wird ihn niemand, da Donata bei ihm sein wird – und ich ebenfalls.«
»Du kommst nicht mit!«, erklärte Michel scharf.
Marie lächelte ihn an, aber ihre Augen blitzten. »Ich muss mit, mein Guter! Oder willst du allein mit einem jungen Mädchen, das mit dir weder verwandt noch verschwägert ist, durch die Lande reiten? Es sähe wie eine Entführung aus und wäre mit dem sittlichen Empfinden ihrer Verwandten und auch des Fürstbischofs nicht zu vereinbaren.«
»Den kümmert das doch nicht!«
»Ihn wird es kümmern, wenn er Donatas Vater Rede und Antwort stehen muss. Und dann ist da auch noch Hartwin von Frommberg, Donatas Bräutigam. Der wird es gewiss nicht gutheißen, wenn du mit seinem zukünftigen Weib allein durch die Lande ziehst.«
»Bist du etwa eifersüchtig?«, fragte Michel und erntete von Marie ein Lachen.
»Ich vertraue dir, aber erwarte nicht, dass andere dies im gleichen Maße tun.«
Diesem Argument konnte Michel sich nicht verschließen. Er erwog kurz, Donata in Maries Hut auf Kibitzstein zurückzulassen, verwarf den Gedanken jedoch wieder. Er brauchte das Mädchen, um das versteckt liegende Kloster und den geheimen Weg hinein zu finden.
»Es wird gefährlich werden«, sagte er schon halb überzeugt.
»Wir werden diese Gefahr gemeinsam meistern, mein Lieber!«, sagte Marie und wirkte nun sehr zufrieden.
Auch wenn eine schwierige Aufgabe vor ihnen lag, so freute

sie sich doch, mit Michel zusammen ein Abenteuer zu erleben. Bei ihren unfreiwilligen Reisen hatte sie ihn schrecklich vermisst und wollte sich nie mehr von ihm trennen.
Donata fasste Maries Hände und küsste sie. »Ihr seid so gut zu mir!«
»Ich würde mich freuen, wenn du das nach unserer Rückkehr auch noch sagst, denn ich werde dir eine strenge Lehrerin sein. Zum Beispiel kannst du nicht reiten, sonst wärst du deinen Verfolgern mit Leichtigkeit entkommen. Da es sein kann, dass wir irgendwann rasch fliehen müssen, wirst du lernen, mit einem Pferd umzugehen. Eine gewisse Kenntnis, wie man einen Dolch gebraucht, wäre gewiss auch von Vorteil.«
Bei diesem Vortrag schrumpfte Donata sichtlich und fragte sich, was sie im Kloster Nützliches gelernt hatte. Außerhalb seiner schützenden Mauern fühlte sie sich entsetzlich hilflos.
»Ihr solltet den Fürstbischof auffordern, Euch eine Schar Waffenknechte mitzugeben«, warf Krispin nun ein.
Michel schüttelte den Kopf. »Das werde ich bleiben lassen! Ich kann es mir nicht leisten, Männer mitzunehmen, deren Treue ich mir nicht vollkommen sicher bin.«
»Wer soll uns dann begleiten?«, fragte Marie.
»Ich habe an Hannes und Frieder gedacht. Heiner soll nach Hause reiten und dort mitteilen, dass wir noch eine Weile ausbleiben werden.«
»Zwei Frauen und drei Männer! Ist das nicht zu wenig für den Kampf gegen eine Bande, die mindestens zwanzig Köpfe zählen soll?«, fragte Krispin spöttisch.
»Du kannst ja mitkommen und beweisen, wie gut du den Bogen zu führen weißt!« Maries Bemerkung entsprang ihrem Ärger, den sie wegen der gesamten Angelegenheit empfand, und war im Grunde nicht ernst gemeint.
Krispin spürte es, fuhr aber dennoch erregt auf. »Warum

sollte ich meine gesunde Haut für ein paar adelige Damen riskieren?«

»Ich will dich auch nicht dabeihaben, denn du bist noch rüpelhafter als mein Verlobter!«, antwortete Donata, die sich zunehmend über den jungen Mann ärgerte. Er schien es geradezu darauf anzulegen, Marie und Michel davon abzuhalten, ihr und ihrer Äbtissin beizustehen.

»Ich bin also rüpelhaft! Hochgeborene Damen hingegen dürfen alles sagen, was sie wollen, auch wenn es anderen noch so weh tut.«

Für einen Augenblick gab Krispin den anderen einen Einblick in sein Innerstes, schüttelte dann aber seine schlechten Erinnerungen ab und sah Michel mit funkelnden Augen an.

»Wenn es Euch recht ist, werde ich mitkommen! Sollen diese Nonnen doch daran ersticken, dass ein Bastard wie ich ihnen den Hals rettet.«

»Ich glaube nicht, dass dieser Umstand die Damen groß stören wird«, gab Marie zurück und forderte nun die beiden Männer auf, still zu sein, damit Donata von dem Überfall auf ihr Kloster berichten könne.

11.

Hartwin von Frommberg war mehr als zwei Meilen geritten, ohne die geringste Spur von Donata zu finden. Nun begriff er allmählich, dass der Wirtsknecht ihn ebenso in die Irre geleitet hatte wie die drei Ordensritter. Bei einem kleinen Dorf hielt er sein Pferd an und winkte einen Bauern, der gerade Rüben erntete, zu sich.

»He, Bursche, hast du hier eine Nonne vorbeireiten sehen?«, fragte er.

»Nein, Herr!«, antwortete der Bauer und schüttelte heftig den Kopf. »Die letzte Nonne, die ich gesehen habe, war die ehrwürdige Almosengeberin Schwester Anna, die vor einer Woche meiner Nachbarin Grete einen Laib Brot aus der Klosterbäckerei gebracht hat. Sie ist nämlich Witwe und sehr arm, die Grete, meine ich, nicht die Schwester Anna. Aber die ist nicht geritten, sondern zu Fuß gekommen. Hier vorbeigeritten ist Frau Hertha von Steinsfeld, aber das ist schon zwei Wochen her. Sonst kann ich mich nur noch an die Hökerin Klara erinnern. Sie bringt uns immer feine Sachen, fast wie die hohen Herrschaften sie kaufen. Ich habe …«

Ritter Hartwin starrte den redseligen Bauern missmutig an, zog grußlos und ohne Dank sein Pferd herum und ritt wieder auf Würzburg zu. »Kommt, Männer! Der Kerl schwafelt mir zu viel.«

»Aber wo wollt Ihr jetzt weitersuchen?«, fragte Stoffel.

»Wenn wir einfach in der Gegend herumreiten, finden wir die Nonne nie. Sie braucht sich nur in einem dichten Gebüsch zu verstecken. Aber ich glaube, ich weiß, wo sie hinwill!«

Auf Hartwins Gesicht erschien ein so zufriedenes Grinsen, dass Stoffel einen wütenden Ausruf nicht verhindern konnte.
»Und warum sind wir dann bis hierher geritten?«
»Weil ich Zeit zum Nachdenken gebraucht habe. Wenn du es getan hättest, hättest du mir ja raten können.«
Hartwin klang scharf, denn Christoph – mit diesem Namen war Stoffel im Kirchenbuch eingetragen – hatte ihm schon während der gesamten Reise gezeigt, wie wenig er ihn als Anführer achtete.
»Und wo wird sie jetzt sein?«, fragte Stoffel bissig.
»Sie ist gewiss nach Würzburg geritten, denn sie hat unterwegs immer wieder nach dieser Stadt gefragt.« Hartwin von Frommberg war froh, dass er sich nun daran erinnert hatte. Zum einen vermied er dadurch eine lange, womöglich erfolglose Suche nach Donata, zum anderen hielt er Stoffel auf Abstand. Ein Problem gab es jedoch für ihn, auch wenn er das Mädchen fand. Zwar hatte Stoffel ihm den Vorschlag gemacht, die im Wald aufgegriffene Nonne als Donata auszugeben, doch er traute dem Mann zu, seinem Bruder zu stecken, dass er keineswegs sicher war.
Dabei hatte die Sache so gut angefangen, dachte er. Nach all den Jahren, in denen Elert von Frommberg ihn nicht beachtet hatte, war der Tag gekommen, an dem dieser ihn zu sich hatte holen müssen, damit der Name der Familie erhalten und deren Besitz in festen Händen blieb. Warum haben diese Narren das Kloster nicht zwei Tage später überfallen?, fragte er sich und haderte mit seinem Schicksal. In dem Fall hätte er die echte Donata bereits abgeholt, und dann hätte seine Braut nichts von dem Überfall mitbekommen. So aber versuchte die kleine Nonne, die er aufgegabelt hatte, ihren ehemaligen Mitschwestern zu helfen.
Im dem Augenblick begriff Hartwin, dass er sich den ganzen Ärger hätte ersparen können, wenn er den Wunsch der

Nonne, nach Würzburg zu gelangen, erfüllt hätte. Nun konnte er nur hoffen, dass sie wohlbehalten dorthin gelangt war.

»Los, Männer, wir reiten schneller, damit wir zu Mittag in Würzburg sind. Oder habt ihr keinen Hunger?«, fragte er die anderen grinsend.

Drei von ihnen nickten sofort, aber Stoffel zog ein missmutiges Gesicht. Der Knecht ärgerte sich immer mehr über die Ungerechtigkeit der Welt. Den Worten seiner Mutter zufolge war er ebenfalls ein Bastard des alten Freiherrn auf Frommberg, aber dieser hatte ihn im Gegensatz zu Hartwin niemals anerkannt. Wäre dies geschehen, sagte er sich, würde er nun als Ritter Christoph von Frommberg gelten und könnte die Erbtochter zum Weib nehmen. So aber musste er nicht nur seinem legitimen Halbbruder, dem Freiherrn Elert von Frommberg, dienen, sondern auch noch diesem Tölpel Hartwin, obwohl der Kerl nicht mehr Recht auf das Erbe und die Braut besaß als er.

Während sie sich Würzburg näherten, überlegte Stoffel, wie er die Situation doch noch zu seinen Gunsten wenden konnte. Er hatte geplant, nach ihrer Rückkehr Donatas Vater zu stecken, Hartwin habe sich aus Feigheit nicht um dessen Tochter gekümmert, sondern einfach eine x-beliebige Nonne mitgenommen, um diese als seine Braut auszugeben. Doch nun war das Nönnchen entschwunden, und ob sie es wirklich in Würzburg wiederfinden würden, hielt er für zweifelhaft. Wahrscheinlich hatte sie sich zu adeligen Verwandten gerettet, und sie würden mit leeren Händen zu Donatas Vater zurückkehren müssen. Der Herr auf Frommberg würde ihnen diesen Misserfolg niemals verzeihen, und damit sanken auch seine Aussichten, das Erbe antreten zu können.

Hartwin von Frommberg wusste nicht, dass Stoffel überzeugt war, ebenfalls ein Nachkomme des alten Freiherrn zu

sein. Für ihn ging es darum, den Vater seiner Braut nicht zu enttäuschen. Daher hoffte er, die junge Nonne wäre klug genug, das Spiel mitzumachen. Doch dafür würde er sie besser behandeln müssen als bisher. Es war ein Fehler gewesen, sie fühlen zu lassen, dass er sie für eine Schwindlerin hielt. Immerhin hatte sie aus Not gelogen. Er aber wollte seinem Halbbruder möglicherweise eine falsche Tochter unterschieben, und das war eine weit schlimmere Tat.
Als sie Würzburg erreichten und von den Torwachen zur Veste des Fürstbischofs geschickt wurden, schoben sowohl Hartwin wie auch Stoffel ihre Überlegungen beiseite. Ein Bediensteter des Fürstbischofs empfing sie im ersten Hof der Festung. Da Hartwin einem Edelmann gemäß gekleidet war und über Gefolge verfügte, wurde er entsprechend freundlich empfangen.
»Gott zum Gruß, mein Herr! Wen darf ich Seiner Hoheit melden?«, fragte der Diener und neigte das Haupt.
»Ich … ich bin Hartwin von Frommberg, Bruder des Freiherrn Elert von Frommberg, der bei Mainz begütert ist. Wir sind auf der Suche nach einer jungen Dame im Nonnenkleid. Sie war unsere Begleiterin, doch ihr ist das Pferd durchgegangen, und wir konnten ihr nicht so rasch folgen, wie dieses Biest lief!«
Hartwin wollte nicht zugeben, dass Donata vor ihm geflohen war, und hoffte, dass sich alles ohne größeres Aufsehen lösen ließ.
»Eine junge Nonne kam heute hierher. Sie war in Begleitung des Herrn und der Herrin auf Kibitzstein«, berichtete der Diener. Da er nicht in die näheren Umstände eingeweiht war, sah er keinen Grund, diese Auskunft zu verweigern.
Im ersten Augenblick packte Hartwin der Zorn. Sie hat sich also doch mit den Kibitzsteinern zusammengetan, dachte er und wollte schon lospoltern. Da fiel ihm ein, dass er genau das nicht durfte, weil er sonst den Fürstbischof gegen sich

aufbrachte. Immerhin hatte Michel von Kibitzstein sich als dessen Freund bezeichnet. Mit Mühe zwang er sich ein Lächeln auf.

»Deine Worte erleichtern mich, mein Freund, zeigen sie doch, dass die meinem Schutz anvertraute Dame wohlbehalten hier eingetroffen ist. Ich hätte sonst meinem Bruder nicht mehr unter die Augen treten können.«

»Wenn Ihr es wünscht, werde ich Euch bei Freiin Donata melden«, bot der Diener an.

Das war nicht gerade nach Hartwins Sinn. Um Donata zum Gehorsam zu zwingen, brauchte er Unterstützung, und dafür erschien ihm Fürstbischof Johann von Brunn die geeignete Person.

»Mach das bitte später. Jetzt würde ich gerne Seiner Hoheit, der Eminenz ... äh, dem Fürstbischof meine Aufwartung machen«, sagte er und wies auf seine Begleiter. »Weise meinen Männern ein Quartier zu und sorge dafür, dass sie zu essen erhalten und, wenn möglich, auch einen Becher Wein.«

»An Wein soll's nicht hapern, haben wir hier bei Würzburg doch die besten Weinberge im ganzen Land!« Dem Diener war der Stolz auf seine Heimat anzusehen.

»Ich danke dir!« Hartwin stieg ab und übergab die Zügel seines Hengstes einem herbeieilenden Knecht. Im Gegensatz zu ihm musste Stoffel seinen Gaul selbst in den Stall führen und sich mit einem Platz in der Knechtskammer zufriedengeben. Dort erhielten er und die anderen einen deftigen Eintopf. Der gute Wein, der ihnen eingeschenkt wurde, fand zwar die Zustimmung seiner drei Kameraden. Ihm selbst aber schmeckte er wie Essig, und er sagte sich, dass in einer gerechteren Welt Hartwin hier sitzen und er selbst vom Fürstbischof empfangen würde.

12.

Es erleichterte den Fürstbischof, dass Michel Adler auf Kibitzstein sich bereit erklärt hatte, die Reise zu dem überfallenen Kloster zu unternehmen. Er selbst hätte nur den Pfalzgrafen bei Rhein oder den Markgrafen von Bayreuth bitten können, einige Männer dorthin zu schicken. Dies aber hätte wahrscheinlich Isabelle de Melancourts Ende und das ihrer Frauen bedeutet. Michel hingegen traute er zu, die Dame und ihre Nonnen zu retten – sofern sie noch lebten.

Als ihm jetzt Hartwin von Frommberg gemeldet wurde, begriff Johann von Brunn, dass es noch andere Steine aus dem Weg zu räumen galt, bevor er den Kibitzsteiner auf den Weg schickte. Er blickte Hartwin freundlich entgegen und reichte ihm die Hand zum Kuss.

Dieser berührte den Handschuh des Fürstbischofs mit den Lippen und blieb dann mit gebeugtem Rücken vor ihm stehen.

»Erhebt Euch«, forderte Johann von Brunn ihn auf.

Hartwin gehorchte und überlegte, ob er gleich auf Donata zu sprechen kommen sollte. Doch da bedeutete der Fürstbischof einem Diener, dem Gast einen Becher Wein zu bringen. Auch er ließ sich einen reichen und hob ihn zum Trinkspruch empor.

»Auf Euch und Eure Gesundheit, Herr Hartwin.«

»Euer … äh, Hoheit sind zu gütig«, brachte Hartwin mühsam hervor. Dann sagte er sich, dass er den Trinkspruch erwidern musste.

»Auf Euch, Euer Eminenz … äh, Hoheit.«

Der Fürstbischof trank einen Schluck und musterte den vor ihm stehenden Mann. Hartwins Unsicherheit blieb ihm nicht verborgen, und er beschloss, diese auszunützen.
»Wir hörten, Ihr seid wegen einer jungen Dame nach Würzburg gekommen.«
»Das … äh, ist richtig, Euer Hoheit! Es geht um meine Nichte Donata. Sie ist auch meine Braut, da mein Bruder mich mit ihr zu vermählen gedenkt.« Hartwin schwitzte Blut und Wasser. Mit Johann von Brunn saß einer jener Männer vor ihm, die er zeitlebens wegen ihrer herausgehobenen Stellung beneidet hatte. Er selbst war von seinem Halbbruder wie ein besserer Knecht behandelt worden und hätte wohl kaum dessen Interesse erregt, wären Donatas Brüder nicht beide bei einem Scharmützel umgekommen.
»Die junge Dame bat Uns heute Morgen um eine Audienz und berichtete Uns von einem schrecklichen Verbrechen, das an ihrer Äbtissin und ihren Mitschwestern verübt worden ist!«
Der Fürstbischof steuerte schnurstracks auf sein Ziel zu, und Hartwin ging ihm in die Falle.
»Jungfer Donata hat mir ebenfalls von diesem frevelhaften Überfall berichtet. Doch hatte ich nur vier Knechte bei mir und war zudem für ihre Sicherheit verantwortlich. Ich wollte sie daher erst zu meinem Bruder bringen, bevor ich …«
Zu mehr kam er nicht, da Johann von Brunn ihn freudestrahlend unterbrach. »Ihr seid ein Mann nach Unserem Sinn! Mutig, aber auch vorsichtig, wenn es sein muss. Doch manchmal ist Kühnheit vonnöten – so wie jetzt. Wir geben Euch daher die Gelegenheit, den frommen Damen der Melancourt beizustehen, und unterstellen Euch dazu Unserem erprobten Recken Michel Adler, Reichsritter auf Kibitzstein. Mit ihm als Anführer werdet Ihr die Äbtissin und ihre Nonnen retten und jene Schurken, die es gewagt haben, Hand an sie zu legen, bestrafen!«

Hartwin von Frommberg glaubte nicht recht zu hören. Doch bevor er dieses Ansinnen von sich weisen konnte, fasste ihn auf ein Handzeichen des Fürstbischofs hin ein Höfling am Arm und führte ihn hinaus.
»Aber das geht nicht!«, rief er auf dem Flur empört.
»Wollt Ihr Euch etwa dem Wunsch Seiner Hoheit nicht fügen?«, fragte ihn der Höfling. »Bei unserem Herrgott, Ihr wärt kein Edelmann, wenn Ihr das tut!«
Das Wissen, dass ein Brief des Fürstbischofs an seinen Halbbruder ausreichen würde, sich für alle Zeit dessen Zorn zuzuziehen, verschloss Hartwin den Mund. Er biss die Zähne zusammen und sagte sich, dass er nun die Möglichkeit erhielt, die vielleicht echte Donata von Frommberg zu befreien und sich dieser gleich als Retter zu präsentieren. Dies war ihm die Sache wert, und was Michel Adler betraf, so musste dieser ihm erst beweisen, dass er würdig war, ihre Schar anzuführen.

Dritter Teil

Das Kloster

1.

Isabelle de Melancourt öffnete mühsam die verklebten Augenlider und blickte zu ihrem Peiniger hoch. Noch immer kannte sie den Namen des Mannes nicht, der sich von seinen Anhängern Hochmeister nennen ließ, und wusste auch nicht, welchem Orden er angehörte. Es konnte nur ein kleiner, ihr unbekannter Kriegerorden sein, dem irgendein früherer Papst die Zulassung erteilt hatte. Doch statt gegen die Heiden zu kämpfen, die das Reich immer stärker bedrohten, suchten diese Männer sich leichtere Gegner aus. In diesem Fall waren sie es und ihre Nonnen, von denen elf bei dem Überfall umgekommen oder ebenso wie die arme Schwester Hilaria später ihren Verletzungen erlegen waren.

»Nun, Isabelle de Melancourt? Ist dein Stolz so weit gebeugt, dass du bekennen willst, wo dein Vorfahr Raoul den Heiligen Gral verborgen hat?«, fragte Gordeanus, nachdem seine Männer sie hochgerissen und auf die Füße gestellt hatten.

»Es gibt keinen Gral!«, antwortete Isabelle und stieß im nächsten Augenblick einen Schrei aus, weil einer der Ordensritter ihr seinen Lederhandschuh mit aller Kraft ins Gesicht schlug.

»Mit Leugnen verlängerst du nur deine Qualen«, mahnte der Hochmeister. »Sage mir, was ich wissen will, und du bleibst am Leben. Wenn nicht …«

»Tötet mich doch! Dann wird das Geheimnis der Melancourt für immer ein Geheimnis bleiben.« In Isabelles Worten lag ein gewisser Spott.

Dabei war ihr bewusst, dass sie bald so weit war, den Tod als

Freund zu begrüßen. Jeden Tag kamen der Hochmeister, Landolfus und zwei Ordensritter in ihre Kammer, um sie zu quälen. Es gab kaum mehr eine Stelle ihres Körpers, die nicht in den Farben des Regenbogens schillerte. Um sie zu demütigen, hatte man ihr alle Kleider weggenommen, so dass sie nackt vor ihren Feinden stand. Sie besaß nicht einmal eine Decke, in die sie sich während der Nacht hüllen konnte. Bisher hatte der Hochmeister darauf verzichtet, sie vergewaltigen zu lassen. Sie ahnte jedoch, dass ihr dies bevorstand, wenn sie ihm nicht bald die gewünschte Antwort gab.

Landolfus musterte die übel zugerichtete Äbtissin und wandte sich an seinen Anführer. »So wird das nichts, Euer Exzellenz! Dieses Weib stirbt eher, als ihr Wissen preiszugeben.«

»Sie wird reden«, antwortete sein Herr. »Es mag vielleicht nicht heute sein, vielleicht auch nicht morgen, doch sie wird es tun.«

»Wir sollten härtere Maßnahmen ergreifen und ihr die rechte Hand abhacken. Dann merkt sie, wie ernst es uns ist«, schlug Landolfus vor.

Isabelle erschrak bis ins Mark und verfluchte in Gedanken den Mann, der sich als Mönch verkleidet und mit einem gefälschten Schreiben hier eingeschlichen hatte, um seinen Kumpanen das Tor zu öffnen.

Gordeanus winkte ab. »Das werden wir gewiss nicht tun. Eine solche Verletzung könnte dieses Weib dazu bringen, des Nachts die Binden zu lösen und zu verbluten. Dann wäre, wie sie eben sagte, das Geheimnis ihrer Sippe auf ewig bewahrt.«

»Wir könnten sie bewachen lassen!« Noch während er es sagte, begriff Landolfus, dass dies nichts ändern würde. Irgendwann würde die gefangene Äbtissin die Gelegenheit finden, sich aus der Welt zu stehlen. »Wir halten noch elf andere Weiber gefangen. Wenn wir die vor den Augen der Melancourt zerstückeln, wird sie erkennen, wohin ihr Weigern sie führt.«

»Ihr seid ein Sohn des Satans, gezeugt mit einer heidnischen Göttin, die sonst ihre Kinder frisst und dies bei Euch vergessen hat!« Isabelle spie Landolfus an und sah, wie ihm der blutige Speichel über die Wange rann. Schon hob er den Arm, um sie zu schlagen, doch da schob der Hochmeister ihn zurück.

»Schläge nützen bei ihr wenig. Sie soll noch länger fasten und in der Nacht das Geschrei ihrer Weiber hören, ohne zu wissen, was mit diesen geschieht. Holt die Nonnen aus dem Keller und sperrt sie in die leeren Zellen auf diesem Flur. So sind sie nahe genug, dass ihre Herrin ihr Wimmern und Flehen hören kann.«

Isabelle verfluchte den Mann und seine ebenso gewissenlosen Kumpane aus tiefster Seele. Gleichzeitig haderte sie aber auch mit ihren Frauen, die selbst nach mehr als einer Woche noch nicht darauf gekommen waren, dass es im Keller einen Geheimgang geben könnte. An deren Stelle hätte sie jeden Stein und jeden Winkel und eben auch jenes alte, nie benutzte Fass genau untersucht. So aber musste sie durch die offene Tür zusehen, wie die Männer des Hochmeisters ihre Nonnen in den ersten Stock trieben, ihnen die Kutten und Hemden vom Leib rissen und sie nackt in die Zellen sperrten. Dabei sparten sie weder mit Schlägen noch mit obszönen Bemerkungen, und es war offenkundig, dass sie am liebsten über die Frauen hergefallen wären.

Aber noch beliebte es dem Hochmeister, dies zu untersagen. Die meisten seiner Männer hatten ebenso wie er das Gelübde der Keuschheit geleistet, und das wollte er sie erst brechen lassen, wenn es gar nicht mehr anders ging. Er warf Isabelle einen spöttischen Blick zu, verließ dann mit seinen beiden Gefolgsleuten deren Kammer und legte den Riegel außen vor. Dann begab er sich in eine der Zellen und musterte die beiden Nonnen, die sich nackt und bloß in die hinterste Ecke drückten.

»Eure Äbtissin verbirgt zu Unrecht einen geheiligten Gegenstand, den zu holen ich ausgesandt worden bin«, sagte er mit sanfter Stimme. »Sie wäre gut beraten, ihn mir zu geben, denn dann könnte ich dieses Kloster wieder verlassen, und ihr wärt frei!«

»Frei!«, rief eine Nonne. »Meint Ihr das wirklich?«

»Sei still!«, rief die andere. »Spräche der Mann die Wahrheit, wäre er bei Tag hier erschienen, um mit unserer ehrwürdigen Mutter zu reden. So aber hat er sich des Nachts wie ein Dieb und Räuber hier eingeschlichen und viele von uns grausam ermorden lassen. Er ist ein Sohn des Satans, der uns verderben und unsere Seelen seinem höllischen Herrn als Gabe überbringen will. Darum sei standhaft, Schwester, und richte Gebete an unseren Herrn Jesus Christus und die Heilige Jungfrau, auf dass sie uns beistehen und unsere Seelen retten.«

Der Hochmeister sah sie mit wachsendem Zorn an und gab dann Landolfus einen Wink. »Dieses Weib soll ausgepeitscht werden, und zwar vor der offenen Tür der Melancourt. Mag ihr Schreien deren verstocktes Herz erweichen.«

»Ihr seid ein Sohn des Teufels!«, rief die Nonne hasserfüllt.

Landolfus und ein weiterer Ordensmann packten sie und schleiften sie trotz allen Widerstrebens hinaus auf den Flur. Der Hochmeister folgte lächelnd und sah zu, wie die Frau mit gespreizten Armen und Beinen auf den Boden gelegt und von vier Männern festgehalten wurde. Einer holte eine Peitsche, während ein weiterer den Riegel zurückschob, den man an Isabelles Tür angebracht hatte.

»Du kannst herauskommen und zusehen«, spottete Landolfus und streckte die Hand nach Isabelle aus.

Diese schlug nach ihm, trat aber doch unter den Türstock

und sah, in welch beschämender Lage sich ihre Untergebene befand. Noch während sie erschrocken das Kreuz in die Luft zeichnete, schwang der, der zum Foltermeister bestimmt worden war, seine Peitsche und traf die Nonne mit aller Kraft. Die Haut platzte auf, und über den Rücken zog sich eine blutige Spur.

Der Schmerz war zu groß, als dass die Frau ihn hätte ertragen können. Ihr Schrei hallte von den Wänden wider, und Isabelle presste sich verzweifelt die Hände auf die Ohren. Dann aber funkelte sie den Hochmeister und seine Gesellen zornerfüllt an.

»Der Tag wird kommen, an dem Ihr für Eure Untaten bezahlen werdet!«

Der Hochmeister beachtete sie nicht, Landolfus aber stellte sich belehrend in Positur. »Alles, was wir tun, geschieht zur Rettung des Christentums! Die Heere der heidnischen Türken branden gegen Ungarns Grenzen. Um sie aufzuhalten und Konstantinopel, das zweite Rom, für den Heiland wiederzugewinnen, brauchen wir die Macht des Heiligen Grals. Jeden Tag, den du ihn uns in deiner Verstocktheit verweigerst, bedeutet den Tod braver Christenmenschen durch diese mörderischen Scharen, die Schändung ungezählter Jungfrauen und die Versklavung ganzer Völker!«

Isabelle konnte nicht glauben, dass der Mann dies ernst meinte. Kein goldener, mit ein paar Edelsteinen geschmückter Pokal verfügte über die Kraft, feindliche Heere zu bezwingen, auch das Gefäß ihres Ahnen Raoul nicht. Während die Peitsche erneut auf den Rücken ihrer Mitschwester niedersauste, überlegte sie, ob sie nicht nachgeben und diesen elenden Kerlen die Informationen geben sollte, die sie von ihr forderten. Doch was würde das ändern? Da das Gefäß ihres Ahnherrn keine Wunder vollbringen konnte, würden der Hochmeister und Landolfus sie beschuldigen, sie betrogen und ihnen den falschen Kelch ausgeliefert zu haben. Da-

nach würde das Quälen weitergehen und erst enden, wenn ihre Nonnen und sie tot waren.
Als der Folterknecht die Peitsche erneut schwang, stürzte Isabelle nach vorne und warf sich über die Gequälte. Der Mann konnte nicht mehr innehalten, und so traf die Peitsche sie mit der Wucht eines Hammers. Isabelle stöhnte vor Schmerz, biss aber die Zähne zusammen, um diesen Schurken nicht den Triumph zu gönnen, sie schreien zu hören.
Auf ein Zeichen des Hochmeisters hin hielt der Folterknecht inne. »Das reicht! Bringt die Weiber wieder in ihre Kammern.« Danach wandte Gordeanus Isabelle den Rücken zu und stieg die Treppe hinunter, um in der Klosterkapelle zu beten, dass dieses störrische Weib ihm endlich den Weg zum Heiligen Gral offenbarte.
Isabelle blieb, vor Schwäche zitternd, neben ihrer Mitschwester liegen. Mit einer matten Geste fasste diese nach ihrer Hand.
»Danke! Ohne Euer Eingreifen hätten diese Hunde mich zum Krüppel geschlagen.«
Beide wussten sie jedoch, dass diese Gefahr noch immer bestand. Daher flehte Isabelle die Heilige Jungfrau an, Donata beizustehen, damit diese jemanden fand, der ihnen zu Hilfe kam.

2.

Marie musterte die Gruppe, mit der sie reiten sollte, und schüttelte in komischem Entsetzen den Kopf. Was war dem Fürstbischof nur eingefallen, ihnen ausgerechnet Hartwin von Frommberg und dessen vier Waffenknechte aufzuhalsen? Wenn Michel und sie nicht achtgaben, entführten diese Donata und verschwanden auf Nimmerwiedersehen. Das Mädchen, das immer noch ihr Nonnengewand trug, schien dasselbe zu befürchten, denn es drängte sich an Marie und krallte die Finger in den Stoff ihres Kleides.

»Bleibt immer dicht bei mir und lasst mich des Nachts mit in Eurem Bett schlafen«, flehte das Mädchen sie an.

»Keine Sorge! Ich achte schon darauf, dass du uns nicht verlorengehst.« Marie klopfte ihr aufmunternd auf die Schulter und wies auf die gesattelte Stute. »Du musst aufsteigen, mein Kind. Ich werde den Zügel deines Pferdes an mich nehmen und dafür sorgen, dass Frieder und Hannes sich immer zwischen uns und deinem unerwünschten Freier befinden.«

Donata trat auf ihr Reittier zu und ließ sich von Hannes aufs Pferd heben. Der Knecht half auch Marie und schwang sich dann selbst in den Sattel. Sein Freund Frieder saß bereits auf seinem Gaul und lenkte ihn an die Seite seiner Herrin.

»Wie sollen wir uns aufteilen, Frau Marie? Lassen wir die Frommberger vor uns reiten oder hinter uns?«

Marie schwankte für einen Augenblick, wandte sich dann aber mit beherrschter Stimme an den Knecht. »Da Michel die Führung des Trupps übernehmen muss, werden wir gleich hinter ihm reiten. Danach kommt ihr und erst dann Ritter Hartwin mit seinen Mannen.«

»Ist das klug?«, fragte Donata bang. »Wären wir hinter ihnen, könnten wir sehen, was sie tun. So aber können sie uns überraschen.«

»Ich glaube nicht, dass sie auf offener Straße Verrat üben werden. Wenn sie etwas planen, werden sie es in der Nacht ausführen. Aus den Augen sollten wir sie trotzdem nicht lassen.«

»Aber hinten haben wir keine!«, antwortete Donata besorgt.

»Wir können uns immer wieder zu ihnen umdrehen. Außerdem vertraue ich Hannes und Frieder. Die beiden sind umsichtig und lassen sich gewiss nicht überraschen. Aber jetzt frage ich mich, wo Michel bleibt. Er wollte längst aufbrechen.«

Kaum hatte sie es gesagt, eilte ihr Mann auf sie zu. »Ich sehe, ihr sitzt schon im Sattel. Dann kann es ja losgehen!« Er stieg auf seinen wuchtigen, braunen Hengst, rückte sein Schwertgehänge zurecht und ritt als Erster zum Tor hinaus.

Mit einem kaum merklichen Zögern folgte ihm Marie. Dabei hielt sie die Zügel von Donatas Stute so kurz, dass das Tier neben ihrem eigenen Pferd laufen musste. Die beiden Kibitzsteiner Knechte ließen den Frauen einen Vorsprung von mehr als drei Pferdelängen, um Ritter Hartwin und dessen Männer von ihnen fernzuhalten. So blieb den Frommbergern nichts anderes übrig, als ein Stück hinter ihren aufgezwungenen Reisegefährten herzureiten.

Stoffel regte sich darüber auf und giftete Hartwin an. »Ihr habt Euch einfangen lassen wie ein Gimpel! Wärt Ihr hart geblieben, hätte der Fürstbischof Euch Jungfer Donata übergeben müssen, und wir könnten nach Hause reiten.«

Hartwin blickte seinen Stellvertreter verärgert an. »Ich reite hier aus freiem Willen, denn ich will sichergehen, dass ich meinem erhabenen Bruder auch die richtige Tochter überbringe.«

»Dafür hätten wir nicht bis nach Würzburg reiten müssen. Ein Besuch im Kloster hätte genügt«, maulte Stoffel weiter.

»Und wir wären zu fünft gegen mehr als zwanzig gestanden«, wies Hartwin ihn zurecht.

Stoffel lachte ihn aus. »Jetzt sind wir auch nur drei mehr und haben zudem zwei Weiber am Hals.«

Stoffels Gemecker wurde Hartwin zu viel. »Frau Marie ist die Ehefrau eines freien Reichsritters und damit eine Dame. Auch die junge Nonne ist, selbst wenn es sich nicht um meine Nichte Donata handeln sollte, von edlem Geblüt. Wage es also nicht mehr, die beiden ›Weiber‹ zu nennen!«

»Diese Marie mag vielleicht das Eheweib eines Reichsritters sein. Doch in Würzburg hat man mir erzählt, sie wäre früher die Hure mehrerer hoher Herren gewesen, und ihr Mann hätte sein Lehen weniger wegen seiner als vielmehr um ihrer Leistungen willen erhalten. Wo sie diese vollbracht hat, brauche ich wohl nicht zu sagen.«

Hartwin musterte seinen Stellvertreter verwundert und fragte sich, weshalb der Mann stets so bissig reagierte. »Ich warne dich! Wenn du so weitermachst, wirst du meinen Zorn zu spüren bekommen. Am besten ist es, wenn du uns verlässt und nach Frommberg reitest. Ich werde dir einen Brief an meinen Bruder mitgeben.«

Einen Augenblick lang erschreckte Hartwin Stoffel mit dieser Drohung, doch dann lachte der Knecht auf. »Könnt Ihr überhaupt schreiben?«

Daran lag es bei Hartwin tatsächlich im Argen. Er dachte jedoch nicht daran, dies zuzugeben, sondern maß Stoffel mit einem vernichtenden Blick. »Für diesen Brief wird es reichen. Und nun reihe dich hinter mir ein, wie es sich für einen Knecht geziemt.«

In Stoffel fochten beleidigter Stolz und das Wissen, dass

Donatas Vater ihm niemals verzeihen würde, wenn er das Mädchen im Stich ließ, einen harten Kampf aus. Er hatte sich schon darauf gefreut, Hartwin mit der Nachricht, dieser habe einfach eine geflohene Nonne als Tochter ihres Herrn ausgeben wollen, zu Fall zu bringen. Stattdessen musste er jetzt wieder nach Osten reiten und mithelfen, die echte Donata zu befreien.
Stoffel hoffte, dass das Mädchen bereits tot war. Dann würde Hartwin als Versager vor ihrem Halbbruder stehen und dessen Gnade endgültig verlieren. Retteten sie hingegen das Mädchen, gab es nichts mehr, was Hartwins Nachfolge als Freiherr auf Frommberg verhinderte. Da er seinen Bastard-Halbbruder verärgert hatte, würde es für ihn doppelt schlecht ausgehen, und er geriet in Gefahr, den Vertrauensposten zu verlieren, den er bei Elert von Frommberg einnahm. Dann war er wirklich nur noch ein Knecht, der sich keine Hoffnungen mehr zu machen brauchte, einmal ein Herr zu werden.
Während Stoffel mit seinem Schicksal haderte, klang hinter ihnen Hufgetrappel auf. Als Marie sich umblickte, sah sie, dass Krispin ihnen folgte. Er war ganz in Wildleder gekleidet, trug aber seine Jägerkappe und hatte an der Hüfte ein Schwert hängen. Am Sattel war ein Köcher nach tatarischer Art mit Bogen und Pfeilen befestigt. Ohne den Frommbergern einen Blick zu gönnen, ritt er an diesen vorbei und schloss zu Michel auf.
»Ihr wolltet doch wohl nicht ohne mich losreiten?«, fragte er lachend.
»Es war der Wille des Fürstbischofs, dass wir uns ungesäumt auf den Weg machen sollen«, antwortete Michel und streckte ihm die Hand entgegen. »Auf jeden Fall freue ich mich, dass du mitkommen willst.« Er dachte bei sich, dass sie mit Hannes und Frieder zusammen nun vier Männer waren und damit die fünf Frommberger aufwogen.

»Ich wollte mir doch den Spaß nicht entgehen lassen, hochgeborene Damen aus einer Gefahr zu erretten.«
Marie spürte die Verachtung in Krispins Worten und schüttelte den Kopf. »Auf diese Weise wirst du wenig Freunde gewinnen, und Freundinnen schon gar keine«, mahnte sie ihn.
Mit einem Achselzucken nahm Krispin ihren Tadel hin. »Ich strebe nicht nach der Freundschaft hochwohlgeborener Damen. Bei denen handelt es sich doch nur um ein eitles, von sich eingenommenes Volk, das die Nase über ein einfaches Mädchen aus dem Volk rümpft und es Hure schimpft, weil ein hoher Herr an ihm Gefallen gefunden hat. Dabei heben sie selbst ihre Röcke für jeden Gecken, der ihnen mit wohlgesetzten Worten zu schmeicheln versteht.«
»In die Gefahr wirst du gewiss nicht kommen!« Marie musste gegen ihren Willen lachen, denn im Grunde war sie froh um die Anwesenheit des jungen Mannes. Man konnte viel gegen Krispin vorbringen, was sein Benehmen betraf, aber er war mutig, zuverlässig und ein ausgezeichneter Bogenschütze. Das erschien ihr für diese Reise wichtiger als jemand, der edle Damen mit schönen Worten zu betören verstand.
Im Gegensatz zu Marie war Donata dieser Begleiter gar nicht recht. Sie hatte Krispin bereits bei ihrer ersten Begegnung als ungehobelt empfunden, und nichts wies darauf hin, dass er sich in der Zwischenzeit gebessert haben könnte. Seine Manieren waren in ihren Augen ebenso schlimm wie die von Hartwin, und sie haderte mit Gott, weil er solche Männer geschaffen hatte. Daher ignorierte sie Krispin und verwickelte Marie in ein Gespräch, damit diese dem Burschen keine Aufmerksamkeit mehr schenken konnte.

3.

Da Michel so rasch wie möglich zum Waldkloster gelangen wollte, nahm er keine Rücksicht auf Donatas mangelnde Reitkünste. Immer wieder ließ er sein Pferd traben und an geeigneten Stellen galoppieren. Selbst Marie hatte allmählich Schwierigkeiten, dieses Tempo mitzuhalten. Für Donata aber war es die Hölle. Bereits am ersten Abend war sie so erledigt, dass sie sich kaum auf den Beinen halten konnte, nachdem Hannes sie aus dem Sattel gehoben hatte.

»Was hast du?«, fragte Marie besorgt.

»Meine Beine tun so weh.« Errötend fügte sie hinzu: »Und der Bereich darüber noch viel mehr!« Donata klang kläglich und begann nun auch zu weinen.

»Ist diese Dame wirklich so wichtig, dass sie mitkommen muss?«, fragte Krispin verächtlich.

Unter Schmerzen drehte Donata sich zu ihm um und funkelte ihn zornig an. »Ich bin die Einzige, die den geheimen Weg ins Kloster kennt!«

Hoffentlich, setzte sie in Gedanken hinzu, denn in ihrer Panik hatte sie zu wenig darauf geachtet, wo der Eingang in Bezug auf die alte Burg lag, die die Klostergemeinschaft beherbergte, und sie erinnerte sich kaum noch, wie die Stelle von außen aussah, obwohl sie sich noch einmal danach umgedreht hatte. Zu dem Zeitpunkt war es recht dunkel gewesen, und wenn sie dies nun zugab, würde Ritter Michel wahrscheinlich nicht weiterreiten. Damit aber hätte sie ihre Äbtissin und die anderen Nonnen schließlich doch im Stich gelassen.

»Wenn wir eine Sänfte für das Nönnchen brauchen, kommen wir nicht rasch genug voran«, fuhr Krispin fort.
»Ich kann reiten«, fauchte Donata, obwohl ihr bereits jetzt davor graute, sich am nächsten Tag wieder auf ihre Stute setzen zu müssen.
»Du solltest Donata nicht beleidigen. Immerhin hat sie unseren Ritt kein einziges Mal verlangsamt«, wies Marie den jungen Mann zurecht. Dann fasste sie Donata unter und lächelte ihr aufmunternd zu. »Komm, stütz dich auf mich! Nach dem Abendessen werde ich deine Beine und das *Darüber* mit einer Salbe einschmieren, die meine Freundin, die Ziegenbäuerin, für diese Zwecke angemischt hat. Sie wird dir helfen.«
»Danke!« Mit diesem Wort kehrte Donata Krispin den Rücken und trat an Maries Seite steifbeinig in die Herberge.
Krispin sah den beiden nach und scheuchte dann den Stallknecht weg, der sein Pferd in den Stall führen wollte.
»Das mache ich selbst. Besorge du mir genug Hafer für meinen braven Äolos!«
Während der Knecht in einem Schuppen verschwand, versorgte Krispin sein Pferd und kratzte auch die Hufe aus, damit sich kein Stein unter dem Hufeisen festsetzen konnte. Frieder und Hannes kümmerten sich um ihre Pferde und um die Tiere von Marie, Michel und Donata. Stoffel hingegen überließ es seinen drei Kameraden, sich um seinen und Hartwins Gaul zu kümmern. Es wurmte ihn, dass sein Anführer sich auf diese Sache eingelassen hatte. Dabei hatte er gehofft, Hartwin würde die angebliche Donata umgehend zu Graf Elert schaffen, so dass er seinen Gewinn daraus ziehen konnte. Da seine Wut ein Opfer brauchte, trat er auf Krispin zu und tippte diesen an.
»Du kannst auch die Hufe meines Hengstes sauber machen!«
Krispin ließ den Huf, den er gerade ausgekratzt hatte, los

und drehte sich mit einer lässigen Bewegung zu dem breitschultrigen Mann um. »Höre mir gut zu, mein Freund! Ich bin weder dein Knecht noch dir sonst wie zu Diensten verpflichtet. Also kümmere dich gefälligst selbst um deinen Zossen.«
»Du wagst es?«, fuhr Stoffel ihn an und holte mit der Hand aus.
Doch als er zuschlug, traf er nur leere Luft. Krispin war mit einer geschmeidigen Bewegung ausgewichen, stellte ihm blitzschnell ein Bein und versetzte ihm einen Stoß, der den Knecht zwischen die Beine seines Pferdes stürzen ließ.
»Wie du siehst, wage ich noch viel mehr«, spottete Krispin und ging fröhlich pfeifend davon.
»Verfluchter Hund!«, brüllte Stoffel und musste auf allen vieren davonkrabbeln, weil sein Pferd unruhig wurde und ihn ein Huf schmerzhaft in die Rippen traf.
Seine drei Kameraden wechselten einen kurzen Blick und mussten sich Mühe geben, nicht zu lachen. Zu oft hatte Stoffel so getan, als wenn er etwas Besseres wäre, und ihnen alle schwere Arbeit überlassen.
Hartwin hatte Stoffels beschämende Niederlage ebenfalls beobachtet und war darüber kaum weniger erfreut als seine Leute. Statt seinem bisherigen Stellvertreter beizustehen, gesellte er sich zu Krispin und sprach diesen an.
»Ihr seid ein wackerer Streiter! Darüber bin ich froh, denn wir wissen nicht, was uns erwartet.«
»Ihr müsst nicht Ihr und Euch zu mir sagen, denn ich bin kein Herr von Stand, sondern nur ein elender Bastard, den sein Erzeuger nicht anerkennen wollte.« Krispins Antwort fiel harsch aus, weil er Hartwin für einen Edelmann hielt.
Dieser dachte an die Missachtung, die er in seiner Jugend und auch noch später erlebt hatte, und lachte leise auf. »Soll ich Euch als Kämpe weniger achten, weil Ihr kein zehnfaches Wappenschild auf Eurer Brust tragt? Kommt, lasst uns

einen Becher Wein zusammen trinken. Ihr kennt doch unseren Anführer und könnt mir ein bisschen über ihn erzählen.«
Krispin musterte den Mann, der etwa so groß war wie er, aber fast doppelt so breit, und in dessen grauen Augen er ein gewisses Verständnis für ihn las. Aus diesem Grund stimmte er zu. »Von mir aus! Nur sollten es schon zwei Becher Wein sein. Ich teile meinen nämlich ungern mit einem anderen.«
Es dauerte einen Augenblick, bis Hartwin diesen Witz verstand, aber dann lachte er schallend. »Es wird gewiss nicht bei zwei Bechern bleiben. Zu viel sollten wir allerdings nicht trinken, denn vor uns liegt ein langer, harter Weg.«
»Den werden wir schon schaffen«, antwortete Krispin munter. »Doch ich mache mir Sorgen um die Nonne. Frau Marie wird uns unterwegs nicht behindern. Aber Donata von Frommberg sieht bereits nach einem Tag so aus, als könnte sie morgen nicht mehr in den Sattel steigen.«
»Donata hat sich auf dem Ritt nach Würzburg wacker gehalten und wird auch jetzt die Zähne zusammenbeißen. Immerhin geht es um ihre Mitschwestern. Sie kann übrigens nichts dafür, dass sie nicht reiten kann. Ihr Vater hat sie im Alter von drei Jahren ins Kloster gesteckt und sie jetzt erst wieder herausgeholt. Seine beiden Söhne sind tot, und die Tochter ist die Einzige, die seine Blutlinie weiterführen kann.«
Kaum hatte er diese Worte ausgesprochen, wunderte sich Hartwin, dass er auf einmal lobende Worte für das Mädchen fand. Noch immer war er sich nicht sicher, ob es wirklich Donata war, hoffte es aber – und das nicht nur, um seinem Bruder einen Gefallen zu tun.
Während ihres Gesprächs hatten die beiden die Schankstube erreicht und gesellten sich zu Marie, Donata und Michel. Das Mädchen rückte unwillkürlich von ihrem Bräutigam ab und klammerte sich hilfesuchend an ihre Begleiterin. Marie hielt diese Reaktion zwar für übertrieben, streichelte aber ihre Hand und nötigte sie, etwas Wein zu trinken.

»Wir haben heute eine gute Strecke geschafft. Wenn es so weitergeht, werden wir das Kloster in vier bis fünf Tagen erreichen«, erkläre Michel zufrieden.
Krispin verzog die Lippen zu einem spöttischen Lächeln. »Aber nur, wenn die junge Dame durchhält! Da sie, wie sie sagt, die Einzige ist, die den Weg ins Kloster kennt, wäre es schlimm, würde sie uns aufhalten. Jeder Tag, den wir versäumen, könnte den Tod der gefangenen Nonnen bedeuten.«
Seine Worte fuhren wie eine Raspel über Donatas Gemüt, und sie kämpfte gegen die Tränen an, die in ihr aufsteigen wollten. »Ich werde alles tun, um euch nicht zur Last zu fallen!«, versicherte sie mit zittriger Stimme.
»Das wirst du auch nicht«, antwortete Marie, um sie zu beruhigen, und warf Krispin einen warnenden Blick zu. Wenn er dem Mädchen mit seinem Spott allen Mut nahm, bestand die Gefahr, dass es zusammenbrach.
»Jungfer Donata hat sich heute sehr gut gehalten«, warf Michel ein. »Ich kenne wenige Frauen, die ihre Freundschaft zu anderen so über das eigene Wohl stellen wie sie.«
»Das stimmt!«, warf Hartwin ein. »Sie hat mich mehrmals gebeten, mich für ihre Mitschwestern zu verwenden. Ich wagte es jedoch nicht, da für mich der Befehl meines Bruders, sie rasch und unversehrt zu ihm zu bringen, bindend war. Nun bin ich froh, dass Seine Hoheit, der Fürstbischof, mir in dieser Hinsicht Dispens erteilt hat.«
Es hörte sich so aufrichtig an, dass Donata ihn verwundert musterte und sich fragte, ob er mit solchen Behauptungen nur seine eigene Feigheit verbergen wollte. Bei dem Gedanken schnaubte sie verächtlich. Sie hätte sowohl auf Hartwin und seine Männer wie auch auf Krispin als Reisebegleiter verzichten können.
Unterdessen brachte der Wirt den Wein und fragte, was die Herrschaften essen wollten.

»Hast du Bratwürste?«, fragte Marie, bevor ein anderer etwas sagen konnte.
»Aber freilich! Ganz frisch gemacht. Wir haben heut früh erst geschlachtet«, erklärte der Wirt.
»Dann bring mir zwei Paar und dazu Brot!« Damit war für Marie der Abend gerettet.
Mit einem nachsichtigen Lächeln bestellte Michel ebenfalls Bratwürste und wies den Wirt darauf hin, dass auch ihre Knechte bald in die Gaststube kommen würden.
Der Mann winkte lachend ab. »Ich glaube nicht, dass sie bei mir hungern müssen, und der Wein geht mir auch so schnell nicht aus.«
»Dann ist es ja gut. Auf euer Wohl!« Michel hob seinen Becher und stieß zuerst mit Marie und Donata und dann mit Hartwin und Krispin an. In seinen Augen war es ein gutes Zeichen, dass die beiden Männer sich zu ihnen gesetzt hatten.
»Ich habe heute Morgen noch mit dem Archivar des Fürstbischofs gesprochen, ob er einen Ritterorden mit einem Kreuz kennt, das wie ein Hammer geformt ist«, sagte er. »Der Mann kannte dieses Symbol jedoch nicht. Allerdings habe es früher ein ähnliches Abzeichen gegeben. Das trugen die heidnischen Nordmannen, deren Nachkommen heute im Dänenland und in Schweden leben. Aber auch dort ist das Symbol seit Jahrhunderten nicht mehr im Gebrauch.«
»Die Männer, die uns überfallen haben, waren gewiss keine Heiden. Sie beriefen sich auf Gott!«, antwortete Donata nach einem kurzen Zögern.
Michel blickte sich kurz um, um zu sehen, ob jemand mithören konnte. Dies schien nicht der Fall, und so setzte er seine Rede fort. »Wer auch immer diese Hammerkreuzritter sein mögen: Sie sind gefährliche Gegner. Vielleicht denkt ihr, wir hätten nicht mehr mit ihnen zu tun, als den gefangenen Nonnen zu helfen. Doch das ist ein Irrtum. Ihr, Frommberg, habt Jungfer Donata von dort weggeholt und seid da-

mit ebenso in die Sache verwickelt wie ich selbst, meine Frau und Krispin. Immerhin sind drei dieser Ordensleute durch unsere Hand ums Leben gekommen. Irgendwann werden deren Kumpane es erfahren, und dann müssen wir mit ihrer Rachsucht rechnen.«

Daran hatten weder Krispin noch Hartwin gedacht. Beider Mienen wurden ernst, doch dann entblößte Krispin seine Zähne zu einem unfrohen Lächeln. »Damit sind wir alle unweigerlich mit dem Schicksal dieser Äbtissin und ihrer Nonnen verbunden, und jeder Hammerkreuzritter, den wir töten, ist ein Feind weniger, der sich rächen kann.«

»Aber wir können doch nicht einen ganzen Ritterorden auslöschen!«, wandte Marie ein. »Selbst die zwanzig Männer, die laut Donata noch im Kloster sein können, sind für uns zu viel.«

»Das werden wir demnächst feststellen! Ich will zunächst einmal, dass sich jeder von uns darüber im Klaren ist, was uns drohen kann«, sagte Michel, atmete tief durch und fasste dann nach Maries Hand. »Wenn es hart auf hart kommt, sind nicht nur wir in Gefahr, sondern auch unsere Kinder und alle, die sich auf Kibitzstein befinden. Fanatiker wie diese Ordensritter, die nicht einmal vor geweihten Frauen haltmachen, sind rachsüchtig und heimtückisch. Also sollten wir alles tun, um uns und unsere Familien vor ihnen zu schützen. Das gilt auch für die gesamten Frommbergs.«

Hartwin starrte Michel stumm an und schüttelte sich unwillkürlich, denn so hatte er die Sache noch nicht gesehen. Krispin aber begann zu lachen. »An mir soll es nicht liegen!« Er tippte sich an die Stirn. »Ich hätte mir nie träumen lassen, dass ich einmal mein Leben für so feine Damen riskieren würde.«

»Dann hättest du dich nicht einmischen dürfen, als Michel und ich gegen die drei Schurken standen«, antwortete Marie lächelnd.

»Danke, dass Ihr mich darauf hingewiesen habt!«, antwortete Krispin, noch immer lachend. »Ich riskiere mein Leben jedoch nicht für hochwohlgeborene Frauen, sondern für Euch und Euren Gemahl, weil Ihr beide meine Freunde seid. Das lässt mich der Gefahr gerne ins Auge sehen.«
»Warum hasst Ihr Damen von Adel so sehr?«, fragte Hartwin verwundert.
»Sie haben meine Mutter verachtet und als Hure beschimpft, weil ein hoher Herr Gefallen an ihr fand und sie sich ihm nicht verweigern durfte. Seine eigene Schwester zwang ihn dazu, mich nicht als Sohn anzuerkennen, weil sie sein Erbe für ihren Sohn haben wollte. Daher überließ er einem Herrn des Würzburger Domkapitels eine Summe Geldes mit der Maßgabe, man solle mich zum Pfaffen erziehen, auf dass ich für seine Seele beten könne.«
»Wie ein Geistlicher seht Ihr aber nicht aus«, platzte Donata heraus.
»Ich bin auch keiner. Man hat mich schon nach einem halben Jahr aus dem Priesterseminar geworfen, in dem ich studieren sollte, und mich zu den Wildhütern gesteckt, damit ich dort mein Auskommen finde.«
»Deshalb seid Ihr ein so guter Schütze!« Es war das erste Lob, das Donata für Krispin fand, und sie wunderte sich selbst darüber.
»Da ich der Sohn eines hohen Herrn sein soll, wurde ich zum Aufseher der Wildhüter bestimmt. Zwar wollte ich nicht besser gestellt sein als die anderen Männer, aber man ließ mir keine Wahl.« Krispin klang griesgrämig, denn seine Stellung, die zwischen den einfachen Knechten und den niederadeligen Forstmeistern lag, hatte ihm oft genug deutlich vor Augen geführt, dass er zu niemandem gehörte. Nun tat er Donata, die dies durchaus begriff, auf einmal leid.
Auch Hartwin verspürte Mitgefühl mit Krispin. Im Gegensatz zu diesem hatte sein Vater sich glücklicherweise zu ihm

bekannt. Nur dadurch war er überhaupt in der Lage, die Tochter seines Bruders zu heiraten und die Familie weiterzuführen.

»Viele Herren bedienen sich der Töchter des Volkes und setzen Bastarde in die Welt«, begann er und wurde von Stoffel, der eben die Wirtsstube betrat, unterbrochen.

»Sprichst du von dir?« In seiner Wut vergaß der Knecht ganz, dass er Hartwin wie einen Herrn anzusprechen hatte.

Hartwin drehte sich verärgert zu ihm um. »Ich stehe dazu, als Bastard geboren zu sein. Deren gibt es viele, aber nur wenige von ihnen haben das Glück, dass ein hochgeborener Vater sie als Sohn anerkennt.«

Der Knecht grinste. Ein Versagen Hartwins würde bedeuten, dass Elert von Frommberg auf ihn zurückgreifen müsste, wenn er den Sippennamen weiter auf seinem Stammschloss sehen wollte. Bei diesem Gedanken streifte sein Blick Donata. Sie war eine Schönheit, wie man selten eine fand. Es wäre Verschwendung gewesen, sie im Kloster zu lassen. Doch genauso war es Verschwendung, dass diese Frau den dumpfen Hartwin ehelichen sollte, damit ihrem Schoß echte Frommberger entsprossen. Die, so sagte sich Stoffel, konnte auch er ihr in den Bauch schieben. Dabei war es ihm gleichgültig, ob sie wirklich Freiherrn Elerts Tochter war oder eine beliebige Nonne von adeligem Blut. Er musste nur dafür Sorge tragen, dass Hartwin versagte oder auf diesem Ritt umkam.

4.

Am nächsten Morgen kam Donata nicht aus dem Bett. Ihre Beine, der Hintern und die Schultern taten ihr in einer Weise weh, dass sie die Tränen nicht zurückhalten konnte. Marie hatte nichts anderes erwartet und holte das Salbentöpfchen, das sie stets auf Reisen mit sich führte.
»Zieh dein Hemd hoch und lege dich auf den Bauch, damit ich dich noch einmal einschmieren kann«, befahl sie dem Mädchen.
Donata gehorchte ächzend und stöhnte auf, als Marie ihr Hiltruds Salbe auf die schmerzenden Stellen strich. Ihr Glaube an deren Heilwirkung war jedoch gering.
»Ihr habt das Zeug bereits gestern Abend aufgetragen, ohne dass es besser geworden wäre«, maulte sie.
Marie lächelte. »Ich werde es noch ein paarmal auftragen müssen, denn jede Medizin wirkt nur dann, wenn sie häufig genug verwendet wird. Das hier ist ein Gemisch aus Schweinefett, Arnika, Kamille und Ringelblumen, das mit dem Öl der Fichtennadeln versetzt wurde. Ich weiß, dass es hilft, denn ich habe es oft genug bei mir angewandt. Doch nun komm! Michel will früh aufbrechen, und da sollten wir vorher ein wenig in den Magen bekommen.«
Sie versetzte Donata einen leichten Klaps auf das Hinterteil und verschloss die Salbenbüchse. Dabei war sie in Sorge, weil sie nicht viel von diesem Mittel bei sich hatte. Doch sollte Donata sich weiterhin wundreiten, musste im Notfall reines Schweinefett ausreichen.
Nun machte sie sich mit einem Seufzer, der ihrer gesamten Situation galt, für den Tag zurecht. Etwas langsamer und

unter gelegentlichem Jammern folgte Donata ihrem Beispiel. Doch während sie sich bewegte, spürte sie, wie die Schmerzen nachließen, und konnte schließlich sogar erleichtert lächeln.

»Eure Salbe ist ein wahres Wundermittel«, gestand sie Marie.

»Es freut mich, dass sie dir guttut«, antwortete diese und half ihr, die Kutte überzuziehen.

Kurz darauf verließen beide die Schlafkammer und gesellten sich zu denen, die bereits in der Schankstube saßen und ihr Morgenbier tranken. Auch ihnen wurden zwei Krüge gebracht, und die Wirtin kredenzte ihnen einen Brei aus gestoßenem Hafer, klein geschnittenen Fleischstücken und getrocknetem Obst.

Erst als Donata zu essen begann, spürte sie, wie groß ihr Hunger war. Daher war sie schneller fertig als Marie und blitzte diese auffordernd an. »Wenn es nach mir geht, können wir aufbrechen.«

»Werde mir ja nicht zu übermütig, sonst muss ich mir überlegen, ob ich dich das nächste Mal mit meiner Salbe einschmieren soll.«

Maries Augenzwinkern verriet dem Mädchen jedoch, dass ihre Worte als Scherz gemeint waren. Erleichtert lächelte Donata ihr zu und wartete, bis alle mit dem Essen fertig waren.

»Wie halten wir es heute Mittag? Kehren wir ein oder nehmen wir uns Mundvorrat mit?«, fragte Krispin.

Michel dachte nach. »Wenn wir uns etwas mitnehmen, können wir unterwegs essen und kommen rascher voran. Immerhin haben wir einen weiten Weg vor uns.«

Marie stimmte zu, und so wiesen sie den Wirt an, ihnen genügend Lebensmittel für ein Mittagsmahl zusammenzustellen.

»Wie die Herrschaften wünschen«, antwortete dieser, denn

er fand, es sei besser, wenn er an diesen Reisenden verdiente, als wenn es ein anderer Wirt ein paar Meilen weiter tat.
»Du kümmerst dich um die Vorräte, Frieder«, befahl Marie dem Knecht und ging zur Tür. »Wir werden inzwischen die Pferde satteln lassen.«
»Ihr seid wohl auf Pilgerfahrt?«, fragte der Wirt aufs Geratewohl.
Bevor ein anderer etwas sagen konnte, nickte Marie. »So kann man es sagen! Wir sind unterwegs nach Rom und zu Seiner Heiligkeit, um in Sankt Peter unser Gebet zum Herrgott zu richten.«
»Ah, Rom!« Für den Wirt war diese Stadt fast ebenso weit entfernt wie der Mond. Er war nie weiter als einen halben Tagesmarsch von seinem Dorf fortgekommen und schüttelte den Kopf über Leute, die so weit reisen wollten.
Marie und die anderen kümmerten sich nicht mehr um den Mann, sondern verließen bis auf Frieder und Michel, der die Rechnung begleichen wollte, die Gaststube. Draußen riefen sie den Wirtsknechten zu, ihnen die Pferde zu bringen. Als die Tiere gesattelt im Hof standen, traten auch Michel und sein Knecht ins Freie und schwangen sich auf ihre Pferde.
Wie am Vortag übernahm Marie den Zügel von Donatas Pferd. Diesmal begnügte sie sich aber nicht damit, einfach hinter ihrem Mann herzureiten, sondern trieb ihren Zelter an, um zu ihm aufzuschließen. Da der Weg für drei Pferde nebeneinander zu schmal war, ließ sie Donatas Stute mehr Zügel, so dass das Tier hinter ihnen herlaufen konnte.
Michel spürte, dass seiner Frau etwas auf dem Herzen lag, und sah sie lächelnd an. »Was gibt es denn, mein Lieb?«
»Es geht um diesen seltsamen Orden. Ist er wirklich eine Gefahr für uns alle?«
»Ich könnte das verneinen, um dich zu beruhigen, doch das wäre gelogen«, antwortete Michel. »Solche Gemeinschaften zeigen meist ein überhöhtes Zusammengehörigkeitsgefühl

und sehen jeden, der gegen einen von ihnen ist, als Feind an. Dabei achten sie weder auf Recht noch auf Gesetze. Selbst wenn ihr Oberhaupt erkennen würde, dass einige seiner Leute falsch gehandelt haben, würde er sie verteidigen – und es gibt immer welche, die ihre Gefährten rächen wollen.«

»Unter diesen Umständen müssten wir den gesamten Orden ausrotten, um sicher zu sein!« Marie klang so entsetzt, dass Michel sie am liebsten tröstend in den Arm genommen hätte. Doch er wusste, dass ihr ein offenes Wort lieber war als Schönrederei.

»Auch dann ist man nicht sicher. Die heilige Kirche hat viele Arme, die einen zu erdrosseln vermögen. Wir können nur hoffen, dass diese Hammerkreuzritter gegen den Willen des Papstes und der Bischöfe handeln und mit ihren Taten Abscheu erregen. Wenn du mich fragst: Ich kann mir nicht vorstellen, dass die Geistlichkeit den Überfall auf das Waldkloster und den Mord an den dortigen Nonnen gutheißen wird. Außerdem wissen wir den Fürstbischof von Würzburg auf unserer Seite.«

»Dann ist unsere Lage also nicht ganz aussichtslos«, erwiderte Marie mit einem zaghaften Lächeln.

»Solange wir leben und die Kraft finden, uns dem Schicksal zu stellen, ist unsere Lage niemals aussichtslos!« Michel nahm die Hand seiner Frau und streichelte sie. »Wir schaffen auch das! Glaube mir!«

»Das tue ich!« Marie drückte seine Hand, warf ihm einen entschlossenen Blick zu und zügelte ihre Stute, so dass Donata wieder zu ihr aufschließen konnte.

Das Mädchen saß weitaus selbstbewusster im Sattel als am Tag zuvor. Ihre Gedanken eilten jedoch bereits voraus zu dem Kloster im Waldgebirge und zu ihren einstigen Mitschwestern, mit denen sie vertrauter war als mit ihren Verwandten.

5.

In ebenjenem Kloster saß Leopold von Gordean, Hochmeister des ritterlichen Ordens vom Hammer des Heiligen Kreuzes zu Jerusalem, in den Räumen der Äbtissin, die er für sich bestimmt hatte, und beriet sich mit seinem Stellvertreter Landolfus. Sein Blick glitt über die gut zwei Dutzend Bücher, die sie in diesen Mauern gefunden und nach Hinweisen auf den Heiligen Gral durchsucht hatten. Eben schnitt Landolfus den Einband eines besonders alten Exemplars auf und stieß einen leisen Ruf aus.

»Da ist etwas!«

»Was? Wo?« Erregt beugte Gordeanus sich vor und sah zu, wie Landolfus, der längst die Mönchskutte mit der Ordenstracht aus rotem Waffenrock und braunem Umhang vertauscht hatte, einen zusammengefalteten Zettel unter dem Lederbezug hervorzog. Doch als Landolfus ihn entfaltete und las, erstarben ihre hoffnungsvollen Mienen.

»Es ist nur ein Liebesbrief, den der Buchbinder für eine längst verblichene Äbtissin geschrieben haben dürfte. Da er ihn ihr nicht übergeben konnte, hat er ihn in den Umschlag eingebunden, damit sie ihn auf diese Weise in der Hand halten würde.« Landolfus warf den Zettel zu Boden und sah sein Oberhaupt auffordernd an.

»Isabelle de Melancourt hält uns schon zu lange zum Narren. Es wird Zeit, dass wir sie härter anfassen. Lasst drei ihrer Nonnen vor ihren Augen zu Tode schinden!«

»Es würde in ihr nur den Willen bestärken, selbst auf diese Weise zu sterben. Das aber darf nicht geschehen, bevor wir den Heiligen Gral in Händen halten und seine Kraft erprobt haben.«

Der Hochmeister stand auf und durchmaß den Raum mit langen Schritten. Obwohl er nichts weniger ersehnte, als endlich den Gral zu besitzen, wusste er, dass er nichts überstürzen durfte. Inzwischen hatte er jeweils zwei Nonnen in die Zellen neben Isabelles Gefängnis sperren lassen, damit ihre Klagen die Äbtissin erweichen sollten, doch das hatte ihn seinem Ziel nicht näher gebracht. Nun war seine Geduld fast aufgebraucht.

»Sollte die Melancourt bis heute Abend nicht reden, wird sie erneut der Folter unterworfen, und zwar vor den Augen ihrer Weiber.«

Landolfus nickte. »Sie muss sprechen, damit das Abendland gerettet werden kann. Nur mit dem Heiligen Gral können wir uns der Heiden erwehren und die Kirche Jesu Christi wieder aus dem Schlamm erheben, in den unwürdige Päpste und Bischöfe sie gestoßen haben.«

»Aber wir dürfen auch nicht müßig bleiben. Das Geheimnis des Heiligen Grals kann nicht nur mündlich weitergegeben worden sein. Es muss irgendeinen Hinweis darauf geben, und zwar hier in diesem Kloster! Wenn wir diesen finden …«

»… brauchen wir die Melancourt nicht mehr!«, ergänzte sein Stellvertreter grinsend.

Der Hochmeister schüttelte missbilligend den Kopf. »Wenn du denkst, dass wir sie umbringen sollten, irrst du dich. Sie wird erst sterben, wenn der Gral in meiner Hand ist. Bis dorthin muss sie leben, denn es kann sein, dass der Hinweis im Kloster Rätsel enthält, die nur sie lösen kann.«

»Wo aber kann dieser Hinweis versteckt sein? Wir haben das Kloster gründlich durchsucht!«, fragte Landolfus gereizt.

»Wir werden es erneut durchsuchen. Klopft alle Mauern ab,

schaut hinter jedes Bild und reißt jede Statue vom Sockel. Wir werden den Schlüssel finden!« Gordeanus ballte die Faust, denn er hasste Hindernisse, die sich in den Weg stellten.

Unterdessen wandte Landolfus sich mit einem anderen Problem an ihn, das nicht unbeachtet bleiben sollte. »Die Ritter, die Ihr der flüchtigen Nonne nachgesandt habt, bleiben mir zu lange aus. Kann es sein, dass sie in Schwierigkeiten geraten sind? Erinnert Euch an den Brief Graf Elerts von Frommberg, den wir in der Kammer der Äbtissin gefunden haben. Er wollte seine Tochter bald abholen lassen. Unglücklicherweise ist es genau die Nonne, die uns entkommen ist.«

»Bruder Rudolf ist klug und weiß, was zu tun ist. Er wird …« Gordeanus wollte noch mehr sagen, da klopfte es an der Tür, und einer seiner Ritter trat ein.

»Verzeiht, Euer Exzellenz, doch draußen befindet sich ein Edelmann, der seine Tochter den Nonnen als Novizin übergeben will. Was sollen wir ihm sagen?«

Mit solch einem Zwischenfall hatte Gordeanus nicht gerechnet. Er fasste sich jedoch schnell und legte seinem Untergebenen die Hand auf die Schulter. »Führe den Herrn in die Kapelle. Sollte eines der gefangenen Weiber jammern oder schreien, wird man sie dort drinnen nicht hören. Ich komme gleich nach!«

»Sehr wohl, Euer Exzellenz!«

Während der Ordensritter verschwand, ballte Landolfus die Rechte zur Faust. »Wir sollten den Mann und seine Begleitung gefangen nehmen und als Druckmittel gegen die Melancourt einsetzen!«

»Da sie selbst vom Leid der ihr anvertrauten Nonnen nicht gerührt wird, dürfte sie sich wohl kaum um fremde Leute scheren«, antwortete der Hochmeister scharf. »Außerdem würde es auffallen, wenn ein Edelmann samt seiner Tochter verschwindet, von denen bekannt ist, dass sie hierher unterwegs waren. Noch sind wir nicht im Besitz des Heiligen Grals, mit dem wir uns all unserer Feinde erwehren könnten. Ich werde mit dem Fremden sprechen. Suche du inzwischen weiter nach dem verborgenen Hinweis.«

Nach diesen Worten verließ Gordeanus die Kammer und begab sich in die Klosterkapelle. Diese war sehr einfach gestaltet, mit schlichten Figuren, einem kleinen Altar und einem schlanken Kreuz. Auf dem Altar lag noch das Brevier, aus dem im Allgemeinen der Priester las. Da es hier jedoch nur vierundzwanzig Frauen und keinen einzigen Geistlichen gegeben hatte, fragte sich der Hochmeister, wer die Messe gelesen haben mochte. Wenn Isabelle de Melancourt in ihrer Vermessenheit dies gewagt hatte, war der Tod die einzig richtige Antwort für dieses Verbrechen. Dieses Weib würde in der Hölle schmoren!

Als der Gast eintrat und knapp das Haupt senkte, war Gordeanus froh, den Befehl zur Durchsuchung der Kapelle nicht früher gegeben zu haben, denn sonst hätte er den Mann nicht darin empfangen können. In jedem anderen dafür geeigneten Raum des Klosters waren die Schreie der Nonnen zu hören, und vor dem Tor konnte er einen Mann von Stand nicht abfertigen, ohne Aufsehen zu erregen.

»Seid mir willkommen, mein Herr«, grüßte der Hochmeister mit sanfter Stimme.

Der Mann sah ihn verwundert an. »Verzeiht, mein Herr, aber ich glaubte, ich würde hier die ehrwürdige Mutter Isabelle de Melancourt und ihre frommen Schwestern antreffen.«

»Das hättet Ihr bis zum Tage des heiligen Evangelisten Markus auch getan. Doch am Tag darauf übergab sie uns das Kloster aufgrund einer Anweisung Seiner Heiligkeit, des Papstes, und verließ gemeinsam mit ihren Frauen diese Gegend, um ein neues Kloster in den Bergen bei Rom zu gründen.«

Der Hinweis auf den Papst und auf Rom, so sagte Gordeanus sich, würde Nachfragen verhindern, die unweigerlich gekommen wären, hätte er sich nur auf den Passauer Bischof berufen oder einen näher gelegenen Ort als Ziel der Äbtissin genannt.
Der Fremde schüttelte verwirrt den Kopf. »Aber die frommen Frauen befanden sich doch seit mehr als zweihundert Jahren hier!«
»Der Wille Gottes steht über allem, und der Papst muss diesem Willen gehorchen«, antwortete Gordeanus salbungsvoll.
»Ihr seht mich etwas hilflos«, sagte der Edelmann. »Seit Generationen ist es Sitte, dass Frauen unserer Familie in dieses Kloster eintreten. Die letzte war meine Tante, die vor einem Jahr verstorben ist. Daher wollte ich die ehrwürdige Mutter Isabelle bitten, meiner Mathilde den nächsten frei werdenden Platz unter ihren Nonnen zu überlassen.«
»Für Eure Tochter werdet Ihr ein anderes Kloster wählen müssen. Dieses hier wurde nun zu einer Heimstätte der Streiter Christi. Wäre Eure Tochter ein Sohn, so wäre er uns als Novize willkommen. Doch ein Weib darf unsere Schwelle nicht überschreiten. Daher«, setzte Gordeanus mit einer bedauernden Geste fort, »ist es uns auch nicht möglich, Euch über Nacht Gastfreundschaft zu gewähren.«
Sein Gast sah ihn erschrocken an. »Ihr werdet uns doch nicht von Eurer Schwelle weisen! In weniger als drei Stunden ist es Nacht. Wir müssten unser Lager mitten im Wald unter Wölfen und Bären aufschlagen.«
»Gäbe es vor den Mauern des Klosters ein Haus für Besucher, so wärt Ihr uns freilich willkommen. Doch so kann es nicht sein. Ihr solltet daher sofort aufbrechen. Vielleicht erreicht Ihr noch eine Herberge am Weg.«
Der Hochmeister wusste selbst, dass dies kaum möglich war, doch er wollte dem anderen den besorgten Abt vorspielen, dem das Schicksal anderer am Herzen lag.

»Bedauerlich, dass es nicht anders geht! Doch erwartet nicht, dass ich Eurer Gemeinschaft eine Spende zukommen lasse. Welcher Orden seid Ihr überhaupt?« Der Edelmann ließ alle Höflichkeit fahren und zeigte deutlich seinen Unmut.

Da Gordeanus weniger an Spenden lag als vielmehr daran, den Heiligen Gral zu finden, lächelte er nur sanft. »Wir sind Ritter des Hammers vom Heiligen Kreuz zu Jerusalem!«

»Ach so!«, knurrte der Edelmann und verließ mit einem unhöflich knappen Gruß die Kapelle.

Gordeanus sah zufrieden zu, wie der Gast von einem Ordensritter hinausgeführt wurde, und erfuhr kurz darauf, dass die Gruppe samt der verhinderten Novizin das Kloster verlassen hatte. Dann sah er sich sorgfältig in der Kapelle um und entdeckte einige Stellen, an denen ein Hinweis auf das Versteck des Grals verborgen sein konnte. Hoffnungsvoll riss er eine Heiligenfigur vom Sockel, die den Evangelisten Johannes darstellen sollte. Obwohl das Bildnis schlicht gestaltet war, wirkte der Evangelist durch sein langes Haupthaar wie eine Frau. Der Hochmeister verzog verächtlich die Lippen und zerschmetterte die aus Lindenholz gefertigte Statue an einer Kirchenbank. Sie war tatsächlich hohl, doch als er den mit altertümlicher Schrift beschriebenen Zettel las, war es nur ein huldigendes Gebet an den Heiligen, über das Kloster und seine Insassen zu wachen.

Landolfus kam herein, sah die zerstörte Figur und riss das Kreuz vom Altar herab. Das bestand jedoch nur aus zwei einfachen Latten ohne jeden Hohlraum. Danach war die Statue der Heiligen Jungfrau an der Reihe, doch auch in ihr fanden sie keinen Hinweis. Schließlich blieb der Hochmeister stehen und atmete tief durch.

»Hole vier weitere Männer, Landolfus. In diesem Raum darf kein Stein auf dem anderen bleiben. Ich fühle förmlich die Nähe des entscheidenden Hinweises.«

»Ich glaube, der ist eher in den Räumen der Äbtissin zu finden. Wir sollten dort noch einmal gründlicher suchen«, wandte sein Stellvertreter ein.
Sein Anführer antwortete mit einem überlegenen Lächeln. »Jeder, der den Heiligen Gral sucht, würde annehmen, dass die Räume der Melancourt das Geheimnis bergen. Doch der sicherste Ort hier im Kloster ist diese Kapelle. Sie ist aus festem Stein erbaut, und es gibt außer dem Gestühl und den paar Statuen kein Holz, das brennen kann. Selbst wenn das ganze Kloster vom Feuer verzehrt wird, würde ein in der Kapelle verborgener Gegenstand es überstehen.«
»Das mag schon sein. Trotzdem sollten wir auch die Zimmerflucht der Äbtissin noch einmal gründlich durchsuchen«, antwortete Landolfus, der wie ein trotziges Kind auf seinem Vorschlag beharrte.
»Das werden wir auch, mein Freund, und zwar sogleich. Nimm drei unserer Männer mit. Sie sollen die Melancourt so fesseln, dass sie sich vor Schmerzen windet, und hierherbringen.«
»Das tun wir, Euer Exzellenz!« Zufrieden, dass ihm in diesem Fall freie Hand gelassen wurde, eilte Landolfus davon. Kurz darauf drang seine befehlende Stimme in die Kapelle und brachte den Hochmeister zum Lächeln.
Da er sicher war, dass sein Stellvertreter in Isabelle de Melancourts Gemächern nichts finden würde, setzte er sich in das Kirchengestühl, faltete die Hände und bat Gott, seine Pfade so zu lenken, dass er den Gral fand und die Christenheit damit erretten konnte.

6.

Isabelle de Melancourt war trotz ihrer Schmerzen in einen tiefen, von Alpträumen gequälten Schlaf gefallen. Gerade als sie darin miterleben musste, wie der Hochmeister den verborgenen Pokal ihres Ahnen Raoul fand und dieser sich als der echte Gral entpuppte, wurde sie rauh geweckt. Sie schreckte hoch, doch bevor sie richtig wach war, bog ihr jemand die Arme nach hinten, und weitere grobe Hände hielten sie fest.

»Wisst ihr was? Wir nehmen den Besenstiel!«, hörte sie Landolfus' verhasste Stimme.

Während sie sich auf das Schlimmste gefasst machte, was einer Frau passieren konnte, brachte einer der Ordensleute den verlangten Besen, riss den Stiel heraus und begann, ihre ausgebreiteten Arme daran zu fesseln.

Aufzuatmen wagte Isabelle trotzdem nicht, dafür hatte sie ihre Peiniger zu gut kennengelernt. Die Männer zerrten sie nun aus der Kammer, führten sie zu ihrem Empfangsraum und ließen sie dort, von einem einzigen Mann bewacht, stehen, während Landolfus mit zwei weiteren Männern den Raum und die beiden anderen Zimmer durchsuchte. Wäre sie in einem besseren Zustand gewesen, hätte sie versucht, ihrem Bewacher den Besenstiel in den Leib zu stoßen, um an seinen Dolch zu kommen, und sei es nur, um sich selbst zu entleiben. Doch so musste sie hilflos mit ansehen, wie Landolfus und dessen Kumpane alles, was ihr einmal wert und teuer gewesen war, in Stücke schlugen. Das, was sie suchten, einen Hinweis auf den Kelch des Raoul de Melancourt, fanden sie nicht.

Schließlich gab Landolfus auf und wandte sich mit einer heftigen Geste an seine Untergebenen. »Schafft das Weib in die Kapelle!«
Die Männer packten die Enden des Besenstiels und zogen ihn so stark hoch, dass sie Isabelle beinahe die Oberarme aus den Gelenken drehten. Mit schmerzverzerrtem Gesicht setzte die Äbtissin sich in Bewegung und kämpfte bei jedem Schritt gegen ihre Schwäche an. Zwar erhielt sie gelegentlich etwas zu essen und auch ein wenig Wasser, dennoch war sie ständig am Rand des Verschmachtens.
Mit einem Mal kamen ihr die Tränen, und sie verfluchte ihren Vorfahren, weil er diesen Pokal aus dem Heiligen Land mitgebracht hatte. Wie unbeschwert wäre ihr Leben andernfalls gewesen. Sofort rief sie sich zur Ordnung. Es brachte nichts, über Dinge zu klagen, die nun einmal geschehen waren. Gott hatte ihr dieses Schicksal auferlegt, und sie musste es tragen.
In der Kapelle angekommen, sah sie die zerschlagenen Statuen und das herabgerissene Kreuz und funkelte den Hochmeister hasserfüllt an. »Ihr seid noch schlimmer als Heiden, denn Ihr zerstört die Insignien Eurer eigenen Religion.«
»Das hättest du verhindern können, indem du uns sagst, wo der Gral zu finden ist«, antwortete Gordeanus salbungsvoll. Dabei behielt er seine Gefangene genau im Auge, um sich keine Regung ihres Mienenspiels entgehen zu lassen. Bislang hatten sie nichts gefunden, doch er hätte seinen Kopf dafür verwettet, dass der Schlüssel zu diesem Rätsel in dieser Kapelle lag.
Obwohl Isabelle versuchte, sich nichts anmerken zu lassen, so wanderte ihr Blick doch kurz zum Altar. Dort lag noch immer das Brevier, ein prachtvolles Stück mit einem silbernen Einband, der mit Halbedelsteinen geschmückt war. Bislang hatte der Hochmeister es noch nicht untersucht, weil er es gerne unbeschädigt in Besitz genommen hätte. Der Gral

war jedoch wichtiger. Daher ging er hin, zog seinen Dolch und brach die silberne Verzierung des Einbands auf.
Isabelle keuchte kurz auf, als er darunter ein Pergament hervorzog. Mit einem zufriedenen Lächeln drehte Gordeanus sich zu ihr um. »Ist es das, was wir suchen?«
»Der Teufel soll dich und die Deinen holen!«, zischte Isabelle.
Ohne sich weiter um sie zu kümmern, faltete Gordeanus das Pergament auseinander. Es schien eine Art Karte zu sein, doch er hatte nicht die geringste Ahnung, was diese darstellen sollte. Die zwei Zeilen, die darüber geschrieben waren, vermochte er ebenfalls nicht lesen.
»Kannst du dieses Rätsel lösen?«, wandte er sich enttäuscht an Landolfus.
Dieser nahm das Pergament entgegen und studierte es. »Die Karte könnte drei Inseln zeigen, eine größere, eine mittlere und eine kleine. Diese Linie hier könnte das Ufer einer weitaus größeren Insel oder des Festlands sein. Die Worte bei den Inseln dürften deren Namen sein. Sie sind aber sehr schlecht zu lesen.«
»Für mich heißt das Frawenwerde«, meinte Bruder Eusebius, der ihm über die Schulter gespäht hatte. »Das, was über der Karte steht, könnte in der Sprache der Franzosen geschrieben sein. Allerdings vermag ich diese nicht zu lesen.«
»Sie kann es«, sagte Gordeanus mit einem Seitenblick auf Isabelle. »Doch wird sie uns kaum den Gefallen tun, es für uns zu übersetzen.«
»Vielleicht beherrscht eine der anderen Nonnen ebenfalls die französische Sprache.« Landolfus war froh, endlich wieder einen Vorschlag anbringen zu können, der Erfolg versprach.
»Kümmere dich darum! Ich will wissen, was hier steht«, befahl der Hochmeister und wandte sich dann Isabelle zu. »Wie du siehst, finden wir auch ohne dich, was verborgen lag.«

Die Äbtissin blickte zu Boden und mahlte mit den Kiefern. Tausend Dinge schossen ihr durch den Kopf, doch kein einziger Gedanke ging diesen aufgeblasenen Mann etwas an. Selbst als Gordeanus ihr die Karte vor die Nase hielt, verzog sie keine Miene. Stattdessen prägte sie sich die Umrisse auf der Karte ein und versuchte, die in einem altertümlichen Französisch gehaltene Erklärung zu lesen. Der Hochmeister ließ ihr jedoch nicht genügend Zeit dafür, sondern zog die Karte wieder weg und wartete angespannt auf Landolfus' Rückkehr.

Sein Stellvertreter war in den ersten Stock geeilt und winkte unterwegs zweien seiner Kameraden, mit ihm zu kommen. Danach öffnete er die Tür der ersten Zelle und musterte die drei dort eingesperrten Nonnen mit einem durchdringenden Blick. »Ist eine von euch der französischen Zunge mächtig?«, fragte er.

Die vorderste Nonne schüttelte den Kopf. »Bedauerlicherweise bin ich es nicht, Herr.«

»Ich will nicht wissen, wer nicht Französisch kann, sondern wer es kann«, bellte Landolfus sie an. Doch keine der Frauen meldete sich. Wütend hieb er die Tür wieder zu und überließ es einem seiner Männer, den Riegel wieder vorzuschieben. Er stürmte in die nächste Zelle, zog sein Schwert und richtete es auf die dort gefangen gehaltenen Nonnen.

»Wer von euch versteht die französische Sprache?«

»Von uns hier keine. Aber Schwester Adelina kann es«, antwortete eine der Nonnen mit zittriger Stimme.

Landolfus verließ die Zelle und öffnete die Tür, hinter der er die genannte Nonne eingesperrt wusste. Dort musterte er Schwester Adelina mit einem drohenden Blick. »Du kannst Französisch sprechen und lesen?«

Eingeschüchtert nickte die Nonne. »Sprechen kann ich es ganz gut, lesen geht auch, nur mit dem Schreiben hapert es ein wenig.«

»Du sollst auch nicht schreiben, sondern lesen. Komm mit!« Landolfus packte die Nonne an der Schulter und stieß sie vor sich her. Dabei ging er so hastig vor, dass die Frau beinahe auf der Treppe gestrauchelt und in die Tiefe gestürzt wäre. Im letzten Augenblick hielt er sie fest und zwang sich zur Ruhe. Es brachte nichts, wenn er den Erfolg ihrer Mission durch Übereifer gefährdete.

Als sie die Kapelle erreichten, stieß Adelina angesichts der Zerstörung, die Gordeanus und seine Männer angerichtet hatten, einen Schrei aus. Der Hochmeister ließ ihr jedoch nicht die Zeit, sich weiter umzusehen, sondern hielt ihr das Pergament hin.

»Sage mir, was hier geschrieben steht – und wage ja nicht, mich zu belügen. Du würdest es bereuen!«

Adelina kämpfte gegen die Tränen an, die bei dieser Drohung in ihr aufstiegen. Wie ihre Mitschwestern war sie seit Tagen nackt, erhielt viel zu wenig zu essen und zu trinken und sehnte in ihrer Schwäche bereits den Tod als Erlöser herbei.

»So kommen wir nicht weiter, Euer Exzellenz«, wandte der Ordensritter Eusebius ein. »Die Frau sieht aus, als würde sie gleich den Verstand verlieren. Eine Verrückte aber kann uns nicht weiterhelfen.«

Das sah Gordeanus ein, und er beschloss, seine Taktik zu ändern. »Du brauchst keine Angst zu haben, mein Kind«, sagte er zu Adelina. »Wir befinden uns auf einer Mission, die uns von Seiner Heiligkeit, Papst Eugen IV., zur Errettung des Abendlands aufgetragen wurde. Unser Zorn gilt nur jenen, die uns an der Erfüllung unserer Aufgabe behindern.«

Sein strafender Blick streifte Isabelle, während er mit sanfter Stimme weitersprach. »Wer uns jedoch unterstützt, dem wird die Gnade des Himmels zuteil, und er wird im Heiligen Reich der Christenheit einen hohen Rang einnehmen.

Möchtest du nicht der Ödnis dieses Waldgebirges entrinnen und Äbtissin in einem der großen Klöster in deutschen oder italienischen Landen werden?«

Bislang hatte nichts im Verhalten der Ritter des Hammerkreuzes darauf hingedeutet, dass sie das Wort Gnade oder Belohnung überhaupt kannten. Von der Gefangenschaft zermürbt, wollte Schwester Adelina dennoch glauben, dass es besser war, sich Gordeanus' Forderungen zu beugen, als weiterhin vor Angst zu vergehen oder Hungers zu sterben.

»Ich werde sehen, ob ich dieses Dokument für Euch übersetzen kann, mein Herr«, sagte sie leise und wagte ihre Äbtissin nicht anzusehen.

»Tu es nicht!«, rief Isabelle und erhielt von Landolfus eine Ohrfeige.

»Nun, was ist?«, fragte Gordeanus ungeduldig.

Adelina blieb mit gebeugtem Rücken vor ihm stehen, die linke Hand vor ihren Schoß und den rechten Arm vor ihre Brüste gepresst. »Wenn ich um etwas bitten dürfte, mein Herr, so lasst mir ein Gewand reichen, um meine Blöße zu bedecken!«

Landolfus holte schon aus, um auch Adelina zu schlagen, doch sein Anführer hob abwehrend die Hand. »Lass das! Du, Bruder Eusebius, holst ein Gewand für dieses Weib. Ihre Nacktheit beleidigt mein Auge.«

»Das meine nicht«, murmelte Landolfus so leise, dass sein Oberhaupt es nicht hören konnte.

Während Eusebius davoneilte, um das Verlangte zu holen, drohte Landolfus Adelina mit der Faust. »Sollte es dir einfallen, Seine Exzellenz zu belügen, wirst du es bitter bereuen!«

»Doch hilfst du uns, ist dir eine hohe Belohnung gewiss«, setzte Gordeanus mit einem freundlichen Lächeln hinzu.

»Tu es nicht! Er wird dir keinen Dank wissen. Es ist besser …«

Zu mehr kam Isabelle nicht, denn Landolfus zwang ihr die Kiefer auseinander, steckte ihr einen alten Lappen als Knebel in den Mund und band diesen fest. Danach versetzte er ihr noch einen harten Schlag und sah zu, wie sie stöhnend zu Boden sank.

Schwester Adelina schloss daraus, dass diejenige, die sich den Fremden unterwarf, mit kleinen Belohnungen rechnen konnte. Wer sich ihnen jedoch widersetzte, wurde hart bestraft. Als Ritter Eusebius kurz darauf mit einer passenden Kutte zurückkehrte und sie ihr reichte, knickste sie vor Gordeanus.

»Ich danke Euch, mein Herr. Ihr seid sehr gütig!«

Sie streifte sich die Kutte über und nahm die Karte in die Hand, um sie zu studieren.

Die dumme Gans nennt diesen Schurken gütig, fuhr es Isabelle durch den Kopf. Der Mann war so gütig wie eine Viper oder ein Rudel halb verhungerter Wölfe. Doch ihr war klar, dass sie ihre Untergebene nicht daran hindern konnte, sich dem Willen des Hochmeisters zu beugen.

»Nun? Was ist?«, fragte Gordeanus ungeduldig, als Adelina schweigend die Karte betrachtete.

»Der französische Text lautet übersetzt folgendermaßen: Gehe vom Turm der Kirche des Klosters Nunnenwerd sechshundert Schritte in Richtung Pfaffenwerd und suche dort das Bildnis des heiligen Florianus. In dessen Fuß ist der weitere Weg verborgen.«

»Das verstehe ich nicht!«, rief Gordeanus aus. »Auf der Karte ist eine Insel namens Frawenwerde verzeichnet, und du nennst ein Kloster Nunnenwerd!«

Auf Adelinas bleichen Lippen erschien der Anflug eines Lächelns. »Ihr seid auch ein Mann und habt Euch wenig mit den Klostergemeinschaften von Frauen beschäftigt. Doch wer dies tut, für den ist die Lösung ganz leicht. Mit Frawenwerde und Nunnenwerd ist ein und dieselbe Insel und das-

selbe Kloster gemeint, nämlich die Abtei Frauenwörth im Khimus Lacus, auch Chiemsee genannt.«
»Bist du dir sicher?«, bohrte Gordeanus nach.
Adelina nickte. »Da bin ich mir ganz sicher. Ich habe nämlich eine Hagiographie der seligen Irmengard gelesen, der Tochter von König Ludwig, dem Deutschen. Sie war die erste Äbtissin von Frauenwörth.«
»Am Chiemsee liegt also die Lösung des Rätsels!« Der Hochmeister dachte kurz nach und nickte. »Ich werde dorthin reiten. Zwölf Brüder nach der Zahl der heiligen Apostel sollen mitkommen. Du, Bruder Landolfus, bleibst mit den übrigen Brüdern hier und tust Fremden gegenüber so, als hätte Seine Heiligkeit in Rom Isabelle de Melancourt und ihre Nonnen nach Italien gerufen und uns dieses Kloster überlassen.«
»Was geschieht mit den gefangenen Weibern?« Landolfus' Tonfall zeigte deutlich, dass er die meisten davon als überflüssig erachtete. Sein Oberhaupt wusste jedoch, dass er jetzt nicht den Tod etlicher Nonnen befehlen konnte. Von dem Augenblick an würde Schwester Adelina ihm nicht mehr vertrauen und sich gegen ihn stellen. Er brauchte sie jedoch, wenn der Gral nicht auf Anhieb zu finden war, sondern es weitere Anweisungen in französischer Sprache gab. Daher vollzog er eine beschwichtigende Geste.
»Versorgt die Frauen mit Gewändern, auf dass sie ihre Blöße bedecken können, und sucht drei oder vier davon aus, die für euch kochen und waschen sollen. Den Rest haltet in milder Haft – bis auf jenes verstockte Weib, das eher bereit ist, Europa den Heiden zu überlassen, als diese durch die Macht des Heiligen Grals von dieser Welt zu vertilgen. Sie erhält auch keine Kleidung, und das Essen wird ihr so zugeteilt, dass sie gerade nicht verhungert.«
Damit, sagte sich Gordeanus, hatte er endgültig einen Keil zwischen Isabelle de Melancourt und deren Nonnen getrie-

ben. Nun würden diese ihr die Schmach und die Qualen zuschreiben, die sie erleiden mussten, und nicht ihm und seinen Ordensrittern, die sich am Ende doch als gnädig erwiesen. Eines aber bereitete ihm Sorge. Isabelles Ahne war Franzose gewesen und hatte die Informationen auf der Karte in der Sprache seiner Heimat geschrieben. Damit brauchte er unterwegs jemanden, der Französisch lesen konnte. Sein Blick suchte Schwester Adelina.

»Du wirst mich begleiten, meine Tochter, und mir helfen, das schwere Werk zur Errettung der Christenheit zu vollbringen.«

»Aber ich fühle mich zu schwach, um mich auf ein Pferd oder ein Maultier setzen zu können«, wandte die Nonne ein. Einen Augenblick ärgerte Gordeanus sich, weil er alle Nonnen gleichermaßen dem Hunger und der Folter unterworfen hatte, schob dieses Gefühl aber rasch beiseite. Anders hätte er Adelinas Willen nicht brechen können. Nun war sie wie Wachs in seiner Hand. Lächelnd schlug er das Kreuzzeichen über ihr und winkte Ritter Eusebius zu sich.

»Sorge dafür, dass diese Nonne ausreichend zu essen erhält und ihre Schrunden versorgt werden. Ich breche morgen auf. Bis dahin muss eine Sänfte für sie gefertigt werden.«

»Wir sind Ritter und keine Zimmerleute«, fuhr Landolfus auf, dem es gar nicht passte, in den weiteren Plänen seines Anführers keine Rolle mehr zu spielen.

»Es gibt im Torhaus eine alte Sänfte, die noch gut genug sein dürfte«, erklärte Adelina bereitwillig.

»Kümmere dich darum!«, wies Gordeanus seinen Stellvertreter an und musterte anschließend Isabelle mit sichtlichem Spott.

»Hat es dir die Sprache verschlagen, meine Tochter, weil du gar nichts mehr sagst? Oh, ich vergaß, du bist ja geknebelt, da dein Mund Worte sprach, die einer demütigen Magd des Herrn wahrlich nicht angemessen sind.«

Isabelle spürte seinen Spott, konnte sich aber nicht wehren. In ihrem Kopf hallte noch immer die Übersetzung des französischen Textes wider. Sechshundert Schritte vom Turm der Klosterkirche in Richtung Herrenwörth, rief sie sich ins Gedächtnis. Dort musste das Bildnis des heiligen Florianus zu finden sein. Noch während sie es dachte, schüttelte Isabelle den Kopf. Sie war vor Jahren einmal auf Frauenwörth gewesen und hätte ihr Seelenheil dafür verwettet, dass es in der genannten Richtung nur Wasser gab. Nun fragte sie sich, wie man dort sechshundert Schritte gehen konnte.

Dennoch war es fatal, dass ihr Feind diesen Hinweis kannte. Wenn niemand Gordeanus aufhielt, würde er über kurz oder lang den Pokal ihres Ahnen Raoul finden und erkennen, dass er daraus zwar Wein trinken, aber keine Wunder damit bewirken konnte. Daher schien es ihr das Beste zu sein, wenn sie bis dahin tot war. Der Hochmeister würde glauben, er wäre von ihr auf eine falsche Fährte gelockt worden, und sie bis zum Äußersten foltern lassen, um das, was er für Wahrheit hielt, aus ihr herauszupressen.

7

In ihrer Jugend war Marie auf der Flucht vor Feinden zusammen mit ihrer Freundin Hiltrud kreuz und quer durch den Schwarzwald gewandert und hatte oft tagelang keinen Menschen gesehen. Trotzdem erschien ihr jener gewaltige Forst noch heimelig im Vergleich zu dem Waldgebirge, durch das sie nun ritten. Hier hatte sie das Gefühl, ans Ende der Welt gelangt zu sein. Mächtige Bäume, an die nie ein Mensch die Axt gelegt hatte, strebten schier endlos in einen Himmel, den die dichten, grünen Kronen fast zur Gänze verbargen. An Stämmen von unglaublichen Ausmaßen wuchsen Flechten und Baumschwämme, dazu bedeckte dickes Moos die Rinde bis hoch hinauf zu den Ästen.

»Wer ist eigentlich auf den Gedanken gekommen, in einer solchen Einöde ein Kloster zu errichten?«, fragte Krispin.

Marie zuckte nur mit den Achseln, während Donata erklärte, dass Mönche und Nonnen nun einmal die Abgeschiedenheit suchten, um sich ohne weltliche Ablenkungen Gott hingeben zu können.

»Ganz stimmt das nicht«, wandte Marie ein. »Die Minderbrüder zum Beispiel errichten ihre Klöster in Städten oder gleich vor deren Toren.«

»Hier in der Ödnis gibt es für sie auch nichts zu betteln«, spottete Krispin. »Immerhin leben sie von den Spenden der Menschen, die glauben, das Gebet dieser Kerle würde helfen, das Himmelstor für sie aufzuschließen.«

»Andere Mönche haben ihre Klöster in fruchtbaren Landschaften gegründet und lehren die dortigen Bauern, den Boden besser zu bewirtschaften«, ergänzte Michel. Er dachte an Hilgertshausen in der Nähe von Kibitzstein, dessen Nonnen mehr über den Weinbau wussten als alle Winzer ringsum.

»Es mag schon sein, dass einige Klöster segensreich wirken«, gab Krispin zu. »Aber eine Abtei hier in dieser Gegend tut dies gewiss nicht, es sei denn, sie wollen Fuchs und Hase lehren, wie man ›gute Nacht‹ sagt.«

»Was bist du nur für ein Mensch?«, fragte ihn Donata. »Andauernd machst du andere schlecht oder spottest über sie. Frage dich eher, welchen Wert du für die Menschheit besitzt!«

»Will ich denn für die Menschheit wertvoll sein?«, antwortete Krispin. »Oder fragen wir besser: Will die Menschheit überhaupt, dass ich für sie einen Wert besitze? Mein Vater zeugte mich in einem Augenblick der Lust, die er an einem einfachen Bauernmädchen stillte, und ließ sich danach nicht mehr sehen.«

Donata warf ihm einen verächtlichen Blick zu. »Das hast du auf dieser Reise jeden Tag mindestens fünf Mal erwähnt. Allmählich begreife ich, dass kein Vater mit einem sich selbst bemitleidenden Schwätzer wie dir etwas zu tun haben will.«

Marie musste sich abwenden, damit Krispin ihr Lächeln nicht sah. Obwohl sie den jungen Mann mochte, so hielt sie diese Zurechtweisung für überfällig. Anstatt zu überlegen, was er aus eigener Kraft im Leben erreichen konnte, ließ Krispin sich treiben und klagte darüber, dass sein Vater ihm nicht den Platz einräumte, der ihm seiner Meinung nach gebührte.

Kurz nach der Gabelung, an der sie nach Hartwins Rat auf den schmäleren Weg eingebogen waren, trieb dieser seinen Gaul an und schloss zu Michel auf. »Hier bei dem Busch ist die Stelle, an der wir letztens auf die Jungfer getroffen sind.«

Michel zügelte sein Pferd und drehte sich zu Donata um. »Ab jetzt sind wir auf deine Ortskenntnisse angewiesen.«

Donata brach der Schweiß aus, denn hier im Wald sah alles gleich aus. Im Gegensatz zu Hartwin hatte sie die Stelle, an der dieser sie aufgegriffen hatte, nicht wiedererkannt. Wie sollte sie da den Weg zum Kloster und vor allem den Geheimgang finden?

Ich hätte schon in Würzburg sagen müssen, dass ich den Weg nicht weiß, dachte sie verzweifelt. Doch sie hatte aus Angst geschwiegen, der Fürstbischof könnte sie Hartwin übergeben, damit dieser sie zu ihrem Vater brachte. Dann würde sie für den Rest des Lebens mit diesem Unhold zusammenleben müssen.

Da Jammern nichts half, biss sie die Zähne zusammen und nickte. Als Michel ihr und Marie jedoch Platz machte, damit sie die Führung übernehmen konnte, blieb ihr nichts anderes übrig, als Farbe zu bekennen.

»Verzeiht, aber ich weiß nicht, wie lange ich damals durch den Wald geirrt bin. Ich muss das Kloster sehen, um mich orientieren zu können. Dann erst kann ich bestimmen, wo der Geheimgang verläuft, durch den ich geflohen bin, und dessen Zugang suchen.«

Marie und Michel hatten nichts anderes erwartet, doch Krispin lachte verächtlich auf. »Ihr seid wirklich zu nichts nutze! Was hat man Euch in diesem Kloster überhaupt gelehrt, außer zu beten und auf den Knien zu rutschen?«

»Auf jeden Fall nicht, dumme Bemerkungen zu machen«, gab Donata gekränkt zurück und ritt weiter.

In Gedanken klatschte ihr Marie Beifall. Bei ihren früheren Begegnungen mit Krispin hatte dieser sich als witziger Gesprächspartner erwiesen. Doch auf diesem Ritt lernte sie ihn von einer Seite kennen, die ihr gar nicht gefiel. Wenn der junge Mann nicht bald erkannte, dass er im Gegensatz zu den meisten ein privilegiertes Leben führte, würde sein Weg ins Verderben führen. Wäre sein Vater nicht ein Edelmann, sondern irgendein Bauer gewesen, so müsste er jetzt, mit einem einfachen Kittel bekleidet und mit Holzschuhen, an denen Mist klebte, sein Feld beackern und könnte froh sein, wenn er genug erntete, um den Fronvogt zufriedenzustellen.

»Wie weit ist es etwa noch bis zum Kloster?«, fragte Marie Donata.

»Ich kann es nicht sagen. Ich bin damals lange durch den Wald geirrt, bis ich auf diesen Weg gestoßen bin. Wir müssen auf jeden Fall vorsichtig sein. Die Stelle, von der aus wir das Kloster sehen können, kann auch von dort eingesehen werden. Also müssen wir früh genug anhalten, damit man uns nicht bemerkt.«

»Ihr seid wohl sehr sicher, dass diese Schurken noch dort sind. Was ist aber, wenn sie die Nonnen alle umgebracht und sich in die Büsche geschlagen haben?«, stichelte Krispin.

»Dann werden wir die sterblichen Überreste Isabelle de Melancourts und ihrer Mitschwestern auf dem kleinen Klosterfriedhof begraben und danach Klage gegen diese Teufel erheben, die sie umgebracht haben!« Maries Stimme klang scharf und stellte eine Warnung an Krispin dar, ihre Geduld nicht zu sehr zu strapazieren.

»Aber werden wir diese Schurken je finden?«, fragte Donata ängstlich. »Sie nannten, als sie uns überfielen, keinen einzigen Namen, und wir kennen nur ihr Abzeichen.«

»Irgendjemand wird von diesem Hammerkreuz wissen und uns den Weg zu diesen Männern weisen«, antwortete Marie und überließ Michel wieder die Spitze. Wenn einer das Kloster früh genug entdeckte, so war er es.

8.

Stunden vergingen, ohne dass sie mehr sahen als Bäume, Moos und den schmalen Karrenweg mit den tief eingeschnittenen Rillen, dem sie folgten. Gelegentlich brach ein Hirsch aus dem Gebüsch und verschwand wieder zwischen den bemoosten Stämmen. Während Michel angestrengt nach vorne spähte, um das Kloster früh genug zu entdecken, sah Marie Donata an. »Langsam müsstest du die Landschaft doch kennen.«

Das Mädchen senkte betroffen den Kopf. »Verzeiht, aber für mich sehen diese Bäume alle gleich aus. Erst wenn ich weiß, wo das Kloster ist, kann ich mich auch wieder orientieren. Ich bin selten ins Freie gekommen, müsst Ihr wissen.«

»Von was habt ihr in dieser Einöde eigentlich gelebt?«, fragte Marie.

»Zumeist von dem Gemüse aus unserem Klostergarten. Dazu kam Getreide, das ein Fuhrmann uns regelmäßig brachte. Ein anderer Bote – ein wunderlicher kleiner Mann – lieferte uns harten Käse, Stoffe für unsere Kutten und vieles andere, das wir zum Leben brauchten.«

»Du sagtest einmal, kein Mann hätte euer Kloster betreten dürfen?«, bohrte Marie weiter.

Donata nickte. »So war es auch. Diese Männer haben ihre Ware vor dem Tor abgeladen, und wir haben es erst hineingetragen, wenn sie wieder fort waren. Nur unsere Äbtissin und ihre Stellvertreterin haben mit ihnen gesprochen.«

»Und wer hat euch verteidigt, wenn Räuber kamen?«, mischte sich Krispin ein.

»Wir selbst! Oder besser gesagt, jene Mitschwestern, die mutig genug waren, Waffen zu gebrauchen. Einige von uns konnten sehr gut mit Pfeil und Bogen umgehen. Diese Mitschwestern haben auch ein paar Angreifer getötet, wurden dann aber von diesen Schurken umgebracht.«
Während Donata über ihr Leben im Kloster berichtete, erklang auf einmal Michels Stimme.
»Halt! Ich glaube, da vorne liegt es.«
Marie zügelte ihre Stute und hielt auch Donatas Zelter zurück. Selbst sah sie noch nichts, doch Michel zeigte schräg nach oben. »Es ist kaum zu erkennen, doch ich glaube, Mauern zwischen den Bäumen hindurchschimmern zu sehen.«
»Steht im Osten ein Turm?«, fragte Donata angespannt.
Michel kniff die Augen zusammen, um besser sehen zu können. »Das könnte gut sein. Zumindest wenn dort, wo der Turm steht, Osten ist.«
Er blickte zur Sonne hoch, die unter dem dichten Blätterdach mehr zu erahnen als zu sehen war, und schätzte die Tageszeit.
»Es müsste Osten sein«, meinte er.
Donata rieb sich nervös die Nase und überlegte. Wenn der Turm im Osten lag, musste sich der Keller und damit der Eingang zum Geheimgang auf der anderen Seite des Klosters befinden. Das große Weinfass stand an der Südwand des Kellers, und der Gang ging von dort ohne eine Biegung bis zum Gitter leicht nach unten.
»Könnt Ihr bestimmen, wo Süden ist, Herr Michel?«, fragte sie.
»Dort«, sagte Michel und wies auf einen steilen Berghang, der dicht bewachsen war.
»Wir müssen ungesehen auf die andere Seite des Klosters gelangen.« Donata klang verzweifelt, denn der Hang sah nicht so aus, als könnten sie ihn mit Pferden bewältigen.

»Ich habe weiter hinten eine Stelle gesehen, die flacher war. Dort müssten wir es schaffen«, erklärte Krispin.
Michel nickte. »Daran habe ich auch gerade gedacht. Außerdem brauchen wir ein Versteck für die Pferde und für uns. Oder wollt ihr von einem zufällig vorbeikommenden Reiter oder Wanderer entdeckt werden?«
»Hier kommt sonst niemand durch!« Donata wollte sie beruhigen, doch Michel hob lächelnd die Hand.
»Das war vielleicht bei euch Nonnen so. Aber wir wissen nicht, was diese Hammerkreuzritter treiben, und daher will ich nichts herausfordern.«
Nach diesen Worten wendete er seinen Hengst und schlug die Gegenrichtung ein.
Marie wollte ihm mit Donata zusammen folgen, doch da drängten sich die Frommberger Knechte vor sie.
Hannes spie aus. »Diese Kerle könnte man gegen die Wand klatschen und wieder abkratzen!«
»Vor allem diesen Stoffel«, stimmte Frieder ihm zu. »Ich habe selten einen größeren Sauertopf gesehen als den Kerl.«
»Aber bedient werden will er wie ein großer Herr!«, setzte Hannes hinzu.
»Jetzt seid ruhig, ihr zwei!« Marie war besorgt, ihre beiden Knechte könnten mit den Frommbergern aneinandergeraten. Immerhin waren die anderen doppelt überlegen. Schreie und mögliches Waffengeklirr würden außerdem bis zum Kloster dringen und die fremden Ritter warnen.
Wenn sie noch dort sind!, fuhr es ihr durch den Kopf. Sie begriff nicht, wie Männer eines christlichen Ordens ein Nonnenkloster überfallen und etliche der frommen Schwestern umbringen konnten. Daher erschien es ihr wahrscheinlicher, dass sich gewöhnliche Räuber als Ordensritter verkleidet hatten. Doch Donata hatte ihr erklärt, dass es im Kloster nichts gab, was die Gier solcher Leute hervorrufen konnte.

Michel und Krispin hatten die Situation richtig eingeschätzt, denn sie erreichten nach kurzer Zeit einen schmalen Einschnitt in der Bergflanke, der in die gewünschte Richtung führte. Ein Stück weit konnten sie sogar noch reiten. Dann aber hieß es absteigen und die Pferde führen.
Michel behielt die Spitze, winkte aber Donata zu sich. »Es ist besser, wenn du bei mir bleibst und mir sagen kannst, ob du eine Stelle wiedererkennst!«
»Ich hoffe es!« Mit jedem Schritt wurde Donata unsicherer, denn sie konnte sich nicht erinnern, diesen Einschnitt bei ihrer Flucht überquert zu haben.
»Hier bin ich nicht gegangen«, sagte sie eine Weile später zu Michel. Der Einschnitt führte nun steiler bergan, und sie bekam es mit der Angst zu tun, sich an überhaupt nichts mehr erinnern zu können.
Nun mischte sich Hartwin von Frommberg ein. »Wir brauchen Wasser, um die Pferde tränken zu können.«
»Bei meiner Flucht bin ich an einem Bach vorbeigekommen. Aber ich weiß nicht, wie nahe dieser am Kloster vorbeiführt!« Donata blieb stehen und blickte sich um. »Wie weit mag das Kloster von hier weg sein?«, fragte sie Michel.
»Höchstens eine halbe Meile.«
»Und in welcher Richtung?«, fragte Donata weiter.
Michel streckte den Arm aus und wies seitlich nach vorne.
»Dann müssen wir noch ein Stück weiter!« Donata setzte sich wieder in Bewegung, hatte aber Mühe, gleichzeitig zu schauen und die Stute zu führen. Schließlich nahm Krispin ihr die Zügel ab.
»Der Weg ist offensichtlich zu beschwerlich für eine Dame«, sagte er spöttisch.
»Ich muss mich umsehen können, um die Stellen wiederzufinden, an denen ich vorbeigekommen bin. Trotzdem danke ich dir, dass du mein Pferd führst.«
»Keine Ursache! Ich will ja, dass wir Erfolg haben.«

»Und Damen retten, die es deiner Meinung nach nicht wert sind?«
Für Augenblicke sah es so aus, als würde sich ein Streitgespräch zwischen den beiden entwickeln, doch da stieß Donata einen leisen Ruf aus.
»Schaut dort! An diesen Felsen kann ich mich erinnern!«
Nicht nur ihr fiel bei diesen Worten ein Stein vom Herzen. Michel hatte schon befürchtet, das Mädchen würde überhaupt nichts finden, was ihnen einen Hinweis bot. Nun sah er sich um und wies auf eine Stelle im Schatten des genannten Felsens. Dort standen die Bäume etwas weniger dicht, und der Boden war von Moos bedeckt.
»Hier schlagen wir unser Lager auf. Feuer können wir keines machen, dafür sind wir zu nahe am Kloster. Wir haben aber genug Vorräte, die sich kalt essen lassen. Hannes, du suchst nach Wasser! Zwei der Frommberger Knechte sollen dich begleiten.«
»Wie kämen wir dazu, einem einfachen Bauernknecht zu folgen?«, schäumte Stoffel auf, weil Michel einfach über seine Leute verfügte.
»Hannes ist nicht der Knecht eines Bauern, sondern eines freien Reichsritters und in jedem Fall ein besserer Reisegefährte als du«, wies Krispin Stoffel zurecht.
»Von dir lasse ich mir gleich gar nichts sagen«, fuhr dieser auf.
»Aber von mir wirst du es dir sagen lassen müssen! Ich erteile dir den Befehl, mit Rudi zusammen Hannes bei der Suche nach Wasser zu helfen.« Hartwin von Frommberg hatte sich schon zu oft über seinen Stellvertreter geärgert, der einfach nicht begreifen wollte, dass auf dieser Reise andere Regeln galten als bei ihrem vorherigen Ritt zum Kloster.
Einen Augenblick lang sah es so aus, als würde Stoffel auch gegen ihn aufbegehren, dann aber wandte er sich um und stapfte hinter Hannes und Rudi her.

Krispin sah ihm mit angewiderter Miene nach. »Was glaubt dieser Knecht überhaupt, wer er ist?«
Einer der anderen Frommberger begann leise zu lachen. »Stoffel glaubt, ebenfalls ein Bastard des alten Freiherrn zu sein, weil seine Mutter ihm eingeflüstert hat, der Herr hätte auch bei ihr den Hengst gespielt.«
»Was sagst du da?« Da Hartwin bis zum Tod seiner Neffen die Burg Frommberg niemals hatte betreten dürfen, kannte er die Gerüchte nicht, die dort im Schwange waren. Zu hören, dass Stoffel sich ebenso wie er für einen Halbbruder des Freiherrn Elert hielt, war daher neu für ihn. Er hatte Stoffel nur als dessen Vertrauten angesehen und erwartet, die gleiche Treue von dem Mann fordern zu können. Doch nun sah die Sache anders aus. Er überlegte, ob Donatas Vater Stoffel gefördert hatte, um ihn für die Nichtanerkennung durch den Vater zu entschädigen. Oder hatte er den unbekannten Halbbruder bevorzugt, um ihm selbst Steine in den Weg zu legen? Diesen Gedanken schob er sofort wieder beiseite. Elert von Frommberg war zu stolz auf seine Familie, als dass er einem Nachfolger, der auch noch seine Tochter heiraten sollte, Schwierigkeiten bereiten würde.
Bei dem Gedanken wurde es Hartwin auf einmal ganz heiß. Stoffel wusste nicht nur, dass er die geflohene Nonne als seine Nichte Donata hatte ausgeben wollen, sondern hatte ihm auch noch dazu geraten. Das war gewiss nicht aus lauteren Motiven geschehen.
Während ihrem Bräutigam einiges durch den Kopf schoss, sank Donata auf das Moospolster nieder und presste die Stirn gegen das feuchte Grün. Sie war so erleichtert, einen Anhaltspunkt gefunden zu haben, von dem aus sie den Eingang zu dem verborgenen Stollen suchen konnte, dass ihr die Tränen kamen.
Krispin konnte seinen Spott erneut nicht zurückhalten.

»Ihr seid wohl erschöpft, weil Ihr als feine Dame solche Märsche nicht gewohnt seid?«

»Natürlich bin ich erschöpft, aber bei weitem nicht so, wie du verblödet bist!« Donata wandte Krispin brüsk den Rücken und gesellte sich zu Marie, die, mit dem Rücken gegen den Felsen gelehnt, auf dem Boden saß und eine der geräucherten Würste aß, von denen sie etliche als Proviant mit sich führten.

»Was meint Ihr, Frau Marie? Sollte nicht jemand in Richtung des Klosters gehen und es beobachten? Vielleicht erfahren wir dadurch, ob die Schurken noch da sind.«

»Das übernehme ich«, erklärte Krispin, ohne Marie die Möglichkeit zu einer Antwort zu geben. Er zog eine Wurst aus seiner Satteltasche, warf den Riemen seines Köchers, in dem auch der Bogen steckte, über die Schulter und ging mit federnden Schritten los.

»Nicht, dass er einen Fehler macht und gesehen wird«, rief Donata ängstlich aus.

Marie schüttelte lächelnd den Kopf. »Krispin ist genau der richtige Mann für eine solche Aufgabe. Zu Hause ist er Aufseher über die Wildhüter in einem Forst des Hochstifts. Wenn einer sich heimlich im Wald zu bewegen weiß, dann ist er es. Wäre es nicht so, hätte Michel ihn nicht gehen lassen.«

»Wollen wir hoffen, dass er Euer Vertrauen nicht enttäuscht. Aber habt Ihr nicht auch eine Wurst für mich? Reiten macht hungrig!«

»Warten auch!«, warf Michel ein und holte zwei Würste heraus. Eine reichte er Donata, und die andere hielt er für einen Augenblick in der Hand. »Ich bin sehr gespannt, was Krispin zu berichten weiß«, sagte er und biss genussvoll ein Stück Wurst ab.

9.

Kurz danach kehrten die drei Knechte zurück. Hannes' Grinsen bewies Marie und Michel schon von weitem, dass sie Wasser gefunden hatten.

»Es ist nicht so weit weg von hier«, berichtete er, »und das Schöne ist, dass es am Ufer Gras für die Gäule gibt.«

»Ihr könnt sie gleich hinbringen«, sagte Michel. »Gebt aber acht, dass keine Wölfe oder Bären in der Nähe sind. Ich will nicht, dass die Bestien ihren Appetit mit Pferdefleisch stillen.«

Hannes nickte. »Das werden wir den Bären und Wölfen schon austreiben. Aber dafür muss immer einer bei den Gäulen Wache halten.«

»Zwei Mann sind besser«, fand Michel und befahl, dass seine beiden Kibitzsteiner und die vier Knechte aus Frommberg sich abwechseln sollten.

»Und was ist mit Krispin? Oder ist der ein so hoher Herr, dass er so etwas nicht tun muss?«, fragte Stoffel ungehalten.

»Krispin beobachtet für uns das Kloster. Dort ist er mir wertvoller denn als Pferdeknecht«, wies Michel den Mann zurecht.

Auch Hartwin ärgerte sich über seinen möglichen Halbbruder, dessen Verhalten ihn in ein schlechtes Licht rückte. Er trat auf Stoffel zu und legte ihm die Hand auf die Schulter. »Höre mir gut zu! Wir befinden uns auf einer wichtigen Mission, und Herr Michel wurde vom Würzburger Fürstbischof zu unserem Anführer bestimmt. Wenn er dir etwas anschafft, wirst du gehorchen! Ich müsste sonst Freiherrn Elert mitteilen, wie unzuverlässig du bist.«

»Pah! Der würde dir doch nicht glauben.«
Zu mehr kam Stoffel nicht, denn Hartwin packte ihn, riss ihn hoch und schleuderte ihn gegen den Felsen. »Verfluchter Hund! Wenn du so weitermachst, kannst du dich trollen und zusehen, wie du auf dich allein gestellt den Weg nach Frommberg findest.«
»Meine Kameraden würden das niemals zulassen«, schrie Stoffel ihn an, musste dann aber feststellen, dass Rudi und die beiden anderen Frommberger Knechte sich betont den Pferden zuwandten und deren Zügel nahmen.
»Wir bringen die Gäule zum Grasen«, erklärte Rudi laut genug, dass Stoffel es hören musste.
Dieser warf ihm einen bösen Blick nach und stand auf. Am liebsten hätte er sein Schwert gezogen und Hartwin niedergestreckt. Doch in dem Fall, das war ihm nach einem Blick auf ihren Anführer klar, würde der Kibitzsteiner kurzen Prozess mit ihm machen.
Daher humpelte Stoffel zu seinem eigenen Gaul, fasste diesen und Donatas Stute am Zügel und folgte den anderen Knechten.
»Der Teufel soll ihn holen!«, murmelte Hartwin und gesellte sich dann zu Michel. »Was meint Ihr? Wie sollen wir weiter vorgehen?«
»Wir warten erst einmal ab, was Krispin herausfindet. Danach werden wir entscheiden, was geschehen muss.« Michel hatte sich bereits Gedanken über verschiedene Möglichkeiten gemacht. Doch es gab noch zu viele Unwägbarkeiten, als dass er jetzt schon darüber sprechen wollte.
»Hier! Ihr habt gewiss Hunger.« Marie reichte Hartwin eine der geräucherten Würste und musterte ihn verstohlen. Ein Adonis war der Mann nicht, und der misstrauische Blick seiner Augen und der verkniffene Zug um seinen Mund ließen ihn nicht sympathisch wirken. Über seinen Charakter konnte sie noch kein Urteil fällen, aber er hatte sich wäh-

rend der bisherigen Reise nicht als Hindernis erwiesen. Auch schien er Michel als Anführer zu akzeptieren. Dennoch war er nicht der Mann, der einem jungen Mädchen wie Donata gefallen konnte.
Krispins Rückkehr beendete Maries Gedankengang. Seine Miene war angespannt. »Sie sind noch da!«, begann er ohne Einleitung. »Eine rote Fahne mit dem schwarzen Hammerkreuz weht über dem Turm des Klosters, und ich habe auch zwei Ritter auf der Mauer gesehen. Sie hielten wohl Wache, waren aber mehr in ein Gespräch vertieft, als auf ihre Umgebung zu achten.«
»Also könnten noch einige Klosterschwestern am Leben sein«, schloss Michel aus dieser Nachricht.
Krispin hob bedauernd die Hände. »Das konnte ich nicht feststellen, ich habe keine gesehen. Das Haupttor des Klosters ist geschlossen, ebenso der Hintereingang, von dem Jungfer Donata berichtet hat. Wir bräuchten schon einen schweren Baumstamm, um diese Türen aufzurammen.«
»Da wir nicht wissen, wie viele dieser Kerle dort sind, werden wir den Geheimgang benutzen, durch den Donata entkommen ist«, erklärte Michel und sah das Mädchen auffordernd an. »Du wirst uns zu diesem Zugang führen.«
»Ich muss ihn erst finden«, antwortete Donata. »Aber ob ich das heute noch schaffe, weiß ich nicht. Es wird bald dunkel sein.«
»Du kannst es wenigstens versuchen. Findest du ihn nicht, übernachten wir hier, und du setzt deine Suche morgen fort.«
Auf Michels Worte hin stand Donata auf und sah sich unsicher um. »In welcher Richtung liegt jetzt das Kloster?«
»In der!« Mit einer Geste, die beleidigender nicht sein konnte, wies Krispin ihr den Weg.
Donata lief los, und Marie folgte ihr. Als diese an Krispin vorbeikam, fauchte sie: »Stoffel!«
»Das ist doch der Knecht des Frommbergers«, antwortete

der junge Mann verdattert und begriff dann erst, wie es gemeint war.
Neben ihm grinste Michel breit. »Du solltest dir über etwas im Klaren sein, mein Guter: Wenn es gegen uns Männer geht, halten Frauen immer zusammen.«
Zuerst zog Krispin ein verdutztes Gesicht, doch dann lachte auch er. »Das ist wohl die Rache dafür, dass Gott den Mann zuerst erschaffen hat! Was meinst du? Hat Adam den Herrn mit seinen Forderungen so verärgert, dass er dieses schwatzhafte Geschlecht schuf, das so viele Haare auf dem Kopf hat und noch mehr auf den Zähnen?«
»Ich werde, wenn ich wieder in Würzburg bin, Herrn Johann von Brunn diese Frage stellen. Immerhin ist er Bischof der heiligen Kirche und müsste es wissen«, antwortete Michel mit gutmütigem Spott.
Hartwin beobachtete die beiden Männer und beneidete sie um die Freundschaft, die sie verband. Er selbst war einsam aufgewachsen. Von den einfachen Bauernjungen war er beneidet worden, weil er von seinem adeligen Vater anerkannt worden war, aber die edel geborenen Knaben hatten ihn niemals als ihresgleichen angesehen.
Er schob diesen Gedanken schnell wieder von sich und trat zu Michel. »Sollte nicht einer von uns die Damen begleiten, um sie vor wilden Tieren beschützen zu können?«
»Das übernehme ich!« Krispin ergriff seinen Bogen und lief hinter Marie und Donata her.
Eigentlich hatte Hartwin dies übernehmen wollen, doch er blieb nun neben Michel stehen und wusste nicht so recht, was er sagen sollte. Schließlich brachte er dann doch einen Satz über die Lippen: »Ihr scheint mit Eurer Hausfrau sehr zufrieden zu sein!«
»Das bin ich auch«, antwortete Michel. »Marie ist das beste Weib, das Gott mir schenken konnte.«
»Das ist aber nicht in jeder Ehe so«, fuhr Hartwin fort.

»Es kommt immer darauf, was man daraus macht. Ein Mann, der sein Weib mit harter Hand anfasst, muss damit rechnen, dass ihre Liebe zu ihm erstirbt. Ich kenne einige Paare, die deswegen mehr schlecht als recht zusammenleben. Dabei sollte jeder Mann sich im Klaren darüber sein, dass sein Weib nicht seine Dienerin oder Sklavin sein sollte, sondern seine Gefährtin, die ihn mit Rat und Tat unterstützt und ihm in allem beisteht, was auch kommen mag.«

»So eine Ehe gibt es vielleicht einmal von tausend«, antwortete Hartwin düster. »Ich kenne ebenfalls Paare, die wie Hund und Katz zueinander sind. Mein eigener Vater war nicht anders. Sein Weib erhielt Schläge, wenn es nur den Mund aufmachte, und mein Halbbruder, der Freiherr, soll in seiner Ehe genauso gehandelt haben.«

»Das ist aber kein Grund für Euch, es ihnen gleichzutun«, mahnte ihn Michel. »Donata ist noch ein halbes Kind und sehr ängstlich. Mit rauhen Worten erschreckt Ihr sie nur.«

»Soll ich vielleicht wie der Wolf in der Mär von den Geißlein Kreide fressen?«, fragte Hartwin bissig.

Michel zuckte mit den Achseln. »Es war nur ein Rat, den ich Euch geben wollte. Ihr könnt ihn annehmen, müsst es aber nicht. Doch jetzt gilt es erst einmal, ungesehen ins Kloster zu gelangen und zu erforschen, ob die Äbtissin und ihre Nonnen noch am Leben sind. Ist dies der Fall, werden wir sie befreien.«

»Auch gegen zwei oder drei Dutzend dieser Hammerkreuzler?«, fragte Hartwin.

»Auch gegen diese!« Michel lehnte sich mit dem Rücken gegen die Felswand und schloss die Augen, um Kraft zu sammeln.

Im Gegensatz zu ihm wanderte Hartwin unruhig auf und ab und starrte immer wieder in den Wald hinein. Ihm gingen tausend Gedanken durch den Kopf, ohne dass er auch nur einen davon zu fassen vermochte.

10.

Donata blieb alle paar Schritte stehen und blickte sich unsicher um. »Hier sieht alles so gleich aus!«

»An irgendetwas musst du dich doch erinnern können«, drängte Marie.

»Der Zugang lag in einem Abhang und wurde durch ein dichtes Gebüsch verdeckt. Ich sehe hier aber nichts dergleichen.«

»Jetzt brecht nicht gleich in Tränen aus, Jungfer Donata«, sagte Krispin und wies in eine Richtung. »Dort vorne habe ich eine solche Stelle gesehen.«

»Wo?«, fragte Donata und lief los, als er ihr die Richtung wies.

Marie folgte ihr, holte sie aber erst ein, als sie vor einem Hang stehen blieb, der mit dichten Büschen bewachsen war.

»Hier müsste es sein«, rief Donata aufgeregt.

»Hier ist aber auch verdammt viel Gebüsch. Wir werden unsere wahre Freude beim Suchen haben!« Krispin trat auf das nächstgelegene Buschwerk zu und drang darin ein. Kurz darauf kam er wieder heraus und schüttelte den Kopf.

»Also, hier ist nichts!«

»Vielleicht ist es hier!« Jetzt versuchte Donata es selbst, doch auch sie hatte keinen Erfolg.

»Uns bleibt wohl nichts anderes übrig, als jedes Buschwerk in der Umgebung zu durchforsten! Dabei wird es bald dunkel. Wenn wir den Eingang nicht vor der Nacht finden, müssen wir morgen fortfahren.« Marie blickte sorgenvoll nach oben, wo der Himmel über den winzigen Lücken im Blätterdach der Bäume langsam düster wurde.

Da stieß Krispin einen leisen Ruf aus. »Hier könnte es sein. Kommt, Jungfer!«

Die beiden Frauen blickten sich um, entdeckten ihn aber nirgends. »Wo bist du?«, fragte Donata.

»Hier!«

Ein paar schwankende Zweige wiesen ihnen den Weg. Donata schlüpfte hinein und sah zunächst gar nichts. Dann aber schälte sich Krispin aus dem Halbdunkel. Er stand vor einem Loch im Hang, das in der hereinbrechenden Dämmerung gerade noch zu erahnen war.

»Wir brauchen Fackeln«, erklärte Krispin.

Inzwischen hatte auch Marie sich durch das Gebüsch gezwängt und tastete die Ränder des Loches ab. Als sie vorsichtig darin eindrang, schlug ihr leichter Modergeruch entgegen. Ihre Abscheu bekämpfend, ging sie vorsichtig weiter, traf nach mehreren Schritten auf eine scharfe Biegung und stieß einen Schritt weiter auf ein Gitter, das sich fest anfühlte, als sie daran rüttelte.

»Das dürfte der Eingang sein«, sagte sie aufatmend. »Ich habe das Gitter gefunden, von dem Donata gesprochen hat.«

»Was machen wir jetzt?«, fragte das Mädchen.

»Wir warten hier, während Krispin Michel und vor allem Fackeln holt.«

»Ist das nicht zu gefährlich, wenn ihr beide allein hier bleibt?«, wandte Krispin ein.

»Es ist wahrscheinlich weniger gefährlich, als wenn du hier bleibst und wir die anderen holen gehen. Da es rasch dunkel wird, besteht sogar die Gefahr, dass wir das Lager verfehlen und uns verlaufen!« Marie war zwar überzeugt, sich zurechtzufinden, aber sie wollte verhindern, dass es hieß, sie solle mit einem oder zwei Knechten im Lager zurückbleiben, während die anderen in den Stollen eindrangen.

Krispin gab nach und kämpfte sich durch das Gebüsch nach

draußen. Marie und Donata hörten seine Schritte verklingen, dann wurde es um sie herum unheimlich still.
»Was machen wir, wenn er nicht mehr zurückfindet?« Donatas Stimme klang dünn. Auf solche Abenteuer hatte die Zeit im Kloster sie nicht vorbereitet.
Anders als sie verspürte Marie keine Furcht. Selbst als in der Ferne Wolfsgeheul erklang, blieb sie ruhig. Donata hingegen klammerte sich entsetzt an sie.
»Ist schon gut!«, meinte Marie. »Der Wolf ist mindestens zwei Meilen von uns entfernt.«
»So weit?« Donata konnte es kaum glauben, doch Maries Ruhe strahlte nun auch auf sie aus, und sie konnte sogar wieder lächeln.
»Dann wollen wir nur hoffen, dass der Wolf nicht hierherkommt. Doch halt! Was ist das?«
Die Geräusche, die sie jetzt vernahmen, klangen weitaus näher. Als Marie die Zweige des Gebüschs auseinanderbog, sah sie, dass nicht weit vor ihr Funken aufleuchteten und eine Fackel angezündet wurde. Sie nickte aufatmend, denn diese Stelle konnte von dem burgähnlichen Kloster nicht mehr eingesehen werden, und zog Donata kurz an sich.
»Keine Angst! Das sind die Unsrigen.«
»Aber wenn es doch die bösen Hammerleute sind?«
»Dann schreien wir ganz laut, damit uns Michel und unsere Leute zu Hilfe kommen«, antwortete Marie.
Im nächsten Augenblick hörte sie die Stimme ihres Mannes.
»Marie, Donata, wo seid ihr?«
»Hier! Etwas links von euch«, gab Marie zurück und sah dann Michel mit der Fackel in der Hand herankommen. Ihm folgten Krispin, Hartwin, die beiden Kibitzsteiner und drei der Frommberger Knechte.
»Stoffel haben wir als Wache im Lager zurückgelassen«, erklärte Michel. Dann zwängte er sich durch das Gebüsch und

blieb neben Marie stehen. »Besonders einladend sieht das hier nicht gerade aus.«

»Ein paar Schritte weiter drinnen ist das Gitter. Wie man es aufmachen kann, muss Donata uns zeigen!« Marie trat etwas zu Seite, um das Mädchen vorbeizulassen, während Michel Donata mit seiner Fackel leuchtete.

Beim Gitter angekommen, überlegte Donata, wie sie dieses bei ihrer Flucht geöffnet und wieder verschlossen hatte. »Ganz oben rechts und ganz unten links muss je ein Riegel sein«, sagte sie und tastete nach dem oberen. Ihr fiel ein ganzer Felsblock vom Herzen, als sie den Riegel unter den Fingern fühlte. Rasch schob sie ihn zurück, öffnete dann den unteren und zog das Gitter auf. »Jetzt können wir hinein.«

»Wie gehen wir vor?«, fragte Marie. »Wollen wir alle zum Kloster vordringen, oder soll erst jemand nachsehen, ob die Luft rein ist?«

»Ich wäre für Letzteres«, schlug Krispin vor.

Michel schüttelte den Kopf. »Da Donata mitkommen muss, um uns den Weg ins Kloster zu weisen, wäre einer allein durch sie zu sehr behindert. Ich würde sagen, ich gehe mit dir, Ritter Hartwin und vier Knechten. Frieder soll Marie zum Lager zurückbringen.«

»Das halte ich für keine gute Idee«, widersprach ihm Marie. »Ihr wärt ein Mann weniger, wenn es hart auf hart kommt. Zum anderen halte ich Donata nicht für so beherzt, in einem solchen Fall das Richtige zu tun. Ich hingegen könnte auf sie aufpassen.«

Einen Augenblick überlegte Michel, ob er seiner Frau nicht verbieten sollte, mitzukommen. Doch er kannte sie gut genug, um zu wissen, dass sie ihnen dennoch folgen würde. Außerdem hatte sie in einem recht: Wenn es hart auf hart kam, konnten weder er noch einer der anderen Männer sich um Donata kümmern.

»Also gut, dann kommst du mit uns. Aber du und Donata

haltet euch hinter uns und bleibt, wenn wir das Kloster erreicht haben, im Geheimgang zurück«, sagte er daher.
Donata schüttelte den Kopf. »Das geht nicht! Ihr wisst nicht, wie es im Kloster aussieht. Wenn Gefahr droht, wählt ihr vielleicht den falschen Weg und rennt ins Verderben – und wir mit euch.«
Es passte Michel ganz und gar nicht, auf dieses junge, unsichere Ding angewiesen zu sein. Zu seinem Leidwesen aber hatte Donata recht. Sie benötigten sie, um sich im Kloster zurechtzufinden.
»Dann wollen wir mal«, sagte er mürrisch und durchschritt als Erster die Gittertür.
Krispin folgte ihm mit dem Schwert in der Hand. »Nur für den Fall, dass diese Hammerkreuzler den Eingang des Stollens entdeckt haben«, erklärte er mit einem schiefen Grinsen. Unter der Erde fühlte er sich unwohl – und er war nicht der Einzige. Auch Hartwin sah aus, als würde er am liebsten draußen bleiben.
»Wie viel Erde wird wohl über uns sein?«, fragte Hannes nach einer Weile. »Es ist, als würden wir uns in einer Gruft befinden.«
»Dann sollten wir zusehen, dass es nicht die unsere wird«, gab Michel unwirsch zurück, während er den Stollen misstrauisch beäugte. An einigen Stellen sah dessen Decke so mürbe aus, als würde sie jeden Augenblick einbrechen. Nur die Wurzeln der Bäume und Büsche, die oben und teilweise durch den Gang wuchsen, hielten das Gemenge aus kleinen Steinen und Erde noch zusammen.
»Hier ist seit Jahrhunderten nichts mehr gemacht worden!«, warf Frieder ein, der ebenfalls ängstlich nach oben starrte.
»Gebt auf eure Füße acht. Am Boden wachsen auch Wurzeln«, warnte Marie.
Da stolperte Hartwin auch schon und fiel hin. »Schock-

schwerenot! Musste das sein?«, schimpfte er, als er sich wieder auf die Beine kämpfte.

»Seid leiser! Wenn man Euch hört, haben die Kerle da drinnen uns am Wickel«, schalt Michel ihn, hielt aber seine Fackel tiefer, um den Boden auszuleuchten.

Wenig später endete der Stollen im Innern eines Fasses, dessen Durchmesser ihn und die anderen Männer zwang, sich tief zu bücken. Auch Marie und Donata mussten die Köpfe einziehen, und für einige Augenblicke steckten sie in dem Fass fest. Michel scheuchte die vier Knechte wieder zurück, so dass Donata zu ihm aufschließen konnte.

»Wie geht es weiter?«, fragte er und hielt die Fackel so, dass Donata den Öffnungsmechanismus suchen konnte. Das war schwieriger als am anderen Ende des Ganges, denn Isabelle de Melancourt hatte das Fass geöffnet und wieder verschlossen. Daher tastete Donata zunächst hilflos an der Stirnwand des Fasses herum, ohne den Mechanismus zu finden.

Die Männer wurden langsam ungeduldig. »Wenn es nicht anders geht, müssen wir das Fass mit Gewalt öffnen«, schlug Krispin vor.

»Den Lärm, den ihr macht, hört man dann auf zehn Meilen!«, wies Marie ihn zurecht. »Lasst mich mal sehen!« Resolut schob sie Krispin und Michel nach hinten und trat neben Donata. Diese kniete sich eben hin und zerrte an den unteren Riegeln. Es tat sich nichts.

»So geht das nicht! Siehst du die Latten, die zum Spundloch führen? Wenn wir den Zapfhahn ein wenig hinausschieben könnten, müssten sie sich lösen lassen.«

Noch während sie es sagte, drückte Marie gegen den Zapfhahn und sah erleichtert, wie dieser nach draußen glitt.

11.

Leopold von Gordean hatte das Kloster verlassen, um den Heiligen Gral zu suchen. Für Landolfus und die Ritter, die zurückbleiben mussten, bedeutete dies ödes Warten und die Enttäuschung, nicht zu den Auserwählten zu gehören, die den Gral nach so vielen Jahrhunderten als Erste sehen und berühren durften. Entsprechend schlecht war die Stimmung der Männer. An diesem Abend saß Landolfus in seiner Kammer, einen Becher mit Wein in der Hand, und starrte gegen die Tür. Im Kloster war es nun so still wie in einer Gruft. Bis auf zwei Leute, die in der Torstube und gelegentlich auch auf den Mauern Wache hielten, schliefen seine Männer bereits.

Eine Zeitlang überlegte Landolfus, sich zu den beiden zu gesellen, um der Einsamkeit, die sich wie Mehltau auf sein Gemüt legte, zu entkommen. Bislang war er der Vertraute und Stellvertreter des Hochmeisters gewesen. Doch für die weitere Suche nach dem wundertätigen Gefäß hatte dieser Eusebius ausgewählt, obwohl der Kerl im Grunde viel zu weich war, um ein wahrer Streiter Christi zu sein.

Der Gedanke, dass einer der beiden Wächter ein guter Freund von Eusebius war, hielt Landolfus davon ab, die Torstube aufzusuchen. Dennoch verließ er seine Kammer und betrat den Flur, in dem die Nonnen eingesperrt waren. Anders als sein Oberhaupt verspürte er den Drang, mit diesen mehr zu tun, als sie nur in der Küche und der Waschkammer arbeiten zu lassen. Er überlegte, welche der Frauen er nehmen sollte, erinnerte sich dann aber daran, dass die Nonnen bis auf ihre Oberin zu mehreren eingesperrt waren.

Auch wenn er die Weiber nicht fürchtete, so wollte er doch keine Zeugen für etwas haben, das laut Gordeanus für einen Ritter ihres Ordens ewige Schande bedeutete.
»Er soll sich nicht so haben«, sagte Landolfus mürrisch zu sich selbst und wandte sich der Tür zu, hinter der Isabelle de Melancourt eingesperrt war. Sie stellte das beste Opfer für ihn dar, denn sie war allein, und niemand würde mitbekommen, was zwischen ihnen geschah. Sollte sie es wagen, ihn der Notzucht zu beschuldigen, so konnte er dies als boshafte Verleumdung abtun.
Zufrieden mit seinem Entschluss öffnete er die Tür und trat ein. Die Frau schlief und wurde erst wach, als er sie packte und ihr einen Lappen in den Mund presste. Zwar versuchte sie, ihn wegzudrücken, war aber durch Hunger zu geschwächt, um ihn ernsthaft abwehren zu können.
Da Landolfus sie nicht an einem Ort schänden wollte, an dem einer seiner Untergebenen hereinplatzen könnte, schleifte er die Äbtissin auf den Flur hinaus und stieg mit ihr ins Erdgeschoss hinab. Aber auch dort fühlte er sich noch nicht sicher genug, und so wählte er einen kleinen Kellerraum, durch dessen Tür und Mauern kein Schrei nach oben dringen würde. Um etwas sehen zu können, nahm er die Fackel, die im Flur brannte, an sich und steckte sie in einen in der Ecke stehenden Krug.
Mit einem Lachen stieß er Isabelle zu Boden und stellte sich breitbeinig neben ihr auf. »Jetzt bist du ganz in meiner Hand, du Hure, und ich kann mit dir machen, was ich will!«
Isabelle begriff sofort, was er wollte, wusste aber auch, dass sie zu entkräftet war, um sich zu wehren. Freiwillig würde sie sich dennoch niemals ergeben, sagte sie sich und spannte ihren Körper an.
Als Landolfus seinen Hosenlatz öffnete und einen Augenblick nicht auf sie achtete, stieß sie mit dem rechten Fuß nach ihm. Sie verfehlte jedoch die Stelle, die sie hatte treffen

wollen. Auch war ihr Stoß zu schwach, um den Mann zu Fall zu bringen.
Mit einem höhnischen Lachen packte er ihren Fuß und drehte ihn nach außen, bis sie sich vor Schmerzen wand. Dann versetzte er ihr ein paar Hiebe, die ihr fast die Besinnung raubten. Mit einem Seil, das an der Wand hing, fesselte er Isabelles Hände hinter ihrem Rücken. Danach zerrte er sie auf die Beine und bog ihren Oberkörper nach vorne.
»Jetzt wirst du die Stute für mich spielen«, sagte er lachend, holte sein Glied heraus und drang mit einem heftigen Ruck in sie ein.
Isabelle versuchte, von ihm wegzukommen, doch er packte sie mit beiden Händen an den Hüften und presste sie mit aller Kraft an sich.
»Hat dich der König auch so geritten, als du seine Hure warst?«, fragte er höhnisch.
Sie spie den Lappen aus, den er ihr in den Mund gepresst hatte, und schmeckte ihr eigenes Blut. »Sigismund ist ein Mann, der einer Frau die Achtung entgegenbringt, die ihr gebührt! Aber du bist nur ein geiles Tier, das unweigerlich in der Hölle landen wird«, stieß sie hervor.
»Du wirst in die Hölle kommen, und das zu Recht, denn du hast die heiligste Waffe der Christenheit vor den wahren Streitern des Herrn verborgen. Damit aber hast du unendliches Leid über die Völker gebracht, die von den Heiden unterworfen und versklavt worden sind«, antwortete Landolfus, während er sie mit harten Stößen bearbeitete.
Isabelle verspürte nur noch Hass auf diesen Mann, der sich nach außen hin als einen unfehlbaren Streiter des Herrn darstellte, aber verdorben war bis ins Mark.

12.

Michel trat als Erster hinaus in den Vorratskeller. Der Raum war leer, und so winkte er den anderen, ihm zu folgen. Vor der Tür drehte er sich zu Donata um. »Kannst du sie öffnen?«

»Sie ist nicht verriegelt!« Das Mädchen streckte die Hand aus, drückte die Klinke und machte auf.

»Nicht so schnell! Wenn jemand draußen gewesen wäre«, mahnte Michel sie.

»Um diese Zeit?«, fragte Marie. »Es muss bald Mitternacht sein!«

»Eher zwei Stunden davor, und da sind Mönche und Ordensritter oft noch wach, um zu beten«, antwortete Michel. Er verließ den Vorratskeller auf Zehenspitzen und wollte die Treppe hochsteigen. Da bemerkte er, dass eine der Kellertüren nur angelehnt war und ein feiner Lichtschein aus dem Raum dahinter drang. Stimmen verrieten ihm, dass sich jemand in dem Keller befinden musste. Um die anderen zu warnen, berührte er mit seinem linken Zeigefinger kurz den Mund und schlich zu der Tür.

Die Stimmen waren verstummt. Dafür aber vernahm er hastiges Keuchen und das unterdrückte Wimmern einer Frau. Jetzt gab es für ihn kein Halten mehr. Er drang in den Keller ein, sah einen Mann, der mit dem Rücken zu ihm stand und eine gefesselte Frau vergewaltigte. Mit zwei langen Schritten war er hinter ihm.

Bevor dieser begriff, wie ihm geschah, schlug Michel ihm den Schwertgriff auf den Schädel und sah, wie der Mann haltlos zu Boden stürzte. Schnell durchtrennte Michel die

Fesseln der Frau und richtete sie wieder auf, da sie vor Schwäche ebenfalls auf den gestampften Lehmboden sank. Isabelle spürte den festen Männerarm um sich und hieb voller Panik um sich. »Du bekommst mich nicht noch einmal, du Schwein!«

Da erreichte Marie die Tobende und fasste nach ihren Händen. »Beruhige dich! Wir sind keine Feinde, sondern gekommen, um dir zu helfen.«

Nun erst begriff Isabelle, dass sie nicht mehr mit Landolfus allein war. Ihr Blick suchte ihren Peiniger, und sie atmete auf, als sie ihn reglos am Boden liegen sah.

»Habt Dank!«, sagte sie und sah sich auf einmal Donata gegenüber, die sie voller Mitleid anblickte.

»Ehrwürdige Mutter, verzeiht, dass ich so lange gebraucht habe, um Hilfe zu holen.«

Das Mädchen war entsetzt, wie schlecht die früher immer so makellos wirkende Äbtissin aussah. Isabelles gesamter Körper war mit Blutergüssen und Schürfwunden bedeckt, und die Wangen wirkten so eingefallen, als stände sie kurz vor dem Verhungern.

Isabelle sah das Mädchen verwundert an. »Schwester Justina! Oh, ich meine Donata. Du hast es tatsächlich geschafft! Ich habe nicht mehr daran geglaubt. Wenn du jetzt noch etwas zum Anziehen für mich hättest …«

Noch während Isabelle es sagte, nahm Marie ihren Umhang ab und legte ihn der Äbtissin um die Schultern. »Hier, das mag fürs Erste genügen.«

»Habt Dank! Diese Schufte wollten mir jede Achtung nehmen.« Isabelle zog den Mantel eng um sich und kämpfte gegen die Tränen an, die in ihr hochsteigen wollten. Dann aber richtete sie sich mit einer heftigen Bewegung auf.

»Der Kerl hier ist Schmutz, den ich von mir abwaschen muss. Dank Eures Eingreifens konnte er seine Tat nicht vollenden. Doch wer seid Ihr?«, fragte sie Michel, den sie mit sicherem Instinkt als den Anführer ihrer Retter erkannte.

»Ich bin Michel Adler, Reichsritter auf Kibitzstein«, antwortete dieser.

»Michel Adler? Den Namen habe ich schon einmal gehört. Habt Ihr nicht König Sigismund bei einem Kriegszug ins Böhmische hinein das Leben gerettet?«

»Wir lagen im Kampf mit den Hussiten, und da hieß es, einander beizustehen.« Michel wollte kein Aufhebens um diese Tat machen, sondern ging an dem wie erstarrt an der Tür stehenden Hartwin vorbei, um die restlichen Keller zu überprüfen. Während er zu seiner Erleichterung feststellte, dass sich niemand in ihnen aufhielt, kämpfte der Frommberger um Fassung.

Hartwin hatte deutlich vernommen, dass die geschundene Frau die kleine Nonne erst Schwester Justina und dann Donata genannt hatte. Also war das Mädchen doch seine Braut, und er hatte sie missachtet, weil er sie für eine Lügnerin gehalten hatte. Daran war nur das hinterlistige Gerede von Stoffel schuld, der ihn vor seinem adeligen Halbbruder in ein schlechtes Licht hatte setzen wollen, um selbst der Erbe zu werden. Irgendwann, so schwor er sich, würde er das diesem Kerl noch eintränken. Doch vorerst waren ihm die Hände gebunden, denn bei diesem Auftrag benötigten er und Reichsritter Michel jeden Schwertarm.

Er stand noch immer regungslos, als Michel zurückkehrte und ihm auf die Schulter schlug. »Hier unten hält sich niemand mehr auf. Geht leise zur Treppe und horcht nach oben, ob sich da etwas regt.«

Hartwin nickte stumm, denn er war immer noch tief in Gedanken verstrickt.

Als Michel zu Isabelle zurückkehrte, atmete er tief durch. Ihm war klar, dass ihnen ein hartes Stück Arbeit bevorstand. »Könnt Ihr uns sagen, wie es im Kloster aussieht?«

Isabelle schüttelte den Kopf. »Bedauerlicherweise nein! Ich weiß nur, dass der Oberschurke mit einigen seiner Helfershelfer aufgebrochen ist, um etwas zu suchen, das er nicht finden darf. Wie viele Kerle er hier zurückgelassen hat, kann ich nicht sagen.«
»Wie viele unserer Schwestern leben noch?«, fragte Donata, die um etliche Freundinnen bangte.
»Auch das weiß ich nicht, da man mich allein eingesperrt hat. Ich konnte nur selten eine der anderen sehen und niemals mit ihnen sprechen. Adelina hat sich diesen Schurken angeschlossen und soll den Hochmeister auf seiner weiteren Reise begleiten, um für diesen zu übersetzen.«
Der Verrat dieser Nonne schmerzte Isabelle, auch wenn sie sich sagte, dass sie weniger Adelina als sich selbst die Schuld daran geben musste. Sie hatte gegen die Klosterregeln verstoßen, als sie dem als Mönch verkleideten Landolfus erlaubt hatte, in diesen Mauern zu übernachten. Aber das Schreiben des Passauer Bischofs, welches der Mann vorgewiesen hatte, war in einem so befehlenden Tonfall formuliert gewesen, dass sie sich über die seit Jahrhunderten gültigen Gesetze ihrer Gemeinschaft hinweggesetzt hatte, um den hohen Herrn nicht zu verärgern.
Mit einem missmutigen Schnauben vertrieb sie den Gedanken an ihren Fehler, der sie alle in große Not gebracht hatte, und sah Michel auffordernd an. »Wenn wir meine Mitschwestern befreien wollen, sollten wir handeln, bevor diese Schurken Verdacht schöpfen.«
Michel nickte und ging zur Tür. »Ich steige nach oben. Wartet hier auf mich!« Damit nahm er die Fackel, die er Hannes in die Hand gedrückt hatte, wieder an sich, nickte Hartwin zu, der ins Dunkel starrte, und setzte seinen Fuß auf die erste Treppenstufe. Oben war immer noch kein Geräusch zu vernehmen, und es brannte auch kein Licht. Offensichtlich hatten die Hammerkreuzritter bislang nicht

bemerkt, dass sich hier Dinge taten, die nicht in ihrem Sinn sein konnten.

Als es auch im weiteren Hinaufsteigen ruhig blieb, winkte er Isabelle, ihm zu folgen.

Diese tat es mit versteinerter Miene und blickte sich im Erdgeschoss misstrauisch um. »Wo sich die Schurken einquartiert haben, kann ich nicht sagen, doch meine Mitschwestern sind in mehreren Zellen im ersten Stock eingesperrt«, raunte sie.

Michel überlegte kurz, ob sie zuerst nach den Hammerkreuzlern suchen oder die Nonnen befreien sollten, und bat Isabelle um ihre Meinung.

»Wir müssen verhindern, dass diese Schufte einige meiner Nonnen als Geiseln nehmen«, erklärte die Äbtissin.

»Dann holen wir als Erstes die Frauen.«

Mit angespannten Sinnen stieg Michel die Treppe zum Obergeschoss hoch. Dort reichte er Isabelle die Fackel, um beide Hände zum Kampf frei zu haben, und winkte seinen Begleitern, ihm zu folgen. Während Krispin mit katzenartiger Geschmeidigkeit nach oben huschte, trat Hartwin auf einer Stufe fehl und stürzte beinahe die Treppe hinab.

»Schockschwerenot!«, fluchte er – und erstarrte dann ebenso wie die anderen in erschrockenem Schweigen. Als alles ruhig blieb, atmete er auf und legte die letzten Stufen auf Zehenspitzen zurück.

Hannes, Frieder und die drei Frommberger Knechte waren vorsichtiger, und so standen zuletzt nur noch Marie und Donata im Erdgeschoss.

Marie fasste ihre Begleiterin bei der Hand. »Wenn wir uns von den Männern trennen, geben wir den Banditen, die euch überfallen haben, eine Chance, sich unser zu bemächtigen.«

Zwar zitterte Donata vor Angst, aber sie klammerte sich an Maries Gewand und stieg mit ihr nach oben.

Michel warf ihnen einen kurzen Blick zu und nickte zufrieden. »Bleibt hinter uns«, sagte er leise und näherte sich der ersten Tür.

»Lasst mich das machen. Wenn meine Mitschwestern einen fremden Mann sehen, könnte es sie erschrecken.« Isabelle lächelte entschuldigend und zog den Riegel zurück. Als sie die Tür öffnete, tat sich zunächst nichts. Dann aber wachte eine der drei Nonnen, die sich in der Kammer befanden, durch den Schein der Fackel auf und starrte sie verwirrt an.

»Keinen Laut!«, mahnte Isabelle leise und weckte die nächste Nonne. Die dritte wurde von selbst wach und konnte einen leisen Ausruf des Erstaunens nicht verhindern.

»Seid still!« Obwohl Isabelle es leise sagte, lag eine scharfe Warnung darin. Dann beugte sie sich zu einer der Nonnen hinab.

»Wo sind die anderen? Wie viele von uns haben überlebt?«

»Mit Euch zusammen sind wir noch zehn, ehrwürdige Mutter. Schwester Irmfrieda hat sich nicht mehr von der Ermattung durch den Hunger erholt und ist vor zwei Tagen gestorben. Kurz davor ist Schwester Adelina mit Hochmeister Gordeanus abgereist.«

»Gordeanus heißt der Schuft also!« Isabelles Stimme vibrierte vor Hass. Doch sie schob dieses Gefühl schnell von sich weg, um sich nicht darin zu verlieren, und wies die Nonnen an, aus der Kammer herauszukommen.

»Es sind Retter erschienen«, erklärte sie ihnen, als diese nicht sofort folgten.

Michel trat einen Schritt vor, um sich den Nonnen zu zeigen. »Wie viele dieser Schurken befinden sich noch im Kloster?«, fragte er so leise, dass Isabelle es wiederholen musste.

»Landolfus, der Waffenmeister des Ordens, und elf Mann«, berichtete eine Nonne.

»Landolfus liegt bewusstlos im Keller, und mit dem Rest werden wir zu acht wohl fertig werden!« Michel grinste

freudlos und sah dann zu, wie Isabelle die nächste Zelle öffnete, um die darin eingesperrten Nonnen zu wecken.
Wenig später hatte die Äbtissin auch diese Frauen und die in einer weiteren Zelle gefangenen befreit und trat auf die Tür zu, hinter der die beiden letzten Frauen eingesperrt waren. Es gelang ihr, auch diese zu wecken, ohne dass sie Lärm machten.
Marie sah ihr bewundernd zu. Für eine Frau, die tagelang gefoltert und zuletzt von einem dieser Schurken geschändet worden war, ging Isabelle de Melancourt äußerst zielstrebig vor. Zuletzt versammelte die Äbtissin alle ihre Mitschwestern in einem Winkel des Flurs und winkte auch ihr und Donata, sich ihr anzuschließen. Danach trat sie noch einmal auf Michel zu.
»Laut der Aussage meiner Schwestern halten diese Teufelsritter sich auf der anderen Seite des Hauptgangs auf. Leider haben die Türen jener Kammern von außen keine Riegel, so dass wir sie nicht einsperren können. Vielleicht gelingt es Euch, die meisten von ihnen im Schlaf zu überraschen und gefangen zu nehmen.«
Michel atmete kurz durch und schritt in die gewiesene Richtung. Doch bevor er den anderen Seitenflur erreichte, begann eine der Nonnen durchdringend zu schreien.
»Achtung, es sind Fremde eingedrungen! Ihr müsst …« Zu mehr kam Schwester Eulalia nicht mehr, weil Isabelle wie eine Harpyie auf sie zustürzte und ihr den Mund zuhielt.
Doch das Malheur war bereits geschehen. Bevor Michel die erste Tür erreichte, wurde diese aufgerissen, und drei Männer traten mit Schwertern in der Hand heraus. Michel griff sofort an und trieb einen der Kerle zurück. Neben ihm focht Krispin mit verbissenem Mut, während Hartwin zunächst zurückblieb und Hannes, Frieder und Rudi den Vortritt überließ.
Sechs weitere Hammerkreuzler stürzten sich auf Michel und

dessen Leute. Acht gegen neun war ein halbwegs ausgeglichenes Verhältnis, doch Michel wurde rasch klar, dass er kampferfahrene Gegner vor sich hatte, die seinen Kibitzsteinern und den drei Frommberger Knechten an Kampfkunst überlegen waren.

Mit scharfen Hieben durchbrach er die Deckung seines Gegners und verletzte ihn so schwer, dass der Mann einknickte und zu Boden stürzte. Noch im Schwung drehte er sich um und kam Hannes zu Hilfe. Der Knecht war von seinem Gegner in die Ecke gedrängt worden und wäre im nächsten Augenblick einem tödlichen Hieb erlegen. Michel schlug den Hammerkreuzritter nieder und sah sich dem nächsten Feind gegenüber.

Da stieß Marie einen Warnruf aus. »Vorsicht, da kommen noch zwei!«

Die beiden Wächter hatten den Kampflärm vernommen und eilten ihren Kumpanen zu Hilfe. Für einige Augenblicke sah es schlecht aus für Michel und seine Begleiter. Dann aber entledigte Krispin sich seines Gegners, und Hartwin, der sich den neuen Angreifern stellte, bewies mit wuchtigen Hieben, dass er durchaus zu kämpfen verstand. Nun wendete sich das Blatt, und der Sieg schien nur noch eine Frage der Zeit.

Da schlich Landolfus ungesehen die Treppe herauf. Er war noch halb benommen und wusste, dass er in diesem Zustand keinen gleichwertigen Gegner für die Eindringlinge darstellte. Auch war er nur mit seinem Dolch bewaffnet, denn sein Schwert lag jenseits der kämpfenden Männer in seiner Kammer.

Da entdeckte er Marie, die schützend vor Donata und den Nonnen stand, aber genau wie diese nur Augen für die kämpfenden Männer hatte. Er stufte sie anhand ihrer Kleidung als hochrangige Dame ein, war mit zwei Schritten bei ihr und wollte ihr den Dolch an die Kehle setzen. Aber sie entwand sich seinem Griff und stieß ihn zurück. Bevor er sie

wieder packen konnte, zog sie ihren Dolch und drohte ihm mit der Klinge.
»Keinen Schritt näher!«
»Wir hätten dieses Schwein gleich unten abstechen sollen«, fauchte Isabelle.
Da Marie ihm zu gefährlich erschien, wollte Landolfus sich der Äbtissin bemächtigen, um mit ihrem Leben das Blatt zu wenden. Da vertraten ihm drei Nonnen den Weg und versuchten, ihn mit blanken Fäusten niederzuschlagen. Zwar bekam er etliche harte Hiebe ab, stieß aber seinerseits mehrmals mit dem Dolch zu und sah zwei seiner Gegnerinnen blutend zu Boden sinken. Die dritte warf er wie ein Bündel Lumpen aus dem Weg und war mit zwei Schritten bei der Äbtissin.
Isabelle war zu schwach, um sich wehren zu können. Doch als Landolfus sie packte, tauchte Marie hinter ihm auf und stach zu.
Mit einem Ausdruck blanker Wut drehte er sich zu ihr um. »Das hast du nicht umsonst getan!«, brachte er noch heraus, dann gaben seine Beine unter ihm nach, und er sank zu Isabelles Füßen nieder.
Angewidert starrte Marie auf die blutige Waffe in ihrer Hand und kämpfte gegen den Ekel an, der in ihr aufstieg.
Da schloss Isabelle sie in die Arme. »Ihr habt das Richtige getan und mir und sicher auch noch einigen meiner Mitschwestern das Leben gerettet!«
»Schwester Antonia ist tot und Schwester Odilia schwer verletzt«, rief eine Nonne, die selbst aus einem Stich in den Oberarm blutete.
»Versorgt Odilias Wunden!«, befahl Isabelle ihren Mitschwestern. Dann schlug sie das Kreuz und fragte sich, weshalb ihr Leben von Tod und Blut gezeichnet sein musste.
Marie wandte sich zu den Männern um und sah erleichtert, dass der Kampf entschieden war. Michel und seinen Beglei-

tern war es gelungen, die Hammerkreuzritter in ihre Schranken zu weisen. Während ihrem Mann nichts zu fehlen schien, waren Krispin, Hartwin, Frieder und Rudi verletzt. Bis auf den Frommberger Knecht standen jedoch noch alle auf den Beinen. Von ihren Gegnern lagen acht reglos am Boden, während drei weitere entwaffnet in einer Ecke hockten und auf die Schwerter starrten, mit denen Hannes und zwei Frommberger Knechte sie in Schach hielten.

»Es ist vorbei!« Mit diesen Worten taumelte Marie auf Michel zu und schlang die Arme um ihn. Ihr kamen die Tränen, als sie an die Toten dachte, die der Kampf gegen diesen Ritterorden bereits gekostet hatte. Ihr wurde aber auch schmerzhaft klar, dass ihr Weg noch längst nicht zu Ende war. Gordeanus, der Anführer dieser Gruppierung, lebte noch und verfügte über genügend Krieger, um ihnen gefährlich werden zu können.

»Wir müssen den Kerl finden und unschädlich machen«, sagte Marie, da ihr das Wort töten nicht über die Lippen kommen wollte.

Michel verstand auch so, was sie meinte, und nickte verbissen. »Das werden wir! Doch zuerst müssen wir uns um unsere Verwundeten kümmern. Danach werden wir entscheiden, wohin wir von hier aus reiten werden. Kibitzstein wird eine Weile auf uns warten müssen!«

Vierter Teil

Der König

1.

Leopold von Gordean war bester Laune. Endlich hielt er den Schlüssel zu jenem heiligen Gegenstand in der Hand, der nicht nur die Christenheit retten, sondern auch ihm persönlich Einfluss und Macht verleihen würde. Obwohl es ihn drängte, rasch zum Chiemsee zu reiten und dort nach dem Bildnis des heiligen Florianus zu forschen, wählte er einen anderen Weg. Um mit dem nötigen Nachdruck vor Dorothea von Laiming, der Äbtissin von Frauenwörth, auftreten zu können, benötigte er mehr als nur den Wunsch, den Heiligen Gral zu finden.

»Wohin reisen wir?«, fragte Schwester Adelina eines Abends, als sie nach dem Nachtmahl die Kirche des Dorfes, in dem sie übernachten wollten, betraten, um dort zu beten.

»Nach Nürnberg zu Seiner Majestät, dem König! Er muss uns einen Erlass geben, der alle, denen wir dieses Dokument vorweisen, davon überzeugt, uns zu unterstützen.«

Gordeanus hatte keinen Zweifel, dass Sigismund ihm willfahren würde. Dieser war nicht nur deutscher König und König von Böhmen, sondern auch König von Ungarn, und dieses Land stand in einem heftigen Abwehrkampf gegen die heidnischen Osmanen. Daher musste Sigismund die Aussicht, mit dem Heiligen Gral eine wirksame Waffe zur Verteidigung seiner Grenzen in die Hand zu bekommen, höchst willkommen sein.

»Ihr wollt zum König?« In Schwester Adelinas Augen stieg Gordeanus allein schon durch dieses Vorhaben im Ansehen. Sie kam zu dem Schluss, es sei richtig gewesen, diesem Mann zu helfen, anstatt auf ihre verstockte Oberin zu hören. Einst hatte sie Isabelle de Melancourt verehrt, aber nun hasste sie diese Frau beinahe noch mehr als den Höllenfürsten, denn die Äbtissin wollte der bedrohten Christenheit den Heiligen Gral vorenthalten.

»Ja, das will ich!«, antwortete Gordeanus selbstbewusst und kniete vor dem Altar nieder. »Lass uns nun unser Gebet zu Gott erheben, dass er uns den Kelch des letzten Abendmahls bald finden lässt, auf dass nicht noch mehr Christen ermordet, Jungfrauen geschändet und Knaben gezwungen werden, den heidnischen Aberglauben der Anhänger Machomets anzunehmen.«

»Dafür bete ich aus tiefster Seele!«, rief Schwester Adelina voller Inbrunst und stimmte in Gordeanus' Gebet ein.

Vor der Kirche hielten zwei Ordensritter Wache und beteten ebenfalls zu Gott, ihnen seine Gnade und vor allem den Gral zu schenken. War dies endlich geschehen, würde ihr kleiner Orden, der von vielen als eine Vereinigung verwirrter Sektierer verachtet wurde, jene Stellung einnehmen, die sie sich von ganzem Herzen wünschten.

Etliche Schritte von der Kirche entfernt stand Ritter Eusebius unter einer mächtigen Eiche und blickte auf das schlichte Steinkreuz, das vor langer Zeit hier aufgestellt worden war. Auch er betete, aber nicht für den Ruhm und die Größe seines Ordens, sondern darum, dass Gott die Zweifel, die in ihm aufgestiegen waren, beseitigen möge.

Weshalb hatte sein Oberhaupt das Kloster der Melancourt überfallen und den Tod etlicher Nonnen und der eigenen Brüder in Kauf genommen?, fragte er sich. Der Hochmeister hätte doch genauso gut offen dorthin reiten und die Äbtissin dazu auffordern können, ihm den Schlüssel zum Heiligen Gral auszuliefern. Seiner Meinung nach hätte es gereicht, sie in ihrer Kammer einzusperren und ihr ein paar Mahlzeiten zu verweigern. Auch hätten sie die anderen

Nonnen durch Nachsicht für sich gewinnen und von diesen wertvolle Informationen erhalten können.

»Wird Gott uns verzeihen, dass wir unsere Schwerter in das Blut dieser frommen Frauen getaucht haben?« Der Klang der eigenen Stimme brachte Eusebius darauf, dass er seine geheimsten Gedanken laut ausgesprochen hatte.

Ich muss mich besser beherrschen, schoss es ihm durch den Kopf. Würde er solche Reden in Gegenwart seines Oberhaupts oder seiner Mitbrüder führen, wäre es um ihn geschehen. Leopold von Gordean glaubte an seinen göttlichen Auftrag, und für die anderen Ritter war das Wort ihres Oberhaupts Gesetz. Das erinnerte Eusebius daran, dass auch er dem Hochmeister beim Eintritt in dessen Orden bedingungslose Treue geschworen hatte, und mit einem Mal kämpfte er gegen das Gefühl an, um seinen Hals läge ein eiserner Ring, der unbarmherzig enger gezogen wurde.

»Der Teufel soll den Gral holen!«, flüsterte er voller Inbrunst und zuckte im nächsten Augenblick zusammen. Was er sich wünschte, war Blasphemie!

Er war ein Ritter der Christenheit, und für diese wollte er kämpfen. Allerdings wäre es ihm lieber gewesen, dies im Gefolge König Sigismunds im fernen Ungarn zu tun, als Klöster mit frommen Frauen zu überfallen und sakrale Gegenstände zu zerstören.

Eusebius versuchte, diesen Gedanken beiseitezuschieben, und sagte sich, dass Leopold von Gordean gewiss Grund gehabt hatte, so mit Isabelle de Melancourt und deren Nonnen zu verfahren. Wahrscheinlich hatte die Äbtissin seine Bitte, ihr bei der Suche nach dem Heiligen Gral zu helfen, mit beleidigenden Worten abgelehnt und war dafür bestraft worden.

Als er sah, dass sein Oberhaupt und Schwester Adelina aus der Kirche traten, gesellte er sich zu ihnen und begleitete sie bis zur Herberge. Da der Wirt nicht darauf eingerichtet war, viele Gäste unterzubringen, mussten sie auf dem Stroh über dem Stall schlafen. Während er die Leiter hochkletterte, die aus einem Tragebalken mit eingesetzten Zapfen bestand, dachte Eusebius noch, dass sie in der nahen Abtei gewiss besser untergebracht worden wären. Oben angekommen, sagte er dies zu Leopold von Gordean und sah dessen Blick strafend auf sich gerichtet.

»In jenem Kloster dort herrscht üppiges Leben und Wollust, doch fremden Brüdern gegenüber gibt sich der Herr Abt arg knausrig und teilt ihnen nur trocken Brot und verwässerten Wein zu. Ich will weder eure Seelen gefährden noch euch darben lassen.«

»Das verstehe ich, Euer Exzellenz«, antwortete Eusebius, obwohl er genau das nicht tat. Er hatte, bevor er Gordeanus' Ritterorden beigetreten war, viele Klöster aufgesucht, um sich seiner Bestimmung klarzuwerden, und war stets gastlich aufgenommen worden. Doch er nahm an, dass sein Hochmeister in diesem Kloster andere Erfahrungen gemacht hatte und deshalb misstrauisch war.

2.

Am nächsten Morgen setzte die Gruppe ihre Reise nach Nürnberg fort. An der Spitze ritt Leopold von Gordean in dem roten Umhang, der ihn als Hochmeister seines Ordens auswies. Hinter ihm reihte sich Eusebius ein, und diesem folgten zwei Ritter, die die beiden Pferde führten, welche Schwester Adelinas Sänfte trugen. Dann erst folgten die restlichen Brüder. In ihren braunen Umhängen und den roten Waffenröcken boten sie ein stolzes Bild. Auch wenn die Form ihres Kreuzes den Menschen am Wegesrand fremd war, so senkten diese doch ihr Haupt vor den Ordensrittern, und so mancher Mann und etliche Frauen baten den Hochmeister um seinen Segen.

Leopold von Gordean schlug stolz das Kreuz über den gebeugten Häuptern und stellte sich vor, wie viel mehr Ansehen ihm die Entdeckung des Heiligen Grals einbringen würde. Seine Laune stieg noch, als sie sich am Abend des nächsten Tages Nürnberg näherten und er die Burg mit ihrem markanten Rundturm über den Dächern der Bürgerhäuser aufragen sah. Am Tor ließ man sie ungehindert passieren, weil die Stadtknechte annahmen, die Ritter wären der Geleitschutz für Schwester Adelina, die man wegen des Wappens auf der Sänfte, die Isabelles Vorgängerin gehört hatte, für das Oberhaupt eines Nonnenkonvents hielt. Die Kreuze mit ihrem wuchtigen Hammerbalken auf den Mänteln und den Waffenröcken der Ritter sagten den Wächtern nichts.

Der Empfang in der Burg war nicht ganz nach Leopold von Gordeans Geschmack. Zwar eilte der Haushofmeister des

Königs herbei, um sie zu begrüßen, hielt jedoch die Ritter ebenfalls für Adelinas Leibwache und wandte sich zuerst an die Nonne. »Seid uns willkommen, ehrwürdige Mutter. Ich werde Eure Ankunft gleich bei Seiner Majestät melden lassen. Welchen Namen dürfen wir nennen?«

»Leopold von Gordean, Hochmeister des Ordens des Hammers vom Heiligen Kreuz zu Jerusalem«, erklärte Gordeanus, dem es gegen den Strich ging, missachtet zu werden. »Berichtet Seiner Majestät, dass ich gekommen bin, um ihm gegen die verfluchten Heiden beizustehen, die sein Reich Ungarn bedrohen.«

Ein Herr mit zwölf Rittern erschien dem Höfling als geringe Hilfe gegen ein Heer, das Zehntausende zählte. Dennoch erbot er sich, Gordeanus bei Sigismund anzumelden.

»Sorgt auch für ein Quartier für uns und unsere Rösser«, teilte der Hochmeister ihm im Befehlston mit.

»Dies wird geschehen!« Der Haushofmeister deutete eine knappe Verbeugung an und verschwand. Statt seiner eilten Knechte herbei, um sich der Pferde der Gäste anzunehmen. Ein junger Bursche in besserer Kleidung erbot sich, Gordeanus und seine Männer in den Raum zu führen, in dem sie unterkommen sollten.

»Die ehrwürdige Mutter wird bei einigen anderen frommen Frauen schlafen müssen«, erklärte er. »Es wäre wider die göttliche Ordnung, sie in dieselbe Kammer zu bringen, die Euch angewiesen wird.«

»Wir sind Ritter Christi und gegen die Gelüste des Fleisches gefeit«, antwortete Gordeanus streng. »Doch es sei so, wie du gesagt hast. Die ehrwürdige Mutter wird bei den anderen Frauen nächtigen.«

Schwester Adelina wusste nicht so recht, was sie davon halten sollte, dass sie mit dem Ehrentitel einer Äbtissin angesprochen wurde. Beim ersten Mal hatte es ihr auf der Zunge gelegen, zu sagen, dass sie nur eine einfache Nonne sei. Nun aber gefiel es ihr mehr und mehr, ihrer einstigen Ordensoberen gleichgestellt zu werden. Die Mägde, die sie am Eingang empfingen und zu den anderen Nonnen brachten, behandelten sie so ehrerbietig, dass sie sich wünschte, Gordeanus würde sein Versprechen, sie zur Oberin eines großen Klosters zu machen, möglichst bald erfüllen.

Den Hochmeister beschäftigten jedoch ganz andere Dinge als Adelinas Träumereien. Sein ganzes Sinnen und Trachten war darauf ausgerichtet, Sigismund zu überzeugen, ihm freie Hand bei der Suche nach dem Heiligen Gral zu lassen. Bei Isabelle de Melancourt hatte ihm diese Autorität gefehlt, und so hatte er sich mit List und Gewalt ihres Geheimnisses bemächtigen müssen.

Noch während er sich die Worte zurechtlegte, die Sigismund auf seine Seite ziehen sollten, erschien ein Herold und bat ihn, ihm zu folgen. Seine Männer wurden unterdessen in einen großen Raum geführt, in dem Stroh die Betten und ihre Umhänge die Decken ersetzen mussten.

3.

Sigismund erwartete den Hochmeister in seinen privaten Gemächern, da er wegen des Anführers von einem Dutzend Bewaffneter kein Aufhebens machen wollte. Als der Gast in den Raum geführt wurde, kündete ihn der Herold an.

»Leopold von Gordean, Hochmeister des Ritterordens des Hammers vom Heiligen Kreuz zu Jerusalem!«

Sigismund hob verwundert die rechte Augenbraue. »Dieser Orden ist mir unbekannt.«

»Das wird sich rasch ändern«, antwortete Gordeanus lächelnd. »Allerdings ist der Name im Augenblick nicht wichtig. Vor meiner Zeit wurde er anders genannt, und er wird auch schon bald einen neuen Namen erhalten.«

Nämlich den der Ritter vom Heiligen Gral, setzte der Hochmeister für sich hinzu.

»Liegt es nicht im Ermessen Seiner Heiligkeit, des Papstes, die Namen der Orden, seien es geistliche oder Rittergemeinschaften, zu bestimmen?« Sigismund machte keinen Hehl daraus, dass er sich von diesem Gast gestört fühlte. Als Anführer eines Ordens, den er nicht kannte und der keinen nennenswerten Einfluss und auch keinerlei Macht besaß, hätte Gordeanus sich mit der großen Audienz am kommenden Morgen zufriedengeben müssen. Stattdessen hatte der Mann auf einer Privataudienz bestanden.

Gordeanus spürte Sigismunds Unmut und trat lächelnd auf diesen zu. »Wohl mag es so sein, wie Ihr sagt, Euer Majestät. Doch wiegt auch das Wort des Kaisers schwer, und der Papst kann sich diesem schwerlich entziehen.«

Bei dem Wort Kaiser verzog Sigismund das Gesicht. Seit Jahren forderte er von Papst Martin V. die Kaiserkrönung, doch war diese ihm bislang versagt geblieben.

»Was wollt Ihr? Sprecht! Meine Zeit ist kostbar«, fuhr er Gordeanus an.

Dieser beugte mit einer knappen Bewegung das Haupt und sah ihm dann voll ins Gesicht. »Die Nachricht, die ich Euch überbringe, ist ebenfalls kostbar! Habt Ihr je vom Heiligen Gral gehört?«

»Wollt Ihr mich zum Narren halten, oder glaubt Ihr, ich sei in der Stimmung, mir Märchen anzuhören?« Sigismund wollte seinen Dienern befehlen, Gordeanus hinauszuschaffen, doch da sank dieser vor ihm in die Knie und ergriff seine Hand.

»Ihr müsst mich anhören, Euer Majestät! Der Heilige Gral ist keineswegs eine Mär aus alter Zeit. Es heißt, er sei eine mächtige Waffe in der Hand des Mannes, der seiner wert ist. Ich habe das Wissen erlangt, mit dessen Hilfe ich ihn für Euch finden könnte. Mit ihm würdet Ihr die Heiden von den Grenzen Ungarns vertreiben und Serbien und Konstantinopel aus der Knechtschaft der Ungläubigen befreien können. Der, welcher über den Heiligen Gral gebietet, ist der mächtigste Mann im Weltengefüge, noch über dem Papst!«

Damit war der Köder ausgelegt. Leopold von Gordean wusste, wie sehr es Sigismund drängte, zum Kaiser gekrönt zu werden. Außerdem konnte er eine Waffe, die ihm die Osmanen vom Hals schaffen würde, nicht ignorieren.

Der König blieb misstrauisch, aber Zweifel stiegen in ihm hoch. Was war, wenn der Mann tatsächlich wusste, wo der Gral zu finden war? Der Krieg mit den Osmanen war hart und kostete zahllose Opfer. Wenn es eine Möglichkeit gab, den Feind auf leichtere Weise zu vertreiben, durfte er diese nicht aus der Hand geben.

»Also sprecht! Was hat es mit dem Gral auf sich?«, forderte er Gordeanus auf.

Ich habe gewonnen!, durchfuhr es diesen. Aber er zwang sich, seinen Triumph nicht zu zeigen, sondern berichtete in ruhigen Worten, wie er herausgefunden hatte, dass der französische Ritter Raoul de Melancourt während des Zweiten Kreuzzugs den Kelch des letzten Abendmahls an sich genommen und heimlich nach Europa gebracht hatte.

»Es ist die heiligste Reliquie der Christenheit, denn mit ihr fing die Jungfrau Maria Christi Blut auf, nachdem ihm Longinus die Lanze in die Brust gestoßen hatte. Anstatt diesen kostbaren Kelch den Spitzen von Reich und Kirche anzuvertrauen, versteckte Ritter Raoul ihn, auf dass der Gral nur ihm selbst und seiner Sippe zugutekommen sollte«, schloss er und sah Sigismund auffordernd an.

Der König vermochte sich den drängenden Worten des Hochmeisters nicht mehr zu entziehen. Dennoch brachte er einen Einwand. »Ich kannte eine Isabelle de Melancourt.«

»Sie ist eine Nachkommin dieses verfluchten Raouls und unter wahren Christen verfemt, weil dieser Mann zwar ein Tempelritter war, aber seinen Eid der Keuschheit brach, um mit einem verworfenen Weib Kinder zu zeugen.«

»Es gab nicht wenige, die ihr die Freundschaft zu mir missgönnten«, antwortete Sigismund mit einem Lächeln, das einigen angenehmen Stunden galt, die er mit Isabelle verbracht hatte. Dann musterte er Gordeanus scharf. »Sagt mir eines: Weshalb ging das Geschlecht Raoul de Melancourts zugrunde, so dass von seinen Nachkommen nur noch eine kinderlose Nonne übrig geblieben ist? Warum hat der Gral, wenn er wirklich so mächtig und wundertätig sein soll, ihnen nicht geholfen?«

»Es ist die Strafe des Himmels dafür, dass Raoul de Melancourt und seine Nachkommen den Heiligen Gral für sich behalten haben, anstatt ihn zum Nutzen und Frommen der Christenheit zu verwenden.«

Leopold von Gordean klang so überzeugend, dass Sigismund

jeden Gedanken daran verwarf, den Mann mit einem abschlägigen Bescheid fortzuschicken.
»Und Ihr wisst tatsächlich, wo dieser Gral zu finden ist?«, fragte er.
»Ich weiß, wie ich den Gral finden kann«, schränkte Gordeanus diese Aussage ein. »Dafür aber benötige ich Eure Unterstützung. Versagt Ihr sie mir, muss ich mich an Seine Heiligkeit wenden, der die Wichtigkeit, den Heiligen Gral zu finden und dem Kirchenschatz von Sankt Peter in Rom beizufügen, gewiss erkennen wird. Erweist Ihr mir jedoch die Gnade, die ich mir von Euch erhoffe, wird diese kostbare Reliquie schon bald zu den Reichskleinodien des Heiligen Römischen Reiches zählen.«
Die Macht für Rom oder für das Reich? Da gab es für Sigismund kein langes Nachdenken. »Also gut, ich werde Euch unterstützen. Dafür aber ist der Gral hinterher mein!«, sagte er mit einer Mischung aus Unglauben und Gier.
Gordeanus nickte, obwohl er nicht im Traum daran dachte, den Gral wieder herzugeben, wenn er endlich seine Hand auf diesen kostbaren Schatz gelegt hatte. »So wird es geschehen, Euer Majestät. Doch um den Heiligen Gral zu finden, bin ich auf die Unterstützung gewisser Leute angewiesen, die mich ungehindert suchen lassen müssen.«
»Wie meint Ihr das?« Sigismunds Bereitschaft, sich auf diese Sache einzulassen, schwand ein wenig. Am liebsten wäre es ihm gewesen, wenn er selbst nichts tun müsste und Gordeanus ihm nach erfolgreicher Suche den Gral übergeben würde. Da jedoch alles seinen Preis kostete, wollte er wissen, wie hoch dieser ausfiele.
Leopold von Gordean lächelte. »Viel ist es nicht. Es müsste mir nur gestattet sein, im ganzen Reich zu suchen und jenen, die mich behindern, mit der Reichsacht zu drohen.«
»Das ist unmöglich! Was erlaubt Ihr Euch? Seid Ihr von Sinnen?«, rief Sigismund empört.

»Ich muss Damen wie Dorothea von Laiming von Frauenwörth und andere Würdenträger davon überzeugen können, mich bei der Suche zu unterstützen, anstatt mich zu behindern!«

»Wenn es nur das ist! Das könnt Ihr haben. Hol meinen Secretarius!« Sigismunds Befehl galt einem seiner Bediensteten, die vor der Tür auf Befehle warteten.

Während der Diener loslief, um den Schreiber des Königs zu rufen, setzte Sigismund sich wieder und musterte Gordeanus mit einem durchdringenden Blick. »Ihr wagt viel!«, sagte er.

Um den Mund des Hochmeisters erschien ein höhnischer Zug. »Nur wer das Äußerste wagt, vermag auch den höchsten Preis zu erringen.«

»Er kann aber auch tief fallen!« Es klang wie eine Warnung, doch Gordeanus achtete nicht darauf. Für ihn war es allein wichtig, dass der König ihm ein Schreiben gab, mit dem er die Äbtissin von Frauenwörth und auch die Pfleger und Viztume der bairischen Herzöge dazu bewegen konnte, ihm bei seiner Suche freie Hand zu lassen und ihn bei Bedarf zu unterstützen.

Wenig später erschien ein Mönch in einer sauberen Kutte aus gutem Tuch und verbeugte sich vor Sigismund. Ein junger Bursche, der ebenfalls mit einer Kutte bekleidet war, aber noch keine Tonsur trug, begleitete ihn und trug ein Kästchen aus Holz und mehrere Bogen besten Büttenpapiers.

»Was ist Euer Begehr, Euer Majestät?«, fragte der Mönch.

»Nimm deine Feder zur Hand und schreibe«, begann der König. »Wir, Sigismund, erwählter König der Deutschen, König von Böhmen und Ungarn, Schirmer und Mehrer des Reiches et cetera, verleihen Leopold von Gordean das Recht, nach einem Gegenstand zu suchen, der Uns sehr am Herzen liegt, und fordern alle im Reich, ob hoch oder niedrig, auf, ihn dabei

nach Kräften zu unterstützen. Wer Leopold von Gordean jedoch behindert oder gar bekämpft, muss mit Unserem Missfallen rechnen.«
Damit, so sagte sich Sigismund, hatte er Gordeanus zwar die Erlaubnis zur Suche gegeben, sich aber offengelassen, wie er Versuche, diesen zu behindern, ahnden würde.
Gordeanus war zufrieden. Viele würden aus diesem Schreiben mehr herauslesen, als tatsächlich darin stand. Außerdem konnte er mit geschickt gesetzten Worten die Angst vor dem Zorn des Königs schüren. Daher sah er lächelnd zu, wie der Mönch den Text in bester Schönschrift zu Papier brachte und ihn dann Sigismund zur Unterzeichnung vorlegte.
Dieser setzte seinen Namen darunter, siegelte das Papier, und reichte es Gordeanus. »Nun reist mit Gottes Segen und bringt mir den Heiligen Gral, auf dass er eine Waffe werde, die die Feinde der Christenheit vernichten wird.«
»Ich hoffe zwar, schon in der Nähe des Khimus Lacus fündig zu werden, aber ich werde bis an die Grenzen der Welt reisen, falls es notwendig sein sollte.«
Der Mönch starrte zuerst den König und dann Gordeanus verblüfft an und schien etwas sagen zu wollen, kniff aber die Lippen zusammen. Mit unruhig schweifenden Blicken verbeugte er sich erneut vor Sigismund.
»Habt Ihr noch einen Befehl für mich, Euer Majestät? Oder erlaubt Ihr mir, mich zum Gebet zurückzuziehen?«
»Geh ruhig!«, sagte Sigismund und lehnte sich nachdenklich in seinen Sessel zurück. Die Sache mochte verrückt klingen. Doch wenn es den Gral tatsächlich gab, so erschien es ihm am besten, wenn er selbst diesen in die Hände bekam und nicht Karl VII. von Frankreich oder einer der anderen Herrscher – oder gar der Papst in Rom.
Auch Leopold von Gordean hing seinen Gedanken nach. Es war schwerer gewesen, als er erwartet hatte, Sigismund da-

von zu überzeugen, ihn zu unterstützen, und nun war er froh, dass er nicht früher an dessen Hof gekommen war. Er hatte es kurz erwogen, dann aber wieder verworfen. Zum einen hätte Sigismund ihm niemals erlaubt, mit Gewalt gegen seine ehemalige Mätresse vorzugehen, und zum anderen hätte diese sich sofort an den König gewandt und höchstwahrscheinlich diesem den Gral übereignet. Da war es besser gewesen, deren Kloster bei Nacht und Nebel zu besetzen, bevor Isabelle de Melancourt den Schlüssel zum Heiligen Gral an einem fernen Ort verbergen oder ihn gar hätte vernichten können. Dieser Gedanke erschreckte ihn noch im Nachhinein. Er hatte dieses Brevier und die darin enthaltene Karte nur kraft seines Verstandes entdeckt. Da die Äbtissin dieses Geheimnis niemals von sich aus preisgegeben hätte, bewies dies ihm, dass Gott auf seiner Seite stand.

Ich habe mich als klüger und entschlossener erwiesen als dieses Weib, sagte sich Gordean, der sich auch nicht von Gott in den Schatten stellen lassen wollte.

Zufrieden lächelnd verbeugte er sich vor Sigismund. »Wenn Ihr erlaubt, Euer Majestät, werde ich mich jetzt in meine Unterkunft begeben und Nürnberg morgen wieder verlassen.«

»Ich erlaube es!«, sagte Sigismund und machte die gleiche wedelnde Handbewegung wie bei seinem Sekretär.

4.

Nachdem der Mönch die Räume des Königs verlassen hatte, kehrte er gemessenen Schrittes in seine Unterkunft zurück. Dort bekreuzigte er sich vor dem Kruzifix, das an der Wand hing, und sah dann seinen Helfer an.

»Es befand sich nur eine einzige Feder im Kasten, und die war bereits stumpf. Sieh zu, dass du drei weitere Federn anspitzt, damit ich, wenn Seine Majestät mich ruft, diesem auch so dienen kann, wie es sich gehört. Ach ja, es war auch kaum mehr Tinte in dem Fässchen. Fülle es auf! Sollte keine Tinte mehr vorrätig sein, so gehe in die Stadt und besorge welche.«

Der junge Mann, der als Novize in den Orden eingetreten war und hoffte, im Schatten seines Meisters aufsteigen zu können, verbeugte sich. »Ich werde alles zu Eurer Zufriedenheit erledigen, ehrwürdiger Vater.«

»Das weiß ich doch! Hätte ich dich sonst zu meinem Adlatus gemacht?«, antwortete der Mönch etwas freundlicher und wandte sich zur Tür. »Ich ziehe mich zum Gebet zurück. Du brauchst nicht auf mich zu warten.«

Mit diesen Worten verließ er die Kammer und kurz darauf auch die Burg. Sein Ziel war ein kleines Haus in der Nähe der Stadtmauer. Als er dort klopfte, dauerte es eine Weile, bis die Tür einen Spalt geöffnet wurde und ein magerer Mann herausschaute. »Ihr seid es, Pater Fabianus! So spät habe ich Euch nicht mehr erwartet.«

»Wer Gott dient, darf nicht auf die Stunde achten«, antwortete der Mönch salbungsvoll.

»Ja, ich weiß! Das sagt Ihr immer. Darf ich mich aber nicht

trotzdem wundern? Immerhin ist morgen ein Fasttag. Da werdet Ihr wohl kaum ein Täubchen essen wollen.«
Daran hatte Fabianus nicht gedacht, doch er fand sofort eine Ausrede. »Das Täubchen ist nicht für mich gedacht, sondern für einen armen Kranken, der es wegen seiner Ermattung essen darf.«
»Schon gut! Ich wollte Euch nicht unterstellen, Ihr würdet einen Fasttag missachten. Allerdings werdet Ihr bald neue Tauben besorgen müssen. Zwei davon sind letztens eingegangen, und wenn Ihr jetzt eine mitnehmt, ist nur noch eine übrig.« Der Mann wagte dem Mönch allerdings nicht in die Augen zu schauen, denn die beiden angeblich krank gewordenen Tiere waren kerngesund gewesen, bis er ihnen mit dem Messer den Kopf abgeschnitten und sie auf den Bratspieß gesteckt hatte.
Pater Fabianus ahnte, was mit seinen Tauben geschehen war, und ärgerte sich, dass er die Tiere nicht oben auf der Burg halten konnte. Andere hätten sich diese Marotte leisten können, doch als Schreiber des Königs musste er sehr vorsichtig sein. Tauben schmeckten nämlich nicht nur gut, sie waren auch in der Lage, Botschaften über weite Strecken zu tragen. Und genau das hatte er vor. Er trat ein und stieg über die schmale, knarzende Treppe zu dem unter dem Dach angebrachten Taubenschlag hoch. Dort wählte er eine schwarzgraue Taube aus, fing diese und sperrte sie in einen so kleinen Käfig, dass sie sich darin kaum zu rühren vermochte. Auf diese Weise vermochte er den Käfig in den weiten Ärmeln seiner Kutte zu verbergen. Niemand in der Burg durfte das Tier sehen, sonst gab es unangenehme Nachfragen, und man würde sich für seine Absichten interessieren. Kam die Wahrheit ans Licht, saß sein Kopf sehr locker auf seinen Schultern.
Nachdem er dem Mann, der die Tauben für ihn hielt, noch den Segen erteilt hatte, suchte er die Kirche des heiligen Se-

baldus auf. Dort kniete er vor einem Seitenaltar und erweckte den Eindruck, als würde er voller Inbrunst beten. Nach dem übernächsten Glockenschlag stand er auf, segnete mehrere alte Frauen, die auf ihn zutraten, und kehrte zur Burg zurück. Die Taube verhielt sich im Dunkeln seines Kuttenärmels still, bis er wieder in seiner Kammer stand.

Sein Helfer hatte den Raum mittlerweile verlassen. Daher konnte Fabianus die Taube aus seinem Ärmel holen und aus ihrem Käfig befreien. Sie hatte das Köpfchen unter den Flügel gesteckt und schlief, so als wüsste sie, dass sie Kraft für einen langen Flug sammeln musste. In einem kleinen, fensterlosen Nebenraum, den er als Abstellkammer benützte, setzte er das Tier auf eine Stange, strich ihm noch einmal über das Gefieder und kehrte in sein Zimmer zurück. Dort zog er unter einem Stapel von Büchern eine Mappe mit dünnen Papierbogen heraus, legte einen auf das Schreibpult und begann mit äußerst kleiner Schrift zu schreiben. Da die Taube weit fliegen sollte und nicht viel tragen konnte, musste er seine Worte genau wählen. Erst der zweite Versuch gelang ihm zu seiner Zufriedenheit.

Pater Fabianus verbrannte den misslungenen Bogen, faltete den anderen so klein, wie es nur ging, und steckte ihn in eine Hülse aus pergamentdünnem Leder. Bislang hatte er noch nie eine Taube in der Dunkelheit aufsteigen lassen, doch an diesem Tag erschien ihm der Anlass wichtig genug. Daher holt er die Taube, band ihr die Lederhülse ans Bein und entließ sie durch das offene Fenster ins Freie.

Während sein geflügelter Bote in der Nacht verschwand, dachte Fabianus an den Lohn, der ihm für seine Botschaften versprochen worden war. Dieser bestand nicht nur aus Gold, sondern auch aus dem Versprechen, einmal Metropolit in der heiligsten Stadt der Christenheit zu werden.

5.

Die Taube fand ihren Weg auch in der Nacht und flog geradewegs nach Südosten. Ihr Bestimmungsort lag fern, doch sie war dafür gezüchtet worden, weite Strecken zurücklegen zu können. Als der Tag graute, lag Nürnberg bereits weit hinter ihr, und in der einsetzenden Abenddämmerung erreichte sie bereits eine kleine Festung auf einem Hügel, um den sich eine schier endlos erscheinende Ebene erstreckte.

Ein Wächter in einem Kettenhemd und mit spitzem Helm auf dem Kopf entdeckte das Tier. Die Worte, mit denen er die erschöpfte Taube anlockte, klangen anders als die, die im Reich gesprochen wurden. Als er die Taube eingefangen hatte, löste er die kleine Hülse von ihrem Bein und steckte diese ein. Das Tier selbst reichte er einem Knecht.

»Gib ihr Wasser und zu fressen«, befahl er.

Während der Knecht mit der Taube davoneilte, trat der Wächter auf seinen Vorgesetzten zu und erstattete Meldung.

»Verzeiht, Herr, doch eben kam eine Botschaft.«

»Gib her!« Der Unteroffizier warf einen kurzen Blick auf die Hülse, sah das dort aufgeprägte Symbol und nickte zufrieden.

»Es ist gut, dass du die Taube rasch gefangen hast, denn dies hier dürfte sehr wichtig sein. Kehre jetzt auf deinen Posten zurück und halte Ausschau. Vielleicht erreichen uns noch weitere geflügelte Boten, die von unseren Augen und Ohren im Reich des Westens ausgesandt wurden.«

Er nickte noch einmal kurz, eilte die Treppe der Wehrmauer hinab und betrat das Wohngebäude des Festungskommandanten. Er traf diesen beim Essen an und kniete vor ihm nieder.

»Verzeiht, Ümit Ağa, doch eben ist eine Taube mit einer Botschaft gekommen.«

Sein Anführer legte den Reisball, den er mit den Händen geformt hatte, auf den Teller zurück und steckte die Finger in eine Schüssel mit Wasser. Ein dunkelhäutiger Knabe reichte ihm ein Tuch, mit dem er sich die Hände abtrocknete. Dann nahm er angespannt die kleine Hülse, öffnete sie und entfaltete das Papier. Die Schrift war so klein, dass er die Augen zusammenkneifen musste, um sie lesen zu können. Aus dem Text wurde er jedoch nicht schlau. Nach einer Weile legte er das Papier auf den Tisch und winkte den Knaben heran.

»Hole den Priester der Giauren!«

»Wie Ihr befehlt, Effendi!« Der Junge verschwand, und während Ümit Ağa wartete, starrte er angespannt durch das Fenster nach Westen, wo die Sonne gerade hinter einem blutrot gefärbten Horizont unterging. Die Farbe des Himmels erschien ihm wie ein Symbol, und er schauderte.

»Habt Ihr schlechte Nachricht erhalten, oh Ağa?« Die Neugier zwang den Unteroffizier, diese Frage zu stellen.

Ümit wiegte unschlüssig den Kopf. »Noch weiß ich nicht, ob sie gut oder schlecht ist. Ich muss mit dem Christenpriester sprechen. Nur er kann mir diese Botschaft deuten.«

»Ist es nicht zu gefährlich, einem Giauren zu vertrauen?«, wandte der Unteroffizier ein.

»Eine größere Gefahr könnte drohen, wenn ich nicht mit ihm sprechen würde. Außerdem wird er es nicht wagen, mich zu belügen. Mein Schwert schwebt über seinem Nacken und kann seinem Leben jederzeit ein Ende setzen.«

Der Unteroffizier lachte leise. »Die Giauren sind Feiglinge. Ein rechtgläubiger Mann würde mit Freuden für Allah sterben.«

»Manche Christen tun das auch«, antwortete der Kommandant nachdenklich. »Daher sollte man sie nie unterschätzen. Wer es tut, für den kann es ein schlimmes Erwachen geben.«
Er hatte den Satz noch nicht vollendet, als der Mohrenknabe einen hageren Mann hereinbrachte, der in einer zerknitterten, schwarzen Kutte steckte.
»Da bist du ja!«, empfing ihn Ümit Ağa.
Der Priester warf sich zu Boden und küsste den Saum des weiten Gewands. »Ich kam, so rasch ich konnte, oh Ümit Pascha!«
»Nenne mich Effendi oder Ağa und nicht mit einem Titel, der höher ist als der, den ich bekleide«, wies ihn Ümit zurecht.
»Wie Ihr befehlt, Effendi!« Der Priester hob vorsichtig den Kopf und musterte seinen Herrn.
Ümit Ağa war ein mittelgroßer, breitschultriger Mann mit einem rosig angehauchten Gesicht und blonden Locken, die er seiner Mutter, einer Sklavin, verdankte. Er war in einen Kaftan aus dunkelroter Seide und einen ärmellosen blauen Mantel mit Pelzbesatz gekleidet. Aus dem breiten Gürtel aus hellem Tuch ragte der Griff eines Dolches.
Ein zufälliger Beobachter hätte Ümit Ağa dem Schnitt seines Gesichts nach gutmütig nennen können und ihm einen eher durchschnittlichen Verstand zugebilligt. Der Priester aber wusste sehr wohl, dass ihm ein Mann mit hohen Geistesgaben gegenüberstand und ein Krieger, den nichts und niemand schrecken konnte.
»Was ist Euer Begehr, oh Ümit Ağa?«, fragte er, da sein Herr schwieg.
»Lies mir diese Botschaft vor!« Damit reichte der Kommandant dem Priester das Papier. Dieser nahm es entgegen und versuchte, die kleinen Buchstaben zu entziffern.
»Die Botschaft beginnt mit dem Wort Gefahr, oh Ümit Ağa«, begann der Priester.

»Das habe ich selbst gelesen. Ich will wissen, was es mit dieser Waffe auf sich hat, von der mein Spion berichtet!«, erklärte sein Herr eisig.
»Es ist eine fürchterliche Waffe gefunden worden, die alle Eure Heere vernichten kann«, las der Priester weiter.
»Das ist unmöglich! So eine Waffe gibt es nicht.« Ümit Ağa sträubte sich gegen das beklemmende Gefühl, das in ihm hochstieg.
»Es ist der Gral und mächtiger als alles auf Erden. Damit endet die Botschaft«, erklärte der Priester.
Denselben Text hatte auch der Ağa gelesen und ihn doch nicht glauben wollen. Nun musterte er den Priester mit einem finsteren Blick.
»Enthülle mir das Rätsel! Was oder wer ist der Gral, ein Ungeheuer, ein Zauberschwert, ein Ring der Unbesiegbarkeit?«
»Der Gral ist nichts dergleichen, oh Ümit Ağa. Der Gral ist der Kelch des letzten Abendmahls und das Gefäß, mit dem das Blut Jesu Christi aufgefangen wurde, als Longinus den Erlöser mit der Lanze in die Seite stach. Seitdem verfügt der Kelch über gewaltige Kraft, man könnte mit ihm die Welt aus den Angeln heben.«
Noch während der Priester sprach, schüttelte sein Herr ungläubig den Kopf. »Das ist doch nur ein Aberglaube von euch Christenmenschen!«
»Es ist mitnichten ein Aberglaube, oh Ümit Ağa! Den Überlieferungen zufolge übergab die Jungfrau Maria den Gral an Josef von Arimathäa als Dank dafür, dass dieser ihr sein Grab für den Heiland zur Verfügung gestellt hat. Sie soll das Grab durch die Kraft des Heiligen Grals mit einem gewaltigen Stein verschlossen haben. Deswegen musste am dritten Tage ein Erzengel erscheinen und den Stein wieder entfernen, so dass der auferstandene Christus das Grab verlassen und zum Himmel aufsteigen konnte.«
Die Begeisterung des Priesters blieb nicht ohne Wirkung auf

Ümit Ağa. »Ist dieser Becher wirklich so machtvoll, wie du behauptest?«, fragte er.

Der Priester nickte eifrig. »Das ist er, oh Ümit Ağa! Es heißt, der Gral wäre nach dem Tod Josefs von Arimathäa entschwunden und sei später in Britannien wiedergefunden worden. Der mächtige König Artus nutzte seine Kraft, um Britannien unter seiner Herrschaft zu vereinen und seine Feinde zu vertreiben. Sein Nachfolger war jedoch ein schwacher König, und so versagte ihm der Heilige Gral seine Gunst und entschwand wieder. Lange Zeit blieb er verborgen, doch es heißt, er warte im Heiligen Land auf denjenigen, der seiner würdig ist. Schließlich soll ein Kreuzritter ihn gefunden und mit in die Heimat genommen haben, ohne seinen wahren Wert zu erkennen. Nun ist er wieder aufgetaucht und voller Kraft.«

»Ein Märchen, sonst nichts!«, fuhr der Unteroffizier auf.

Ümit Ağa hob die Hand. »Es mag ein Märchen sein, doch hat uns Sultan Murat II. – Allah gebe ihm tausend Jahre – auf diesen vorgeschobenen Posten gestellt, damit wir die Lande der Giauren unter Beobachtung halten und alles weitermelden, was dort geschieht. Wenn wir jetzt von einer fürchterlichen Waffe der Franken hören und uns nicht darum kümmern, wäre dies gleichbedeutend mit Verrat am Großherrn.«

»Ich glaube es trotzdem nicht!«, rief sein Untergebener.

»Wir werden uns davon überzeugen, ob es diese Waffe gibt oder nicht! Vorher aber warten wir, ob unser Spion herausfindet, wo dieser Gral zu finden sein soll. Sobald wir dies wissen, reiten wir los. Achtet also auf Tauben und schickt sofort welche zu unseren Spionen bei den Deutschen!«

Ümit Ağa hatte sich entschieden, diese Sache aufzuklären, und ließ daher seinen Stellvertreter rufen.

Als dieser erschien, berichtete er ihm, was er von seinem Spion in Nürnberg und dem Priester, den er gefangen hielt, erfahren hatte.

Sein Stellvertreter schüttelte zweifelnd den Kopf. »Ich halte diesen Gral für ein Märchen der Giauren. Er hat sie fast anderthalb Jahrtausende ihrer Zeit nicht geschützt. Weshalb sollte er es auf einmal jetzt tun?«

»Erzählt man in unseren Landen nicht auch von mächtigen Schwertern, von Ringen voller Macht und von Panzern, die undurchdringlich sind?«, antwortete Ümit Ağa nachdenklich. Er nahm noch einmal Pater Fabianus' Botschaft in die Hand und entdeckte nun, dass auch auf der Rückseite mehrere Wörter geschrieben standen.

»Leopold von Gordean. Khimus Lacus. Frauenwörth. Soll das ein Rätsel sein?«, entfuhr es ihm. Dann aber ließ er sich die Beschreibung der westlichen Lande bringen und blätterte darin, bis er den ersten der genannten Begriffe fand. »Frauenwörth, Kloster im Mare Bavaricum, das auch Chiemsee genannt wird.«

»Das ist also dieser Khimus Lacus«, murmelte Ümit Ağa. »Leopold von Gordean ist wahrscheinlich ein Name, und der, der ihn trägt, will zum Kloster Frauenwörth.«

Damit hatte sich für ihn alles geklärt. Mit einer zufriedenen Geste wandte er sich an seinen Stellvertreter. »Ich breche morgen in aller Frühe auf. Du wirst mich mit neun Männern begleiten, die alle der Sprache der Madjaren mächtig sind. Wir werden deren Tracht tragen und uns als Ungarn ausgeben. Der Priester wird mit uns kommen, weil er der deutschen Zunge mächtig ist.«

»Und wenn er uns verrät, Herr?«

»Du vergisst, dass auch ich und Emre die deutsche Sprache verstehen und sie sogar ein wenig sprechen können. Wir werden den Priester überwachen. Und nun beeile dich, Tülay. Wir brauchen die schnellsten Pferde und genug Vorräte, um so lange reiten zu können, bis wir diesen Chiemsee erreicht haben.«

»Und was wollt Ihr dann tun?«

»Gibt es diesen Gral, so ist er für uns, die Söhne des wahren Glaubens, eine wertvollere Waffe als für die Christen. Gibt es ihn nicht, so wissen wir, dass wir Sigismund und seine Krieger auch weiterhin nicht fürchten müssen.«
Mit diesen Worten griff Ümit Ağa nach dem Reisball, den er bereits geformt hatte, und steckte ihn in den Mund. Das Essen war mittlerweile kalt geworden, aber er bemerkte es nicht, weil seine Gedanken weit in die Zukunft eilten und er sich fragte, was ihn am Khimus Lacus erwarten mochte.

6.

Michel und seinen Männern war es gelungen, die Ordensritter, die das Kloster überfallen hatten, niederzukämpfen und die gefangenen Nonnen zu befreien. Durch den Verrat der Nonne Eulalia aber hatten sie schwerere Verluste hinnehmen müssen, als nötig gewesen wäre. Eine weitere Nonne war umgebracht und mehrere verletzt worden, eine davon schwer. Michel selbst war unverletzt geblieben, ebenso Hannes und zwei der Frommberger Knechte.

Krispins, Hartwins und Frieders Blessuren waren zwar schmerzhaft, aber nicht lebensbedrohlich. Anders sah es jedoch mit dem Frommberger Knecht Rudi aus. Obwohl Marie all ihr Wissen über Heilkunde einsetzte, floss das Leben mit jedem Atemzug ein Stück aus ihm heraus.

»Er wird es nicht schaffen«, sagte Marie traurig zu Michel.

Während dieser bedrückt nickte, wandte sich Stoffel, der ins Kloster geholt worden war, mit einer heftigen Geste an Hartwin. »Es ist allein Eure Schuld! Ihr hättet bei Würzburg besser auf Jungfer Donata achtgeben müssen, dann wäre sie uns nicht entkommen, und wir könnten längst bei ihrem Vater sein.«

Wo du meinem Halbbruder ins Ohr geblasen hättest, dass das Mädchen gar nicht seine Tochter wäre, sondern eine x-beliebige Nonne aus dem Kloster, dachte Hartwin grimmig. Ihm ging Rudis langsames Sterben nahe, auch wenn er den Mann erst kurz vor ihrer Abreise aus Frommberg kennengelernt hatte. Im Gegensatz zu Stoffel war Rudi ein aufrechter Mann, und es bedrückte ihn, dass ausgerechnet dieser den Tag nicht überleben würde.

Auch von den überlebenden Nonnen waren mehrere verletzt und andere so schwach, dass sie sich kaum auf den Beinen halten konnten. Isabelle de Melancourt, die sich nur durch ihren Hass auf die Hammerkreuzler aufrecht halten konnte, brach nach ihrer Befreiung zusammen und musste ebenso wie Schwester Odilia und zwei weitere Nonnen das Bett hüten und gefüttert werden.

Für Marie gab es daher viel zu tun, und sie war froh, dass Donata ihr half. Die verräterische Nonne hatte man in eine Zelle gesperrt, und die drei überlebenden Ordensritter in drei andere. Da die Männer verletzt waren, hatte Michel ihnen erlaubt, sich gegenseitig zu verbinden, und sie erst danach getrennt.

Marie sah noch einmal auf Rudi herab, dessen Gesicht einen wächsernen Ton angenommen hatte, und wandte sich dann zur Tür. Dort drehte sie sich zu der schon etwas älteren Nonne um, die dem Mann bei seinen letzten Stunden beistehen sollte.

»Gib ihm Wein, wenn er noch einmal zu sich kommt, und bete mit ihm!«

»Das tue ich, Herrin!« Die Nonne versuchte zu lächeln, kämpfte aber zu sehr gegen die Tränen an, die in ihr aufsteigen wollten. Sie wusste ebenso wie Marie, dass Rudi wohl kaum noch einmal erwachen würde.

Michel legte einen Arm um Marie und führte sie hinaus. »Komm mit! Du kannst nichts mehr für den armen Kerl tun.«

»Er hätte nicht sterben müssen, wenn diese verfluchte Nonne nicht geschrien hätte, um die Ordensritter zu warnen!« Marie klang bitter. Noch ganz von dieser Wut erfüllt, betrat sie kurz darauf die Schlafkammer der Äbtissin.

Isabelle de Melancourt lag auf ihrem Bett, die Decke bis zum Kinn hochgezogen, und unterhielt sich mit Donata. Als sie Marie und Michel hereinkommen sah, überzog ein schmerzhafter Ausdruck ihr Gesicht.

»Es tut mir leid um Euren Gefolgsmann, Herr Michel. Er muss sterben, weil eine meiner Frauen zu schwach war, den Versuchungen des Feindes zu widerstehen.«

»Rudi war nicht mein Gefolgsmann, sondern gehörte zu Ritter Hartwins Mannen. Dennoch bedauere ich sein Schicksal. Immerhin wurde mir die Führung dieser Gruppe anvertraut«, antwortete Michel bedrückt.

»Ich danke Euch, und auch Euch, Frau Marie, dass Ihr gekommen seid, um mich und meine armen Frauen zu retten«, fuhr Isabelle fort.

»Da wir Jungfer Donata vor ihren Verfolgern bewahrt haben, stecken wir tief in dieser Sache drin und müssen sie nun bis zum Ende durchstehen«, erklärte Marie. »Zum Glück scheint es nur ein kleiner Orden zu sein. Dennoch wird es nicht leicht werden, uns gegen ihn zu behaupten.«

»Das fürchte ich ebenso«, sagte Isabelle seufzend. »Auch für mich ist diese Angelegenheit noch nicht ausgestanden. Solange Leopold von Gordean nach dem Heiligen Gral sucht, schwebe ich in Gefahr, dass er sich meiner noch einmal bemächtigt, um das Geheimnis dieses Wunderkelchs aus mir herauszupressen. Doch er wird nie mehr finden als einen übertrieben prunkvollen Pokal, den mein Ahne als Beute aus dem Heiligen Land mitgebracht hat und der ebenso wenig wundertätig ist wie der Becher in Donatas Hand.«

»Ihr sagt, Gordeanus würde sich nach Baiern wenden?«, fragte Michel, dem die aktuelle Situation wichtiger erschien als Berichte aus alter Zeit.

»Genauer gesagt ist er unterwegs zum Chiemsee, einem großen Gewässer im Schatten der Berge. Es gibt dort drei Inseln, die größte davon beherbergt ein Männerkloster, doch die Damenabtei auf der mittleren Insel ist weitaus bekannter und einflussreicher, denn sie wurde von der seligen Irmengard eingerichtet, einer Tochter des Kaisers Ludwig, und zwar nicht des Baiern, sondern des Deutschen.«

Bevor Isabelle sich in Einzelheiten verzetteln konnte, griff Michel erneut ein. »Was will dieser Mann dort?«
»Er sucht die Statue des heiligen Florianus, die sich etwa sechshundert Schritte südwestlich des Turmes der Abteikirche befinden soll. Ich frage mich nur, wie er diese Entfernung auf dem See messen will? Gott wird für ihn wohl kaum das Wunder tun, ihn über Wasser laufen zu lassen wie einst unseren Herrn Jesus Christus auf dem See Genezareth.«
»Eine Möglichkeit wird er gewiss finden, und wenn er Seile zu der entsprechenden Länge zusammenbinden lässt!« Für Marie schien dies eine einfache Lösung.
Michel nickte verkniffen. »So würde ich es auch machen!«
»Aber dazu braucht er die Hilfe der frommen Damen von Frauenwörth«, wandte Isabelle ein. »Im Gegensatz zu diesem Ort hier ist dort dicht besiedeltes Land. Daher kann er sich das Kloster nicht mit Gewalt aneignen. Die Pfleger des Herzogs würden sich sofort mit bewaffneter Macht sammeln und ihn samt seinen Leuten gefangen nehmen.«
»Vielleicht versucht er es diesmal auf andere Weise. Er muss dort niemanden dazu zwingen, ihm ein Geheimnis zu verraten«, warf Marie ein.
»Das nehme ich auch an!« Michel lächelte ihr kurz zu und überlegte. »Sollen wir Gordeanus erst einmal außer Acht lassen und nach Würzburg zurückkehren? Da der Fürstbischof Euch verpflichtet ist, ehrwürdige Mutter, muss er sich Euer und Eurer Schwestern annehmen.«
Isabelle schüttelte den Kopf. »Lieber nicht! Gordeanus würde uns auch dort finden und in eine Falle locken. Der einzige Weg, den ich sehe, ist, ihn zu verfolgen und aufzuhalten.«
»Das geht nur mit dem Schwert«, erklärte Michel hart. »Nach allem, was Jungfer Donata und Ihr uns über diesen Mann berichtet habt, halte ich ihn nicht für jemanden, der auf halbem Weg aufgibt, nur weil wir ihn darum bitten.«

Dieser Ausspruch ließ Isabelle leise auflachen. Sie bereute diese Regung sofort, denn ihre Rippen schmerzten höllisch. »Oh Gott, warum muss ich hier liegen wie ein mürbes Stück Holz, während der Feind mit jedem Schritt seinem Ziel näher kommt? Wenn wir ihn nicht am Khimus Lacus einholen, weiß ich nicht, wo wir ihn finden können.«

»Wenn er rasch reitet und diese Statue ebenso schnell findet, können wir ihm kaum rechtzeitig Einhalt gebieten«, erklärte Marie. »Außerdem sehe ich keine Möglichkeit, ihm zu folgen. Ihr seid zu schwach, und wir können Eure Nonnen schlecht auf die Pferde der Ordensritter setzen.«

Michel stieß verärgert die Luft aus den Lungen, bevor er zum Sprechen ansetzte. »Wir wissen auch nicht, wie Ritter Hartwin sich entscheidet. Dieser Stoffel redet ihm zu, Donata einfach mitzunehmen und mit ihr nach Frommberg zurückzukehren. Bei Gott, wenn mir einer bei unserem Aufbruch in Würzburg prophezeit hätte, ich würde mir einmal wünschen, dass Hartwin uns länger begleitet, ich hätte ihn ausgelacht.«

»Er mag kein besonders angenehmer Reisegefährte sein, aber er hat tapfer gekämpft!«, erklärte Marie.

»Wir dürfen Gordeanus nicht davonkommen lassen!«, rief Isabelle erregt und richtete sich auf. Ihre Decke verrutschte und verriet, dass sie darunter nackt war. Rasch zog sie die Decke wieder hoch und funkelte Marie und Michel auffordernd an.

»Das Schicksal hat uns zusammengeführt, um gegen einen gemeinsamen Feind zu kämpfen. Davon dürfen wir uns durch nichts und niemanden abbringen lassen, auch nicht durch eigene Schwäche. Zu meinem Bedauern hat Gordeanus unsere einzige Sänfte für Adelina mitgenommen. Also werde ich reiten müssen.«

»Das könnt Ihr nicht! Ihr seid viel zu schwach!«, antwortete Marie abwehrend.

Isabelle schüttelte entschlossen den Kopf. »Ich kann, und ich muss! Morgen brechen wir auf.«
»Ich würde eher sagen, Ihr brecht zusammen, bevor Ihr auch nur den halben Weg in den Hof zurückgelegt habt!«, antwortete Marie in bitterem Spott.
Auch damit konnte sie die Äbtissin nicht bremsen. »Dann tragt mich hinaus und bindet mich aufs Pferd! Wir haben keine Zeit zu verlieren. Um mit Gordeanus fertig zu werden, brauchen wir die Unterstützung des Königs. Soviel ich dem Gerede der Hammerkreuzler entnommen habe, hält er sich derzeit in Nürnberg auf. Da diese Stadt zum Glück auf unserem Weg liegt, können wir, wenn wir schnell reiten, Gordeanus' Vorsprung trotzdem bis zum Khimus Lacus einholen!«
»Was machen wir mit Euren Frauen und mit Frieder? Er ist zwar nicht schwer verletzt, doch seine Wunde erlaubt ihm noch nicht, auf ein Pferd zu steigen!« Marie glaubte dies auch von Isabelle nicht und versuchte, die Äbtissin dazu zu bewegen, noch ein paar Tage zu warten.
Doch Isabelle blieb stur. »Wir brechen morgen nach Nürnberg auf. Meine Damen werden vorerst hierbleiben und ihre Wunden und die Eures Knechts behandeln. Sobald sie dazu in der Lage sind, sollen sie sich auf den Weg nach Würzburg machen. Der Fürstbischof ist mir immer noch einen Gefallen schuldig, und den kann er erfüllen, indem er sich meiner Nonnen annimmt.«
Da Michel begriff, dass es keinen Sinn mehr hatte, auf die Äbtissin einzuwirken, nickte er zustimmend. »Das ist ein guter Vorschlag! In spätestens einer Woche können die Frauen aufbrechen. Wir werden zu dieser Zeit bereits beim König sein. Es kommt nun darauf an, ob nur wir drei uns auf den Weg machen werden, oder ob noch jemand mitkommen will.«
»Ich will auf jeden Fall mit Euch reiten«, meldete sich Donata, die bisher geschwiegen hatte.

Marie wandte sich mit einer mitfühlenden Geste zu ihr um. »Das entscheidest leider nicht du, mein Kind, sondern Ritter Hartwin. Wenn er der Ansicht ist, er müsse dich zu deinem Vater bringen, können wir ihn nicht daran hindern.«
Diese Antwort gefiel Donata ganz und gar nicht. Sie sagte jedoch nichts, sondern bat, nach den anderen verletzten Nonnen sehen zu dürfen.
»Tu das, mein Kind!«, beschied ihr Isabelle und winkte Marie und Michel näher zu sich heran, um mit ihnen die Reise nach Nürnberg und weiter zum Chiemsee zu besprechen.

7.

Nachdem Donata nach Schwester Odilia geschaut und diese auf dem Weg der Besserung gefunden hatte, ging sie weiter zu Frieder. Der Kibitzsteiner Knecht lag missmutig auf dem Bauch und hielt einen Becher Wein in der Hand, den ihm sein Freund Hannes gebracht hatte. Als Donata eintrat, glätteten sich seine verkniffenen Gesichtszüge ein wenig.

»Auf Euer Wohl, Jungfer!«, sagte er und trank.

Donata sah ihn kopfschüttelnd an. »Du solltest weniger trinken! Der Wein hemmt die Heilung deiner Wunde.«

»Aber er lässt sie mich halbwegs vergessen. Bei Sankt Michael, musste dieser verdammte Kerl mich ausgerechnet dort treffen? Dabei galt der Hieb gar nicht mir, sondern Herrn Krispin. Der ist ausgewichen, und so hat mich die Schwertspitze an einer Stelle erwischt, an der man sonst nur verletzt wird, wenn man sich zur Flucht gewandt hat.«

Krispin, der eben an der offenen Kammertür vorbeiging, drehte sich um und kam grinsend herein. »Jetzt hör auf zu jammern, Frieder! Hannes und ich haben dir doch versprochen, daheim zu berichten, dass du nur durch einen dummen Zufall an dieser Stelle verletzt worden bist. Außerdem haben wir den Kampf gewonnen. Das muss doch allen zeigen, was für ein tapferer Kerl du bist.«

»Auslachen werden sie mich und einen Hasenfuß heißen!«, jammerte Frieder und trank erneut.

Donata nahm ihm den Becher mit einem energischen Griff ab. »Wenn du weiterhin so säufst, wirst du noch in vier Wochen nicht reiten können. Dabei will die ehrwürdige Mutter, dass ihr in einer Woche nach Würzburg aufbrecht!«

»Ihr?«, rief Krispin verwundert. »Heißt das, die ehrwürdige Mutter und Ihr werdet nicht mit uns reisen?«

»Die Äbtissin und ich werden Frau Marie und Herrn Michel nach Nürnberg begleiten, um von Seiner Majestät Unterstützung im Kampf gegen diesen elenden Gordeanus zu erbitten.«

Da dies jedoch nicht von ihrem eigenen Willen abhing, sah Donata Krispin hilfesuchend an. »Darf ich eine Bitte äußern, Herr?«

»Ich bin kein Herr, sondern nur ein Mann ohne Namen und Stand. Eure Bitte dürft Ihr aber trotzdem vortragen«, antwortete Krispin aus einer gewissen Neugier heraus.

Auch wenn er adelige Damen verachtete, galt das nicht für Donata. Sie war eines der schönsten Mädchen, die er je gesehen hatte, und sie hatte seine Achtung gewonnen. Kaum eine andere hätte auf dem Ritt hierher die Zähne zusammengebissen und durchgehalten.

Donata fasste nach Krispins Ärmel. »Darf ich Euch … äh, dich bitten, mit mir hinauszugehen?«

»Selbstverständlich! Nur glaube ich nicht, dass dies die Bitte ist, von der Ihr vorhin spracht.« Mit einem misslungenen Grinsen folgte Krispin Donata auf den Flur hinaus und in eine stille Ecke. Dort sah er sie fragend an. »Wo drückt Euch der Schuh?«

»Es geht um Ritter Hartwin. Herr Michel glaubt, dass mein Bräutigam nach Hause zurückkehren und mich mitnehmen will. Aber ich möchte die ehrwürdige Mutter gerade jetzt nicht im Stich lassen.«

Donatas verzweifelter Appell brachte Krispin zum Lachen. »Ihr würdet der Äbtissin gewiss keine große Hilfe sein.«

»Isabelle de Melancourt ist verletzt, und Frau Marie wird sich nicht so um sie kümmern können, wie es nötig ist. Daher braucht sie mich.«

»Wer, die Äbtissin oder Frau Marie?«, fragte Krispin spöttisch.
»Beide! Ihr müsst mir helfen, heute noch von hier zu verschwinden. Ich werde die Nacht im Wald verbringen und mich morgen Herrn Michel anschließen.«
Krispin musterte das blutjunge Mädchen mit einem nachsichtigen Blick. »Glaubt Ihr wirklich, Ihr könntet Euren Verlobten dadurch abschütteln? Dafür seid Ihr ihm viel zu wertvoll! Nur durch Euch kann er der nächste Freiherr auf Frommberg werden. Daher vergesst diesen Gedanken, und ergebt Euch in Euer Schicksal.«
Donata brach in Tränen aus. »Ihr seid ein so unleidlicher Mensch, dass es Gott erbarmen möge. Ihr kennt weder Mitleid noch Treue!«
Mit dieser Beschuldigung wandte sie sich ab und lief davon. Verwundert sah ihr Krispin nach. Mutig ist sie ja, dachte er, aber vom Leben außerhalb dieser Mauern hat sie keine Ahnung. Doch dafür konnte sie nichts, weil sie, kaum dass sie laufen gelernt hatte, in dieses düstere Gemäuer eingesperrt worden war. In dieser Hinsicht hatte sie eine schlechtere Jugend als er, denn ihm hatten sowohl der Fürstbischof wie auch etliche Domherren eine gewisse Sympathie entgegengebracht. Was Donata betraf, so sollte sie nun auch noch durch eine Hochzeit, die sie nicht wollte, an einen Mann gefesselt werden, der mehr einem Bauerntölpel glich denn einem Edelmann.
Krispin musste gegen das Mitleid ankämpfen, das in ihm aufstieg, und er stellte fest, dass er mehr Interesse für das Mädchen empfand, als gut für ihn war. Vergeblich sagte er sich, dass sie auch nur eines jener wohlgeborenen Töchterchen war und ihr Schicksal verdient hatte. Alles in ihm sträubte sich jedoch gegen diese Auffassung. Donata war einmalig, und er sollte ihr helfen, glücklich zu werden. Mit einem Schnauben, das seine innere Zerrissenheit verriet,

stieg er ein Stockwerk tiefer und betrat die Kammer, in der Hartwin von Frommberg mit seinen verbliebenen Männern saß.

Als er eintrat, blickte Hartwin auf. »Kommt Ihr von Rudi?«

»Nein, aber ich habe gehört, dass es mit ihm zu Ende geht«, antwortete Krispin leise.

»Schade! Er war ein guter Mann.« Hartwin senkte den Kopf und mahlte mit den Kiefern, so als müsse er Worte, die ihm über die Lippen wollten, wieder hinunterschlucken.

»Rudi hätte nicht sterben müssen, wenn Ihr gescheit gewesen wärt«, warf Stoffel giftig ein.

Bei diesem Ausruf hätte sich Krispin am liebsten umgedreht, Donata aufgesucht und ihr versprochen, dass er ihr zur Flucht verhelfen würde.

»Es war Gottes Wille, dass er hier bei der Befreiung der frommen Damen starb. Er wird im Himmelreich großen Lohn dafür erhalten«, antwortete Hartwin rauh und wandte dann seinem Stellvertreter den Rücken zu. »Habt Ihr mit Herrn Michel gesprochen? Was sind seine weiteren Pläne?«

»Gesprochen habe ich ihn nicht, aber soviel ich weiß, will er dem Hochmeister folgen und ihn für seine Verbrechen zur Rechenschaft ziehen«, erklärte Krispin.

Bevor Hartwin etwas darauf antworten konnte, mischte sich Stoffel erneut ein. »Das geht uns alles nichts mehr an! Unsere Aufgabe ist es, Jungfer Donata unbeschadet zu ihrem Vater zu bringen.«

Stoffel bedauerte, dass Hartwins Wunde nicht schlimmer war. Wäre sein Halbbruder gefallen oder läge im Sterben, so bestände für ihn selbst die Aussicht, Donatas Bräutigam zu werden. Freiherr Elert musste wissen, dass er ebenfalls den alten Freiherrn zum Vater hatte. Warum sonst hatte er ihn gefördert und zu seiner rechten Hand gemacht?

Unterdessen hatte Hartwin einen Entschluss gefasst. »Wir werden Herrn Michel begleiten! Immerhin haben die Männer des Großmeisters versucht, meine Braut zu ermorden. Es wäre ein Fehler, sie unbeachtet zu lassen.«

»Damit widersetzt Ihr Euch dem Befehl unseres Herrn!«, fuhr Stoffel auf.

»Außerdem«, setzte Hartwin seine Rede fort, ohne auf diesen Einwand einzugehen, »haben wir unseren Gefährten Rudi an diesem Gesindel zu rächen.«

»Ich freue mich, dass Ihr mitkommen wollt.« Krispin streckte Hartwin die Hand hin, die dieser mit einer freundschaftlichen Geste ergriff. Dabei fragte sich der junge Mann, was Donata wohl dazu sagen würde, wenn sie erfuhr, dass ihr Bräutigam sie mitnichten in die Heimat bringen, sondern weiterhin mit Michel und ihm zusammen reiten wollte.

8.

Es dauerte doch noch einen weiteren Tag, bis Isabelle in der Lage war, das Bett zu verlassen. Marie hatte ihr erneut davon abgeraten, auf ein Pferd zu steigen, doch in dieser Hinsicht war die Äbtissin starrsinnig.

»Wenn wir zu lange zögern, kann Gordeanus uns abhängen. Wir werden heute aufbrechen! Helft mir, mich zu waschen und frisch zu kleiden«, sagte sie und versuchte, ihr Hemd abzustreifen.

Sie benötigte auch diesmal Maries und Donatas Hilfe. Als sie nackt vor den beiden stand, starrten beide mitleiderfüllt auf die Spuren der Folter, die immer noch deutlich zu erkennen waren. Isabelles Körper war braun und gelb verfärbt und von Blutkrusten überzogen. Dazu traten Schlüsselbeine und Rippen deutlich hervor und verrieten, dass lange Tage des Hungers hinter der tapferen Frau lagen.

Isabelle biss die Zähne zusammen, obwohl jede Bewegung sie schmerzte, und forderte die beiden auf, ihr den Rücken zu waschen. »Den Rest kann ich selbst«, setzte sie mit einem verkniffenen Lächeln hinzu.

»Ich würde Euch am liebsten den Kopf waschen«, schalt Marie. »Ihr spielt mit Eurer Gesundheit! Wäre es nicht besser, wenn die Knechte eine Pferdesänfte für Euch anfertigen würden?«

»Das dauert zu lange!«, wehrte Isabelle ab. »Außerdem: Wie sähe es aus, wenn ich mit einer aus rohem Holz zusammengezimmerten Sänfte in Nürnberg auftauchte? Aber zum Glück besitzen wir noch ein paar Damensättel. Einen von diesen werde ich nehmen.«

»Damensättel in einem Kloster, in dem es keine Pferde gibt?«, spottete Marie.
»Es gab hier stets zwei oder drei Pferde für die Äbtissin und jene Nonnen, die als Botinnen losgeschickt wurden«, erklärte Isabelle. »So ganz von der Welt entrückt haben wir nicht gelebt. Wir mussten von Zeit zu Zeit die nächstgelegene Stadt aufsuchen, um dort etwas zu besorgen, und als Oberin war es meine Aufgabe, zu wichtigen Versammlungen zu reisen.«
»Und das alles ohne männlichen Schutz?«, fragte Krispin, der eben den Kopf hereinsteckte und erst einen Augenblick später erkannte, dass die Äbtissin nackt war. Mit hochrotem Kopf prallte er zurück.
»Wir konnten uns gut selbst schützen«, antwortete Isabelle ungerührt. »Nur gegen üblen Verrat waren wir nicht gefeit. Landolfus hat bereits dafür gebüßt, und Gordeanus wird mir ebenfalls nicht entkommen.«
Noch während sie das sagte, zog sie ein frisches Hemd über und begann, sich anzukleiden. Da es auf Reisen gehen sollte, wählte sie eine Kutte aus derberem Stoff, bat aber Donata, ihre beste Gewandung und ihr goldenes Kreuz einzupacken.
»Immerhin werde ich Seiner Majestät gegenüberstehen«, erklärte sie und legte sich in Gedanken bereits die Worte zurecht, mit denen sie Sigismund davon überzeugen wollte, sie zu unterstützen.
Marie und Donata suchten die Sachen zusammen, die Isabelle mitnehmen wollte. Dazu gehörten auch eine kleine, zerschlagene Heiligenfigur und das zerfetzte Brevier, die als Beweise für das üble Verhalten der Ritter des Hammers vom Kreuze Christi dienen sollten.
Zwischendurch blickte Marie durch eines der kleinen Fenster und sah, dass unten im Hof Pferde gesattelt wurden. Auch die drei überlebenden Hammerkreuzler wurden ge-

fesselt hinausgebracht, denn Michel wollte sie Sigismunds Gefolgsleuten zur Aburteilung übergeben.
»Wir sollten uns beeilen, sonst reiten die Männer noch ohne uns los«, sagte sie und sah Donata und Isabelle auffordernd an.
Während Donata erschrocken zusammenzuckte, lachte Isabelle auf. »Ich glaube nicht, dass sie das tun werden. Aber wir dürfen sie nicht länger warten lassen. Männer sind ungeduldige Lebewesen und werden leicht schroff, obwohl sie mit einem freundlichen Wort weitaus mehr erreichen könnten.«
Die Äbtissin atmete tief durch, trat durch die Tür und sah Krispin draußen stehen, der nicht recht wusste, ob er sich nun entschuldigen sollte oder so tun, als wäre nichts geschehen.
»Da du hier stehst, kannst du dich auch nützlich machen, Krispin. Bring den Packen, den Frau Marie und Donata zusammengestellt haben, nach unten und befestige ihn am Sattel eines der Knechte.«
Krispin nickte und vernahm, als er das Paket aufhob, Donatas leises Lachen.
»Was habt Ihr jetzt?«, fragte er bissig.
»Oh nichts! Ich freue mich nur, dass Ihr uns so selbstlos helft.« Damit entwaffnete Donata den jungen Mann.
Während Krispin mit seiner Last ins Erdgeschoss stieg, wandte sie sich mit zuckenden Lippen an Marie. »Manchmal ist Euer Begleiter wirklich brauchbar, auch wenn er sich Mühe gibt, das Gegenteil zu beweisen.«
»Er ist ein junger Mann mit allen Fehlern und Vorzügen eines solchen«, warf Isabelle ein.
»Ihr kennt Krispin nicht so wie Frau Marie und ich, ehrwürdige Mutter. Er verachtet Damen von Stand, und so ist es schier ein Wunder, dass er Eure Anweisung befolgt hat.«
Donata zwinkerte Marie zu, bekam aber von ihr einen leichten Nasenstüber.

»Krispin ist ein braver Bursche, und er ist höflich zu allen, die es in seinen Augen nach wert sind«, erklärte sie. »Seine Abneigung gegen Damen von Stand beruht auf dem Verhalten einiger hochgeborener Frauen seiner Mutter gegenüber, die für eine Weile die Geliebte eines hohen Herrn war. Diese Damen verhinderten auch, dass sein Vater den Sohn anerkannt hat.«

»Dann war der Alte nicht der Mann, der er hätte sein sollen«, kommentierte Isabelle kühl und schritt zur Treppe.

Marie eilte an ihre Seite, um ihr nach unten zu helfen, doch das war nicht nötig. Auch wenn Isabelle sich so schwach fühlte, dass sie sich am liebsten wieder im Bett verkrochen hätte, sah sie es als ihre Pflicht an, Leopold von Gordean zu folgen und ihn daran zu hindern, auf seiner Suche nach dem Heiligen Gral weitere Verbrechen zu begehen.

Die Äbtissin saß bereits auf ihrem Pferd, als Schwester Magdalena das Gebäude verließ und auf sie zutrat. »Verzeiht, ehrwürdige Mutter, doch wir wüssten gerne, was mit der Verräterin Eulalia geschehen soll. Ihretwegen sind der wackere Frommberger Knecht Rudi und Schwester Antonia gestorben. Auch wurden andere Männer und mehrere Schwestern verwundet.«

In ihrem Bestreben, Gordeanus' Vorsprung nicht noch größer werden zu lassen, hatte Isabelle nicht mehr an die verräterische Nonne gedacht. Nun wurden ihre Gesichtszüge hart.

»Wären unsere Feinde nicht von Schwester Eulalia gewarnt worden, hätten wir die Kerle ohne Verluste überwältigen können«, sagte sie leise. »So aber hat der Tod reichlich Ernte halten können. Mag Gott entscheiden, was aus ihr wird. Treibt sie nur mit ihrem Hemd bekleidet und barfuß in den Wald hinaus. Verzeiht Gott ihr, wird sie Menschen finden, die sich ihrer annehmen. Tut er es nicht, werden wilde Tiere sie zerreißen.«

Es war ein hartes Urteil, doch Marie stimmte der Äbtissin insgeheim zu. Eulalia hatte ihre Gemeinschaft verraten, und das nicht aus Angst um ihr Leben, sondern aus freien Stücken. Anderenorts hätte sie diese Tat unter dem Beil des Henkers gebüßt. Ihre Äbtissin ließ ihr jedoch die Möglichkeit, am Leben zu bleiben, wenn es Gott gefiel. Mitleid mit der verräterischen Nonne zeigte auch sonst niemand, selbst Schwester Magdalena nicht, die während Isabelles Abwesenheit als deren Stellvertreterin die Überlebenden anführen sollte.

Die Nonne nickte zufrieden und verneigte sich dann vor ihrer Oberin. »Ich danke Euch für das Urteil, ehrwürdige Mutter. Eulalia wird so bestraft, wie Ihr es befehlt. Wir anderen bleiben im Kloster, bis der Knecht Frieder und Schwester Odilia reisefähig sind, und ziehen dann nach Würzburg zu Fürstbischof Johann von Brunn.«

»Tut das! In meiner Kammer liegt ein Brief an den Fürstbischof. Überbringt ihm diesen und fordert in meinem Namen Hilfe und Unterstützung ein«, erklärte Isabelle.

»Sollte er euch diese versagen, so geht nach Kibitzstein. Frieder wird dafür sorgen, dass ihr dort willkommen seid!« Marie lächelte Schwester Magdalena noch kurz zu, dann wechselte sie einen Blick mit Isabelle. »Lasst uns reiten! Der Feind ist uns weit voraus, und wir wollen ihn einholen«, rief sie und ritt durch das Tor.

Isabelle folgte ihr als Erste, ohne sich noch einmal zu dem kleinen Kloster umzusehen, das seit fast zweihundert Jahren stets von einer Frau ihrer Sippe geführt worden war. Diese Zeiten waren vorbei, denn sie würde niemals mehr hierher zurückkehren. Zu viel unschuldiges Blut war in diesen Mauern vergossen worden, und sie würde sich nicht anders als mit Tränen an diesen Ort erinnern.

»Reiten wir!«, sagte sie mit schwankender Stimme und lenkte ihre Stute neben das Pferd von Marie.

Michel und die anderen folgten ihnen. Dabei geriet Krispin an Donatas Seite. »Wie Ihr seht, reitet Ihr immer noch in Frau Maries und Herrn Michels Gesellschaft!«

»Aber gewiss nicht durch deine Hilfe«, gab Donata bissig zurück.

»Ich hätte Euch gerne geholfen, bekam dann aber mit, dass es nicht nötig war.«

Krispin wusste selbst nicht, weshalb er sich bei dem Mädchen entschuldigte. Zwar war Donata ausnehmend hübsch und hatte eine gewisse Zähigkeit bewiesen, die ihm imponierte. Aber sie war die Tochter eines Reichsfreiherrn und gehörte damit zu jener Gruppe Frauen, die er verachtete. Aber das stimmte nicht ganz, musste er sich sagen. Ihm waren weder Donata noch deren Oberin unsympathisch. Die Äbtissin bewies einen eisernen Willen, indem sie trotz ihres zerschlagenen Körpers aufrecht im Sattel saß. Er hatte Isabelle zwar nur einen Moment nackt gesehen, aber ihm waren die Spuren der Folterung durch die Hammerkreuzritter nicht entgangen.

Krispin begriff, dass er zu sehr seinen eigenen Gedanken nachhing, und sprach Donata erneut an. »Verzeiht, meine Dame, aber könntet Ihr mir mehr über Eure Äbtissin erzählen? Sie ist eine bemerkenswerte Frau.«

»Das ist sie!«, stimmte Donata ihm zu und berichtete, wie sie Isabelle de Melancourt kennengelernt hatte und wie diese später Oberin im Kloster geworden war.

9.

Das Kloster lag so abgeschieden, dass sie die erste Nacht im Wald verbringen mussten. Erst am zweiten Abend erreichten sie ein kleines Dorf, dessen Bewohner sie misstrauisch beäugten. Marie ritt auf sie zu und hob die Hand zum Gruß.

»Habt keine Angst! Wir wollen euch nichts tun, sondern suchen nur einen Ort, an dem wir übernachten können.«

»Den haben andere auch gesucht«, antwortete ein Mann, ohne die Mistgabel, die er in der Hand hielt, loszulassen. »Sie versprachen uns Gotteslohn, und wir glaubten ihnen, da sie wie fromme Ritter Christi aussahen. Erhalten haben wir jedoch Schläge, weil wir uns weigerten, ein Zicklein für sie zu schlachten.«

»Trugen die Männer braune Umhänge mit einem unförmigen Kreuz auf der Schulter, das mehr wie ein Hammer aussah? Das sind keine Freunde von uns!«, antwortete Marie. »Wir wollen auch kein Nachtlager gegen Gotteslohn, sondern bezahlen dafür.«

Sie nahm ihre Börse vom Gürtel und zählte mehrere Groschen ab.

Der Mann musterte sie unsicher und wusste nicht so recht, was er tun sollte.

Da kam ein untersetztes, energisch aussehendes Weib auf Marie zu. »Ihr wollt uns wirklich Geld geben?«

Ihr Blick saugte sich an den Münzen fest, die im Licht der tief stehenden Sonne rötlich glänzten.

»Hier, nimm!«, forderte Marie sie auf, beugte sich aus dem Sattel und reichte ihr das Geld.

Die Frau nahm es und wandte sich dann ihren Leuten zu. »Schafft Platz für die Herrschaften, damit sie schlafen können! Wir werden unseren Abendbrei mit ihnen teilen!« Sie schenkte Marie ein herzliches Lächeln. »Falls Euch diese Speise nicht zu gering dünkt.«
»Sie dünkt uns gewiss nicht zu gering«, antwortete diese freundlich und nahm sich vor, der Frau beim Abschied noch einen oder zwei Groschen zu geben.
Isabelle hatte Marie bei ihrer Verhandlung mit der Dörflerin beobachtet und lenkte ihr Pferd neben sie. »Ihr seid sehr geschickt darin, Euch fremde Menschen zu Freunden zu machen.«
»Mir tun diese Leute leid, die von Gordeanus und seinen Männern so heftig bedrängt worden sind. Dieser Kerl muss ja verderbt sein bis ins Mark«, antwortete Marie.
»Das ist er!« Isabelle seufzte tief, schüttelte dann aber den Kopf. »Wenn Gordeanus weiterhin so vorgeht, wird es uns ein Leichtes sein, seiner Spur zu folgen.«
»Einer Spur, die aus Tränen und vielleicht sogar aus Blut besteht«, sagte Marie leise, während Hannes auf sie zutrat, um sie aus dem Sattel zu heben.
Isabelle nickte traurig. »Das fürchte ich auch. Aber es ist mir lieber, ihm folgen zu können, als seine Fährte zu verlieren. Er darf sein Ziel nicht erreichen, denn das würde noch mehr Blut kosten.«
»Ist der Gral wirklich so viel wert?«, fragte Marie.
»Wenn er es denn wäre! Tatsächlich ist es nur ein ganz gewöhnlicher Pokal, den mein Ahne Raoul im Heiligen Land erbeutet und mit nach Hause gebracht hat. Wer auf den Gedanken gekommen ist, es könnte sich um das Gefäß des letzten Abendmahls handeln, muss von Sinnen gewesen sein.«
Isabelle hob in einer verzweifelten Geste die Hände und streckte diese dann nach Hannes aus, der auch ihr aus dem Sattel half. Bei Donata übernahm dies Krispin, der sich wäh-

rend der beiden ersten Reisetage immer in ihrer Nähe gehalten hatte.

Als Stoffel sah, wie vorsichtig der junge Mann die Braut seines Halbbruders auf den Boden stellte, stieß er Hartwin an wie seinesgleichen. »Wenn du nicht achtgibst, setzt dieser geleckte Bursche dir Hörner auf, bevor du verheiratet bist.«

»Ich wäre dir sehr verbunden, wenn du mich weiterhin so ansprechen würdest, wie es einem Edelmann zukommt«, wies Hartwin ihn zurecht.

Der Samen des Misstrauens aber war gepflanzt. Als Krispin Donata über die Schwelle des Hauses helfen wollte, das ihnen als Nachtquartier angeboten wurde, schob er ihn beiseite und trat so hastig nach Donata ein, dass er ihr in die Hacken trat.

Sie konnte gerade noch einen Sturz vermeiden und wandte sich empört zu ihrem Verlobten um. »Ihr seid trampeliger als ein Ochse, mein Herr!« Damit kehrte sie ihm den Rücken zu und gesellte sich zu Marie und Isabelle, die bei der Hausherrin am Herd standen und mit dieser redeten.

Hartwin sah ihr empört nach und fühlte dann die Hand seines Stellvertreters auf seiner Schulter.

»Die Jungfer treibt ihren Spott mit Euch, hoher Herr«, sagte Stoffel höhnisch. »Es wird Euch nach der Hochzeit etliches an Arbeit kosten, ihr mit dem Stock die Achtung beizubringen, die sie Euch als ihrem Eheherrn schuldig ist.«

Stoffel sah, wie sich Hartwins Gesicht dunkler färbte, und grinste in sich hinein. Freiherr Elert hatte seine Tochter zwar über dreizehn Jahre lang nicht mehr beachtet, würde es aber nicht dulden, wenn Hartwin sie zu rauh behandelte. Wenn er den Kerl noch auf der Reise dazu bringen konnte, sich Donata gegenüber schlecht zu benehmen, würde sich diese bei ihrem Vater beschweren. Dann fiel Hartwin in Ungnade, und es wurde nichts aus der geplanten Heirat.

Während Stoffel seine Pläne spann, zog Isabelle sich in einem Nebenraum zurück und ließ dort von Donata ihre Verletzungen versorgen. Marie erklärte unterdessen der Bäuerin, wie sie mit geringen Mitteln ein schmackhafteres Mahl auf den Tisch bringen konnte, und die Männer tranken von dem selbstgebrauten Bier der Bauersleute.

»Das schmeckt gar nicht schlecht«, behauptete Hartwin, der in den fünfunddreißig Jahren seines Lebens nur selten wie ein Edelmann hatte speisen können.

»Wenn man Durst hat, geht es«, schränkte Krispin ein. Er war den Wein um Würzburg gewohnt und mochte Bier nicht besonders.

Derweil blickte Michel sinnend in seinen hölzernen Becher. Das Gefäß erinnerte ihn an seine Jugend. Sein Vater war ein einfacher Bierschenk gewesen – und das in einer Stadt, in deren Nähe es von Weinbergen nur so gewimmelt hatte. Das Geschäft war nicht sehr gut gegangen, und so hatten er und seine Brüder die Schankknechte ersetzen müssen. Mittlerweile war er ein freier Reichsritter, besaß ein ebenso schönes wie kluges Weib und vier gesunde Kinder. Aber es gab in jedem Paradies eine Schlange. Nur hieß diese in seinem Fall nicht Luzifer, sondern Leopold von Gordean. Für ihn aber war dieser Mann genauso gefährlich wie der Teufel selbst.

»Ich wüsste gerne, woran Ihr denkt?«, sprach ihn Krispin an.

»An so mancherlei! Doch zuletzt ging es um die Schlange, die Eva verführte und Adam dazu brachte, den Apfel vom Baum der Erkenntnis zu pflücken.«

»Ist das nicht etwas eigenartig bei diesem Ritt?«, fragte Krispin lachend.

»Nicht, wenn man sich sagt, dass unsere Schlange Leopold von Gordeanus heißt und wir ihr den Kopf zertreten müssen, wenn wir jemals wieder Sicherheit in unser Leben bringen wollen.« Michel klang so ernst, dass Krispin beschämt den Kopf senkte.

»Verzeiht, ich wollte Euch nicht zu nahetreten.«
»Das bist du nicht, sondern du hast mich von trüben Gedanken befreit. Auf dein Wohl!« Michel hob Krispin den Becher entgegen und stieß mit ihm an.
»Was wird uns in Nürnberg erwarten?«, fragte Krispin nun selbst gedankenverloren.
Michel zuckte mit den Achseln. »Wenn wir Glück haben, eine Audienz und die Unterstützung des Königs …«
»Und wenn wir Pech haben?«
»Ist der König wieder unterwegs nach Ungarn oder sonst wohin und wir haben den Umweg über Nürnberg umsonst auf uns genommen«, antwortete Michel.
»Ob mit oder ohne die Hilfe des Königs – wir werden Gordeanus verfolgen, einholen und aufhalten.« Da gab es für Krispin keinen Zweifel.
Michel hingegen war klar, dass die Ritter vom Hammerkreuz ihrer kleinen Schar um das Doppelte überlegen waren. Wenn sie allein auf sich gestellt gegen diese Männer kämpfen mussten, würde es hart werden, und es schien ihm zweifelhaft, ob sie den Sieg davontragen würden.

10.

Allen Bedenken zum Trotz ritten sie weiter in Richtung Nürnberg. Verwunderlich fanden Marie und ihre Begleiter es jedoch, dass auch Leopold von Gordean auf diese Stadt zugehalten hatte. Tag für Tag stießen sie auf Bewohner, die ihnen von den Reitern mit dem plumpen Kreuz auf den Umhängen berichteten, und von der hohen Frau, die diese eskortierten.

Michel wandte sich an Isabelle. »Kann die angebliche Äbtissin die Nonne sein, die sich Gordeanus angeschlossen hat? Ich habe angenommen, der Kerl würde sie wie eine Gefangene behandeln. Doch nach dem, was wir bisher erfahren haben, müsste es sich bei der Frau um die Äbtissin einer reichen Reichsabtei handeln.«

»Ich verstehe es auch nicht«, antwortete Isabelle unsicher. »Aber es muss sich um Schwester Adelina handeln, denn er hatte keine andere Nonne bei sich.«

»Vielleicht will er ihr um den Bart gehen«, warf Marie ein. »Immerhin braucht er diese Frau, wenn er seinen Weg finden will. Wie Ihr selbst berichtet habt, ist er des Französischen weder in Sprache noch in der Schrift mächtig.«

»Schwester Adelina ist es«, gab Isabelle zu. »Ihr könntet recht haben, dass Gordeanus ihr schmeicheln will. Sie war nicht sehr glücklich in unserem abgelegenen Kloster, und so dürfte ihr das Bündnis mit einem scheinbar mächtigen Mann wie dem Hochmeister gefallen.«

»Obwohl unsere Mitschwestern von dessen Männern ermordet wurden?«, fragte Donata schockiert.

»Es gibt Menschen, denen ihr eigenes Leben wichtiger ist als

das Schicksal anderer«, antwortete Marie mit einem Achselzucken.
»Dann sind sie vom Teufel verführt!«
Marie sah Donata mit einem nachsichtigen Lächeln an. »Du bist noch sehr jung, mein Kind, und du wirst lernen, dass nicht hinter allem, was schlecht ist auf dieser Welt, der Teufel stecken kann. Er hätte sonst sehr viel zu tun.«
»Frau Marie hat recht«, stimmte Isabelle ihr zu. »Angst vor dem Tod zu haben ist eine natürliche Sache. Selbst Tiere empfinden das. Daher verachte ich Schwester Adelina weniger als die Verräterin Eulalia. Adelina nahm an, uns andere retten zu können, wenn sie sich Gordeanus anschließt. Ich werde ihr daher auch nicht die Rückkehr in unsere Gemeinschaft versagen, falls sie das nach Gordeanus' Ende noch will.«
Donata ließ sich nicht so leicht überzeugen, dass Menschen nicht einfach nur gut oder nur schlecht sein konnten. Aber Isabelle fand sogar noch für Leopold von Gordean eine Entschuldigung.
»Der Hochmeister glaubt, der Christenheit zu dienen, wenn er den Gral findet. Die Mittel, die er auf der Suche anwendet, entsprechen jedoch seinem schlechten Charakter.«
»Er ist ein Verrückter, der über Leichen geht!« Donata schauderte und schwieg eine Weile verbissen.
Marie nützte die Zeit, um sich mit Isabelle zu unterhalten und die Äbtissin besser kennenzulernen. Dabei achteten die Frauen nicht auf ihre Umgebung und waren überrascht, als Michel den Reisezug anhielt und nach vorne zeigte.
»Wir haben Nürnberg gleich erreicht. Wollen wir hoffen, dass Sigismund in der Stadt ist.«
»Wenn nicht, werden wir Gordeanus auf eigene Faust verfolgen«, erklärte Isabelle unversöhnlich.
Marie starrte auf die Silhouette der Stadt mit der alles überragenden Burg und spürte einen Klumpen im Bauch. Nach

allem, was sie gehört hatten, war auch Gordeanus hierhergeritten. Nun fragte sie sich, welche Schlingen er an diesem Ort ausgelegt haben mochte, in denen sich mögliche Verfolger fangen sollten. Dann aber lachte sie über ihre Ängste. Schließlich konnte Gordeanus gar nicht wissen, dass jemand hinter ihm her war.

Mit diesem Gedanken ritt sie hinter Michel auf das Tor zu. Ihr Mann hielt vor dem Wächter sein Pferd an. »Ich bin Michel Adler, Reichsritter auf Kibitzstein, und dies hier ist mein Weib und mein Gefolge.«

Am Ende des Zuges verzog Stoffel höhnisch das Gesicht. »Seht Ihr, Herr Hartwin! Der Kibitzsteiner hält es nicht einmal mehr für nötig, Euren Namen zu nennen, sondern steckt Euch unter seine Knechte.«

Hartwin verzichtete auf eine Antwort, dabei kränkte es ihn sehr wohl, nicht als Gleichrangiger genannt worden zu sein.

Michel fragte unterdessen nach dem König. »Wenn Ihr zu Seiner Majestät wollt, so kommt Ihr gerade noch rechtzeitig«, erklärte der Torwächter eilfertig. »Es heißt nämlich, er würde bald wieder nach Ungarn aufbrechen, um sich mit den Türken zu schlagen.«

»Möge Gott sein Schwert und die seiner Krieger segnen«, mischte sich Isabelle ein, um das Ganze abzukürzen. Es drängte sie, zu Sigismund zu gelangen und diesem von Gordeanus' Verbrechen zu berichten.

Der Torwächter trat beiseite und gab den Weg frei. Bevor Michel anritt, reichte er dem Mann noch eine Münze. Dann hallte der Hufschlag seines Pferdes dumpf unter dem Torbogen und erinnerte Marie an den Klang einer großen Pauke. Es erschien ihr wie ein schlechtes Omen, und sie ärgerte sich, weil sie etwas auf solche Zeichen gab.

Auf ihrem Weg zur Burg wurde die Gruppe immer wieder angestarrt. Krispin und Hartwin trugen noch ihre Verbände, um die verheilenden Wunden zu schonen, und Michels

Lederrüstung und sein Waffenrock zeigten deutliche Kampfspuren. Doch noch ungewöhnlicher war, dass drei Frauen zu den Reisenden gehörten, von denen zwei die schlichte Kutte eines unbekannten Ordens trugen.

»Wo mögen die herkommen?«, fragte ein Bürger einen anderen.

»Da musst du sie schon selbst fragen! Ich weiß es nicht«, antwortete der Mann und ging seiner Wege.

»Stoffel!«, rief der Bürger ihm nach und wunderte sich, weshalb der letzte Mann der Reiterschar bei diesem Wort zum Schwert griff.

Marie und Michel hatten die kleine Szene nicht mitbekommen, sondern ritten angespannt durch die Toranlage der Burg. Im Hof eilte ein Kammerherr des Burggrafen auf sie zu.

»Willkommen in Nürnberg! Wollt Ihr zu Seiner Majestät, König Sigismund, oder zu Seiner Hoheit, Markgraf Friedrich von Brandenburg?«, fragte der Mann.

»Zu Seiner Majestät!«, antwortete Isabelle, bevor Michel etwas sagen konnte.

Der Mann musterte ihr Gesicht, auf dem die Spuren der Schläge verblasst waren, und schien sich zu erinnern. »Seid Ihr nicht diese französische Edeldame, die vor etlichen Jahren eine gewisse Zeit zum Hofstaat Seiner Majestät gehörte?«

»Ich bin Isabelle de Melancourt«, antwortete die Äbtissin selbstbewusst.

»Und ich Michel Adler auf Kibitzstein und das ist meine Gemahlin Marie«, ergriff nun Michel das Wort.

»Als wenn ich Euch nicht kennen würde!« Der Höfling musste sich ein Lächeln verkneifen, denn die beiden Namen waren mit einem Skandal verbunden, der vor einem guten Jahr die Hofgesellschaft in Atem gehalten hatte. Er hielt es aber für besser, nicht darauf zurückzukommen, sondern rief eilig die Knechte herbei, damit sie sich der Pferde der neu angekommenen Gäste annahmen.

Diesmal wollte Hartwin sich nicht damit zufriedengeben, als Gefolgsmann des Kibitzsteiners zu gelten, sondern lenkte sein Pferd zu dem Kammerherrn und sah mit einem überheblichen Blick auf ihn herab.

»Ich bin Hartwin von Frommberg, Bruder und Erbe des Freiherrn auf Frommberg, und begleite Herrn Michel und die ehrwürdige Mutter Isabelle auf dieser Reise!«

»Seid auch Ihr mir willkommen, Herr von Frommberg!« Der Kammerherr deutete eine Verbeugung an und überließ die Gäste dann den Knechten, die diese in ihr Quartier bringen sollten.

Anders als Leopold von Gordean murrten Michel und seine Begleiter nicht, als sie eine Kammer zugewiesen bekamen, die mit schlichten Strohsäcken ausgelegt war. Marie, Isabelle und Donata wurden in einen anderen Raum geführt, in dem Betten standen, die sie mit mehreren Edeldamen teilen mussten. Für sie und ihre Begleiter hieß es nun warten, bis es Seiner Majestät beliebte, sie zu empfangen.

11.

Sigismund, erwähltes Oberhaupt des Heiligen Römischen Reiches, König von Böhmen und Ungarn und Herr über weitere Liegenschaften zwischen Nordsee und Adria, fühlte sich verunsichert. Michel Adler und Marie hätte er leutselig entgegentreten können. Doch Isabelle de Melancourt war ein Teil seiner Vergangenheit. Dieser Frau hatte er einst tiefe Gefühle entgegengebracht. Für kurze Zeit hatte er sogar erwogen, sie den Einwänden seiner Berater zum Trotz zu heiraten. Schließlich hatte er sich dann doch für Maria von Ungarn entschieden, die zwar weniger schön gewesen war als Isabelle, ihm dafür aber die Krone ihres Landes eingebracht hatte.

Nachdem er sich von Isabelle getrennt hatte, war die junge Frau in das Kloster ihrer Tante irgendwo in den hintersten Waldbergen eingetreten. Erst vor weniger als einer Woche hatte er das erste Mal wieder von ihr gehört. Hatte nicht Leopold von Gordean erwähnt, dass er den Schlüssel für den Heiligen Gral von ihr erhalten hatte?

Nun wurde Sigismund doch neugierig, und er befahl seinem Haushofmeister, Isabelle in seine privaten Gemächer zu führen. Der gute Mann räusperte sich, denn auch wenn Sigismund sich bei seinen Frauenbekanntschaften wenig wählerisch zeigte, so stellte die Verführung einer frommen Äbtissin eine Sünde dar, vor der ihn nur der Papst freisprechen konnte, und mit dem war der König nicht gerade gut Freund.

»Nun mach schon!«, wurde Sigismund ungehalten.

»Soll ich nicht auch die anderen Herrschaften holen, die zusammen mit der ehrwürdigen Mutter gekommen sind?«,

fragte der Haushofmeister in der Hoffnung, Sigismund könnte auf ihn hören.
Dieser schüttelte den Kopf. »Nur die Äbtissin! Ich will mit ihr sprechen, bevor ich die anderen empfange.«
»Wie Ihr befehlt, Euer Majestät!« Der Haushofmeister wandte sich gekränkt zum Gehen, während Sigismund als Opfer vieler unbeantworteter Fragen zurückblieb. Nicht die geringste davon war die, was es mit dem Heiligen Gral auf sich hatte.
Gleichzeitig war er enttäuscht. Wenn Isabelle um diese wundertätige Reliquie gewusst hatte, weshalb hatte sie dies vor ihm verborgen? Mit Hilfe des Grals wäre es ihnen vielleicht sogar vergönnt gewesen zu heiraten, und er würde jetzt statt einer einzigen Tochter Söhne besitzen, die seine Sippe weiterführen konnten.
Die Rückkehr des Haushofmeisters und Isabelles Eintreten beendeten den Gedankengang des Königs. Er betrachtete die schlanke Gestalt in ihrer schlichten Kutte und sah dann in ihr Gesicht. Isabelle war noch immer schön und hatte nichts von dem Reiz verloren, den sie einmal auf ihn ausgeübt hatte. Sie wirkte jedoch sehr ernst, und er nahm an ihr Spuren war, die auf eine noch nicht ganz überwundene Krankheit hindeuteten. Aus einer gewissen Angst heraus hob er die Hand, bevor sie näher als auf fünf Schritte an ihn herankommen konnte.
»Ich heiße Euch willkommen, ehrwürdige Mutter Isabelle!« Dabei kam ihm der Gedanke, dass eine solche Anrede für eine noch so jung und energisch wirkende Frau kaum angemessen war. Wohl hatte Isabelle den ersten Schmelz der Jugend verloren, aber sie war noch immer eine Frau, die alle anderen Frauen um sich herum überstrahlen konnte.
Isabelle knickste und blickte dann zum König auf. »Ich habe Klage zu führen, Euer Majestät, Klage gegen einen Mann, der sich Leopold von Gordean nennt und von sich behaup-

tet, der Hochmeister der Ritter des Hammers vom Heiligen Kreuz zu Jerusalem zu sein!«

Dieser Beginn wunderte Sigismund, und er fragte sich, was da vorgefallen sein mochte. »Sprecht!«, forderte er Isabelle auf und beschloss, nichts zuzulassen, was das Auffinden des Heiligen Grals behindern könnte.

»Ich klage Leopold von Gordean an, mit seinen Männern mein Kloster überfallen und etliche meiner Nonnen getötet zu haben«, begann Isabelle und gab einen kurzen, aber präzisen Bericht über das, was geschehen war.

Sigismund hörte ihr mit wachsendem Unbehagen zu. Von einem Überfall und von toten Nonnen hatte Gordeanus nichts erwähnt. Er behielt das Gespräch mit dem Hochmeister jedoch für sich und sah Isabelle betont von oben herab an.

»Das sind schwerwiegende Beschuldigungen! Habt Ihr einen Beweis oder Zeugen dafür?«

»Das habe ich«, antwortete Isabelle gereizt, weil Sigismund versuchte, sich um die Sache herumzuwinden. »Freifräulein Donata von Frommberg, die als Schwester Justina in meinem Kloster lebte, war Zeugin des Überfalls. Des Weiteren kann ich den Reichsritter Michel Adler auf Kibitzstein nennen sowie dessen Ehefrau Marie, dazu Ritter Hartwin von Frommberg, den Bruder des Freiherrn, und …«

»Genug! Ich glaube Euch auch so.« Sigismund hob in gespielter Verzweiflung die Hände.

»Ihr müsst mir Genugtuung verschaffen!«, forderte Isabelle.

»Das wird nicht so leicht sein, denn immerhin untersteht Ihr als Äbtissin ebenso dem kirchlichen Recht wie der Hochmeister eines Ritterordens. Ich würde daher in die Belange der Kirche eingreifen und mir damit nicht nur die geistlichen Fürsten im Reich, sondern auch noch den Papst zum Feind machen!«

Sigismund war der Schweiß ausgebrochen. Zwar entsprach

seine Aussage im Kern der Wahrheit, doch er besaß die Macht, gegen einen Kirchenmann vorzugehen, der gegen die Gesetze des Reiches gehandelt hatte.

Für Isabelle waren diese Worte ein Schlag ins Gesicht. Mit blitzenden Augen trat sie näher und ließ sich auch von Sigismunds abwehrender Handbewegung nicht aufhalten. Vor ihm angekommen, löste sie den Verschluss der Kutte und entblößte ihren Oberkörper. Auch wenn die Foltermale langsam verblassten, so waren sie noch deutlich genug zu sehen.

»Das hier habe ich Gordeanus und seinen Handlangern zu verdanken! Und da sagt Ihr, ich solle mir mein Recht in Rom holen?«, rief sie zornig.

Sigismund starrte die Frau an, die durch Hunger und Erschöpfung gezeichnet war, aber immer noch überaus begehrenswert wirkte, und überlegte verzweifelt, was er tun sollte. Isabelles Bericht hatte ihn erschreckt. Wenn Leopold von Gordean auch anderenorts so vorging wie in diesem Frauenkloster, würde dies auf ihn zurückfallen. Bereits der Gedanke, der Hochmeister könnte die Äbtissin von Frauenwörth foltern lassen, wenn sie ihm nicht rasch genug gehorchte, bot etlichen Konfliktstoff mit den Herzögen von Baiern, die die Schirmherrschaft über das Kloster ausübten. Andererseits wollte er sich nicht der Möglichkeit berauben, den Gral in die Hand zu bekommen. Daher erwog er seine Worte sorgfältig, bevor er weitersprach.

»Leopold von Gordean, Großmeister der Ritter des Hammers vom Heiligen Kreuz, weilte vor wenigen Tagen in Nürnberg und versprach, mir eine auserwählte Reliquie zu besorgen, mit deren Hilfe ich über all meine Feinde triumphieren kann.«

»Wohl den Heiligen Gral, was?«, fragte Isabelle mit unverhohlenem Spott. »Doch den wird er nicht finden!«

»Und doch gab es eine Spur in Eurem Kloster und gibt es eine auf Frauenwörth«, trumpfte der König auf.

»Diese Spuren führen zum Versteck eines ganz gewöhnlichen Pokals, den mein Ahne Raoul …«
»Der Tempelritter, der seinen Keuschheitsschwur brach!«, warf Sigismund anzüglich ein.
»… aus dem Heiligen Land mitbrachte«, fuhr Isabelle fort. »Es handelt sich um ein Beutestück, das ihm wegen seines Goldes und seiner Edelsteine in die Augen stach. Ich weiß nicht, wer das Gerücht aufgebracht hat, mein Ahne hätte den Heiligen Gral gefunden und in die Heimat gebracht. Auf jeden Fall ist dieses Ding zu nicht mehr zu gebrauchen, als daraus zu trinken.«
»Und weshalb hat Euer Ahne diesen Pokal dann versteckt?«, fragte Sigismund spöttisch.
»Er konnte ihn nicht behalten, weil jeder höherrangige Fürst das Ding von ihm gefordert hätte. Es wäre besser gewesen, er hätte die Edelsteine des Pokals herausgebrochen und diesen einschmelzen lassen. Doch dies brachte er wohl nicht übers Herz und verbarg den Pokal deswegen fern seiner Heimat an einem nur ihm bekannten Ort. Da der Pokal sehr wertvoll ist, ließ er einige Hinweise zurück und befahl seinen Nachkommen bei der Strafe Gottes, nie nach diesem Ding zu forschen, es sei denn, die schiere Not würde sie dazu zwingen.«
Als Isabelle schwieg, klatschte Sigismund höhnisch Beifall. »Ihr habt eine schöne Geschichte erzählt. Doch was ist es, wenn sie nicht stimmt?«
»Ich spreche die Wahrheit«, antwortete Isabelle verärgert.
»Oder das, was Ihr für die Wahrheit haltet! Ich will diesen Gral sehen – oder den Beutepokal, wie Ihr ihn nennt, und selbst erkennen, ob er wundertätig ist oder nicht.«
Sigismund sagte sich, dass er damit zwei Fliegen mit einer Klappe schlug. Einer von beiden, Leopold von Gordean oder Isabelle de Melancourt, musste ihm diesen Pokal bringen. Je nachdem, ob es wirklich ein wundertätiges Ding oder nur ein Trinkgefäß war, würde sein Urteil ausfallen.

Isabelle begriff, dass sie keinen besseren Bescheid erhalten würde, und wünschte sich, Sigismund so ohrfeigen zu können, wie sie es sich in diesem Augenblick vorstellte. Mit dem Abstecher nach Nürnberg hatten sie mehrere Tage auf dem Weg zum Chiemsee verloren. Gordeanus konnte mittlerweile Frauenwörth längst hinter sich gelassen haben, und sie würde nach ihm suchen müssen wie nach einer Nadel im Heuhaufen.

»Es gab Zeiten, da habt Ihr mir vertraut!«, rief sie enttäuscht.

»Ich vertraue Euch noch immer, sonst würde ich Euch festsetzen lassen, damit Ihr Gordeanus bei seiner Suche nicht behindern könnt. Denn das wollt Ihr wohl, nicht wahr?«

Sigismund lächelte bei dieser Feststellung zufrieden. Allerdings dachte er auch an den Freibrief, den er dem Hochmeister für dessen Suche ausgestellt hatte. Dieser wog schwer und konnte auch gegen Isabelle eingesetzt werden. Doch das durfte er nicht zulassen. Er überlegte kurz und blickte, als er zu einem Entschluss gekommen war, Isabelle auffordernd an.

»Ihr könnt Euch jetzt zurückziehen. Ich werde Euch und Eure Begleiter morgen kurz nach Tagesanbruch noch einmal empfangen. Dabei erhaltet Ihr ein Schreiben, das Euch bei Eurer Suche behilflich sein soll.«

Es kostete Isabelle alle Mühe, ruhig zu bleiben. Sie knickste gerade noch ausreichend und rauschte voller Zorn aus dem Raum.

Sigismund sah ihr nach und fand, dass sie seit ihrer gemeinsamen Zeit noch energischer geworden war. Ob es allerdings ausreichte, um sich gegen Leopold von Gordean durchzusetzen, bezweifelte er.

12.

Noch immer glühend vor Wut betrat Isabelle die Kammer, die sie mit Marie, Donata und einigen anderen Damen teilte. Die Anwesenheit der fremden Frauen machte es ihr unmöglich, freiheraus zu sprechen. Marie und Donata lasen daher nur an ihrer verkniffenen Miene ab, dass die Audienz beim König nicht so verlaufen war, wie Isabelle es erwartet hatte.

Schließlich hielt Donata es nicht mehr aus. »Wie war es?«

»Später!« Mehr ließ Isabelle sich nicht entlocken.

Hinter ihrer Stirn arbeitete es jedoch, und alles kreiste immer wieder um die Frage, wie sie weiter vorgehen sollte. Ein Teil ihrer selbst, der von Sigismunds Haltung enttäuscht war, riet ihr, die Sache laufen zu lassen. Sie erinnerte sich jedoch zu gut an all die Drohungen und Aussprüche des Hochmeisters, und ihr war klar, dass Leopold von Gordean sich auch dann nicht zufriedengeben würde, wenn er den Pokal ihres Ahnen in Händen hielt. Sehr bald würde er erkennen, dass dieses Gefäß nicht wie erhofft der Becher des letzten Abendmahls war, und alles tun, um ihr das Geheimnis des echten Grals zu entlocken. Da sie dieses aber nicht kannte, bedeutete es ihren sicheren Tod durch die Folter. Auch durfte sie Donata und ihre anderen Frauen nicht vergessen und musste auf Marie und Michel Rücksicht nehmen. Solange Gordeanus lebte, schwebten sie alle in höchster Gefahr.

Doch selbst wenn der Hochmeister tot war, hatten sie die Sache noch nicht ausgestanden. Sigismund wollte den Pokal sehen, und weder sie noch ihre Freunde und Begleiter konnten es sich leisten, sich seinen Unmut zuzuziehen. Sie musste hoffen, Sigismund überzeugen zu können, dass Raouls Pokal tatsächlich nur ein Beutestück war und sie nicht den wahren Gral vor ihm verbarg.

Die Ankunft eines Herolds, der die übrigen Damen zur Audienz rief, beendete Isabelles Gedankengang. Sie sah zu, wie die Fremden den Raum verließen, und wandte sich dann mit einer heftigen Bewegung Marie und Donata zu.

»Der Teufel soll Sigismund holen!«

Sie sagte es so leise, dass es niemand anders hören konnte, schockierte aber Donata.

»Was ist geschehen?«, fragte das Mädchen erbleichend.

»Sigismund hat Gordeanus erlaubt, nach dem Gral zu suchen, und er will den Kerl auch nicht wegen des Überfalls auf unser Kloster bestrafen, sondern versteckt sich dahinter, dass sowohl wir wie auch dieser seltsame Ritterorden dem Kirchenrecht unterliegen würden«, begann Isabelle und erzählte ihren beiden Freundinnen dann genau, wie das Gespräch mit dem König verlaufen war.

Während Donata weinend in sich zusammensank, stieg in Marie Wut auf. »Bei Gott, was ist Sigismund doch für ein erbärmlicher Mann!«

»Ich würde ihn weniger erbärmlich als berechnend nennen«, wandte Isabelle ein. »Wahrscheinlich müssen Könige und Fürsten so sein, um sich durchsetzen zu können. Er will diesen Pokal – und es interessiert ihn nicht, ob wir ihm das Ding bringen oder Gordeanus.«

»Aber es ist doch nicht der Gral!«, rief Donata empört.

»Sei bitte leiser!«, forderte Marie sie auf. »Wir wissen nicht, wer draußen vorbeigeht und vielleicht sein Ohr gegen die Tür hält.«

»Wie ich sehe, wart Ihr schon mehrmals bei Sigismund zu Gast.« Isabelle musterte Marie erstaunt, hatte sie diese doch für eine Dame des niederen Adels gehalten, die die eigene Burg nur selten und niemals lange verlässt.

»Oh ja, ich kenne ihn!« Maries Worten war nicht anzumerken, ob sie den König schätzte oder nicht.
»Früher war er anders!«, sagte Isabelle seufzend. »Da hatte er noch Ideale. Aber nun geht es ihm nur noch um die Sicherung seiner Herrschaft. So ist es wohl, wenn das Feuer der Jugend erlischt.«
»Glaubt Ihr, andere Männer würden edler handeln?«, fragte Marie. »Viele davon ziehen ein bequemes Leben vor und verschließen die Augen vor dem, was nicht ihren Vorstellungen entspricht.«
»Ich hatte gehofft, der Prinz von Böhmen wäre anders als die anderen!« Isabelle starrte sinnend ins Leere, zuckte dann mit den Achseln und zog ihre Freundinnen näher zu sich heran. »Sigismund fordert den Pokal meines Ahnen für sich, weil er hofft, es könnte doch der Heilige Gral sein.«
»Aber das ist …« Marie fiel kein Wort ein, das diese Situation richtig beschreiben konnte.
»Wir stehen mit dem Rücken zur Wand. Entweder gelingt es uns, den Hochmeister zu besiegen oder wenigstens so zu überlisten, dass Sigismunds Zorn ihn trifft und nicht uns, oder aber wir sterben bei der Suche.«
Isabelle klang traurig und enttäuscht. Sie hatte sich Hilfe von Sigismund erhofft, nun aber erkennen müssen, dass einige gemeinsame Monate nicht all die Jahre aufwiegen konnten, die seitdem vergangen waren.
»Leopold von Gordean ist ein Mann, der über Leichen geht, um sein Ziel zu erreichen. Das hat er in Eurem Kloster zur Genüge bewiesen. Also wird er auch vor uns nicht haltmachen. Daher müssen wir alles tun, um ihn unschädlich zu machen.«
Im Gegensatz zu Isabelle gab Marie sich nicht der Enttäuschung hin. Sie kannte den König aus späterer Zeit und wusste, was sie von ihm zu halten hatte. »Fasst Mut!«, forderte sie die beiden Frauen auf. »Jammern hilft uns nicht

weiter. Wir kennen unseren Feind und müssen uns gegen ihn wappnen. Daher ist es unabdingbar, dass auch wir Frauen uns bewaffnen, um unseren Begleitern beizustehen.«

»Aber wir können doch nicht mit einem Schwertgehänge herumlaufen!«, wandte Donata ein.

Um Maries Lippen spielte ein Lächeln. »Das werden wir auch nicht. Aber wir können lange Dolche so unter unseren Kleidern tragen, dass keiner sie sieht.«

»Das ist eine ausgezeichnete Idee«, stimmte Isabelle ihr zu. »Aber eines sage ich euch: Gordeanus überlasst ihr mir! Ich bin es meinen toten Nonnen schuldig, ihn selbst zu bestrafen.«

»Das ist zwar nicht sehr christlich gedacht, aber verständlich«, antwortete Marie und lauschte einem Glockenton, der durch die Burg hallte.

»Wie es aussieht, werden die Gäste des Königs zu Tisch gerufen. Vielleicht setzt man uns an Sigismunds Tisch, so dass wir mit ihm reden und einen besseren Spruch von ihm erreichen können«, sagte sie und ging zur Tür.

»Der Sigismund, den ich einst kannte, hätte uns an seinen Tisch geholt, doch der, den ich hier erlebt habe, wird es nicht tun.« Isabelle hatte ihr Urteil über ihren ehemaligen Geliebten getroffen, und es fiel nicht zu dessen Gunsten aus.

Ihre Prophezeiung erfüllte sich, denn der Diener, der sie vor ihrer Kammer abfing, führte sie in eine Halle, in der die Knechte und Gefolgsleute der hohen Herrschaften verköstigt wurden, aber nicht diese selbst oder gar der König. Wenigstens trafen sie dort auf Michel, Krispin und Hartwin und konnten diesen zwischen Suppe und gekochtem Schweinefleisch mitteilen, was Isabelle von Sigismund erfahren hatte.

13.

Sigismund, König der Deutschen, Ungarn und Böhmen, saß mit Markgraf Friedrich von Brandenburg und anderen Würdenträgern des Reiches beim Mahl und hörte sich deren Klagen an. Jeder von ihnen verlangte seine Aufmerksamkeit und seine Gunst, sei es die Entscheidung in einem Erbstreit, ein weiteres Lehen oder neue Privilegien. Nicht zum ersten Mal stellte er verärgert fest, dass gerade seine hochrangigsten Gäste stets etwas forderten, sich aber nur höchst selten bereit zeigten, ihm etwas zuzugestehen. Diese gierigen Herzöge, Fürsten und Grafen machten ihm das Leben schwer, seit er die Krone Karls des Großen auf dem Haupt trug.

Während Heinrich XVI. von Niederbaiern sich über die Aufteilung des Straubinger Erbes beklagte, bei der die Ingolstädter und die Münchener Vettern besser weggekommen seien als er, ließ Sigismund seine Gedanken schweifen und stellte sich vor, Raoul de Melancourts Pokal wäre der echte Gral. Mit dessen Hilfe, so sagte er sich, würde er diese Heinrichs, Friedrichs, Albrechts und wie sie alle hießen, zum Gehorsam zwingen und tatsächlich zum mächtigsten Herrscher der gesamten Christenheit aufsteigen. Selbst der Papst würde dann nur noch sein Befehlsempfänger sein.

Es brachte jedoch nichts, seine Gäste bereits jetzt vor den Kopf zu stoßen. War der Pokal nicht der Gral, so musste er auch weiterhin ohne größere Machtmittel mit all diesen Männern zurechtkommen. Daher nickte er verständnisvoll, nachdem der Niederbaier geendet hatte, und versprach, seine Kanzlei würde sich dieser Sache annehmen.

Als der Hirschbraten aufgetragen wurde, dachte Sigismund an Isabelle de Melancourt, die zusammen mit den geringeren Gästen speisen musste. Es wird ihr gewiss nicht gefallen, so behandelt zu werden, fuhr es ihm durch den Sinn. Doch nur so konnte er verhindern, dass sie ihn dazu brachte, ihr Versprechungen zu machen, die er später bereute. Es fiel ihm bereits schwer genug, ihr die Unterstützung gegen Leopold von Gordean zu versagen, die sie mit Sicherheit von ihm erwartete. Doch es durfte weder dem Hochmeister noch ihr etwas zustoßen, bevor die Suche nach dem Heiligen Gral beendet war. Hatte er ihn in den Händen, würde er entscheiden, wer den größeren Anteil am Erfolg besaß.

»Was sagen Euer Majestät zu dieser Sache?«

Die Frage Heinrichs von Niederbaiern riss Sigismund aus seinen Gedanken. Da er kaum zugeben durfte, nicht zugehört zu haben, rettete er sich mit einer unbestimmten Geste.

»Wir werden darüber nachdenken«, sagte er, griff nach seinem Becher und sagte sich, dass das abendliche Bankett ihm noch nie so öde erschienen war wie an diesem Tag.

Sigismund sehnte das Ende des Mahles herbei, hielt sich aber im Zaum, so dass die anderen seine Ungeduld nicht spürten. Daher ertrug er sogar den Auftritt eines Sängers, mehrerer Akrobaten und die derben Zoten, die Markgraf Friedrichs Hofnarr von sich gab, mit einem Lächeln und sparte auch nicht mit Lob. Als die Glocke von Sankt Sebaldus endlich die neunte Stunde schlug, erhob er sich und verabschiedete sich von den Herren.

»Verzeiht, doch die Pflicht ruft«, setzte er leutselig hinzu.

»Ich würde eher sagen, das Vergnügen«, raunte der Niederbaier dem neben ihm sitzenden Markgrafen von Brandenburg zu. »Man muss den Ochsen füttern, damit er gut drischt, und dem König sein Vergnügen gönnen, damit er bei Laune bleibt. Ein missmutiger König wird schnell zu einem ungnädigen König, und das wollen weder Ihr noch ich«, antwor-

tete Friedrich von Hohenzollern und brachte Herrn Heinrich damit zum Lachen.
Unterdessen betrat Sigismund seine Gemächer und entledigte sich seiner Prunkkleidung, die er zu solchen Anlässen zu tragen gezwungen war. Nur noch mit Hemd und Hosen bekleidet trat er ans Fenster und blickte in die Nacht hinaus. Der Mond war noch nicht aufgegangen, und ein Großteil der Sterne wurde von einem Wolkenschleier verdeckt. Das machte die Dunkelheit schier erdrückend. Mit einem leichten Schütteln wandte Sigismund sich ab und setzte sich auf einen Stuhl. Ein Diener brachte ihm Wein und blieb dann an der Wand stehen, um auf weitere Befehle zu warten.
Sigismund trank einen Schluck und fand das Gesöff arg sauer. Aus Ungarn war er andere Weine gewohnt, süß und feurig wie die Mädchen dort. Doch im Augenblick stand ihm der Sinn nicht nach Frauen.
»Ist der Magister erschienen?«, fragte er den Diener.
Dieser nickte. »Sehr wohl, Euer Majestät. Er wartet bereits darauf, zu Euch vorgelassen zu werden.«
»Dann bring ihn herein!« Sigismund lehnte sich zurück und wartete, bis der Diener einen hochgewachsenen, schlanken Mann in einem dunklen Gelehrtentalar ins Zimmer führte.
»Da seid Ihr ja endlich!«, begann er, so als hätte der andere ihn und nicht er diesen Mann warten lassen.
Magister Ambrosius verbeugte sich und wartete mit unbewegter Miene darauf, dass der König ihm mitteilte, warum er um diese späte Zeit noch vor ihm erscheinen musste.
»Ihr seid doch ein gelehrter Mann, Ambrosius«, erklärte Sigismund.
»Wenn Euer Majestät damit sagen will, dass ich mein Studium absolviert und den Grad eines Magisters errungen habe, so stimmt dies. Doch ob ich ein wahrer Gelehrter bin, das müssen andere entscheiden.« Ambrosius klang so kühl, als könne ihn nichts erschüttern.

Sigismund straffte seine Gestalt und sah den Magister durchdringend an. »Ihr seid ein Mann mit großem Wissen, und Euer Rat war mir stets teuer. Doch heute benötige ich mehr als nur Worte von Euch. Sagt mir zuerst, was wisst Ihr über den Heiligen Gral, Ambrosius?«

»Nur ein paar Sagen, die vor langer Zeit erdacht wurden. Ob es diesen Kelch des letzten Abendmahls je gegeben hat, muss bezweifelt werden.«

Das war nicht gerade das, was Sigismund hören wollte. »Warum bezweifelt Ihr es?«, fragte er scharf.

»Es ist stets von einem Gefäß aus lauterem Gold die Rede, das mit Edelsteinen besetzt sein soll. Doch Jesus Christus war ein Zimmermann aus Nazareth und zu arm, sich einen solchen Pokal leisten zu können. Sein Trinkbecher müsste ebenso wie bei Schreinern und Zimmerleuten in unserer Zeit aus Holz gedrechselt worden sein.«

Der Logik dieser Worte konnte Sigismund sich nicht entziehen, auch wenn sie ihm nicht passten. »Jesus Christus und seine Apostel waren beim letzten Abendmahl Gast im Hause eines seiner Jünger. Dieser kann sehr wohl einen goldenen Pokal besessen und diesen unserem Herrn Jesus Christus vorgesetzt haben!«

»Euer Majestät wissen gut zu parieren«, sagte Ambrosius anerkennend.

»Nehmen wir einmal an, es war so«, fuhr Sigismund fort. »Nehmen wir an, dass es diesen Kelch aus Gold und Edelsteinen gibt. Welch wundertätige Reliquie wäre er in Unserer Hand!«

»Es kommt darauf an, was Euer Majestät ein Wunder nennt. Das Wirken übernatürlicher Kräfte auf diese Welt ist noch wenig erforscht. Meist gibt es nur Berichte von Seiten der Kirche, und diese stellt viele Geschehnisse als Wunder dar, die durch ihre Heiligen, die Jungfrau Maria und Jesus Christus vollbracht worden sind.« Ambrosius wollte dem König

keine Hoffnungen machen. Zu oft hatte er von Ereignissen gehört, die durch die Einwirkungen der himmlischen Mächte geschehen sein sollten und deren Wahrheitsgehalt sich als höchst zweifelhaft erwiesen hatte.
»Berichtet mir, was Ihr über den Heiligen Gral wisst!«, forderte Sigismund ihn auf.
»Wenn Euer Majestät es wünschen!«, antwortete Ambrosius und begann mit dem heiligen Abendmahl, bei dem der Gral zum ersten Mal Verwendung gefunden haben sollte. Auch berichtete er von den wenigen Gelegenheiten, an denen er angeblich aufgefunden worden war, und schloss mit dem Satz, dass selbst hohe Geistliche erklären würden, der Gral sei der Welt entrückt worden.
»Aber er könnte wiedergefunden werden!«, rief der König drängend.
»So es ihn gibt und er keine Legende ist«, gab Ambrosius zu.
»König Artus hielt ihn in seiner Hand, nachdem Ritter Galahad ihn gefunden hatte.« Um nichts in der Welt wollte Sigismund von seinem Glauben an dieses wundertätige Ding lassen.
Ambrosius sah sich hier auf einem schmalen Grat, von dem er jederzeit abstürzen konnte. Trotzdem brachte er noch einen Einwand. »König Artus starb in der Schlacht, und sein Reich zerbrach nach seinem Tod. Viel hat ihm der Gral, wenn es ihn denn gab, nicht geholfen.«
»Wir werden weiser Gebrauch von ihm machen, als König Artus und die Ritter der Tafelrunde es taten«, erklärte Sigismund mit entschlossener Miene.
»So er in unserer Zeit gefunden wird und in die Hände Eurer Majestät gelangt«, schränkte Ambrosius ein.
Sigismund beugte sich mit einem seltsamen Lächeln zu ihm. »Uns wurde die Kunde überbracht, dass er gefunden werden kann. Der Hochmeister der Ritter des Hammers vom

Heiligen Kreuz ist dem Gral in Unserem Auftrag auf der Spur. Er steht jedoch in Konkurrenz mit der Äbtissin Isabelle de Melancourt, der er dieses Geheimnis mit Gewalt entrissen hat. Auch sie sucht nun nach dem Heiligen Gral, damit Leopold von Gordean diesen nicht mit seinen blutbefleckten Fingern besudeln kann.«

»Von einem Hammerkreuzorden habe ich noch nie gehört«, antwortete Ambrosius nachdenklich.

»Wir auch nicht«, gab der König zu. »Aber es gibt diesen Orden, und sein Oberhaupt sucht den Gral. Da die ehrwürdige Mutter Isabelle Nürnberg morgen verlassen wird, um sich selbst auf die Suche zu begeben, befürchte ich Zwistigkeiten zwischen den beiden.«

In dem Augenblick begriff der Magister, dass keine einfache Aufgabe vor ihm lag. »Was soll ich der Meinung Eurer Majestät nach tun?«, fragte er ohne Umschweife.

Sigismund spielte mit einem seiner Ringe, den er vom Finger gezogen hatte, um die Antwort ein wenig hinauszuzögern. »Ihr sollt die ehrwürdige Mutter begleiten und verhindern, dass ihre Schar und die des Hochmeisters aneinandergeraten.«

Nach Ambrosius' Ansicht hätte der König auch fordern können, ihm eine Leiter aus Sternen zu beschaffen, die bis zum Mond reichte. Wie es aussah, waren dieser Hochmeister und die Äbtissin bis aufs Blut verfeindet, und sie auseinanderzuhalten erschien ihm als ein Werk, das eines Herkules' würdig war.

»Ich weiß nicht, ob mir dies gelingen wird«, antwortete er. »Wenn ich Erfolg haben soll, benötige ich eine Anzahl an Kriegern, die jene der beiden Parteien zusammen übertrifft.«

Zwar hatte Sigismund bereits erwogen, einige Männer seiner Leibwache als Begleitung für Isabelle abzustellen. Aber er kannte die Frau gut genug, um zu wissen, dass sie die

Waffenknechte bald davon überzeugen würde, gegen die Ordensritter vorzugehen.
Das wollte er nicht riskieren, und so schüttelte er den Kopf.
»Wir haben Unsere Gründe, weshalb Wir Euch schicken, Magister Ambrosius. Ihr seid ein kluger Mann, der sich durchzusetzen weiß. Außerdem erteilen Wir Euch Vollmachten, mit denen Ihr Euer Amt gewissenhaft ausfüllen könnt. Damit könnt Ihr von jedem Ritter, Grafen oder Herzog im Reich Waffenhilfe einfordern, ebenso von allen Reichsstädten, Klöstern und Bischöfen.«
Aber nur dann, wenn mich die beiden Parteien nicht als Hindernis ansehen, das es aus dem Weg zu räumen gilt, dachte Ambrosius. Allerdings wusste er selbst, dass er den Auftrag nicht ablehnen durfte, denn sonst würde er die Gunst des Königs verlieren. Zudem reizte es ihn, zwei Gruppen zu beobachten, die sich spinnefeind waren und doch dem gleichen Ziel nachstrebten.
»Wenn Euer Majestät erlauben, werde ich die entsprechenden Vollmachten entwerfen und Euer Majestät zur Unterzeichnung vorlegen«, erklärte er und bat dann mit einer Verbeugung, sich zurückziehen zu dürfen.
»Tut das!«, sagte der König und fand, dass die schöne Frau, die sich in seinem Schlafgemach aufhielt, bereits lange genug auf ihn gewartet hatte.

14.

Nach allem, was Isabelle berichtet hatte, erwartete Marie, den König bei schlechter Laune vorzufinden. Zu ihrer Überraschung aber begrüßte Sigismund sie und Michel überschwenglich und reichte ihr sogar die Wange zum Kuss. Auch die anderen wurden freundlich empfangen. Diener brachten Wein, feines Gebäck und sogar Klappstühle, auf denen sie sitzen konnten.

»Ich freue mich, Euch zu sehen, Kibitzstein«, sagte Sigismund zu Michel und wandte sich dann Hartwin zu.

»Das gilt auch für Euch, Frommberg. Es erleichtert mich stets, zu sehen, wie treu meine Ritter zu mir stehen. Diese Treue soll auch belohnt werden. Euch, Kibitzstein, soll der Rang eines Reichsfreiherrn verliehen werden, und Ihr, Frommberg, erhaltet das Recht, den Namen und das Wappen Eures Bruders ungeschmälert weiterführen zu dürfen.«

»Euer Majestät ist zu gütig!« Hartwin verbeugte sich und wäre fast nach vorne übergekippt, wenn Krispin nicht rechtzeitig zugegriffen hätte.

Um Donatas Mundwinkel erschien ein störrischer Zug. In ihren Augen hatte Hartwin sich erneut wie ein Tölpel benommen. Da es ihr nicht passte, wie ein Stück Vieh an ihn verschachert zu werden, wagte sie etwas, das ihr vor wenigen Wochen noch undenkbar erschienen wäre. Sie trat auf Sigismund zu und knickste formvollendet.

»Erlauben Euer Majestät mir, eine Bitte zu äußern?«

Sigismund musterte das junge Mädchen, das ihm wie eine gerade knospende Blüte erschien, und verglich sie mit Marie und Isabelle. Alle drei Frauen waren ausnehmend

schön, und er wusste nicht, welcher er den Vorzug geben würde.
»Wir erlauben es dir, mein Kind«, antwortete er lächelnd. »Doch lass Uns vorher noch ein paar Worte sprechen. Ihr alle werdet nun eine Reise antreten, die lang und wohl auch gefährlich sein kann. Um das ins Auge gefasste Ziel nicht zu verfehlen, verbieten Wir Euch unsinnige Fehden und Kämpfe. Wir selbst werden am Ende das Urteil sprechen. Damit alles Unserem Willen gemäß geschieht, wird Euch Magister Ambrosius begleiten. Seine Aufgabe ist es, dafür zu sorgen, dass das, was Ihr sucht, auch gefunden und zu Uns gebracht wird.«
»Aber Euer Majestät, das könnt Ihr nicht von uns verlangen! Leopold von Gordean ist ein Mörder und Klosterschänder!«, brach es aus Isabelle heraus.
Der König hob abwehrend die Hand. »Wir wollen es, daher hat es so zu geschehen!«
»Verteidigen werden wir uns aber wohl noch dürfen?«, fragte Marie mit sarkastischem Unterton.
Sigismund wirkte einen Augenblick lang verwirrt, dann nickte er. »Wenn es sein muss, dürft Ihr das. Es ist aber die Aufgabe des Magisters, dafür zu sorgen, dass es nicht dazu kommt. Hochmeister Gordeanus hat sich Unserem Willen ebenso zu beugen wie Ihr.«
»Was Gordeanus von Recht und Gesetz hält, hat er bei seinem Überfall auf mein Kloster bewiesen«, rief Isabelle unversöhnt.
Um sie zu beruhigen, legte Marie ihr die Hand auf den Arm. »Wir wissen, was wir tun müssen!«, raunte sie ihr zu und knickste dann vor dem König. »Wenn Euer Majestät uns nun entschuldigen wollen. Wir haben einen weiten Weg vor uns.«
»Reist mit Unseren besten Wünschen. Der Magister erwartet Euch auf dem Burghof. Was er sagt, entspricht Unserem

Willen!« Sigismund glaubte, das letzte Wort zu haben, doch da meldete sich erneut Marie zu Wort.

»Verzeiht, Euer Majestät, doch der Anführer unserer Gruppe ist mein Gemahl – und wir werden keinen anderen Befehlshaber als ihn akzeptieren.«

Damit kehrte sie Sigismund den Rücken und verließ von Michel gefolgt den Raum. Isabelle knickste noch einmal und zog sich wortlos zurück, während Donata einen Augenblick zögerte, denn sie wollte ihre Bitte vortragen. Doch als sie den König anblickte, machte er eine unwillige Handbewegung.

Hartwin verbeugte sich ein ums andere Mal und stieß, da er nicht richtig aufpasste, gegen Krispin. Dieser verschluckte die unhöfliche Bemerkung, die ihm auf der Zunge lag, packte ihn und zog ihn mit sich hinaus.

Sigismund sah der Gruppe nach, bis sie alle verschwunden waren, und schüttelte dann mit einer Mischung aus leichtem Ärger und Spott den Kopf.

»Marie ist noch immer dasselbe störrische Weib wie damals in Konstanz. Aber wenn sie mir den Gral bringt, sei ihr das verziehen!«

Fünfter Teil

Die Statue im See

1.

Die Pferde standen gesattelt auf dem Hof, und auf einem kräftigen braunen Gaul saß ein hochgewachsener Mann in ledernen Hosen, langen Stiefeln und einem hüftlangen Rock. Hinter dem Sattel hatte er ein Felleisen aufgeschnallt.

Isabelle trat auf ihn zu und musterte ihn. »Du bist Ambrosius?«, fragte sie unhöflich.

Der Mann deutete eine knappe Verbeugung an. »Martin Ambrosius zu Euren Diensten.«

»Also Martin und nicht Merlin Ambrosius, wie es für unsere Suche angemessen gewesen wäre«, spottete Isabelle und krallte die Finger in den Saum seines Rocks. »Versuche nicht, mich aufzuhalten! Es würde dir nicht gut bekommen.«

Die Drohung war eindeutig, doch Ambrosius verzog keine Miene. »Ihr solltet aufsitzen! Der Weg ist weit, und Ihr wollt gewiss nicht zu spät kommen.«

Isabelle musterte den Mann und fragte sich, ob er sie verspotten wollte. Dann aber zuckte sie mit den Achseln und ließ sich von Krispin auf ihr Pferd heben. Marie saß bereits auf ihrer Stute und lenkte diese so eng an Ambrosius' Gaul vorbei, dass der Reiter unwillkürlich zurückwich.

»Ihr solltet niemals vergessen, dass mein Ehemann unser Anführer ist!«

Marie sprach den Mann höflicher an als Isabelle, doch Ambrosius spürte, dass ihre Warnung nicht weniger ernst gemeint war. Beide Frauen wirkten so, als würde sein Tod ihnen wenig ausmachen. Zwar traute er ihnen nicht zu, selbst

zum Dolch zu greifen, aber ihr Einfluss auf ihre Begleiter war schon jetzt deutlich zu erkennen. Das galt insbesondere für Michel Adler, Maries Gatten, von dem es hieß, er sei ein tapferer und geschickter Krieger. Krispin, der etwas kleiner und schlanker war als Michel, sah so aus, als könnte er mit dem Schwert ebenso umgehen wie mit Pfeil und Bogen, und Hartwin von Frommberg flößte unsicheren Menschen bereits durch seine breite Gestalt und die prankenähnlichen Hände Furcht ein. Dazu kamen noch die Knechte, von denen einer eine so grimmige Miene zog, dass es Ambrosius geraten schien, dem Mann lieber nicht des Nachts allein zu begegnen.
Bei dem so eingeschätzten Knecht handelte sich um Stoffel, dem auf der Burg zu Nürnberg wieder einmal schmerzhaft klargeworden war, wie groß der Abstand zwischen zwei Bastarden eines Edelmanns sein konnte. Nun reihte er sich hinter Hartwin ein, starrte auf dessen Rücken und wünschte sich, seinen Halbbruder tot zu sehen.
Auch Isabelle brütete über finsteren Rachegedanken, während Marie sich überlegte, wie sie Leopold von Gordean überlisten konnten. Einen offenen Kampf mit den Ordensrittern hatte der König verboten, und sie waren auch zu wenige, um es mit Gordeanus' Rittern aufnehmen zu können. Von Ambrosius abgesehen, zählten nur sieben Männer zu ihrer Gruppe, nämlich Michel, Krispin, Hartwin und vier Knechte. Also mussten sie sich weniger auf das Schwert als auf den Verstand verlassen.
Keiner von ihnen bemerkte die Person, die sie durch ein Fenster im ersten Stock beobachtete. Pater Fabianus, der während Sigismunds Aufenthalt in Nürnberg als dessen Schreiber tätig war, hatte zunächst nicht auf Marie und ihre Begleiter geachtet. Erst als Ambrosius, den er für einen dem Teufel verfallenen Freigeist hielt, ihretwegen zum König gerufen wurde, war sein Misstrauen erwacht.

Viel hatte er nicht herausgefunden, aber er war sicher, dass diese Gruppe ebenfalls mit dem Heiligen Gral zu tun hatte. Die Angelegenheit erschien ihm wichtig genug, um die Burg zu verlassen und die letzte Brieftaube zu holen. Es gefiel ihm wenig, dass er nun keinen Botenvogel mehr besaß und warten musste, bis ein ungarischer Händler ihm in Ümit Ağas Auftrag neue bringen würde. Wenn sich inzwischen etwas Wichtiges ereignete, konnte er es nicht weitermelden. Daher schrieb er, als er mit der Taube im Ärmel in seine Kammer zurückgekehrt war, nicht nur, dass eine weitere Gruppe aufgebrochen war, von der er annahm, dass auch sie den Heiligen Gral suchte, sondern auch, dass er dringend neue Brieftauben benötigte, wenn er seinen Wert für seine Auftraggeber behalten sollte.

Nachdem er die Botschaft winzig gefaltet und in einem kleinen Lederetui verstaut hatte, band er es an ein Bein der Taube und ließ das Tier in einem abgelegenen Teil der Burg aufsteigen.

2.

Leopold von Gordean blickte auf die im Süden aufragende Gebirgskette und sagte sich, dass sie den Bergen wieder ein ganzes Stück näher gekommen waren. Weit hinter diesen mächtigen Gipfeln lag Rom, die Hauptstadt der Christenheit. Mit erneut aufkeimender Wut erinnerte er sich daran, dass alle Päpste bisher gezögert hatten, seinen Ritterorden unter jene anderen aufzunehmen, über die sie als Stellvertreter Christi auf Erden geboten. Der jetzige Papst hatte ihm in einem Antwortschreiben beschieden, er solle sich mit seinen Männern dem Deutschen Ritterorden oder den Johannitern anschließen. An einem weiteren Ritterorden in Deutschland bestünde kein Bedarf.

»Ich werde nach Rom reiten und diesem Diener Satans die Tiara vom Kopf reißen«, schwor sich Gordeanus und ließ sein Pferd rascher ausgreifen.

Da die Tiere, die Schwester Adelinas Sänfte trugen, im Schritt gehen mussten und die Ritter bei der Nonne blieben, hatte der Hochmeister seine Gruppe schon bald weit hinter sich gelassen. Schließlich ermannte Eusebius sich und wies seine Ordensbrüder an, bei der Sänfte zu bleiben.

»Ich folge dem Hochmeister und melde ihm, dass wir nicht mit ihm Schritt halten können«, setzte er hinzu und trieb seinen Hengst an. Obwohl das Tier einen raschen Trab einschlug, dauerte es eine Weile, bis Eusebius zu seinem Anführer aufgeschlossen hatte.

»Verzeiht, Euer Exzellenz, doch die Sänfte der ehrwürdigen Schwester und unsere Brüder bleiben immer weiter hinter Euch zurück«, meldete er.

Leopold von Gordean schüttelte verwundert den Kopf und wandte sich um. Tatsächlich war er den anderen um mehr als eine Zehntelmeile vorausgeritten und begriff nun, dass er nicht auf dem Weg nach Rom war, um den Papst zu stürzen, sondern erst einmal den Heiligen Gral suchen musste.

Daher nickte er mit verbissener Miene. »Ich will vorausreiten, weil ich mich mit der ehrwürdigen Äbtissin des Klosters Ecksberg besprechen will, in dem wir heute übernachten. Kehre du zu den anderen zurück und folgt mir zum Kloster!«

»Wie Euer Exzellenz befehlen!« Eusebius neigte kurz das Haupt und hielt dann seinen Hengst an, um auf die anderen zu warten. Dabei wunderte er sich, dass sein Anführer anders als bei ihrem Ritt nach Nürnberg diesmal in Klöstern übernachten wollte.

Gordeanus ritt unterdessen weiter und traf nach einer Weile auf eine Wegkreuzung, an der kein Meilenstein darauf hinwies, in welche Richtung er reiten musste, um nach Ecksberg zu kommen.

Verärgert sah er sich um und entdeckte an der nach Norden führenden Straße einen Stein. Rasch ritt er hin, konnte aber nicht mehr ablesen, als dass das Gebiet rechts davon zum Fürstbistum Salzburg zählte, das links davon zu Niederbaiern-Landshut. Das half ihm nicht weiter. Doch in eine Richtung musste er reiten, wenn er nicht auf seine Leute warten und sich vor ihnen blamieren wollte.

Ein weiteres Steinmal in Form eines Kreuzes lenkte seine Aufmerksamkeit auf sich. Er ritt hin und las die verwitterte Aufschrift. Ein Ritter Adalmar war an dieser Stelle am 28. November des Jahres 1322 im Dienste König Ludwigs im Kampf gegen Friedrich von Österreich gefallen.

Er hatte ein altes Schlachtfeld erreicht, auf dem vor über hundert Jahren das Schicksal des Reiches entschieden worden war. Auch ich werde über das Schicksal des Reiches ent-

scheiden, dachte Gordeanus und sah erleichtert, dass ein Stück weiter mehrere Männer aus dem nahen Wald heraustraten. Rasch ritt er zu ihnen hin und sprach sie an. »Wo geht es hier zum Kloster Ecksberg?«
Die drei Holzknechte blieben stehen und sahen sich kurz an. Dann lehnte einer sich auf den Stiel seiner Axt und musterte den Hochmeister, der mit seinem roten Umhang und dem gleichfarbigen Waffenrock und dem Kreuz mit der hammerkopfartigen Querstange achtungsgebietend erschien.
»Nach Ecksberg will der Herr? Da müsst Ihr auf dieser Straße eine Viertelmeile weit in den Wald hineinreiten. Dann erreicht Ihr es!«
»Eine Viertelmeile also!« Er war so nahe am Ziel gewesen und hätte es beinahe nicht gefunden. Rasch blickte Gordeanus in die Richtung, aus der er gekommen war. Von seinem Gefolge war noch nichts zu sehen.
»Mein Reisezug wird in Kürze hier erscheinen. Schickt ihn ebenfalls nach Ecksberg«, befahl er den Knechten und trabte los.
Die drei Männer sahen ihm hinterher, dann schüttelte der, der die Auskunft gegeben hatte, den Kopf.
»›Vergelt's Gott‹ hätte er schon sagen können, der Stoffel!« Damit wandte er sich ab und tauchte auf der anderen Seite im Wald unter. Seine beiden Kameraden folgten ihm. Keiner von ihnen dachte daran, auf die Reisegruppe zu warten und nicht einmal Gotteslohn dafür zu erhalten.
Als wenig später Eusebius mit seinen Leuten die Wegkreuzung erreichte, sah auch er die drei Straßen vor sich. Nur eine davon konnte nach Ecksberg führen.
»Was machen wir jetzt?«, fragte einer der Ritter. »Seine Exzellenz hätte uns wenigstens ein Zeichen hinterlassen können, in welche Richtung wir uns wenden müssen.«
»Ich hoffe, wir kommen heute noch an! Nicht, dass wir gezwungen sein werden, im Wald zu übernachten!«

Schwester Adelina schauderte es bei diesem Gedanken. Daher blickte sie sich suchend um und entdeckte denselben Grenzstein wie vorher Gordeanus. Da sie sich während ihrer bisherigen Reise angewöhnt hatte, den nachrangigen Ordensrittern Befehle zu erteilen, rief sie den nächsten an.
»Könnt Ihr nachsehen, was dort steht?«
Eusebius machte sich selbst auf den Weg, vermochte aber nur zu berichten, dass sie sich im Grenzland zwischen Baiern-Landshut und dem Salzburger Fürstbistum befänden. »Das Kernland des Hochstifts kann es nicht sein. Das soll viel weiter im Süden liegen«, setzte er nachdenklich hinzu.
»Dann dürfte es sich um Mühldorf handeln. Das gehört zu Salzburg!« Es gefiel Schwester Adelina, mehr zu wissen als ihre Begleiter. Sie hatte sich während der letzten Jahre immer wieder mit den Klöstern und Herrschaften des Landes beschäftigt und machte nun den Vorschlag, nach rechts abzubiegen.
»Geradeaus geht es gewiss nach Mühldorf selbst. Wir würden dort eine Unterkunft finden, doch Seine Exzellenz will ja in Ecksberg übernachten. Reiten wir nach links, geraten wir weiter ins Niederbairische hinein, doch Kloster Ecksberg soll auf den Inn zu liegen, und das ist unzweifelhaft rechts von uns«, erklärte sie und sah zufrieden, dass Eusebius sein Pferd in die von ihr empfohlene Richtung lenkte.

3.

Ein ganzes Stück weiter im Osten trabte Ümit Ağa mit seinen Getreuen in Richtung Chiemsee. Der osmanische Offizier hatte weder sich selbst noch seine Männer und Pferde geschont und war rasch vorangekommen. Mittlerweile aber erregte ihr fremdartiges Aussehen Aufsehen. Zwar hatten sie sich als ungarische Reiter verkleidet, doch auch solche waren in dieser Gegend nur selten anzutreffen. Als sie an diesem Abend ein kleines Dorf erreichten, rannten die Bauern auf den Feldern davon, und er hörte deren Entsetzensschreie: »Die Türken kommen, die Türken kommen!«

Da nur der Ağa selbst, der Pater und Emre die deutsche Sprache verstanden, wandten die anderen sich an ihren Anführer.

»Was rufen diese Giauren, oh Ağa?«, wagte einer die Frage.

»Sie halten uns für Osmanen«, gab Ümit Ağa kurz angebunden zurück.

Der andere lachte: »Das sind wir doch!«

»Wir treten hier als Madjaren auf«, erinnerte ihn Ümit Ağa. »Und jetzt kommt! Haltet die Hände von euren Säbeln und lasst mich und den Giaurenpriester reden.«

Mit diesen Worten spornte er seinen Hengst an und ritt seinen Männern ein ganzes Stück voraus. Als er den Eingang des Dorfes erreichte, hatten sich die waffenfähigen Männer hinter einer aus rasch zusammengeschobenen Karren bestehenden Barrikade versammelt.

Ümit Ağa hielt einige Schritte davor an und hob die Rechte zum Gruß. »Fürchtet euch nicht, ihr guten Leute. Meine

Begleiter und ich stammen aus dem Ungarland und sind unterwegs zu unserem erhabenen König Sigismund, der auch über euch Deutsche herrscht.«

»Wir sind Baiern!«, knurrte einer der Männer. »Unser Herr heißt Heinrich, Herzog zu Landshut.«

»Der wiederum Seiner Majestät, König Sigismund, verpflichtet ist!« Ümit Ağa amüsierte sich über diese Menschen, die sich als Bewohner eines kleinen Landes sahen und mit den anderen Teilreichen der Deutschen nichts gemein haben wollten. In seiner Heimat war das anders. Dort herrschte Sultan Murat mit eiserner Hand, und niemand würde es wagen, sich seinem Willen zu widersetzen.

»Meine Begleiter und ich wünschen hier zu übernachten. Wir zahlen auch dafür!«, setzte er hinzu, um die Bauern dazu zu bewegen, die Barrikade zu öffnen.

»Ich trau denen nicht!«, sagte einer der Männer zu seinen Nachbarn. »Wir sollten sie nicht ins Dorf lassen.«

Ein anderer winkte jedoch ab. »Warum nicht? Wenn sie zahlen, sollen sie uns willkommen sein. Ihr Geld macht es uns auf jeden Fall leichter, unsere Abgaben an den Herzog und das Kloster zu zahlen.«

»Der Gori hat recht! In der heutigen Zeit ist jeder Groschen willkommen! Kommt, Nachbarn, räumt die Wagen zur Seite. Dann machen wir aus, wer bei wem übernachten kann. Schickt einen der Buben zu den Frauen. Sie sollen mehr kochen als sonst.« Der Meier des Dorfes wedelte mit den Händen, als wolle er die Männer an die Arbeit scheuchen. Dabei wechselte er einen kurzen Blick mit jenen Bauern, die dicht bei ihm standen und die Fremden und vor allem deren Pferde neidisch betrachteten.

»Sind schöne Rösser«, meinte einer.

»Geld haben sie auch.« Ein älterer Bauer zwinkerte dem Meier zu.

Ümit Ağa vernahm die in missgünstigem Tonfall vorgebrach-

ten Worte nicht, da er sich seinen Männern zugewandt hatte. »Wir können hier übernachten.«
Nach einem Blick auf den dichten Wald, der das Dorf und seine Felder und Wiesen umgab, war er erleichtert, hier Obdach gefunden zu haben. Die nächste Ortschaft hätten sie wahrscheinlich erst nach Einbruch der Dunkelheit erreicht, und ob sie dort noch willkommen gewesen wären, bezweifelte er.
Um die Laune der Einheimischen zu heben, zog er mehrere Münzen aus seinem Beutel und warf sie dem Anführer der Dörfler zu. »Hier! Das ist für dich.«
Der Meier musterte das Geld und grinste breit. »Dann sage ich danke schön, der Herr. Kommt jetzt! Es gibt bald was zu essen.«
Hoffentlich kein Schweinefleisch, durchfuhr es Ümit Ağa. Auch wenn es im Krieg erlaubt war, einige Verbote zu missachten, um den Feind zu täuschen, ginge es ihm doch zu weit, sich mit dem Fleisch dieser unreinen Tiere zu beschmutzen. Einige seiner Männer würden sich in jedem Fall weigern, davon zu essen, und das konnte Verdacht erwecken. Christen sind Schweinefresser und damit nicht besser als diese unreinen Tiere, dachte er, als er in das Dorf einritt.
Der Meier ging voraus zu seinem Hof. »Den Herrn und zwei weitere Leute könnte ich bei mir unterbringen. Die anderen müssen jeweils zu zweit bei meinen Nachbarn schlafen!«, sagte er.
»Eigentlich würden wir lieber zusammenbleiben«, wandte Ümit Ağa ein. »Habt ihr nicht einen Stall oder eine Scheune für uns, die groß genug für alle ist?«
»Die Heustadel sind voll und die Ställe zu klein und schmutzig. Mein Vorschlag ist deshalb am besten. Mögt ihr ein Bier?«
»Nein, wir sind mit Wasser zufrieden!« Wenn er schon gezwungen sein würde, Fleisch von einem Tier wie dem Schwein zu essen, wollte Ümit Ağa nicht auch noch ein wei-

teres Mal sündigen und ein Getränk zu sich nehmen, das berauschte.
Der Hof des Meiers übertraf das nächstgrößere Anwesen im Dorf um mehr als das Doppelte und bestand aus mehreren Gebäuden.
Ümit Ağa stieg an der Stelle aus dem Sattel, die der Meier ihm mit Handzeichen anwies. Sofort nahm ein junger Bursche, der dem Aussehen nach ein Sohn des Hausherrn war, die Zügel entgegen und führte das Tier zum Stall. Dieser war zwar nicht sonderlich groß, doch nach Ümit Ağas Ansicht hätten fünf oder sechs seiner Leute hineingepasst. Er wollte das schon vorschlagen, sagte sich dann aber, dass der Anführer dieses Dorfes wohl seine Nachbarn mitverdienen lassen wollte, und ließ es daher zu, dass seine Männer aufgeteilt wurden. Bei ihm blieben nur der Priester, den er unter Kontrolle halten musste, sowie ein junger Krieger namens Mahsun, der sich als Diener nützlich machte.
Da er nicht annahm, dass die Dörfler jemals einen Türken hatten sprechen hören, wandte Ümit Ağa sich in seiner Muttersprache an seinen Gefolgsmann und wies ihn an, zu essen, was auf den Tisch kam. Notfalls mussten sie sich, wenn sie diesen Einsatz hinter sich gebracht hatten, durch Fasten und Gebete reinigen.
Der Meier führte sie in sein Haus, ein nahezu lichtloses und zum größten Teil aus Holz bestehendes Gebäude, dessen einzelne Kammern nur durch dünne Lattenwände voneinander getrennt waren. In einem besonders dunklen Winkel stand ein großer Tisch mit einer um die Ecke reichenden Bank, über der ein plumpes Kruzifix hing. Fünf schlichte Schemel bildeten das restliche Mobiliar.
An der anderen Wand sah Ümit Ağa einen offenen, aus Ziegeln gemauerten Herd, über dem ein Kessel an einem Dreibein hing. Eine alte Frau rührte im Schein des Herdfeuers mit einem kurzen Stock in dem Kessel herum.

Die Leute hier hausen erbärmlich, dachte Ümit Ağa, unter dem Schutz seines Großherrn ließe es sich um vieles besser leben. Dabei war ihre Religion kein Hindernis. Es gab genug Griechen, Bulgaren und Serben unter osmanischer Herrschaft, die in ihren christlichen Kirchen beten durften. In dieser Stunde fand er, dass es wohl nicht schwierig sein würde, die osmanischen Rossschweife die Donau herauf bis zu deren Quelle zu tragen und dieses Land zu einer Provinz seiner Heimat zu machen.

Dazu aber musste er in Erfahrung bringen, was es mit diesem seltsamen Gral auf sich hatte. Bei diesem Gedanken streifte Ümit Ağa alles ab, was ihm durch den Kopf ging, und schenkte seinem Gastgeber die Aufmerksamkeit, die dieser für sich forderte. Zuerst stellte der Meier Fragen nach seiner Herkunft und seinem Heimatort, die er so beantwortete, dass er zwar nicht log, es aber trotzdem so aussehen ließ, als stamme er aus Ungarn.

Der Meier war noch nie weiter als zu dem etwa einen Tagesmarsch entfernten Kloster gekommen, dem das Dorf dienstpflichtig war, und kannte selbst die ferne Hauptstadt Landshut nur vom Hörensagen. Dennoch tat er so, als verstünde er alles, und trank ein säuerlich riechendes Getränk, das ihm ein junges, halbwegs hübsches Mädchen gebracht hatte.

Wenig später stellten die Frauen eine irdene, mit einem eigenartigen Brei gefüllte Schüssel auf den Tisch und setzten sich zu den Männern. Während Ümit Ağa es mit stoischer Miene hinnahm, rückte Mahsun von der alten Frau ab, die neben ihm Platz genommen hatte. Zur Verwunderung der beiden Osmanen, aber auch des Priesters teilte die Alte aus Horn und Holz geschnitzte Löffel aus. Der Meier sprach ein kurzes Dankgebet, dann begann die acht Köpfe zählende Familie zu essen. Sie schaufelten mit ihren Löffeln ungeniert in der Schüssel herum und unterhielten sich in einem

Dialekt, der kaum etwas mit dem Deutsch gemein hatte, das Ümit Ağa kannte. Nur mit Mühe verstand er Bruchteile von dem, was sie sagten. Offensichtlich wunderten sie sich über ihn und seine Begleiter, weil diese noch nicht mitaßen.
Es kostete den Ağa Überwindung, den Löffel in den Brei zu stecken und ein wenig davon zu nehmen. Als er das Zeug in den Mund steckte, schmeckte es nach rein gar nichts. Zu seiner Erleichterung war kein Fleisch darin, der Brei bestand aus einer Mischung aus Getreide, Kraut und Rüben.
»Iss jetzt!«, befahl Ümit seinem Gefolgsmann.
Mahsun sah aus, als würde er lieber verhungern, als aus derselben Schüssel wie die Giauren zu essen. Schließlich aber löffelte er etwas Brei aus einer Stelle der Schüssel, die noch keiner der Einheimischen berührt hatte. Auch der Priester aß jetzt, wenn auch mit mäßigem Appetit. Die Schüssel wurde trotzdem leer, und das jüngste Mädchen trug sie hinaus, um sie am Brunnen zu spülen.
»Hat es geschmeckt?«, fragte der Meier.
»Wir danken!«, sagte Ümit Ağa und wich damit einer direkten Antwort aus. Diese wäre nicht besonders höflich ausgefallen.
Mahsun tat sich weniger Zwang an. »Bei Allah, diese Leute essen das Zeug, mit dem die Christen bei uns zu Hause ihre Schweine füttern!« Zum Glück sagte er es in seiner Muttersprache und leise genug, so dass die Einheimischen die Abscheu in seiner Stimme nicht bemerkten. Trotzdem befahl ihm Ümit Ağa zu schweigen. Auch wenn das Essen erbärmlich gewesen war, so waren sie hier Gäste und durften ihre Gastgeber nicht beschimpfen.
»Es wird spät«, erklärte der Meier. »Du und der Pfaff, ihr könnt oben in unserer Stube schlafen. Der junge Bursch bekommt das Bett von meinem Ältesten in der Kammer daneben.«
Über einen gewissen Luxus verfügte das Haus des Dorfältesten also doch, dachte Ümit Ağa. Es gab ein oberes Stock-

werk, und die Bewohner schliefen in verschiedenen Zimmern. Die anderen Häuser des Ortes waren alle ebenerdig gewesen.
Er wandte sich seinem Gastgeber zu und hob die Hand. »Wir wollen euch nicht eurer Betten berauben. Uns genügt ein Platz im Stroh.«
»Wir tun es gern!« Der Meier lachte und klopfte Ümit auf die Schulter. »Und jetzt kommt mit hinauf! Meine Hausfrau deckt gleich den Herd ab. Dann wird es hier herunten stockfinster.«
Ümit Ağa stand auf und winkte seinen beiden Begleitern mitzukommen. Über eine schmale, knarzende Treppe ging es im Schein einer einzelnen Kerze nach oben in eine Kammer, in der außer einem halbwegs großen Bett nur noch eine Truhe stand. In die Wand waren in unterschiedlichen Abständen hölzerne Zapfen eingeschlagen, an denen Kleidungsstücke, eine lederne Tasche und ein altes Schwert hingen. Trotz dieser schlichten Ausstattung mussten die Bewohner dieses Hauses zu den Wohlhabenden in diesem Dorf zählen, dachte Ümit verblüfft.
Das Bett sah ebenfalls nicht so aus, als gehöre es Bessergestellten, denn es bestand aus einem einfachen Holzgestell auf dem Boden, in dem zwei mit Stroh gefüllte Säcke lagen. Die Zudecke war nicht mit Federn, sondern mit Heu gefüllt. Das roch zwar angenehm, kratzte aber, als Ümit mit der Hand darüberfuhr.
»Ich will ja nicht drängen, aber wir müssen selbst ins Bett. Der Morgen kommt früh genug, und es gibt viel Arbeit auf den Feldern«, sagte der Meier.
Ümit nickte, zog Rock und Stiefel aus, und schließlich auch die Hosen. Seinen Säbel und seinen Dolch legte er neben das Bett auf die Holzdielen. Neben ihm kniete der Priester nieder und sprach ein Gebet. Der Meier und sein Weib, das den Gästen mit einer Unschlittkerze leuchtete, schlugen unwill-

kürlich das Kreuz. Dann wünschte der Mann Ümit und dem Priester eine gute Nacht und verließ mit seiner Frau zusammen die Kammer, um Mahsun in der Nebenkammer unterzubringen.

Als die Tür geschlossen war, schüttelte Ümit den Kopf, obwohl der Priester es in der Dunkelheit nicht sehen konnte. »Bei Allah, welch ein Volk! Sie können sich glücklich schätzen, wenn wir Zivilisation und Kultur zu ihnen bringen.«

»Dessen könnt Ihr gewiss sein, oh Ağa«, stimmte dieser ihm zu.

Zu Beginn ihrer Reise hatte der Priester überlegt, sich heimlich in die Büsche zu schlagen und hier im Reich zu bleiben. Doch der Gedanke, so hausen zu müssen wie die Einheimischen, war abschreckend.

»Wir reiten morgen kurz nach Tagesanbruch weiter und verzichten darauf, hier zu frühstücken. Unterwegs finden wir gewiss einen Han, in dem wir besseres Essen bekommen«, fuhr Ümit fort.

»Das werden wir gewiss, oh Ağa«, stimmte ihm der Priester erneut zu.

Ümit fragte sich, ob alle Christen solche rückgratlosen Schwächlinge waren wie dieser Mann, der ihm andauernd nach dem Mund redete. Ihm gefiel es nicht, dass er mit dem Priester das Bett teilen musste, da ihn dies verunreinigte. Er hätte ihn jedoch in die andere Kammer schicken und Mahsun zu sich holen müssen, und das erschien ihm zu gefährlich. Auch wenn der Priester sich ihm gegenüber devot gab, war es doch möglich, dass er sie und ihre Mission an die Bewohner dieses Hauses verriet.

Nachdem er unter den kratzigen Überzug geschlüpft war, tastete er nach seinen Waffen. Den Dolch steckte er unter das ebenfalls mit Heu gefüllte Kissen, das Schwert aber behielt er in der Hand, so wie er es von unzähligen Biwaks auf seinen Feldzügen gewohnt war.

4.

Eine gute Stunde später war es dunkelste Nacht und im Dorf alles ruhig. Da wurde die Hintertür des Meierhofs geöffnet. Vorsichtig trat der Hausherr ins Freie und sah sich kurz nach seinem Sohn und seinen beiden Knechten um, die ihm folgten. Während er eine kurzstielige Axt in der einen Hand hielt und eine Blendlaterne mit einer dünnen Kerze in der anderen, umklammerte sein Sohn einen Hirschfänger, und die Knechte trugen mit Eisennägeln besetzte Knüppel.

Etwas abseits von den Häusern trafen sie auf weitere Männer, die primitive, mit Tüchern abgeschirmte Laternen trugen. Auch sie waren bewaffnet. Einige von ihnen wirkten entschlossen, andere eher ängstlich, doch alle blickten erwartungsvoll ihr Oberhaupt an, das mit einem raschen Blick durchzählte und feststellte, dass sich mehr als zwanzig Männer um ihn versammelt hatten.

»Wollen wir es wirklich machen? Immerhin sind es unsere Gäste«, fragte einer besorgt.

Der Meier bedachte ihn mit einem verächtlichen Blick. »Haben wir diese Fremden eingeladen? Ich sage: Nein! Sie haben sich uns regelrecht aufgedrängt.«

»Aber deswegen müssen wir sie ja nicht gleich umbringen«, wandte der Zweifler ein.

»Deswegen bringen wir sie nicht um«, antwortete der Meier spöttisch. »Die Leute haben Geld und gute Rosse. Außerdem sind es Fremde. Wer weiß, ob sie überhaupt aus Ungarn kommen! Ihr wisst, dass der hochwürdige Herr Abt eine neue Klosterkirche bauen will. Deswegen sollen wir

Bauern in den nächsten Jahren den doppelten Zehnt zahlen und auch noch Hand- und Spanndienste leisten. Wer von uns kann das noch tragen?«

»Keiner! Wir werden alle verhungern«, warf Gori ein, um sein Oberhaupt zu unterstützen.

»So ist es! Aber wenn wir die Rosse von den Fremden haben, reicht das Geld, das wir für drei davon bekommen, aus, um unsere Abgaben zahlen zu können. Außerdem haben wir dann noch Gäule übrig, mit denen wir unsere Felder bestellen können. Tun wir es nicht, müssten wir alle unsere Rosse und unsere kräftigsten Söhne und Knechte zum Kloster schicken und die Weiber vor den Pflug spannen! Wollt ihr das?« Der Meier blickte fragend in die Runde.

Selbst der Zweifler von vorhin schüttelte wie die anderen Männer den Kopf.

»Na also!«, fuhr ihr Oberhaupt fort. »Wir führen es durch, und danach sind die Fremden niemals in unser Dorf gekommen.«

»Aber wenn jemand etwas bemerkt?«, fragte einer.

»Solange wir zusammenhalten, kann uns keiner was. Bedenkt, es ist zum Besten unseres Dorfes. Und jetzt kommt endlich!«

»Was ist mit dem Pfarrer? Bringen wir den auch um?«

»Willst du, dass er dem Pfleger des Herzogs erzählen kann, was hier geschehen ist? Es würde uns nicht gut bekommen!« Der Meier lachte hart auf und teilte seine Männer so ein, dass immer zwei gegen einen der Fremden standen. Dann kehrte er zu seinem Haus zurück, bereit, den Gast, der vor wenigen Stunden aus derselben Schüssel gegessen hatte wie er, zu töten.

5.

Es mochte an dem ungewohnten Bett liegen oder an dem stechenden Geruch, den die Unschlittkerze verbreitet hatte, dass Ümit nicht einschlafen konnte. Später kam auch noch das unmelodische Schnarchen des Priesters hinzu, und der Ağa bedauerte es nun, dass sie nicht auf freiem Feld übernachtet hatten. Doch Reisende, die dies taten, gerieten leicht in Verdacht, heimliche Dinge zu verfolgen, und das hatte er vermeiden wollen. Daher würden er und seine Männer die nächsten Nächte ebenfalls in den Häusern der Giauren verbringen und wohl auch Schweinefleisch essen müssen.

Ümit beschloss, nach dem Ende dieser Reise eine Wallfahrt zum Grabmal eines berühmten Marabut zu machen – oder sich vielleicht sogar seinen Traum von einer Pilgerreise nach Mekka zu erfüllen.

Während er darüber nachsann, vernahm er das Knarren der Treppe. Zuerst gab er nichts darauf, denn es konnte einer der Hausbewohner zum Abtritt gegangen sein. Doch die Treppenstufe knarzte erneut. Nun war er hellwach und zog sein Schwert. Er schwang sich aus dem Bett und tastete sich vorsichtig zur Tür. Durch die Ritzen sah er Licht und hörte die Stimme seines Gastgebers, die zur Vorsicht mahnte.

Misstrauisch öffnete Ümit einen Spalt weit die Tür und sah mehrere Männer die Treppe heraufkommen. Die Waffen in ihren Händen verrieten ihm, dass sie sich nicht in freundlicher Absicht näherten.

Mit zwei Schritten war Ümit Ağa am oberen Treppenabsatz und streckte dem Hausherrn den Säbel entgegen. »Verfluchte

Hunde, was wollt ihr?«, rief er laut genug, um Mahsun zu wecken. Dieser taumelte schlaftrunken aus der anderen Tür, hielt aber ebenfalls sein Schwert in der Hand.

»Was ist los, Ağa? Greifen die Ungarn an?«, fragte er und begriff dann erst, in welcher Situation sie steckten. Mit entschlossener Miene stellte er sich neben seinen Anführer und hob sein Schwert zum Schlag.

Die Dörfler waren im ersten Schreck über den bewaffneten Fremden auf den Stufen stehen geblieben. Ihr Anführer wich hinter seine beiden Knechte zurück und schob diese nach vorne.

»Schlagt die Kerle nieder!«

Die Knechte waren an Gehorsam gewöhnt und stiegen weiter die Treppe hoch. Wohl war ihnen dabei nicht, denn die beiden Männer, die oben auf sie warteten, sahen nicht so aus, als ließen sie sich so leicht ins Bockshorn jagen. Schließlich ermannte sich ein Knecht und griff Ümit an.

Dieser wich mit einer eleganten Bewegung dem Knüppel aus und schlug seinerseits mit dem Säbel zu. Blut spritzte und übergoss die hinter dem Knecht stehenden Männer mit einem roten Sprühregen. Noch während diese zu begreifen versuchten, was geschehen war, kippte der Verletzte nach hinten, stürzte die Treppe hinab und riss drei der fünf Männer mit sich. Die beiden anderen sahen nun Ümit Ağa entgegen, der mit mühsam beherrschter Wut auf sie zukam.

Da Ümit nicht annahm, dass die Kerle nur ihn hatten angreifen wollen, stieß er einen schrillen Alarmpfiff aus und trieb seine Gegner vor sich die restlichen Stufen hinab. Einer von ihnen bekam es mit der Angst zu tun, drehte sich um und rannte davon. Den anderen traf Ümits Klinge. Dann stand der Ağa auf ebener Erde und sah den Meier vor sich. Dieser hielt noch die Axt in der Hand und wollte seinen Gesten zufolge seine beiden letzten Begleiter dazu bewegen, Ümit in die Zange zu nehmen.

Da stürmte Mahsun die Treppe herab und schwang seinen Säbel mit grimmiger Entschlossenheit. Der Kerl, der gerade in Ümits Rücken gelangen wollte, bezahlte diesen Versuch mit dem Leben. Den anderen traf Ümits Waffe, verletzte ihn aber nur. Es reichte jedoch, um auch den Kerl in die Flucht zu treiben.

Zuletzt stand nur noch der Meier gegen die beiden Türken. Zur Tür gelangte er nicht mehr, denn Mahsun verlegte ihm den Weg. Da er gegen zwei kampferfahrene Männer nicht bestehen konnte, ließ er die Axt fallen und fiel auf die Knie.

»Gnade, Herr, bitte, ich …«

Ümit Ağa nahm Maß und schlug zu. Was auch immer der Meier hatte sagen wollen, unterblieb. Dafür kamen nun dessen Mutter, das Weib und die zwei Töchter aus einer Kammer, starrten auf das Blutbad und begannen schrill zu kreischen.

»Was machen wir mit denen? Bringen wir sie um?«, fragte Mahsun.

»Nein! Wir schauen nach unseren Kameraden!« Noch während Ümit das sagte, riss er die Tür auf und rannte hinaus. Der Mond schien hell genug, um die anderen Häuser erkennen zu können. Aus einigen scholl Kampflärm. Wie es aussah, schwebten seine Männer in höchster Gefahr. Mit ein paar Sätzen war Ümit beim nächsten Haus, rammte die Tür auf und sah vier Dörfler, die, von drei mit Besenstielen bewaffneten Frauen unterstützt, Emre und einen weiteren seiner Krieger in die Enge getrieben hatten.

Ohne zu zögern, griff er die Gruppe von hinten an und fällte zwei Männer, bevor die anderen ihn überhaupt bemerkten. Ein weiterer Dörfler starb durch Mahsuns Klinge, doch der letzte Mann und die drei Weiber wehrten sich erbittert, so dass die vier Osmanen alle niederschlagen mussten.

»Vorwärts! Wir müssen den anderen helfen«, rief Ümit und eilte weiter zum nächsten Gebäude.

Dort sah die Sache schlimmer aus. Die Dörfler hatten die beiden Männer, die dort untergekommen waren, im Schlaf überrascht und erschlagen. »Dafür werden sie bezahlen«, schwor sich Ümit und winkte Mahsun, Emre und seinen anderen Männern, ihm zu folgen.

Kurze Zeit später war es vorbei. Drei von Ümits Gefolgsleuten waren tot, zwei weitere verletzt. Die Dörfler hatten ihre Heimtücke mit sechzehn toten Männern und fünf toten Frauen bezahlt, und die Überlebenden waren in die Nacht hinaus geflohen. Einige von Ümits Kriegern wollten ihnen folgen, doch er rief sie zurück.

»Bleibt hier! Die Leute kennen die Gegend und sind euch in der Nacht überlegen. Holt die Pferde und nehmt so viel an Vorräten mit, dass es für mehrere Tage reicht. Sollte einer von euch unseren Giaurenpriester sehen, dann bringt ihn zu mir.«

Hoffentlich hat der Kerl sich nicht in die Büsche geschlagen, dachte Ümit, denn in dem Fall würde er bis zum Hals in Schwierigkeiten stecken. Wenn die Christen durch den Priester erfuhren, dass sich ein türkischer Offizier in ihr Land eingeschlichen hatte, um den Fund des Heiligen Grals zu verhindern, würden ihn Hunderte, wenn nicht gar Tausende Krieger verfolgen.

Umso erleichterter war er, als Emre kurze Zeit später auf ihn zukam und den Priester vor sich herstieß. »Ich freue mich, dass dir nichts geschehen ist«, sagte er mit sarkastischem Unterton.

»Ich freue mich auch, dass Euch nichts geschehen ist, oh Ağa«, antwortete der Priester.

Ümit spürte, dass dies nicht gelogen war. Der nächtliche Überfall der Dörfler hatte dem Mann deutlich vor Augen geführt, dass es Sicherheit für ihn nur an der Seite seines Herrn gab.

»Was machen wir jetzt?«, fragte Ümits Stellvertreter Tülay.

»Es konnten zu viele Giauren fliehen. Sie werden ihre Ağas und Beis davon informieren, dass es hier zum Kampf gekommen ist …«

»… und dabei kräftig lügen!«, unterbrach Ümit ihn. »Davon müssen wir ausgehen. Zur Strafe zünden wir das Dorf an. Danach teilen wir uns in zwei Gruppen. Ich reite mit Emre, Mahsun und dem Priester weiter, während du dich mit dem Rest wieder nach Osten wendest und versuchst, unsere Festung zu erreichen. Hinterlasst zu Beginn eine deutliche Spur, damit diese Christenhunde glauben, wir hätten uns alle zurückgezogen. Danach seht zu, dass ihr den Giauren entkommt. Ich schlage mich unterdessen durch die Wälder westwärts durch. Halt! Bevor ihr die Hütten anzündet, sucht ihr nach Kleidung, die wir tragen können. Es ist sinnlos, weiterhin als Ungarn aufzutreten. Das werden die geflohenen Christen ihren Oberhäuptern gewiss berichten.«

»Es geschehe, wie Ihr befehlt, Ağa!« Tülay winkte mehreren Männern, ihm zu folgen, und drang in das Haus des Meiers ein. Den dort liegenden Toten schenkte er keinen Blick, sondern durchsuchte sämtliche Räume und kehrte schließlich mit einem Bündel Kleider und einem Beutel voller Münzen zu seinem Anführer zurück.

»Seht her, oh Ağa! Der Mann hat wie ein Bettler gelebt und war doch reich.«

Ümit nahm das Geld entgegen und steckte es in seine Satteltasche. Dann wählte er die besten Sachen, die seine Männer im Dorf gefunden hatten, für sich aus. Das Zeug war unbequem, kratzig und stank nach Schweiß. Emre und Mahsun kleideten sich ebenfalls neu ein, während der Priester ihnen zusah.

Mit einer befehlenden Geste wandte Ümit sich an ihn. »Zieh dich ebenfalls um. Die Feinde wissen, dass ein Mann im schwarzen Kaftan eines Priesters mit uns geritten ist. Einer von Tülays Leuten wird dein Gewand tragen.«

»Das ist kein Kaftan, sondern eine Soutane«, korrigierte ihn der Priester.

Ohne darauf einzugehen, befahl Ümit mehreren seiner Männer, dem Pfarrer das schwarze Gewand auszuziehen, und schob ihm Hemd, Wams und Hosen eines Dörflers hin. »Beeile dich! Sonst müsste ich mir überlegen, ob ich dich noch brauche.«

Er fand es lachhaft zu sehen, wie rasch der Priester in die ungewohnten Kleidungsstücke fuhr. Emre machte sich noch einen Spaß daraus, ihm eine Filzkappe aufzusetzen.

Dann aber sah dieser sich nachdenklich zu Ümit um. »Die Pferde könnten uns verraten, oh Ağa!«

»Weniger die Pferde als das Zaumzeug. Da wir kein anderes haben, müssen wir es riskieren. Doch nun lasst uns reiten. Tülay und seine Männer sollen, sobald wir den Waldsaum erreicht haben, das Dorf in Brand stecken und dann verschwinden! Möge Allah mit ihnen sein.«

»Allah möge Euch und Eure Männer beschirmen«, antwortete sein Stellvertreter und hielt dem Ağa eigenhändig den Steigbügel, damit dieser sich in den Sattel schwingen konnte.

6.

Maries Gruppe folgte Gordeanus' Spuren, die kaum zu verfehlen waren, und bald war sein Vorsprung auf vier Tage geschmolzen, da sie weder sich selbst noch ihre Pferde geschont hatten. Auch an diesem Abend hatten sie noch keine Unterkunft gesucht, obwohl im Osten bereits die ersten Schatten der Dämmerung aufzogen und der Himmel im Westen in einem hellen Rot glühte.

»Wenn wir nicht bald ein Quartier finden, müssen wir auf freiem Feld übernachten«, sagte Michel, während er sich suchend umsah.

Früher als er entdeckte Marie drei Knechte, die mit geschulterten Äxten heimwärts wanderten, und lenkte ihre Stute zu diesen hin.

»Gott zum Gruß, liebe Leute. Könnt ihr uns sagen, wo wir uns hier befinden und wo wir eine Unterkunft bekommen können?«

Der Anführer der Knechte wandte sich zu ihr um und musterte sie. Sie war eine schöne Frau mit einem energischen Blick und saß gut zu Pferd. Ihr Kleid war von einem dunklen Blau, das der Straßenstaub grau überhaucht hatte, und die Reitpeitsche in ihrer Hand stellte auch eine gute Waffe gegen aufdringliche Leute dar.

»Dahinten ist Mettenheim«, erklärte der Knecht. »Da müssen wir hin. Im dortigen Kloster könntet ihr unterkommen!«

Marie gefiel diese Möglichkeit nicht, hieß sie doch, schräg zu der Richtung zurückzureiten, aus der sie gekommen waren. »Und vor uns?«, fragte sie.

»Da geht es rechts nach Ecksberg. Das ist auch ein Kloster. Die frommen Frauen des heiligen Franziskus sind dort drinnen. Auch diese nehmen Gäste auf. Wenn Ihr aber geradeaus weiterreitet, geratet Ihr auf Salzburger Land. Da trefft Ihr zuerst auf Altmühldorf und danach auf Mühldorf selbst. Aber Ihr werdet die Stadt kaum noch erreichen, bevor das Tor geschlossen wird.«
»Hab Dank für die Auskunft!« Marie nahm ein paar Pfennige aus ihrem Geldbeutel und reichte sie dem Mann.
Dieser starrte auf das Geld und wagte kaum, es entgegenzunehmen. Dann aber huschte ein Lächeln über sein Gesicht. »Vergelt's Gott, die Dame! Wir werden einen Krug Bier auf Eure Gesundheit leeren.«
»Tut das!«, antwortete Marie zufrieden und kehrte zu ihrer Gruppe zurück. »Wenn wir uns beeilen, können wir noch die Stadt Mühldorf erreichen. Die beiden Klöster, die es hier gibt, liegen abseits unseres Weges.«
»Dann sollten wir nicht säumen!« Michel spornte seinen Hengst an und trabte voraus. Die anderen folgten ihm dichtauf. Sogar Donata hielt mit, denn sie hatte das Reiten mittlerweile recht gut gelernt. Der Einzige, der murrte, war Hartwin. Zwar war seine Wunde mittlerweile gut verheilt, doch er spürte noch ihre Folgen.
Stoffel hörte ihn vor sich hin schimpfen und feixte. »Ihr hättet auf meinen Rat hören sollen, nach Hause zu reiten, Herr Hartwin. Dann müsstet Ihr jetzt nicht klagen.«
»Dummkopf!«, fuhr ihn Hartwin an. »Solange wir die Ritter dieses Ordens als Feinde ansehen müssen, dürfen wir sie nicht aus den Augen lassen.«
»Hättet Ihr bei Würzburg besser auf die Jungfer aufgepasst, gäbe es diese Probleme nicht«, stichelte Stoffel weiter.
»Du hast die drei Ordensritter vergessen, die Donata umbringen wollten. Hätten sie uns aus dem Hinterhalt überfallen, wäre es schlecht für uns ausgegangen. Und nun halte

dein Maul, solange du nur so schwachsinniges Zeug von dir geben kannst!«
Während des Gesprächs waren sie einige Klafter zurückgeblieben, doch nun schloss Hartwin rasch auf und ließ seinen Stellvertreter hinter sich.
Stoffel griff zum Schwert, zog aber die Hand sofort wieder zurück. Wenn er Hartwin niederschlug, hatte er nicht nur Michel und Krispin, sondern auch die drei Knechte gegen sich. Obwohl Rudi beim Kampf im Kloster gefallen war, hielten dessen Kameraden mehr zu Hartwin als zu ihm. Auf diese Weise kam er nicht weiter. Daher musste er eine Gelegenheit abwarten, bei der er sich seines Anführers auf unauffälligere Weise entledigen konnte.
Während Stoffel ein weiteres Mal die Ungerechtigkeit der Welt beklagte und Donata nun doch Mühe hatte, mit den anderen mitzuhalten, blickte Marie angestrengt nach vorne. Schon bald sah sie das Dorf Altmühldorf vor sich auftauchen. Sie hielt dort nicht an, sondern trabte an der Kirche vorbei und entdeckte kurz darauf einen Meilenstein mit einer im Schein der untergehenden Sonne rot schimmernden Inschrift. Diese zeigte an, dass Mühldorf weniger als eine halbe Meile entfernt lag.
»Wir schaffen es!«, rief Marie Michel zu und trieb ihre Stute an.
»Nicht so schnell! Sonst kommt Donata nicht mehr mit«, warnte ihr Mann.
»Ich will zum Tor und die Wächter bitten, auf unsere Nachzügler zu warten!« Marie lachte und ließ ihre Stute galoppieren.
Michel überlegte kurz, ob er ihr folgen oder beim Trupp bleiben sollte, und gab dann Krispin einen Wink. »Folge du meiner Frau und sorge dafür, dass die Tore von Mühldorf für uns offen bleiben. Ich komme mit den anderen nach.«
»Das mache ich!« Noch während er es sagte, kitzelte Kris-

pin seinen Äolos kurz mit dem Sporn und bemerkte zufrieden, wie der Vorsprung, den Marie bereits gewonnen hatte, rasch zusammenschmolz. Kurz darauf hatte er sie eingeholt und hielt sich an ihrer Seite.
»Ich hoffe, wir haben Glück und die Wächter lassen uns noch ein. Sonst müssen wir vor den Toren nächtigen, und das ohne Nachtmahl und Frühstück!«, sagte er besorgt.
»Frühstücken könnten wir morgen in der Stadt«, gab Marie ungerührt zurück. Sie hatte während ihres an Abenteuern und Gefahren reichen Lebens oft genug unter freiem Himmel schlafen müssen, und so schreckte diese Aussicht sie weniger als den jungen Mann.
Die Sonne war bereits untergegangen, als sie im letzten Schein des Tages einen steilen Abhang erreichten und die Stadt unter sich liegen sahen. Das Abendrot tauchte die Häuser und die drei großen Tortürme in ein weiches Licht. Zu Maries Erleichterung gab es vor dem höchsten der Türme noch eine kleine Kirche und mehrere Gebäude, die nicht von der Stadtmauer umschlossen waren. Wenn die Torwächter sie nicht mehr in die Stadt ließen, konnten sie dort eine Unterkunft finden.
Mit diesem Gedanken lenkte sie ihre Stute die steile Straße hinab, die zum Tor führte, und hoffte, von den Wächtern gesehen zu werden.
Dies war offenbar der Fall, denn als sie im Tal angekommen waren und auf den hohen, dunkel getünchten Turm zuritten, stand das Tor noch offen. Zwei Wachen in den Salzburger Farben standen vor dem Tor und sahen ihnen neugierig entgegen.
»Die Herrschaften sind aber noch spät unterwegs«, meinte einer von ihnen.
»Gott zum Gruß!«, antwortete Marie und hielt aufatmend ihre Stute an. »Wir wollten Mühldorf noch erreichen, doch leider war die Entfernung größer, als wir erwartet hatten.«

»Hinter uns sind auch noch Reisende«, mischte sich Krispin ein. »Wir sind vorausgeritten, um uns anzumelden. Es wäre ja schade gewesen, nur mit dem Sternenzelt als Decke übernachten und hungrig bleiben zu müssen, wo es doch hier in der Stadt guten Wein und einen knusprigen Braten gibt.«
Dieses Lob kam bei den beiden Wächtern gut an. »Ihr esst bei uns in Mühldorf schon besser als bei den Baiern draußen. Unser Herr Fürstbischof sorgt gut für uns. Aber wollt Ihr nicht hereinkommen?«
»Wir warten lieber auf die anderen«, erklärte Marie, da sie Angst hatte, die Stadtknechte würden dann doch das Tor schließen und Michel und die anderen draußen bleiben müssen.
»Lange sollten Eure Leute sich nicht mehr Zeit lassen. Wir haben dem Stadtrat geschworen, dass wir bei Sonnenuntergang die Tore schließen, und die Sonne ist bereits untergegangen«, mahnte einer der Wächter besorgt.
Da wies sein Kamerad die Straße hoch. »Dort kommen sie schon. Aber es sollte Euch schon ein paar Pfennige wert sein, dass wir so lange gewartet haben!«
»Das ist es uns wert!«, versprach Marie und nestelte ihren Geldbeutel los. Mittlerweile war es so dunkel, dass sie nur schwer die richtigen Münzen erkennen konnte. Doch als Michel mit dem Rest der Reisegruppe zum Tor kam, hatte sie das Trinkgeld für die Wächter ebenso zusammen wie das Torgeld.
»Wen sollen wir ins Wachbuch einschreiben?«, fragte der Wächter, der das Geld entgegennahm.
»Michel Adler, Reichsritter auf Kibitzstein, und Freiherr Hartwin von Frommberg auf der Reise zu wundertätigen Bildstöcken und Reliquien in diesem Land«, antwortete Marie lächelnd und ritt als Erste in die Stadt. Aus den Augenwinkeln beobachtete sie Hartwin und sah diesen zufrieden lächeln. Ihr war auf ihrer gemeinsamen Reise nicht ent-

gangen, wie wenig es ihm passte, wenn er nur als Michels Gefolgsmann bezeichnet wurde, und hatte daher seiner Eitelkeit geschmeichelt.

Der Wächter empfahl ihnen noch einen Gasthof. Wenig später saßen sie in einem verwinkelten Gewölbekeller und ließen sich Braten und Bier schmecken. Der Wein, der an diesem Ort ausgeschenkt wurde, war ihnen jedoch zu sauer.

7.

Das also ist der Khimus Lacus!« Leopold von Gordean zügelte sein Pferd und starrte auf den See. Dieser war weitaus größer, als er erwartet hatte, und er musste suchen, bis er die Insel Frauenwörth gegen das dahinterliegende Ufer erkennen konnte. Noch weiter im Süden stiegen die Berge so steil empor, als würden sie direkt hinter dem gegenüberliegenden Seeufer aufragen. Ein warmer Fallwind blies ihnen von dort entgegen und blähte Gordeanus' Umhang.

Mit einer triumphierenden Geste wandte der Hochmeister sich zu seinen Begleitern um. »Wir haben unser Ziel erreicht! Noch heute werden wir vor dem Altar der Klosterkirche stehen und die Strecke zum Bildstock des heiligen Florianus ausmessen.«

»Da vorne ist ein Dorf, und dort liegen Kähne am Ufer«, meldete Eusebius, den weniger der heilige Florian interessierte als vielmehr, wie sie nach Frauenwörth gelangen konnten.

»Das dürften Fischer sein. Sie werden uns übersetzen.« Zielstrebig ritt Gordeanus auf das Dorf zu.

Die Grundmauern der Häuser bestanden aus unbehauenen Steinen und die Gebäude selbst aus Holz. Am Ufer waren Netze gespannt, und mehrere Männer waren dabei, Löcher in ihnen zu flicken.

»Gott sei mit euch!«, grüßte Gordeanus und hielt sein Pferd neben einem der Männer an.

Dieser musterte die rot gekleidete Gestalt mit dem unförmigen Kreuz auf Umhang und Waffenrock, bevor er Antwort gab.

»Grüß Gott!« Dann wandte er sich wieder seinem Netz zu und arbeitete weiter.
»He du! Ich rede mit dir.« Gordeanus' Stimme klang bereits um einiges schärfer.
»Was gibt es?«, fragte der Fischer.
»Ihr werdet uns nach Frauenwörth übersetzen!«, erklärte der Hochmeister im Befehlston.
Der Mann schüttelte heftig den Kopf. »Das tun wir nicht – keiner von uns! Mit diesen Betschwestern wollen wir nichts zu tun haben.«
»Ihr werdet es tun!«, rief Gordeanus und griff zum Schwert.
»Versucht es lieber nicht! Unser Vogt ist ein ganz Scharfer«, warnte ihn der Fischer.
»Aber wir müssen zur Insel!« Leopold von Gordean platzte fast vor Wut, doch der Fischer schüttelte erneut den Kopf.
»Wenn Ihr nach Frauenwörth wollt, müsst Ihr nach Stock weiterreiten. Einige der Fischer dort sind den Klosterweibern auf der Insel dienstpflichtig und werden Euch übersetzen. Wir tun es nicht.« Damit kehrte der Mann dem Hochmeister endgültig den Rücken und scherte sich auch nicht mehr um dessen Schimpfen.
Gordeanus blieb nichts anderes übrig, als sein Pferd zu wenden und eine Straße zu suchen, die um den See herumführte. Am liebsten hätte er dem renitenten Fischer den Kopf vor die Füße gelegt, doch wenn er seinen Aufenthalt am Chiemsee gleich mit einer Gewalttat begann, machte er sich Feinde, die ihm bei seiner Suche nach dem Heiligen Gral in die Quere kommen konnten.
»Das ist ein ungutes Volk«, meinte er zu Eusebius.
»Sie verhalten sich wie viele, die mit jemand anderem verfeindet sind«, antwortete der Ritter.
»Es sind lumpige Fischer, und sie reden schlecht von den ehrwürdigen Damen der Abtei Frauenwörth!« Schwester Adelina griff nun aus ihrer Sänfte heraus auf Gordeanus'

Seite ein, doch Eusebius antwortete mit einer wegwerfenden Handbewegung.
»Auch Fischer und anderes einfaches Volk achten auf ihre Rechte. Sie werden zornig, wenn man sie ihnen vorenthält oder sie auch nur glauben, schlecht behandelt worden zu sein.«
Das Letzte stellte ein halbes Einlenken dar, weil Eusebius die Schuld an diesem offenbar gewordenen Zwist nicht auf die frommen Nonnen des Inselklosters schieben wollte, ohne zu wissen, weshalb die Fischer mit diesen im Streit lagen.
Gordeanus beendete das Gespräch auf seine Weise. »Bruder Eusebius, du nimmst dir jetzt zwei Mann und reitest voraus, damit wir bei unserer Ankunft die Boote vorfinden, die uns nach Frauenwörth bringen sollen.«
»Wie Ihr befehlt, Euer Exzellenz!« Eusebius deutete eine Verbeugung an, winkte den Rittern Matthias und Albrecht, ihm zu folgen, und trabte los.
»Ich hoffe, Eusebius hat Erfolg. Ich will nicht in diesem Dorf – wie hieß es gleich wieder? Ah, Stock! – übernachten müssen«, erklärte Gordeanus und vergaß, dass noch ein größeres Stück Weges vor ihnen lag. Während er neben Schwester Adelinas Sänfte herritt, verwickelte er die Frau in ein Gespräch über den Heiligen Gral, in dem er ihr all die Wunder aufzählte, die er mit dieser wertvollsten aller Reliquien zu vollbringen gedachte.

8.

Eusebius hatte gute Arbeit geleistet, denn als Leopold von Gordeans Zug den Ort Stock erreichte, lagen bereits mehrere Boote am Ufer bereit. Allerdings waren sie viel zu klein für die Pferde. Bevor sein Oberhaupt einen diesbezüglichen Einwand vorbringen konnte, wies der Ritter auf den See.

»Die Fischer bringen uns nach Frauenwörth. Sie warnen uns allerdings vor der Fahrt, weil die Damen nur ungern Männer als Gäste auf ihre Insel lassen.«

»Uns werden sie empfangen«, erklärte Gordeanus. Immerhin besaß er das Schreiben des Königs, das alle geistlichen und weltlichen Würdenträger des Reiches dazu aufforderte, ihn bei seiner Mission zu unterstützen.

»Es geht auch um die Pferde. Das einzige Boot, das groß genug für sie wäre, liegt auf Frauenwörth. Es jetzt noch zu holen würde so lange dauern, dass wir in die Dunkelheit geraten. Der Fischer rät daher, den Pferden die Sättel abzunehmen und sie neben den Booten herschwimmen zu lassen!«

So aber wollte Leopold von Gordean nicht auf der Insel ankommen. Daher schüttelte er den Kopf. »Der Fischer soll das große Boot holen. Die ehrwürdige Mutter und ich werden mit ihm nach Frauenwörth fahren, ebenso zwei meiner Ritter. Du, Bruder Eusebius, kommst mit den anderen und den Pferden nach.«

Der Ritter nickte, obwohl dies für ihn und neun seiner Mitbrüder hieß, bis in die Nacht hinein auf die Überfahrt zu warten.

Erwartungsvoll stieg Adelina aus ihrer Sänfte und reckte sich.

»In dem Ding wird man ganz steif!«, sagte sie zu Gordeanus und ließ sich von ihm zu dem besten Boot des Fischers führen.

Zwei Ordensritter folgten ihnen, warteten aber am Steg, bis die beiden eingestiegen waren und sich hingesetzt hatten. Nach alter Gewohnheit wollten die beiden Männer seitlich hinter ihrem Hochmeister stehen bleiben, doch als der Fischer und seine zwei Gehilfen das Boot vom Ufer abstießen und es zu schaukeln begann, gerieten sie in Gefahr, über Bord zu fallen. Gordeanus bemerkte ihre Schwierigkeiten und wies auf einen Packen Netze, der weiter vorne lag.

»Setzt euch darauf. Oder seid ihr versessen auf ein Bad?«

Eusebius, der vom Ufer aus dem Boot nachschaute, vernahm die Worte und sagte sich, dass der Hochmeister schon einmal höflicher mit seinen Ordensrittern umgegangen war. Zudem fragte er sich nicht zum ersten Mal, welchen Segen der Himmel ihrer Suche beimaß, bei der schon zu Beginn das Blut Unschuldiger geflossen war.

Solche Gedanken waren Leopold von Gordean fremd. Er blickte zu der größeren Insel hinüber, auf die das Boot zuhielt. »Wer lebt dort?«, fragte er den Fischer, der am Heck die Pinne hielt, während seine Knechte ruderten.

»Die große Insel gehört den Augustiner-Chorherren von Herrenwörth«, antwortete der Mann. »Neben den frommen Damen von Frauenwörth sind es diejenigen, die hier am See am meisten zu sagen haben.«

»Da kommt es wohl auch oft zu Streitigkeiten?«, fragte Gordeanus weiter.

»Von Zeit zu Zeit gewiss, aber eher selten. Beide Klöster sind reich genug, um einander den Besitz nicht zu neiden.«

»Warum fahren wir in Richtung dieser Insel?«, wollte Gordeanus wissen. »Wäre es nicht besser, direkt auf Frauenwörth zuzuhalten?«

»Der gnädige Herr mag verzeihen, aber wir Fischer kennen

den See besser als er. Wenn wir über das offene Wasser fahren, steht uns der Fallwind von den Bergen entgegen. Hier aber können wir im Windschatten bleiben und kommen schneller ans Ziel.«
Da dies auch Leopold von Gordeans Bestreben war, sagte er nichts mehr dazu, sondern musterte das grüne Ufer des Sees und blickte dann nach Süden auf die Berge, deren höchste Spitzen sogar jetzt im Sommer noch weiße Kappen trugen. Dahinter liegt Italien, dachte er, und ein Stück weiter Rom. Dort würde er schon in naher Zukunft mit dem Gral in der Hand einziehen und den Platz einnehmen, der ihm als Finder der heiligen Reliquie gebührte.
Er stellte sich den Augenblick vor, an dem der Papst,von der Macht des Grals erfasst, die Tiara ablegen und sie ihm überreichen würde. Das war sein Traum, seit er zum ersten Mal von Raoul de Melancourt gehört hatte und davon, dass dieser den Kelch des letzten Abendmahls ins Abendland gebracht hatte.
Als er sich seiner Umgebung wieder bewusst wurde, hatten sie Herrenwörth bereits hinter sich gelassen und steuerten an einer kleineren Insel vorbei, auf der mehrere Nonnen mit Hacken den Boden bearbeiteten. Als die Frauen das Boot sahen, hielten sie inne und schauten herüber.
»Was tun die dort?«, fragte Gordeanus den Fischer.
»Die frommen Frauen von Frauenwörth ziehen dort einen Teil ihres Gemüses, und im Herbst lassen sie da drüben ihre Schafe hüten«, erklärte der Mann.
»Und das dort vorne? Das ist wohl der Turm der Abteikirche von Frauenwörth?« Leopold von Gordean zeigte auf einen wuchtigen Turm, der neben einem großen Gebäude aufragte. In diesem Augenblick begriff er, dass es wohl nicht so einfach sein würde, das Bildnis des heiligen Florianus zu finden. Sechshundert Schritte von diesem Turm entfernt gab es in der vorgegebenen Richtung nur Wasser.

»Raoul de Melancourt soll verflucht sein!«, murmelte er und fragte sich, ob die Längenangabe ein Rätsel war oder es einen Schlüssel gab, durch den sie geteilt werden musste. Vielleicht stimmte auch die angegebene Richtung nicht, und er musste ganz woanders suchen. Höchst verärgert dachte er an Isabelle de Melancourt, die ihm mit Sicherheit Auskunft hätte geben können. Doch die befand sich immer noch als Gefangene in ihrem eigenen Kloster oder war bereits Landolfus' Launen zum Opfer gefallen und lebte nicht mehr.

»Ich hätte ihn mitnehmen und Eusebius zurücklassen sollen«, entfuhr es ihm.

Gordeanus wusste jedoch, dass es zu spät war, seine Entscheidung umzustoßen. Daher blieb ihm nichts anderes übrig, als die Statue des heiligen Florianus selbst zu suchen, und wenn er dafür sämtliche drei Inseln umgraben musste.

Mittlerweile blieb mit Kunzenau auch die kleinste der drei Inseln hinter ihnen zurück, und er sah den Turm der Abteikirche wie ein Symbol des siegreichen Glaubens vor sich aufragen. Am Ufer machte sich ein Knecht bereit, die Leine aufzufangen, die der Fischer nun in Händen hielt. Auf dessen Befehl hoben die beiden Ruderer ihre Ruder und legten sie ins Boot, das, nur noch vom eigenen Schwung getrieben, auf den Steg zuschwamm. Dabei bekamen Gordeanus und Adelina einige Tropfen ab.

»Könnt ihr nicht achtgeben, ihr Tölpel?«, schalt der Hochmeister, richtete sein Augenmerk aber auf die Insel und stieg, kaum dass sie angelegt hatten, hastig an Land. Einer seiner Ritter half Schwester Adelina, das Boot zu verlassen. Dann folgten er und sein Kamerad der Nonne.

»Du nimmst jetzt das große Boot und holst unsere Pferde und meine restlichen Männer«, befahl Gordeanus dem Fischer und schritt davon, ohne auch nur einen Pfennig Trinkgeld zu geben.

Auf der Insel war man mittlerweile auf sie aufmerksam geworden. Seine ungewohnte, strenge Tracht mit dem schwarzen Hammerkreuz auf rotem Grund und Schwester Adelinas Nonnenkleidung veranlassten mehrere Klosterfrauen, ihnen entgegenzugehen.

»Willkommen auf unserer Insel. Ich bin Schwester Margit und für Gäste zuständig«, begann eine und setzte ein freundliches »Grüß euch Gott« hinzu.

Leopold von Gordean musterte die nicht mehr ganz junge Frau mit einem kalten Blick. »Ich wünsche, zu deiner Oberin geführt zu werden!«

»Wen darf ich unserer ehrwürdigen Mutter melden?«, fragte Schwester Margit, bemüht, weiterhin freundlich zu bleiben.

»Mein Name lautet Leopold von Gordean, und ich bin der Hochmeister der hochedlen Ritter des heiligen Ordens des Hammers vom Heiligen Kreuz zu Jerusalem. Ich komme im Auftrag Seiner Majestät, König Sigismund, um ein heiliges Ding zu finden und zu bergen! Meine Begleiterin ist die ehrwürdige Mutter Adelina, Oberin eines Klosters im Waldgebirge, die mich bei meiner Suche unterstützt.«

Gordeanus hielt es für besser, Adelina nicht als einfache Nonne, sondern als einflussreiche Äbtissin auszugeben. Diese Behauptung hatte sich auf dem Weg hierher mehrfach als Schlüssel für eine Übernachtung in einem Frauenkloster erwiesen. Die Mitglieder eines Ritterordens konnten die Nonnen bitten, zu einem nahe gelegenen Männerkloster weiterzureiten. Einer Äbtissin und deren Begleitung versagte jedoch keine Oberin die Gastfreundschaft.

Auch Schwester Margits leicht gekrauste Stirn glättete sich nun, und sie bat Adelina und Gordeanus, ihr zu folgen.

9.

Dorothea von Laiming empfing die Besucher in einem kleinen, mit kunstvollen Schnitzereien ausgestatteten Raum, in dem etliche Heiligenfiguren in Nischen und auf Simsen standen. Ihr Ordenskleid wirkte einfach, war jedoch von bester Qualität, und der goldene Ring mit ihrem Wappen wies auf ihren Rang und ihre Bedeutung hin.

»Gottes Segen sei mit euch«, begrüßte sie die Gäste und sah Leopold von Gordean scharf an, denn sie hatte bereits beim Eintreten gespürt, dass nicht die Äbtissin, sondern der Ordensritter die bestimmende Kraft dieser Reisegruppe war.

»Gottes Segen sei auch mit dir, Schwester Dorothea!« Gordeanus' Verhalten war unverschämt, doch er wollte dieser Frau nicht die Gleichrangigkeit zubilligen, die sie vielleicht dazu bewegen mochte, ihm auf seiner Suche Knüppel zwischen die Beine zu werfen.

Um Dorothea von Laimings Mundwinkel erschien ein unwilliger Zug. Als Oberhaupt dieses Klosters wollte sie höflich angesprochen werden. Immerhin besaß Frauenwörth viele Rechte und Besitzungen in diesem Landstrich und darüber hinaus.

»Was führt dich zu uns, Bruder Leopold?«, fragte sie und sprach Gordeanus somit auf gleiche Weise an wie er sie.

Der Hochmeister spürte, dass es einen harten Kampf geben würde, die stolze Frau dazu zu bewegen, ihn vorbehaltlos zu unterstützen. Doch dem Erlass des Königs würde auch sie sich beugen müssen. Daher holte er das Schreiben heraus und reichte es Dorothea von Laiming.

»Ich komme im Namen Seiner Majestät, König Sigismund,

um eine wertvolle Reliquie zu bergen«, erklärte er, ohne näher auf das Objekt seines Bestrebens einzugehen.
Dorothea von Laiming las das Schreiben, das der Mönch Fabianus im Auftrag Sigismunds ausgefertigt hatte, und reichte es mit düsterer Miene zurück. »Seine Majestät fordert mich auf, Euch bei Eurer Suche beizustehen. Ihr werdet aber verstehen, dass ich ungern wertvolle Reliquien aus unseren eigenen Schreinen verlieren würde.«
Es gefiel Leopold von Gordean, dass sie ihn nun um einiges ehrerbietiger ansprach. Allerdings spürte er ihre Ablehnung, was seine Suche betraf. Er beschloss, den Gral nicht zu erwähnen, denn er traute ihr zu, dieses heilige Ding selbst behalten zu wollen. Immerhin sah sie sich als Nachfolgerin einer Kaisertochter, und ihr Kloster zählte zu den angesehensten im ganzen Reich. Um sie nicht vor den Kopf zu stoßen, wurde auch er höflicher.
»Die Reliquie, die ich suche, befindet sich höchstwahrscheinlich nicht in Eurem Kloster. Sollte sie es doch sein, wird Seine Majestät persönlich dafür Sorge tragen, dass Euch wertvoller Ersatz dafür gewährt wird.«
Unterdessen fand Schwester Adelina, dass sie lange genug ignoriert worden war, und ergriff das Wort: »Was ist eigentlich mit den Fischern hier am See? Als wir heute das nördliche Ufer erreichten, war keiner bereit, uns überzusetzen.«
Die Äbtissin verzog das Gesicht, als hätte sie in eine saure Zitrone gebissen. »Die Fischer am See sind Schurken und tun alles, um unserem Kloster die zustehenden Abgaben zu entziehen. Aber ich werde diesen Kerlen schon noch beibringen, wer hier auf dem See und darum herum das Sagen hat – und wenn ich bis zu Seiner Majestät selbst gehen muss.«
»Der Euch in diesem Fall seine Hilfe nicht versagen wird!«, versprach Gordeanus, obwohl er wusste, dass Sigismund kaum in der Lage war, den Herzögen der bairischen Territo-

rien, die das Patronat über diese Abtei besaßen, irgendwelche Rechte für die Nonnen aufzuzwingen. Doch wenn Dorothea von Laiming ihm half, den Gral zu finden, sah die Sache schon ganz anders aus. Mit dieser machtvollen Reliquie, so sagte er sich, konnte er tatsächlich etwas für die Äbtissin und Frauenwörth bewirken.

»Wie stellt Ihr Euch die Suche vor?«, fragte die Äbtissin nun.

»Ich suche eine Statue des heiligen Florianus«, erklärte der Hochmeister.

Trotz ihrer Anspannung musste Dorothea von Laiming lachen. »Da habt Ihr aber viel zu tun. Dieser Heilige ist in diesen Landen sehr beliebt, gewährt er doch Schutz vor Feuersbrunst. In jeder Kirche findet Ihr sein Standbild, und auch wohlhabende Bauern haben im Herrgottswinkel neben dem Kruzifix ihren heiligen Florian stehen.«

»Ich glaube nicht, dass das, was ich suche, in Bauernkaten zu finden ist«, antwortete Gordeanus abfällig. »Daher werde ich mit meiner Suche hier im Kloster beginnen.«

»Meinen Segen dazu habt Ihr«, erklärte die Äbtissin, da sie ihre Rechte auch in dieser Situation bewahren wollte. Dann fand sie, dass sie Schwester Adelina zu lange missachtet hatte, und begann ein Gespräch mit ihr.

Gordeanus hätte dies am liebsten unterbunden, um Dorothea von Laiming fragen zu können, wie viele Statuen des heiligen Florian es auf dieser Insel gab und wo sie standen. Da er Dorothea von Laiming jedoch bei Laune halten wollte, verschob er dies auf später.

10.

Marie zügelte ihre Stute und wies auf die glänzende Wasserfläche, die sich vor ihnen auftat. »Das muss der Chiemsee sein. Doch ich sehe keine Inseln.«
»Diese liegen mehr auf das westliche Ufer zu. Daher erscheint es von hier aus, als wären sie ein Teil davon«, erklärte Ambrosius bereitwillig.
»Das ist ein verdammt großer See«, rief Krispin, zuckte dann aber zusammen und sah Isabelle an. »Verzeiht, ehrwürdige Mutter, es ist mir so herausgerutscht.«
»Du hast recht! Es ist ein verdammt großer See, und das wird unsere Suche nicht gerade erleichtern.« Isabelle fauchte leise und zuckte dann mit den Achseln. »Was auch kommt, wir müssen es durchstehen.«
»Das werden wir! Immerhin wissen wir, dass wir einen weiteren Tag auf Gordeanus aufgeholt haben …«
»… anderthalb«, unterbrach Michel Marie. »Die Kerle müssten den See vorgestern Abend erreicht haben.«
»Wir können die Fischer dort fragen«, schlug Marie vor und ritt auf das Dorf zu, das sie eben entdeckt hatte. Die anderen folgten ihr und konnten hören, wie sie einen der Männer ansprach.
»Gott zum Gruße! Kannst du mir sagen, ob hier vorgestern ein Dutzend Reiter durchgekommen ist? Ihr Anführer ist ganz in Rot gekleidet, während die anderen Reiter braune Umhänge tragen. Eine Nonne war auch dabei, und zwar in einer Sänfte.«
Der Fischer hielt beim Ausbessern seines Netzes inne und drehte sich zu Marie um. »Wohl habe ich die gesehen. Wa-

ren aber keine guten Leute. Der Anführer hat gleich zu schimpfen begonnen, als ich ihm sagte, dass wir ihn nicht nach Frauenwörth übersetzen werden. Hat uns doch das Luder, das dort die Oberin ist, einen Fischmeister vor die Nase gesetzt, der uns schurigelt, wo er nur kann.«

Die internen Probleme hier am See interessierten Marie wenig. Sie hörte jedoch zu, um den Mann nicht zu verärgern, und entlockte ihm schließlich, dass er Gordeanus und dessen Begleiter nach Stock bei Prien geschickt hatte, weil sie dort eine Überfahrmöglichkeit nach Frauenwörth finden konnten.

»Was machen wir? Setzen wir auch nach Frauenwörth über?«, fragte Donata leise.

Marie schüttelte unwillkürlich den Kopf, überließ aber Michel die Antwort.

»Erst müssen wir wissen, wo Gordeanus sich aufhält. Mir würde es nicht gefallen, auf einer Insel gefangen zu sein, weil wir notfalls sehr rasch von hier fortmüssen!«

»Die Herrschaften mögen wohl den Rotgewandeten nicht? Das kann ich Euch nicht verdenken.« Der Fischer grinste breit und überlegte ein paar Augenblicke. »Wenn Ihr nahe der Insel eine Unterkunft braucht: Mein Schwager lebt drüben in Gstadt. Von dort aus hat man Frauenwörth gut im Blick.«

Michel wechselte einen kurzen Blick mit Marie, sah diese zustimmend nicken und reichte dem Mann eine Münze. »Hab Dank für deinen Rat, den wir gerne annehmen. Wir hoffen, dass dein Schwager uns bei sich aufnimmt.«

»Das wird er tun«, antwortete der Fischer. »Ich geb Euch meinen Buben mit. Der hat sich an der Hand weh getan und kann morgen eh nicht mit auf den See fahren.« Er wollte schon zu seinem Haus gehen, als ihn Magister Ambrosius ansprach.

»Weshalb hast du Gordeanus bis nach Stock geschickt, wo

er doch auf halbem Weg dorthin in Gstadt weitaus besser nach Frauenwörth hätte übersetzen können?«
»Wer mir dumm daherkommt, braucht sich nicht zu wundern, wenn er die entsprechende Antwort bekommt«, antwortete der Fischer selbstbewusst und ging.
Marie sah ihm nach, bis er im Haus verschwunden war, und kämpfte gegen ihre Anspannung. Was war, wenn Gordeanus das gesuchte Standbild bereits gefunden hatte und weitergeritten war? Oder wenn er entdeckte, dass er verfolgt wurde? Dann reichte eine Münze aus, die Leute zu veranlassen, ihnen falsche Auskünfte zu geben.
»Gebt acht, dass Ihr Euch nicht den Kopf zerbrecht«, sagte Isabelle zu ihr.
»Gewiss nicht!«, antwortete Marie. »Ich überlege nur, wie wir Gordeanus überlisten können.«
»An dieser Nuss kaue ich, seit wir von meinem Kloster aufgebrochen sind«, stieß Isabelle erregt aus, denn inzwischen hatte Magister Ambrosius ihnen allen erklärt, mit welch weitreichenden Vollmachten König Sigismund den Hochmeister ausgestattet hatte.
»Offen können wir nichts gegen ihn ausrichten. Also wird es heimlich geschehen müssen«, antwortete Marie leise.
Michel vernahm es trotzdem und nickte. »Ich hoffe immer noch, dass es uns gelingt, den Pokal vor den Hammerkreuzlern in die Hände zu bekommen.«
»Dazu müssten wir die schnelleren Pferde besitzen«, setzte Krispin mit unternehmungslustig blitzenden Augen hinzu.
Genau das war ihr Problem. Die Männer konnten Gordeanus vielleicht entkommen, doch weder Marie noch Donata waren in der Lage, längere Zeit in so schnellem Galopp dahinzupreschen, wie es auf der Flucht vor den Hammerkreuzrittern notwendig sein würde. Auch Isabelle traute sich das nicht zu, obwohl sie in früheren Zeiten oft zu Pferd gesessen hatte.

Die Rückkehr des Fischers mit einem etwa zehnjährigen Jungen beendete das kurze Gespräch. »Das ist mein Sohn«, sagte der Mann. »Wenn Ihr wollt, kann er ein paar Tage bei Euch bleiben und mit den Leuten reden, die für Euch wichtig sind.«
»Das ist ein guter Gedanke«, fand Marie und reichte dem Fischer zwei Groschen, die dieser erfreut einsteckte. Die Blicke des Jungen ruhten so sehnsüchtig auf den Münzen, dass Marie beschloss, ihm auch etwas zuzustecken, bevor sie diese Gegend wieder verließen.
Nun bemerkte sie den Verband, den der Junge trug, und krauste die Nase. Es war nur ein Lumpen und bereits schmutzig. So wird die Wunde kaum heilen, dachte sie und nahm sich vor, sich die Verletzung anzusehen, sobald sie eine Unterkunft gefunden hatten.
Michel schätzte die Strecke, die noch vor ihnen liegen mochte, beugte sich aus dem Sattel und hob den Buben vor sich aufs Pferd. »Wenn du zu Fuß läufst, dauert es mir zu lange. Wir wollen schließlich noch bei Tageslicht zu deinem Onkel kommen.«
»Er ist nicht mein Onkel, sondern der Mann meiner Tante«, korrigierte das Bürschchen ihn fröhlich. Hoch zu Ross nach Gstadt zu reiten war ganz nach seinem Sinn. Sein Vetter und seine Base würden ihn beneiden, wenn sie ihn so sahen. Der Junge warf einen kurzen Blick auf Michels Schwert, dessen Griff durch Kämpfe und fleißige Übung dunkel gefärbt war, und grinste über das ganze Gesicht.
»Seid Ihr schon einmal in unserer Gegend gewesen, Herr Ritter?«, fragte er.
Michel schüttelte den Kopf. »Nein, noch nie!«
»Das ist aber schade. Bei uns ist es nämlich am schönsten auf der ganzen Welt!«
Der kleine Bursche plapperte munter drauflos und brachte Michel zum Schmunzeln. Dabei erfuhren er und Marie so

einiges über den See und die Menschen, die hier lebten und sich mit den Rivalitäten der Klöster und der weltlichen Grundbesitzer auseinandersetzen mussten. Wegen des Fischmeisters, der auf Weisung der Frauenwörther Äbtissin eingesetzt worden war, mochten die Fischer dieses Kloster nicht mehr.

»Der Fischmeister und seine Knechte kontrollieren die Netze und verbieten uns an einigen Stellen den Fang, damit für die Fischer vom Frauenkloster mehr übrig bleibt«, setzte der Junge eifrig hinzu.

Michels Gedanken gingen derweil in eine ganz andere Richtung. Wenn es Probleme am See gab, konnte dies ihren Auftrag erschweren. Daher erschien es ihm doppelt wichtig, dass Gordeanus und dessen Männer nicht erfuhren, dass sie ihnen gefolgt waren. Doch wie ihnen dies gelingen sollte und wie sie gleichzeitig an jenen Bildstock gelangen konnten, in dem Raoul de Melancourt das Geheimnis seines Pokals versteckt hatte, war ihm derzeit noch ein Rätsel.

11.

Als Gstadt vor ihnen auftauchte, ließ der Junge den Trupp durch das ganze Dorf reiten, anstatt direkt auf das Ufer zuzuhalten, in dessen Nähe sich neben anderen Fischern auch der Mann seiner Tante angesiedelt hatte. Erst als etliche Leute ihn und seine Begleiter gesehen hatten, bog er dorthin ab. Vor dem Haus forderte er Michel auf, anzuhalten, und begann zu rufen.

»Tante Tilda, Sepp, Zenzi, ich bin es, der Franzl!«

Es dauerte einen Augenblick, dann wurde die Tür geöffnet, und eine mollige Frau mittleren Alters kam heraus, in ihrem Schlepptau ein Junge in Franzls Alter und ein etwas älteres Mädchen. Als die drei den Reitertrupp sahen, prallten sie im ersten Augenblick zurück. Dann aber entdeckten sie den Jungen auf Michels Pferd und atmeten auf.

»Jetzt hast du mich aber erschreckt!«, schalt die Tante, während Franzl munter auf sie herabgrinste.

»Da schaut ihr, was?«, rief er und bat Michel, ihn wieder auf den Boden zu stellen. Dieser tat es, stieg dann selbst aus dem Sattel und trat auf die Frau zu.

»Dein Bruder schickt uns. Meine Frau, meine Begleiter und ich sind auf der Suche nach einer Unterkunft für die nächsten Tage.«

»Sie wollen auch zahlen!«, krähte Franzl dazwischen.

»Das wollen wir«, bestätigte Michel.

Die Frau musterte ihn und dann die ganze Gruppe. »Ihr seid ein bisserl viel für uns allein. Ich werde die Nachbarinnen fragen müssen, ob sie jemanden aufnehmen können.«

»Tu das!«, forderte Marie sie auf.

Sie fühlte sich steif vom langen Ritt und sehnte sich nach einem Bad. An Isabelles und Donatas Blicken erkannte sie, dass es den beiden genauso erging. Während sie nach einer geeigneten Stelle suchte, an der sie im See baden konnte, schaute sie nach Frauenwörth hinüber und zuckte mit einem Mal zusammen. Stand dort am Ufer nicht ein Mann in einem roten Gewand und roten Umhang?

»Runter von den Pferden«, rief sie und rutschte ohne Hilfe aus dem Sattel. Michel, Krispin und Hannes befolgten ihre Worte sofort, während Donata darauf wartete, bis sie jemand vom Pferd hob. Nur Isabelle war so in Gedanken versunken, dass sie nichts mitbekommen hatte, und reagierte erst, als Marie sie am Kleid zupfte.

»Gordeanus steht drüben auf der Insel.«

Es reichte, um Isabelle zum Absteigen zu bewegen. Hartwin schwang sich ebenfalls aus dem Sattel. Zwei seiner Knechte und der Magister taten es ihnen nach, während Stoffel auf seinem Gaul sitzen blieb und zur Insel hinüberstarrte. Das also ist der Feind der Äbtissin, dachte er. Der Hochmeister war aber auch Donatas und Hartwins Feind und – da er selbst als Hartwins Gefolgsmann galt – auch der seine. Das gefiel Stoffel gar nicht, und er fragte sich, wieso er seine gesunde Haut für den verhassten Halbbruder riskieren sollte.

»Was ist mit dir? Brauchst du eine Extraeinladung?«, fuhr Hartwin ihn an.

Stoffel biss die Zähne zusammen, um nichts zu sagen, was ihn in Schwierigkeiten bringen konnte, stieg mit steifen Bewegungen aus dem Sattel und blieb neben Hartwin stehen.

»Sollen wir etwa in einer Fischerhütte übernachten, wo es hier in der Gegend auch Herbergen gibt?«, fragte er missmutig.

»Ja, die gibt es, aber weiter vom See entfernt«, erklärte Franzl, der nicht wollte, dass andere als seine Verwandten von diesen Reisenden profitieren sollten.

»Von hier aus können wir Frauenwörth unter Beobachtung halten, und das ist wohl das Wichtigste!« Michel klang verärgert, weil dieser Frommberger Knecht schon während des ganzen Rittes Schwierigkeiten bereitet hatte.

»Wenn Ihr meint!«, knurrte Stoffel und fragte sich, was es auf dieser Insel so Besonderes geben sollte.

Marie trat neben Michel und fasste nach seiner Hand. »Es wird nicht leicht werden. Vielleicht müssen wir uns trennen, um diesem blutrünstigen Hochmeister zu entkommen.«

»Wir waren schon zu oft und zu lange getrennt! Also stehen wir das hier gemeinsam durch – und wenn ich sämtliche Ordensritter auf der Welt dafür erschlagen müsste.« Einen Augenblick lang zog Michel sie eng an sich, ließ sie aber rasch wieder los, als Franzens Tante Tilda zurückkehrte.

»Also, es geht schon! Meine Nachbarinnen und wir können Euch unterbringen. Aber das Futter für die Rosse müssen wir kaufen, und Eure Verköstigung wird ein Loch in unsere Vorräte reißen.«

Marie sah es als den Versuch an, an Geld zu kommen, und reichte der Frau ein paar Groschen. »Hier, nimm erst einmal das. Wenn du später noch mehr brauchst, dann sage es mir.«

»Vergelt es Gott!«, rief Tilda überrascht und steckte das Geld so rasch ein, als hätte sie Angst, einem aus der Gruppe könnte es zu viel sein und er würde einen Teil davon zurückverlangen.

»Die Dame und ihren Ehemann, die beiden anderen Damen und einen weiteren Mann kann ich bei mir aufnehmen«, erklärte Tilda nach einer kurzen Pause.

»Das werde ich sein!« Magister Ambrosius schob sich an Michels Stelle und drängte Krispin beiseite. Der fluchte leise, suchte dann Donatas Blick und hob enttäuscht die Hände.

Marie wusste nicht, ob ihr die wachsende Vertrautheit zwischen den beiden gefiel. Immerhin sollte Donata dem Willen des Vaters zufolge ihren Halbonkel Hartwin heiraten, und diesem Schicksal würde das Mädchen sich nicht entziehen können. Außerdem war es für ihre Suche nicht gut, geriete Hartwin mit dem jüngeren Mann aus Eifersucht aneinander. Daher war sie ganz froh, dass Krispin nicht im selben Haus wie Donata untergebracht war.

Unterdessen bestimmte Tilda, dass Hartwin, Krispin und ein weiterer Mann bei ihrer nächsten Nachbarin unterkommen sollten und die restlichen Knechte bei der Tante ihres Mannes zwei Häuser weiter.

Sofort stellte Stoffel sich zu seinem Halbbruder und Krispin, um anzuzeigen, dass er derjenige sein wollte, der bei ihnen blieb. Zu den Knechten wollte er sich nicht stecken lassen.

Da er als sein Stellvertreter galt, nahm Hartwin es hin, während Krispin sich über den Knecht ärgerte. Unterwegs hatte Stoffel ihn mehrmals angesprochen und über die Ungerechtigkeit jener Männer geklagt, die Mägde und Bauernmädchen schwängerten, sich dann aber aus dem Staub machten und Mutter und Kind sich selbst überließen. Obwohl Krispin lange Zeit ähnliche Klagen geführt hatte, gefielen ihm Stoffels Hetzereien nicht. Daher kehrte er ihm den Rücken und folgte der Fischersfrau, bei der er unterkommen sollte, zu deren Haus. Dort versorgte er erst einmal sein Pferd, kam dann aber zu Tildas Haus zurück und kümmerte sich um Donatas Stute.

Hartwin hatte zunächst Stoffel zu diesem Zweck hinschicken wollen, hielt ihn nun aber auf. »Sattle mein Pferd ab und bürste es. Sein Fell ist ganz struppig geworden!«

»Ich bin kein Stallknecht!«, fuhr Stoffel auf.

»Hinterher versorgst du deinen eigenen Gaul«, fuhr Hartwin ungerührt fort und ließ ihn einfach stehen.

Wütend starrte Stoffel ihm nach und überlegte, an welchen der Knechte er die ihm aufgetragene Arbeit abschieben konnte. Doch Hannes und die beiden Frommberger befan-

den sich bereits bei ihrer eigenen Wirtin und ließen sich wohlweislich nicht mehr sehen.
Hartwin stiefelte zu Tildas Haus hinüber und gesellte sich zu Michel. »Was machen wir jetzt?«
Michel blickte zur Insel hinüber und zuckte mit den Achseln. »Wenn ich das wüsste, wäre ich ein kluger Mann.«
»Die Äbtissin sagte, der gesuchte Bildstock befände sich sechshundert Schritte südwestlich des Turms der Abteikirche. Aber dort sehe ich nur Wasser. Außerdem: Wie soll man da die Entfernung messen?«, fuhr Hartwin fort.
»Wenn Gordeanus nicht wäre, könnten wir Seile der entsprechenden Länge zusammenbinden«, warf Marie ein.
Da hob der Magister abwehrend die Hand. »Das wäre eine beschwerliche Arbeit und viel zu ungenau. An dieser Stelle muss man schon die Wissenschaft bemühen.«
»Dann tut es! Oder wollt Ihr diesen Kelch nicht finden?«, fuhr Isabelle ihn an, die Probleme vor sich sah, welche ihr unlösbar erschienen.
»Wir müssen unbedingt herausfinden, was Gordeanus plant. Mich kennt er nicht, also sollte ich mich auf die Insel rudern lassen, vorgeblich, um dort zu beten«, schlug Marie vor.
Michel überlegte kurz. »Das ist keine schlechte Idee. Aber du wirst nicht allein gehen. Ich komme mit!«
»Das wirst du nicht«, sagte Marie mit Nachdruck. »Du wirst hier als Anführer gebraucht.«
»Traut Ihr mir nicht zu, Euren Ehemann für ein paar Tage zu vertreten?«, fragte Hartwin giftig und sah Maries Blick eisig auf sich gerichtet.
»Ob ich es Euch zutraue oder nicht, tut nichts zur Sache. Ich will nicht, dass mein Mann und ich gemeinsam gehen. Krispin wird mit mir kommen – und zwar als mein jüngerer Bruder.«
»Ich würde lieber selbst mit dir gehen«, beharrte Michel.
»Ich weiß! Doch sollten Krispin und ich drüben auffallen,

wirst du alles tun, um uns zu retten.« Marie strich ihm über die Wange und sah ihn mit glänzenden Augen an. »Du warst doch immer schon mein Held!«
»Weiber!«, knurrte Hartwin und beschloss, in seine Unterkunft zurückzukehren. Er hatte Hunger und würde dort gewiss eher etwas bekommen als in diesem Haus.
Unterdessen gesellte Marie sich zu ihrer Gastgeberin und erklärte dieser, dass sie und Krispin nach Frauenwörth hinüberwollten, um dort für ein paar Tage zu beten. Da Reisende immer wieder zum Kloster wollten, nickte Tilda nur und versprach, jemanden zu finden, der die beiden hinüberrudern würde.

12.

Nachdem Marie den Entschluss gefasst hatte, wollte sie ihn rasch ausführen. Vorher aber ließ sie sich von Isabelle alle Ordensritter, die die Äbtissin gesehen hatte, genau beschreiben.

»Ich halte sie für Männer, die bei anderen Orden nicht unterkommen konnten und sich daher zu einer eigenen Gruppe zusammengefunden haben. Dennoch sind sie ihrem Anführer sklavisch ergeben«, erklärte Isabelle.

»Damit handelt es sich wohl nicht um einen offiziellen Ritterorden!« Für Marie hieß dies, dass die Gefahr geringer sein mochte, als sie befürchtet hatte. Mit einer kleinen Gemeinschaft konnten sie fertig werden, doch gegen einen Orden, der die Macht des Papstes hinter sich wusste, wären sie so gut wie wehrlos.

Die Äbtissin nickte nachdenklich. »Damit könntet Ihr recht haben. Wäre Gordeanus in offiziellem Auftrag unterwegs, hätte er nicht mein Kloster überfallen müssen. Eine päpstliche Bulle, die ihn dazu ermächtigt, alles zu durchsuchen, hätte ausgereicht, um mich und meine Mitschwestern zum Gehorsam zu zwingen.«

Da Marie die Äbtissin mittlerweile ein wenig kannte, bezweifelte sie, dass Isabelle sich in dem Fall Gordeanus' Willen unterworfen hätte. Trotzdem wäre es nicht nötig gewesen, das Kloster nächtens zu überfallen und etliche Nonnen zu töten.

»Der Mann ist ein Schurke – und das Schlimmste ist, dass der König ihm freie Hand lässt. Wenn Gordeanus uns umbringt und Sigismund den erhofften Gral bringt, wird man ihn feiern, anstatt ihn zu bestrafen«, stieß Marie aus.

»Aber nur so lange, bis Sigismund merkt, dass der sogenannte Gral zu nichts anderem nütze ist, als Wein daraus zu trinken!« Isabelle lachte, doch es spiegelte sich keine Heiterkeit in ihren Augen.

Mit einer raschen Bewegung zog sie Marie an sich und umarmte sie. »Mögen Christus und die Heilige Jungfrau Euch schützen!«

»Das werden sie hoffentlich!« Marie erwiderte die Umarmung, dann löste sie sich von Isabelle und sah Michel an.

»Gib acht! Ich werde dir ein Zeichen schicken, wenn ihr mich wieder abholen sollt, am Tage durch einen Spiegel, in der Nacht durch ein Licht, das ich dreimal hin und her schwenken werde.«

»Ich werde achtgeben«, versprach Michel und beschloss, sich die Wache mit Hannes und zwei Frommberger Knechten zu teilen. Vielleicht konnte er auch Hartwin dafür gewinnen, aber auf Stoffel würde er verzichten. Dem Mann traute er nicht.

Marie gab ihm einen Kuss und tippte ihm dann mit dem Zeigefinger auf die Nase. »Ich liebe dich, vergiss das nicht!«

»Wie sollte ich das vergessen!« Es fiel Michel schwer, Marie ziehen zu lassen, auch wenn sie weniger als eine Viertelmeile voneinander getrennt sein würden. Doch drüben auf der Insel befand sich Leopold von Gordean, und dieser Mann bedeutete Gefahr.

Magister Ambrosius interessierte der Hass zwischen den beiden Gruppen nur, weil er verhindern musste, dass Isabelle und Gordeanus umkamen. Einer von beiden musste überleben, um dem König den Gral bringen zu können – oder das, was dieser dafür hielt.

Unterdessen bestieg Marie das Boot, das sie nach Frauenwörth bringen sollte. Krispin folgte mit einem Bündel, das beider Habseligkeiten enthielt. Bis zuletzt hatte er versucht, ihr das Vorhaben auszureden, und angeboten, allein zu dem

Frauenkloster zu fahren. Doch auch er hatte bei ihr auf Granit gebissen.

»Es ist gefährlich«, wiederholte er auch jetzt.

Marie sah ihn mit einem eigenartigen Lächeln an. »Gefährlich war es bereits in dem Augenblick, in dem wir Donata zu Hilfe gekommen sind. Jetzt ist es wie ein Schachspiel, in dem wir auf jeden Zug von Gordeanus vorbereitet sein müssen. Dies heißt aber auch, unauffällig zu bleiben. Als Dame von Stand habe ich ein Anrecht auf die Gastfreundschaft der Nonnen von Frauenwörth und kann, wenn ich Erschöpfung vorschütze, einige Tage dort bleiben. Würdest du allein hinfahren, wäre dir das nicht möglich.«

Dies war Krispin klar, dennoch gefiel es ihm wenig, dass Marie sich in Gefahr begeben wollte. Da er es ihr aber nicht ausreden konnte, sah er es als seine Aufgabe an, dafür zu sorgen, dass ihr nichts zustieß.

Als der Fischer herantrat, der sie auf die Insel rudern sollte, verstummte das Gespräch und wurde auch nicht mehr aufgenommen. Nicht lange, da legten sie am Steg von Frauenwörth an und Marie ließ sich von dem Fischer an Land helfen. Schnell sah sie sich um und trat auf die erste Nonne zu, die ihr über den Weg lief.

»Gott zum Gruß! Wo finde ich hier ein Quartier, von dem aus ich jederzeit in die Kirche gehen kann, um dort zu beten?«

Die Nonne musterte Marie, deren Kleidung einen gewissen Wohlstand bewies, und zeigte auf den Eingang zum Klosterkomplex. »Meldet Euch bei der Schwester Pförtnerin. Diese wird Schwester Margit rufen, welche für die Unterbringung von hohen Gästen zuständig ist.«

»Habt Dank!« Marie sah zu, wie die Nonne zum Klostergarten eilte, blickte auf die Kirche mit dem seltsamen, allein stehenden Turm und wandte sich dann nach links dem Klostereingang zu. Krispin folgte ihr und schlug den Türklopfer an.

Eine ältere Nonne öffnete und musterte sie aus zusammengekniffenen Augen. »Wenn Ihr ein Obdach sucht, wird dies nicht leicht werden. Wir haben hohe Herrschaften hier, und die haben fast alle Kammern, die für Gäste bereitstehen, für sich genommen.«
Marie musterte die Frau mit einem hochmütigen Blick. »Ich bin Marie von Konstanz und wollte der Abtei der seligen Irmengard eine gewisse Spende zukommen lassen. Doch wie es aussieht, muss ich mir ein anderes Kloster suchen.«
»So war das nicht gemeint, werte Frau. Wir finden gewiss noch einen Platz für Euch und Euren Begleiter!«, erklärte die Nonne sofort.
»Das ist Krispin, mein Bruder – oder, besser gesagt, Halbbruder«, sagte Marie mit dem Hauch von Verachtung, der einem Bastard, den man hinnehmen musste, gelten konnte. Sie hatte entschieden, die Vornamen zu lassen, nicht aber den Bezug auf Kibitzstein, um den Feind nicht vorzeitig auf ihre Spur zu locken. Dann sah sie die Nonne mit verärgerter Miene an.
»Es hieß, eine Schwester Margit sei für die höherrangigen Gäste verantwortlich. Wo ist diese Frau? Oder sind wir ihr zu gering?«
»Ich werde Schwester Margit holen«, versprach die Pförtnerin und ließ Marie und Krispin für einen Augenblick allein.
Der junge Mann sah Marie bewundernd an. »Würde ich Euch nicht besser kennen, könnte ich Euch den Hochmut, mit dem Ihr sprecht, glatt abnehmen.«
Mit einem Handzeichen bedeutete Marie ihm zu schweigen, da sie die Pförtnerin mit einer jüngeren Nonne zurückkommen sah. Diese musterte sie und Krispin durchdringend.
»Ihr wünscht hier im Kloster zu übernachten?«, fragte sie.
»Wenn es nicht zu viel verlangt ist! Ich kann aber auch wieder gehen und meine Spende einem anderen heiligen Ort zukommen lassen.« Zwar hatte Marie nicht vor, Frauen-

wörth mit einer größeren Gabe zu bedenken, sah aber in diesem Versprechen die einzige Möglichkeit, hier aufgenommen zu werden.

»Die Schwester Pförtnerin hat Euch gewiss schon gesagt, dass es nicht leicht sein wird, Platz für Euch zu finden«, erklärte Schwester Margit, während sie überlegte. »Euer Bruder müsste seine Kammer mit drei Rittern des ehrwürdigen Ordens des Hammers vom Heiligen Kreuz teilen – und Ihr die Eure mit der ehrwürdigen Mutter Adelina. Anders kann ich Euch leider nicht unterbringen.«

Adelina war die Nonne, die sich Gordeanus angeschlossen hatte, dachte Marie erfreut und fand, dass auch Krispin in seinem Quartier die Ohren offen halten sollte.

»Wenn es nicht anders geht, muss ich es hinnehmen. Ich kam hierher, um am Grab der seligen Irmengard zu beten, und werde mich daher mit weniger begnügen, als ich erwartet habe.«

»Ihr werdet bei uns gewiss besser untergebracht und verköstigt werden als in den Nonnenklöstern ringsum!« Schwester Margit hielt Marie trotz ihres Auftretens für eine Angehörige des niederen Adels, die wohl kaum mehr als zehn oder zwanzig Gulden spenden würde. Eine höhergestellte Dame wäre nicht mit nur einem Begleiter auf die Insel gekommen. Aus einer gewissen Bosheit heraus fragte sie daher, ob Marie nur mit ihrem Bruder hierhergereist wäre.

Marie hob empört die Augenbrauen. »Natürlich nicht! Meine Eskorte habe ich drüben auf dem Festland gelassen, wo sie samt den Pferden gewiss besser untergebracht sein wird als ich hier an diesem Ort.«

Es war ein Stich, den Schwester Margit durchaus spürte. Sie schluckte jedoch ihren Zorn hinunter und wies auf die offene Tür. »Wenn Ihr mir bitte folgen wollt!«

»Komm, Bruder!« Erneut legte Marie genug Verachtung in ihre Stimme, um ihre Rolle glaubhaft zu spielen.

Krispin trottete hinter ihr und Schwester Margit her zu den Räumen, in denen hier die Gäste untergebracht wurden. Gerade als Marie ins Haus treten wollte, kam ihr ein Mann im roten Gewand entgegen. Es hätte des zum Hammer geformten Kreuzes auf seiner Brust nicht bedurft, um in ihm Leopold von Gordean zu erkennen. Der Mann, der sich Hochmeister nannte, schritt an ihr und Krispin vorbei, ohne sie eines Blickes zu würdigen, und ging in die Richtung, in der Dorothea von Laimings Privatgemächer lagen.
Eigentlich war es einem Mann untersagt, eine Nonne in deren Räumen aufzusuchen, doch Gordeanus hielt sich nicht an Regeln, die andere aufgestellt hatten als er. Er war schlechtester Stimmung, denn seine Suche hatte bis jetzt noch kein Ergebnis gebracht. Zwar gab es hier auf der Insel etliche Statuetten des heiligen Florian, doch bei keiner war der Sockel hohl gewesen und wenn doch, hatte er keine geheime Botschaft enthalten, die ihm den Weg zum Gral hätte weisen können.
Er klopfte nur kurz an und betrat, ohne auf eine Antwort zu warten, die Zimmerflucht der Äbtissin. Eine ältere Nonne, die zufällig vorbeikam, folgte ihm in die Räume, um die Sittsamkeit zu wahren.
»Habt Ihr oder haben Eure Leute etwas herausgefunden?«, fragte Dorothea von Laiming, nachdem sie Gordeanus begrüßt hatte.
»Leider nein«, antwortete der Hochmeister mit verkniffener Miene. »Wir haben alle Standbilder des heiligen Florianus untersucht, doch das richtige war nicht dabei. Ist es vielleicht möglich, dass eine Statue dieses Heiligen aus Versehen einem anderen Heiligen zugesprochen wurde, wenn zum Beispiel die ihm zugesprochenen Attribute beschädigt worden sind?«
»Ihr meint, dass dann andere Heiligenattribute hinzugefügt wurden?«, fragte Dorothea von Laiming und schüttelte, als

Gordeanus nickte, den Kopf. »So etwas ist mir nicht bekannt.«

»Aber es muss dieses Bildnis geben!«, rief Gordeanus beschwörend. Dann erinnerte er sich an die sechshundert Schritte, die Raoul de Melancourt angegeben hatte, und wies durch das Fenster auf die kleine Insel, die zwischen Herren- und Frauenwörth lag. »Was ist dort?«

»Das ist die Insel Kunzenau. Sie gehört dem Kloster, und wir ziehen dort Obst und Gemüse. Einen Bildstock des heiligen Florian sucht Ihr dort jedoch vergebens.« Die Äbtissin seufzte, denn mittlerweile ging ihr der Hochmeister auf die Nerven. Er kommandierte nicht nur seine eigenen Leute, sondern auch ihre Nonnen herum, wie es ihm passte, und wurde mit jedem misslungenen Versuch unleidlicher.

»Ich werde trotzdem dort suchen. Besorgt mir einen Kahn. Ach ja, Eure Weiber sollen mir außerdem eine Leine zusammenbinden, die sechshundert Schritte lang ist«, wies Gordeanus die Äbtissin an.

Der Zorn färbte Dorothea von Laiming die Wangen, und sie hätte den Hochmeister samt seinen Rittern am liebsten von der Insel gejagt. Dagegen sprach jedoch der Befehl des Königs, dem sie sich nicht verweigern durfte.

»Sollen es die Schritte eines Mannes oder einer Frau sein?«, fragte sie stattdessen ätzend.

Gordeanus überlegte kurz, bevor er Antwort gab. »Raoul de Melancourt war ein Mann und wird gewiss seine Schritte gemessen haben und nicht die eines Weibes. Er kann auch nicht kleiner gewesen sein als ich, denn seine Nachfahrin ist hochgewachsen.«

»Das kann auch von der Mutterseite her kommen«, stichelte die Oberin.

Ohne auf sie zu achten, maß Leopold von Gordean die Länge eines seiner Schritte aus und kennzeichnete die Entfernung durch zwei Gegenstände, die er von einem Bord nahm.

»Nehmt sechshundert dieser Schritte, dann wird es in etwa stimmen.«
»Ihr wisst schon, dass Ihr bei der Entfernung nur auf Wasser treffen werdet«, sagte Dorothea von Laiming mit kaum unterdrücktem Spott.
Dies war Gordeanus klar, aber mittlerweile traute er Raoul de Melancourt zu, die bewusste Statue im Wasser versenkt zu haben. Sobald er die Entfernung abmessen konnte, würde er im gesamten Umkreis danach suchen lassen.

13.

Nachdem Marie und Krispin zur Insel übergesetzt hatten, blieb Michel und den anderen nichts anderes übrig, als zu warten. Magister Ambrosius schien die Situation nicht ernst zu nehmen, denn er war guter Laune und brach immer wieder zu kurzen Wanderungen auf. Zu Isabelles Verwunderung nahm er jedes Mal einen länglichen Gegenstand mit, der sie an einen ausziehbaren Winkel oder Zirkel erinnerte. Neugierig geworden, folgte sie dem Magister, als dieser am Abend erneut zu einer Wanderung aufbrach, und sah zu, wie er auf einem Hügel stehen blieb und mit diesem Ding hantierte.

»Was macht Ihr da?«, fragte sie ihn erstaunt.

»Ich messe die Entfernung!« Ambrosius' Stimme verriet ihr deutlich, dass er sich gestört fühlte.

Doch darauf nahm Isabelle keine Rücksicht. »Welche Entfernung?«

Mit einem ärgerlichen Laut senkte Ambrosius sein Gerät. »Die sechshundert Schritte von der Klosterkirche nach Südosten, wenn Ihr es wissen wollt. Bei Gott, warum konnte der Herr im Himmel Euch Weiber nicht mit mehr Verstand und weniger Neugier schaffen?«

»Ihr könnt ihn ja am jüngsten aller Tage fragen«, antwortete Isabelle und wies auf das winkelartige Ding. »Mit so etwas wollt Ihr bestimmen, wie lang sechshundert Schritte sind? Seid Ihr etwa ein Schwarzkünstler oder Hexenmeister?«

»Das hat nichts mit Zauberei zu tun, sondern mit Mathematik«, erwiderte er schneidend.

»Mathematik ist, wenn ich eins und eins zusammenzähle oder drei mit vier malnehme«, spottete Isabelle weiter.
»Das ist schlichtes Rechnen, aber das, was ich tue, ist angewandte höhere Mathematik. Wenn Ihr mich nur einen Augenblick in Ruhe lasst, zeige ich Euch, wo ungefähr die Botschaft Eures Ahnen verborgen sein muss.«
Nun hielt Isabelle verblüfft den Mund und beobachtete mit Staunen, wie locker der Magister mit seinem Messgerät umging. Nach einer Weile wandte er sich mit einem triumphierenden Blick zu ihr um.
»Seht Ihr diese leicht anders gefärbte Stelle im See knapp hinter der kleinen Insel?«
»Das muss eine Untiefe sein. Wurde dort nicht ein Steinhaufen errichtet, damit die Fischer davor gewarnt werden, diese Stelle anzusteuern?«
»Ihr habt scharfe Augen«, erklärte Ambrosius mit leichtem Neid in der Stimme, denn er sah diesen Haufen nur als verwaschenen Fleck im Wasser.
»Bei dieser Kiesbank also!« Isabelle ließ die Stelle nicht aus den Augen.
»Vielleicht auch darunter!«, erklärte der Magister.
»Hoffentlich nicht! Dort können wir wohl kaum ungestört suchen.«
Damit hatte Isabelle ihre zurzeit größte Sorge ausgesprochen. Wenn Gordeanus erfuhr, dass sie hier ebenfalls auf der Suche waren, würde er sofort mit seinen Totschlägern erscheinen und ein Blutbad anrichten.
»Ich nehme nicht an, dass ein solches Warnzeichen erst vor kurzem errichtet worden ist. Dafür fahren schon zu lange Boote auf dem See«, erklärte der Magister nachdenklich.
»Gebe Gott, dass Ihr recht habt!« Während Isabelle wie gebannt auf die Stelle starrte, die Ambrosius ihr genannt hatte, formte sich in ihren Gedanken ein Plan. Wenn der Magister

ihr die richtige Stelle genannt hatte, musste sich die Statue des Heiligen in der Nähe dieses Steinhaufens befinden. Dieses Wissen musste sie ausnützen. Daher nickte sie Ambrosius kurz zu und kehrte in ihr Quartier zurück.

Die anderen waren gerade beim Abendessen. Während Isabelle den Brei verschlang, ohne zu merken, was sie aß, überlegte sie, wie sie vorgehen sollte. Sie hätte Krispin oder Michel bitten können, an jener Stelle zu tauchen, wusste aber nicht, wie gut die Männer schwimmen konnten. Sie selbst schwamm wie ein Fisch. Ihr widerstrebte es zudem, einem Fremden etwas abzuverlangen, was allein ihre Aufgabe war. Nun bedauerte sie, dass Marie nach Frauenwörth übergesetzt war. An dieser Stelle hätte sie die Hilfe der Edeldame brauchen können. So blieb ihr nur Donata. Ein Mann wäre besser geeignet gewesen, doch sie scheute davor zurück, einen ihrer Begleiter einzuweihen. Auch wenn sie selbst nicht immer alle Regeln des Anstands befolgte, so gab es für sie doch Grenzen.

Nach dem Essen bat sie Donata, sie nach draußen zu begleiten. Das Mädchen folgte ihr verwundert und blickte dann durch die aufziehende Nacht auf die Lichter, die drüben auf Frauenwörth entzündet wurden.

»Wie mag es Krispin da drüben ergehen? Nicht, dass er zu viel riskiert«, murmelte das Mädchen besorgt und sah dann die Äbtissin erschrocken an.

Isabelle hatte nicht auf Donatas verräterische Worte geachtet, sondern sich umgeschaut, so gut es bei diesem Halbdunkel ging. »Zum Glück wird der Mond bald aufgehen. Aber er wird Gott sei Dank auch nicht zu hell scheinen«, sagte sie in Gedanken versunken.

»Wie meint Ihr das? Ich verstehe Euch nicht.«

Donatas Frage beendete Isabelles Überlegungen, und sie wandte sich lächelnd der Jüngeren zu. »Du wirst mich auf den See hinausrudern, sobald es ganz dunkel ist.«

»Aber das kann ich nicht. Nehmt doch einen der Fischer«, rief Donata entsetzt.

Isabelle schüttelte den Kopf. »Genau das ist nicht möglich.« Für sich selbst sagte sie jedoch, dass es notfalls sein musste.

»Wie wäre es mit Tilda, unserer Wirtin? Ich weiß, dass sie einen Kahn zu lenken versteht«, schlug Donata vor.

»Eine gute Idee! Mit ein paar Groschen könnten wir sie dazu bringen. Aber du kommst ebenfalls mit!« Bei diesem Ausruf fasste Isabelle ihre einstige Untergebene um die Schulter und kehrte mit ihr zum Haus zurück. Dort bat sie ihre Hauswirtin mit Handzeichen, ihnen nach draußen zu folgen.

»Was gibt es?«, fragte Tilda neugierig.

Ihr kamen die Gäste zwar ein wenig seltsam vor, aber solange diese für Unterkunft und Verzehr zahlten, konnte ihr dies gleichgültig sein. Immerhin half ihnen das Geld, die anfallenden Steuern und Abgaben zu bezahlen.

»Kannst du ein Boot rudern?«, fragte Isabelle geradeheraus. Tilda nickte eifrig. »Freilich kann ich das!«

»Dann wirst du uns beide gleich zu der Kiesbank südlich der kleinen Insel bringen!«

»Jetzt? Mitten in der Nacht?«, fragte die Fischerin verwundert.

»Die Nacht ist gerade erst angebrochen, und es ist noch eine Weile hin bis Mitternacht«, antwortete Isabelle lächelnd.

»Wenn Ihr unbedingt wollt …« Ein wenig zierte sich Tilda, spürte dann aber, wie Isabelle ihre Hand ergriff und ihr etwas festes Rundes zwischen die Finger schob. Wie wertvoll die Münze war, konnte sie nicht erkennen. Daher steckte sie das Geldstück rasch weg und machte sich auf den Weg zum Ufer. Im matten Schein des aufsteigenden Mondes wählte sie das kleinste Boot und forderte Isabelle und Donata auf, mitzuhelfen, es ins Wasser zu schieben. Als dies geschehen war, legte sie zwei Riemen ins Boot und hielt es fest, bis die

beiden Frauen eingestiegen waren. Dann stieß sie das Boot mit einem heftigen Ruck vom Ufer ab und sprang gelenkig hinein. Mit der Übung vieler Überfahrten ergriff sie die Riemen, legte sich in die Dollen und begann zu rudern.
»Ihr müsst mir sagen, in welche Richtung ich mich halten soll«, forderte sie Isabelle auf.
Diese nickte etwas besorgt, denn hier auf dem Wasser sah der See anders aus als von einem Hügel. Trotzdem glaubte sie die Richtung zu kennen und lenkte Tilda dorthin.
»Du wirst nicht weit rudern müssen«, sagte sie und hielt nach dem Steinhaufen Ausschau, den sie vorhin entdeckt hatte.
Auch Tilda war diese Untiefe bewusst, denn sie drehte sich mehrfach besorgt um. »Wir müssen aufpassen, dass wir nicht auflaufen. Ich müsste sonst ins Wasser steigen, um den Kahn wieder loszubekommen.«
»Außerdem würde es Lärm machen«, sagte Isabelle mehr für sich, erhob sich halb und starrte nach vorne. Nicht weit vor ihnen wirkte etwas dunkler als das Wasser.
»Halte an!«, forderte sie Tilda auf und sah erleichtert, wie das Boot langsamer wurde und sanft auf den leichten Wellen des Sees schaukelte.
»Was wollt Ihr hier?«, fragte die Fischerin.
Isabelle gab keine Antwort, sondern entledigte sich ihrer Kleidung und drückte diese Donata in die Hand.
Das Mädchen starrte auf den im Mondlicht weiß schimmernden Körper der Äbtissin und schüttelte verwundert den Kopf. »Wollt Ihr hier etwa baden?«
»Nicht wollen, sondern müssen«, antwortete Isabelle und stieg über die Bordwand. Das Wasser war kälter, als sie es erwartet hatte, und für einen Augenblick klammerte sie sich erschrocken am Boot fest. Dann aber biss sie die Zähne zusammen. So schnell durfte sie nicht aufgeben. Immerhin hielt sie sich für eine gute Schwimmerin und hatte vor Jah-

ren sogar einmal Johann von Brunn aus einem Strudel herausgeholt, der ihn beinahe in die Tiefe gerissen hätte.

Sie versuchte noch einmal, die Entfernung zu der kaum mehr erkennbaren Kiesbank zu schätzen, tauchte dann, um den Grund in deren unmittelbarer Nähe zu erreichen. Unter Wasser war es stockdunkel, und ihre Hoffnung, den gesuchten Florian heimlich finden zu können, zerstob von einem Augenblick zum anderen. Nun fragte sie sich, ob es überhaupt einen Sinn hatte, in dieser Finsternis nach einer Statue zu suchen, die vielleicht ganz woanders war. Aber sie schob diese Befürchtung beiseite und sagte sich, dass jetzt nicht die Zeit für Kleinmut war. Mit kräftigen Zügen drang sie bis zum Seegrund vor. Schon bald blieb ihr die Luft weg, und sie musste auftauchen. Als sie sich umsah, entdeckte sie das Boot nicht.

Der Gedanke, notfalls bis zum Ufer schwimmen und nackt zu ihrem Quartier zurückkehren zu müssen, gefiel ihr gar nicht. »Wo seid ihr?«, fragte sie und wiederholte es, da sie keine Antwort erhielt, etwas lauter.

»Hier!«, kam es zu ihrer Erleichterung zurück. Dann sah sie auch schon das Boot wie einen Schatten auf sich zukommen und hielt sich kurz daran fest.

Nachdem sie mehrfach tief eingeatmet hatte, hielt sie wieder die Luft an und stieß erneut nach unten. Das wiederholte sie, bis ihr schwindelig wurde. Sie machte eine etwas längere Pause am Boot und hätte sich am liebsten die Fingernägel abgekaut. Bald hatte sie das Flachwasser der Untiefe im Umkreis von zwei, drei Manneslängen untersucht, und in ihr stieg der ungute Gedanke auf, dass die Statue wahrscheinlich doch im Kies versteckt sein dürfte. Enttäuscht tauchte sie noch einmal, um die Steine auf einen Hinweis zu untersuchen.

Gerade als sie wieder auftauchen wollte, erspürten ihre Finger einen etwa armlangen Gegenstand, der zwischen mehreren Steinen eingeklemmt war. Als sie ihn abtastete, fühlte er sich wie ein kleines Standbild mit einem übergroßen Sockel an. Sie stieg zur Oberfläche, holte Luft und versuchte dann, das Ding vom Grund zu lösen und nach oben zu schaffen. Trotz des Seils, das sie sich von Tilda geben ließ, war die Bergung Schwerstarbeit. Erst nach einer schieren Ewigkeit schaffte sie es mit Donatas und Tildas Hilfe, die Statue ins Boot zu hieven. Danach war sie zu erschöpft, um selbst hineinsteigen zu können.

Ihre Begleiterinnen zerrten Isabelle über die Bordwand, und während Tilda die Riemen ergriff und auf das heimatliche Ufer zuhielt, rieb Donata die nasse, vor Kälte zitternde Isabelle mit ihrem eigenen Obergewand trocken. Dann half sie ihr in Hemd und Kutte.

»Danke!«, flüsterte Isabelle und wünschte sich jenes Elixier, das die Apotheker Aqua Vitae – Wasser des Lebens – nannten, um sich auch innerlich aufwärmen zu können. Da es ihr nicht zur Verfügung stand, tröstete sie sich mit dem Gedanken, dass es ihr gelungen war, ihrem Feind endlich einen Zug voraus zu sein.

14.

Michel und die anderen Männer hatten das Fehlen der Frauen nicht einmal bemerkt. Umso überraschter waren sie, als Isabelle und Donata mit der geborgenen Heiligenfigur ins Haus traten und ihren Fund auf den Boden stellten.

»Hier ist sie«, sagte Isabelle mit leuchtenden Augen und stellte sich an den Herd, um sich aufzuwärmen.

»Wie habt Ihr das geschafft?«, fragte Michel verdattert.

»Dank der Mathematik des Magisters, Tildas Boot und meinen Schwimmkünsten«, erklärte Isabelle lachend.

»Ist es auch die richtige Statue?«, wollte Magister Ambrosius wissen.

»Das werden wir gleich sehen!« Isabelle kehrte zu ihrem Fundstück zurück und nahm es in die Hand. »Die Information dürfte sich im Sockel befinden. Sehen wir ihn uns einmal an!«

Obwohl sie sich Mühe gab, gelang es ihr nicht, eine Öffnung im Sockel zu entdecken. Schließlich nahm der Magister das Standbild an sich, stemmte einen Fuß gegen den Sockel und riss ihn mit heftigem Ruck von der Statue ab.

»Seht her! Hier hat jemand den Sockel mit einem Deckel verschlossen«, erklärte er und nahm seinen Dolch, um den Deckel damit zu öffnen. Darunter kam ein kleiner Hohlraum zum Vorschein, in dem eine versiegelte Bleirolle lag.

»Die war wohl für den Fall gedacht, dass der Deckel nicht wasserdicht bleiben würde«, mutmaßte der Magister und nahm die Bleirolle heraus.

Isabelle schnappte danach, ehe er sie öffnen konnte. »Es war mein Ahne, der dies hier im See versenkt hat. Also habe ich das Recht, ihren Inhalt zu untersuchen.«

Sie benötigte ein Messer, um den mit Pech verklebten Deckel der Bleirolle abzulösen, und hielt dann ein Stück Papier in der Hand, auf dem nur drei Worte standen.

Verwundert las sie diese vor. »Mühldorf, Kirchisen, Florianus. Was mag das bedeuten? Und weshalb hat mein Ahne sie in der hiesigen Sprache geschrieben?«

»Vielleicht dachte er, Männer seiner eigenen Sprache wären ihm auf der Spur«, mutmaßte Michel.

»Das könnte sein. Aber ich verstehe nicht, was die drei dürren Worte uns sagen sollen!«, rief Isabelle enttäuscht.

»Mühldorf kennen wir, denn wir sind auf dem Weg hierher durch diese Stadt gekommen. Florianus dürfte auf eine weitere Heiligenfigur hindeuten, die in einer Kirche in einem Ort namens Kirchisen steht.« Für Michel war dies die schlüssigste Erklärung.

Der Magister nickte. »Die Isen ist ein Fluss, der nördlich von Mühldorf fließt. Es gibt auch einen Ort dieses Namens, doch glaube ich nicht, dass die dortige Kirche gemeint ist, sonst stände hier nicht Mühldorf, denn das ist doch ein ordentliches Stück von Isen entfernt.«

»Meiner Ansicht nach bedeutet es, dass wir in Mühldorf nach dieser Kirche fragen sollten!«, warf Hartwin ein.

»Das könnte sein. Wenn doch Marie nicht zu dieser dummen Insel hinübergefahren wäre! Wir könnten sonst morgen aufbrechen.« Michel ärgerte sich über den Umstand, sagte sich dann aber, dass am Vortag niemand hatte ahnen können, dass sie den gesuchten Hinweis so rasch finden würden.

»Einer von uns muss sie morgen früh holen«, schlug Hartwin vor.

Michel überlegte kurz. »Ich werde es gleich in der Frühe tun!«

»Lasst mich das übernehmen! Ihr habt genug zu tun, um die

Weiterreise vorzubereiten.« Hartwin hatte unterwegs so viel von Frauenwörth gehört, dass er wenigstens einmal dort ein Vaterunser sprechen wollte. Dafür war er sogar bereit, Michel die Führung ihrer Gruppe offen zuzugestehen.

»Ich halte es auch für besser, wenn Herr Hartwin geht. Er kann so tun, als wäre Frau Marie eine entfernte Verwandte. Als Ehemann würde Herrn Michel dies schwerer fallen!« Magister Ambrosius' Einwand entschied die Sache.

Nun waren alle zufrieden und wollten nur noch zu Bett gehen. Bevor Isabelle jedoch mit Donata in ihren Verschlag verschwand, wies sie auf die Statue. »Was machen wir mit der? Mitnehmen können wir sie nicht, und ich will auch nicht, dass sie bei diesen Leuten hier gefunden wird.«

»Darum kümmere ich mich gleich morgen früh«, versprach der Magister und legte die Bleirolle wieder in ihr Versteck. Mit wenigen Handgriffen verschloss er die Höhlung und steckte den Sockel auf.

»Was wollt Ihr damit tun?«, fragte ihn Michel neugierig.

»Ich lasse mich von Franzl und Sepp ein Stück auf den See hinausrudern und versenke die Statue wieder. Keine Sorge, es wird niemand merken!« Der Magister lächelte, als er daran dachte, dass die Statue irgendwann einmal einem Fischer ins Netz gehen würde. Bisher war es nur deshalb nicht geschehen, weil Raoul de Melancourt sie gut zwischen Steinen an einer Stelle befestigt hatte, welche die Fischer wegen dieser Kiesbank und der gefährlichen Strömungen mieden.

Hartwin hatte sich in Tildas Haus zu Michel und dem Magister gesellt. Dabei war es so spät geworden, dass er die Rückkehr der Frauen samt der Statue miterlebt hatte. Nun verabschiedete er sich und kehrte in sein Quartier zurück, das er nur noch mit Stoffel teilte.

Sein Knecht saß missmutig in einer Ecke und sah zu, wie Hartwin sich ungewohnt fröhlich seiner Kleidung entledigte und unter die Decke schlüpfte.

»Ihr seid aber guter Laune«, meinte er.
»Warum sollte ich es nicht sein?«, antwortete Hartwin zufrieden. »Ich werde morgen in der Früh Frau Marie und Krispin von der Insel holen. Dann können wir aufbrechen.«
Stoffel richtete sich kerzengerade auf. »Also habt Ihr die gesuchte Statue gefunden!«
»Das haben wir«, erklärte Hartwin selbstzufrieden.
»Und? Wo liegt dieser Gral verborgen?«, bohrte Stoffel weiter.
Auch wenn er sich gelegentlich über den Knecht ärgerte, glaubte Hartwin an Stoffels Treue zu Frommberg und sah daher keinen Grund, sein Wissen für sich zu behalten.
»Ob der Gral dort liegt oder eine weitere Botschaft, wissen wir nicht. Auf jeden Fall müssen wir nach Mühldorf zurück und dort nach einer Kirche in Kirchisen fragen. Dort soll es ebenfalls eine Statue des heiligen Florian geben.«
»Mühldorf, Kirchisen, Florian«, wiederholte Stoffel, während er angespannt darüber nachsann, wie er diese Information zu seinen Gunsten verwenden konnte. Er ließ sich jedoch nichts anmerken, sondern wünschte seinem Herrn eine gute Nacht und legte sich ebenfalls auf den Strohsack. Noch im Traum leuchteten die genannten drei Worte wie Feuermale vor ihm auf.

15.

Krispin brachte die Unterbringung bei Gordeanus' Ordensrittern wenig, denn der Hochmeister hatte seinen Männern verboten, über das, was im Waldkloster geschehen war, wie auch über die Suche nach dem Heiligen Gral zu sprechen. Was den Angriff auf das Waldkloster betraf, so sagten sich die meisten von ihnen, dass ihr Hochmeister dieses Vorgehen im Namen Christi befohlen hatte und ihr Tun daher richtig gewesen sein musste.

Im Gegensatz zu seinen Gefährten empfand Ritter Eusebius Gewissensbisse wegen der ermordeten Nonnen. Der Spruch ›mitgegangen, mitgefangen, mitgehangen‹ echote in seinen Gedanken wider, und er kniete, wenn sein Herr ihn nicht brauchte, vor dem Marienaltar der Klosterkirche, um die Heilige Jungfrau um Vergebung zu bitten. Seine Kameraden zogen den Pilgerausschank vor, in dem es säuerlichen Wein und ein halbwegs genießbares Bier gab.

Während Krispin ohne Gesprächspartner blieb, hatte Marie es mit Schwester Adelina zu tun, die sich mittlerweile ganz wie die Äbtissin eines großen Klosters fühlte. Dazu gehörte auch, dass man ihr eine Novizin zu ihrer persönlichen Bedienung zur Verfügung gestellt hatte. Sie ließ sich gerade das Gewand für den nächsten Tag bereitlegen, als Marie eintrat. Den Tag über war diese abwechselnd in der Klosterkirche oder am Ufer gewesen und hatte versucht, Gordeanus, so gut es ging, unter Beobachtung zu halten. Der Hochmeister wartete noch immer auf das Seil, das die Entfernung zum heiligen Florian ausmessen sollte, und war zumeist nur unruhig hin- und hergegangen.

Nun hoffte Marie, etwas von Schwester Adelina zu erfahren. Aus diesem Grund knickste sie vor ihr, als wäre diese Dorothea von Laiming persönlich. »Verzeiht, ehrwürdige Mutter, wenn ich Euch störe. Doch Schwester Margit hat mir diese Kammer als Quartier gewiesen.«

Schwester Adelina drehte sich um und musterte sie abweisend. »Ich dachte, dieser Raum wäre für mich allein.«

»Bedauerlicherweise gibt es keine Kammer mehr außer dieser, in der noch ein Schlafplatz frei ist. Daher musste Schwester Margit mich bei Euch unterbringen.«

Insgeheim dachte Marie, dass die verräterische Nonne sich alles andere als gottergeben und demütig gab. Eigentlich hätte Adelina als einfache Nonne froh sein müssen, in einem Schlafsaal mit einem Dutzend anderer Frauen untergebracht zu werden. Sie selbst hatte auf ihren Reisen oft schlechter übernachtet. Sie verriet aber nichts von ihren Überlegungen, sondern setzte sich auf einen der beiden Stühle, den die junge Novizin rasch freigeräumt hatte, und musterte Adelina neugierig. »Man hat mir gesagt, Ihr sollt Äbtissin eines großen Klosters im Waldgebirge sein«, begann sie.

Schwester Adelina nickte kaum merklich. »Das stimmt!«

Eine Lüge war zwar eine Sünde, doch hatte Leopold von Gordean sie hier so eingeführt und ihr zudem versprochen, dass sie später eines der größten Klöster im Reich würde führen können. Daher hielt sie diese Sünde für lässlich.

»Ich bin auf der Reise zu heiligen Orten. Wenn Ihr mir Euer Kloster nennen wollt, werde ich mich vielleicht auch dorthin wenden und eine Spende tätigen«, fuhr Marie fort.

Damit brachte sie Adelina in eine Zwickmühle. Immerhin bestand das Kloster, in dem sie gelebt hatte, nicht mehr, nachdem Gordeanus dort die Macht ergriffen hatte. Andererseits aber sagte sie sich, dass sie diese Frau in ihrem Leben wohl nie mehr wiedersehen würde, und begann daher von ihrem angeblichen Kloster zu schwärmen.

Marie ließ sie reden und fragte immer wieder geschickt dazwischen, um die Frau auszuhorchen. Auf diese Weise erfuhr sie, dass Adelina den vom Papst und dem Kaiser gleichermaßen beauftragten Hochmeister Leopold von Gordean begleitete, um ihn bei der Suche nach einer wertvollen Reliquie zu helfen.
»Oh, wirklich!«, rief Marie aus und klatschte scheinbar vor Aufregung in die Hände.
»So ist es«, erklärte Schwester Adelina und nickte diesmal um einiges heftiger als vorhin. »Es ist ein Auftrag von höchster Wichtigkeit und entscheidend für das Schicksal des Abendlands.«
»Das ist ja …!« Den Rest verschluckte Marie, um ihre Überraschung zu bekunden.
Schwester Adelina focht einen heftigen inneren Kampf mit sich selbst aus. Eigentlich hatte Gordeanus ihr verboten, über diese Sache zu sprechen, zum anderen aber hätte sie es gerne getan, um ihre eigene Rolle in dieser wichtigen Angelegenheit zu betonen. Doch dann sah sie in ihren Gedanken ihre ermordeten Mitschwestern und begriff, dass Gordeanus sich ihrer mit ebenso wenig Skrupeln entledigen würde, wenn er auch nur den leisesten Verdacht schöpfte, sie könnte nicht nach seinem Willen handeln.
»Der Auftrag ist im Übrigen geheim«, setzte sie mit einem bedauernden Lächeln hinzu und faltete die Hände, um zu beten. Ihre plötzlich aufwallende Angst blieb Marie nicht verborgen, und sie ärgerte sich über diese Wendung. Beinahe hätte sie Schwester Adelina zum Reden gebracht, doch mit einem Mal wirkte die Nonne, als habe jemand ihr den Mund zugenäht, und ließ ihre weiteren Fragen wie Regentropfen an sich abperlen. Um nicht Verdacht zu erregen, musste Marie sich geschlagen geben. Sie ärgerte sich nun, überhaupt zu der Insel gefahren zu sein, denn bislang hatte sich der Aufenthalt hier nicht gelohnt.

16.

Am nächsten Morgen verschlang Hartwin hastig seinen Frühstücksbrei, um möglichst früh zur Insel zu gelangen. Stoffel aß etwas langsamer, hob dann aber den Löffel, um seinen Anführer auf sich aufmerksam zu machen.
»Haltet Ihr es wirklich für klug, allein überzusetzen?«, fragte er.
»Wie meinst du das?«
»Nun, Ihr seid ein hoher Herr und könnt nicht ohne einen Gefolgsmann dort erscheinen. Man würde Euch für einen Bauern halten!« Stoffel sah zufrieden, dass dieser Vergleich seinen Halbbruder traf.
Als Bauer wollte Hartwin auf keinen Fall gelten. Daher sah er Stoffel mit vorwurfsvoller Miene an. »Warum isst du so langsam? Ich will gleich zur Insel hinüber, und dabei sollst du mich begleiten.«
»Wie Ihr befehlt, Herr!« Stoffel schlang rasch den Rest seines Morgenbreis hinunter, spülte mit einem Krug Bier nach und stand auf. »Ich bin bereit!«
»Wird auch Zeit!«, blaffte ihn Hartwin an und verließ sein Quartier.
Stoffel folgte ihm mit zufriedener Miene, begnügte sich aber vorerst damit, Hartwin den aufmerksamen Knecht vorzuspielen. Er half ihm ins Boot, nahm neben ihm Platz und wies dann wie ein staunendes Kind auf den wuchtigen Kirchturm der Klosterkirche.
»Der steht ja ganz allein«, rief er scheinbar überrascht. »Und ich dachte bislang, ein Kirchturm müsse am Kirchenschiff angebaut sein.«

»Das sind irgendwelche ausländische Sitten«, warf der Fischer ein, der sie zur Insel hinüberruderte.
Auch Hartwin war andere Kirchbauten gewohnt, aber er enthielt sich jeden Kommentars. Als sie Frauenwörth erreicht hatten, stieg er rasch ans Ufer und eilte zum Kloster. Die Pförtnerin stufte ihn anhand seiner Kleidung als einfachen Ritter ein und glaubte nicht, ihm besonders viel Höflichkeit zu schulden.
»Wenn Ihr gekommen seid, um hier Quartier zu suchen, so muss ich Euch enttäuschen«, begann sie anstatt eines Grußes.
»Nein, das bin ich nicht!«, unterbrach Hartwin sie. »Ich will zu Frau Marie von …« Er überlegte verzweifelt, welchen Namen Marie genannt hatte, unter dem sie hier Aufnahme finden wollte.
»… von Konstanz«, half Stoffel ihm aus.
»Was wollt Ihr von der Dame?« Die Pförtnerin dachte daran, dass Marie dem Kloster eine reiche Spende versprochen hatte, und glaubte, Hartwin wäre gekommen, um dies zu verhindern.
»Das darf ich nur ihr selbst sagen«, erklärte Hartwin.
Die Pförtnerin überlegte, ob sie den Mann einlassen oder am Tor warten lassen sollte, und entschied sich für Ersteres. Sie öffnete die Tür, hob aber die Hand, als auch Stoffel hereinkommen wollte.
»Euer Knecht muss draußen bleiben!«
Stoffel ärgerte sich, hatte er doch gehofft, im Kloster mit dem Hochmeister sprechen zu können. Doch die Nonne schlug ihm die Tür vor der Nase zu, und so blieb ihm nichts anderes übrig, als draußen stehen zu bleiben. Auf einmal entdeckte er nicht weit von sich einen Ordensritter und atmete auf. Nach einem prüfenden Blick, ob man ihn vom Festland aus sehen konnte, eilte er zu dem Mann und sprach ihn an.
»Ihr seid einer der Ritter des Herrn von Gordean?«

Der andere nickte. »Ich bin Eusebius, Ritter des Hammers vom Heiligen Kreuz!«
»Gott sei Dank, dass ich Euch treffe. Ich heiße Christoph von Frommberg …«
»Frommberg?«, unterbrach ihn Eusebius. »Da gab es doch eine Nonne, die so hieß.« Da begriff er, dass er Dinge ausplauderte, die verhängnisvoll sein konnten.
Stoffel sah ihn grinsend an. »Ihr meint gewiss meine Nichte, Freifräulein Donata von Frommberg. Drei Eurer Ritter haben sie verfolgt, doch ihr wurde Hilfe zuteil und Eure Freunde mussten sterben.«
»Verflucht!« Eusebius' Hand wanderte zum Schwert, obwohl das Benutzen von Waffen im Klosterbereich unter Strafe gestellt war.
Stoffel hob beschwichtigend die Rechte. »Ich bin nicht Euer Feind, Herr Ritter. Ganz im Gegenteil! Auch gehöre ich nicht zu jenen, die Eure Mitbrüder umgebracht haben. Vor allem aber habe ich eine wertvolle Botschaft für Euren Hochmeister. Allerdings kostet sie ihren Preis.«
Eusebius wusste nicht, was er von dem Mann halten sollte. Gekleidet war er wie ein besserer Knecht eines adeligen Herrn und sprach auch so. Andererseits bezeichnete er sich als Onkel der geflohenen Nonne.
»Was willst du?«, fragte er und sah keinen Grund, Stoffel wie einen Herrn von Stand anzureden.
»Sicherheit für Donata von Frommberg und mich!«
»Und warum sollten wir dir das gewähren?«, fragte Eusebius grimmig.
»Wegen der Nachricht, die ich Eurem Herrn überbringe.«
»Nenne deine Nachricht! Seine Exzellenz wird dann entscheiden, was sie wert ist.«
Eigentlich hatte Stoffel auf die Zusage persönlicher Unversehrtheit für sich und Donata dringen wollten. Er wusste jedoch, dass Hartwin, Krispin und Marie jeden Augenblick

das Kloster verlassen konnten. Wenn sie ihn im Gespräch mit einem ihrer Feinde entdeckten, konnte er sämtliche Zukunftspläne vergessen.

»Also gut! Euer Hochmeister wird sehen, dass ich noch einen weitaus höheren Preis für meine Nachricht hätte verlangen können. Zum einen wurde das Kloster Isabelle de Melancourts von einer Schar unter der Führung meines Halbbruders Hartwin von Frommberg zurückerobert. Eure Kameraden sind bis auf drei alle umgekommen, und der Rest ist gefangen.«

»Nein!«, rief Eusebius erschrocken. »Das ist doch …«

»… leider die Wahrheit«, setzte Stoffel den Satz in seinem Sinne fort. »Doch das ist noch nicht alles. Mein Halbbruder hat zusammen mit Äbtissin Isabelle Eure Verfolgung aufgenommen und den Chiemsee erreicht.«

Diese Nachricht musste Eusebius erst einmal verdauen. Stoffel war jedoch noch nicht am Ende.

»Mein Halbbruder Hartwin von Frommberg und die Äbtissin sind nicht nur hier, sondern haben auch gefunden, wonach Ihr selbst gesucht habt.« Stoffel nannte Hartwin immer wieder in einem Atemzug mit Isabelle de Melancourt, damit dieser von den Ordensrittern als Feind angesehen und bekämpft wurde.

Allerdings galten Eusebius' Gedanken nicht dem Halbbruder des Verräters, sondern der Tatsache, dass Isabelle die Statue des Heiligen und damit die geheime Botschaft entdeckt hatte, die sein Oberhaupt unbedingt selbst hatte haben wollen.

»Ist das auch wahr?«, fragte er mit bleichen Lippen.

Stoffel grinste womöglich noch breiter. »Ich bin bereit, darauf meine Seele zu verpfänden. Doch ich kann Euch und Eurem Hochmeister helfen. Es kostet ihn nur den Preis, den ich vorhin genannt habe.«

»Unversehrtheit für dich und Donata von Frommberg?«

Noch während er es sagte, begriff Eusebius, dass sein Gegenüber im Grunde noch mehr verlangte, nämlich Hartwin von Frommbergs Tod.

»Wie stehst du zu deinem Halbbruder?«, fragte er.

Stoffel machte eine abwehrende Handbewegung. »Das tut nichts zur Sache. Entweder Ihr zahlt meinen Preis oder lasst es!«

Eusebius war klar, dass der Hochmeister sich genau das nicht leisten konnte. »Ich werde mit Seiner Exzellenz sprechen«, würgte er mühsam hervor.

»Tut es! Und nun geht rasch, damit man uns nicht zusammen sieht. Ach ja, Ihr könnt Eurem Herrn drei Worte nennen: Mühldorf, Kirchisen, Florian. Und damit Gott befohlen!«

Auch wenn er kein direktes Versprechen erhalten hatte, so war Stoffel zufrieden. Der Hochmeister und seine Ritter wussten nun, dass er auf ihrer Seite stand, und das konnte ihm viele Möglichkeiten eröffnen. Schnell kehrte er zur Klosterpforte zurück und wartete, bis Hartwin mit Marie und Krispin dort erschien.

17.

Marie kniete in der Klosterkirche, betete scheinbar versunken und bedauerte gleichzeitig, auf die Insel übergesetzt zu haben. Da wurde die Tür geöffnet und Schwester Margit trat ein. »Entschuldigt die Störung Eures Gebets, Frau von Konstanz, doch es ist ein Herr erschienen, der Euch unbedingt sprechen will!«

Tausend Dinge schossen Marie auf einmal durch den Kopf. Hatte Gordeanus entdeckt, dass sie zu seinen Feinden gehörte, oder schickte Michel ihr eine Nachricht? Sie hoffte schon, er wäre selbst gekommen. Doch als sie aus der Kirche trat, stand Hartwin vor ihr.

Der Frommberger deutete eine Verneigung an, wartete mit dem Sprechen aber, bis Schwester Margit sich ein wenig entfernt hatte. Auch dann dämpfte er seine Stimme so sehr, dass Marie ihn kaum verstand.

»Wir haben die gesuchte Botschaft gefunden und wollen heute noch aufbrechen.«

Marie schnappte nach Luft, hatte sich aber sofort in der Gewalt. »Was sagt Ihr? Mein Schwiegervater liegt im Sterben? Bei Gott, ich muss sofort zurück in die Heimat. Ist Euer Boot noch da? Gut! Wartet bitte auf mich. Schwester Margit, überbringt bitte der ehrwürdigen Mutter Dorothea mein tiefstes Bedauern, doch wichtige Gründe rufen mich von hier fort. Meine Spende werde ich später durch einen verlässlichen Boten senden. Ach ja, richtet meinem Bruder aus, dass er sich sofort reisefertig machen soll.«

Gegen seinen Willen bewunderte Hartwin Marie. Auf den Mund gefallen war diese Frau wahrlich nicht. Wenn er es genau nahm, richtete Maries Mann sich sogar mehr nach ihr als diese nach ihm. Das war nichts, was ihm gefallen würde, denn in einer Ehe wollte er der Herr sein. Dennoch konnte er Frau Marie Verstand ebenso wenig absprechen wie Mut.

Während Schwester Margit mit zweifelnder Miene – die die versprochene Spende betraf – nach Krispin suchte, holte Marie ihr Gepäck und war froh, nicht auf Schwester Adelina zu treffen. Am Vortag hatte sie die schwatzhafte Frau gespielt, um die andere zum Reden zu bringen, wenn auch vergebens. Um nicht aus ihrer Rolle zu fallen, hätte sie nun ausschweifend eine erfundene Geschichte über ihre Familie erzählen müssen. So aber gelangte sie ohne Verzögerung zum Steg, an dem Hartwin und Stoffel bereits auf sie warteten. Der Fischer half ihr ins Boot, und kurz darauf hastete auch Krispin herbei.

»Was ist geschehen? Weswegen müssen wir so rasch aufbrechen?«, fragte er noch ganz außer Atem.

»Mein Schwiegervater liegt im Sterben und will mich vor seinem Tod noch einmal sehen«, antwortete Marie mit klagender Stimme, da sie in der Nähe mehrere Nonnen und auch zwei Ordensritter des Gordeanus entdeckte.

Krispin kannte Maries Familie gut genug, um zu wissen, dass es keinen Schwiegervater gab, und begriff es daher als Ausrede, um das Kloster umgehend verlassen zu können. Rasch zog er eine erschrockene Miene. »Bei Gott, wie kann das sein? Bei unserem Aufbruch erfreute er sich doch noch bester Gesundheit!«

»Könnt Ihr Euch jetzt setzen, damit ich losrudern kann?«, rief da der Fischer.

Sofort nahmen alle vier Platz und sahen zu, wie der Mann das Boot abstieß und sich in die Riemen legte. Maries Gedanken eilten bereits weit voraus, und sie fragte sich, wohin ihr Weg sie schließlich führen würde.

18.

Zu den beiden Ordensrittern, die Marie gesehen hatte, gehörte auch Eusebius. Ihm gingen noch immer die Neuigkeiten durch den Kopf, die er von Stoffel erfahren hatte. Konnte es wirklich sein, dass Isabelle de Melancourt Landolfus und den anderen Mitbrüdern im Waldkloster entkommen war und die gesuchte Statue des heiligen Florianus hier gefunden hatte?, fragte er sich. Er kannte Landolfus und wusste, dass dieser sich umgehend auf die Spur der Äbtissin gesetzt hätte. Deshalb war er unsicher, ob er Stoffel glauben oder dessen Worte als List abtun sollte, um den Hochmeister von der Suche nach dem Standbild abzubringen. Andererseits traten Marie und deren Begleiter mit einer Selbstverständlichkeit hier auf, als hätten sie zumindest Landolfus und dessen Männer nicht mehr zu fürchten. Von Zweifeln zerrissen sah er zu, wie sie ins Boot stiegen und fortruderten.

War dieser breitschultrige, etwas derb aussehende Mann etwa Hartwin von Frommberg? Was hatte es dann mit der Edeldame auf sich, die den Mann begleitete? Unsicher gesellte er sich zu Schwester Margit, die das davonrudernde Boot mit einem Ausdruck des Missfallens verfolgte.

»Wer sind diese Leute?«, fragte er.

»Die Dame nannte sich Marie von Konstanz, und der junge Mann ist ihr Halbbruder Krispin«, antwortete die Nonne.

»Und der zweite Mann?«, bohrte Eusebius nach.

»Er hat sich nicht vorgestellt. Ich hörte jedoch, wie Herr Krispin ihn Herrn Hartwin nannte.«

Also doch!, durchfuhr es Eusebius. Gordeanus hatte hoch

gespielt, und doch war ihm der erhoffte Preis aus der Hand gerutscht. Oder auch nicht. Immerhin hatte Hartwins Halbbruder ihm drei Begriffe genannt, die ihnen bei ihrer Suche weiterhelfen konnten.

»Mühldorf, Kirchisen, Florian«, murmelte er leise vor sich hin.

»Was sagt Ihr?«, wollte Schwester Margit wissen.

»Nichts von Belang«, antwortete Eusebius und ließ die Nonne stehen, um seinen Anführer zu suchen.

Er fand Leopold von Gordean ein Stück vom Kloster entfernt bei einigen Fischern, die im Auftrag der Äbtissin jenes sechshundert Schritte lange Seil zusammenknoten sollten. Gordeanus ging es zu langsam, und er war kurz davor, eine Peitsche zu holen, um die Männer damit anzuspornen. Da sah er Eusebius in großer Hast heraneilen.

»Euer Exzellenz, ich habe Euch etwas Wichtiges mitzuteilen!«, rief der Ritter aufgeregt.

Gordeanus bedachte die Fischer mit einem strengen Blick. »Beeilt euch! Das Seil muss heute noch fertig werden!« Dann wandte er sich Eusebius zu und forderte diesen zum Sprechen auf. Der Ritter trat etwas zurück, damit die Fischer ihn nicht hören konnten, und blickte den Hochmeister mit unsicherer Miene an.

»Unsere Brüder im Waldkloster sind entweder tot oder gefangen!«, sagte er vor Aufregung zitternd. »Die Äbtissin Isabelle de Melancourt ist frei und hat sich auf unsere Spur gesetzt.«

»Unmöglich! Landolfus hätte …« Die Stimme versagte Gordeanus, und er funkelte seinen Untergebenen grimmig an. »Sag, dass das nicht wahr ist!«

Mit einer hilflosen Geste senkte Eusebius den Kopf. »Es ist leider die Wahrheit. Ritter Hartwin von Frommberg hat die unseren niedergekämpft und die Äbtissin samt ihren Nonnen befreit. Die beiden sind uns gefolgt, und – was noch schlimmer ist – sie haben die Heiligenfigur bereits gefunden!«

Gordeanus entfuhr ein Schrei, der kaum etwas Menschliches an sich hatte. Aber er dachte nicht daran, aufzugeben.

»Rufe unsere Brüder zusammen! Wir verlassen sofort diese Insel und folgen der Hure Melancourt samt ihrem Helferpack. Meine Rache wird fürchterlich sein!«

Noch nie hatte Eusebius einen Befehl seines Hochmeisters so rasch befolgt wie diesen. Doch er fragte sich, wie das alles noch enden sollte.

Sechster Teil

Die Kirche über dem Tal

1.

Ümit Ağas Stellvertreter Tülay war es gelungen, sich trotz der Verwundeten mit allen Kriegern in Sicherheit zu bringen. Allerdings waren sie mehrfach von Patrouillen entdeckt und gejagt worden, hatten aber durch die Schnelligkeit ihrer Pferde entkommen können. Als sie endlich den vorgeschobenen Vorposten erreichten, den sie gegen die Ungläubigen verteidigen sollten, strotzten er und seine Begleiter vor Dreck, und sie hatten sich in dem Dorf, in dem man sie überfallen hatte, auch noch Läuse eingefangen. Daher galt sein erster Gedanke auf heimischem Boden einem Bad, der zweite frischem Apfelsinensaft und der dritte einem ausführlichen Gebet, um Allah für den glücklichen Ausgang ihrer Flucht zu danken.

Während Tülay aus seinen schmutzstarren Kleidern stieg, um sich ins Bad zu begeben, erschien einer der Unteroffiziere und überreichte ihm einen kleinen Papierfetzen.

»Verzeiht, oh Herr! Diese Nachricht erreichte uns während Eurer Abwesenheit.«

»Schon gut!« Tülay stieg in das Becken und genoss das warme Wasser, das seinen Körper umspielte. Dann aber blickte er doch auf den Brief, den ihr Spion Fabianus aus Nürnberg geschickt hatte. Es war von einer weiteren Gruppe von Giauren die Rede, die sich auf die Suche nach dem Gral gemacht hatte. Dieses Ding schien den Deutschen also sehr wichtig zu sein.

Einen Augenblick lang überlegte Tülay, ob er einen Boten losschicken sollte, um den Ağa darüber zu informieren. Es erschien ihm jedoch zweifelhaft, dass ein einzelner Mann

Ümit finden würde. Im schlechtesten Fall kostete es sie einen weiteren Krieger, und sie hatten schon mehrere Männer verloren. Durch die Verluste reichte die Besatzung der Festung bereits jetzt nicht aus und schwebte daher in Gefahr, bei einem überraschenden Vorstoß der Ungarn überrannt zu werden.

Tülay wollte deshalb auf keinen weiteren Mann verzichten. Daher musste Ümit selbst zurechtkommen. Wenn Allah ihm gewogen war, kehrte der Ağa erfolgreich hierher zurück und würde vom Sultan gewiss in den Rang eines Beis erhoben werden. Damit aber wurde die Stelle des Ağa frei, und er rechnete damit, Ümit auf diesem Posten nachfolgen zu können.

Kehrte Ümit nicht aus den Landen der Giauren zurück, wurde hier ebenfalls ein neuer Ağa gebraucht, und auch da war er seiner Meinung nach die erste Wahl.

»Bring mir zu trinken!«, befahl Tülay dem Sklaven, der an der Tür auf seine Anweisungen wartete, und sah dann den Krieger an, der ihm Fabianus' Botschaft übergeben hatte.

»Wir sind in einen Hinterhalt geraten und haben uns einer mehr als doppelten Übermacht feindlicher Krieger erwehren müssen. Unsere Schwerter trugen den Sieg davon, doch es sind weitere Giauren gegen uns ausgesandt worden. Aus diesem Grund hat Ümit Ağa – Allah sei mit ihm – mir befohlen, mit einem Teil unserer Männer zur Festung zu reiten, so dass die Feinde annehmen mussten, wir hätten uns alle zurückgezogen. Er selbst ist mit wenigen Begleitern weiter nach Westen geritten, um zu erkunden, was es mit diesem Gral auf sich hat. Nun wird er seinen Weg mit Allahs Hilfe, aber ohne unsere Unterstützung zu Ende führen müssen. Auch ist es unmöglich, ihm diese Botschaft zukommen zu lassen. Doch er ist ein kluger Mann und wird erkennen, wer seine Gegner sind.«

Tülay verstummte, als der Sklave mit einer Karaffe frisch

gepressten Saftes und einem Becher zurückkehrte, und trank erst einmal. Dann setzte er seine Rede mit einem listigen Lächeln fort.

»So wie ich die Giauren kenne, sind die beiden Gruppen, die den Gral suchen, einander spinnefeind. Ümit Ağa wird dies ausnützen und über sie triumphieren.«

»Das wird er gewiss, oh Herr«, stimmte ihm sein Untergebener zu.

»Was für ein elendes Land ist dieses Almanya!«, setzte Tülay kopfschüttelnd hinzu. »Es ist schmutzig und stinkend, und wir haben uns dort sogar Läuse geholt. Hole den Barbier, damit er mir den Kopf schert und diese scheußlichen Blutsauger entfernt!«

»Jawohl, oh Herr!« Während der Mann verschwand, tauchte Tülay ganz unter und sagte sich, dass das Schicksal es gut mit ihm meinte. Gleichgültig, wie Ümits Ritt ausgehen mochte – er würde der nächste Kommandant dieser Festung sein.

2.

Auf der Insel Frauenwörth schlug Leopold von Gordeanus sich mit ganz anderen Problemen herum. So rasch, wie er angenommen hatte, vermochte er die Insel nicht zu verlassen. Als er Dorothea von Laiming befahl, sie sollte ihn umgehend aufs Festland übersetzen lassen, schüttelte diese den Kopf.

»Ich bedauere, Euer Exzellenz, doch wegen der Pferde ist dies nur mit unserem größten Schiff möglich. Aber das wurde heute nach Seebruck geschickt, um eine Gruppe Pilger zu holen, die dort eingetroffen ist.«

Gordeanus glaubte nicht recht zu hören. »Ihr habt das Schiff fortgeschickt, obwohl Ihr wisst, dass ich es brauchen würde?«

Dieser Ton wurde der Äbtissin doch etwas zu harsch, und sie maß den Hochmeister mit einem empörten Blick. »Ihr habt nichts davon gesagt, dass Ihr unser größtes Schiff braucht. Auch könnte ich es Euch nicht die gesamte Zeit Eures Aufenthalts zur Verfügung stellen, da das Kloster es immer wieder benötigt. Ihr werdet daher warten müssen, bis es zurückkommt.«

»Dann nehmen wir andere Boote«, schlug Gordeanus vor, doch Dorothea von Laiming war nicht bereit, besondere Rücksicht auf ihn zu nehmen.

»Die meisten Boote sind unterwegs oder gehören Fischern, die sie für ihr Handwerk brauchen. Ich vermag Euch und vielleicht die Hälfte Eurer Männer zum Festland bringen zu lassen. Der Rest und die Pferde können erst morgen folgen.«

Gordeanus biss die Zähne zusammen und wünschte sich, in diesem Augenblick schon den Gral in Händen zu halten, um dieser impertinenten Äbtissin die nötige Ehrfurcht vor einem Erwählten des Herrn beizubringen. Zu seinem Leidwesen war er jedoch auf dieses Weib angewiesen. Dafür, so schwor er sich, würde er König Sigismund mitteilen, wie stark die Frau ihn bei seiner Suche behindert habe. Hätte die Äbtissin ihm wenigstens die Möglichkeit geboten, mit zwei seiner Ritter und drei Pferden überzusetzen, so wäre er darauf eingegangen, um die Verfolgung aufnehmen zu können. Nun aber blieb ihm nichts anderes übrig, als einzulenken.
»Bereitet alles vor, damit ich so rasch wie möglich mit meinen Männern aufbrechen kann!«
»Mit dem größten Vergnügen«, antwortete Dorothea von Laiming, die dieses Gastes höchst überdrüssig geworden war. Dann aber hob sie den Kopf. »Was ist mit dem Seil? Braucht Ihr das noch, oder können unsere Leute wieder einer vernünftigen Arbeit nachgehen?«
»Der Teufel soll das Seil holen!«, entfuhr es Gordeanus, der nicht begreifen konnte, weshalb Isabelle de Melancourt die Statue so rasch und scheinbar ohne Hilfsmittel gefunden hatte.
Die Äbtissin hob mahnend den Zeigefinger. »Dies ist kein frommer Wunsch für jemanden, der sein Leben dem Dienst an unserem Herrn Jesus Christus geweiht hat!«
Im letzten Augenblick verschluckte Gordeanus die Bemerkung, der Teufel könnte auch Christus holen, und bat grummelnd, sich verabschieden zu können. »Ich habe noch einiges für unsere Reise vorzubereiten«, setzte er als Erklärung hinzu.
»Es sei Euch gestattet! Ach ja, wenn Ihr morgen früh abreist, werde ich wohl noch bei der Andacht sein.« Dorothea von Laiming zeigte dem Hochmeister damit deutlich, dass sie ihn nicht mehr zu sehen wünschte.

Anders als sie sehnte Leopold von Gordean ein Wiedersehen herbei, das aber zu seinen eigenen Bedingungen stattfinden sollte. Vielleicht, so sagte er sich, würde er Dorothea von Laiming als Äbtissin absetzen und in den Kerker werfen lassen. Dieses Kloster schien ihm eine gute Belohnung für Schwester Adelina zu sein. Auf dieser elenden Insel war sie weit genug weg von der Welt da draußen, die er zu beherrschen hoffte.

Mit einem Schnauben verließ er Dorothea von Laimings Räume und suchte seine Männer auf. Eusebius hatte ihnen erklärt, dass sie die Insel verlassen würden, und so packten sie bereits ihre Felleisen und Satteltaschen. Als ihr Anführer in die Kammer trat, hielten sie inne und sahen ihn fragend an.

»Wann können wir aufbrechen?«, fragte Eusebius.

»Nicht vor morgen früh«, gab Gordeanus verärgert zurück. »Der Äbtissin hat es beliebt, ihr großes Schiff ans andere Ende des Sees zu schicken. Es wird nicht vor dem Abend zurückkommen.«

Eusebius sah ihn besorgt an. »Damit gewinnen Isabelle de Melancourt und der Frommberger einen ganzen Tag Vorsprung. Ob wir den bis Mühldorf einholen können, ist fraglich, es sei denn, wir lassen Schwester Adelina hier.«

Das hatte Gordeanus bereits in Erwägung gezogen. Aber er benötigte die Nonne, falls sie etwas fanden, das aus dem Französischen übersetzt werden musste. »Schwester Adelina kommt mit. Sie hat sich mittlerweile gut genug erholt, um reiten zu können. Sieh also zu, dass du einen Damensattel für sie auftreibst!«

»Wie Ihr befehlt!« Eusebius wollte schon den Raum verlassen, als dem Hochmeister noch etwas einfiel.

»Halt! Das kann ein anderer übernehmen. Die Klosterschwestern auf der Insel werden gewiss irgendwo einen Damensattel haben. Du aber bleibst hier und erklärst mir noch einmal genau, was Christoph von Frommberg zu dir gesagt hat.«

Auf Eusebius' Zeichen hin verließ einer der Ritter den Raum. Er selbst rieb sich mit den Fingerspitzen über die Stirn und versuchte, sich das Gespräch mit Stoffel ins Gedächtnis zu rufen.

Die anderen Mitglieder des Ordens hatten noch nichts von der Rückeroberung des Waldklosters erfahren und fuhren erregt auf, als Eusebius davon berichtete.

»Unsere Mitbrüder tot oder gefangen? Bei Gott, das darf nicht wahr sein!«, rief Ritter Matthias, während Ritter Albrecht erschrocken das Kreuz schlug.

»Mein Bruder ist im Kloster zurückgeblieben. Jetzt daran denken zu müssen, dass er tot sein könnte, ist mehr, als ich ertragen kann.«

»Du wirst noch ganz andere Dinge ertragen müssen!«, fuhr ihn Leopold von Gordean an. »Wir stehen in einem harten Kampf gegen die Diener Satans, die der Welt den Heiligen Gral entziehen wollen. Nur wir allein können das Christentum und das Heilige Römische Reich retten. Das kostet Opfer, die wir frohen Herzens bringen müssen, sei es der Tod des Bruders oder der eigene.«

Nach dieser Standpauke blieben die anderen still, bis Eusebius auf die drei Worte zu sprechen kam, die Stoffel ihm genannt hatte.

»Mühldorf, Kirchisen, Florian.«

»Was mag das bedeuten?«, fragte Ritter Anton.

Auch Leopold von Gordean wirkte nicht so, als könne er mit diesen Begriffen etwas anfangen. Daher blieb es Eusebius überlassen, seine Deutung vorzubringen.

»Mühldorf muss jene zu Salzburg gehörende Stadt sein, die in der Nähe eines der Klöster liegt, in denen wir übernachtet haben. Ich glaube, es hieß Ecksberg. Dort in der Gegend soll ein Fluss namens Isen dem Inn-Strom zufließen. Es geht jetzt nur noch darum, die Kirche zu bestimmen, die gemeint ist, und dort in der Statue des heiligen Florian den nächsten Hinweis auf den Heiligen Gral zu finden.«

»Oder den Heiligen Gral selbst«, wandte einer seiner Mitbrüder hoffnungsvoll ein.

Eusebius schüttelte nachdenklich den Kopf. »Das glaube ich nicht. Raoul de Melancourt war ein Franzose, und die denken niemals so gradlinig wie wir. Der hat seinen Pokal an einer bedeutenderen Stelle verborgen als in einem Bauerndorf, das in einem abgelegenen Winkel der bairischen Herzogtümer liegt.«

»Es wäre auch fatal, wenn der Gral dort wäre, denn dann würde er womöglich Isabelle de Melancourt in die Hände fallen.«

Es schüttelte Gordeanus bei diesem Gedanken, und er wünschte sich und seinen Mitbrüdern oder wenigstens ihren Pferden Flügel, um von diesem vermaledeiten Eiland wegzukommen.

Verzweifelt ballte er die Fäuste und reckte sie gegen die Decke. »Herr im Himmel, lass nicht zu, dass ein anderer als ich den Gral findet!«

Dann blickte er seine Ritter mit grimmiger Miene an. »Wenn wir zu spät kommen, so hoffe ich, dass der Verräter, mit dem Bruder Eusebius gesprochen hat, uns eine Nachricht hinterlässt. Er will dafür das Mädchen, und das kann er von mir aus haben.«

Während Gordeanus sich zu einem Lachen zwang, lief es Eusebius kalt den Rücken hinunter. Der Preis, den Christoph von Frommberg forderte, bestand nicht nur aus Donatas Leben, sondern auch aus Ritter Hartwins Tod. Dieser Sache wegen war bereits viel zu viel Blut vergossen worden.

3.

Marie verabschiedete sich von Tilda, Franzl und deren Familien und ließ sich von Michel aufs Pferd heben. Obwohl sie sich freute, dass Isabelle die Statue vor Gordeanus und seinen Männern gefunden hatte, wünschte sie sich, sie wäre dabei gewesen. Sie ließ sich jedoch nichts anmerken, sondern lenkte ihr Pferd nordwärts, um in spätestens drei Tagen Mühldorf zu erreichen.

»Gordeanus wird sich schwarzärgern«, sagte Michel, als er zu ihr aufgeschlossen hatte. »Tilda hat mir erzählt, das große Schiff des Klosters würde an diesem Tag für eine längere Fahrt benötigt, und ihr Mann sagt für die Nacht und morgen einen Sturm voraus. Der große Zeh würde ihm fürchterlich weh tun, und das wäre ein untrügliches Zeichen für ein Unwetter.«

»Wollen wir hoffen, dass der Sturm nicht auch uns erwischt«, antwortete Marie nachdenklich. »Es wäre nicht gut, wenn wir unsere Reise wegen eines Wetterschlags unterbrechen müssten, denn ich halte Gordeanus für verrückt genug zu versuchen, allen Elementen zu trotzen.«

»Das befürchte ich auch«, warf Isabelle ein. »Der Mann ist krank im Kopf und eine Gefahr für alle, die er als seine Feinde ansieht.«

»Auf jeden Fall ist es von Vorteil für uns, dass er mit all seinen Begleitern nach Frauenwörth übergesetzt ist. Frau Marie und ich konnten mit einem kleinen Boot geholt werden. Er aber muss warten, bis das große Schiff seine Pferde wieder an Land bringt.« Krispin lachte bei dieser Vorstellung und zwinkerte Donata zu, die ihr Pferd neben ihn lenkte, als Isabelle nach vorne drängte.

»Ich wünschte, es gäbe diesen Gordeanus gar nicht, und der Überfall auf unser Kloster hätte niemals stattgefunden«, seufzte das Mädchen.
»Wünschen kann man viel, doch meist tritt die Erfüllung nicht ein.« Krispin erinnerte sich an die vielen Stunden als Kind, in denen er gehofft hatte, die Tür des Hauses, in dem er mit seiner Mutter lebte, würde sich öffnen, sein Vater hereinkommen und ihn in die Arme schließen.
Donata spürte die Bitterkeit, die ihn gepackt hatte, und fühlte eine nie gekannte Wärme für ihn in sich aufsteigen. Auch sie hatte unter der Missachtung ihres Vaters gelitten, und nur der Tod ihrer Brüder hatte diesen dazu bewogen, sich doch wieder um sie zu kümmern. Kümmern! Bei diesem Gedanken lachte sie bitter auf. Sie war für ihren Vater deshalb von Nutzen, weil nur sie sein Blut weitertragen konnte. Einen freien Willen oder eine eigene Entscheidung gestand er ihr nicht zu.
Unwillkürlich streifte ihr Blick den hinter ihr reitenden Hartwin, und sie schüttelte sich. Diesen Mann sollte sie heiraten? Er war ungeschlacht und derb. Außerdem konnte sie ihm nicht verzeihen, dass er bereit gewesen war, ihre Äbtissin und ihre Mitschwestern im Stich zu lassen.
Im Gegensatz zu ihm sah Krispin so gut aus wie einer der Erzengel aus den Heiligenlegenden, fand Donata. Er war nur wenig älter als sie und bewegte sich harmonisch und elegant. Wenn er sie aufs Pferd setzte oder aus dem Sattel hob, geschah dies mit einer Leichtigkeit, die sie jedes Mal erfreute. Wenn sich Hartwin einmal herabließ, ihr diesen Dienst zu erweisen, fühlte es sich so an, als hätte er es mit einem Sack Getreide zu tun.
Donata dachte daran, dass sie Krispin schon einmal gebeten hatte, ihr zur Flucht zu verhelfen. Zwar hatte sie diese nicht antreten müssen, weil Hartwin doch weiter mit ihrer Äbtissin, Frau Marie und Herrn Michel geritten war. Aber sie

würde die Unterstützung des jungen Mannes wohl doch brauchen. Mit einem Mal empfand sie es als erregende Vorstellung, mit Krispin durch die Welt zu reiten und einen Platz zu suchen, an denen weder ihr Vater noch Hartwin sie je wieder finden konnten.

In ihrer jugendlichen Unerfahrenheit und durch das Leben im Kloster geprägt stellte Donata es sich recht einfach vor, sich ihrem Vater und ihrem Bräutigam zu entziehen. Sie hatte schon überlegt, Marie um Hilfe zu bitten, aber sie wollte ihre Helfer nicht in einen Streit oder gar eine Fehde mit ihrem Vater hineinziehen. Also schien es ihr das Beste, wenn sie zusammen mit Krispin spurlos verschwand.

Der Gedanke zauberte ihr ein Lächeln auf die Lippen, das auch nicht wich, als Isabelle, die nun wieder hinter Marie und Michel ritt, ihr winkte, neben ihr zu reiten.

Die Äbtissin sah sie kurz an. »Du siehst so fröhlich aus, mein Kind. Das freut mich!«

»Warum sollte ich nicht froh sein? Wir konnten diesem schrecklichen Gordeanus ein Schnippchen schlagen, reiten durch einen warmen, sonnigen Tag und werden schon bald in Mühldorf sein.«

»Marie hofft, dass wir die Stadt übermorgen erreichen. Deshalb werden wir unterwegs kürzer Rast machen«, antwortete Isabelle, deren Gedanken sich bereits mit der Kirche beschäftigten, die Kirchisen genannt wurde.

»Es würde mich freuen!« Donatas Lächeln wich jedoch, denn sie empfand mit einem Mal Trauer bei der Vorstellung, dass sie Isabelle, Marie und Michel, die sie auf dieser Reise liebgewonnen hatte, bald heimlich verlassen und wohl nie mehr wiedersehen würde.

»Das Leben ist wirklich ein seltsames Ding«, sagte sie zu Isabelle. »Man glaubt, man könne den Weg sehen, der einem vorbestimmt ist, und dann kommt doch alles anders.«

»Unser Leben liegt in Gottes Hand, und niemand unter den

Menschen kann voraussagen, wie es verlaufen wird. Auch die Sterne oder irgendwelche Kristallkugeln vermögen das nicht. Aber reden wir von etwas anderem. Mich bedrückt bereits zu viel, um mir auch noch darüber Gedanken machen zu wollen.« Isabelle schauderte, und ihr Blick suchte Marie.

Diese saß entspannt im Sattel und unterhielt sich mit Michel. Dabei strömte sie so viel Lebensfreude aus, dass Isabelle sie unwillkürlich beneidete. Sie selbst war die letzte Melancourt, und ihr Geschlecht würde mit ihr enden. Daher war es wohl auch am besten, wenn sie den Pokal, den ihr Ahne irgendwo versteckt hatte, fand und zerstörte, damit das Geheimnis ihrer Sippe mit ihr selbst ins Grab sinken konnte.

Am späten Nachmittag zog der Himmel sich zu und nahm eine Farbe an, die an flüssiges Blei erinnerte. Für eine gewisse Zeit wurde es so unerträglich heiß, dass die Gruppe den Pferden immer wieder Pausen gönnen musste.

Als sie schließlich an einem Bach Rast machten und die Pferde saufen ließen, wischte Marie sich den Schweiß von der Stirn und blickte mit besorgter Miene nach Westen. »Ich habe das Gefühl, es zieht ein Wetter auf. Wir sollten zusehen, dass wir ein Dach über den Kopf bekommen.«

»Es bleibt noch mindestens vier Stunden hell«, wandte Michel ein. »Wenn wir im nächsten Dorf haltmachen, werden wir nicht vor übermorgen Mittag nach Mühldorf gelangen. Ob wir an dem Tag noch die Zeit finden, nach der Kirche von Kirchisen zu suchen, halte ich für ungewiss.«

Marie wusste, dass ihr Mann recht hatte. Allerdings hatte sie auf ihren Wanderungen etliche schwere Gewitter unter freiem Himmel erlebt und wünschte sich, es nicht noch einmal tun zu müssen.

»Was meint ihr?«, fragte sie Isabelle und Donata. »Sollen wir uns bald ein Nachtlager suchen oder den hellen Tag ausnützen und weiterreiten?«

»Ich bin dafür, weiterzureiten«, antwortete Isabelle, die so rasch wie möglich ihr Ziel erreichen wollte.
Auch Donata nickte, und Krispin sagte lachend, dass ihnen ein paar Tropfen Regen wohl kaum etwas ausmachen würden.
Gegen ihr Gefühl ließ Marie sich dazu überreden, am nächsten Dorf vorbeizureiten. Kurz dahinter erreichten sie einen ausgedehnten Wald und hörten in dessen Kronen den Wind rauschen. War es draußen noch hell gewesen, herrschte hier ein dämmriges Licht, in dem sie das schmale Band der Straße nicht einmal hundert Schritte weit erkennen konnten. Michel, der sich sorgfältig umschaute, meinte spöttisch, hier könne ein ganzes Heer unbemerkt im Hinterhalt lauern.
»Wir hätten doch im letzten Dorf bleiben sollen«, flüsterte Marie besorgt und überlegte, ob sie vorschlagen sollte, umzukehren. Da sie nicht als Hemmschuh auf dieser Reise gelten wollte, trieb sie ihre Stute stärker an und hoffte, bald auf ein anderes Dorf zu treffen.
»Du brauchst keine Angst vor dem Gewitter haben. Ich bin doch bei dir«, sagte Michel mit leicht zuckenden Lippen.
Frauen hatten vor Gewittern wohl immer Angst, sagte er sich und beschloss, die Nachtrast am nächstmöglichen Ort einzulegen. Noch während er überlegte, wie lange sie dorthin brauchen würden, veränderte sich der Himmel erneut und spannte sich auf einmal fahlweiß über den Kronen der Bäume. Gleichzeitig erlosch der Wind und der Wald verstummte.
»Das sieht nicht gut aus«, flüsterte Marie. »Heilige Maria Magdalena, lass nicht zu, dass es Hagel gibt!«
»Davor behüte uns Gott!« Michel fragte sich, ob es ein Fehler gewesen war, nicht auf die Warnung seiner Frau gehört zu haben, und beantwortete es nur zwei Herzschläge später mit einem gequälten Ja. Ein Windstoß raste über den Wald und ließ die Stämme erzittern. In den Kronen rauschte es, als würden

Riesen gewaltige Kämme hindurchziehen. Auf der Straße stob Staub auf und wehte den Reisenden und ihren Pferden ins Gesicht.

Marie schloss noch rechtzeitig die Lider, doch Michel wurde vom Staub geblendet und rieb sich die Augen, um wieder etwas sehen zu können. Fast im gleichen Augenblick hörten sie ein anderes Rauschen, das immer lauter wurde und rascher als jedes schnell laufende Pferd auf sie zukam.

»Hagel!« Marie erkannte es als Erste und ließ ihre Stute in Galopp fallen. In dieser Situation wäre ihr jeder Ort willkommen gewesen, an dem sie sich hätten unterstellen können, und sei es eine Räuberhöhle.

Doch der Wald, der sie umgab, schien endlos zu sein. Der Sturm riss Blätter und Äste ab und schleuderte sie auf die Straße. Der Hagel trommelte auf Pferde und Reiter herab, und als sie ihre Umhänge über die Köpfe zogen, half dies nur wenig gegen die harten Geschosse.

Aus Angst, die Frauen könnten ihre Reittiere nicht mehr im Zaum halten, schwang Michel sich aus dem Sattel und forderte die anderen auf, es ihm gleichzutun. »Wir müssen die Gäule am Halfter fassen, sonst reißen sie sich los und laufen davon«, rief er und musste die Worte bei dem Lärm, den die entfesselte Natur entfachte, mehrmals wiederholen.

»Wir sollten tiefer in den Wald hinein und die Pferde an den Bäumen festbinden«, schlug Krispin vor.

Marie schüttelte den Kopf. »Das bringt nichts! Der Hagel schlägt trotzdem durch, und der Sturm reißt Äste ab, die uns ebenfalls gefährden. Wir müssen unbedingt freies Feld erreichen, denn hier kommen wir noch zu Schaden.«

»Auf freiem Feld sind wir dem Hagel noch stärker ausgeliefert als im Wald«, wandte Krispin ein.

»Aber es besteht die Aussicht, dass wir auf ein Dorf oder eine Burg treffen und dort Unterschlupf finden. Und jetzt weiter!«, rief Michel, band die hinter seinem Sattel befestigte Decke los und legte sie über Kopf und Rumpf seines Hengstes, um das Tier vor den schlimmsten Hagelgeschossen zu schützen.

Marie wollte ihre Decke zuerst für sich selbst nehmen, folgte aber seinem Beispiel, denn der Stute, so sagte sie sich, taten die Geschosse des Himmels nicht weniger weh als ihr.

Wie lange sie über die auf der Straße liegenden Äste und den weißen Teppich aus Hagelgeschossen weitergestolpert waren, hätte hinterher keiner von ihnen zu sagen vermocht. Irgendwann hatte Marie das Gefühl, als würde der Hagelschlag geringer. Doch kaum glaubte sie aufatmen zu können, öffneten sich die Schleusen des Himmels, und es regnete, als hätte Gott eine weitere Sintflut befohlen.

Voller Beulen und schmerzender Stellen am Körper zogen sie weiter und waren schon bald nass bis auf die Haut. Da die Wärme des Tages sich verflüchtigt hatte, froren sie so heftig, dass Marie die Zähne zusammenbeißen musste, damit diese nicht zu stark klapperten.

»Fast habe ich das Gefühl, die himmlischen Mächte machen sich über uns lustig und helfen diesem elenden Gordeanus«, rief Isabelle ebenso verzweifelt wie entsetzt.

In dem Augenblick zeigte Marie nach vorne und stieß einen Freudenruf aus. »Dort vorne ist der Wald zu Ende! Auch sehe ich ein Dorf und gleich daneben eine Burg. Dort werden wir Obdach finden.«

Donata war so erleichtert, dass sie in Tränen ausbrach.

Krispin hingegen stieß einen missmutigen Laut aus. »Warum haben wir dieses Dorf nicht erreicht, bevor es zu hageln begonnen hat? Mein Kopf fühlt sich an, als hätte ihn jemand mit einem Kriegshammer bearbeitet, und ich glaube, ich blute sogar!«

Auf seinen Ausruf hin drehten Marie und Donata sich zu ihm um. Das Mädchen sah es rot über sein Gesicht laufen und schrie erschrocken auf. »Bei Gott, du verblutest!«

»Das wohl nicht!«, antwortete Marie. »Aber wir werden Krispin verbinden, sobald wir ein Dach über dem Kopf haben.«

Mit diesen Worten schritt sie weiter und erreichte wenig später das Dorf. Dort hatten sich die Bewohner vor dem Unwetter in ihre Häuser verkrochen. Jetzt kamen sie wieder heraus und starrten Marie und deren Begleiter erstaunt an.

»Sagt bloß, Ihr seid bei diesem schrecklichen Hagelschlag im Freien gewesen?«, fragte eine Frau.

Marie nickte mit einem gequälten Lächeln. »Das waren wir, und wir wären euch dankbar, wenn wir unsere nassen Kleider ausziehen und uns wärmen könnten.«

»Habt keine Sorge, das könnt Ihr!« Einer der Dörfler trat ihr entgegen und nahm ihr die Zügel der Stute aus der Hand. »Um das Pferd kümmere ich mich. Geht Ihr ruhig mit meiner Frau ins Haus, damit Ihr aus Euren nassen Sachen kommt. Ihr holt Euch sonst noch den Tod!«

»Habt Dank!« Marie atmete tief durch und folgte der Frau. Isabelle und Donata kamen mit ihr, während die Männer in andere Häuser geführt wurden, um dort ihre Kleider ans Herdfeuer hängen und sich selbst aufwärmen zu können.

4.

Marie und die ihren ahnten nicht, dass ihnen das Unwetter einen weiteren Vorsprung vor Gordeanus verschafft hatte. Nicht minder heftig als bei ihnen hatten Sturm und Hagel auch über dem Chiemsee getobt und nicht nur Dächer abgedeckt, sondern auch Boote losgerissen und im See versenkt. Noch am Morgen darauf klatschten hohe Wellen gegen die Gestade von Frauenwörth, und so schüttelte Dorothea von Laiming den Kopf, als der Hochmeister sie aufforderte, ihn und seine Leute endlich übersetzen zu lassen.

»Das Wasser ist viel zu aufgewühlt! Die Wellen würden das Schiff überspülen, und es geriete in Gefahr, ebenfalls verlorenzugehen. Ihr werdet warten müssen, bis der See ruhiger geworden ist.«

»Ich muss an Land!«, schrie Gordeanus unbeherrscht.

»Dann schwimmt doch hinüber!«, antwortete die Äbtissin und ließ ihn einfach stehen.

Während Gordeanus wuterfüllt hinter ihr herstarrte, entging ihm ganz, dass mehrere Reiter am Ufer von Gstadt auftauchten.

Es handelte sich um Ümit Ağa und seine Begleiter. Die Gruppe hatte das Unwetter unweit des Sees in einem Heuschuppen überstanden und sich gleich am Morgen wieder auf den Weg gemacht. Nun blickte der osmanische Offizier hoch zu Ross zur Insel hinüber. Er nahm an, mögliche Verfolger hinter sich gelassen zu haben, und weder er noch seine Männer waren nochmals in Gefahr geraten.

Emre kam an seine Seite und kniff die Augen zusammen.

»Das Unwetter hat hier noch schlimmer gewütet als dort, wo wir übernachtet haben.«
Er deutete auf die Zweige und Äste am Boden, um seine Worte zu bestätigen. Mehrere am Ufer festgebundene Boote waren voll Wasser gelaufen und untergegangen.
Ümit Ağa zog die Schultern hoch und wandte sich mit einer wegwerfenden Geste an seinen Untergebenen. »Der Sturm soll uns nicht kümmern. Allah hat ihn geschickt, um die Giauren zu bestrafen. Unser Augenmerk muss den Männern gelten, die den sogenannten Gral suchen. Ich werde zusammen mit dem Priester die Leute aushorchen, ob ein solcher Trupp bereits hier erschienen ist.«
Mit diesen Worten lenkte er sein Pferd zu den Häusern. Vor einem stapelten eine Frau und mehrere Kinder abgerissene Zweige und Äste auf.
Ümit zügelte sein Pferd, blickte auf die Bewohner hinab und fragte nach den Reitern.
»Die mit dem seltsamen Kreuz auf den Umhängen? Die sind, wie es heißt, hinübergefahren zur Insel Frauenwörth«, antwortete die Frau. »Das ist die Insel da! Dort drüben, etwas weiter im Südwesten, seht Ihr Herrenwörth. Vielleicht wollen die Ritter auch dorthin. Ihr seid wohl nicht von hier, weil Ihr unsere Sprache nicht so sprecht wie ein Einheimischer?«
»Ich stamme aus Slawonien.« Da sie sich bei dem Dorf mit den mörderischen Bewohnern als Ungarn ausgegeben hatten, hatte Ümit eine neue angebliche Heimat gewählt.
»Kenne ich nicht!«, meinte die Frau. »Aber ein schönes Ross habt Ihr.«
Ümit Ağa war nicht gekommen, um Lobreden auf sein Pferd anzuhören. Daher stellte er eine unverfängliche Frage.
»Es kommen wohl viele Pilger hierher?«
»Ja, freilich! Die Klöster auf dem See sind hochberühmt, das Frauenkloster noch mehr als das andere.«

Ümit war an Tilda geraten, bei der Marie und Michel übernachtet hatten. Nun kamen auch noch ihr Sohn und Franzl hinzu.

»Das Frauenkloster ist ein ganz besonderes Kloster«, sagte der Junge, »denn die Klosterschwestern drüben sind heilig. Wollt Ihr auch hinüber?«

»Haben bereits andere übergesetzt?«, fragte Ümit.

Der Junge nickte. »Aber ja! Erst vor ein paar Tagen hat sich ein ganz hoher Herr hinüberbringen lassen. Das ist ein echter Ordensritter, sage ich Euch. Er hat ein Dutzend seiner Männer bei sich gehabt.«

Ein Dutzend Ordensritter mit ihrem Anführer! Das konnten die Männer sein, die dem seltsamen Gral auf der Spur waren, sagte sich Ümit und brachte Franzl dazu, mehr über sie zu erzählen.

Der Junge ließ sich nicht lange bitten, sondern berichtete munter, wie sein Vater diese Schar auf den weiteren Weg nach Stock geschickt hatte, obwohl sie hier von Gstadt aus weitaus leichter nach Frauenwörth hätten übersetzen können. »Da war die Frau Marie schlauer«, sagte er lachend. »Die ist von hier aus rüber. Aber sie ist schon wieder weggeritten. Der Rotmantel ist jedoch noch drüben.«

Ümit Ağa interessierte sich nicht für eine Pilgerin, die nach Frauenwörth gekommen war, sondern wollte mehr über den Ordensritter erfahren. Nun polsterte Franzl sein geringes Wissen mit einigen erdachten Ausschmückungen aus, um, wie er hoffte, eine gute Belohnung von dem Fremden aus Slawonien zu erhalten. Zu seinem Glück war Ümits Wissen über Deutschland und die Deutschen zu gering, um Dichtung und Wahrheit auseinanderhalten zu können.

Nach einer Weile stupste Tilda den Jungen an. »Wie es aussieht, machen sie drüben das große Schiff zurecht.«

»Das wird nicht gutgehen! Dafür sind die Wellen noch zu hoch.« Franzl zog eine zweifelnde Miene und erklärte Ümit

lang und breit, weshalb er bei dieser unruhigen Seeoberfläche niemals übersetzen würde.
Auf Frauenwörth gab Gordeanus sein Vorhaben auf, als er sah, dass die Wellen des Sees über die Bordwand des noch leeren Schiffs schlugen. Selbst wenn er nur zwei Männer und drei Pferde mitnahm, war es ungewiss, ob sie das andere Ufer erreichen würden.
»Wir sollten bis zum Nachmittag warten«, schlug Bruder Eusebius vor.
Gordeanus nickte verkniffen. »Etwas anderes bleibt uns nicht übrig. Warum wälzt Gott uns so viele Steine in den Weg? Während wir hier festsitzen, kommt diese verfluchte Äbtissin mit ihrem Frommberger Ritter dem Heiligen Gral immer näher!«
»Das Unwetter gestern Abend war schwer und wird auch sie getroffen haben«, wandte Eusebius ein.
»Das mag sein, aber sie können weiterreiten, wann ihnen danach ist, und müssen nicht auf dieser elenden Insel warten, bis sich der Spiegel des Sees beruhigt hat.« Gordeanus spie die Worte förmlich aus und haderte mit den himmlischen Mächten, weil diese es wagten, ihn zu behindern.
Unterdessen beobachtete Ümit Ağa die Insel und nahm an einer Uferstelle mehrere rot gekleidete Gestalten wahr.
»Sind das diese Ordensritter?«, wollte er von Franzl wissen.
»Sehr wohl, das sind sie. Der mit dem roten Mantel ist sogar der Hochmeister. Er soll ein ganz unguter Mann sein, hat mein Onkel erzählt. Der kommt nämlich anders als mein Vater gut mit den Klosterschwestern aus und hat es von ihnen erfahren, als er drüben Fische abgeliefert hat. Die mögen ihn gar nicht, den Hochmeister, sagte er!«
Der Junge plapperte viel, und Ümit ließ ihn reden. Das dort drüben ist also der Mann, der den Gral finden will, dachte er und überlegte, wie er weiter vorgehen sollte. Mit seinen beiden Kriegern einen Kampf anzuzetteln, erschien ihm sinn-

los, denn die anderen waren ihnen um ein Mehrfaches überlegen. Aus den Augen durfte er sie aber auch nicht lassen.
»Was denkst du? Wird dieser Hochmeister wieder in dieses andere Dorf übersetzen oder hierherkommen?«, fragte er Franzl.
Der Junge kratzte sich kurz am Kopf. »Ich nehme nicht an, dass sie jetzt nach dem Sturm die lange Fahrt wagen. Dafür brauchen sie das große Schiff dringend, weil einige Boote im See versunken sind. Sie werden wahrscheinlich hierherkommen.«
Ganz sicher war Franzl nicht, aber er kannte die Gepflogenheiten der Nonnen von Frauenwörth, und die ließen überflüssiges Handeln nicht zu.
»Wo können meine Begleiter und ich unsere Pferde hinbringen, damit sie grasen können?«, fragte Ümit.
»Dort hinten! Aber das kostet was, sonst wird mein Onkel fuchsteufelswild.« Ganz so schlimm war es nicht, doch Franzl wollte seinen Verwandten erneut zu einem kleinen Verdienst verhelfen.
Ümit steckte ihm ein paar Münzen zu, ohne richtig daraufzusehen. »Hier, das wird wohl reichen. Ach ja, wenn es hier Hafer gibt, so kannst du welchen besorgen. Die Pferde brauchen Kraft.«
»Und Ihr? Wollt Ihr nichts essen?«, fragte der Junge.
Nach kurzer Überlegung nickte Ümit. »Ja, aber nur, wenn es Fisch gibt!«
Wenn er schon das Essen der Giauren verzehren musste, so wollte Ümit Schweinefleisch nach Möglichkeit meiden.
Franzl sah ihn grinsend an. »Die Ache und die anderen Flüsse aus den Bergen sind voller Fische und der See ebenfalls. Da werden wir schon etwas für Euch und Eure Begleiter finden.«
Nach diesen Worten trabte der Junge fröhlich los, um seiner Tante Bescheid zu geben, dass sie einige Fische, die vom

Vortag übrig waren und in einem kühlen Keller aufbewahrt wurden, an die Fremden loswerden konnte. Er selbst lief zu einem der Bauern, ließ sich etwas Hafer abmessen und fütterte damit die Pferde der Osmanen. Auch wenn er einen Teil des Geldes, das er von Ümit erhalten hatte, an die anderen weitergeben musste, blieben ihm doch etliche Groschen, die er für später sparen wollte, um sich irgendwann einmal ein Boot kaufen und selbst Fischer auf dem See werden zu können.

5.

Am Nachmittag hatte der See sich so weit beruhigt, dass Leopold von Gordean mit seinen Männern aufs Festland übersetzen konnte. Dorothea von Laiming schlug erleichtert das Kreuz, als das Schiff mit der Gruppe ablegte und im Kloster endlich wieder alles seinen gewohnten Gang gehen konnte.

Gordeanus empfand die Niederlage, die Isabelle de Melancourt ihm bereitet hatte, wie einen körperlichen Schmerz, und er reagierte harsch, wenn ihn jemand ansprach. Darunter hatte Eusebius am meisten zu leiden, denn als sein Stellvertreter musste er den Hochmeister nach weiteren Befehlen fragen.

»Besorge Fackeln! Wir reiten die Nacht durch, denn die Gäule haben sich gut genug erholt«, erklärte Gordeanus eben.

»Sehr wohl, Euer Exzellenz!« Eusebius verneigte sich und sagte sich, dass sein Hochmeister auch eher hätte daran denken können. Im Kloster hätte er die Fackeln ohne Probleme erhalten. Nun aber konnte er nur hoffen, dass die Fischer ihnen einige abgeben würden, und diese würden erfahrungsgemäß nicht so gut brennen wie die Fackeln, die im Kloster hergestellt wurden.

Kaum hatte das Schiff das Ufer erreicht, sprang Gordeanus an Land. In seinem Bestreben, die Pferde schnell auf trockenen Boden zu bringen, bemerkte er den Mann nicht, der wenige Schritte entfernt an einem Baum lehnte und auf einem Grashalm kaute.

Es war Ümit Ağa, der sich den Hochmeister und dessen

Männer genau ansehen wollte, um sie einschätzen zu können. Was er sah, machte ihn nachdenklich. Die Ordensmänner wirkten hart und entschlossen, so als würden sie keinem Kampf aus dem Weg gehen. Die meisten stufte er als dumpfe Schlagetots ein, die den Befehlen ihres Anführers blindlings folgten. Das Gesicht dieses Mannes aber schien wie aus Stein gemeißelt, als er in den Sattel stieg und Richtung Norden ritt.

Männer dieser Art waren fürchterliche Gegner, das war Ümit klar. Überzeugt, stets das Richtige zu tun, kannten sie weder Mitleid noch Erbarmen. Jedes Opfer war ihnen recht, um ihr Ziel zu erreichen. Wenn der Hochmeister tatsächlich eine wundertätige Reliquie der Christenheit fand, würde er diese bedenkenlos gegen alle einsetzen, die er für seine Feinde hielt. Für ihn selbst und das osmanische Heer wären endlose Kriege die Folge und vielleicht sogar der Verlust großer Landstriche. Das aber mochte Ümit sich gar nicht erst vorstellen. Immerhin war Allah auf ihrer Seite. Allerdings würde es viele Opfer kosten, sich zu behaupten und eventuell verlorenes Gebiet wiederzugewinnen. Ob sie dann noch die Kraft aufbringen würden, um gegen Ofen oder gar Wien zu ziehen, um dort die Rossschweife aufzupflanzen, bezweifelte er.

Auch den Mann, der direkt hinter dem Hochmeister ritt, schätzte Ümit als gefährlichen Gegner ein. Er wirkte weniger düster als sein Anführer, verfügte aber über einen wachen Blick und eine gewinnende Art, mit der er ein Stück weiter eine Fischersfrau dazu brachte, ihm Fackeln zu verkaufen. Diesen Mann hätte Ümit auch nicht gern an der Spitze eines Heeres gesehen, das gegen die Osmanen zog. Er beobachtete den Trupp, bis dieser verschwunden war, und wandte sich dann an den Priester, der sich in seiner bäuerlichen Kleidung immer noch unwohl zu fühlen schien.

»Kannst du mir sagen, was das für Männer waren und welchem eurer christlichen Orden sie angehören?«

Der Priester schüttelte den Kopf. »Das kann ich leider nicht, oh Ağa, denn ich habe den Ornat dieser Ritter noch nie gesehen. Zwar gibt es Kriegerorden mit roten Waffenröcken, aber deren Abzeichen kenne ich. Dieses seltsame Kreuz mit dem breiten Querbalken sieht mehr wie ein Hammer aus denn wie das Kreuz Christi!«

»Ein Hammer?« Ümit schloss daraus, dass diese Männer in erster Linie Krieger waren und das Kreuz als Waffe gegen die Feinde ihres Glaubens ansahen. Mit dem Hochmeister waren es dreizehn Reiter. Dazu kam ein Weib, dem er allerdings keine Beachtung geschenkt hatte, außer, dass es wie ein Mehlsack auf seinem Pferd hing und kaum dem Tempo zu folgen vermochte, das der Anführer der Gruppe einschlug.

Schließlich stieß Ümit sich von dem Baum ab, gegen den er sich gelehnt hatte, und kehrte voll verwirrender Eindrücke und Gedanken zu seinen Männern zurück. Emre war bereits dabei, sein Pferd zu satteln, und sah zu ihm her. »Also folgen wir doch den Giauren!«, rief er.

Ümit nickte verbissen. »Das tun wir, doch mit einigem Abstand. Eine Gruppe wie diese fällt auf, und wir werden leicht erfahren, wohin die Leute sich gewandt haben. Zu ihnen aufschließen will ich erst dann, wenn die Entscheidung naht. Hier hat er seinen Gral jedenfalls nicht gefunden. Dafür sah mir der Anführer zu grimmig aus!«

Ümit lachte über seine eigenen Worte und forderte seine Männer auf, in die Sättel zu steigen. Da er nun wusste, wer der Feind war, würde er alles tun, damit dieser sein Ziel nicht erreichte.

6.

Obwohl sie bei dem Hagelschlag etliche Blessuren erlitten hatten, drang Marie darauf, am nächsten Morgen weiterzureiten. Donata stöhnte auf, und auch Hartwin sah aus, als würde er am liebsten zurückbleiben. Doch als Krispin, der am meisten abbekommen hatte, sich ungeachtet seiner Beulen und der verbundenen Kopfwunde in den Sattel schwang, ließ Donata sich ohne Murren auf ihre Stute heben.

Hartwin folgte Krispins Beispiel mit leisem Fluchen und hielt sich, als er auf dem Pferd saß, die rechte Schulter. »Das Schwert, so fürchte ich, kann ich heute nicht führen!«, erklärte er unwillig.

»Dann hoffen wir, dass dies nicht nötig sein wird!« Krispin lachte trotz seiner Kopfschmerzen und lenkte seinen Äolos neben Donatas Reittier. »Ich hoffe, Ihr habt das Unwetter gestern gut überstanden?«, fragte er.

Donata wollte ihm schon antworten, dass sie sich ganz und gar nicht wohl fühlte, verkniff es sich aber angesichts seiner strahlenden Augen und nickte. »Doch, doch! Es geht mir ganz gut.«

»Das freut mich!« Krispin lächelte auf eine Weise, die Donata tief berührte, und als sie eine Viertelmeile unterwegs waren, hatte sie das Gefühl, dass es sich an diesem Tag ganz gut reisen ließ. Die Luft war frisch, die Hitze der letzten Tage gebrochen, und sie genoss die Fürsorge ihres Begleiters.

»Glaubst du, dass wir Gordeanus abgehängt haben?«, fragte sie ihn.

Krispin zuckte mit den Achseln. »Wenn wir Glück haben,

sucht er noch in einem Jahr im Chiemsee nach der Statue des heiligen Florianus.«

»Und wenn wir kein Glück haben?«

»Dann sitzt er uns bereits im Nacken und holt uns heute noch ein. Das würde hart für uns werden, weil Ritter Hartwin nicht in der Lage ist, sein Schwert zu gebrauchen.«

Wie schon in den letzten Tagen verglich Donata insgeheim ihren Verlobten mit dem jungen Mann an ihrer Seite und fand, dass das Schicksal es übel mit ihr meinte. Hartwin war ein mürrischer Mann und doppelt so alt wie sie. Zudem sah er mit seiner breiten Gestalt und dem rundlichen Gesicht aus wie ein gewöhnlicher Bauer. Anders als er entsprach Krispin dem Bild, das sie sich von einem Mann machte, dem sie ihr Herz schenken würde.

»Werden wir den Gral in diesem Kirchisen finden?«, fragte sie, um auf andere Gedanken zu kommen.

Isabelle schüttelte so wild den Kopf, dass ihre Haube verrutschte. »Den Gral gewiss nicht! Höchstens den Pokal meines Ahnen, aber der ist ein ganz gewöhnliches Ding. Fänden wir ihn, würde es mich freuen, denn dann könnten wir zum König zurückkehren und ihm beweisen, dass Gordeanus für ein Trugbild gemordet hat und seiner Bestrafung zugeführt werden muss.«

Da Marie in dem Hochmeister und seinem Orden eine Gefahr für ihre Familie sah, stimmte sie der Äbtissin zu. »Auch ich wäre froh, wenn die Suche in Kirchisen enden würde. Ich frage mich schon die ganze Zeit, was Euer Ahne mit diesem rätselhaften Versteckspiel bezweckt hat. Er hätte seinen Pokal doch in irgendeine Felsspalte werfen können, wo ihn niemand mehr gefunden hätte!«

Isabelle überlegte kurz und hob dann mit einer resignierenden Geste die rechte Hand. »Ich weiß auch nicht, weshalb er dieses Spiel aufgezogen hat. Es mag sein, dass ihm sein Beutestück zu gut gefiel, um es so einfach aufgeben zu können.

Deshalb hat er es wohl auch nicht einschmelzen lassen, obwohl das Gold und die Edelsteine ihn zu einem reichen Mann gemacht hätten.«
»Aber ein ganz normales Versteck hätte doch genügt«, wandte Marie ein.
»Das hätte in seinen Augen wahrscheinlich zu leicht gefunden werden können. So aber musste man die Suche in einem Waldkloster beginnen, das seit Generationen von Frauen geführt wurde, welche von Raoul de Melancourt abstammten. Vor mir war dies meine Tante, und als diese starb, musste ich, der Familientradition folgend, deren Stelle einnehmen.«
»Vielleicht hatte Euer Ahne auch nur einen eigenartigen Humor«, meinte Marie. »Oder er wollte, dass der Pokal erhalten blieb, damit irgendwann einmal einer seiner Nachkommen diesen holen und zu Geld machen konnte.«
Diese Idee war ihr eben erst gekommen, doch sie spürte, dass sie nicht anders gehandelt hätte als jener französische Tempelritter.
»Das mag sein«, sagte Isabelle nachdenklich. »Immerhin hat jedes Mädchen unserer Familie, welches der jeweiligen Äbtissin nachfolgen sollte, von dem Geheimnis des Breviers erfahren mit der Auflage, dass wir dieses Geheimnis nur in allerhöchster Not lüften und den Pokal verwenden dürften. Wenn ich es genau bedenke, muss mein Ahnherr unser Kloster nur wegen dieses dummen Kelchs gegründet haben.«
Nun mischte Michel sich in das Gespräch ein. »Wie konnte Gordeanus überhaupt davon erfahren? Immerhin war Raoul de Melancourt ein französischer Ritter, und der Sprache dieses Landes ist der Hochmeister nicht mächtig.«
Da er nichts von Stoffels Verrat ahnte, war er überzeugt, Gordeanus überlistet und einen gehörigen Vorsprung gewonnen zu haben. Daher ließ er die Pferde, die ebenfalls

noch unter den Nachwirkungen des Hagelschlags litten, langsamer gehen, damit sie sich etwas erholen konnten.

Isabelle stieß ein Schnauben aus. »Als mein Vorfahr diesen Pokal fand, war einer seiner Begleiter fest davon überzeugt, dies müsse der Heilige Gral sein. Der Mann versuchte sogar, das Ding mit Gewalt an sich zu reißen. Aus diesem Grund hat Raoul den Orden der Templer verlassen und den Rest seines Lebens fern der Heimat hier in Germanien verbracht. Dennoch muss die Mär von ihm und dem vermeintlichen Gral meinem Vorfahr bis in dieses Land gefolgt sein. Gordeanus hat wohl davon gehört und aus meiner Verwandtschaft mit dem Finder geschlossen, das Geheimnis müsse in meinem Waldkloster verborgen sein.«

»Deswegen hätte er uns nicht gleich überfallen und so viele von uns umbringen müssen«, stieß Donata aus.

»Es gibt Menschen, die sind so, und welche, die sind anders. Gordeanus gehört zu jenen, die sich das, was sie wollen, mit Gewalt nehmen und auch nur mit Gewalt aufgehalten werden können«, antwortete Isabelle herb. »Aus diesem Grund müssen wir den Pokal vor ihm finden und zu Sigismund bringen. Wenn der König erkennt, dass Gordeanus ihn angelogen hat, wird er ihn bestrafen.«

Sie klang so hoffnungsvoll, dass Magister Ambrosius den Kopf schüttelte. »Seid Euch da nicht so sicher! Gordeanus vermag sich auch dann noch herauszuwinden, indem er erklärt, er sei der festen Überzeugung gewesen, Raoul de Melancourt habe den echten Gral ins Abendland gebracht. Damit habe nicht er den König getäuscht, sondern sei selbst von den Gerüchten getäuscht worden, die Eure Sippe in die Welt gesetzt hat! Er hätte nur des Beste für den König und das Reich gewollt. Das Schlimme ist, dass er damit sogar durchkommen könnte.«

Marie seufzte tief. »Für uns würde es bedeuten, dass unser Kampf mit diesen Hammerkreuzrittern ewig weiterginge.«

»Das muss nicht sein«, antwortete der Magister. »Seine Majestät, der König, kann ihm befehlen, Urfehde zu schwören.«
»An die dieser Blutsäufer sich gewiss nicht halten wird!«, rief Isabelle erbittert aus. »Außerdem blieben meine armen Frauen dann ungerächt.«
»Gordeanus könnte darauf antworten, dass seine Taten für den Glauben und das Reich geschehen seien und Gott, der Herr, sich Eurer Nonnen annehmen werde«, erklärte der Magister.
Obwohl ihn die Sache persönlich nicht betraf, war er lange genug mit Marie, Michel und Isabelle geritten, um sich mit ihnen verbunden zu fühlen. Daher wollte er nicht, dass sie sich voreilig in Sicherheit wiegten.
»Wir holen gleich einen Wagen ein«, meldete Krispin, der die Straße vor ihnen im Auge behalten hatte.
Marie blickte nun ebenfalls nach vorne und entdeckte einen Karren, der gemächlich vor ihnen herzog. Da der Wald an beiden Seiten dicht an die Straße heranreichte und mit üppigem Unterholz bewachsen war, schien ein Überholen unmöglich zu sein.
»Zum Glück haben wir es nicht so eilig«, antwortete sie mit einem schiefen Lächeln und ließ ihre Stute im Schritt gehen. Dennoch holten sie rasch auf und würden schlimmstenfalls bis zum nächsten Dorf hinter dem wacklig wirkenden Gefährt bleiben müssen.
»Wenn der Lenker ein wenig auf die Seite fährt, kommen wir vielleicht vorbei!« Mit diesen Worten trieb Krispin seinen Äolos an und erreichte kurz darauf den Wagen.
»He, Fuhrmann, mach Platz für uns Reiter!«, rief er.
Der Mann, der von der gewölbten Plane des Wagens verdeckt wurde, lachte auf. »Glaubst du vielleicht, ich fahre euretwegen in den Graben? In einer halben Meile endet der Wald, und dann könnt ihr mich überholen.«

Eine halbe Meile bedeutete bei der Geschwindigkeit, die der Karren an den Tag legte, mindestens eine Stunde, die sie hinter ihm bleiben mussten.
Daher war Krispin nicht bereit nachzugeben. »In meiner Begleitung reiten hohe Herrschaften. Wenn du nicht Platz machst, erregst du ihren Zorn.«
»Besser, die ärgern sich, als dass ich mit dem Rad im Straßengraben sitze und nicht mehr herauskomme«, antwortete der Fahrer.
»So kannst du nicht mit mir reden«, schäumte Krispin auf. »Entweder du fährst an den Wald heran, oder ich mache dich einen Kopf kürzer!«
»Noch kürzer, als ich bereits bin?«, rief der andere lachend. »Mein Freund, auch du wirst lernen, dass Geduld eine wertvolle Tugend ist. Diese Lektion kostet dich nicht einmal etwas, denn du bekommst sie von mir umsonst.«
Obwohl Krispin den Fahrer des Wagens am liebsten gepackt und verprügelt hätte, blieb ihm nichts anderes übrig, als hinter dem Karren zu bleiben.
Als Marie und die anderen zu ihm aufschlossen, erklärte Krispin verärgert, dass der Kerl sie nicht vorbeilassen wollte.
»Und warum nicht?«, fragte Donata.
Der Fahrer hatte sie gehört und gab selbst Antwort. »Weil ich keine Lust habe, im Graben hängen zu bleiben, während ihr fröhlich weiterreitet.«
Verwundert zog Isabelle die Stirn kraus. »Diese Stimme kenne ich doch! Bist du es, Nepomuk?«
»Nepomuk, der Händler, Gaukler, Bote und was nicht noch alles zu Euren Diensten, ehrwürdige Mutter Isabelle. Wie seid Ihr an diesen Rüpel gelangt, der mir die ganze Zeit den Kopf abschlagen will?«, kam es fröhlich, aber auch mit einer gewissen Erleichterung zurück.
Isabelle lachte hell auf. »Hab keine Sorge, Nepomuk. Kris-

pin ist zwar ein ungeduldiger junger Mann, aber er wird dir gewiss nichts tun – und das gilt auch für meine anderen Begleiter.«

»Für Euch fahre ich gerne in den Graben. Ihr müsst mir aber versprechen, dass Eure Leute meinen Wagen wieder herausheben. Allein fällt es mir ein bisschen schwer.« Noch während er es sagte, lenkte Nepomuk sein Gefährt zur Seite und gab damit ein schmales Stück Weg frei, gerade breit genug, dass ein Reiter durchkommen konnte. Ein paar Schritte weiter steckte er, wie er es vorausgesagt hatte, im Graben fest.

Als Erste ritt Isabelle an dem Wagen vorbei und grüßte den Fuhrmann, der sich als Händler, Gaukler und Bote ausgegeben hatte. Marie, die ihr folgte, sah voller Verwunderung auf den Mann herab. Es war ein Zwerg, kaum mehr als halb so groß wie ein normaler Mensch, mit kurzen, krummen Beinen, einem ebenso kurzen Leib und winzigen Armen. Der Kopf war normal gewachsen und wirkte deshalb ein wenig zu groß für den gnomenhaften Körper. Graues Haar lugte unter seiner Kappe hervor, und seine Augen blitzten fröhlich. Als er die beiden Frauen sah, deutete er eine Verbeugung an und wiederholte die Geste, als Donata vorbeiritt.

»Gott zum Gruße, schöne Damen! Fast bedauere ich es, nicht Paris zu sein und einen Apfel in drei Teile schneiden zu können, da keine von Euch der anderen an Schönheit nachgibt.«

»Was will der Kerl mit der Hauptstadt der Franzosen?«, fragte Donata verwirrt. Altgriechische Literatur hatte offensichtlich nicht zu jenem Wissen gehört, das im Waldkloster gelehrt worden war.

Um Isabelles Lippen spielte ein nachsichtiges Lächeln. »Nepomuk spielt auf eine alte Sage an. Es sollte dich aber nicht bedrücken, denn er machte uns dreien eben ein angenehmes Kompliment.«

»Höre ich eine gewisse Koketterie aus Eurer Stimme her-

aus?«, fragte Marie lachend. »Als fromme Äbtissin solltet Ihr nicht nach Schönheit streben, sondern nach einem gottgefälligen Leben.«
»Ich bin auch nur eine Frau«, antwortete Isabelle gelassen. »Außerdem ist Nepomuk ein Freund, wie man ihn nur selten findet. Er kommt – oder, sagen wir besser, er kam öfters zum Waldkloster und war mein Bote in vielen Dingen.«
Sie seufzte, denn diese Zeit schien ihr so fern zu sein wie der Mond, und sie glaubte nicht, dass sie wiederkehren würde.
»Durfte er deshalb zum Kloster, weil er kein Mann ist, sondern ein …«, fragte Krispin neugierig.
»… was?«, unterbrach Nepomuk Krispin lauernd.
»Du solltest keinen Mann beleidigen, nur weil Gott ihm keine Reckengestalt verliehen hat«, tadelte Marie den jungen Wildhüter.
Dieser kniff die Lippen zusammen, erinnerte sich dann, wie oft er als Bastard verspottet worden war, und fühlte, dass solche Reden Nepomuk weitaus härter treffen mussten.
»Lass uns Frieden schließen!«, sagte er und reichte dem Zwerg vom Sattel aus die Hand.
Mit einem schiefen Lächeln ergriff Nepomuk sie. »Ich will nicht so sein, da die ehrwürdige Mutter Euch als würdig genug erachtet, ihr Begleiter zu sein.« Er wandte sich an Isabelle. »Ich wundere mich, Euch auf Reisen zu sehen – und dann auch noch so fern von Eurem Kloster.«
Auf dem Gesicht der Äbtissin erschien ein bitterer Zug. »Ich reise nicht aus freien Stücken, Nepomuk, sondern weil die Not mich dazu zwingt. Meuchelmörder haben mein Kloster überfallen und etliche meiner Schwestern umgebracht. Nun sitzt der Feind uns im Nacken, und wir können nur hoffen, dass der König ihm Einhalt gebietet!«
Marie wunderte sich, dass die Äbtissin so offen mit dem Zwerg redete. Wie es aussah, genoss dieser im hohen Maße ihr Vertrauen. Sie betrachtete die kleine Gestalt auf dem

Bock des einfachen Karrens, und ihr wurde klar, dass man Nepomuk niemals unterschätzen durfte. Er mochte nicht dieselbe Kraft besitzen wie Michel oder Krispin, aber das harte Leben auf der Landstraße hatte ihn gestählt. Außerdem war List oft eine wirksamere Waffe als ein mit Wucht geführtes Schwert.

»Was meint Ihr, können wir bald eine Pause einlegen? Ich würde mich gerne mit Nepomuk unterhalten«, fragte Isabelle.

Marie spürte Michels Blick und nickte. »Ich habe nichts dagegen. Nur sollten wir uns einen besseren Platz suchen. Krispin, bist du so gut und reitest vor, um eine Lichtung oder eine andere Stelle zu finden, an der wir haltmachen können?«

»Vergesst aber nicht, meinen Wagen hier herauszuholen«, drängte Nepomuk. »Ich verfüge nicht über die Kräfte eines Herkules, auch wenn ich so aussehe.«

Marie musste lachen. »Wir helfen dir gerne, nicht wahr, Michel?«

Dieser schmunzelte ebenfalls, ritt dann an dem Wagen vorbei und schwang sich weiter vorne aus dem Sattel.

»Sollten das nicht besser die Knechte übernehmen?«, fragte Hartwin, der darauf bedacht war, den Unterschied zwischen sich und seinen Männern, insbesondere Stoffel, aufzuzeigen.

»Mit Eurer geprellten Schulter könnt Ihr sowieso nichts tun. Hannes, Götz, helft mit!«

Der Kibitzsteiner und der Frommberger Knecht stiegen ab und eilten zu Michel.

»Jetzt lass deine Mähre anziehen!«, rief dieser dem Zwerg zu.

Nepomuk tat es, und wenig später stand sein Wagen wieder mit beiden Rädern auf der Straße. Erleichtert wandte er sich Michel zu. »Seid bedankt, Herr Ritter, und lasst Euch sagen, dass Ihr eine edle Ausnahme eines ansonsten wenig edlen Standes seid.«

»He, beleidige nicht die Ritterschaft, sonst muss ich dir eines über die Rübe geben!«, rief Stoffel aufgebracht. Auch wenn er bislang nur als Knecht galt, so hoffte er doch, aufsteigen und die Achtung einfordern zu können, die einem Edelmann zukam.

Nepomuk kümmerte sich nicht um ihn, sondern schnalzte kurz mit der Zunge und trieb das magere Maultier an, das seinen Wagen zog. Auf andere mochte das Tier unansehnlich wirken, doch es war jünger, als es aussah, und auch um einiges kräftiger. Dabei unterhielt er sich mit Isabelle, die direkt vor dem Maultier ritt und sich immer wieder zu ihm umdrehte.

Nicht weit, da trafen sie auf Krispin, der sein Pferd auf einer kleinen, grasbedeckten Lichtung weiden ließ. Als Nepomuk es sah, schüttelte er den Kopf.

»Waren diese paar Schritte es wert, einem anderen mit dem Kopfabschlagen zu drohen?«

Krispin senkte betroffen den Kopf. »Verzeih mir meine unbedachten Worte.«

»Schon verziehen!«, antwortete Nepomuk grinsend und stieg mit seinen kurzen Beinen so flink vom Bock, dass Marie staunte. Innerhalb kurzer Zeit hatte er sein Maultier ausgeschirrt und ließ es grasen. Als das Tier Krispins Äolos zu nahe kam, schnaubte dieser warnend. Die Mähre aber war ihres Herrn wert, denn sie missachtete den Hengst und schnappte ihm die saftigsten Grasbüschel weg.

Hannes und Götz kümmerten sich um die Pferde der drei Frauen, die ihrer Herren und ihre eigenen, während Stoffel das seine einem Kameraden überließ, der darüber nicht erfreut zu sein schien.

»Ich hoffe, Ihr habt ein wenig Mundvorrat dabei, denn ich glaube nicht, dass ich so viele Leute freihalten kann«, erklärte Nepomuk, während er eine Art Teppich aus den zusammengenähten Fellen mehrerer Rinder auf dem Boden ausbreitete.

»Keine Sorge, mein Freund. Wir haben sogar etwas Wein. Wenn du einen Becher magst?«, fragte Marie.
»Und ob!«, antwortete Nepomuk erfreut. »Ich kriege selten genug welchen. Da muss ich den Tag genießen, an dem es geschieht.«
Marie nahm die Lederflasche, die sie in Gstadt gefüllt hatte, und goss den Becher, den der Zwerg ihr reichte, bis zum Rand voll. Als Stoffel dies sah, schnaubte er verächtlich.
»Jetzt spielt sie auch noch die Schankmagd. Na ja, was Besseres war sie ja auch nicht.«
»Was sagst du da?« Krispin hatte zwar nicht alles verstanden, begriff aber, dass es eine Beleidigung war, und wollte Stoffel dafür zur Rechenschaft ziehen. Der aber wich vor ihm zurück und verschwand mit der Ausrede im Wald, sich erleichtern zu müssen.
»Irgendwann schlage ich dem Kerl die Zähne ein«, knurrte Krispin und setzte sich auf die Felldecke, auf der alle außer den Knechten bereits Platz genommen hatten und Wein, Brot und kalten Braten miteinander teilten.
Während sie aßen und den Lederschlauch leerten, berichtete Isabelle dem Zwerg von dem Überfall auf ihr Kloster und fragte, ob er je etwas von den Rittern des Hammers vom Heiligen Kreuz zu Jerusalem gehört hätte. Sie beschrieb ihm deren Tracht und Abzeichen, doch Nepomuk schüttelte den Kopf.
»Solche Männer habe ich noch nie gesehen und auch noch nie von ihnen gehört.«
»Könntest du versuchen, etwas über sie in Erfahrung zu bringen?«, fragte Isabelle.
»Das könnte ich«, sagte Nepomuk nach einer kurzen Bedenkpause. »Da ich derzeit keinen Auftrag ausführen muss, kann ich mich Orten zuwenden, an denen ich Auskunft bekomme. Wohin soll ich die Informationen bringen? Zum Kloster?«

Isabelle machte eine abwehrende Handbewegung. »Nein, besser nach Nürnberg! Sobald wir unsere Suche abgeschlossen haben, müssen wir dorthin reisen, um dem König Nachricht zu bringen.«
»Gut, dann komme ich nach Nürnberg«, antwortete Nepomuk und fragte sich, ob er sich nicht gleich dieser Stadt zuwenden sollte. Dort war gewiss mehr zu erfahren als in den bairischen Hauptstädten München, Ingolstadt und Landshut. Landshut konnte er auf dem Weg nach Nürnberg besuchen und dort nachhaken, ob jemand etwas von einem Orden des Hammers vom Heiligen Kreuz wusste.
Marie wollte den Mann nicht ungewarnt losschicken und fasste ihn am Ärmel. »Sei aber vorsichtig bei dem, was du tust! Uns steht ein Feind gegenüber, der bereits bewiesen hat, dass er über Leichen geht.«
»Das wollte ich eben auch sagen«, stimmte ihr Isabelle zu. »Leopold von Gordean ist so gefährlich wie ein tollwütiger Hund! Gib also auf dich acht, kleiner Mann.«
»Ohne Kopf wärest du nämlich noch kleiner, als du jetzt schon bist«, warf Krispin ein und klopfte Nepomuk auf die Schulter. »Willkommen in unserer Runde!«
Mit den letzten Worten entwaffnete er den Zwerg, der schon zu einer harschen Antwort hatte ansetzen wollen, und brachte ihn zum Lachen.
»Runde ist gut! In ein paar Minuten werdet Ihr weiterreiten und ich mit meiner Anne gemütlich hinterherzuckeln. Wir sehen uns in Nürnberg wieder, wenn Euch dieser Hammerkreuzritter vorher nicht einen Kopf kürzer gemacht hat!«
»Dann wäre ich aber immer noch größer als du«, konterte Krispin, ließ sich seinen Becher noch einmal von Donata füllen und zwinkerte ihr lächelnd zu.

7.

Wenig später stiegen Marie und ihre Begleiter wieder in die Sättel und verabschiedeten sich von Nepomuk, der seine Anne noch ein wenig grasen ließ. Während die Reitergruppe gen Norden ritt, reiste der Zwerg um einiges langsamer, aber stetig weiter und übernachtete in einem Dorf, das an seinem Weg lag.

Am nächsten Morgen spannte Nepomuk sein Maultier wieder vor den Wagen. Die Dorfjungen beobachteten ihn, und er sah ihnen an, dass ihnen einige Fragen auf der Zunge lagen. Schließlich machte einer den Anfang.

»Du traust dich aber was, so ganz allein durch das Land zu fahren! Was ist, wenn du auf Räuber triffst?«

»Dann schickt Gott mir den heiligen Christophorus zu Hilfe. Immerhin ist er der Schutzpatron der Reisenden«, antwortete Nepomuk in scheinbar ernsthaftem Tonfall.

»Aber wenn der keine Zeit hat?«, wandte der Bub ein.

»Dann schickt er den heiligen Martin oder einen der anderen Schutzpatrone der Gaukler, Händler, Boten oder Reisenden. Wie ihr seht, bin ich in guter Hut!«

Nepomuk lächelte, obwohl Räuber durchaus eine Gefahr für ihn darstellten. Allerdings hatte er unter seinem Bock ein Kurzschwert und eine Armbrust verborgen, mit denen er umzugehen wusste. Seine beste Waffe gegen Leute, die ihm an den Kragen wollten, war jedoch sein Mundwerk, und das hatte ihm bislang noch immer geholfen.

Nachdem er noch einige Fragen der Kinder beantwortet hatte, lenkte er sein Gefährt zum Dorf hinaus und ließ seine Anne gemütlich dahintrotten. Seine Gedanken drehten sich um das, was er von Isabelle de Melancourt erfahren hatte. Es musste sich um eine besondere Sache handeln, wenn Ordensritter dafür scheinbar sinnlos mordeten. Dabei wurde ihm klar, dass die Äbtissin ihm einige Punkte verschwiegen hatte. Vielleicht war es gut so, denn was er nicht wusste, konnte er auch nicht verraten.

Dieser Tag verging so langsam wie jeder andere, den er auf dem Bock verbrachte. Gelegentlich traf er auf ein Dorf, fuhr aber ohne anzuhalten hindurch, während er zu anderen Zeiten ein paar Stunden geblieben wäre, um seine Kunststücke als Gaukler zu zeigen. Er wollte jedoch Isabelle de Melancourts Bitte so rasch wie möglich erfüllen.

Am Nachmittag vernahm er erneut eiligen Hufschlag hinter sich. Neugierig geworden, erhob er sich und stieg mit den Füßen auf den Bock, um über die Plane nach hinten schauen zu können. Es traf ihn wie ein Schlag, als er den Ritter mit dem leuchtend roten Umhang sah, der an der Spitze einer Schar Gewappneter ein strammes Tempo einschlug. Isabelles Beschreibung war zu genau gewesen, als dass er einem Irrtum unterliegen konnte. Die Verfolger, die die Äbtissin noch fern glaubte, lagen keinen ganzen Tag zurück.

Nepomuk verspürte ein Kribbeln im Nacken, als er sich wieder auf den Bock setzte und die Zügel mit beiden Händen fasste. Einen Augenblick lang überlegte er, ob er diesen Reitertrupp behindern sollte, damit Isabelles Vorsprung wieder größer wurde. Doch wenn der Anführer der Hammerkreuzritter tatsächlich ein solcher Totschläger war – und es gab keinen Grund für ihn, die Worte der Äbtissin zu bezweifeln –, würde der Kerl ihn für jede Minute, die er durch ihn verlor, bezahlen lassen.

Es dauerte nicht lange, da scholl auch schon der Ruf »Mach Platz!« zu ihm her. Seufzend lenkte er Anne zur Seite und sah zu, wie das rechte Vorderrad des Karrens in den schmalen Graben am Rand der Straße rutschte.

Nepomuk hatte nicht einmal die Zeit, die Ordensritter darum zu bitten, seinen Wagen wieder auf die Straße zu heben, denn Gordeanus brauste mit seinen Männern und der Nonne in einer Hast vorbei, als wolle er die Verfolgten noch am gleichen Tag einholen.
»Zur Hölle sollen sie fahren!«, murmelte Nepomuk, als er von seinem Bock abstieg, um nachzusehen, wie tief das Rad eingesunken war. Er fluchte noch wüster, als er sah, dass sein Karren bis zur Achse im Schlamm versunken war.
»Verdammter Regen!«, schimpfte er schließlich. »Warum kann es nicht trocken sein? Dann wäre der Graben fest gewesen.«
Doch alles Jammern half nichts. Er musste versuchen, selbst herauszukommen, oder warten, bis ein Fuhrwerk zu ihm aufholte, dessen Kutscher ihm helfen musste, weil er nicht an ihm vorbeikam. Aber an einer so abgelegenen Stelle konnte das dauern. Wenn er Pech hatte, saß er noch tagelang fest.
»Anne, wir versuchen es«, sagte er mit wenig Hoffnung zu seinem Maultier und stemmte sich gegen den Wagen. Das Tier zog aus Leibeskräften, doch der Karren rührte sich keinen Fingerbreit.
»Er sitzt so fest, als hätte man ihn eingemauert!« Nepomuk gab seufzend auf und löste dann seine Anne aus dem Geschirr. Zu seinem Bedauern reichte der Wald hier wieder bis an die Straße, und es gab daher kaum einen Grashalm für seine Stute.
»Hätte es mich nicht an einer Stelle erwischen können, wo man mich von einem Dorf aus sehen oder Anne wenigstens grasen könnte?«, schimpfte Nepomuk weiter.
Während das Maultier einige Blätter von den Büschen fraß, holte der Zwerg seine Vorräte aus dem Karren und begann zu essen. Den ersten Schluck sauren Wein trank er noch durstig, verschloss die Lederflasche dann aber wieder. Er

wusste nicht, wie lange er an dieser Stelle festsaß, und es machte gewiss keinen Spaß, in diesem vor Unterholz strotzenden Wald nach einer Quelle oder einem Bach zu suchen.
Nachdem er gegessen hatte, dachte er wieder an die Reiterschar, der er sein Pech zu verdanken hatte. Das also waren Isabelle de Melancourts Feinde. Zwar hatte diese ihm erklärt, wozu diese Männer fähig waren. Ganz so fanatisch und entschlossen hatte er sie sich dann doch nicht vorgestellt. Da sie der Äbtissin und ihren Begleitern zudem an Zahl um fast das Doppelte überlegen waren, standen die Aussichten für seine Freundin schlecht, zumal diese nicht ahnte, wie nahe die Verfolger ihr bereits gekommen waren.
»Und ich sitze hier fest!« Nepomuk war klar, dass er mit seinem Karren niemals in der Lage gewesen wäre, Gordeanus' Ordensritter oder Isabelles Trupp einzuholen. Doch er fand es entsetzlich, hilflos herumzusitzen, während um ihn herum die Welt in einen wilden Taumel zu verfallen schien.
Das Geräusch trabender Pferde riss ihn aus seinen Gedanken. Er schoss hoch und starrte nach hinten. Ein weiterer Reitertrupp näherte sich, kleiner als die Ordensritter. Zuerst hielt er die Männer für Bauern, die auf ihren Gäulen zu einer Veranstaltung ritten. Dann aber stieß er einen überraschten Pfiff aus. Pferde wie diese besaß kein Bauer im bairischen Land und auch die meisten Herren von Stand nicht. Selbst Heinrich der Reiche von Niederbaiern-Landshut hätte sich nicht schämen müssen, solche Rösser in seinem Marstall aufzunehmen.
Pferdediebe, dachte er im ersten Augenblick, verwarf diesen Gedanken aber sofort wieder. Dafür saßen die Männer bis auf einen viel zu gut im Sattel. Der Anführer war von der Sonne gebräunt und hatte blondes Haar und einen prächtigen rötlichblonden Schnauzbart. Möglicherweise ein Ungar oder Serbe, der versucht, unerkannt durchs Land zu reiten, dachte Nepomuk. Nun hielt der Mann einige Schritte hinter

dem Karren an und sah ihn aus zusammengekniffenen Augenlidern an.
»Ist hier ein Reitertrupp vorbeigekommen mit Männern, die rote Waffenröcke trugen und bis auf einen in braune Mäntel gehüllt waren?«, fragte er.
Nepomuk wurde hellhörig. Wie es aussah, hatten diese Männer etwas mit den Ordensrittern zu tun. Jetzt kam es darauf an, ob es deren Freunde oder Feinde waren.
»Junger Herr, wenn Ihr und Eure Freunde so liebenswürdig wärt, meinen Karren aus dem Straßengraben zu holen, würde dies mein Erinnerungsvermögen gewaltig verbessern«, antwortete er grinsend.
Die Hand des anderen fuhr bereits zur Reitpeitsche, und Nepomuk verfluchte sich wegen seiner voreiligen Worte. Da ließ der andere die Peitsche wieder fahren und nickte.
»Wir helfen dir, werden vorher aber an deinem Wagen vorbeireiten. Doch wage es nicht, uns zu belügen. Es würde dir nicht gut bekommen!«
»Was hätte ich davon, Euch zu belügen?«, antwortete Nepomuk. »Ich kenne Euch nicht und ebenso wenig die Männer, denen Ihr folgt.«
»Sie sind also vorbeigekommen!« Ümit Ağa erwog kurz, weiterzureiten und den Wagen des Zwerges im Graben zu lassen. Da er jedoch versprochen hatte, ihm zu helfen, lenkte er sein Ross an dem Karren vorbei und hielt etliche Schritte weiter vorne an.
»Kümmere du dich um den Wagen«, befahl er Emre. »Wenn es nötig ist, soll dir einer der anderen helfen.«
Noch während Ümit es sagte, schwangen sich Emre und Mahsun aus dem Sattel, griffen zu und hoben den Wagen mit angestrengtem Ächzen wieder in die Spur.
»Habt Dank!«, rief Nepomuk erleichtert. »Allein habe ich es nämlich nicht ganz geschafft.«
Um Ümit Ağas Lippen spielte ein Lächeln. »Nicht jeder

Mann ist ein Samson, der das Heer der Philister mit einer Eselsbacke erschlagen konnte.«

»Wenn Ihr damit auf meine Gestalt anspielen wollt, die nicht ganz dem Ideal eines edlen Recken entspricht, so mögt Ihr recht haben. Aber für meine Größe bin ich ganz schön kräftig!« Nepomuk lachte, trat näher auf Ümit Ağa zu und klopfte dessen Rappen gegen den Vorderschenkel.

»Ihr besitzt ein herrliches Pferd, mein Herr, wenn ich das sagen darf. Die Reiter, denen Ihr folgt, haben keine so guten.«

Für sich dachte Nepomuk, dass der Mann wirklich kein schlichter Bauer sein konnte. Von denen besaß keiner solche Pferde. Außerdem war da noch der fremde Zungenschlag. Der Mann musste wirklich aus Ungarn stammen, oder gar noch von weiter her. Allerdings konnte er sich nicht vorstellen, dass ein Osmane es wagen würde, mit einer so kleinen Schar und als Bauer verkleidet bis nach Baiern vorzudringen.

»Was weißt du von diesen Reitern, denen wir, wie du sagst, folgen?«, fragte Ümit Ağa.

Nepomuk legte das Gesicht in nachdenkliche Falten und sah mit einem listigen Blick zu dem Ağa auf.

»Die Reiter sind vor vielleicht drei oder vier Stunden hier vorbeigekommen, und sie ritten sehr schnell. Wer sie sind, kann ich nicht sagen, doch nehme ich an, dass die Stadt Mühldorf ihr Ziel ist. Zumindest nannte einer, als er an mir vorbeiritt, diesen Namen.«

Das war zwar gelogen, doch nichts an Ümits Haltung ließ Nepomuk erkennen, dass dieser ein Verbündeter von Gordeanus sein könnte. War er aber ein Feind des Hochmeisters, hielt Nepomuk es für dringend nötig, dass er auf dessen Spur blieb. Isabelle de Melancourt und deren Begleiter konnten jede Unterstützung brauchen.

»Vier Stunden also!« Ümit verzog ärgerlich das Gesicht.

Obwohl er und seine Begleiter rasch geritten waren, hatten die Verfolgten ihren Vorsprung ausbauen können. Mit einer entschlossenen Geste wandte er sich an seine Leute.

»Wir reiten weiter!« Danach trieb er seinen Rappen an und sprengte im Galopp davon. Seine Männer folgten ihm, wobei sich der Priester etwas schwertat. Doch Emre entriss ihm kurzerhand den Zügel und herrschte ihn auf Türkisch an, sich am Sattel festzuhalten, während er selbst das andere Pferd führte.

Nepomuk sah die Kavalkade entschwinden und kratzte sich am Kopf. »Wie es aussieht, hat Isabelle etwas entfacht, das sie wohl selbst nicht überblicken kann«, sagte er und schirrte seine Anne ein, um die Fahrt fortzusetzen. Auf jeden Fall würde er zuerst nach Mühldorf fahren und sich dort umhören, ob sich etwas Ungewöhnliches getan hatte. Vielleicht, setzte er seinen Gedankengang fort, konnte er Isabelle sogar noch behilflich sein.

8.

Marie atmete auf, als sie den bairischen Wachtposten hinter sich gelassen hatten und auf das südliche Stadttor von Mühldorf zuritten.

»Ich frage mich, was in den letzten Tagen geschehen ist. Auf dem Hinweg haben wir an den Mühldorfer Grenzen keine Soldaten gesehen, aber jetzt stehen bald mehr Wächter als Reisende an den Straßen«, sagte sie zu Michel.

»Wenigstens waren sie nicht unfreundlich, sondern wollten nur wissen, wer wir sind und woher wir kommen«, antwortete ihr Mann.

»Es wird wieder einmal Spannungen zwischen dem Erzbischof von Salzburg und dem Herzog in Landshut geben«, warf Magister Ambrosius ein. »Dies geschieht öfter, führt aber nur selten zu einem richtigen Streit. Die hohen Herrschaften fühlen sich immer wieder in ihren Rechten verletzt und fordern Wiedergutmachung. Es gibt ein wenig Geschrei, man lässt einige Kriegsknechte herumlaufen und einigt sich dann doch wieder. Gelegentlich versucht der Baier auch, sich diese Stadt einzuverleiben, doch der Salzburger weiß die Herren von Habsburg und den König hinter sich und kann sich behaupten.«

»Ihr seid wohl ein allwissender Mann!« Krispin klang beeindruckt, denn außer Lesen, Schreiben und ein wenig Rechnen hatte er selbst nur das gelernt, was ein Wildhüter können musste.

»Nicht allwissend, das ist nur Gott. Doch als Berater des Königs muss ich viele Dinge kennen«, erklärte Ambrosius und wollte noch etwas hinzufügen, doch da hatten Marie

und Michel das Tor erreicht und sahen sich den Kriegsknechten gegenüber, die statt wie die Baiern vorhin in Blau und Weiß in Rot und Weiß gewandet waren.
»Ach, Ihr seid es«, sagte einer, der die Gruppe bereits bei der Hinreise gesehen hatte.
»Michel Adler, freier Reichsritter auf Kibitzstein mit seiner Gemahlin und Freiherr Hartwin von Frommberg samt Gefolge«, stellte Michel sich und seine Begleiter vor.
»Ihr seid ja nicht lange ausgeblieben. Hat Euch wohl bei den Baiern nicht gefallen? Uns täte es das auch nicht«, lachte der Mühldorfer.
»Wir haben den Zweck unserer Reise erfüllt und kehren nun zurück«, mischte sich Marie ein.
Michel zahlte die Gebühren, welche im Namen des Salzburger Fürstbischofs und des Rates der Stadt Mühldorf für das Betreten der Stadt verlangt wurden, und ritt an der Spitze des Trupps durch das Tor.
Da sie bereits einen guten Gasthof kannten, saßen sie schon bald darauf an einem Tisch im Gewölbe und tranken Bier, das ihnen sehr gut mundete. Die Wirtsmagd setzte ihnen einen Teller dicker Suppe, ein Stück Spanferkel sowie einen großen Laib Brot vor und kehrte dann mit dem Wunsch, dass es ihnen schmecken möge, in die Küche zurück.
»Was machen wir jetzt?«, fragte Marie, die nicht viel Zeit verlieren wollte, um nach Kirchisen zu suchen.
»Wir können die frommen Brüder im Kloster aufsuchen und fragen, ob sie die Kirche kennen«, schlug Krispin vor.
Michel nickte. »Einer von uns sollte außerdem zur Pfarrkirche gehen und den Pfarrer fragen! Marie und die ehrwürdige Mutter könnten die Oberin des hiesigen Spitals besuchen. Dreifach gestrickt hält nun einmal besser.«
»Wir sollten es noch heute hinter uns bringen, damit wir die Stadt morgen in der Frühe verlassen können«, schlug Marie vor, die zu unruhig war, um einfach herumzusitzen.

»Es bleibt noch zwei, drei Stunden hell! Also lasst uns die Zeit nützen«, stimmte Michel ihr zu und trank seinen Becher leer.
»Wie teilen wir die Sache auf?«, fragte Krispin.
»Herr Hartwin und du, ihr geht zum Kloster, ich zum Pfarrherrn der Stadtkirche und die drei Frauen zu den Nonnen im Spital. Der Herr Magister kann hier auf uns warten, ebenso die Knechte. Die sollen die Pferde und unser Gepäck versorgen!«
Hannes, Frieder und zwei Frommberger Knechte grinsten, denn sie versprachen sich vom Aufenthalt in der Schenke den einen oder anderen Becher von dem guten Bier. Nur Stoffel rutschte unruhig auf der Bank hin und her. Um dem Hochmeister dienlich sein zu können, musste er ebenfalls in Erfahrung bringen, wo diese Kirche sich befand.
»Ist es nicht besser, wenn Krispin Euch begleitet, Herr Michel, und ich Herrn Hartwin?«, meldete er sich zu Wort.
Michel überlegte kurz und nickte. »Von mir aus – falls dein Herr nichts dagegen hat.«
»Meinetwegen kann er mitkommen«, brummte Hartwin und stand auf.
Stoffel äugte auf seinen Becher, der noch zur Hälfte gefüllt war, und trank rasch einen Schluck. Dann eilte er hinter seinem Halbbruder her.
»Wir sollten auch gehen«, forderte Michel Krispin auf. Der erhob sich und lachte. »Was meint Ihr, wer von uns wird das Rätsel lösen können?«
»Wahrscheinlich wir«, antwortete Marie lächelnd und sah Isabelle und Donata an. »Kommt, meine Lieben!«
Die Äbtissin nickte. »Dann haben wir es hinter uns.« Sie strich ihre Kutte glatt und rümpfte die Nase. »Viel Staat kann ich mit der nicht mehr machen!«
»Ich auch nicht«, gab Donata zu. Aber es war weniger die zerschlissene Kutte, die sie bedrückte, als das Wissen, was

sie in Zukunft erwartete, falls sich ihr Schicksal nicht zum Guten wendete. Wenn die Sache hier vorbei war, würde sie dieses Gewand ablegen und die Kleidung einer adeligen Dame anziehen müssen, um Hartwin zu heiraten.
Marie nickte ihren Begleiterinnen zu und verließ mit ihnen zusammen den Gasthof. Draußen schritten sie den Arkadengang entlang, passierten das Tor der Nagelschmiede und den Voitturm, um das in der Katharinenvorstadt liegende Spital zu erreichen. Dort baten sie die Schwester Pförtnerin, sie zu ihrer Oberin zu führen.
»Wen darf ich der ehrwürdigen Mutter melden?«, fragte die Pförtnerin an Isabelle gewandt, die durch ihre Tracht als Nonne zu erkennen war. Da Isabelle nicht in den Vordergrund treten wollte, warf sie Marie einen auffordernden Blick zu.
»Ich bin Marie, die Gattin des Reichsritters Michel Adler auf Kibitzstein«, stellte diese sich vor.
Etwas verwundert, weil nicht die Nonne, sondern die Edeldame die bestimmende Person zu sein schien, verließ die Pförtnerin ihren Platz und eilte ins Spital. Kurz darauf kehrte sie mit einer zweiten Nonne zurück und ließ Marie und deren Begleiterinnen ein.
»Seid uns willkommen. Ich bin Schwester Katharina und bringe Euch zu unserer ehrwürdigen Mutter Oberin«, erklärte sie.
»Habt Dank!« Marie lächelte der Frau kurz zu und folgte ihr dann in das Spital. Wenig später erreichten sie die Gemächer der Oberin, die auf einer gepolsterten Bank saß und den Besucherinnen neugierig entgegensah.
»Grüß Gott, meine Dame! Darf ich Euch und Euren Begleiterinnen einen Becher Wein anbieten?«, fragte sie.
»Wenn Ihr ihn mit Wasser mischen lasst, gerne, ehrwürdige Mutter«, antwortete Marie. »Wir haben eben das hiesige Bier genossen und wollen nicht betrunken werden.«

»Das überlassen wir lieber den Männern.« Die Oberin lächelte wissend.

Die nächsten Minuten unterhielten sie sich über Allgemeinplätze wie das Wetter und über die Beschwerlichkeiten, die das Reisen mit sich brachte. Als eine junge Nonne einen vollen Krug und vier Becher kredenzte und alle getrunken hatten, kam Marie auf den Grund ihrer Reise zu sprechen.

»Wir sind auf der Suche nach einer bestimmten Kirche in dieser Gegend, ehrwürdige Mutter. Sie trägt den Namen Kirchisen. Nur gibt es an dem Fluss Isen etliche Orte und Märkte mit Kirchen, so dass wir nicht wissen, welche es sein kann.«

»Ihr werdet diese Kirche nicht an den Ufern der Isen finden, meine Dame, denn die Ortschaft Kirchisen befindet sich eine knappe Stunde Weges nördlich des Flusses auf einer Anhöhe. Ihr erreicht sie, wenn Ihr über Harthausen und Lochheim reitet und kurz darauf die Isen überquert. Von dort aus seht Ihr bereits den Turm der Kirche das Isental grüßen.«

Marie war erleichtert, so rasch Auskunft erhalten zu haben, und bedankte sich. Obwohl ihre Reisekasse bereits schmal zu werden drohte, spendete sie mehrere Gulden für das Spital und verabschiedete sich auf das herzlichste.

Als sie wieder auf der Straße standen, atmete Isabelle auf. »Obwohl ich doch etliche Jahre ein eigenes Kloster geführt habe, bin ich froh, dass ich diese Mauern hinter mir lassen kann. Ein Kloster in einer Stadt erscheint mir mehr wie ein Gefängnis denn wie ein Ort der Ruhe und der Besinnlichkeit.«

»Ich fand es in unserem Waldkloster auch angenehmer«, stimmte Donata ihr zu.

Marie war anderer Ansicht, denn in einer Stadt gab es viel mehr zu sehen und zu erleben als in der Wildnis der Waldberge. Auch leisteten die Nonnen in der Katharinenvorstadt wichtige Dienste an der Stadtgemeinde, indem sie ein Spital unterhielten und Almosen an Bedürftige gaben. Etliche Nonnen erteilten Bürgermädchen Unterricht im Schreiben, Lesen, Nähen und Sticken. All dies waren Dinge, die es in Isabelle de Melancourts Kloster nie gegeben hatte. Allerdings war das Waldkloster eingerichtet worden, um das Geheimnis des Heiligen Grals – oder das, was Leopold von Gordean dafür hielt – zu bewahren.

»Ich bin gespannt, was uns in Kirchisen erwartet«, sagte Marie zu ihren beiden Begleiterinnen, als sie zum Gasthof zurückkehrten.

»Wahrscheinlich eine Statue des heiligen Florianus, an die wir hoffentlich leichter kommen als an die im Chiemsee«, gab Isabelle trocken zurück.

Marie lachte und sagte sich, dass sie, wenn sie rasch genug waren, am nächsten Tag nicht nur diese Statue finden, sondern gleich darauf weiterreisen konnten. Wohin ihr Weg sie dann führte, würde sich weisen, wenn sie Raoul de Melancourts nächste Botschaft in Händen hielten. Sie hoffte nur, dass die Reise dorthin nicht zu lang war, denn sonst würden sie ihre Suche unterbrechen müssen, um sich zu Hause oder in Würzburg mit neuem Geld zu versorgen. Bei dem Gedanken kamen ihr die Kinder in den Sinn, und sie seufzte. Wie lange würde es noch dauern, bis sie Trudi und deren Geschwister wiedersah?

9.

Michel, Krispin, Hartwin und Stoffel waren noch unterwegs, als die drei Frauen zum Gasthof zurückkehrten. Dafür saß Magister Ambrosius mit zufriedener Miene am Tisch und hob ihnen seinen Weinbecher wie zum Anstoßen entgegen.

»Ich sehe, Ihr hattet Erfolg«, sagte er, nachdem er ihre Mienen gemustert hatte. »Doch auch ich habe in Erfahrung bringen können, wo die Kirche von Kirchisen liegt. Wir müssen nicht ganz eine Meile nach Norden reiten. Sie steht dort oben auf der Höhe und soll weithin sichtbar sein, so dass wir sie nicht verfehlen können.«

»Woher wisst Ihr das?«, fragte Marie verblüfft.

»Der Wirt hat es mir erzählt. Er wallfahrt einmal im Jahr nach Altötting zur Gnadenmutter und einmal zum heiligen Pankratius nach Kirchisen. Daher konnte er mir leicht Auskunft geben. Er nannte mir sogar die Brücke, die wir nehmen müssen. Sie befindet sich bei der Mühle von Stenging. Gleich dahinter führt ein Pfad geradewegs nach Kirchisen hinauf.«

Marie nickte dem Magister anerkennend zu. »So genau haben wir es nicht erfahren, auch wenn wir die Kirche gewiss gefunden hätten.« Noch während sie es sagte, kamen Michel und Krispin herein. Beide grinsten und zwinkerten ihr zu.

»Wir wissen jetzt, wo die Kirche von Kirchisen liegt. Sie befindet sich nicht wie von uns erwartet am Isenfluss, sondern noch eine knappe halbe Meile nordwärts auf dem Höhenzug, der das Flusstal begrenzt«, erklärte Michel.

»Das wissen wir bereits«, antwortete Marie lächelnd. »Um das zu erfahren, hätten wir die Herberge nicht verlassen müssen, denn Magister Ambrosius hat es vom Wirt gehört, der jedes Jahr eine Wallfahrt dorthin macht.«

»Doppelt genäht hält besser«, warf Krispin ein.

»Wenn, dann dreifach genäht, denn Frau Marie, die ehrwürdige Mutter Isabelle und ich haben es auch in Erfahrung gebracht«, warf Donata lächelnd ein.

»Dann bin ich ja gespannt, was Herr Hartwin zu berichten weiß. Er hatte den kürzesten Weg von uns allen. Er wird doch nicht erleuchtet worden und den Mönchen beigetreten sein?«, spottete Krispin und rief der Wirtsmagd zu, sie möge einen weiteren Krug des guten Bieres bringen, da sein Becher leer sei und seine Kehle trocken.

Donata wandte sich mit einem scheinbar verzweifelten Augenaufschlag an Marie. »Ist Euer Gemahl auch so ein gewaltiger Zecher?«

»Einen gewaltigen Zecher würde ich Krispin nicht nennen«, sagte Marie. »Immerhin hat er vorhin nur einen Becher geleert, während Michel zwei und Herr Hartwin drei tranken.«

»Hartwin ist ein Säufer!«, stieß Donata hervor, die mittlerweile sicher war, dass eine Flucht zusammen mit Krispin ins Ungewisse einer Ehe mit ihrem Onkel bei weitem vorzuziehen war.

»Das darfst du nicht sagen!«, tadelte Isabelle das Mädchen. »Auch wenn dein Bräutigam den einen oder anderen Becher Wein oder Bier trinkt, so habe ich ihn auf dieser Reise noch nie betrunken gesehen.«

Es gefiel Donata nicht, dass ihre einstige Äbtissin für Hartwin Partei ergriff. Doch sie musste sich eingestehen, dass ihr Bräutigam bisher wirklich nie über den Durst getrunken hatte. Trotzdem fand sie kaum etwas Gutes an ihm. »Er ist ein Stoffel, obwohl er nicht so heißt«, fauchte sie und wandte den anderen den Rücken zu.

»Was hat sie denn?«, fragte Krispin verwundert, aber auch ein wenig besorgt.

»Einen überraschenden Anfall von schlechter Laune, wie er Frauen gelegentlich überfällt«, antwortete Marie und beschloss, mit dem Mädchen zu reden. Auch wenn ihr der von ihrem Vater erwählte Bräutigam nicht gefiel, so durfte sie ihre Verachtung für den Mann nicht so offen zeigen.

Michel kümmerte sich nicht um Donatas Befindlichkeit, sondern dachte bereits an den nächsten Tag und unterhielt sich mit dem Magister über das, was dieser erfahren hatte. Von der Isenbrücke bei der Stenginger Mühle hatte der Stadtpfarrer nichts gesagt und ihm auch den Weg nicht so genau beschrieben, wie der Wirt es bei Ambrosius getan hatte.

»Wir werden morgen bei Tau und Tag aufbrechen und die Kirche aufsuchen. Dann werden wir wissen, in welche Richtung wir weiterreiten müssen!«, erklärte er.

»Raoul de Melancourt führt uns nach mehr als zwei Jahrhunderten an der Nase herum«, sagte der Magister nachdenklich. »Am meisten leidet seine Nachkommin darunter. Aber auch Ihr seid betroffen, denn Leopold von Gordean erscheint mir nicht der Mann, der Widerstand dulden wird. Es mag sein, dass er Euch und Eure Familie auch dann noch verfolgen wird, wenn wir diesen angeblichen Gral gefunden und bei König Sigismund abgeliefert haben.«

Marie stieß ein leises Fauchen aus. »Der König muss uns von diesem Kerl befreien! Das ist er uns schuldig.«

»Das Bedauerliche ist, dass ein König niemandem etwas schuldig ist. Er vergibt seine Gunst oder verweigert sie ganz nach seinem Belieben und ist zudem ein Mensch, auch wenn der Glanz der Krone dies zu überdecken scheint. Fühlt er sich getäuscht, weil es doch nicht der Gral ist, den ihr ihm bringt, halte ich es für möglich, dass er keinen Finger rührt, um Gordeanus auf seinem Rachefeldzug aufzuhalten.« Der Magister klang bedrückt, weil das Leben so vieler von den Launen eines Einzelnen abhing.

Marie fauchte wie eine gereizte Wildkatze. »Wir werden mit diesem Gordeanus und seinen Hammerkreuzrittern schon fertig werden. Ganz ohne Freunde sind wir auf Kibitzstein nicht.«

»Dann wollen wir hoffen, dass sie auch treu zu Euch stehen«, antwortete Ambrosius und hielt die Hand über seinen Becher, als die Wirtsmagd ihm nachschenken wollte. Er hatte bereits drei Becher mit dem starken Bier getrunken, und das schien ihm genug.

Es dauerte eine Weile, bis auch Hartwin und Stoffel wieder erschienen. Letzterer zog ein Gesicht wie sieben Wochen Regenwetter, denn sein Halbbruder hatte ihn einfach an der Klosterpforte zurückgelassen, so dass er nicht das Geringste mitbekommen hatte.

Nun setzte Hartwin sich zu Michel, schenkte sich selbst ein und trank erst einmal einen kräftigen Schluck, bevor er zu reden begann. »Die Kirche von Kirchisen befindet sich auf der Anhöhe nördlich des Isenflusses und ist zu Pferd in zwei Stunden zu erreichen.«

Marie lag auf der Zunge zu sagen, dass sie bereits mehrfach gesagt bekommen hatten, wo diese Kirche lag, verkniff es sich aber, um den Ritter nicht zu verärgern.

Anders als sie nahm Donata jedoch die Gelegenheit wahr, ihrem Bräutigam einen Stich zu versetzen. »Dies haben wir anderen ebenfalls erfahren, und zwar weitaus eher als Ihr!«

»Der ehrwürdige Herr Abt hat mich auf einen Becher Wein eingeladen. Das konnte ich nicht abschlagen«, antwortete Hartwin lachend.

Das reizte Donata noch mehr. »Wir werden noch unser Ziel versäumen, nur weil Ihr Euch nicht von Eurem Becher trennen könnt.«

»Donata, nun ist es aber genug!« Maries Stimme klang leise, aber so scharf, dass das Mädchen zusammenzuckte.

Niemand hilft mir, dachte Donata betrübt. Sie fragte sich,

ob sie die Gruppe nicht doch noch während der Suche nach Raoul de Melancourts Pokal verlassen sollte. Dafür aber benötigte sie Krispins Hilfe. Als sie ihn nun anblickte, wuchs in ihr die Befürchtung, dass er sich nicht vor dem Ziel von Marie, Michel und den anderen trennen würde. Er lächelte ihr zwar aufmunternd zu, stieß aber mit Hartwin an, der vom Abt des Klosters einiges über die Gegend um Kirchisen erfahren hatte und sagen konnte, welche Grundherren dort über Besitz verfügten. Sie aber interessierte es wenig, ob nun die Höfe und Katen von Kirchisen dem Kloster von Gars oder jemand anderem gehörten.

10.

Am nächsten Morgen war Marie früh auf den Beinen und wusch sich bereits, als Isabelle den Kopf hob und verschlafen zwinkerte.

»Es ist doch noch Nacht«, stöhnte die Äbtissin, die den Anstrengungen der Reise immer mehr Tribut zahlen musste.

»Im Osten glüht es bereits rot«, antwortete Marie munter. »Da Michel früh aufbrechen will, schien es mir besser, aufzustehen, als zu versuchen, noch einmal einzuschlafen.«

»Wahrscheinlich habt Ihr recht!« Isabelle kroch aus dem Bett und reckte sich. Dabei keuchte sie schmerzerfüllt. »Einige Stellen, an denen mich Gordeanus' Schurken gefoltert haben, tun mir immer noch scheußlich weh!«, sagte sie zu Marie.

»Zeigt sie mir! Ich habe noch ein wenig Salbe und kann damit Eure Beschwerden lindern.«

Marie trocknete sich mit einem Laken ab, zog ihr Hemd an und kümmerte sich um Isabelles Verletzungen. Obwohl einige Wunden noch geschwollen und verfärbt waren, waren sie dennoch auf dem Weg zur Heilung.

»Es wäre weitaus schlimmer gekommen, wenn die Wunden sich entzündet hätten. Doch so, wie es jetzt ist, kriegen wir das hin. Haltet still und schreit nicht. Hiltruds Salben beißen manchmal ganz schön.« Bei diesen Worten strich sie Salbe auf die verletzten Stellen.

Isabelle stöhnte und stieß einmal sogar einen leisen Schrei aus, biss aber dann die Zähne zusammen.

Dennoch wachte Donata auf, schälte sich aus ihrer Decke und blickte sich verständnislos um. »Wir sind ja noch in

Mühldorf! Dabei dachte ich eben, wir hätten den Gral bei König Sigismund abgeliefert, und er hätte mir als Belohnung die Ehe mit diesem Waldschrat erspart.«

»Du solltest deine Abneigung gegenüber Hartwin etwas zügeln, mein Kind«, wies Marie sie zurecht. »Er mag kein Adonis sein, aber es gibt weitaus Schlechtere als ihn.«

»Wenn er wenigstens nur halb so gut aussähe wie Krispin!«, rief Donata ungehalten und brachte nun auch Isabelle gegen sich auf.

»Der junge Mann ist ein Bruder Leichtfuß, den du nicht ernst nehmen darfst. Im Übrigen muss ich Frau Marie beipflichten. Ritter Hartwin hat sich bisher als wackerer Reisegefährte erwiesen und wurde sogar bei der Befreiung meiner Nonnen verwundet. Daher solltest du ihn wirklich nicht schmähen.«

Gegen die beiden Frauen fühlte Donata sich auf verlorenem Posten und versank in trotzigem Schweigen. Im Stillen aber verglich sie Krispin noch stärker zu dessen Vorteil mit Hartwin.

Angesichts der verbissenen Miene des Mädchens fragte sich Marie, wie sie Donata zur Vernunft bringen konnte. Sie befanden sich auf einer schwierigen Mission, und ihnen stand ein Feind gegenüber, der bereits gezeigt hatte, dass er über Leichen ging. Da konnten sie nicht auch noch Probleme innerhalb der Gruppe brauchen.

Marie half Isabelle bei der Morgentoilette und zog sich dann selbst an. Da Donata noch immer im Hemd auf der Bettkante saß, wies sie auf die Wasserschüssel. »Du solltest dich ebenfalls für den Tag rüsten. Wir gehen jetzt nach unten, um zu frühstücken. Wenn du zu lange trödelst, musst du hungrig in den Sattel steigen.«

Dann nickte sie Isabelle noch einmal zu und verließ die Kammer. Die Äbtissin streifte rasch ihre Kutte über und folgte ihr, denn sie hatte Hunger und wollte die gesuchte

Kirche nicht mit leerem Magen betreten. Erst als die Schritte der beiden auf der Treppe verklungen waren, begann Donata sich zu waschen. Ihr Ärger war noch immer nicht verflogen, und sie wünschte Hartwin in Gedanken alles Schlimme an den Hals. Dabei hatte Isabelle durchaus recht. Bisher hatte er sich auf dieser Reise nicht als Hemmschuh erwiesen. Aber sie konnte ihm nicht verzeihen, dass er nicht die geringste Rücksicht auf sie nahm. Nur selten hob er sie aufs Pferd oder wieder herab, und häufig ließ er ihr die Tür vor der Nase zufallen. Auch hatte er sie noch nie nach ihrem Befinden gefragt, wie Krispin es häufig tat.

»Hartwin ist ein Stoffel, ein Stiesel und wer weiß was noch alles«, schimpfte sie vor sich hin, als sie mit dem Waschen fertig war und in Hemd und Kutte schlüpfte. Sie ließ ihren Blick schweifen, um zu prüfen, ob sie, Marie oder Isabelle etwas in der Kammer vergessen hatten. Doch das war nicht der Fall, und so stieg sie nach unten und setzte sich zu den anderen, die bereits dem Frühstück zusprachen.

»Guten Morgen«, wünschte Krispin ihr mit einem aufmunternden Blick, während Hartwin nicht einmal den Kopf hob.

Und diesen Mann soll ich heiraten, dachte Donata, als sie den ersten Schluck von ihrem Morgenbier trank und danach den dicken Haferbrei löffelte, der mit Apfelstücken und den Innereien von Schweinen angereichert war.

»Wenn Kirchisen hinter uns liegt, dürften wir Gordeanus endgültig abgehängt haben«, sagte Marie.

Da alle auf sie schauten, bemerkte keiner den höhnischen Zug, der über Stoffels Gesicht glitt. Er hoffte, dass der Hochmeister und seine Ritter die Gruppe noch am selben Tag einholen und vernichten würden. Dann war er der Letzte aus dem Blut des alten Frommbergs, und Freiherr Elert würde ihn als Erben einsetzen. Es galt nur noch zwei Probleme zu lösen. Zum einen musste er Donata retten, und zum anderen durfte er nicht in Verdacht geraten, mit den Angreifern im Bunde zu sein.

Allerdings wollte er sich auch darauf vorbereiten, dass Gordeanus zu spät nach Kirchisen kam. Daher verließ Stoffel den Frühstückstisch, um zum Abtritt zu gehen, und machte bei seiner Rückkehr einen Umweg durch die Küche des Gasthofs. Dort befahl die Wirtin ihrer Magd, auf das Spanferkel achtzugeben, das am Spieß steckte.

»Dass mir nur ja nichts anbrennt!«, setzte sie hinzu und sah dann Stoffel verärgert an, weil sie sich gestört fühlte. »Was willst du?«

»Ich brauche Papier und etwas zu schreiben«, antwortete der Knecht.

»Papier kannst du haben und eine Feder auch, doch die Tinte wirst du dir wohl kaum in den Hosenlatz schütten wollen«, antwortete die Wirtin und reichte ihm einen schmutzigen Zettel und die Schwungfeder einer frisch gerupften Gans.

Stoffel steckte beides ein und sagte sich, dass er sich notfalls in den Finger stechen und mit Blut schreiben würde. In diesem Augenblick war er froh, dass Elert von Frommberg ihn in die schwierige Kunst des Lesens und Schreibens hatte einweisen lassen. Anders als er tat Hartwin sich schwer, mehr als seinen eigenen Namen zu schreiben. Und ausgerechnet diesen Kerl hatte der Freiherr als Donatas Mann und seinen Erben ausgewählt!

Ohne sich bei der Wirtin zu bedanken oder ihr gar ein paar Pfennige zu geben, wie sie es offensichtlich erwartete, kehrte Stoffel zu den anderen zurück und fand sie aufbruchsbereit. Rasch aß er noch ein paar Löffel Haferbrei, schnitt sich ein großes Stück Brot als Wegzehrung ab und eilte in den Stall, um seinen Gaul zu satteln. Als sie kurz darauf auf den langgezogenen Stadtplatz einbogen und auf den wuchtigen Turm der Nagelschmiede zuritten, der am nördlichen Ende aufragte, hatte Stoffel sich wieder in der Gewalt, und nur sein gelegentliches Grinsen zeigte an, dass er sich kurz vor dem Ziel seiner Wünsche wähnte.

Anders als der Knecht war Donata immer noch schlechter Laune. Die unerwartet lange Reise strengte sie an, und sie fragte sich, ob sie weiterhin bei dieser Gruppe bleiben sollte, bei der am Ende doch nur die Ehe mit Hartwin auf sie wartete. Irgendwie musste sie Krispin überreden, vor dem Fund des Pokals mit ihr zu fliehen. Dafür aber sollte sie ihm deutlicher zeigen, was sie für ihn empfand. Da sie im Kloster zur Zurückhaltung erzogen worden war, fiel ihr dies nicht leicht. Dennoch ließ sie ihre Stute während des weiteren Rittes neben dem jungen Mann gehen und verwickelte ihn in ein Gespräch, in dem sie sich lang und breit über Edelleute ausließ, die schlichte Landmädchen schwängerten und sich dann jeder Verantwortung für die gemeinsamen Kinder entzogen.

In Würzburg war Krispins Zorn noch groß gewesen, aber während der Reise hatte er oft genug gesehen, wie vielen Menschen es schlechter erging als ihm. Immerhin war er der Aufseher der Wildhüter des Würzburger Fürstbischofs und wurde von dessen Gefolge wie auch von den Herren des Domkapitels mit einer gewissen Nachsicht behandelt. Vielen anderen Bastarden war eine solche Position im Leben verwehrt. Er musste an Hartwin denken, der ihm berichtet hatte, unter welch schlechtem Stern die ersten drei Jahrzehnte seines Lebens gestanden hatten, obwohl der alte Freiherr ihn als Sohn anerkannt hatte.

Daher antwortete er nur vorsichtig auf Donatas Worte und unterhielt sich stattdessen mit ihr über die Gegend, durch die sie ritten, und über die Rivalitäten der bairischen Herzöge und ihrer Nachbarn, die in Würzburg oft Tagesgespräch gewesen waren. Er merkte jedoch rasch, dass das Wissen des Mädchens arg eingeschränkt war. Im Kloster hatte sie kaum

mehr gelernt als Lesen, Schreiben, ein bisschen Rechnen und vor allem Heiligenlegenden und Gebete. Da er Isabelle kennengelernt hatte, konnte er sich nicht vorstellen, dass sie daran schuld war, sondern nahm an, dass ihre Tante und Vorgängerin als Äbtissin im Waldkloster eine weitergehende Bildung für ihre Nonnen als überflüssig angesehen hatte.
Da war Frau Marie von ganz anderer Art. Sie sah die Welt mit wachen Augen und gab sich nie ihren Launen hin, sondern handelte mit Verstand, und der übertraf, wie Krispin zugeben musste, den vieler Männer – obwohl dies nach den Worten der meisten Kirchenlehrer eigentlich nicht möglich sein konnte.
Hätte Marie seine Überlegungen gekannt, hätte sie das Kompliment leicht belustigt entgegengenommen. So aber richteten sich ihre Gedanken auf ihr nächstes Ziel. Nachdem sie die Anhöhe, die Mühldorf gegen das nördliche Hinterland abschloss, überwunden hatten und durch das brettebene Tal der Isen ritten, blickte sie immer wieder nach vorne. Noch waren sie zu weit von Kirchisen entfernt, um die Kirche wahrnehmen zu können. Der Höhenzug, an dessen Rand sie stehen musste, trat jedoch bereits am Horizont hervor, und sie hoffte, ihn bald zu erreichen.
»Wo mag unser nächstes Ziel liegen?«, fragte sie Isabelle.
Diese antwortete mit einem leisen Lachen. »Wenn ich das wüsste, müssten wir nicht diesen Weg reiten. Ich hoffe nur, mein Vorfahr nannte kein allzu fernes Ziel. Sonst sehe ich uns noch in Wochen zu Pferd durch die Lande ziehen. Dabei könnte Gordeanus aus einem Zufall auf uns aufmerksam werden und uns weiter verfolgen.«
»Das verhüte Gott!« Marie schlug das Kreuz, schüttelte aber die kurze Beklemmung, die sie überfallen hatte, ab und wies nach vorne.
»Dort liegt ein Dorf!«
»Das muss Harthausen sein. Dahinter liegt Lochheim, und

von da ist es nicht viel weiter als zwei, drei Steinwürfe bis zur Brücke von Stenging«, erklärte Isabelle.

»Dann sollten wir unseren Pferden mal ein wenig Bewegung verschaffen. Sie schlafen uns sonst noch ein«, rief Michel lachend und ließ seinen Braunen antraben. Die meisten folgten ihm frohgemut, und selbst Donata vergaß eine Weile ihre Befürchtungen und genoss den Ritt.

Nur Stoffel ärgerte sich, weil ihre Geschwindigkeit es dem Hochmeister und seinen Rittern schwerer machte, zu ihnen aufzuschließen. Weder er noch die anderen ahnten, dass Gordeanus mit seinen Hammerkreuzrittern, keine zwei Stunden nachdem sie Mühldorf durch das Nagelschmiedtor verlassen hatten, durch das Südtor in die Stadt einritt und sich sofort zum Kloster wandte, um dort nach der Kirche von Kirchisen zu fragen.

11.

Ein Ort nach dem anderen blieb hinter Marie und ihren Begleitern zurück. Schließlich überquerten sie die Brücke bei der Stenginger Mühle, bogen gleich dahinter nach rechts ab und konnten ihr Ziel bereits vor sich sehen. Ein großer Hof, der, wie Hartwin zu berichten wusste, dem Kloster Gars gehörte, und zwei kleinere Anwesen gruppierten sich um die Kirche, die für ein Dorf dieser Größe viel zu wuchtig wirkte.

»Jetzt kann ich verstehen, weshalb mein Ahne auf diese Kirche verfallen ist«, sagte Isabelle, während sie die Anhöhe hoch ritten. »Sie ist in ihrer Art wohl einzigartig.«

»Es gibt etliche solcher Kirchen, die einst von adeligen Familien errichtet wurden«, wandte Marie ein.

»Aber nicht in einer solchen Lage! Von hier geht der Blick weit ins Land hinein. Ich nehme an, dass mein Vorfahr die Kirche auf seinem Ritt gesehen hatte und beschloss, sie zu einem der Wächter seines Geheimnisses zu machen.«

»Dafür hat er wohl etliche Florianstatuen benötigt«, rief Marie aus.

»Wie er an die geraten ist, werden wir wohl niemals erfahren. Auf jeden Fall muss er ein interessanter Mann gewesen sein.«

Isabelle lachte und lenkte ihr Ross an der ersten Kate vorbei zur Kirche. Vor dem Tor hielt sie an und stieg aus dem Sattel, ohne darauf zu warten, dass einer der Männer ihr half.

Auch Marie war so ungeduldig, dass sie aus dem Sattel rutschte und hinter der Äbtissin in die Kirche eilte. Innen war deutlich zu sehen, dass sie für mehr Menschen erbaut worden war, als in diesem Dorf lebten. Es gab sogar einige recht hübsch gestaltete Statuen, doch die, die die beiden Frauen suchten, war beim ersten Umschauen nicht zu finden.

»Aber es muss doch ein heiliger Florian in dieser Kirche stehen!«, rief Isabelle verwundert aus.

»Was ist, wenn die Statue einem der Pfarrer nicht gefallen hat und sie aus der Kirche entfernt wurde?«, wandte Marie ein.

»Dann hat er sie gewiss nicht als Feuerholz in den Herd gesteckt, sondern auf den Dachboden seines Pfarrhauses gebracht!« Isabelle wollte nicht einmal daran denken, dass ihr Weg hier zu Ende sein könnte, und wandte sich daher an Michel, Krispin und Hartwin, die ihr und Marie in die Kirche gefolgt waren.

»Wir müssen in Erfahrung bringen, zu welcher Pfarrei diese Kirche gehört, und den Pfarrherrn aufsuchen.«

»Die Kirche gehört zum Pfarrsprengel von Niederbergkirchen«, erklärte Hartwin, dessen langes Gespräch mit dem Mühldorfer Abt sich bezahlt machte.

»Wir müssen dorthin«, drängte Isabelle und wollte die Kirche wieder verlassen.

»Zuerst sollten wir uns hier noch einmal gründlich umschauen. Dort hinten sind noch zwei Figuren!«, warf Marie ein und trat auf die beiden Statuen zu. Diese waren offensichtlich sehr alt und ihre Heiligenattribute kaum noch zu erkennen. Dennoch glaubte Marie, an einer der Figuren ein kleines Wasserschaff zu sehen.

»Könnte es diese hier sein?«, fragte sie Isabelle.

Die Äbtissin trat an ihre Seite und musterte die Heiligenfigur gründlich. »Die Farbe ist verblasst und die Attribute an einigen Stellen abgebrochen. Dennoch könnte die Figur den heiligen Florian darstellen.«

Sie griff nach der Statue, um sie von ihrem Podest zu lösen. Da vernahmen sie auf einmal einen zornigen Ruf. Unbemerkt war ein Mann in der Kutte eines Mönchs in die Kir-

che getreten, um nachzusehen, wer die Fremden sein konnten. Statt zu fragen, was die Gruppe hier suchte, drohte er wild mit den Fäusten.
»Lasst ihr wohl unseren Florian stehen, ihr Gesindel!«, schrie er.
»Wir wollen ihn doch nur näher anschauen«, antwortete Marie, da ihr nichts Besseres einfiel.
Der Mönch bedachte sie mit einem finsteren Blick. »Wenn ihr ihn euch nur ansehen wollt, weshalb hat die Nonne da ihn denn mit beiden Händen gepackt? Gebt zu, ihr wollt uns unseren wundertätigen Florian stehlen, der die Höfe im weiten Umkreis vor Blitz und Feuer beschützt, damit er euch beisteht, und nicht mehr uns!«
»So ist es nicht«, erklärte Marie ruhig. »Wir wollen wirklich nur etwas nachsehen.«
Doch der Mönch ließ sich nicht beruhigen. »Ihr seid Reliquiendiebe, die ehrliche Christenmenschen des Schutzes ihrer Heiligen berauben wollen!«, rief er wuterfüllt aus. »Und die entlaufene Nonne hilft euch dabei!«
Mit zwei Schritten war er bei Isabelle und wollte sie von der Statue wegzerren.
Während Michel den schreienden Mönch von der Äbtissin wegdrängte, wechselte diese einen kurzen Blick mit Marie. »Was sollen wir tun? Wenn wir das Geheimnis jetzt nicht lösen können, wird es uns nie mehr gelingen.«
Michel versuchte, mit dem Mönch zu reden, wurde jedoch mit einem Wust von Beschimpfungen und Flüchen übergossen, die für einen frommen Mann völlig unpassend waren. Aber da er im Augenblick die Aufmerksamkeit des Mönches auf sich zog, riss Marie die Floriansfigur herunter, barg sie unter ihrem Mantel und eilte zur Tür.
Der Mönch bekam es mit und begann zu brüllen, was seine Lungen hergaben. »Zu mir! Zu mir! Unser wundertätiger Florian wird gestohlen!«

Sein Geschrei galt den Knechten auf den Wiesen und Feldern. Als Marie nach draußen kam, sah sie, dass etliche Männer mit Sensen, Gabeln und Äxten in den Händen herbeieilten. Wenn sie nicht schleunigst von hier wegkamen, würden sie allein schon von der Übermacht erdrückt werden.

»Uns bleibt wohl nur die schnöde Flucht«, rief sie Michel zu, während sie versuchte, sich auf ihre Stute zu schwingen. Die Statue behinderte sie, und so nahm Michel sie ihr ab. Einer der Frommberger Knechte hielt den tobenden Mönch zurück. Gleichzeitig half Hannes Marie in den Sattel, während Krispin Donata diesen Dienst leistete. Da auch Isabelle nur mit Mühe auf ihr Pferd kam, eilte Hartwin herbei und hob sie hinauf.

»Habt Dank!«, sagte sie etwas verwundert, weil er diesem Knechtsdienst, wie er es immer genannt hatte, zumeist aus dem Weg gegangen war.

Hartwin entblößte seine Zähne zu einem freudlosen Grinsen. »Wir sollten machen, dass wir von hier wegkommen, denn die Bauern sehen sehr rabiat aus.«

»Das könnt Ihr laut sagen!«, antwortete Isabelle und kitzelte ihre Stute mit dem Sporn. Auch die anderen ritten im scharfen Tempo an. Da Donata nicht folgen konnte, riss Krispin sie aus dem Sattel und setzte sie vor sich, während Hannes die Zügel der Stute übernahm.

Es gelang ihnen zwar, einen gewissen Vorsprung vor ihren Verfolgern zu gewinnen, doch die Bauern gaben nicht auf. Einige rannten zu dem großen Hof und holten dort Pferde, um damit den Dieben ihres heiligen Florian nachzusetzen, und andere bliesen die Stierhörner, um die Bewohner der umliegenden Dörfer zu alarmieren.

»So wird das nichts!«, rief Isabelle den anderen zu und winkte Marie und Michel zu, anzuhalten. »Wir müssen die Figur hierlassen, sonst verfolgen uns diese Bauern noch bis ans Ende der Welt!«

»Aber der Hinweis!«, wandte Marie ein.
»Den haben wir gleich.« Isabelle bat Michel, ihr die Statue zu reichen, und zog mit einem Griff den Sockel ab. Wie erwartet, gab es auch hier eine eingearbeitete Deckplatte. Diese sprengte sie mit ihrem Dolch auf und holte einen Zettel heraus.
Hatte ihr Ahne bei dem Text im Waldkloster noch mehrere Zeilen geschrieben, standen hier wie am Chiemsee nur drei Worte: »Passau – Dom – Florian«, las Isabelle vor und steckte das Blatt weg.
Michel presste die Deckplatte wieder in den Sockel und steckte die Zapfen, mit denen die Figur darauf befestigt gewesen war, in die Stellen, in die sie gehörten. Dann stellte er den Florian auf einen kleinen Erdwall, so dass er von weitem gesehen werden konnte, und nickte den anderen aufmunternd zu.
»Wir sollten rasch weiterreiten!«
Beim Verlassen der Kirche hatte Stoffel weiter im Süden einen Reitertrupp entdeckt, der sich rasch in ihre Richtung bewegte, und hielt ihn trotz der Entfernung für den Hochmeister und dessen Hammerkreuzritter. Aber wie es im Augenblick aussah, war es ihm nicht möglich, eine Botschaft zurückzulassen. Daher hob er die Hand, um Michels Aufmerksamkeit auf sich zu lenken.
»Wir sollten uns aufteilen. Dann fallen wir nicht so auf«, schlug er vor.
Nach kurzem Überlegen nickte Hartwin. »Das ist keine schlechte Idee. Wir reiten zu zweit oder dritt weiter und treffen uns in Neumarkt, das etwa eine Meile Weges nördlich von hier liegen soll.«
Marie gefiel der Vorschlag nicht, doch Michel nickte. »Wenn wir uns aufteilen, müssen unsere Verfolger es auch tun. Vielleicht geben sie dann auf. Ihren verdammten Heiligen bekommen sie doch zurück.«

Damit war es beschlossen. Michel, Marie und Isabelle ritten über die Felder in Richtung Gumattenkirchen, um dort auf die Landstraße zu stoßen, während Donata wieder auf ihre Stute gesetzt wurde und bei Krispin blieb, der, von Hannes und Frieder gefolgt, auf Niederbergkirchen zuhielt. Die Frommberger blieben zusammen, und so brachte Stoffel einen weiteren Einwand.

»Wir sollten uns ebenfalls aufteilen, Herr Hartwin, sonst folgen die Bauern uns als größtem Trupp und fallen mit ihren Sensen und Dreschflegeln über uns her.«

»Gut!«, antwortete der Ritter. »Dann reite du mit Götz und ich mit Just. In Neumarkt treffen wir uns!«

»Sehr wohl, Herr!« Stoffel ritt mit Götz zusammen los. Doch kaum war Hartwin mit seinen Begleitern verschwunden, hielt er sein Pferd an und stieg aus dem Sattel.

»Was ist los?«, fragte Götz, während er ängstlich nach hinten schaute, da die Schreie ihrer Verfolger immer näher kamen.

Stoffel hob einen Vorderhuf seines Gauls hoch und schüttelte den Kopf. »Der Zossen hat sich einen Stein unters Hufeisen getreten. Ich muss ihn herausholen, sonst lahmt er. Reite du schon weiter, Götz. Ich folge dir, sobald ich kann.«

»Beeil dich!«, rief sein Kamerad und sprengte los.

Stoffel blickte ihm mit höhnischer Miene nach, schwang sich wieder aufs Pferd und lenkte es im Bogen durch den Wald, ohne von den Verfolgern entdeckt zu werden. Wenig später erreichte er einen schmalen Weg, folgte diesem und ritt geradewegs an Kirchisen vorbei nach Süden. Da keiner der Leute, die dort zurückgeblieben waren, damit rechnete, dass einer der Floriansdiebe die Frechheit besitzen könnte, noch einmal an ihrem Weiler vorbeizukommen, gelangte er ungeschoren in das Tal hinab. Dort gab er seinem Gaul die Sporen und erreichte Gordeanus' Trupp, als dieser gerade die Isenbrücke passierte.

12.

Leopold von Gordean sah den Reiter auf sich zukommen und griff instinktiv zum Schwert. Da vernahm er Eusebius' Stimme.

»Das ist der Verräter!«

Der Hochmeister verhielt sein Pferd mit einem solchen Ruck, dass die Gäule der hinter ihm reitenden Männer das Tier beinahe gerammt hätten. Aber keiner sprach ein Wort des Tadels aus, denn sie wollten ihren leicht reizbaren Anführer nicht verärgern. Seit der Hochmeister sich auf der Suche nach dem Gral befand, war er einigen seiner Leute unheimlich geworden. Zu diesen gehörte auch Eusebius, der mit seiner Rolle, in der Rangfolge der Zweite nach dem Hochmeister zu sein, immer mehr haderte. Nun musterte er Stoffel misstrauisch, der gerade seinen Gaul vor Gordeanus zügelte und sich im Sattel verbeugte.

»Christoph von Frommberg zu Euren Diensten, Euer Exzellenz!«

»Bist du der Mann, der uns auf Frauenwörth Nachricht gegeben hat?«, sprach Gordeanus ihn an.

Stoffel nickte. »Der bin ich, und ich kann Euch noch eine weitere Nachricht bringen, wenn der Preis, den Ihr dafür bezahlt, es wert ist.«

Erneut wanderte Gordeanus' Rechte zum Schwertgriff, ließ diesen aber wieder los. Mit Gewalt würde er hier nichts erreichen. »Ritter Eusebius sagte mir, du wünschst den Tod mehrerer Leute.«

»So ist es!«, antwortete Stoffel. »Es handelt sich um mindestens eine Person aus Isabelle de Melancourts Gefolge, näm-

lich meinen verhassten Halbbruder Hartwin von Frommberg.«
»Keiner, der mit dieser Hure reitet, wird am Leben bleiben!« Gordeanus' Stimme klang so hasserfüllt, dass es Stoffel schüttelte. Doch er war nicht bereit, aufzugeben.
»Ich reite auch mit der Melancourt, und Ihr werdet mich doch nicht auch umbringen wollen?«
»Du wirst am Leben bleiben – und zwar als Einziger.«
Stoffel hob abwehrend die Hand. »Da müsst Ihr Euch schon als ein wenig großzügiger erweisen. Vom Leben allein habe ich nichts. Dazu gehören auch Rang und Besitz, und zu diesen könnt Ihr mir verhelfen, indem Ihr Freifräulein Donata von Frommberg verschont. Sie ist die Tochter und Erbin meines Halbbruders Elert von Frommberg, aber der will sie mit dem Bastard Hartwin verheiraten.«
»Dessen Stelle du einnehmen willst«, schloss Gordeanus aus diesen Worten.
»So ist es!«, antwortete Stoffel eifrig nickend. »Nur darf es für Donata nicht so aussehen, als wäre ich mit Euch im Bunde. Sie muss mich als ihren Retter ansehen.«
Die offensichtliche Naivität des Mannes amüsierte Gordeanus. Wie konnte der Kerl annehmen, er würde eine Zeugin des Überfalls auf das Waldkloster am Leben lassen? Dann aber erinnerte er sich, dass auch einige andere Nonnen überlebt hatten und mittlerweile befreit worden waren. Also musste er, sobald er den Gral in seinen Händen hielt, dafür sorgen, dass auch diese Weiber aus dem Weg geräumt wurden. Zunächst aber galt es, die Spur, die zum Gral führte, nicht zu verlieren.
Daher nickte er Stoffel gönnerhaft zu. »Es sei so, wie du es dir wünschst. Und nun nenne deine Botschaft!«
»Sie besteht aus drei Worten: Passau, Dom und Florian«, antwortete Stoffel mit einem zufriedenen Lächeln. Er sah sich schon als Nachfolger des Freiherrn Elert auf dessen

Burg sitzen und dafür Sorge tragen, dass alle, die ihn bisher schief angesehen hatten, den Rücken vor ihm beugen mussten.

»Passau, Dom, Florian«, wiederholte Gordeanus. »Das heißt, wir müssen in die Bischofsstadt und die Statue des Heiligen dort aus dem Dom holen.«

Leicht würde dies nicht werden, doch dem Schreiben des Königs durfte sich auch Fürstbischof Leonhard von Laiming nicht entziehen.

»Ich muss wieder los, denn ich habe bereits viel Zeit verloren«, erklärte Stoffel. »Es ist uns zwar gelungen, die Statue des heiligen Florian an uns zu bringen, doch wir wurden von aufgebrachten Bauern angegriffen. Um Euch Nachricht bringen zu können, habe ich vorgeschlagen, uns aufzuteilen. Doch ich darf nicht viel später als die anderen nach Neumarkt kommen.«

»Dann reite mit Gott, mein Sohn!« Gordeanus vollzog eine segnende Geste und sah dann, wie Stoffel sein Pferd wendete und im vollen Galopp davonritt.

»Passau, Dom, Florian«, murmelte er und sah sich zu seinen Gefolgsleuten um. »Jetzt kennen wir unser nächstes Ziel. Bei Sankt Michael und allen Erzengeln, diesmal werden wir vor Isabelle de Melancourt dort sein!«

»Was wollt Ihr mit dem Verräter machen?«, fragte Eusebius, dem es zuwider war, dass Stoffel einen Gewinn aus seinem Verrat ziehen sollte.

Um Gordeanus' Lippen spielte ein verächtliches Lächeln. »Das Versprechen, das man einem Verräter gibt, ist null und nichtig. Die junge Nonne muss sterben, denn sie hat dafür gesorgt, dass Isabelle de Melancourt entkommen konnte, und trägt zudem Schuld am Tod vieler unserer Brüder.«

»Und Christoph von Frommberg?«

»Wird ihr Schicksal teilen!« Damit war für Gordeanus alles

gesagt, und er ließ sein Ross antraben. Seine Ritter folgten ihm in Zweierreihen. Auch wenn seine kompromisslose Haltung einige von ihnen erschreckte, so waren doch alle bereit, den Eid, den sie ihm einst geleistet hatten, bis zum Letzten zu erfüllen.

SIEBTER TEIL

DER WETTLAUF

1.

Michel sah zum unteren Stadttor von Neumarkt hinüber, durch das gerade ein schweres Fuhrwerk eingelassen wurde, und drehte sich dann zu Hartwin um. »Wenn Stoffel nicht bald kommt, reiten wir ohne ihn weiter.«

»Fast wünschte ich, dieser unverschämte Kerl würde gar nicht mehr auftauchen! Seit wir uns auf diese Fahrt begeben haben, ist er ein einziges Ärgernis«, antwortete Hartwin aufgebracht.

»Ich glaube, da kommt er!« Marie wies auf den Reiter, der hinter dem Gespann das Tor passierte.

Es war tatsächlich Stoffel. Gleich hinter dem Tor schwang er sich aus dem Sattel und sah sich suchend um.

»Hier sind wir!«, rief Götz, der ihn ebenfalls erkannt hatte.

Stoffel kam auf die Gruppe zu, die um einen Tisch vor einem Gasthaus herumsaß. Schon auf den ersten Blick war zu erkennen, dass sie an diesem Tag nicht weiterreiten konnten, denn Stoffels Gaul troff vor Schweiß, und von seinem Maul stoben Schaumfetzen.

»Bei Gott, was hast du getrieben?«, fragte Hartwin verärgert.

»Verzeiht, aber mir haben Bauern im nächsten Ort den Weg verlegt. Ich musste querfeldein fliehen und habe die Richtung verloren. Erst nach einer Weile stieß ich weiter im Westen auf das Flüsschen, an dem diese Stadt liegt, und habe es gewagt, einen Wanderer nach Neumarkt zu fragen. Es lagen dann aber noch zwei volle Meilen vor mir, und mein Gaul dampfte bereits wie ein Kessel auf dem Herd. Daher ist mir nichts anderes übriggeblieben, als langsam zu reiten, um das Tier nicht noch mehr zu erschöpfen.« Die Lüge kam glatt von Stoffels

Lippen, zumal die zwei Meilen, um die er Neumarkt verfehlt hatte, stimmten.
»So wie der Gaul aussieht, ist er auch morgen nicht zu gebrauchen«, warf Krispin ein.
Stoffel nickte scheinbar niedergeschlagen. »Wir könnten doch einen Tag Rast einlegen?«
Michel schüttelte den Kopf. »Wir müssen heute noch weiterreiten. Kirchisen gehört zum Gerichtsbezirk Neumarkt, und es wird gewiss jemand hierherkommen, um Anklage gegen uns als angebliche Reliquienfrevler zu erheben.«
»Stoffels Gaul wird keine halbe Meile mehr schaffen«, gab Marie zu bedenken.
»Wir brechen trotzdem auf. Stoffel soll zu einem seiner Kameraden aufs Pferd steigen und seinen Gaul am Zügel führen. Es ist zu gefährlich, hierzubleiben.« Michels Tonfall zeigte deutlich, dass er keinen Widerspruch dulden wollte.
»Ich halte es auch für das Beste, wenn wir weiterziehen«, stimmte ihm Magister Ambrosius zu. »Wir sollten zumindest die Hofmark Egglkofen erreichen, oder eines der Dörfer dahinter. Allerdings dürfen wir auch dort nicht verweilen, sondern müssen morgen in der Frühe weiterreiten. Wenn es nicht anders geht, soll Stoffel sich abwechselnd zu einem der anderen Knechte aufs Pferd setzen.«
»Wie eine errötende Maid«, spottete Krispin und brachte Donata zum Lachen.
Marie empfand keine Heiterkeit. Reliquienraub – und dazu zählte auch die Entwendung der Florianstatue – galt als ebenso schweres Verbrechen wie Raubmord und wurde entsprechend geahndet. Daher wollte auch sie diese Gegend so rasch wie möglich verlassen.
»Vielleicht sollten wir ein Pferd kaufen«, meinte sie nachdenklich.
Doch Michel winkte heftig ab. »Wir wissen nicht, welche Strecken noch vor uns liegen, und daher müssen wir unser Geld

zusammenhalten. Stoffel soll sich hinter einem Kameraden aufs Pferd setzen. Wichtig ist, dass wir vorwärtskommen.«
Damit stand er auf, reichte dem Wirt, der herausgeschaut hatte, ob seine Gäste noch etwas wünschten, einige Münzen und rief nach den Pferden.
»Ich habe aber noch Hunger«, beschwerte sich Stoffel, der dem Hochmeister zu einem Vorsprung verhelfen wollte.
Mit einem unverständlichen Brummen ging Michel zu dem Bäcker hinüber, der neben der Schenke seinen Laden hatte, erstand dort einen kleinen Laib Brot und warf ihn dem Knecht zu. »Davon kannst du unterwegs abbeißen. Wenn du ein wenig Wein aus der Lederflasche dazu trinkst, speist du besser als die meisten Bauersleute.«
Stoffel zischte einen Fluch, musste sich aber mit dem Brot zufriedengeben. Es ärgerte ihn, dass Michel ihn wie einen Knecht behandelte, der sich etwas zuschulden hatte kommen lassen, und freute sich auf die Stunde, in der Gordeanus alle außer Donata und ihm zur Hölle schicken würde.

2.

Michels Vorsicht war berechtigt, denn während sie Neumarkt durch das obere Tor verließen, ritten mehrere Bauern aus Kirchisen und den umliegenden Dörfern durch das untere Tor ein, um dem herzoglichen Richter von den dreisten Gesellen zu berichten, die es gewagt hatten, eine geweihte Heiligenfigur aus ihrer Kirche zu entwenden. Zwar hatten sie diese wiedergefunden, schrieben es aber ihrem eigenen Verdienst zu, denn schließlich waren sie den Dieben eng auf den Fersen gewesen. Ihre Beschreibung der Gruppe erschien dem Richter zwar äußerst phantasievoll, deutete aber auf einige Reisende hin, die sich ein paar Stunden beim besten Wirt des Marktes aufgehalten und diesen anschließend wieder verlassen hatten. Da der Richter nicht annahm, dass die Gruppe sich noch in seinem Amtsbezirk aufhielt, beschloss er, eine Nachricht nach Landshut an den Hof des Herzogs zu schicken und diesem die weiteren Schritte zu überlassen.

Ohne zu ahnen, wie knapp sie einer Verhaftung entgangen waren, ritten Marie, Michel und ihr Trupp nach Nordosten. Kaum jemand dachte noch an die Kirche über dem Tal, die ihnen den nächsten Hinweis auf das Geheimnis Raoul de Melancourts geliefert hatte. Ihr Trachten galt bereits dem nächsten Ziel, und Isabelle wünschte sich direkt Flügel, um so rasch wie möglich nach Passau zu gelangen.

»Ich habe kein gutes Gefühl«, bekannte sie Marie, als sie am nächsten Tag in aller Frühe weiterritten.

»Weshalb?«

Isabelle zuckte mit den Achseln. »Ich kann nicht sagen, warum. Es überkommt mich einfach.«

»Wir müssten Gordeanus und seine Mordbande längst abgehängt haben«, antwortete Marie, um sie zu beruhigen.

»Das sage ich mir auch immer wieder, und doch verspüre ich Angst. Immerhin ist es Gordeanus gelungen, die Spur des Pokals bis zu meinem Waldkloster aufzunehmen. Ich kann mir nicht vorstellen, dass er lange am Chiemsee bleiben wird, und wenn er – wie der Zufall es will – durch diese Gegend kommt, wird er von dem Aufruhr erfahren, den wir in Kirchisen veranstaltet haben.«

»Aber dann weiß er immer noch nicht, welche Richtung wir eingeschlagen haben und was unser nächstes Ziel ist«, wandte Marie ein.

»Er wird uns folgen! Eine Gruppe wie die unsere fällt auf.«

Da musste Marie Isabelle recht geben. »Sollte Gordeanus tatsächlich von dem Floriansraub in Kirchisen erfahren, wird dies ihn auf unsere Fährte bringen.«

»Vor allem verschafft ihm diese Angelegenheit eine Waffe gegen uns. Wenn er uns als Reliquienräuber bezichtigt, ist es möglich, dass man uns festsetzt und Gordeanus versucht, das Geheimnis aus uns herauszupressen. Euch und Eurem Ehemann vertraue ich, ebenso Krispin. Doch schon bei Donata weiß ich nicht, ob sie es durchhält, wenn sie verhört oder gar gefoltert wird – und die Frommberger haben ebenfalls keinen Grund, es zu verschweigen.«

»Stoffel würde sich gewiss nicht für uns foltern lassen«, antwortete Marie mit einem scheelen Seitenblick auf den Knecht, der hinter einem seiner Kameraden saß und aussah, als wollte er die gesamte Welt erwürgen.

»Der wird als Erster reden«, antwortete Isabelle verächtlich. »Daher sollten wir Baiern-Landshut so rasch wie möglich hinter uns lassen. Solange wir uns in Herzog Heinrichs

Herrschaftsbereich befinden, kann uns jeder Viztum oder Richter aufhalten.«

»Worüber redet ihr?«, fragte Michel neugierig.

»Darüber, dass es eine Reihe von Gründen gibt, so schnell wie möglich nach Passau zu kommen«, antwortete Marie und trieb ihre Stute zu einer rascheren Gangart an.

»Das ist der beste Gedanke, den du in letzter Zeit geäußert hast«, sagte Michel mit einem nachdenklichen Lächeln. »Wir hätten geduldiger sein und die Kirche in Kirchisen erst in der Nacht aufsuchen sollen. Mit unserer Hast haben wir uns unnötige Probleme aufgehalst.«

»Der Gedanke hätte dir eher kommen können!«, antwortete Marie verärgert.

»Streitet Euch nicht!«, ermahnte Isabelle das Paar. »In der Nacht hätten wir den heiligen Florian wahrscheinlich nicht gefunden. Erinnert Euch daran, wie versteckt er stand. Außerdem hätten die Dorfbewohner den Schein unserer Fackeln gesehen und mit Gewissheit nachgeschaut, wer sich in ihrer Kirche herumtreibt. Ob wir ihnen in der Dunkelheit entkommen wären, bezweifle ich!«

Dieses Argument wog so schwer, dass Michel unwillkürlich nickte. »Wie es aussieht, ging es wirklich nicht anders. Wir hatten eben Pech, dass sich dieser Mönch dort befand und uns gar nicht erst zuhören wollte.«

Marie schüttelte es. »Wie mag das in Passau aussehen? Im Dom sind doch immer Leute.«

»Um dort die Nachricht zu finden, werden wir tatsächlich die Nacht abwarten müssen«, erklärte Isabelle. »Allerdings können wir tagsüber nachsehen, wo sich der Florian meines Ahnen befindet.«

»Und das Licht?«, fragte Marie.

»Im Dom brennen fast immer Kerzen. Außerdem kenne ich mich dort aus, denn ich war mit dem vorherigen Fürstbischof befreundet. Daher weiß ich von einem geheimen Gang, der von der Krypta aus zur Donau führt. Den können wir notfalls benutzen. Und nun sollten wir von angenehmeren Dingen sprechen. Wo wollen wir heute zu Mittag essen?«

»In Geisenhausen«, beantwortete Michel Isabelles Frage. »Lange dürfen wir uns dort aber auch nicht aufhalten.«

»Das haben wir auch nicht vor«, erklärte Marie und zwinkerte ihm zu.

Für einige Augenblicke hatte es so ausgesehen, als würden sie aneinandergeraten, doch nun war das Einverständnis zwischen den beiden wiederhergestellt, und sie sahen voller Zuversicht auf die kommenden Tage.

3.

Zuerst hatte Gordeanus sich überlegt, unverzüglich nach Passau zu reiten. Dann aber meldete sich sein Misstrauen. Was war, wenn Christoph von Frommberg den Verräter nur mimte und ihn in Isabelle de Melancourts Auftrag auf eine falsche Fährte locken sollte? Der Gedanke, dass er im Passauer Dom eine Statue nach der anderen durchsuchte, um diesen elenden Florian zu finden, während die Äbtissin des Waldklosters bereits auf dem Weg zum Versteck des Heiligen Grals war, empfand er als unerträglich.

»Wir folgen weiterhin dieser Hure und ihren Knechten«, sagte er zu Eusebius und lenkte seinen Gaul in Richtung Neumarkt.

Der Ritter schüttelte den Kopf über die sprunghaften Entschlüsse seines Oberhaupts und blieb ein wenig zurück, um mit einem seiner Mitbrüder zu sprechen.

»Was hältst du von der Entscheidung Seiner Exzellenz, weiterhin der Gruppe um die Melancourt zu folgen?«, fragte er vorsichtig.

Der Ordensritter blickte ihn verständnislos an. »Was soll ich davon halten? Es ist der Wille unseres Hochmeisters, und den müssen wir befolgen.«

Es klang so abschließend, dass Eusebius es aufgab, weiter in Dietrich zu dringen. Dabei hatte er ihn für verständig genug gehalten, eigene Entscheidungen zu treffen. Doch die Jahre im Orden hatten aus dem Mann einen reinen Befehlsempfänger gemacht. Oder hielt er den Mund nur aus Angst vor ihrem Anführer? Mittlerweile traute Eusebius Gordeanus zu, auch einen der eigenen Männer zu erschlagen, wenn dieser sich seinen Befehlen zu widersetzen wagte. Dies hieß auch für ihn, zu schweigen, wenn er nicht sein Leben riskieren wollte.

Ohne etwas von den Zweifeln seines Stellvertreters zu ahnen, ritt Leopold von Gordean durch die Ortschaft Gumattenkirchen und fragte einen auf dem Feld arbeitenden Knecht nach dem Weg nach Neumarkt.

Der Mann sah ihn durchdringend an und schien zu überlegen. Dann wandte er dem Hochmeister den Rücken zu und winkte einem Mann zu, der eben aus einem der Häuser trat. »Meister Konrad, Ihr habt doch auch die Frevler von Kirchisen gesehen. Könnt Ihr mir sagen, wie diese aussahen?« Verstohlen wies er auf Gordeanus und dessen Trupp.

Der Konrad genannte Mann betrachtete die Ordensritter und schüttelte den Kopf. »Die waren es gewiss nicht! Bei diesem Gesindel waren mehr Weiber dabei, und die Männer waren anders gekleidet.«

»Was soll das?«, fragte Gordeanus ungeduldig.

Mit einem um Entschuldigung bittenden Lächeln wandte sich der Knecht wieder ihm zu. »Verzeiht, Herr, aber heute Vormittag waren üble Reliquiendiebe in der Kirche von Kirchisen am Werk und wollten unseren heiligen Florian stehlen. Der fromme Bruder Josephus hat es bemerkt und die Bauern und Knechte der Gegend alarmiert. Die haben diese Heiligenschänder verfolgt und waren ihnen zuletzt so knapp auf den Fersen, dass diese den Florian zurücklassen mussten. Mittlerweile ist der Bauer von Kirchisen selbst nach Neumarkt geritten, um beim herzoglichen Richter Klage zu erheben.«

»Hab Dank für die Auskunft und sage mir endlich, wie ich nach Neumarkt komme«, unterbrach Gordeanus den Redeschwall des Mannes.

Dabei lächelte er böse. Er hatte zwar bereits von Stoffel erfahren, dass Isabelle de Melancourt so unvorsichtig gewesen war, sich beim Stehlen der Floriansfigur erwischen zu lassen. Welche Wellen ihr Diebstahl geschlagen hatte, erkannte er jedoch erst jetzt. Wenn er geschickt vorging, hielt er damit eine wertvolle Waffe im Kampf gegen dieses impertinente Weib in der Hand.

Der Knecht wies ihm die Richtung, in die er reiten musste, und nannte ihm die Orte, die er auf seinem Weg passieren würde. »Viele sind es nicht«, setzte er hinzu, »denn bereits hinter Breitenloh beginnt der große Forst, der sich bis fast nach Neumarkt erstreckt. Sobald Ihr auf der Straße seid, könnt Ihr den Marktort nicht mehr verfehlen.«

»Dann wollen wir hoffen, dass deine Angaben auch stimmen«, antwortete Gordeanus, schlug als Belohnung das Kreuz über den Mann und ritt weiter. In seinen Gedanken formte sich bereits ein Plan, mit dessen Hilfe er sich der Äbtissin und deren Gefolge für immer entledigen konnte.

Der Weg nach Neumarkt war länger, als er erwartet hatte, und so brach bereits die Nacht herein, ohne dass sie den Marktort erreicht hatten. Da Gordeanus keine Anstalten machte, anzuhalten, trieb Eusebius seinen Gaul an, um zu seinem Oberhaupt aufzuschließen.

»Euer Exzellenz, wenn wir uns nicht bald einen Platz zum Übernachten suchen, finden wir uns in tiefster Dunkelheit wieder. Gestern war Neumond, und der Himmel ist so bewölkt, dass keine Sterne zu sehen sein werden.«

Gordeanus fletschte die Zähne, musste seinem Gefolgsmann aber recht geben. Der Gedanke, ohne Nachtmahl bleiben zu müssen und sich mit dem eigenen Umhang zuzudecken, gefiel ihm nicht sonderlich, und seine Laune sank.

»Wenn wir Neumarkt nicht in Kürze erreichen, werden wir eben im Wald übernachten«, bellte er und spornte sein Ross an.

Eusebius fluchte leise, denn er hielt es für unverantwortlich, bei so schlechter Sicht zu galoppieren. Doch Gordeanus kam nach eigener Einschätzung gleich hinter Gott und war wie dieser unfehlbar.

Es wurde rasch dunkler, doch als die Ritter sich bereits darauf einrichteten, die Nacht im Wald verbringen zu müssen, wies der Hochmeister triumphierend nach vorne. »Dort ist Licht!«

Jetzt sahen die anderen es auch. Nicht weit vor ihnen wich der Wald zurück, und dort stand ein Haus, vor dem eine brennende Laterne im sanften Abendwind schwang. »Wenn das mal keine Räuberschenke ist«, murmelte Eusebius misstrauisch.

Sein Anführer vernahm es und wandte sich mit einem höhnischen Ausdruck zu ihm um. »Wir sind die Ritter des Hammers vom Heiligen Kreuz zu Jerusalem und werden wohl mit ein paar Wegelagerern fertig werden.«

In Eusebius' Ohren klang das, als würde Gordeanus sich direkt freuen, wenn es zu einem Handgemenge mit Räubern käme. Doch zu diesem Zweck waren sie nicht unterwegs. Es galt immer noch, den Heiligen Gral zu finden, um die Christenheit vor den Horden der Ungläubigen zu retten. Wie zumeist schwieg er auch jetzt und folgte dem Hochmeister, der auf das Haus zuhielt und sein Pferd vor dessen Tür zum Stehen brachte.

Im Schein der Laterne war ein Schild zu erkennen, das eine Herberge kennzeichnete. Drinnen war man auf den Trupp aufmerksam geworden, denn die Tür wurde geöffnet und ein untersetzter Mann blickte heraus.

»Wünschen die Herren hier zu übernachten?«, fragte er mit einer Stimme, die deutlich zeigte, dass er bereits seinen Verdienst berechnete.

Gordeanus nickte. »Das wollen wir. Außerdem kannst du uns sagen, wie weit es noch bis Neumarkt ist. Ich will den Ort morgen zu früher Stunde erreichen.«

»Das werdet Ihr, mein Herr. Es ist nicht mehr weit bis dort-

hin. Ihr braucht nicht mehr als eine Stunde, wenn Eure Pferde gut zu traben wissen.«
»Unsere Pferde sind schnell«, erklärte Gordeanus und stieg aus dem Sattel. »Hast du keine Knechte?«, fragte er den Wirt ungehalten, da ihm niemand die Zügel abnahm.
»Doch einen, aber der besucht gerade seine Mutter in Frasbach. Wenn es den Herrschaften nichts ausmacht, die Pferde selbst abzuzäumen? Ich sage derweil meinem Weib, es soll den größten Topf über den Herd hängen und einen kräftigen Eintopf zubereiten. Er wird Euch schmecken, denn mein Weib kann gut kochen.«
»Zeig uns den Stall!«, befahl Eusebius, der endlich die Pferde versorgt sehen wollte.
»Wenn die Herrschaften einen Augenblick warten wollen! Ich hole nur rasch eine Laterne.« Der Wirt verschwand und kehrte kurz darauf mit zwei Laternen zurück.
»Eine ist für Euch im Stall, die andere brauche ich, um ins Haus zurückzukommen«, erklärte er mit einem Augenzwinkern.
»Ich gehe voraus in die Gaststube. Eusebius, nimm mein Pferd!« Gordeanus drückte seinem Stellvertreter die Zügel in die Hand, als wäre dieser sein Stallknecht, und trat ins Haus.
Eusebius und seine Ritter folgten dem Wirt, der sie um das Gebäude herum zu einem Anbau führte. Dieser wirkte schon von außen zu klein für ein Dutzend Pferde. Erst als sie die Tiere durch das Tor führten, bemerkte Eusebius, dass Schwester Adelina noch im Sattel saß. Die Nonne wirkte elend, denn der scharfe Ritt vom Chiemsee hierher hatte sie angegriffen. Als Eusebius sie aus dem Sattel hob, konnte sie sich kaum auf den Beinen halten.
Der Wirt hängte eine der Laternen an einen Haken über der Tür, so dass der Platz vor dem Stall wie auch dessen Inneres schwach erhellt wurde, und sah dann die Nonne an.

»Man ist immer ein wenig steif nach einem so langen Ritt, nicht wahr«, meinte er und zwinkerte ihr zu.

Schwester Adelina bemerkte es nicht einmal, sondern fasste nach seinem Arm und hing dann wie ein Sack an dem Mann.

»Euch hat es ja ganz schön erwischt«, meinte der Wirt und schleppte sie zu der Tür, die vom Stall in das Wohnhaus führte. Dort drehte er sich noch einmal zu Eusebius und den anderen Hammerkreuzrittern um. »Wenn Ihr mit den Pferden fertig seid, könnt Ihr hier hereinkommen und müsst nicht noch einmal außen herumgehen.«

»Ist gut!«, antwortete Eusebius und drückte die Zügel von Adelinas Wallach Dietrich in die Hand. »Hier, nimm! Ich habe schon den Hengst des Hochmeisters zu versorgen.«

Der andere nickte verbissen. »Es ist schon ein Elend, dass der Wirt nur einen Knecht hat und der auch noch fortgegangen ist.«

Sie zäumten ihre Pferde ab, banden sie dicht nebeneinander an, tränkten sie und warfen ihnen etwas von dem Heu vor, das sie auf einem Zwischenboden fanden. Hafer suchten sie vergebens, und so beschloss Eusebius, den Wirt zu fragen, wo dieser aufbewahrt wurde.

Die ersten seiner Kameraden verschwanden bereits in der Herberge, während er noch mit Gordeanus' Hengst zu tun hatte, und auch keiner der anderen bot sich an, ihm zu helfen. Vor dem Überfall auf das Waldkloster hätte es das nicht gegeben. Damals waren sie wie Brüder gewesen, die einander in jeder Lage beistanden. Nun aber waren die Bande zwischen ihnen sehr locker geworden.

Auch das ist eine Folge der Suche nach dieser Chimäre, die sich Gral nennt, sagte sich Eusebius bedrückt.

Er beendete als Letzter seine Arbeit, nahm dann die Laterne an sich und schloss die Stalltür. Als er wenig später die Gaststube betrat, saßen die anderen schon beim Wein. Die Tische reichten gerade aus für die Anzahl der Männer. Da Gordeanus jedoch allein auf der für drei Zecher gedachten Stirnseite des Tisches saß, mussten die anderen eng zusammenrücken. Eusebius fand sich neben Schwester Adelina wieder und presste sich an sie, um nicht von der Bank zu rutschen. Sie schien es nicht einmal zu bemerken, denn sie starrte in ihren Becher. Da ihre Hände zitterten, schwappte der Wein darin hin und her und drohte überzulaufen.

»Ihr solltet trinken, ehrwürdige Schwester«, forderte sie Eusebius auf.

Adelina sah ihn mit einem matten Blick an. »Weshalb kann ich nicht weiterhin in einer Sänfte reisen? Ich habe Schmerzen an den Beinen und anderen Körperteilen, die ich nicht zu benennen wage!«

»Es ist sein Wille«, erklärte Eusebius mit einem Seitenblick auf den Hochmeister, »und dieser geschieht zumindest auf Erden.«

»Er ist kein guter Mann! Jeden Abend sehe ich die Gesichter meiner toten Mitschwestern vor mir und höre ihre Stimmen. Sie nennen mich eine Verräterin und eine Abtrünnige!«

Wäre Schwester Adelina nicht so erschöpft gewesen, hätte sie ihrer Zunge Zügel angelegt. Eusebius verstand sie jedoch, wusste aber auch, dass einige seiner Kameraden ihre Worte ungesäumt an den Hochmeister weitertragen würden. Daher berührte er mit Zeige- und Mittelfinger der rechten Hand ihre Lippen zum Zeichen, dass sie beim Sprechen vorsichtiger sein solle.

»Sobald wir unser Ziel erreicht haben, könnt Ihr Euch in ein Kloster Eurer Wahl zurückziehen und werdet vergessen, was geschehen ist«, sagte er leise genug, dass nur sie es hören konnte.

Adelina schüttelte den Kopf. »Nie! Niemals werde ich das Geschehene vergessen!« Dann seufzte sie tief, trank einen Schluck Wein und kämpfte gegen den Schlaf, der sie zu übermannen drohte. Als der Wirt und die Wirtin den Kessel mit dem Eintopf hereinbrachten und verteilten, wollte sie den Teller von sich wegschieben. Eusebius hielt jedoch ihre Hände fest.

»Ihr müsst essen, wenn Ihr diesen Ritt überstehen wollt.«

»Fast wünschte ich mir, zu sterben«, flüsterte die Frau.

Für einen Augenblick stellte Eusebius sich vor, es würde dazu kommen und der Hochmeister dann beim nächsten Hinweis des längst verblichenen Raoul de Melancourt auf einen langen, französischen Text starren, den er nicht zu entziffern vermochte. Zu seinem Leidwesen war ihm klar, dass Gordeanus auch dann jemanden finden würde, der der französischen Sprache mächtig war, und schüttelte daher den Kopf.

»So solltet Ihr nicht denken. Unser Herr Jesus Christus ist die Liebe, und er wird Euch vergeben. Eure einzige Sünde war, dass Ihr Euch aus Angst um Euer Leben dem Willen unseres Hochmeisters gebeugt habt. Wahrscheinlich habt Ihr damit sogar das Leben Eurer Mitschwestern gerettet, denn der Hochmeister hätte sie vor den Augen Isabelles de Melancourts zu Tode foltern lassen, um Eure Äbtissin zum Sprechen zu bringen.«

»Warum hat sie geschwiegen?«, stöhnte Adelina verzweifelt. »Sie hätte Gordeanus einfach sagen können, was sie wusste. Der Gral ist doch ein Segen für die gesamte Christenheit!«

»Sie wird gute Gründe dafür gehabt haben«, meinte Eusebius nachdenklich, »Gründe, die sich uns noch entziehen.«

Bei diesem Satz lief es ihm mit einem Mal kalt über den Rücken. Nichts, was er über Isabelle de Melancourt gehört hatte, deutete darauf hin, dass sie ein wundertätiges Ding aus reiner Selbstsucht verborgen halten würde. Welches Geheimnis rankte sich um den Pokal, den ihr Ahne einst aus dem Heiligen Land mitgebracht hatte? Auf einmal hatte er Angst vor der Antwort.

4.

Am nächsten Vormittag ritten Gordeanus und seine Mannen in Neumarkt ein. Ihre Ordenstracht und das selbstsichere Auftreten des Hochmeisters schüchterten die Torwachen ein, so dass sie einer sogar zum Haus des herzoglichen Richters führte. Dieser saß beim Frühstück, unterbrach es jedoch, als ihm Leopold von Gordean, Hochmeister des löblichen Ordens der Ritter des Hammers vom Heiligen Kreuz zu Jerusalem gemeldet wurde.

Als er den Raum betrat, in den sein Pförtner die Gäste geführt hatte, war auch er von den Rittern in ihrer einheitlichen Kleidung mit dem seltsamen Kreuz auf ihren Umhängen beeindruckt.

»Seid mir willkommen, meine Herren, und auch Ihr, ehrwürdige Schwester!«, grüßte er und musterte dann Gordeanus, der zwar denselben Waffenrock wie seine Ritter trug, sich aber durch den roten Umhang von diesen unterschied.

»Ich habe gehört, frevlerische Reliquiendiebe hätten die Kirche zu Kirchisen geplündert und eine heilige Statue geraubt«, begann Gordeanus.

Der Richter seufzte. »So ist es! Glücklicherweise ist es den wackeren Bauern aus Kirchisen und den umliegenden Orten gelungen, den heiligen Florian den Dieben wieder zu entreißen. Doch wir fürchten, dass diese eine bislang unbekannte Reliquie gestohlen haben, denn im Sockel der Statue wurde ein geheimes Fach entdeckt, das nun leer ist. Daher habe ich Botschaft an die Gerichte der Umgebung gesandt, damit sie die Diebe fangen und ihnen den Raub abnehmen.«

Ein Raub, der nur aus einem Zettel mit den drei Worten

Passau, Dom und Florian besteht, dachte Gordeanus und unterdrückte ein höhnisches Lachen. Er selbst hätte nicht anders gehandelt als Isabelle de Melancourt. Doch das war nichts, was diesen Richter etwas anging.

Er setzte eine ernste Miene auf. »Ich bin diesen Dieben bereits seit längerem auf der Spur, denn der Raub des Florian-Bildstocks von Kirchisen ist nicht ihr erstes Verbrechen. Ich werde sie weiter verfolgen und zur Strecke bringen. Doch ich wäre für Eure Mithilfe dankbar.«

Der Richter hob in einer beschwichtigenden Geste die Hände. »Ich bedauere, aber ich habe nur in meinem Gerichtsbezirk das Recht, Frevler gefangen zu nehmen, und den haben diese Leute bereits verlassen.«

»Ich fordere keine Büttel von Euch, denn um diese Bande auszuheben, reichen meine Ritter vollkommen. Ihr könntet mir jedoch ein Schreiben aufsetzen, in dem die Untat, die diese Lumpen in Kirchisen begangen haben, genau beschrieben wird. Mit dessen Hilfe kann ich die Verbrecher an jedem Ort der Christenheit festsetzen lassen. Ihr dürft nur Euer Amtssiegel nicht vergessen.«

Froh, weil nicht mehr von ihm gefordert wurde, erbot der Richter sich, diese Urkunde sofort von seinem Schreiber ausfertigen zu lassen, und verschwand. Bis er zurückkam, saß Gordeanus wie auf glühenden Kohlen. Er nahm an, dass Isabelle de Melancourt und ihre Begleiter alles tun würden, um diese Gegend so schnell wie möglich zu verlassen. Das hieß auch für ihn, auf seinem weiteren Ritt nicht zu säumen. Bei der Überlegung streifte er Schwester Adelina mit einem düsteren Blick. Sie war eine schlechte Reiterin und hatte sie bereits auf dem Weg vom Chiemsee hierher aufgehalten. Nun überlegte er, ob er sie nicht zurücklassen sollte. In der Umgebung gab es gewiss ein Nonnenkloster, in dem sie Aufnahme finden würde. Da Raoul de Melancourt die beiden letzten Botschaften nur in schlichten, auch für ihn ver-

ständlichen Worten geschrieben hatte, benötigte er Adelina nicht mehr.
Gordeanus überlegte, den Richter, sobald dieser wieder auftauchte, darum zu bitten, sich ihrer anzunehmen. Aber dann fielen ihm zwei Gründe ein, die gegen ein solches Vorgehen sprachen. Zum einen kannte sie sein Geheimnis und konnte es ausplaudern. Dadurch würden noch mehr Konkurrenten auftauchen, die gleich ihm und Isabelle de Melancourt nach dem Besitz des Heiligen Grals strebten. Zum anderen konnte er nicht ausschließen, dass der französische Kreuzritter seine nächste Botschaft wie schon die erste in seiner Sprache und als eine Art Rätsel verfasst hatte.
»Ich brauche das Weib noch«, murmelte er und sagte sich, dass er Adelina notfalls im Sattel festbinden lassen musste, damit sie sein Tempo mithalten konnte.
Die Rückkehr des herzoglichen Richters beendete seinen Gedankengang. Der Mann reichte ihm ein beschriebenes Papier, welches so allgemein gehalten war, dass er sogar eine Pilgergruppe, die zu einem ehrwürdigen Wallfahrtsort unterwegs war, damit hätte verhaften lassen können. Gordeanus lächelte dennoch zufrieden, denn mit dieser Urkunde waren Isabelle de Melancourt und ihre Begleiter in seiner Hand. Er musste sie nur einem Richter oder Vogt zeigen, und sie würden die Äbtissin und deren Gefolge verhaften und in den Kerker werfen – dafür mussten sie ihrer allerdings erst habhaft werden.
Das hieß für ihn, schnell zu sein. Er stand auf, bedankte sich bei dem Richter und schritt als Erster hinaus. Eusebius folgte ihm und führte Adelina, deren Beine so schmerzten, dass sie nicht alleine gehen konnte.
Kurz darauf saßen alle wieder im Sattel und verließen Neumarkt durch das obere Tor. Von hier aus waren es etwa drei Tage flotten Ritts nach Passau, und in dieser Zeit hoffte Gordeanus, Isabelles Gruppe überholen zu können. Ein paar

Dörfer weiter stieß er auf die Spur der Gruppe. Sie hatten dort übernachtet und waren vor Tau und Tag weitergeritten. Ein Blick zur hochstehenden Sonne verriet ihm, dass sie mindestens vier Stunden Vorsprung hatten, wahrscheinlich sogar fünf. Damit würde der Weg nach Passau zu einem Wettrennen werden, bei dem er keinesfalls unterliegen durfte.

»Vorwärts!«, stieß er heftig hervor und ließ einen Hengst antraben.

Seine Ritter trieben ebenfalls ihre Reittiere an. Die meisten genossen die Jagd, denn sie hofften, die Sieger zu sein. Nur Eusebius blickte besorgt zu Schwester Adelina, die mit einem Gesicht auf ihrem Pferd saß, als führe dieser Ritt direkt in die Hölle.

5.

Bislang war es Ümit Ağa und seinen Männern gelungen, den Hammerkreuzrittern auf der Spur zu bleiben. Doch als sie Gordeanus' Trupp nach Kirchisen folgten, gerieten sie in den Wirrwarr hinein, den der angebliche Reliquienraub verursacht hatte. Einer der Knechte sah sie den Weg hochreiten und rannte sofort zum Lehenshof zurück. Als Ümit diesen erreichte, sah er sich einem Dutzend kräftiger Männer gegenüber, die mit Sensen, Dreschflegeln und anderem Handwerkszeug bewaffnet waren.

»Das sind gewiss auch solche Heiligenräuber«, sagte einer der Knechte zu dem Mönch, der Marie und Isabelle überrascht hatte.

»Wir werden es gleich wissen«, antwortete Pater Josephus und trat einen Schritt vor.

»Wer seid ihr und was wollt ihr hier?«, fuhr er Ümit an.

Erstaunt über den rauhen Empfang zog dieser die Augenbrauen hoch. Dann aber schoss ihm durch den Kopf, dass diese Leute vielleicht von dem Morden in dem Dorf wussten, bei dem er und seine Männer im letzten Augenblick entkommen waren, und seine Hand wanderte zum Griff seines Säbels. Trotzdem beschloss er, vorerst verbindlich zu antworten.

»Wir sind Reisende und folgen einigen Freunden, die vor kurzem hier durchgekommen sein müssen!«

Das war die falsche Antwort, denn die Bauern glaubten nun, die Fremden meinten damit die Figurendiebe.

»Ihr Lumpenhunde!«, schrie Vater Josephus und schwang sein Holzkreuz wie eine Waffe. »Die anderen sind uns entkommen, aber euch kriegen wir. Auf sie, Männer! Holt sie von den Gäulen. Der Richter des Herzogs wird uns dankbar sein.«

Sofort drangen einige Knechte auf die Osmanen ein. Ümit und seine Männer waren jedoch kriegsgewohnt und nicht so leicht zu überraschen. Ihre Säbel flogen aus den Scheiden und wehrten die Sensen und Gabeln ab. Gefährlicher waren jedoch die Dreschflegel, deren Wucht die Säbel nichts entgegenzusetzen hatten. Ümit gelang es, unter einem Dreschflegel hindurchzutauchen und seinem Pferd die Sporen zu geben. Das Tier raste los und brach durch die Reihen der Dörfler. Einer versuchte noch, mit der Sense zuzustoßen, doch Ümits Säbel durchtrennte den Sensenstiel. Dann hatte er es geschafft und sprengte davon. Mahsun nützte die Lücke und folgte seinem Anführer, doch der Priester war kein guter Reiter und wurde von vier Gegnern umringt. Entsetzt hob er die Hände.

»Ihr guten Leute, lasst von mir ab. Ich bin ein gläubiger Christ und ein Priester dazu!« Wie um es beweisen, begann er das Paternoster zu sprechen.

Einen Augenblick lang wichen die Dörfler zurück. Es reichte Emre, den Zügel des Priestergauls zu schnappen und anzureiten. Dabei übersah er jedoch den Dreschflegel, den einer der Knechte schwang, und erhielt einen heftigen Schlag auf den Rücken. Der Schmerz schoss ihm wie eine Feuersäule durch den ganzen Körper. Dennoch gelang es ihm, sich im Sattel zu halten und hinter Ümit und seinem anderen Kameraden herzureiten. Der Priester bemerkte die Verletzung des jungen Osmanen nicht, sondern betete entsetzt ein Ave-Maria nach dem anderen.

Zu ihrer Erleichterung verzichteten die Einheimischen darauf, sie zu verfolgen. Die Bauern hatten die Pferde der Osmanen gesehen und begriffen, dass sie diese mit ihren schwerfälligen Gäulen niemals einholen konnten. Ihre Stier-

hörner alarmierten jedoch die Bewohner im gesamten Umkreis, und so stellte Ümit schon bald fest, dass sich beim nächsten Dorf bewaffnete Männer zusammenrotteten. Mit einer energischen Geste wies er auf den Wald, der für Reiter undurchdringlich erschien.
»Dort hinein!«
Er drang als Erster in die ewige Dämmerung des dichten Waldes ein, und die anderen folgten ihm. Allerdings war Emre nicht mehr in der Lage, die Zügel zu führen. Er sank auf den Hals seines Pferdes und krallte sich mit den Fingern seiner Linken in die Mähne, um nicht herabzufallen. Als Ümit es sah, wollte er anhalten. Doch sein Gefolgsmann schüttelte den Kopf.
»Wir müssen weiter, Herr. Wenn wir hierbleiben, umzingeln uns diese Giauren, und wir sterben alle. Wer soll dann noch verhindern, dass dieser Hund von einem Ordensritter diesen verfluchten Gral findet?«
Gegen seinen Willen nickte Ümit. »Du hast recht! Wir müssen etliche Stunden weiterreiten, um sicher zu sein, dass wir diesen Hunden entkommen sind. Gib deinen Zügel her. Der Pfaffe kann den seinen wieder selbst nehmen!«
Im Wald kamen sie nur langsam voran, konnten aber Haken schlagen, um mögliche Verfolger in die Irre zu führen. Ümit blickte sich immer wieder besorgt zu Emre um. Der junge Krieger schien schwerverletzt zu sein, dennoch tat er alles, um ihren Ritt nicht zu behindern. Ümit kämpfte gegen das Gefühl an, versagt zu haben. Er hatte bereits mehrere Männer eingebüßt, weil die Giauren das Gesetz der Gastfreundschaft mit Füßen getreten hatten, und nun musste er sich auch noch um Emre Sorgen machen.
»Oh Allah, vergibt mir meine Vermessenheit! Ließ sie mich doch glauben, ich könnte die Giauren mit nur wenigen Männern daran hindern, dieses zauberische Ding zu finden, das sie als Waffe gegen unsere Heere einsetzen wollen«, betete er.

Trotz seiner quälenden Gedanken achtete er genau auf seine Umgebung und entdeckte zweimal Verfolger, bevor sie ihn sahen, und konnte ihnen so aus dem Weg gehen.
Als es Abend wurde, wusste er nicht, wie weit sie sich von dem Schauplatz des Kampfes entfernt hatten. Seit mehreren Stunden waren keine Gegner mehr aufgetaucht, und so schöpfte Ümit Hoffnung, fürs Erste entkommen zu sein.
»Wir werden Nachtrast halten und morgen bei Tagesanbruch weiterreiten«, erklärte er und hielt sein Pferd an. Als er abstieg, fühlte er sich wie gerädert. Er wusste jedoch, dass es Emre weitaus schlechter ging, und hob seinen Krieger vom Pferd.
»Wir sollten ein Feuer machen, um nach Emre sehen zu können«, schlug der Priester vor.
Obwohl Ümit sich ebenfalls eines gewünscht hätte, schüttelte er den Kopf. »Das ist zu gefährlich. Unsere Feinde könnten den Feuerschein sehen und uns entdecken. Es muss so gehen. Emre, wo bist du verletzt? Ich sehe kein Blut!«
Er erhielt keine Antwort, und als er sich über den jungen Mann beugte, sah er, dass dieser das Bewusstsein verloren hatte. Mit Hilfe des Priesters zog er ihm Wams und Hemd aus. Was er nun im Halbdunkel der aufziehenden Nacht entdeckte, entsetzte ihn. Der ganze Rücken des jungen Kriegers war grün und blau angelaufen, und als er die Stelle vorsichtig berührte, bemerkte er, dass das rechte Schulterblatt und etliche Rippen durch den Hieb des Dreschflegels zerschmettert worden waren. Selbst in der Heimat wäre diese Verletzung nur schwer zu heilen gewesen, doch in dieser Situation bedeutete sie den Tod eines guten Kriegers.
»Verfluchte Giauren! Was mag Gott bewogen haben, ein so verlogenes und verräterisches Volk zu schaffen?«, rief er voller Zorn.
Der Priester wich ein paar Schritte vor dem Ağa zurück, aus Furcht, dieser könne die Verwundung des Kriegers an ihm

rächen wollen. Schließlich war Emre nur deswegen so schwer verletzt worden, weil er ihm geholfen hatte. Daher beschloss er, den jungen Mann in seine Gebete einzuschließen, damit Jesus Christus und die Heilige Jungfrau ihn trotz seines Irrglaubens in ihr Paradies aufnahmen.

Sie konnten nicht viel für Emre tun. Im Grunde war Ümit froh, dass sein Mann bewusstlos war. Hätte Emre diese Schmerzen bei wachem Verstand erleiden müssen, hätte er mit Sicherheit so laut gestöhnt oder gar geschrien, dass ihre Verfolger auf sie aufmerksam geworden wären. Damit hätte er nichts anderes tun können, als seinen treuesten Gefolgsmann eigenhändig umzubringen, um sich das Wenige an Hoffnung zu bewahren, das ihnen noch geblieben war. Vielleicht würde er es am nächsten Morgen sogar tun müssen, denn Emre war gewiss nicht mehr in der Lage, aufs Pferd zu steigen. Ihn lebend zurücklassen wollte Ümit nicht. Wenn die Giauren Emre fanden, würden sie ihn töten und seinen Leib schänden, so dass dieser ihn, wenn sie beide im Paradies weilten, fragen würde, weshalb er das zugelassen habe.

6.

Am nächsten Morgen blieb es Ümit Ağa erspart, seinen Gefolgsmann eigenhändig ins Jenseits zu befördern, denn Emre war im Lauf der Nacht still verschieden, ohne noch einmal zu erwachen. Ümit bewunderte den Mut des jungen Mannes und die Selbstbeherrschung, die dieser auf der Flucht gezeigt hatte. Seine Schmerzen mussten entsetzlich gewesen sein, doch Emre hatte keinen Laut von sich gegeben. Diesen tapferen Krieger auf diese Weise zu verlieren war das Schlimmste, das er bislang erlebt hatte.

Mahsun, der letzte Gefolgsmann, der ihm verblieben war, sah ihn ängstlich an. »Was sollen wir jetzt tun?«

»Wir werden Emre begraben und dann weiterreiten!« Es klang so gefühllos, dass Ümit sich seiner Worte schämte. Doch Emre war tot, und sie, die Lebenden, mussten sehen, dass sie den Eingeborenen dieses Landstrichs mit heiler Haut entkamen.

Mit ihren Säbeln wühlten die beiden Osmanen den Waldboden so weit auf, dass eine flache Grube entstand, wickelten Emre in seinen Mantel und legten ihn hinein. Nachdem sie die Erde wieder aufgehäuft und das Grab mit dicken Moospolstern so weit verborgen hatten, dass nur kundige Augen es entdecken konnten, hob Ümit seinen Säbel zum Gruß.

»Im Paradies sehen wir uns wieder, Emre, und ich werde dort wie auch in der Heimat berichten, dass du als Held gefallen bist!« Danach steckte er den Säbel zurück in die Scheide, schwang sich auf sein Ross und band die Zügel von Emres Pferd an seinen Sattel.

»Wir brechen auf!«, sagte er zu Mahsun und dem Priester.

Die beiden nickten beklommen und stiegen in die Sättel. Ihnen allen knurrte der Magen, doch hielten sie es für besser, Hunger zu leiden, als von mordgierigen Einheimischen abgeschlachtet zu werden.
Ein Bach, auf den sie wenig später stießen, stillte ihren Durst und den der Pferde. Da Gras an seinen Ufern wuchs, ließen sie die Tiere weiden. Währenddessen überlegte Ümit, wie er weiter vorgehen sollte. In die Heimat zurückzukehren und sein Scheitern zu melden kam nicht in Frage. Doch wenn sie weiterhin dem Hochmeister und seinen Ordensrittern folgten, mussten sie damit rechnen, noch einmal mit den Bewohnern dieser Gegend aneinanderzugeraten.
Deshalb wagte Ümit es nicht, eine der Siedlungen aufzusuchen, die sie in der Ferne ausmachten. Er mied auch den größeren Ort, der gegen Mittag auf ihrem Weg lag, und überquerte mit seinen verbliebenen Leuten einen kleinen Fluss, weit außer Sicht der Bewohner. Nach einer Weile verließen die drei den Wald und folgten einem Pfad, der schließlich in eine größere Landstraße mündete. Ümit Ağa beschloss, von nun an besonders vorsichtig zu sein, weil sie jederzeit auf Reisende oder weitere Ortschaften treffen konnten.
Plötzlich verhielt er sein Pferd.
»Was ist los?«, fragte Mahsun.
Ümit pflückte ein kleines Stück Stoff von einer Dornenhecke, die neben der Straße wuchs. Die Webart und die braune Farbe waren unverkennbar, und so wies er seinen Fund mit einem gewissen Stolz vor.
»Allah ist immer noch mit uns, denn das hier ist ein Fetzen von einem der Mäntel der Ordensritter. Sie müssen diese Straße benutzt haben.«
Noch während er es sagte, entdeckte er wenige Schritte weiter am Wegesrand Hufabdrücke, die entstanden sein mussten, als der Reiter seinen Umhang aus dem Dornengestrüpp befreit hatte. Eines der Hufeisen wies genau jene Kerbe auf,

die er bereits am Chiemsee bei einem der Ordenspferde bemerkt hatte.
Mahsun sah es ebenfalls und starrte seinen Anführer bewundernd an. »Du hast uns auf sicherem Pfad hierhergeführt, oh Herr! Dies hätten nur wenige vollbracht.«
So viel Lob war Ümit peinlich, denn er hatte bereits zu viele seiner Männer verloren. Daher hob er die Hand. »Der Dank gebührt allein Allah, der alles sieht und alles weiß. Er hat uns den rechten Weg gewiesen. Nun müssten wir nur noch herausfinden, wie weit diese Hammerkreuzritter uns voraus sind.«
Um das in Erfahrung zu bringen, beschloss Ümit, nun doch den nächsten Ort aufzusuchen, den der Hochmeister passiert haben musste. Um nicht seinen letzten Mann noch zu riskieren, befahl er Mahsun und dem Priester, im Wald auf ihn zu warten. Er selbst legte sich einen Grund zurecht, falls man ihn in diesem Ort nach seinem Begehr fragte, und nahm daher Emres Pferd mit. So konnte er einen reisenden Rosshändler mimen. Da sein Geldbeutel bereits dünn und faltig an seinem Gürtel hing, war er sogar bereit, die Stute zu einem guten Preis zu verkaufen.
Als er losritt, sandte ihm der Priester einige ehrlich gemeinte Segenswünsche nach. Auch wenn er Christ war und dem gleichen katholischen Glauben anhing wie die Bewohner dieser Lande, so hatte ihn das Erlebte zu Tode erschreckt. Nun sah er in Ümit die einzige Möglichkeit, wieder in ein Land zurückzukehren, in dem ihm nicht der Tod durch eine Sense oder einen Morgenstern drohte.
Ümit rechnete damit, angegriffen zu werden, als er das Tor des befestigten Ortes erreichte. An dieser Stelle aber überwachte nur ein einzelner, gelangweilt aussehender Posten die Reisenden, die hineinwollten, und winkte die meisten von ihnen durch. Die kennt er wohl, dachte Ümit und hielt dann sein Pferd vor dem Wächter an.

»Du bist fremd hier«, sagte dieser und starrte ihn dümmlich an.

Ümit nickte. »Ich bin auf der Durchreise in meine Heimat und will mein Ersatzpferd hier verkaufen.«

»Dir wird wohl der Beutel klamm?«, antwortete der Wächter nun grinsend. »Ich glaube schon, dass du die Stute loswirst. Sie ist zwar ein bisserl klein, aber sie hat Feuer.«

»Du verstehst etwas von Pferden«, stellte Ümit fest.

»Wohl, wohl, das tu ich! Aber kaufen könnte ich die Stute nicht. Vielleicht kommt ja der Verwalter des Herrn Grafen zum Markt. Der versteht nämlich auch etwas von Rossen! Schließlich hat er die besten in der ganzen Gegend in seinem Stall.«

»Ich danke dir für den Rat«, antwortete Ümit und warf dem Mann eine Münze zu. Es handelte sich um ungarisches Geld, aber selbst mit dem kleinen Abschlag, den er dem Wechsler zahlen musste, war es noch eine hübsche Belohnung.

Der Wächter trat beiseite, und Ümit ritt in die Ortschaft ein. Wie das Städtchen hieß, wusste der Osmane nicht, aber es gefiel ihm. Der Marktplatz war übersichtlich und sauber, die Häuser, die ihn umgaben, gepflegt, und die Bewohner blickten ihn zwar interessiert, aber nicht feinselig an.

In der Nähe der Kirche sah er Männer, die die dort angebundenen Pferde begutachteten und mit lauten Stimmen verhandelten. Wie es aussah, war er just zum Pferdemarkt hierhergekommen, und das erschien ihm als gutes Omen. Er gesellte sich zu den Händlern, band seine beiden Pferde an einen in der Erde versenkten Pfosten und wartete auf den Ersten, der ihm ein Angebot für Emres Stute machen würde. Nicht lange, da erschienen weitere Bauern mit Pferden, die sie verkaufen wollten. Die Männer waren kernige Gestalten mit vom Wind und Wetter gegerbten Gesichtern, und ihre Pferde wirkten in Ümits Augen viel zu wuchtig und zu plump, um sie zu etwas anderem brauchen zu können, als

vor den Pflug zu spannen. Emres Stute war um einiges kleiner und zierlicher, würde diesen Gäulen aber bei jedem Tagesritt etliche Meilen abnehmen.
Ein Bauer kam heran, musterte die Stute und Ümits Hengst und schüttelte dann den Kopf. »Die sind zu mickrig, um von Nutzen sein zu können. Ich gebe dir fünf Gulden für beide!«
Für einen armen Mann waren fünf Gulden viel Geld, doch als Angebot für die Pferde stellten sie eine Frechheit dar. Ümit verzog verächtlich das Gesicht. »Behalte dein Geld. Außerdem verkaufe ich nur die Stute. Den Hengst brauche ich selbst.«
»Fünf Gulden für die Stute!«, bot der Mann an.
»Ich sagte nein! Für das Geld verkaufe ich sie nicht«, erklärte Ümit.
»Acht Gulden!«
Ganz so schlecht, wie er tat, schien der Mann die Stute doch nicht zu finden. Dennoch schüttelte Ümit den Kopf. »Fünfzig Gulden. Darunter gebe ich sie nicht her!«
Er hatte gehört, wie nebenan für eine Stute, die um einiges schlechter war als die seine, zwanzig Gulden bezahlt worden waren, und wollte für sein Tier wenigstens einen ihm entsprechenden Preis erzielen.
Der Bauer überlegte kurz, machte eine wegwerfende Handbewegung und ging weiter.
Ümit sah ihm nach und ärgerte sich. Anscheinend hatte der Mann gehofft, ihm die Stute für billiges Geld abluchsen zu können, um sie später teurer zu verkaufen, denn er bot eben einem anderen Bauern ein Fohlen an, das, wie er sagte, von ausgezeichneten Eltern abstammte.
Auch wenn ihre Pferde schwer gebaut waren, so verstanden die Züchter in dieser Gegend ihr Geschäft. Ümit entdeckte etliche Gäule, die besser waren als jene, die in seiner Heimat als Zugtiere gehalten wurden.

Von den Vorbeikommenden musterten nun viele seinen Hengst. Dieser war größer als die Stute und feurig genug, um, wenn er zur Zucht verwendet wurde, seinen Nachkommen Kraft und Ausdauer vererben zu können. Doch außer dem Mann, den er für einen Pferdehändler hielt, machte ihm keiner ein Angebot dafür. Ein Bauer bot ihm zehn Gulden für die Stute, die er, wie er sagte, vor einen leichten Wagen spannen wollte. Doch auch das lehnte Ümit ab.

Während die Zeit verstrich, begann er zu bedauern, hierhergekommen zu sein. Doch gerade als er beschloss, den Ort wieder zu verlassen, ging ein Raunen durch die Menge, die sich rings um die Pferde eingefunden hatte. Ümit blickte in die gleiche Richtung wie die anderen und sah einen hochgewachsenen Mann in schneeweißen Strümpfen und einem langschößigen, türkisfarbigen Wams mit weiten, gezackten Ärmeln herankommen. Auf dem Kopf des Mannes saß eine seltsame Mütze, deren lange Spitze er sich wie einen Schal um den Hals geschlungen hatte. Kurze Lederstiefel und eine Reitpeitsche deuteten an, dass er nicht zu Fuß erschienen war.

Nun entdeckte Ümit auch zwei Knechte, von denen einer einen großrahmigen Hengst hielt, dessen Satteldecke ein Wappen zierte. Das Tier gehörte wohl dem Herrn, dessen Auftauchen so viel Aufmerksamkeit hervorrief.

»Der Herr Verwalter«, hörte Ümit einen Bauern in seiner Nähe flüstern.

Er hatte schon zuvor begriffen, dass der Neuankömmling niemand war, der sein Brot mit seiner Hände Arbeit verdienen musste. Mit hochmütiger Miene überflog der Verwalter die hier angebotenen Rosse und übersah die einladenden Handbewegungen einiger Bauern und Händler, die bessere Tiere anboten als der Rest.

Da blieb der Blick des Mannes auf Ümit und dessen Pferden haften. Mit raschen Schritten kam er näher und fasste nach dem Maul des Hengstes. Mit einem geschickten Griff öffnete er es und prüfte das Gebiss.

»Der ist keinen Sommer älter als fünf Jahre und ein ausgezeichnetes Tier. Was verlangst du dafür?«, fragte er Ümit.

Dieser wies auf die Stute. »Ich will die Stute verkaufen. Den Hengst behalte ich.«

Nun musterte der Verwalter die Stute und nickte anerkennend. »Das ist auch ein ausgezeichnetes Tier, beste ungarische Zucht, würde ich sagen, und als Reittier für eine Dame, die zu Pferd zu sitzen weiß, sehr gut geeignet. Doch so einen Gaul brauche ich nicht. Mit einem Hengst zeigt die Zucht rascher Erfolge als mit einer Stute. Sag daher, was du für ihn verlangst. Er würde meinem Herrn als Zuchthengst wertvolle Dienste leisten.«

Ümit wurde das Drängen des anderen zu viel. Er spürte, dass dieser gewohnt war, sich gegen jeden Widerstand durchzusetzen. Doppelt verstimmt über sich selbst, weil er in diese Stadt gekommen war, sah er den Verwalter an.

»Der Hengst ist ausgezeichnet und ich werde ihn nicht unter zweihundert Gulden hergeben.«

Ein Raunen erhob sich um ihn herum. Einen solchen Preis hatte an diesem Ort noch nie jemand für ein Pferd verlangt, geschweige denn erhalten. Auch der Verwalter wirkte für einen Augenblick verblüfft. Er merkte jedoch, dass es Ümit todernst damit war, und kämpfte einen Augenblick mit sich. Danach prüfte er den Hengst noch einmal ganz genau und hob auch dessen Hufe auf, um sich die Eisen anzusehen.

»Er hat harte Hufe, nicht wahr, und stammt von Rossen ab, die lange Generationen auf felsigem Grund gelebt haben. Bei den Heiden soll es solche Tiere geben, doch gelangt nur selten eines davon bis in unsere Lande. Ein Vorfahr des Grafen hat von einem Kreuzzug gegen die Ungläubigen so einen Hengst mitgebracht und für die Zucht verwendet. Leider war das Tier schon alt, und es gab daher nicht sehr viele

Nachkommen. Doch der Hengst hier ist jung und könnte die Zucht im gesamten Gau verbessern.«

Der Verwalter nickte kurz, als müsse er sich selbst bestätigen, und streckte dann Ümit die Hand hin. »Es gilt! Zweihundert Gulden! Ich zahle auch die Marktabgabe für dich. Lass uns den Kauf besiegeln. He, Bursche, bring Wein! Ich will mit dem Mann anstoßen, der ein solches Pferd besitzt.«

Das Letzte galt einem der Jungen, die zwischen den erwachsenen Männern und einigen Frauen, die Pferde kaufen und verkaufen wollten, herumwieselten, um sich ein paar Pfennige durch Botengänge zu verdienen.

Ümit Ağa stand wie vor den Kopf geschlagen da und wusste nicht, was er tun sollte. Jetzt konnte er keinen Rückzieher mehr machen, da er selbst diesen Preis genannt hatte. Aber er konnte doch seinen Hengst nicht verkaufen! Sein Blick fiel auf die Stute. Auch diese war ein ausgezeichnetes Tier und hatte Emre treu durch diese Lande getragen. Sie würde auch ihm gute Dienste leisten, fuhr es ihm durch den Kopf, und so nickte er.

»Der Hengst ist dein!«

»Sehr gut!« Zufrieden löste der Verwalter seinen Beutel vom Gürtel und zählte Ümit zweihundert Gulden auf die Hand. Einer seiner Knechte übernahm den Zügel des Hengstes und führte ihn weg. Derweil brachte der Junge zwei Becher mit Wein und wies auf den Schankwirt, der am Rand des Pferdemarkts seinen Stand aufgebaut hat.

»Der Wein kostet acht Kreuzer, weil er der gute ist«, erklärte er.

Lachend steckte ihm der Verwalter neun Kreuzer zu. »Der letzte ist für dich, Bursche. Und nun zum Wohl! Wir wollen auf unseren Handel anstoßen.«

Damit brachte der Verwalter Ümit in die Klemme. Als gläubiger Moslem hatte dieser bislang den Genuss von Wein gemieden. Er begriff aber, dass er sich hier nicht sträuben durfte, wenn er kein Aufsehen erregen wollte, und stieß mit dem Käufer seines Hengstes an. Der Wein schmeckte leicht säuerlich, und er fragte sich, weshalb die Giauren den Saft der Trauben so vergoren tranken, wo hier doch genug Äpfel und Birnen wuchsen, aus denen man süße Säfte pressen konnte.

Mit einer gewissen Mühe leerte er seinen Becher und spürte schon bald ein eigenartiges Gefühl in seinem Kopf. Er kniff die Augen zusammen und kämpfte dagegen an. Dennoch blieb ein leichter Schwindel zurück, und er wurde müde. Als er sich jetzt an den Verwalter wandte, lachte er zu seinem eigenen Erstaunen und warf jede Vorsicht über Bord.

»Ich suche einen Trupp Reiter, alle in roten Tuniken. Der Anführer trägt einen roten Umhang und seine Leute braune!«

Der Verwalter verzog kurz das Gesicht. »Die sind gestern hier durchgekommen und haben bei uns auf dem Gut gegessen. Eine Nonne war auch bei ihnen, was höchst ungewöhnlich und sogar ungehörig ist, denn sie hatte keine Dienerin bei sich. Die Gruppe will nach Passau, habe ich von einem der Reiter gehört. Es waren bestimmt nicht die Gäste, die man sich wünscht! Ihr Hochmeister war mir zu überheblich und die meisten der Männer so ungehobelt, als kämen sie aus dem Bauernstand und nicht aus dem Adel.«

»Passau? Das liegt doch am Donaustrom!«, rief Ümit aus.

Der andere nickte. »So ist es! Du reitest am besten die Rott entlang und folgst nach deren Mündung in den Inn-Fluss diesem bis nach Passau. Aber sag, was hast du mit diesem überheblichen Gesindel zu schaffen?«

»Sie sind mir noch das Geld für zwei Pferde schuldig«, antwortete Ümit grinsend und reichte dem Jungen den Becher zurück. »Da ich das eine Pferd verkauft habe, werde ich aufbrechen. Behüt Euch Gott!«

Diese Grußformel hatte er auf seinem bisherigen Ritt gelernt und fand sie unverfänglich genug, da mit Gott auch Allah gemeint war.

Seltsam zufrieden, obwohl er seinen Hengst verloren hatte, schwang Ümit sich in den Sattel der Stute, winkte dem Verwalter noch einmal zu und ritt los. An einer der Garküchen, an denen Weiber gebratenes Fleisch und Würste anboten, erstand er genug Vorrat, um mit seinen letzten Begleitern zwei Tage lang satt zu werden. Erst, als er den Packen in einer seiner Satteltaschen verstaute, begriff er, dass er nicht darauf geachtet hatte, ob das Fleisch vom Schwein stammte oder von einem Rind. Da sie jedoch essen mussten, beschloss er, Mahsun zu verschweigen, dass es sich um Schweinefleisch handeln konnte. Dem Priester war es ohnehin gleichgültig. Mit diesem Gedanken verließ Ümit den Ort und kehrte zu seinen Gefährten zurück.

7.

Die Begegnung mit Isabelle de Melancourt, dem Hochmeister Leopold von Gordean sowie mit Ümits kleinem Trupp, der Gordeanus und seinen Leuten gefolgt war, brachte den Gaukler und Hausierer Nepomuk ins Grübeln. Da war zunächst einmal der Auftrag, den Isabelle ihm erteilt hatte. Er sollte herausfinden, was es mit diesem Orden auf sich hatte, dessen Mitglieder sich die Ritter des Hammers vom Heiligen Kreuz zu Jerusalem nannten.

Nepomuk war weit in der Welt herumgekommen, doch von einem solchen Ritterorden hatte er noch nie gehört. Aus dem Ausland konnten diese Männer jedoch nicht stammen, denn sie sprachen Deutsch in einer Weise, die darauf hindeutete, dass es sich um ihre Muttersprache handelte. Aber es gab nicht viele Ritterorden im Reich. Da waren die Johanniter und der Deutsche Ritterorden zu Preußen und noch zwei kleinere, deren Namen er vergessen hatte und die auch keine große Rolle spielten. Keiner dieser Orden benutzte jedoch ein Kreuz, das mehr wie ein Hammer aussah.

»Anne, irgendetwas stimmt hier nicht«, sagte er zu seiner Stute, als er auf Mühldorf zuhielt. »Schade, dass du den Wagen nicht schneller ziehen kannst. Ich hätte der ehrwürdigen Mutter Isabelle gerne berichtet, dass dem Hochmeister noch andere Reiter folgen. Kannst du mir sagen, wer diese Männer sein könnten? Sie sahen aus wie Bauern – oder, besser gesagt, sie trugen deren Kleidung. Aber drei von ihnen müssen Krieger sein. Außerdem ritten sie ungewöhnlich gute Pferde, wie man sie in diesen Landen nur

selten findet. Da ist was im Schwange, was mir gar nicht gefällt – und der ehrwürdigen Mutter wird es gewiss ebenso wenig gefallen.«
Natürlich erhielt er von seinem Maultier keine Antwort. Anne zuckelte gemütlich vor dem Karren dahin und hielt erst am Südtor von Mühldorf an.
Die Wachen kannten Nepomuk und grinsten, als sie ihn sahen. »Na, du zu kurz geratener Riese, auch mal wieder in dieser Gegend?«, fragte einer.
Nepomuk nickte ernsthaft. »Eine weise Frau hat mir prophezeit, dass das Bier in eurer Stadt die wundertätige Eigenschaft hat, bei einem Mann entweder die Gestalt oder den Verstand wachsen zu lassen. Bei mir muss es wohl der Verstand sein, der hier wächst, denn an meinen Knochen merke ich nichts.«
Er erntete ein gutmütiges Lachen, dann fragte einer der Stadtwachen, ob er Ware bei sich habe, die zu verzollen sei. »Weißt du«, setzte er hinzu, »wir wollen nichts Bairisches in die Stadt lassen, ohne dass dafür bezahlt wird! Unser Herr Fürstbischof in Salzburg braucht Geld, und der Rat der Stadt nicht weniger. Es gilt, die Mauern instand zu halten, falls der Landshuter Herzog wieder einmal glaubt, uns einsackeln zu können. Aber da hat er sich getäuscht! Der soll an seiner Isar bleiben und uns hier am Inn in Ruhe lassen.«
»Diesmal habe ich keine Waren, sondern nur Botschaften, die ich überbringen muss«, antwortete Nepomuk und verschwieg, dass unten in seinem Wagen durchaus ein paar Waren lagen, für die ihm der Stadtkämmerer gerne einen halben oder gar einen ganzen Gulden abnehmen würde.
Zu seiner Erleichterung warfen die Stadtknechte nur einen flüchtigen Blick in seinen Karren und ließen ihn weiterfahren. Doch schon nach wenigen Schritten hielt Nepomuk an und drehte sich zu ihnen um.
»Eine Frage hätte ich noch. Mir sind vorgestern ein paar

seltsame Leute begegnet. Eine Gruppe sah aus wie Ordenskrieger, aber mit einem ganz komischen Kreuz auf ihren Umhängen und Waffenröcken.«

Einer der Stadtwächter nickte eifrig. »Ja, die sind gestern durch die Stadt gekommen, aber nirgends eingekehrt. Ihr Anführer hat nur mit dem hochwürdigen Priester von Sankt Nikolaus gesprochen. Später müssen diese Leute weiter im Norden einen ziemlichen Aufruhr verursacht haben. Es war von Raub, Kampf und Toten die Rede. Mein Schwager hat es auf dem Heimweg von Neumarkt gehört. Dorthin sollen die Leute unterwegs gewesen sein.«

Selbst wenn er die Hälfte als Übertreibung dieses Mannes ansah, hörte es sich nicht gut an, dachte Nepomuk. Wahrscheinlich hatte der Hochmeister Isabelles Gruppe eingeholt und angegriffen. Er konnte nur hoffen, dass seine Freundin und deren Begleiter noch am Leben waren.

»Vergelte Gott dir die Auskunft. Ich kann es nicht«, antwortete er mit mühsamer Beherrschung und fuhr weiter. Eigentlich hatte Nepomuk in Mühldorf übernachten wollen. Doch nun trieb die Unruhe ihn vorwärts. Er fuhr den langgezogenen Marktplatz entlang und verließ die Stadt durch das große Tor auf der anderen Seite.

Anne blies protestierend die Luft durch die Nüstern, denn sie hatte erwartet, sich ein wenig ausruhen und fressen zu können. Nun aber musste sie den steilen Abhang bewältigen, der sich vor Mühldorf erhob, und bedachte deshalb ihren Herrn mit einigen scheelen Blicken.

»Ja, ich weiß! Das gefällt dir nicht, meine Gute. Aber wir müssen uns sputen. Ich will erfahren, ob der ehrwürdigen Mutter etwas zugestoßen ist. Bei Gott, sie war immer so freundlich zu mir und hat mich nie fühlen lassen, dass ich nur ein krummbeiniger Zwerg bin, den der Herrgott gut zwei Fuß zu kurz geraten ließ.«

Nepomuk weinte ein paar Tränen, als er an Isabelle dachte,

und verfluchte deren Verfolger. Die hatten ihm bereits gezeigt, was für elende Kerle sie waren, als sie ihn mit dem Wagen im Straßengraben zurückgelassen hatten.
Es dämmerte bereits, als er Gumattenkirchen erreichte. In dem Dorf war man Leute wie ihn nicht so gewohnt wie in der Stadt, und so liefen ihm Dorfbuben nach. Er hörte so manches Spottwort, behielt aber die mühsam eingeübte fröhliche Miene bei. Als er zur Kirche kam, standen dort etliche Bewohner beisammen und redeten eifrig aufeinander ein.
»Grüß euch Gott!«, rief Nepomuk. »Könnt ihr mir sagen, wo ich ein Plätzchen finde, an dem ich übernachten kann? Ich esse nicht viel, auch wenn es nicht so aussieht.« Der Witz verfing, denn die Leute lachten, und der Schmied, ein breitschultriger, einäugiger Mann mit einer verrußten Lederschürze kam auf ihn zu.
»Du kannst bei mir bleiben! Ein Stück Brot für dich und etwas Gras für deinen Maulesel habe ich übrig.«
»Anne ist ein Maultier und kein Maulesel, denn ihre Mama war ein Pferd«, korrigierte Nepomuk den Schmied.
»Auch gut!«, meinte dieser und wies auf ein Gebäude gleich neben dem Kirchhof. »Du kannst deinen Maulesel dort abschirren. Futter findest du hinten am Schuppen. Wir essen auch gleich, ich will nur noch hören, was der Landshuter Bote erzählt.«
Nepomuk nickte und wollte schon zur Schmiede hinüberfahren, als die Worte Ordensritter und Reliquiendiebe fielen. Neugierig geworden, blieb er stehen und spitzte die Ohren.
»Der herzogliche Richter zu Neumarkt hätte diese dreisten Schurken um ein Haar zu fassen gekriegt, doch sie haben sich gerade noch rechtzeitig über die Grenze seines Bezirks geflüchtet. Aber Seine Exzellenz, der Hochmeister der Ordensritter, ist ihnen auf den Fersen. Der wird schon dafür sorgen, dass dieses Gesindel seine gerechte Strafe erhält!«, berichtete der Bote eben.

»Was ist denn da passiert?«, fragte Nepomuk verwundert.
»Hast du es noch nicht gehört?«, sagte der Schmied. »Ein paar Lumpenhunde wollten den heiligen Florian von Kirchisen stehlen. Aber wir sind ihnen hinterher, und so mussten sie ihn wieder hergeben. Wenn wir die erwischt hätten, wäre es ihnen schlimm ergangen. Einen hat der Hans dann doch noch mit seinem Dreschflegel erwischt. Er glaubt nicht, dass der noch einmal aufsteht – der Getroffene, meine ich, nicht der Hans!«
»Das ist ja eine wilde Geschichte!« Nepomuk musste seine Verblüffung nicht einmal spielen, und er fragte sich, worauf Isabelle de Melancourt sich da eingelassen hatte.
»Seine Exzellenz, der Hochmeister, meinte, dass die Schurken nach Passau fliehen wollen, um dem Gericht unseres Herzogs zu entkommen. Aber das wird ihnen auch nichts helfen«, erklärte der Bote, dem es gar nicht gefiel, dass ein anderer als er von diesem schrecklichen Verbrechen berichtete, auch wenn es nur ein paar Steinwürfe von hier entfernt geschehen war.
»Passau!« Der Name brannte sich wie mit glühenden Lettern in Nepomuks Gehirn, und er hatte das Gefühl, Isabelle de Melancourt würde seine Hilfe brauchen, so unwahrscheinlich das auch scheinen mochte. Um nicht aufzufallen, ereiferte er sich ebenfalls über den versuchten Heiligenraub und führte Anne dann zur Schmiede, spannte das Tier aus und warf ihm etwas Futter vor. Wenig später erschien der Schmied.
Etwas mehr als Brot gab es dann doch zum Abendessen, und als Nepomuk ein paar Schwänke von sich gab, die er unterwegs erlebt haben wollte, waren alle im Haus zufrieden. Am nächsten Morgen brach er beizeiten auf und lenkte Anne auf dem kürzesten Weg in Richtung Passau. Im Allgemeinen hätte er mindestens vier Tage für die Strecke gebraucht, doch diesmal wollte er es in drei schaffen – und selbst das schien ihm noch zu lang.

8.

Da Marie und ihre Begleiter rasch reisten und größere Orte mieden, bekamen sie von dem Aufsehen, das sie bei Mühldorf erregt hatten, nichts mit. Allerdings schwand das Interesse der Menschen, je weiter sie sich von dem Schauplatz des Geschehens entfernten, und zuletzt war nur noch Gordeanus darauf erpicht, sie mit aller Macht zu verfolgen.

Dem Hochmeister war es bisher nicht gelungen, den Vorsprung, den Maries Gruppe besaß, zu verkürzen oder gar einzuholen. Erst als Passau schon nahe war, erfuhr Gordeanus, dass die Gesuchten nur ein Dorf weiter übernachtet hatten und vor weniger als einer Stunde aufgebrochen wären.

»Heute holen wir sie ein!«, rief er Eusebius zu und ritt weiter, ohne sich bei den Bewohnern für die Auskunft zu bedanken.

Eusebius, der ihm dichtauf folgte, hatte den Zügel von Adelinas Stute an seinen Sattel gebunden, so dass das Tier mit der Geschwindigkeit mitlaufen musste, die der Hochmeister vorgab. Für die Nonne war es Tag für Tag eine Folter, und sie wimmerte bei jedem Schritt, den die Stute tat, doch Gordeanus nahm nicht die geringste Rücksicht auf seine Begleiterin.

»Ich wollte, ich würde sterben«, jammerte sie unter Tränen, als der Hochmeister in den Galopp überging. Hätte Eusebius sie nicht mit einem Strick auf ihrem Sattel festgebunden, wäre sie wie ein Ball auf und niedergehüpft und bald vom Pferd gefallen.

»Ist es so schlimm?«, fragte Eusebius, der von Jugend an das Reiten gewohnt war und sich nicht recht vorstellen konnte, wie es Adelina erging. Ihr Hinterteil und ihre Schenkel waren durch das ständige Sitzen im unbequemen Sattel wund gerieben, so dass sie das Gefühl besaß, auf rohem Fleisch zu sitzen.

»Ist es noch weit bis Passau?«, wollte sie wissen, ohne auf seine Frage einzugehen.

»Wenn wir weiterhin so schnell reiten, werden wir die Stadt bald erreichen.« Eusebius war früher schon einmal in der Gegend gewesen und konnte feststellen, wie nahe sie dem Bischofssitz bereits gekommen waren.

»Der Heiligen Jungfrau sei Dank! Ich hoffe, es hat dann alles ein Ende.«

»Das hoffe ich auch!«, antwortete Eusebius mit einem aufmunternden Lächeln.

Er war sicher, dass Raoul de Melancourt den Gral in dieser weithin bekannten und hoch angesehenen Stadt verborgen hatte. Passau war nicht nur der Sitz eines Bischofs, sondern auch das Zentrum eines geistlichen Fürstentums und ein bedeutender Handelsplatz.

»Auf jeden Fall werdet Ihr dort fromme Nonnen treffen, die sich um Euch kümmern werden«, setzte Eusebius hinzu.

»Sie werden sich vor allem um den Körperteil kümmern müssen, über den man nicht spricht«, gab Adelina mit einem Rest ihres einstigen Humors zurück. »Allerdings sollte dieser nicht sofort wieder mit einem Sattel in Berührung kommen. Ihr könnt Euch nicht vorstellen, wie das schmerzt.«

Die Nonne warf Gordeanus einen bitterbösen Blick zu und sah dann Eusebius dankbar an. »Ich bin froh, dass Ihr so gut für mich sorgt. Sonst würde ich diesen Strick lösen und mich in der Hoffnung vom Pferd stürzen, mir dabei das Genick zu brechen, obwohl das wahrhaft nicht im Sinne unseres Herrn Jesus Christus ist. Es käme einem Selbstmord nahe, und der führt unsereins direkt in die Hölle. Allerdings weiß ich im Augenblick nicht, ob ich nicht Satans Gesellschaft der des Hochmeisters vorziehen würde.«

Noch am Chiemsee hatte Adelina in Gordeanus einen Auserwählten des Himmels gesehen. Mittlerweile träumte sie nachts von ihren ermordeten Mitschwestern und spürte die Rücksichtslosigkeit dieses Mannes am eigenen Leib.

Eusebius lachte kurz auf, schüttelte dann aber den Kopf. »Das dürft Ihr nicht sagen! Wir sind immerhin auf der Suche nach dem Heiligen Gral und dürfen nicht zulassen, dass er in die falschen Hände gerät.«

»Ich frage mich, ob die Hände meiner ehemaligen Äbtissin wirklich die falschen wären! Immerhin brachte ihr Ahne dieses kostbare Gefäß in diese Lande.«

»… und verbarg es vor den Menschen wie ein eifersüchtiger Mann sein schönes Weib!«, wandte Eusebius ein.

»Wenn ich Männer wie Gordeanus und einige andere so ansehe, dann muss ich mir sagen, dass Raoul de Melancourt gut daran tat, den Gral vor solchen Menschen zu verbergen. Selbst wenn der Hochmeister ihn findet, wird kein Segen auf seinem Tun liegen. Erinnert Euch, dass der Heilige Gral schon mehrmals gefunden wurde und immer wieder entschwand, weil jene, die ihn besaßen, sich als unwürdig erwiesen haben.«

Der harte Ritt und die Schmerzen hatten Adelinas Stimmung getrübt, so dass sie ihrem Herzen Luft machen musste. Auch Eusebius kämpfte mit seinen Zweifeln, doch er hatte seinem Hochmeister Treue geschworen, und diesen vor Gott gesprochenen Eid musste er halten.

»Gleich sind wir in Passau, und dort könnt Ihr Euch erholen. Seine Exzellenz wird gewiss den Fürstbischof aufsuchen, damit dieser ihm die Erlaubnis erteilt, im Dom nach der Statue des heiligen Florian zu suchen. Täte er es ohne Leonhard von Laimings Wissen, würden uns dessen Kriegs-

knechte schlichtweg verhaften.« Eusebius stellte sich bei seinen Worten das dumme Gesicht vor, das Gordeanus in einem solchen Fall ziehen würde, und musste lachen.
»Was habt Ihr?«, fragte Adelina verwundert, denn der Ritter hatte eben noch die gleiche trübe Laune gezeigt wie sie selbst.
»Oh, nichts!«, antwortete Eusebius und wies nach vorne. Dort war bereits die Stadt zu erkennen. Die Türme ihrer Kirchen ragten wie Säulen des Glaubens in den Himmel, und dahinter schimmerte das Wasser der Donau in einem silbernen Licht. Die Szenerie wurde von der mächtigen Veste Oberhaus gekrönt, die sich auf dem steilen Hügel jenseits des Stromes erhob.
»Wir haben es gleich geschafft!«, rief Eusebius erleichtert aus und hörte im nächsten Augenblick seinen Anführer fluchen.
»Diese elenden Hunde! Sie sind uns doch zuvorgekommen.«
Nun entdeckte auch Eusebius den kleinen Trupp, der eben das Stadttor passierte. Zwar waren nicht mehr alle Reiter zu sehen, doch es handelte sich ganz offensichtlich um Isabelle de Melancourt und deren Begleiter. Diese hatten das Wettrennen von Kirchisen hierher um weniger als das Viertel einer Stunde gewonnen.
»Was machen wir jetzt?«, fragte Eusebius den Hochmeister. »In Passau wird uns das Schreiben eines bairischen Richters wenig helfen.«
Dieser wandte sich mit einer hochmütigen Geste zu ihm um. »Der Diebstahl einer Reliquie oder Heiligenstatue ist überall ein Verbrechen. Wir haben den Beweis, dass diese Leute einen solchen Frevel begangen haben. Wohl können wir sie nicht mit eigener Hand bestrafen, doch die Waffenknechte des Fürstbischofs werden es für uns tun. Folgt mir!«

Mit diesen Worten ritt Gordeanus auf das Tor zu und hielt kurz darauf vor den Torwachen an.
Da Leonhard von Laiming als Kandidat des Herzogs Heinrich XVI. Fürstbischof von Passau geworden war, gab es an den Grenzen des Hochstifts keine Konflikte. Daher konnte Gordeanus mit seinen Ordensrittern unbehelligt in die Stadt einreiten, nachdem er kurz seinen Namen genannt und erklärt hatte, den Fürstbischof aufsuchen zu wollen.
Der Trupp ritt die schmalen Gassen der Stadt zum Domhügel hinauf, ließ den Dom aber zur Linken liegen und machte vor der Stadtresidenz des Fürstbischofs halt. Mehrere Diener eilten herbei, gefolgt von Leonhard von Laimings Kammerherrn, der wissen wollte, welche Gäste eingetroffen waren.
Gordeanus blickte vom Sattel aus auf den Mann nieder, dessen Wams und gewebte Hosen anzeigten, dass er kein Kirchenmann war, sondern dem Laienstand angehörte. »Ich bin Leonhard von Gordean, genannt Gordeanus, Hochmeister der Ritter des Hammers vom Heiligen Kreuz zu Jerusalem. Dies hier sind meine Ordensritter, alle von adeligem Stand und bereit, das Schwert gegen die Ungläubigen zu ziehen.«
»Hier in Passau werdet Ihr keine Ungläubigen finden«, erklärte der Höfling.
»Ich will mein Schwert auch nicht hier in Passau ziehen, obwohl es nötig wäre. Sind doch verruchte Reliquienschänder in diese Stadt gekommen, Schurken, die ich von den Ufern des Khimus Lacus bis hierher verfolgt habe!«
Gordeanus' Arroganz verfing, denn der Höfling bekreuzigte sich erschrocken. »Was sagt Ihr da?«
»Hier ist der Bericht des herzoglich-bairischen Richters von Neumarkt an der Rott, der die Verbrechen dieser Leute bekundet hat.« Der Hochmeister reichte dem Kammerherrn das Schreiben.
Dieser las es mit wachsendem Entsetzen und bekreuzigte

sich erneut. »Man sollte nicht glauben, dass es solche Schurken auf der von Gott geschaffenen Erde gibt!«

»Sie müssen sofort verhaftet werden. Leitet es in die Wege!«, befahl Gordeanus.

Der Kammerherr nickte und wollte schon loseilen, blieb aber nach ein paar Schritten stehen und wandte sich noch einmal dem Hochmeister zu. »Verzeiht, doch es kommen viele Reisende in unsere Stadt. Wie kann ich wissen, ob ich die richtigen Leute festsetzen lasse?«

»Mein Stellvertreter, Ritter Eusebius, wird sie Euch zeigen. Lasst inzwischen mir und meinen Begleitern ein Quartier zuweisen, ebenso der ehrwürdigen Mutter Adelina, die mit uns reist.«

»Das wird geschehen«, rief der Höfling und winkte einen anderen Mann zu sich, der sich neugierig genähert hatte. »Herr Schrophanus, nehmt Euch bitte Seiner Exzellenz und seiner hochlöblichen Ritter an. Ich werde unterdessen die Christenheit von ein paar dreisten Halunken befreien.«

Während der angesprochene Edelmann eine Verbeugung vor Gordeanus andeutete und diesen bat, ihm zu folgen, stieg Eusebius seufzend aus dem Sattel. Er hatte sich nach dem langen, harten Ritt auf einen Becher Wein und ein Stück Braten gefreut, doch darauf würde er vorerst verzichten müssen. Bevor er dem Kammerherrn folgte, hob er noch Schwester Adelina aus dem Sattel und lächelte ihr aufmunternd zu.

»Ruht Euch jetzt aus und lasst eine heilkundige Nonne oder Hebamme rufen, damit sie Euch an einer gewissen Stelle verarzten kann.«

»Eusebius! Was stehst du hier noch herum?«, gellte die zornige Stimme des Hochmeisters auf.

»Ich bin schon unterwegs!« Eusebius eilte mit langen Schritten hinter dem Kammerherrn her und holte ihn ein, bevor dieser in eine Seitengasse abbog.

»Seine Exzellenz hält Euch ja ganz schön auf Trab«, meinte der Passauer verwundert.
»Wer Gott und dem Heiland dient, darf nicht säumen«, antwortete Eusebius und wurde auf einmal von der Erinnerung an Judas Ischariot gequält, der Jesus Christus für dreißig Silberlinge an die Häscher verraten hatte. War er besser als jener, fragte er sich, weil er nun Isabelle de Melancourt und deren Begleiter den Passauer Kriegsknechten auslieferte? Schließlich hatten diese nichts anderes getan, als auch sein Hochmeister getan hätte, wäre er vor ihnen in Kirchisen gewesen.
Seine Gewissensbisse quälten Eusebius so sehr, dass er Mühe hatte, die Fragen des Kammerherrn zu beantworten. Zu seiner Erleichterung erreichten sie bald das Heim des städtischen Richters. Diesem genügte die Erklärung des Höflings, dass schlimme Schurken in der Stadt seien und Ritter Eusebius seinen Männern diese zeigen könne. Kurzerhand befahl er einem seiner Untergebenen, zwei Dutzend Kriegsknechte zu holen.
»Wir wollen doch nicht, dass diese Gotteslästerer uns entkommen«, sagte er mit grimmiger Miene. »Die Kerle werden ihr Verbrechen auf dem Scheiterhaufen büßen!«
Als er diese Drohung vernahm, dachte Eusebius ernsthaft darüber nach, während der Suche nach Isabelle de Melancourt zu behaupten, sie nicht zu erkennen. Doch dem stand der strenge Befehl seines Oberhaupts entgegen. Also wartete er, bis genügend Kriegsknechte herbeigerufen worden waren, und forderte dann den Richter auf, ihm alle Herbergen zu nennen, die Reisende von Stand aufzusuchen pflegten.
»Sie werden wohl zuerst ihre Pferde abstellen und etwas essen, bevor sie sich umsehen«, erklärte er und vermied im letzten Augenblick das Wort Dom. Es hätte die beiden Passauer Herren noch mehr erzürnt, wenn sie annehmen muss-

ten, dass die gesuchte Äbtissin auch im Dom nach einer Heiligenfigur suchen würde.

»Herbergen gibt es in Passau zuhauf. Hier im Dombezirk werden sie allerdings kaum Quartier genommen haben, denn hier erhalten nur auswärtige Kleriker und Gäste Seiner Hoheit, des Fürstbischofs, und des Domkapitels Unterkunft«, antwortete der Richter und wählte eine schmale Gasse, die zur Donau hinunterführte.

»Wer etwas zu verbergen hat, kehrt in den Schenken am Ufer ein. Einige sind bereits arg verrufen, weil sich dort Diebe und Huren herumtreiben – und Scharlatane, die leichtgläubigen Bürgern mit Dreck versetztes Schweineschmalz als Medizin verkaufen, welche angeblich gegen alle Krankheiten und sogar gegen den Tod helfen soll!«

Seinem Tonfall zufolge war der Richter wohl selbst einmal auf einen solchen Wunderdoktor hereingefallen. Nun sah er die Gelegenheit, es den Wirten, die diese Leute beherbergten, heimzahlen zu können.

»Wir nehmen jeden mit, der uns verdächtig erscheint«, wies er den Unteroffizier an, der die Waffenknechte anführte.

Dieser – ein großer, wuchtig gebauter Mann mit schütterem, rötlichem Haar – grinste übers ganze Gesicht. »Das werden wir, Herr Richter! Von denen wird keiner entkommen.«

Den hat wohl auch schon einmal ein Wunderdoktor geprellt, dachte Eusebius mit bitterem Spott.

Da tauchte der Strom vor ihnen auf. Das Wasser floss rasch und führte viel Treibgut mit sich. Wie es aussah, hatte es weiter stromaufwärts kräftig geregnet.

Am Ufer lagen unzählige Plätten und Zillen, einige leer, die meisten aber voll beladen. Die Schiffer sahen nicht gerade glücklich aus, denn bei der starken Strömung war es sinnlos, stromaufwärts zu fahren, und in Richtung Linz und Wien behinderte das Treibgut die Fahrt.

Als die Männer den Richter und seine Waffenknechte entdeckten, verdrückten sich viele in die Seitengassen, denn nicht wenige hatten wertvollere Güter geladen als die, die sie beim Hafenmeister angegeben hatten. Daher nahmen sie an, der Aufmarsch der Soldaten würde ihnen gelten.

Der Richter musterte einige der Männer, und es zwickte ihm in den Fingern, diese festzunehmen, doch ihm war klar, dass er nur dann jemanden verhaften konnte, wenn er unzweifelhafte Beweise in Händen hielt. Der Handel auf Donau und Inn war für die Stadt und damit auch für die Kassen des Fürstbischofs lebenswichtig und durfte nicht durch eine unbedachte Aktion gestört werden.

»Das dort ist die erste Herberge. Umstellt sie!«, befahl er und wies auf ein Gebäude, dessen dem Strom zugewandter Eingang bereits von den hochgehenden Fluten beleckt wurde. Dann stapfte er mit verbissener Miene durch das Wasser und drang in das Haus ein. Innen war es so dunkel, dass man kaum die Hand vor Augen sehen konnte, obwohl noch ein paar Stunden bis zum Abend fehlten. Aus der Gaststube drang Lärm, der schlagartig erlosch, als die ersten Waffenknechte eintraten. Viel war auch hier nicht zu erkennen, denn es kämpften nur ein paar Unschlittkerzen gegen die herrschende Düsternis an.

Dennoch nahm Eusebius wahr, dass sich keiner der Gesuchten in dem Raum aufhielt, und schüttelte den Kopf. »Hier ist niemand von denen.«

Der Richter gab sich nicht damit zufrieden, sondern trat auf den Wirt zu, der mit mehreren Bierkrügen in der Hand im Raum stand und nicht so recht wusste, ob dieser Besuch nun ihm selbst galt oder einem Gast.

»Stecken noch irgendwelche Gäste in deinen Kammern?«, fragte der Richter.

»Oh nein!«, antwortete der Wirt, obwohl sich einige Gäste mit seinen Huren nach oben verzogen hatten. »Das hier sind alle, die unter meinem Dach weilen.«

»Seht nach!«, forderte der Richter Eusebius auf, der sich nun endgültig wie ein Büttel fühlte.
Der Ritter stieg die schmale Treppe hinauf und öffnete die erste Tür. Die Kammer war leer, ebenso die nächste. Aus der dritten klang hastiges Stöhnen und das anfeuernde Rufen einer Frau. Da es eine Täuschung sein konnte, schaute Eusebius auch dort hinein, sah aber nur einen Mann, der mit heruntergelassenen Hosen auf einer nackten Frau lag und mit ihr das älteste Spiel der Welt trieb. Da diese nicht die geringste Ähnlichkeit mit Isabelle de Melancourt aufwies, schloss Eusebius die Türe wieder, bevor die beiden ihn bemerkten, und wandte sich der letzten Kammer zu. Auch dort waren ein Mann und eine Frau dabei, Adam und Eva zu spielen, und fühlten sich von ihm gestört.
»He, was soll das?«, fuhr der Mann ihn an. »Wenn du ein Weib willst: Unten ist mehr als eine, die dir für ein paar Pfennige als Stute dient!«
Dann machte er weiter, und die Frau streckte Eusebius die Zunge heraus.
Der Ordensritter verließ mit hochrotem Kopf die Kammer und stieg wieder hinab. »Oben habe ich sie auch nicht gefunden«, sagte er zu dem Richter und dachte daran, dass er nur Isabelle de Melancourt und einen der Knechte näher kennengelernt hatte. Von deren Begleitern waren ihm nur ein Weib und zwei Männer begegnet, aber die hatte er sich nicht näher anschauen können. Den Rest kannte er lediglich aus den Beschreibungen derer, die sie nach der Äbtissin und ihrer Gruppe befragt hatten. Keiner der beiden Männer oben und auch keine der Huren entsprachen auch nur im Entferntesten dem Bild, das er sich selbst von den Gesuchten machte.
»Weiter!«, herrschte der Richter seine Untergebenen an und trat durch den noch trockenen Hinterausgang ins Freie.
Seine Waffenknechte eilten los und umstellten das nächste

Gasthaus. Dabei machten sie so viel Lärm, dass Eusebius innerlich abwinkte. Wenn Isabelle de Melancourt und ihre Leute diesen Aufruhr vernahmen, würden sie gewarnt und konnten fliehen. Beinahe wünschte er sich, dass es so käme, als er dem Richter in das Gebäude folgte.

9.

Marie, Isabelle und ihre Begleiter waren erleichtert gewesen, endlich Passau vor sich zu sehen. Mit dem Gedanken, sich ein paar Tage Zeit lassen zu können, lenkte Michel seinen Hengst zur Donau und suchte dort eine Herberge auf, die ihren Pferden einen festen Stall und gutes Futter, ihnen selbst aber Kammern ohne Wanzen und Flöhe versprach. Ein reichliches Mahl und guter Wein war ihnen dort ebenfalls sicher.

Da ihre Kleidung unterwegs gelitten hatte, empfing der Wirt sie mit zweifelnder Miene. »Die Herrschaften sind wohl schon lange unterwegs?«, begann er, als Michel drei Kammern für die Frauen, für sich, Hartwin und Krispin sowie für die Knechte verlangte.

»Das kann man wohl sagen«, antwortete Marie lachend. »Solltest du eine Frau wissen, die geschickt mit Nadel und Faden umzugehen versteht, sowie einen Händler, der gutes Tuch zu verkaufen hat, so nenne sie uns, damit wir uns neue Kleidung machen lassen können.«

»Kleider kosten Geld«, meinte der Mann ohne Umschweife. Maries und Michels Reisekasse war mittlerweile alles andere als prall gefüllt. Trotzdem begriffen sie, dass sie zumindest einen Teil ihrer Kleidung austauschen mussten. Vor allem Donatas Kutte eignete sich mehr für eine Vogelscheuche denn für eine Nonne. Auch Michel und sie selbst sahen allmählich wie Landstreicher aus, denn sie hatten sich nur für die kurze Reise nach Würzburg ausgerüstet und nicht für die vielen Meilen, die sie seitdem hinter sich gebracht hatten. Marie schüttelte ihre Börse und sah die Augen des Wirts beim sanften Klang der Goldmünzen aufleuchten. »Für Unterkunft und Kleidung wird es noch reichen«, sagte sie und schritt an dem Mann vorbei in die Gaststube. Diese war gut besucht, aber sie entdeckte am anderen Ende noch einen freien Tisch und setzte sich dort auf einen Stuhl.

»Bring einen großen Krug Wein und Becher für uns alle«, befahl Michel, während er neben Marie Platz nahm.

»Wir haben auch Hunger mitgebracht!« Hartwin lachte und klopfte auf seinen Bauch, der sich tatsächlich äußerst leer anfühlte.

»Gewiss, gewiss«, erklärte der Wirt und verschwand, um das Verlangte zu bringen.

»Was machen wir als Nächstes?«, fragte Isabelle.

Marie zuckte mit den Achseln. »Erst einmal etwas essen und trinken. Danach werden wir weitersehen.«

Isabelle schüttelte sich, als hätte ein kalter Hauch sie gestreift. »Ich würde die Sache gerne rasch hinter uns bringen.«

»Wir sollten uns vorher wieder in ehrliche Christenmenschen verwandeln. Meine Hose ist schon fast durchgewetzt, und Krispins linker Ärmel hängt in Fetzen«, wandte Michel ein und zwinkerte Marie zu. »Du siehst auch eher aus wie eine Räuberbraut, und Donata braucht dringend eine neue Kutte.«

»Ich will aber keine mehr tragen!«, protestierte das Mädchen.

»Das gehört sich auch nicht«, warf Hartwin ein, »denn schließlich ist sie durch den Dispens des Papstes aus ihrem Orden entlassen und in den Laienstand zurückgekehrt.«

Obwohl es stimmte, zuckte Donata zusammen. Dieser Dispens war nur deshalb erteilt worden, damit Hartwin sie heiraten konnte. Doch genau das wollte sie nicht, und so warf sie Krispin einen hilfesuchenden Blick zu.

Dieser rutschte unbehaglich auf seinem Platz hin und her.

Bisher hatte er alle Damen von Adel verachtet, doch sowohl Isabelle als auch Donata hatten sich ihm gegenüber während ihrer Reise freundlich und hilfsbereit gezeigt und kein einziges schlechtes Wort über einen Bastard wie ihn verlauten lassen. Zudem gebot ihm seine Ehre, die Frauen nicht im Stich zu lassen. Auf das Teufelchen im Innern, das ihm zuflüsterte, sich unsterblich in Donata verliebt zu haben, wollte er nicht hören. Dennoch musste er sie immer wieder anschauen.

Sie war wirklich ausnehmend hübsch. Selbst die fleckige und an den Säumen bereits verschlissene Kutte konnte nicht verbergen, dass sie nicht nur ein liebliches Gesicht, sondern auch eine gute Figur aufzuweisen hatte. Aber davon durfte er sich nicht verlocken lassen und kopflos werden. Wenn er ihr half, der ungeliebten Ehe mit Hartwin zu entkommen, würde er niemals nach Würzburg zurückkehren können, sondern ein heimatloser Landstreicher werden, der zudem für eine Frau zu sorgen hatte, der Besseres zustand als Wasser und Brot.

»Wir sollten die Sache hinter uns bringen und uns dann Gedanken machen, was zu geschehen hat«, sagte er nachdenklich.

Donata verstand seine Bemerkung so, dass er nach dem Auffinden des angeblichen Grals bereit war, ihr zur Flucht zu verhelfen, und lächelte erleichtert.

Anders als die beiden jungen Leute dachte Isabelle weniger an die Zukunft als an die Gegenwart. »Wir sollten nicht zu lange zögern. Ich habe ein sehr schlechtes Gefühl.«

»Wir können nicht einfach in den Dom hineinmarschieren, die Statue des heiligen Florian suchen, sie an uns nehmen und damit verschwinden. Das hat schon in Kirchisen nicht geklappt«, wandte Marie ein.

»Wir können aber in den Dom gehen, sie suchen und uns merken, wo sie steht«, erklärte Isabelle und stand auf.

»Wir sollten wenigstens vorher noch einen Schluck trinken

und etwas essen!« Marie griff nach einem Becher, füllte ihn mit Wein aus dem Krug, den der Wirt ihnen eben hingestellt hatte, und trank durstig.
Auch Isabelle merkte jetzt, wie trocken sich ihre Kehle anfühlte, und tat es ihr nach. Als sie den Becher wieder absetzte, blitzten ihre Augen unternehmungslustig. »Es wird noch etwas dauern, bis der Wirt das Essen bringt. Diese Zeit sollten wir nützen!«
Marie gab es auf, die Äbtissin weiterhin zurückhalten zu wollen, und erhob sich von ihrem Sitz. »Ich gebe nur zu bedenken, dass wir arg abgerissen aussehen.«
»Dann erkennt man uns nicht, wenn wir den Dom später in besserer Kleidung aufsuchen«, antwortete Isabelle mit einem kurzen Auflachen und schritt auf den Ausgang zu. Marie wartete einen Augenblick, ob einer der anderen mitkommen würde. Doch die Männer saßen gemütlich beim Wein, und Donata war viel zu erschöpft, um jetzt noch zum Dom hochsteigen zu wollen.
Als sie im Freien standen, schüttelte Marie den Kopf. »Wenn ich etwas nicht begreifen kann, so ist es die Vorliebe der Männer für Wein! Kaum steht ein voller Becher vor ihnen auf dem Tisch, sind sie zu nichts anderem mehr zu gebrauchen.«
»Ich hatte unterwegs nicht den Eindruck, Euer Gatte sei ein starker Trinker«, meinte Isabelle verblüfft.
»Das ist er auch nicht«, gab Marie zu. »Aber die Männer reden auch, wenn sie trinken, und vergessen darüber die Zeit.«
Isabelle begann zu lachen. »Das tun Frauen auch, und das nicht zu knapp. Im Kloster musste ich aufpassen, dass meine Nonnen die vorgeschriebenen Gebete nicht versäumten.«
»Aber so redefreudig wie Männer sind wir gewiss nicht«, antwortete Marie und lachte ebenfalls.
»Da sind Männer ganz anderer Ansicht. Die nennen uns Frauen schwatzhaft.«
»Das liegt nur daran, dass sie so lange brauchen, um das zu

begreifen, was man ihnen sagen will«, spottete Marie und wich einem Bettler aus, der ihr fordernd die Hand entgegenstreckte.

»Der hat zu viel Mehl im Gesicht, um tatsächlich bleich und krank sein zu können«, sagte sie zu Isabelle. »Außerdem konnte er vorhin, als wir zur Herberge kamen, gehen, ohne so zu hinken wie jetzt.«

»Ihr habt einen scharfen Blick«, rief Isabelle bewundernd.

Das ist kein Wunder, dachte Marie, denn sie war lange Zeit mit dem fahrenden Volk gezogen und kannte die Schliche, die angewandt wurden, um arglosen Bürgern und Bürgerinnen das Geld aus der Tasche zu ziehen.

»Ich sehe es halt«, antwortete sie ausweichend, da sie diese Phase ihres Lebens nicht vor Isabelle ausbreiten wollte.

Unterdessen erreichten sie den Domplatz und traten auf das große Portal zu. Als sie es passieren wollten, kam ihnen eine Edeldame entgegen, die von zwei Frauen und drei Männern begleitet wurde.

»Macht Platz für Ihre Erlaucht«, sagte einer der Männer und stieß Marie beiseite.

Diese prallte gegen Isabelle und brachte sie zu Fall. Wütend fuhr sie herum, um den Kerl zur Rechenschaft zu ziehen, da vernahm sie die verächtliche Bemerkung der Edeldame.

»Es ist eine Schande, dass solchem Bettelgesindel überhaupt erlaubt wird, den Dom zu betreten.«

»Wer hier das Gesindel ist, frage ich mich«, murmelte Marie und half Isabelle auf die Beine. Diese sah der Gruppe nach, die auf eines der Häuser zuging, die den Herren des Domkapitels vorbehalten waren, und schüttelte den Kopf.

»Das war wohl eine dieser feinen Damen, von denen Krispin berichtet hat. Langsam beginne ich ihn und seine Verachtung für solche Weibsbilder zu verstehen.«

»Am liebsten würde ich denen nachlaufen und ihnen für ein paar Pfennige die Meinung sagen«, fauchte Marie.

»Ich auch! Aber wir dürfen hier nicht auffallen. Also vergessen wir die Ziege, auch wenn es uns schwerfällt.«
Isabelle atmete einmal tief durch und trat in den Dom. Innen war es taghell. Unzählige Kerzen brannten, und im Kirchengestühl saßen etliche, die ihrer Kleidung nach zur besseren Bürgerschaft oder gar zum Adel zählten. Auch knieten viele Mönche vor den einzelnen Altären und beteten. Zu ihrer Beruhigung drehte sich kein Einziger zu ihnen um.
Marie und Isabelle tauchten die Fingerspitzen in das Weihwasserbecken und bekreuzigten sich. Danach schritten sie langsam das Kirchenschiff entlang. Es gab zahlreiche Statuen, doch keine davon wies die Attribute des heiligen Florian auf.
»Wo kann er sein?«, fragte Isabelle angespannt.
Marie rieb sich über die Stirn und dachte nach. »Erinnert Euch an Kirchisen. Dort stand die Figur an der dunkelsten Stelle.«
»Hier gibt es aber keine dunkle Stelle«, wandte Isabelle ein. »Außerdem stehen einige Heiligenfiguren sehr hoch auf Sockeln, die in der Wand befestigt sind. An die kommen wir ohne Leiter nicht heran!«
»Vielleicht doch, wenn eine von uns die andere auf die Schultern steigen lässt!« Marie warf den so weit oben stehenden Statuen einen scheelen Blick zu, denn wenn sie zu einer hochklettern mussten, würden sie mit Gewissheit Aufsehen erregen. Sie suchten weiter, fanden aber keine einzige Figur, die der gewünschte Heilige sein konnte.
»Was ist, wenn einer der Fürstbischöfe den Dom ausbessern und einige Statuen hat fortschaffen lassen?«, fragte Isabelle besorgt.
»Dann müssen wir uns in die Magazine und Häuser des Bischofs einschleichen und auf den Speichern danach suchen.« Marie verzog die Lippen zu einem freudlosen Lächeln und bat ihre Lieblingsheilige Maria Magdalena, ihnen dies zu ersparen.

Isabelle sah noch eine andere Gefahr. »Oft werden alte Heiligenfiguren, die in den großen Domen und Kirchen nicht mehr gebraucht werden, in weniger bedeutende Gotteshäuser gebracht und dort aufgestellt. Vielleicht steht unser Florian in einer einsamen Kirche und wird nie mehr gefunden.«

»Ich würde es Gordeanus wünschen, dass er den Rest seines Lebens alle Gotteshäuser im Bistum Passau durchsuchen muss«, antwortete Marie.

Im nächsten Augenblick entdeckte sie im linken Seitenschiff eine Nische mit einer Statue, die unzweifelhaft ein Wasserschaff in der Hand hielt und dieses über einer symbolischen Flamme auszugießen schien.

»Wir haben sie!«, sagte sie und fühlte, wie ihr eine Zentnerlast Steine vom Herzen fiel.

Auch Isabelle atmete erleichtert auf. »Jetzt müssen wir uns nur noch überlegen, wie wir an diese Figur kommen«, flüsterte sie Marie zu.

Diese nickte. »Zum Glück steht sie an einer der abgelegensten Stellen des Domes. Trotzdem können wir sie nicht einfach mitnehmen. Wie war das mit dem Geheimgang?«

»Ich weiß nur, wie man ihn hier im Dom erreicht, nicht aber, wo genau er draußen endet«, erklärte die Äbtissin.

Marie überlegte kurz und nickte ihrer Begleiterin zu. »Dann müssen wir auf dem normalen Weg hereinkommen und wenn nötig durch den Gang verschwinden. Hoffentlich kennen den nicht zu viele. Doch jetzt sollten wir zu unseren Freunden zurückkehren, sonst wird das Essen noch kalt.«

»Das dürfen wir nicht riskieren«, antwortete Isabelle lächelnd.

Die beiden verließen den Dom und gingen mit raschen Schritten abwärts in Richtung ihrer Herberge. Doch ehe sie diese erreicht hatten, vernahmen sie Lärm und rauhe Stimmen, die aus dem Gebäude drangen. Aus einem mulmigen Gefühl heraus fasste Marie die Äbtissin am Ärmel und zog sie in eine Seitengasse.

»Irgendetwas geht hier vor! Daher sollten wir uns besser nicht sehen lassen.«
»Aber …!«, rief Isabelle, verstummte jedoch, als sie sah, wie ein gutes Dutzend Waffenknechte die Herberge stürmte. Der Lärm schwoll noch einmal an, dann wurde es mit einem Mal totenstill.

10.

Michel, Donata und der Rest ihrer Reisegruppe waren gerade beim Essen, als sechs Passauer Waffenknechte die Gaststube betraten. Zwar schaute Michel auf, nahm aber nicht an, dass der Aufzug ihnen gelten würde. Dann aber sah er hinter dem Richter einen Mann in der Kleidung der Hammerkreuzritter eintreten und stieß Krispin mit dem Ellbogen an.

»Achtung, da kommt einer der Kerle!«

Jetzt bemerkte auch Krispin den Ordensritter und langte im ersten Impuls zum Schwertgriff. »Mit sechs Knechten und diesen beiden Laffen müssten wir fertig werden«, meinte er.

»Danach haben wir die gesamten Passauer Waffenknechte am Hals«, warnte Michel und schob sich ein wenig zurück, damit der Schein der Unschlittkerze nicht mehr direkt auf ihn fiel, während Krispin sich vorbeugte, um diese zu löschen.

»Sind sie hier?«, fragte der Richter Eusebius.

Dieser blickte sich um und entdeckte im hintersten Winkel der Gaststube einen Tisch, bei dem einer der daran sitzenden Männer gerade die Kerze ausblies. Dennoch erkannte er den Verräter Stoffel und nahm auch Donatas Kutte wahr. Daher nickte er. »Dort hinten sind sie!«

Sofort gab der Richter, ein hagerer Mann mit dunklem Vollbart und einem langen, dunkelbraunen Wams, seinen Waffenknechten einen Wink. Als diese sich um den Tisch gruppiert hatten, trat auch er vor.

»Im Namen Seiner Hoheit, des Fürstbischofs von Passau! Ihr seid verhaftet!«

Michel hatte weiter seinen Eintopf gelöffelt, um nicht auf-

zufallen. Jetzt hob er scheinbar erstaunt den Kopf. »Wie kommt Ihr auf diesen seltsamen Gedanken? Wir sind harmlose Reisende, die erst heute Eure Stadt betreten haben.«
»Schurken seid ihr!«, blaffte der Richter ihn an. »Legt die Waffen nieder, sonst werdet ihr alle niedergemacht!«
»Jetzt haltet mal die Luft an«, fuhr Hartwin auf. »Ich bin Freiherr Hartwin von Frommberg und als solcher nur dem Gericht des Königs unterworfen, ebenso Reichsritter Michel von Kibitzstein. Euer Bischof hat uns hier überhaupt nichts zu sagen!«
»Bleibt bitte ruhig!«, bat ihn Magister Ambrosius und stand auf. Er deutete eine Verbeugung vor dem Richter an und hob dann mahnend den Zeigefinger. »Ihr seid im Irrtum, guter Mann. Wir befinden uns im Auftrag Seiner Majestät, des Königs, dem auch Euer Fürstbischof untergeordnet ist, auf einer äußerst wichtigen Mission, die keinesfalls behindert werden darf.«
Ambrosius wollte unter sein Wams greifen, um ein Schreiben des Königs herauszuziehen, doch sofort richteten mehrere Waffenknechte ihre Schwerter auf ihn.
»Ihr seid verhaftet«, wiederholte der Richter. »Also ergebt euch, ihr Halunken!«
»Einen Halunken lasse ich mich von einem Hanfstengel wie dir noch lange nicht nennen«, brauste Hartwin auf und zog blank.
Auch Krispin griff zum Schwert, ebenso die Knechte bis auf Stoffel, der versuchte, sich unauffällig von der Gruppe zu entfernen.
Der bullige Unteroffizier stieß ihn jedoch zurück. »Du gehörst auch zu dieser Bande! Leg dein Schwert ab!«
»Aber ich …«, begann Stoffel, begriff aber, dass er kurz davor gewesen war, sich als derjenige zu offenbaren, der die Gruppe an Gordeanus verraten hatte, und kniff die Lippen zusammen.

Michel überlegte, was sie tun konnten. Doch selbst wenn sie die acht Männer überwältigten, standen ihnen anschließend alle Waffenknechte des Bischofs gegenüber. Noch während er nachdachte und Hartwin vor Wut brüllte, drangen weitere Soldaten in die Herberge ein.

»Ihr verfluchten Schurken! Dafür werdet ihr bezahlen«, schrie Hartwin den Richter an. Doch er erkannte, dass Widerstand sinnlos geworden war. Mit einer heftigen Bewegung warf er sein Schwert auf den Tisch, so dass ein Becher und zwei Teller zu Boden fielen.

Auch Michel legte sein Schwert nieder, und nach einem kurzen Zögern folgte ihm Krispin.

»Es sind einfach zu viele für uns«, murmelte er enttäuscht.

»Zumal da draußen noch weitere Waffenknechte versammelt sein dürften.« Obwohl Michel sich über die Situation ärgerte, war er nicht übermäßig besorgt, weil er annahm, es würde dem Magister gelingen, dem Richter – und wenn nicht diesem, so doch dem Bischof – klarzumachen, dass sie in König Sigismunds Auftrag hierhergekommen waren.

Es wurde trotzdem noch recht laut in der Herberge, denn der Wirt forderte die Begleichung der ausstehenden Zeche und beteuerte gleichzeitig, die Gruppe nie zuvor gesehen zu haben und an deren Verbrechen unschuldig zu sein.

Michel warf ihm mit angewiderter Miene ein paar Münzen hin und wandte sich dann an den Richter. »Herr Hartwin und ich verlangen, als freie Lehensmänner Seiner Majestät, des Herrschers des Heiligen Römischen Reiches der Deutschen, mit Seiner Hoheit, dem Fürstbischof, sprechen zu können.«

»Du hast überhaupt nichts zu verlangen!«, brüllte ihn der riesenhafte Unteroffizier an und hob die Faust, um ihm einen Schlag zu versetzen. Doch als er in Michels Augen blickte und eine Härte darin sah, die blutige Vergeltung versprach, ließ er den Arm wieder sinken. Stattdessen herrschte

er seine Untergebenen an, die Gefangenen zu fesseln. Danach wandte er sich an den Richter. »Wohin sollen wir das Gesindel bringen, Herr?«
»Sperrt sie erst einmal in den Keller unter dem Rathaus. Ich werde später entscheiden, ob sie auf die obere Veste gebracht oder hier in der Stadt abgeurteilt werden.«
»Vergesst nicht, wir sind Männer des Königs!«, warnte der Magister ihn. »Wenn Ihr unseren Auftrag behindert, wird er Rechenschaft von Euch fordern.«
Der Richter achtete jedoch nicht auf Ambrosius, sondern sah zu, wie seine Männer Michel und dessen Begleiter die Arme auf den Rücken fesselten und sie zur Herberge hinaustrieben. Zuletzt saß nur noch Donata am Tisch. Diese hoffte bereits, unbehelligt zu bleiben. Da fiel der Blick des Richters auf sie.
»Das ist gewiss die falsche Äbtissin. Nehmt sie mit und sperrt sie zu den anderen.«
Wie auf ein Zeichen trat der Unteroffizier neben Donata, schlang einen Arm um ihre Taille und hob sie mit Leichtigkeit hoch. Als sie mit beiden Fäusten auf ihn einschlug, lachte er nur darüber und befahl einem seiner Männer, ihre Hände zu fesseln. Danach schleppte er die junge Frau hinaus und stellte sie vor der Herberge auf die Beine. Seine Hände fuhren über Stellen, an denen sie nichts zu suchen hatten.
Als Hartwin es sah, brüllte er erneut los. »Behandle meine Braut gefälligst mit Achtung! Sie ist von edlerem Blut als euer verdammter Fürstbischof!«
Der Unteroffizier trat auf ihn zu und versetzte ihm einen harten Fausthieb. »Der ist für die Beleidigung unseres Landesherrn, und der soll dir zeigen, wer hier das große Wort schwingen darf und wer das Maul zu halten hat!« Damit versetzte er Hartwin einen zweiten, ebenso festen Schlag.
Voller Wut zerrte Hartwin an seinen Fesseln und hätte sie fast gesprengt. Der Unteroffizier sah es jedoch früh genug

und wies einen seiner Männer an, ihn mit einem kräftigeren Strick zu binden. Danach scheuchte er die Gefangenen in Richtung des Rathauses und winkte den zusammengelaufenen Neugierigen zu, als habe er eben einen gewaltigen Sieg über einen noch gewaltigeren Feind errungen.

Da Hartwin noch immer nicht aufgeben wollte, griff Michel ein. »Mäßigt Euch!«, mahnte er den Ritter. »Ihr macht unsere Sache nur noch schlimmer.«

»Ich werde diesem Kerl das Genick brechen, sobald ich meine Hände freihabe!«, schäumte Hartwin auf. Er musste jedoch erkennen, dass seiner Kraft Grenzen gesetzt waren, denn die neuen Fesseln konnte auch er nicht zerreißen.

Während sie das Donauufer entlang zum Rathaus getrieben wurden, erhaschte Michel einen kurzen Blick auf Marie. Diese verbarg sich hinter einem Stützpfeiler und wirkte so entsetzt, dass er am liebsten zu ihr gelaufen wäre, um sie zu trösten. Doch das war ebenso unmöglich, wie ihr ein aufmunterndes Wort zuzurufen. Solange sie in Freiheit war, konnte sie etwas für ihn und die anderen bewirken.

Der Richter gesellte sich nun zu Eusebius und sah diesen mit zufriedener Miene an. »Wir haben die Reliquienschänder erwischt! Sind es auch alle?«

Spätestens in diesem Augenblick hätte der Ordensritter bekennen müssen, dass zumindest Isabelle de Melancourt fehlte. Er zuckte jedoch mit den Achseln. »Ich habe die Leute nur von ferne gesehen und kenne ihre genaue Zahl nicht.«

11.

Marie sah ihrem Mann nach, bis er hinter einer Hausecke verschwunden war, und drehte sich dann zu Isabelle um. »Wie konnte das geschehen?«

»Dafür müssten wir schon nach Delphi reisen und die Pythia befragen«, antwortete diese herb, senkte dann aber den Kopf. »Verzeiht, ich wollte Euch weder verspotten noch kränken. Ich weiß nicht, was geschehen ist, doch ich würde meine Hand dafür ins Feuer legen, dass Gordeanus dahintersteckt. Wie es diesem Mann gelungen ist, uns bis hierher zu folgen, ist mir ein Rätsel.«

»Ich habe den Ritter, der die Kriegsknechte begleitet hat, auf Frauenwörth gesehen«, erklärte Marie. »Aber ich kann mir trotzdem nicht erklären, wieso die Männer uns folgen konnten. Es ist, als verfüge Gordeanus über die Gabe der Weissagung.«

Isabelle lachte bitter auf. »Wohl kaum, sonst hätte er den dortigen Florian vor uns gefunden und wäre uns auch in Kirchisen zuvorgekommen. Es war wohl ein böser Zufall, der ihn hierhergebracht hat.«

»Ich glaube nicht an Zufälle«, murmelte Marie.

Doch auch sie konnte sich nicht erklären, auf welchem Weg die Hammerkreuzritter herausgefunden hatten, dass Passau das nächste Ziel ihrer Suche war. Sie sagte sich jedoch, dass es vergeudete Zeit war, darüber nachzusinnen, und stupste Isabelle an. »Wir müssen zusehen, wie wir Michel und die anderen freibekommen. Kennt Ihr jemanden hier in Passau, der uns helfen könnte?«

Isabelle hob hilflos die Hände. »Ich war etliche Jahre nicht

mehr in der Stadt und kenne zudem niemanden, dem ich in einer solchen Situation trauen würde.«
»Trotzdem müssen wir alles daransetzen, unsere Freunde freizubekommen«, antwortete Marie verbissen.
Da flammten Isabelles Augen auf. »Ihr habt den Hochmeister vergessen! Er mag ein Fanatiker sein, doch er hat einen scharfen Verstand. Wenn er die richtigen Schlüsse zieht, wird er aus der Anwesenheit unserer Gruppe und dem heiligen Florian vom Chiemsee zu dem richtigen Schluss kommen, dass auch hier dieser Heilige der Schlüssel zum Kelch meines Ahnen sein kann. Wir müssen verhindern, dass er ihn erringt.«
»Aber mein Mann … unsere Freunde …«, wandte Marie heftig ein.
»Um die kümmern wir uns danach. Jetzt kommt! Jede Minute, die wir den Dom vor Gordeanus betreten, mag nun kostbar sein!«
Isabelle packte Marie am Ärmel und zerrte so kräftig daran, dass diese ihr folgen musste, wenn sie nicht riskieren wollte, dass ihr Kleid zerriss.
Nicht lange, da erreichten sie den Dom und konnten diesmal unbehindert hineingehen. Es waren weniger Besucher anwesend als beim ersten Mal, und die Ecke, in der das Objekt ihrer Begierde stand, war zum Glück menschenleer.
»Die Heilige Jungfrau ist mit uns!«, flüsterte Isabelle erleichtert und reckte sich nach der Heiligenfigur. Gerade als sich ihre Finger um den heiligen Florian schlossen, wurde das Portal weit geöffnet und Gordeanus trat an der Spitze mehrerer seiner Ordensritter ein. Obwohl der Dom noch immer durch Kerzen erleuchtet wurde, trugen die Männer brennende Fackeln bei sich.
Während Isabelle erschrocken aufstöhnte und hinter eine Säule flüchtete, packte Marie die Statue des Heiligen und riss sie samt Sockel aus der Nische. Das vielstimmige Gebet

einer Gruppe Mönche, an denen Gordeanus und seine Ritter eben vorbeikamen, übertönte das knirschende Geräusch, und sie konnte die Figur rasch unter ihrem Umhang verbergen.
»Kommt jetzt!«, raunte sie Isabelle zu. »Vielleicht können wir uns hinter dem Rücken dieser Leute aus dem Dom schleichen.« Sie wollte schon in die genannte Richtung laufen.
Doch ihre Begleiterin hielt sie zurück. »Seht Ihr die Schatten dort am Portal? Der Schuft hat draußen Wachen aufgestellt. Wenn wir den Dom auf diesem Weg verlassen, laufen wir ihnen direkt in die Arme.«
»Dann bleibt uns nur der unterirdische Gang. Ihr sagtet, Ihr wüsstet, wo er beginnt«, antwortete Marie und wies mit der freien Hand auf die Hammerkreuzritter, die sich bereits im Kirchenschiff verteilten.
Isabelle nickte kurz und lief tiefer in das Innere des Domes hinein, immer bemüht, in der Deckung der Säulen zu bleiben. Marie folgte ihr, doch beide wussten, dass nur ein Wunder sie entkommen lassen würde. Aber sie waren bereit, alles zu unternehmen, was sie über dieses Wunder hinaus selbst tun konnten.
Die Treppe zur Krypta lag etwas versteckt hinter dem Hauptaltar, und auf dem Weg dorthin nahm Isabelle eine brennende Kerze an sich. Als Marie sie fragend ansah, lächelte sie. »Unten ist es stockdunkel!«
Marie nickte und wartete hinter einer Säule verborgen, bis niemand in Richtung der Treppe schaute. Dann rannte sie hinunter. Ihre Begleiterin zögerte einen Augenblick zu lange, denn als sie hinablief und mit der Hand die Kerze abschirmte, wandte einer der jüngeren Ordensritter sich um und nahm einen verblassenden Schimmer wahr.
Er wollte schon den Hochmeister darauf aufmerksam machen und blickte noch einmal genauer hin. Doch er konnte

nichts mehr feststellen und war unsicher, ob er nicht dem Spiel der im flackernden Kerzenlicht tanzenden Schatten zum Opfer gefallen war. So setzte er die befohlene Suche fort.
Unterdessen gelangten Marie und Isabelle unbemerkt in die Krypta. Während sie sich zwischen den Sarkophagen längst verblichener Fürstbischöfe hindurchschlängelten, wies die Äbtissin auf die Heiligenfigur, die sich unter Maries Mantel abzeichnete.
»Damit sollten wir uns nicht in der Stadt sehen lassen. Gebt her!«, sagte sie und reichte Marie ihre Kerze.
Marie drückte ihr den heiligen Florian in die Hände und sah zu, wie Isabelle diesen mit ihrem Dolch von seinem Sockel löste und das Geheimfach aufbrach. Ein zusammengefalteter Zettel fiel heraus. Rasch bückte sich Marie, hob ihn auf und glättete ihn. Anders als am Chiemsee und in Kirchisen war es diesmal ein längerer Text in einer fremden Sprache.
»Das ist wieder auf Französisch geschrieben«, sagte sie und streckte Isabelle den Zettel hin. Diese stellte die Heiligenfigur hinter einem Sarkophag ab und nahm die Botschaft ihres Ahnen entgegen. Als sie zu lesen begann, erschien eine steile Falte auf ihrer Stirn.
»Es ist ein Gedicht, das sinngemäß übersetzt etwa so lautet: Wo das Blau sich vierfach vereint, zweimal Wasser, eines davon tief, zweimal Stein, einer davon fromm, dort bewahrt Florianus den Kelch.«
»Das verstehe ich nicht«, sagte Marie kopfschüttelnd.
»Es ist ein Rätsel, doch wie es zu lösen ist, müssen wir später ergründen. Jetzt sollten wir lieber von hier verschwinden.«
Isabelle steckte den Zettel unter ihre Kutte und übernahm wieder die Kerze. Dann las sie halblaut die Namen auf den Sarkophagen, ging auf einen zu und begann zu zählen. Als sie an dem sechsten Sarkophag in der Reihe vorbeigegangen war, wandte sie sich einer Nische zu, die das verblasste Bild

eines nicht mehr zu erkennenden Heiligen schmückte. Nach kurzem Suchen drückte sie auf einen leicht vorspringenden Stein, der im spärlichen Kerzenschein kaum zu erkennen war. Sofort öffnete sich eine Tür, die von außen wie festes Mauerwerk wirkte, aber aus Eichenbohlen bestand, und einen dunklen, modrig riechenden Gang freigab.

Ein starker Luftzug strömte ihnen entgegen und zwang die Äbtissin, die Kerze mit der Hand abzuschirmen. Weder sie noch Marie bemerkten, dass der Zettel mit Raoul de Melancourts Botschaft in diesem Augenblick zu Boden flatterte und in der Nische liegen blieb.

»Vorwärts!«, befahl Isabelle mit kämpferischer Miene. »Wir haben einen entscheidenden Sieg über unseren Feind errungen. Jetzt können wir uns um unsere Freunde kümmern.«

Marie drang als Erste in den Geheimgang ein, drehte sich dann aber zu Isabelle um, die eben die Tür hinter ihnen schloss. »Wozu wurde dieser Stollen angelegt?«

»Einer der früheren Fürstbischöfe ließ ihn graben, um zu verhindern, dass die Bürger der Stadt ihn bei einem Aufstand im Dom belagern können. Daher endet er irgendwo am Ufer der Donau. Von dort aus konnte der Fürstbischof mit einem Boot auf die andere Seite übersetzen und in einer der beiden Festungen Zuflucht suchen.«

»Jetzt kommt seine Vorsorge uns zugute, denn durch eines der Domportale wären wir niemals entkommen«, antwortete Marie erleichtert.

»Das entbindet uns nicht von der Entscheidung, was wir als Nächstes tun sollen. Unsere Begleiter sind verhaftet, und uns wird man gewiss auch schon suchen.« Für einen Augenblick erschienen Isabelle die Probleme, die sich vor ihnen auftürmten, schier unüberwindlich. Dann aber schüttelte sie wild den Kopf. »Wir werden es schaffen!«

»Natürlich werden wir das«, antwortete Marie. »Unsere Pferde sind noch in der Herberge. Als Erstes müssen wir

zusehen, dass wir wenigstens ein paar davon wegholen können, ehe sie beschlagnahmt werden.«
»Dann werden wir fliehen«, schloss Isabelle daraus.
Marie schüttelte mit einem feinen Lächeln den Kopf. »Genau das wird Gordeanus vermuten. Stattdessen nehmen wir ein paar Straßen weiter Quartier und überlegen uns, wie wir meinen Mann und die anderen befreien können.«
»Meine Kutte wird uns verraten«, wandte die Äbtissin ein.
»In meiner Satteltasche befindet sich noch das Kleid, das ich bei der Audienz beim Würzburger Fürstbischof tragen wollte. Wenn die Pferde und unser Gepäck noch nicht weggebracht worden sind, werdet Ihr es anziehen und als Dame von Stand die neue Herberge betreten. Ich werde als Eure Leibmagd gelten, der Ihr ein abgelegtes Gewand von Euch überlassen habt.«
»Das ist ein kühner Plan!«, antwortete Isabelle zweifelnd. »Mir wäre es allerdings lieber, wenn wir Passau verlassen und nach Nürnberg reiten würden, um von König Sigismund Hilfe zu erbitten.«
»Bis dahin hat man meinen Mann und unsere übrigen Begleiter geköpft, verbrannt oder ertränkt!«
Marie ließ keinen Zweifel daran, dass sie Michel befreien wollte, und so gab Isabelle nach.
Während ihres Gesprächs waren sie weitergegangen und sahen mit einem Mal Wasser vor sich, das ein Stück weiter den abwärtsführenden Gang nahezu bis zur Decke ausfüllte.
»Wir haben nicht an das Hochwasser gedacht, das derzeit herrscht«, rief Isabelle enttäuscht und wollte sich umdrehen, um wieder zum Dom hinaufzusteigen.
Doch Marie hielt sie fest. »Gordeanus würde sich freuen, wenn wir uns ihm auf diese Weise ausliefern.«
Isabelle blickte sie entsetzt an. »Ihr wollt doch nicht etwa durch das Wasser hinaus?«
»Ihr könnt doch schwimmen, oder nicht? Lang kann der

Gang nicht mehr sein. Selbst wenn wir ein Stück tauchen müssen, werden wir es schaffen!«

»Und wenn er durch ein Gitter verschlossen ist?«

»Sollten wir es öffnen, bevor uns die Luft ausgeht!«

Fest entschlossen, sich dem Zugriff des Hammerkreuz-Hochmeisters zu entziehen, stieg Marie ins Wasser. Es war kalt und sah im Licht der brennenden Kerze schmutzig aus. Eine ertrunkene Ratte trieb an ihr vorbei, doch sie überwand den Ekel und ging weiter, bis ihr das Wasser bis zur Brust reichte. Dort wandte sie sich um und sah Isabelle noch immer auf dem Trockenen stehen.

»Was ist? Fehlt Euch der Mut?«, fragte sie.

Ein Schauder durchlief Isabelle, aber sie biss nun die Zähne zusammen und folgte Marie. So lange, wie es möglich war, hielt sie die Kerze in die Höhe, damit sie etwas sehen konnten. Doch als das Wasser tiefer wurde, erlosch die Flamme, und sie fanden sich in einer schier ägyptischen Finsternis wieder. Zwei Schritte weiter atmete Marie mehrmals tief durch, sog dann so viel Luft in die Lungen, wie sie konnte, und tastete sich tauchend auf den Ausgang zu. Ihr Kleid hing ihr wie Blei am Körper, doch sie hatte nicht gewagt, es auszuziehen, aus Angst, sie würde es unterwegs verlieren und dann nackt wie eine Nixe an Land steigen müssen.

Nach einer nicht zu messenden Strecke erreichte sie ein Gitter und zerrte daran. Irgendetwas berührte sie, und sie zuckte zusammen, schalt sich dann aber eine dumme Kuh, da es sich nur um Isabelle handeln konnte. Hilf mir, dachte sie. Wir müssen dieses Gitter loswerden, sonst bleibt uns wirklich nur der Weg zurück. Wenn wir dafür noch genug Luft haben, schoss es ihr durch den Kopf. Da spürte sie, wie jemand am Gitter rüttelte, und half mit aller Kraft, die sie aufbringen konnte.

Ihr tanzten schon Sterne vor den Augen, und ihr Inneres verkrampfte sich so, dass es ihr fast das Herz abdrückte, da gab das Gitter endlich nach und verschwand in den Tiefen der Donau. Marie wollte nach oben schwimmen, um die Wasseroberfläche zu erreichen, da spürte sie, dass Isabelle erschlaffte und gegen sie trieb. Mit einer Hand fasste sie deren Kutte, stieß sich mit letzter Kraft vom Boden des Geheimgangs ab und warf sich in die Strömung.

Die wirbelnden Fluten des Hochwassers erfassten sie und rissen sie mit sich fort. Mittlerweile war die Nacht heraufgedämmert, und als sie die Oberfläche durchstieß und nach Luft rang, hatte sie Mühe zu erkennen, wo das Ufer lag. Dann aber entdeckte sie ein Licht und hielt darauf zu. Isabelle schien bewusstlos zu sein, aber das war Marie lieber, als eine Frau retten zu müssen, die verzweifelt um sich schlug, weil sie glaubte, ertrinken zu müssen.

Nun half ihr das Hochwasser sogar, denn es spülte sie hoch auf das Ufer. Bei normalem Wasserstand hätte sie nicht gewusst, wie sie es hätte erklimmen sollen. Sie zerrte Isabelle aufs Trockene und hielt ihren Körper so, dass das Wasser aus ihr herauslaufen konnte. Nachdem sie sich vergewissert hatte, dass das Herz der Äbtissin noch schlug, atmete sie erleichtert durch und tätschelte ihr die Wangen.

»Wacht auf, bitte! Wir müssen hier weg sein, bevor die Nachtwächter ihre erste Runde beginnen. Ich habe nicht mehr die Kraft, Euch von hier fortzutragen.«

Da regte sich die Äbtissin. »Haben wir es geschafft?«

Ihre Stimme klang sehr schwach.

»Das haben wir!«, antwortete Marie und sah erleichtert zu, wie Isabelle sich zur Seite drehte und einen Schwall Wasser herauswürgte. Sie wartete noch einen Augenblick, dann zerrte sie die Äbtissin auf die Beine, stützte sie und zog sie in die schmalen Gassen der Stadt, in denen bereits die Dunkelheit ihr Zepter schwang.

12.

Gordeanus sah sich mit grimmiger Miene um und unterdrückte einen Fluch. In diesem Dom gab es so viele Heiligenfiguren, dass er mit dem Zählen nicht mitkam. Doch die, die er so dringend suchte, entzog sich ihm.

»Macht weiter!«, rief er. »Sie muss hier sein!«

»Schön wär's«, murmelte Ritter Eusebius, der das Wort heiliger Florian nicht mehr hören konnte. Da entdeckte einer seiner Kameraden eine leere Nische bei einem Seitenaltar und hielt die Fackel hinein.

»Euer Exzellenz! Es sieht so aus, als hätte hier bis vor kurzem eine Statue gestanden!«, meldete er dem Hochmeister.

Gordeanus eilte mit langen Schritten herbei und starrte in die Nische, in der deutlich der Abdruck eines Sockels zu sehen war, den jemand mit Gewalt losgerissen hatte. Der Anblick traf den Hochmeister wie ein Schlag.

»Sie war hier und hat ihn geholt!«, stieß er mit kaum mehr menschlich klingender Stimme aus. »Wie konnte das geschehen? Ihr habt sie doch alle verhaftet!«

Ein fragender Blick traf Eusebius, der sichtlich schrumpfte.

»Nun, ich dachte, es wären alle ...«, brachte er mühsam heraus.

»Du sollst nicht denken, sondern handeln! Deinetwegen konnte uns diese verfluchte Melancourt eine lange Nase drehen!« Der Hochmeister hätte seinen Gefolgsmann am liebsten niedergeschlagen.

Da meldete sich einer seiner jüngeren Gefolgsleute zaghaft zu Wort. »Verzeiht, Euer Exzellenz, aber ich habe vorhin einen Lichtschimmer in jenem Winkel des Domes gesehen.«

»Was liegt dort?«, fragte Gordeanus einen der einheimischen Mönche mit barscher Stimme.
»Der Eingang zur Krypta!«, erklärte dieser.
»Sie hat uns kommen gesehen und sich dort versteckt!«, rief der Hochmeister triumphierend. »Jetzt sitzt sie wie eine Ratte in der Falle.«
Er entriss einem seiner Männer die Fackel und stieg als Erster die Treppe hinab. Ein halbes Dutzend seiner Ritter folgte ihm, aber die Männer fühlten sich beim Anblick der alten, teilweise verwitterten Sarkophage beklommen und wagten kaum, in die Krypta einzudringen.
»Zwei von euch bleiben an der Treppe stehen, damit dieses Weib sich nicht hinter unserem Rücken nach oben schleichen kann«, befahl Gordeanus.
So rasch wie diesmal hatte er selten Freiwillige gefunden. Während Albrecht und ein weiterer Ritter Wache hielten, drangen die anderen vorsichtig in die Dunkelheit der Gruft, die von ihren Fackeln nur unzulänglich ausgeleuchtet wurde.
»Ein wenig rascher!«, rief der Hochmeister. »Die Toten können euch nichts mehr tun, und mit einem Weib werdet ihr wohl noch fertig werden.«
Ritter Dietrich antwortete mit einem nervösen Lachen, bog nach rechts ab und stieß dann einen überraschten Ruf aus.
»Eure Exzellenz, hier ist etwas!«
Gordeanus war so schnell bei ihm, als hätte er sich hingezaubert. Im Schein der Fackel entdeckte er eine sockellose Heiligenfigur und gleich daneben den dazugehörigen Sockel. Dessen Geheimfach war erbrochen und die ersehnte Botschaft fort.
»Los, findet das Weib! Es darf uns nicht entkommen«, schrie der Hochmeister mit sich überschlagender Stimme.
Seine Ritter zuckten erschrocken zusammen, zogen dann ihre Schwerter und verteilten sich im Raum. Wenig später

entdeckte Eusebius die Nische mit dem verblassten Bild, ohne die Geheimtür zu erkennen. Dafür zog ein Zettelchen auf dem Boden seine Aufmerksamkeit auf sich. Er beugte sich nieder, hob es auf und überflog den französischen Text. »Euer Exzellenz, ist es das, was Ihr sucht?«, fragte er den Hochmeister.

Gordeanus kam auf ihn zu und entriss ihm den Zettel. Kaum hatte er einen Blick darauf geworfen, leuchteten seine Augen triumphierend auf.

»Sie muss ihn hier verloren haben. Jetzt ist der Gral mein!«

»Kann es nicht eine Täuschung von ihr sein?«, fragte Eusebius.

Sein Oberhaupt schüttelte den Kopf. »Ich erkenne die Schrift ihres Ahnen. Außerdem ist das Papier alt und bereits vergilbt. Es ist die Botschaft des Raoul de Melancourt.«

»Was machen wir? Suchen wir weiter, bis wir die Frau finden?« Eusebius sah sich um, ohne jedoch mehr zu entdecken als seine Kameraden und die steinernen Särge längst verblichener Fürstbischöfe.

Nach kurzem Zögern schüttelte Gordeanus den Kopf. »Wir verlassen die Krypta und sorgen dafür, dass sie verschlossen wird. Dann wird die Welt nie mehr etwas von Isabelle de Melancourt sehen und diese nichts mehr von der Welt.«

Mit einem höhnischen Lachen stieg er nach oben und schritt kurz darauf in die Nacht hinaus. Noch vor dem Morgengrauen würde Schwester Adelina ihm die Botschaft aus der Vergangenheit übersetzen, und dann war der Weg für ihn frei, der bedeutendste Mann der Christenheit zu werden.

Achter Teil

Das Rätsel

1.

Sie waren nass wie getaufte Katzen und froren erbärmlich, aber sie waren Gordeanus entkommen. In einem verlassenen Gang zwischen zwei Häusern zogen Marie und Isabelle sich bis auf die Haut aus und wrangen ihre Kleider aus. Bis sie ein anderes Gewand für die Äbtissin hatten, musste diese ihre Kutte tragen, doch Marie hoffte, dass es nicht für lange sein würde.

Isabelle zog sich bereits wieder an, als sie auf einmal innehielt und ihre Kutte abtastete. »Ich habe den Zettel mit dem Rätsel meines Ahnen verloren!«

»Das ist ärgerlich!«, antwortete Marie. »Hoffentlich fällt er nicht Gordeanus in die Hände.«

»Viel wahrscheinlicher ist es, dass er irgendwo im Geheimgang liegt oder mit den Fluten der Donau bis zum Schwarzen Meer treibt! Jetzt gilt es, uns an das zu erinnern, was darauf stand.«

Während Isabelle noch darüber nachdachte, begann Marie zu sprechen. »Es war viermal von Blau die Rede, zweimal Wasser, zweimal Stein, eins tief und eins fromm.«

»Ganz habt Ihr es nicht getroffen, doch als Gedächtnisstütze reicht es. Notfalls muss Magister Ambrosius sich darüber den Kopf zerbrechen.«

»Wenn wir ihn und die anderen befreien können«, wandte Marie ein.

Isabelle fauchte leise. »Das wird unsere nächste Aufgabe sein. Ich schlage immer noch vor, dass wir Passau verlassen und uns bis Nürnberg durchschlagen. Selbst zu Fuß müssten wir diese Stadt in vier bis fünf Tagen erreichen.«

Obwohl der Vorschlag vernünftig klang, schüttelte Marie den Kopf. »Gordeanus wird genau dies annehmen und die Straße nach Nürnberg überwachen lassen. Nicht einmal zu Pferd könnten wir seinen Häschern entkommen. Außerdem befürchte ich, dass er Michel und die anderen foltern lässt, um von ihnen zu erfahren, wo wir uns befinden.«

»Ihr wollt also immer noch die Pferde holen? Der Stall der Herberge wird gewiss bewacht werden. Außerdem gibt es dort einen Wachhund.«

»Wir müssen es versuchen«, erklärte Marie. »Im Augenblick sind wir hilflos und könnten nur versuchen, uns morgen, wenn die Tore geöffnet werden, zur Stadt hinauszuschleichen. Haben wir aber die Pferde, werdet Ihr als Edeldame gelten und könnt ganz anders auftreten.«

Dies sah Isabelle schließlich ein. Trotzdem gefiel es ihr nicht, sich durch die nächtliche Stadt stehlen zu müssen, in der die Nachtwächter bereits ihre Runden gingen.

»Wisst Ihr überhaupt, wie wir zu der Herberge gelangen?«, fragte sie Marie.

Diese blickte kurz über den Strom, wo der Mond knapp über der Veste Oberhaus stand und diese wie einen Schattenriss abzeichnete. Dann trat sie auf die Gasse hinaus. »Wir müssen nach links. Es kann nicht weit sein.«

Isabelle folgte ihr grummelnd. Zwar hatte sie in ihrem Leben schon einiges erlebt, doch dieses Abenteuer übertraf alles bisher Gewesene. Zu ihrem Erstaunen führte Marie sie genau zu der Herberge, in der sie Quartier hatten nehmen wollen, und probierte, ob sich das Hoftor von außen öffnen ließ. Zu ihrer Erleichterung schwang es fast lautlos auf. Der Hof war leer, doch aus einem Anbau drangen erregte Stimmen, die sich über das auszutauschen schienen, was sich in der Gaststube ereignet hatte.

Als der Hofhund anschlug, schaute ein Mann aus dem Anbau. »Dummer Hund! Da ist doch niemand.«

Dann drehte er sich um und sagte zu seinen Gesprächspartnern, dass wohl ein anderer Köter Laut gegeben habe und der eigene darin eingefallen sei.
Marie hatte das Tor rechtzeitig hinter sich geschlossen und sich in den Schatten gedrückt. Nun öffnete sie es wieder und ließ Isabelle ein. »Das Glück ist mit uns, denn den Knechten beliebt es mehr zu schwatzen als aufzupassen.«
Sie eilte zum Stall, öffnete die Tür und huschte hinein.
Isabelle wagte kaum zu atmen, als sie ihr folgte. Drinnen musterte sie im Schein einer Laterne, in der eine Unschlittkerze blakte, die Pferde ihrer Gruppe. »Wir können nicht alle Gäule mitnehmen.«
»Um Gottes willen, nein! Damit kämen wir nicht einmal zum Hoftor hinaus«, antwortete Marie leise. »Wir nehmen unsere beiden Stuten und Hannes' Wallach als Tragtier. Doch nun kommt, sonst beenden die Knechte ihre Unterhaltung und überraschen uns hier.«
Marie löste den Strick, mit dem ihr Pferd am Barren festgebunden war, und legte dem Tier Satteldecke und Sattel samt den dazugehörenden Satteltaschen auf. Dann kam der Wallach an die Reihe. Da sie keinen Tragsattel besaß und auch keinen stehlen wollte, nahm sie den Sattel ihres Mannes und band sowohl Michels wie auch Krispins Satteltaschen daran und füllte diese mit dem restlichen Gepäck der Gruppe. Die Decken, die zu ihrer Ausrüstung gehörten, wickelte sie zu einem Packen zusammen und schnürte sie auf dem Sattel fest.
»Ich bin fertig!«, raunte sie Isabelle zu.
Diese nickte angespannt. »Ich auch. Sollte ich mich nicht besser hier umkleiden? Hier ist es hell genug!«
Marie warf einen kurzen Blick auf die Laterne und überlegte. Wenn sie zu lange brauchten, bestand die Gefahr, dass sie entdeckt und vielleicht sogar gefangen genommen wurden. Doch draußen in der Dunkelheit konnte Isabelle das Kleid nicht anziehen. Daher zog sie es aus ihrer Satteltasche, for-

derte die Freundin auf, die Kutte abzulegen, und half dieser, sich in eine Dame von Stand zu verwandeln.
Noch war der Knecht nicht in den Stall zurückgekehrt, doch Marie bemerkte das Abflauen der erregten Stimmen, und ihr war klar, dass es nicht mehr lange dauern würde. Kurz darauf öffnete sie die Stalltür, vernahm zu ihrer Erleichterung, dass im Anbau immer noch laut geredet wurde, und führte ihre Stute und den Wallach ins Freie.
Die Hufe klapperten so laut auf dem gepflasterten Hof, dass Marie nicht glauben konnte, unentdeckt davonzukommen. Doch in der Umgebung bellten nun mehrere Hunde und übertönten das Geräusch. Rasch öffnete sie das Hoftor, winkte Isabelle, ihr zu folgen, und hatte gerade eben das dritte Pferd auf die Straße gezogen, als der Knecht erneut den Kopf aus dem Anbau herausstreckte, um den Wachhund mit einem scharfen Ruf zum Schweigen zu bringen. Da der Mann in die andere Richtung schaute, nützte auch Isabelle die Gelegenheit, zum Hoftor hinauszukommen, und zog dieses hinter sich zu.
»Geschafft!«, sagte sie erleichtert zu Marie. »Doch welchen Gasthof sollen wir nun aufsuchen?«
»Ich habe bei unserer Ankunft weiter oben ein Schild gesehen, das auf eine Herberge hinwies. Die sollten wir nehmen.« Marie bog in die nächste Querstraße ein und stieg wieder in Richtung Dom hoch. Bis in den dem Fürstbischof und dem Domkapitel vorbehaltenen Teil der Stadt wollte sie nicht gehen, daher sah sie sich im Schein des tief stehenden Mondes immer wieder um.
Mit einem Mal wies sie nach rechts. »Dort muss der Gasthof sein!«
Isabelle atmete erleichtert auf, als sie das im Nachtwind schwingende Schild mit dem Krug entdeckte. Diesmal versuchte Marie nicht, das Hoftor zu öffnen, sondern pochte dagegen und begann zu rufen.

»He, Wirtschaft! Hier sind Gäste, die eine Unterkunft brauchen.«

»Ja, ja! Ich komm ja schon!«, scholl es zurück.

Wenig später schwang das Tor auf, und ein Knecht blickte mit einer brennenden Laterne in der Hand heraus. Bei Isabelles Anblick, die mit Maries Festtagskleid und einen hochmütigen Blick ihren angeblichen Rang zur Schau stellte, deutete er eine Verbeugung an.

»Das ist Ihre Erlaucht, Reichsgräfin Susanne von Hohenstein, und ich bin ihre Leibmagd«, stellte Marie sich und Isabelle vor. »Wir wurden von Herrn Adalmar von Birkenfeld bis nach Passau geleitet, um hier auf den Gemahl Ihrer Erlaucht zu warten, der von einer Pilgerreise aus dem Heiligen Land zurückerwartet wird. Leider lahmte eines der Pferde, und so kamen wir erst zu später Stunde in Passau an. Herr Adalmar ist gleich nach Hals weitergeritten, da sein Weg nach Prag führt. Nun befinden wir uns ganz alleine in dieser Stadt und suchen eine Ihrer Erlaucht angemessene Bleibe.«

Marie spann ihr Lügengewebe so überzeugend, dass der Knecht beeindruckt nickte.

»Wie lange will Ihre Erlaucht hier wohnen?«, fragte er.

»Bis ihr Gemahl aus dem Heiligen Land zurückkommt. Dies kann bereits morgen sein, aber auch erst in zwei oder drei Wochen.«

Marie wollte sich nicht festlegen lassen, da sie und Isabelle jederzeit in der Lage sein mussten, den Gasthof ohne Streit zu verlassen. Nun reichte sie dem Knecht eine Münze und die Zügel ihrer beiden Pferde. Auch Isabelle überließ ihm ihre Stute und sah sich um.

»Bist du sicher, dass wir hier ein gutes Unterkommen finden?«, fragte sie mit zweifelnder Stimme und sprach Marie somit wie eine Magd an.

Diese nickte eifrig. »Gewiss, Euer Erlaucht. Der Stadtknecht am Tor hat uns diesen Gasthof doch wärmstens empfohlen!«

»Ihr werdet keinen besseren in Passau finden!«, warf der Knecht stolz ein und schloss das Hoftor. Es war keinen Augenblick zu früh, denn von der Seite erklang der Ruf des Nachtwächters, der jene Strophen sang, in denen er den Bürgern mitteilte, dass alles in Ordnung sei.
Maries Kleid war mittlerweile ein wenig getrocknet, klebte aber immer noch unangenehm klamm am Körper. Daher forderte sie die Magd auf, die jetzt erschien, um sich der neuen Gäste anzunehmen, sie in die Kammer zu führen, die sie mit ihrer Herrin teilen würde, und für warmes Wasser zu sorgen, da Ihre Erlaucht sich waschen wolle.
»Das wird geschehen«, antwortete die Frau und wunderte sich über Leute, die ihre Haut freiwillig mit Wasser in Berührung bringen wollten.
Sie selbst wusch sich nicht sehr oft, wie ihr strenger Geruch verriet. Doch das war Marie und Isabelle im Augenblick gleichgültig. Sie waren froh, dass sie noch in Freiheit waren, und sie hofften, etwas für Michel und die anderen bewirken zu können.

2.

Nicht viel mehr als einen Steinwurf von dem Gasthof entfernt, in dem Marie und Isabelle sich eingemietet hatten, empfing Fürstbischof Leonhard von Laiming seine Gäste zum Mahl. Als sein Herold ihm Gordeanus als Hochmeister der Ritter des Hammers vom Heiligen Kreuz zu Jerusalem ankündete, verzog er abschätzig das Gesicht. Von einem solchen Orden hatte er noch nie gehört, und er mochte es auch nicht, wenn Leute, die er nicht kannte, sich Rechte anmaßten, die ihnen nicht zustanden. Diese Männer hatten seinen Dom ohne seine ausdrückliche Erlaubnis durchsucht, und das hätten sie nicht tun dürfen.

Mit einer knappen Handbewegung winkte er seinen Berater Schrophanus zu sich. »Kennt Ihr diesen Mann?«

Schrophanus schüttelte den Kopf. »Ich habe ihn heute Nachmittag das erste Mal gesehen und mich gewundert, weil er sofort befohlen hat, andere Reisende gefangen zu nehmen, ohne auf Eure Zustimmung zu warten.«

»Dieser Hochmeister hat also Leute einsperren lassen?« Die Miene des Fürstbischofs wurde noch abweisender. »Wer ist dieser Mann überhaupt?« Sein Ärger war nicht mehr zu überhören. »Und was hat es mit seinem Orden auf sich?«

»Er nennt ihn Ritter des Hammers vom Heiligen Kreuz zu Jerusalem und sich selbst deren Hochmeister«, wiederholte Schrophanus die Worte des Herolds.

»Hammerkreuzritter!«, spottete der Fürstbischof. »Sind diese Herren oder ihr Hochmeister etwa die Nachkommen jener römischen Soldaten, die unseren Herrn Jesus Christus ans Kreuz genagelt haben?«

Da Gordeanus in dem Augenblick auf ihn zutrat, vernahm er die Worte und lief vor Wut rot an. »Wir sind der Hammer der Christenheit, der die Ungläubigen zerschmettern und von der Welt vertilgen wird!«

»Bisher habt Ihr aber nur ein paar Christenmenschen in den Kerker gebracht«, antwortete der Fürstbischof von oben herab. »Ich muss Euch sagen, dass dies mir wenig gefällt! Hier wird das Recht nach meinem Willen ausgeführt und nach keinem anderen.«

»Auch nicht nach dem Willen Seiner Majestät, König Sigismund?« Gordeanus' Stimme klang kalt, denn er kannte Männer wie den Fürstbischof zur Genüge. Diesen fiel durch Herkunft und die Verbindungen ihrer Familien buchstäblich alles in den Schoß. Aber er hatte nicht vor, sich vor diesem Mann zu beugen. Mit einer fast an Beleidigung grenzenden Bewegung zog er Sigismunds Schreiben unter seinem Waffenrock hervor und hielt es Leonhard von Laiming unter die Nase.

Dieser griff unbewusst danach, ließ das Papier aber schnell wieder los und wartete, bis Schrophanus es entgegengenommen hatte und an ihn weiterreichte. Als er den Text las, kräuselte er unwirsch die Stirn. Zwar hatte Sigismunds Sekretär das Schreiben etwas schwammig formuliert, aber eines schien eindeutig zu sein: Der Hochmeister war im Auftrag des Königs unterwegs, und ihn nicht zu unterstützen konnte Sigismunds Unmut erregen.

»Seid mir willkommen!«, sagte er daher und ließ Gordeanus einen Platz in seiner Nähe anweisen. Auch wenn ihm der Mann nicht gefiel, so war er doch neugierig zu erfahren, aus welchem Grund Gordeanus nach Passau gekommen war und was es mit den Fremden auf sich hatte, die er in den Kerker hatte werfen lassen.

Das Essen war gut, und es wurde reichlich aufgetischt. Auch der Wein stammte von einer guten Lage. Gordeanus sprach beidem zu, blieb aber einsilbig. Es ging niemanden etwas an, dass er dem Heiligen Gral auf der Spur war, am wenigsten den Fürstbischof, dem er zutraute, die wertvollste Reliquie der Christenheit selbst erlangen zu wollen.

Etwas mehr gab er über die Gefangenen preis. »Es handelt sich um eine Gruppe von Reliquienräubern, die Kirchen und Dome ausplündert, um die Beute anderswo für teures Geld zu verkaufen. Bereits Eure Verwandte, die als ehrwürdige Äbtissin dem Kloster Frauenwörth vorsteht, beklagte sich über dieses Gesindel. Im bairischen Land haben sie aus einem bekannten Wallfahrtsort eine wertvolle Heiligenstatue geraubt, die durch ein Knöchelchen des heiligen Florianus selbst zur Reliquie geworden ist. Ich bin diesen Schurken seit vielen Tagen auf der Spur und konnte sie schließlich in Eurer Stadt einholen«, erklärte er und deutete dann eine knappe Verbeugung an. »Verzeiht, dass ich diese Schurken ohne Eure Einwilligung verhaften ließ, doch die Gefahr war zu groß, dass sie sich aus Passau fortstehlen würden, um anderswo ihr verbrecherisches Tun fortzusetzen.«

Mit diesen Ausführungen besänftigte Gordeanus den Fürstbischof, der nun milde lächelte und die Hand hob. »Reliquienräuber sind die größte Schande in unserer Christenheit und müssen mit der ganzen Strenge des Gesetzes bestraft werden! Diese Schurken werden ihre Verbrechen bald schon im Feuer büßen.«

»Noch sind nicht alle in meinem Gewahrsam«, erklärte Gordeanus und unterschlug die Tatsache, dass Michel und dessen Begleiter von einem Richter des Fürstbischofs verhaftet und in einen Passauer Kerker gesteckt worden waren. »Bis jetzt haben wir nur die Knechte und Handlanger der eigentlichen Reliquienräuberin gefangen, eines Weibes, das bar jeder ihrem Geschlecht geziemenden Scham ist und schon viele abscheuliche Verbrechen begangen hat. Es handelt sich um eine davongelaufene Nonne, die ihr geweihtes

Gewand für üble Zwecke benutzt und bereits zahlreiche gute Christenmenschen getäuscht hat.«

»Sie wird gefangen und bestraft werden«, versicherte ihm Leonhard von Laiming, obwohl ihn das Thema bereits langweilte.

Gordeanus dachte daran, dass Isabelle de Melancourt höchstwahrscheinlich in der Bischofsgruft gefangen saß und dort dem Tod durch Verschmachten entgegensah. Da er aber diesem Weib zutraute, sich auch aus dieser Falle zu winden, gab er dem ebenfalls anwesenden Richter eine ausführliche Beschreibung von Isabelle als Nonne, die jedoch nur wenig Ähnlichkeit mit der Edeldame besaß, als die die Äbtissin gerade auftrat.

»Ich will nicht hoffen, dass dieses verworfene Weib die Stadt noch vor dem Schließen der Tore verlassen hat«, fügte Gordeanus hinzu. »Man hätte besser kontrollieren müssen.«

Da der Richter sich nicht die Schuld an Isabelles Verschwinden in die Schuhe schieben lassen wollte, hob er abwehrend die Hand. »Verzeiht, Euer Exzellenz, aber ich erfahre eben erst von Euch, dass noch eine Frau abgängig ist. Hätte ich es früher gewusst, so wäre sie längst gefangen gesetzt worden! So aber hat ein Ritter Eures Ordens behauptet, es wären alle in Gewahrsam genommen worden.«

Am liebsten hätte Gordeanus erklärt, dass Eusebius ein Narr sei, der nicht bis drei zählen könne. Damit aber hätte er sich selbst kleiner gemacht, weil der Richter vom Gefolgsmann auf den Herrn hätte schließen können. Aus diesem Grund machte er eine begütigende Geste.

»Ritter Eusebius war der Meinung, Ihr hättet die Bande mitsamt ihrer Anführerin gefangen. Er konnte nicht wissen, dass dieses durchtriebene Weib eine andere Frau in eine Kutte gesteckt hat, so dass man diese für sie halten musste. Doch jetzt gilt es, diese Verbrecherin zu verfolgen und zu fangen. Ihr werdet daher noch heute Eure Männer ausschicken. Diese sollen nicht an den Grenzen des Hochstifts haltmachen, sondern weiter reiten und die falsche Nonne mit Hilfe der jeweiligen Vögte und Richter festnehmen!«

»Noch in der Nacht?«, fragte der Richter abwehrend.

»Sagte ich morgen?«, antwortete Gordeanus scharf.

Der Richter stöhnte leise und bat dann, sich zurückziehen zu dürfen. »Wohin soll ich meine Leute schicken?«, fragte er, als er fast schon an der Tür des Saales war.

»Dieses Weib wird sich höchstwahrscheinlich nach Nürnberg wenden. Doch lasst auch auf den Straßen nach Prag und nach Linz nach ihr fahnden.«

Gordeanus hielt es für sicher, dass Isabelle, falls sie wie durch ein Wunder aus der Krypta entkommen sein sollte, zu Sigismund reisen würde, und das musste er unter allen Umständen verhindern. Der König war wankelmütig und dachte womöglich mit zärtlichen Erinnerungen an die Melancourt. Daher traute er ihm zu, Isabelle mit allen Vollmachten auszustatten, wenn sie im Gegenzug dafür versprach, ihm den Heiligen Gral zu übergeben.

Obwohl der Richter den Aufwand für übertrieben hielt, verabschiedete er sich und kehrte in sein Haus zurück. Nur wenig später verließen drei Reitertrupps Passau und schlugen jeweils den Weg zu einer der drei genannten Städte ein. Hätte Marie Isabelle nachgegeben und wäre mit ihr nach Nürnberg gereist, so hätte man sie wohl schon am nächsten Tag eingeholt und festgesetzt. So aber ritten die Verfolger ins Leere, denn selbst Gordeanus konnte sich nicht vorstellen, dass die beiden Frauen mutig genug waren, in der Höhle des Löwen zu bleiben.

3.

Obwohl es Marie unter den Fingernägeln brannte, etwas zur Befreiung von Michel und den anderen zu unternehmen, gab sie der Vernunft nach und verbrachte mit Isabelle den nächsten Tag in ihrer Herberge, wie man es von einer erschöpften Edeldame und deren Dienerin erwarten konnte. Beider Hände blieben jedoch nicht müßig, denn sie sortierten das Gepäck, das sie aus der anderen Herberge hatten mitgehen lassen, und machten sich daran, ihr Aussehen so zu verändern, dass es selbst Gordeanus nicht gelingen würde, Isabelle auf Anhieb zu erkennen.

Am wichtigsten erschien es beiden, das Rätsel aufzuschreiben, das Raoul de Melancourt jenen gestellt hatte, die seinen Pokal finden wollten. Marie befahl der Wirtsmagd, Papier, Feder und Tinte zu bringen, und dann saßen sie und Isabelle in ihrer Kammer und zerbrachen sich die Köpfe, um sich an jedes Wort der Botschaft zu erinnern. Auch wenn sie überzeugt waren, diese korrekt wiedergegeben zu haben, blieb ihnen der Sinn verborgen. Weder wussten sie, was es mit dem vierfachen Blau auf sich hatte, noch, wo eines tief und ein anderes besonders fromm sein sollte.

Schließlich gab Isabelle es auf. »Dieses Rätsel muss ein anderer entwirren als wir«, sagte sie und faltete das Blatt, auf das sie den Text geschrieben hatte, wieder zusammen.

»Vielleicht ergibt es auch gar keinen Sinn«, wandte Marie ein, doch Isabelle schüttelte vehement den Kopf.

»Es ergibt gewiss einen! Mein Ahne hätte sich nicht die Mühe mit all den Verstecken gemacht, wenn er es nur als Scherz gedacht hätte. Er muss Monate damit zugebracht haben, die Hinweise unterzubringen. Weder hier noch in Kirchisen konnte er dem zuständigen Pfarrer im Vorbeireiten eine Floriansfigur hinreichen und sagen: Die schenke ich Euch! Aber passt gut darauf auf!«

Die Vorstellung brachte Marie zum Lachen. »Nein, so kann es gewiss nicht gewesen sein. Dennoch wünschte ich, er hätte den Hinweis hier in Passau etwas klarer abgefasst.«

»Das wünschte ich auch«, gab Isabelle zu. »Doch es steckt ganz bestimmt ein Sinn dahinter. Nur kommen wir noch nicht darauf. Vielleicht kann Magister Ambrosius uns helfen, denn er ist ein hochgelehrter Mann. Erinnert Euch nur, wie er die Entfernung im Chiemsee fast auf den Zoll genau ausgemessen hat.«

»Ihr solltet mich auch hier wie Eure Magd ansprechen«, mahnte Marie die Äbtissin. »Wenn die Wirtsmagd hereinplatzt, würde sie sich sehr wundern, wenn Ihr Eure Dienerin wie eine Dame von Stand behandelt.«

»Dann reiche mir den Becher. Ich habe Durst!« Isabelle lachte und sah zu, wie Marie ihren Becher mit dünnem Wein füllte und ihn ihr in die Hand drückte. Ihrer Miene nach schien ihre Freundin ganz woanders zu sein.

»Um den Magister wegen des Rätsels befragen zu können, müssen wir ihn und die anderen erst aus dem Kerker befreien«, sagte Marie, und ihre Stimme klang fern.

»Wenn Ihr … äh, du einen Weg dazu weißt, so lass ihn mich wissen. Ich bin ganz Ohr!« Isabelle war bei weitem nicht so optimistisch wie Marie und sah immer noch in der Hilfe des Königs die einzige Möglichkeit, den Männern und Donata zu helfen.

Anders als sie kannte Marie die Welt von der Warte der Verworfenen und Ausgestoßenen aus und wusste, dass List oft eine stärkere Waffe war als das Schwert. Doch bislang war auch ihr keine Möglichkeit eingefallen, Michel und dem Rest ihrer Gruppe wieder zur Freiheit zu verhelfen.

»Wir werden darüber nachdenken müssen. Aber nun sollten wir etwas für unser Aussehen tun. Ihr könnt schwerlich in diesem Kleid aufs Pferd steigen, und Eure Kutte solltet Ihr hier nicht mehr tragen.«
Noch während sie es sagte, stand Marie auf und ging zur Tür. Dort rief sie nach der Wirtsmagd und forderte sie auf, nach einem Tuchhändler zu schicken, der mehrere Ballen Stoff bringen solle, da ihre Herrin sich die Wartezeit auf ihren Gemahl mit Nadelarbeit verkürzen wolle.
Die Magd nickte eifrig, denn sie rechnete mit einer kleinen Belohnung, wenn sie einem Tuchkaufmann zu einem Geschäft verhalf.
Kaum war das magere Ding wieder verschwunden, wandte Isabelle sich kopfschüttelnd an Marie. »Willst du etwa, dass ich hier sticke, während unsere Freunde im Kerker schmachten?«
Marie hob begütigend die Hand. »Es geht um unsere Freunde. Wenn wir ihnen helfen wollen, müssen wir uns verkleiden. Daher werden wir beide fleißig nähen und uns andere Kleider anfertigen. Auch müssen diese derb genug sein, dass wir damit auf Reisen gehen können. Am Abend mache ich mich auf den Weg zum Rathaus. Von der Wirtsmagd habe ich erfahren, dass den Gefangenen der Brotkorb arg hoch gehängt wird. Aber es gibt ein Fenster zu ebener Erde, an dem man den Gefangenen Brot und andere Speisen reichen kann. Die Wachen sollen scharf achtgeben, dass man den Gefangenen keine Messer und Dolche zukommen lässt.«
»Ist es nicht gefährlich, sich dort sehen zu lassen?« Isabelle fand diesen Plan sehr kühn, doch sie begriff selbst, dass sie nicht still hier in ihrer Herberge sitzen konnten.
»Keine Sorge! Niemand wird mich mit unseren gefangenen Freunden in Verbindung bringen«, versuchte Marie sie zu beruhigen und wartete lächelnd auf den Tuchhändler.
Dieser erschien kurz danach mit einem Helfer und breitete

mehrere Ballen Stoff vor ihnen aus. Als Tochter eines Kaufmanns, der selbst mit wertvollen Stoffen gehandelt hatte, konnte Marie die Qualität ermessen und Isabelle raten. Die Anschaffung riss eine große Lücke in ihre Reisekasse, doch als der Kaufmann nach einem Dutzend Bücklingen die Kammer verließ, verfügten sie über genügend Stoff, um sich mehrere Kleider nähen zu können.

Marie hatte auch Nadel und Faden erstanden, und so ging es ans Werk.

4.

Nicht nur Marie und Isabelle schlugen sich mit Raoul de Melancourts Rätsel herum. Auch Leopold von Gordean zerbrach sich den Kopf. Er hatte Schwester Adelina noch in der Nacht wecken lassen und ihr den Zettel mit der Botschaft zum Übersetzen gereicht. Nun lag der deutsche Text vor ihm, doch klüger war er dadurch nicht geworden.

»Was soll das?«, hatte er die Nonne angeherrscht, aber nur eine hilflose Geste zur Antwort erhalten.

Am hellen Vormittag saßen die beiden wieder zusammen und versuchten, den Sinn der geheimnisvollen Worte zu erfassen. Gordeanus hatte schon mehrere Bogen Papier beschrieben, diese dann aber stets zusammengeknüllt und zu Boden geworfen. Schließlich sah er Adelina mit einem so hasserfüllten Blick an, dass diese unwillkürlich vor ihm zurückwich. Allerdings galt sein Zorn nicht ihr.

»Raoul de Melancourt war ein Sohn des Satans!«, brach es aus ihm heraus. »Alle anderen Botschaften hat er klar und deutlich formuliert, aber das hier ist das Geschmiere eines Mannes, dem der Teufel den Sinn verwirrt hat!«

»Und doch müssen diese Worte einen Sinn ergeben. Immerhin ist es der Hinweis auf den Gral selbst, den wir in den Händen halten.«

Der Wunsch, dieses heilige Ding selbst berühren zu dürfen, erfasste nun auch Adelina. Wieder und wieder las sie die geheimnisvolle Botschaft und machte sich ihre Notizen.

»Die zwei Mal Wasser deuten auf einen See und einen Fluss hin, die zwei Mal Stein auf Häuser oder Mauern. Das Wort

fromm könnte für eine Kirche oder eher noch für ein Kloster stehen, und das andere Wort Stein für eine Burg oder eine Stadt, in deren Nähe dieses Kloster liegt«, schloss Adelina aus Raoul de Melancourts Text.
Gordeanus nickte verkniffen. »So habe ich es mir auch gedacht. Doch wo liegt dieses Kloster?«, fragte er mit knirschender Stimme.
»Es hat etwas mit dem Wort blau zu tun«, antwortete Adelina nachdenklich. »Vielleicht trägt das Kloster dieses Wort im Namen. An dieser Stelle sollten wir zu suchen beginnen. Gewiss wird es in Passau eine Aufstellung bekannter Klöster geben.«
»Und wenn dieser verfluchte Franzose seinen Schatz in einem kleinen, völlig unbedeutenden Kloster versteckt hat?«, fuhr Gordeanus auf.
»Mäßigt Euch! Gott wird uns leiten.« Adelina fühlte, dass sie der Spur nach dem gesuchten Kloster ganz nahe war, und wollte sich Gordeanus' Launen nicht mehr so gefallen lassen wie zu Beginn ihrer Reise. Außerdem hatte sie erfahren, dass zwar die Reisegefährten ihrer früheren Äbtissin hier in Passau festgesetzt worden waren, aber nicht diese selbst. Isabelle de Melancourt hatte diese Botschaft ebenfalls in Händen gehalten, sie aber durch eine Laune des Schicksals wieder verloren. Also musste Gordeanus damit rechnen, dass sie ihm zuvorkommen würde.
Mit einem Lächeln, das zu aufgesetzt wirkte, um echt zu sein, sprach sie ihn an. »Habt Ihr nicht einen bedeutenden Punkt vergessen?«
»Ich? Nein, wieso?«, fragte der Hochmeister verwundert.
»Wie würdet Ihr handeln, wenn Eure Begleiter alle gefangen genommen würden, Ihr aber den Schlüssel zu einem so heiligen Ding wie dem Gral in Händen hieltet?«
»Ich würde hinreiten und das Ding holen und mit seiner Macht meine Ritter befreien«, antwortete er.

»Was glaubt Ihr also, wird Isabelle de Melancourt tun, sobald sie das Rätsel ihres Ahnen gelöst hat?«, fragte Adeline. Gordeanus fuhr erschrocken auf. »Bei allen Teufeln! Dieses Weib würde sofort aufbrechen und den Gral holen!«
In Gedanken betete er, dass sie noch immer in der Krypta gefangen saß.
»Hält sie den Gral erst einmal in den Händen, werden wir ihn ihr niemals mehr entwinden können«, stichelte Adelina weiter. Das war zwar nur eine kleine Rache für all die Ängste, die sie hatte ausstehen müssen, aber sie genoss diesen Augenblick in vollen Zügen.
Das sonst so ebenmäßige Gesicht des Großmeisters verzog sich zu einer grotesken Grimasse. »Das darf nicht sein! Wir müssen ihr zuvorkommen.« Dann aber schöpfte er Hoffnung. »Sie ist allein und nur ein schwaches Weib. Es mögen tausend Gefahren auf diesem Weg auf sie lauern.«
»Und doch kann sie alle überwinden und sich in den Besitz des Heiligen Grals setzen.«
In Gordeanus tobte es. Der Gedanke, alles riskiert zu haben und dann doch der Verlierer zu sein, war kaum zu ertragen. Aufgebracht schlug er mit der Faust auf den Tisch. »Wir müssen dieses Rätsel lösen, und zwar schnell!«
Im nächsten Moment sprang er auf und stürmte aus der Kammer. Als er kurz darauf wiederkehrte, war ein Diener bei ihm und trug mehrere schwere Folianten herein.
Fast im selben Augenblick platzte Ritter Eusebius in den Raum. »Euer Exzellenz«, rief er. »Eben haben wir die Krypta noch einmal durchsucht, aber keine Frau und keine Äbtissin darin gefunden.«
Während Schwester Adelina erleichtert aufatmete, weil ihre Oberin entkommen war, trafen die Worte Gordeanus wie ein Peitschenhieb. Damit hatte sich seine schlimmste Befürchtung bewahrheitet: Er saß ohne einen wirklichen Hinweis hier in Passau fest.

»Setz dich!«, herrschte er Eusebius an, »und dann durchsuche diese elenden Bücher nach Klöstern, in deren Namen das Wort blau vorkommt, und zwar auch in anderen Formen wie zum Beispiel Ablauterbach oder so ähnlich! Und du hilfst ihm dabei!«

Das Letzte galt Adelina, die mit einem ergebenen Seufzer nach einem Folianten griff und diesen aufschlug.

Gordeanus beteiligte sich nicht an der Suche, sondern schritt ungeduldig auf und ab. Damit störte er die Nonne und den Ritter, doch keiner von beiden wagte es, ihn aufzufordern, ruhig sitzen zu bleiben oder zu gehen.

Stattdessen beugte Eusebius sich zu Adelina hin. »Wie wäre es mit Blaubeeren? Die schmecken wenigstens süß!«

Es sollte ein Witz sein, um sie aufzumuntern, doch das Wort traf sie wie ein Blitz.

Blaubeeren – Blaubeuren! Adelina wollte es schon laut sagen, schluckte das Wort aber im letzten Augenblick. Wenn sie sich irrte, würde Gordeanus seine Wut an ihr auslassen. Schon jetzt versetzte er ihr gelegentlich einen Hieb, wenn er gereizt war und seinem Ärger Luft machen wollte. Gleichzeitig dachte sie an ihre frühere Äbtissin. Sie hatte die Melancourt einst verehrt, sie nach Gordeanus' Überfall auf das Kloster jedoch gehasst, weil Mutter Isabelle ihr Geheimnis nicht preisgeben wollte und damit neben ihrem eigenen Leben auch das der anderen Nonnen gefährdet hatte.

Nun aber fragte sich Adelina, ob es nicht besser gewesen wäre, wenn sie alle gestorben wären und das Geheimnis des Grals mit ins Grab genommen hätten. Sie schüttelte den Kopf. Nein, so war es nicht. Gordeanus hatte den Hinweis auf den Chiemsee ohne Hilfe gefunden und hätte der Spur des Heiligen Grals trotzdem folgen können. Nun aber bestand die Hoffnung, dass Isabelle de Melancourt ihm zuvorkommen würde.

Der Gedanke wunderte sie, denn sie hatte mit jeder Faser

ihres Herzens danach gestrebt, dieses wundertätige Ding selbst in Händen zu halten. Doch war sie dessen überhaupt wert?, fragte sie sich. Sie hatte ihre Äbtissin verraten, der sie absolute Treue geschworen hatte, und auch ihre Mitschwestern, die durch Gordeanus und dessen Bluthunde ums Leben gekommen waren. Von dem Begriff Bluthund nahm sie allein Eusebius aus. Bei ihm spürte sie, dass ihm die Art, mit der sein Hochmeister sich durchzusetzen versuchte, ein Greuel war. Doch er hatte diesem Treue geschworen, und im Gegensatz zu ihr würde er sie halten.

Adelinas Blick wanderte zu dem Ritter hinüber. Er war nicht mehr jung, aber auch noch nicht alt. Sie schätzte ihn auf etwa fünfunddreißig Jahre. Im Grunde war er ein gutaussehender Mann von etwas mehr als mittlerer Gestalt, schlank, mit brünetten Haaren und einem offenen, ehrlichen Gesicht. Eigentlich stand er seinem Hochmeister in nichts nach, besaß aber im Gegensatz zu diesem ein gutes Herz.

Mit einem Lächeln fasste sie nach Eusebius' Hand. »Blaubeeren wären schön, doch vorerst sollten wir sie vergessen.« Es lag eine Mahnung in ihren Worten, die den Mann wunderte. Zwar wusste er nicht, was sie damit meinte, beschloss aber, dieses Wort weder noch einmal zu erwähnen noch daran zu denken.

5.

Kurz vor der Abenddämmerung brach Marie auf. Sie trug ein Kleid, wie es einer Magd angemessen war, und hatte nur ein paar Pfennige bei sich. Keiner in der Gastwirtschaft nahm Notiz von ihr, als sie das Anwesen verließ und in Richtung Donau ging. Unterwegs erstand sie bei einem Bäcker für wenig Geld einen Laib altbackenen Brotes, klemmte sich diesen unter den Arm und setzte ihren Weg zum Rathaus fort.

Derzeit gab es offenbar nur wenig Häftlinge, daher warteten lediglich ein paar alte Frauen und ein junges Mädchen vor dem vergitterten Fenster am Boden. Noch stand ein Stadtknecht davor Wache und ließ niemand hin. Erst als die Glocken von Sankt Stephan erklangen, trat er beiseite.

»Die Erste von euch kann kommen«, rief er und winkte dem jungen Mädchen, vorzutreten.

»He, ich war eher da!«, beschwerte sich eine alte Frau, doch der Büttel nahm keine Notiz von ihr.

Das Mädchen kniete sich vor das Fenster und fasste nach dem Gitter. »Vater, bist du da?«

Es dauerte eine Weile, bis ein älterer Mann erschien. Sein Gesicht wirkte im Schein der einzelnen Fackel, die in einem Halter vor dem Fenster brannte, so bleich wie ein Leintuch.

»Bist du es, Gerda? Hast du mit dem Herrn Richter gesprochen? Es ist alles nur ein Irrtum! Ich wollte das Geld ja zurückzahlen. Doch wenn ich hier eingesperrt bin, kann ich nicht arbeiten und Geld verdienen. Das muss der gestrenge Herr einsehen!«

Das Mädchen schüttelte den Kopf. »Der Herr Richter hat

mich noch nicht empfangen. Ich kann auch nur einmal am Tag zu seinem Haus gehen, weil ich bei Berengar und dessen Weib Dienst tun muss, um deine Schulden abzubezahlen.«
»Wie lange wird das dauern?«, fragte der Mann.
Der Stadtknecht, der zugehört hatte, lachte. »Auf alle Fälle viel zu lange. Die anderen wollen auch noch ans Fenster. Also gib ihm das Brot und geh! Schließlich will ich auch wieder nach Hause.«
»Drei Monate!«, wisperte das Mädchen und steckte dem Vater rasch einen halben Laib Brot zu.
»Das ist wirklich zu lange«, jammerte der Mann. Er wollte noch mehr sagen, doch da packte der Stadtknecht das Mädchen an der Schulter und zog es weg.
»So, jetzt kannst du ans Fenster!«, sagte er zu der Frau, die sich vorhin beschwert hatte.
»Hab Dank!«, rief diese und eilte zu der niedrigen Öffnung. »Hans? Ich bin's, die Mutter! Hier hast du Brot. Ich werde mich bei der nächsten Prozession vor die Füße Seiner hoheitlichen Eminenz werfen und ihn um Gnade für dich anflehen. Du bist doch ein guter Bub, und er muss dich freigeben, denn wer soll mich sonst versorgen?«
Der Stadtknecht schüttelte den Kopf. »Alle reden von Gnade, als wenn die pfundweis zu haben wäre. Dabei hat jeder Gefangene so einiges auf dem Kerbholz. Na, mir soll es gleich sein, Hauptsache, ich komme bald nach Hause.«
Für die Alte war dies das Signal, noch einmal die Hände ihres Sohnes zu streicheln und dann weinend wegzugehen. Marie tat die Alte leid, doch sie wusste, dass sie keiner der hier versammelten Frauen helfen konnte.
Als sie endlich an der Reihe war, kniete sie sich vor das Fenster und blickte hinein. Zwar brannte im Kerker eine Laterne, doch war ihr Licht zu schwach, um mehr erkennen zu können als Schatten, die sich in Verzweiflung wanden.
»Ist hier nicht eine Nonne eingesperrt, die gefehlt haben

soll?«, rief sie, da sie sich nicht nach Michel oder einem der anderen Männer zu fragen traute.

»Hier!«, vernahm sie zu ihrer Erleichterung Donatas Stimme. Das Mädchen schob sich nach vorne und blickte verwundert auf die Magd, die ihr mitleidig einen Laib Brot reichte.

»Bete zu Gott, denn er wird dich und die Deinen nicht ohne Hoffnung lassen«, sagte Marie mit leiser Stimme.

Auf Donatas Miene zeichnete sich Verwunderung ab, die in freudiges Erstaunen umschlug, als Marie ihr Gesicht so drehte, dass die Fackel es beleuchtete. Den Ausruf, der ihr über die Lippen wollte, konnte Donata gerade noch unterdrücken.

»Habt Dank für das Brot und die Hoffnung«, antwortete sie kaum hörbar und sah Marie kurz nach, die, von dem Stadtknecht getrieben, aufstand und ging. Dann kehrte sie zu den anderen zurück.

Michel und seine Mitgefangenen hatten an diesem Tag nur für jeden ein kleines Stück Brot und etwas Wasser erhalten. Umso mehr wunderten sie sich, als Donata ihnen einen Laib brachte, der zwar altbacken, aber immer noch gut zu essen war.

»Es gibt doch noch mitleidige Seelen in dieser Stadt«, rief Krispin aus, doch Donata schüttelte den Kopf.

»Es war Frau Marie! Sie ist in Freiheit und sagte, wir können hoffen.« Während Michel vor Freude die Fäuste ballte und Hartwin erleichtert das Kreuz schlug, verzog Stoffel das Gesicht.

»Was glaubt ihr, kann die für uns bewirken!«

Da er seiner Stimme keine Zügel anlegte, packte ihn Hartwin und stieß ihn gegen die aus rauhen Steinen bestehende Wand. »Halte deinen Mund, du Narr«, sagte er leise, »oder willst du das wenige an Hoffnung, dass wir noch haben, durch deine Dummheit verderben?«

»Ich bin schon still!«, würgte Stoffel heraus. »Trotzdem wird dieses Weib uns nicht helfen können. Wie sollte sie es auch, da uns die vereinigte Macht des Fürstbischofs und des Hochmeisters Gordeanus entgegensteht?«
Hartwin ließ ihn los und setzte sich zu Donata. Wohl zum ersten Mal auf dieser Reise fasste er nach deren Hand.
»Ihr habt mit Frau Marie gesprochen?«, fragte er so leise, dass nur sie ihn verstand.
»Das habe ich!« Donata hauchte die Worte nur. »Viel konnte sie nicht sagen, nur dass wir die Hoffnung nicht verlieren sollen.«
»Das werden wir nicht«, erklärte Michel, der sich über sie gebeugt hatte, um mitzubekommen, was sie zu berichten hatte.
Es erleichterte ihn zu wissen, dass Marie auf freiem Fuß war. Sie würde alles tun, um ihn und die anderen zu befreien. Daher durften sie keinen Argwohn erregen. Ihre Mithäftlinge würden sich die Gelegenheit nicht entgehen lassen, sie zu verraten, um dafür selbst freizukommen oder zumindest eine Erleichterung ihrer Haft zu erlangen. Daher nahm er das Brot, das Donata noch immer in Händen hielt, und brach für jeden ein etwa gleichgroßes Stück ab. Seine Gedanken drehten sich um Marie. Auch wenn er nicht wusste, welche Möglichkeiten ihr offenstanden, fühlte er sich besser. Noch hatte der Stadtrichter von Passau sie nicht verhört. Wahrscheinlich wollte er sie zuerst einige Tage bei Wasser und Brot weichkochen. Doch damit, so sagte sich Michel, hatte der gute Mann sich verrechnet.

6.

Als Marie ins Zimmer trat, sah sie, dass Isabelle so unruhig von einem Fuß auf den anderen stieg, als stünde sie auf glühenden Kohlen. »Hast du sie gesehen?«, fragte sie, kaum dass Marie die Tür hinter sich geschlossen hatte.

»Ich habe nur Donata sehen können, die anderen nicht«, antwortete Marie.

»Und? Was hat sie gesagt?«

Marie schüttelte lächelnd den Kopf. »Ein Wächter stand direkt neben mir, und daher konnten wir nur zwei, drei Worte wechseln. Ich habe ihr gesagt, sie solle die Hoffnung nicht verlieren.«

»Damit wissen wir immer noch nicht, wie wir sie befreien können. Außerdem mache ich mir Sorgen wegen Gordeanus. Er wird längst aufgebrochen sein, um den Pokal zu holen.«

Für ein paar Augenblicke versank Isabelle in einer Mutlosigkeit, in der sie alles verloren gab.

»Dafür müsste er den Zettel gefunden und das Rätsel gelöst haben! Gut, nehmen wir an, er hat die Botschaft. Was glaubt Ihr, wie leicht es ihm fallen dürfte, hinter das vierfache Blau zu kommen? Bestimmt nicht leichter als uns!«, wandte Marie ein.

»Das glaube ich nicht! Ihm steht die gesamte Bibliothek des Fürstbischofs zur Verfügung.«

»Dann hat er ja einiges zu lesen!« Marie lachte kurz auf, obwohl sie ebenfalls keinen Silberstreif am Horizont sah. Um etwas bewirken zu können, musste sie mehr erfahren, und dies erklärte sie Isabelle auch.

»Ich werde morgen Abend erneut zum Rathaus gehen und Donata einen Laib Brot bringen. Vielleicht kann ich den Wächter ein wenig aushorchen.«

»Wieder ein verlorener Tag«, stieß Isabelle hervor.

Nun reagierte Marie unwirsch. »Weshalb drängt Ihr so? Es ist doch gleichgültig, ob Gordeanus den Pokal Eures Ahnen findet oder nicht. Da dieses Gefäß nicht der Gral ist, kann er höchstens daraus trinken, aber keine Wunder bewirken. Wir hingegen benötigen unsere Begleiter, wenn wir auf Dauer gegen ihn bestehen wollen« ... und ich brauche meinen Mann, setzte Marie im Stillen hinzu.

Isabelle wollte auffahren, schlug sich dann aber mit der flachen Hand gegen die Stirn. »Du hast vollkommen recht! Verzeih, aber ich habe mich derart in diesen Wettstreit verrannt, dass ich nicht die Verliererin sein wollte. Es ist tatsächlich unwichtig, ob Gordeanus den Kelch erlangt oder nicht. Er wird rasch erkennen, dass es nicht die heilige Reliquie ist, die er sucht, sondern nur ein mit Edelsteinen geschmücktes Trinkgefäß. Allerdings dürfte er glauben, ich hätte ihn an der Nase herumgeführt, und er wird nach mir suchen, um das Geheimnis des angeblich wahren Grals aus mir herauszuholen. Um dann gegen ihn gewappnet zu sein, kann ich mich nur auf deinen Ehemann, Krispin und leider auch Ritter Hartwin stützen. Also lass uns alles tun, um unsere Freunde zu befreien.«

»In der Zwischenzeit sollten wir uns auch um das Rätsel kümmern. Es ist ja möglich, dass Gordeanus es selbst nicht lösen kann.« Marie zwinkerte Isabelle kurz zu und war froh, dass das Einverständnis zwischen ihnen wieder hergestellt war.

Sie besprachen an dem Abend noch verschiedene Möglichkeiten, mit denen sie den Gefangenen zur Flucht verhelfen konnten, doch alle krankten daran, dass ihnen die Mittel dazu fehlten.

»Es ist nicht damit getan, sie zu befreien. Wir brauchen auch Pferde, sonst können wir die Stadt nicht verlassen«, erklärte Isabelle nach einer Weile.

Marie nickte betrübt. »Leider haben wir nicht genug Geld, uns neue zu kaufen. Ich besitze nur noch das wenige, das sich in meinem Beutel befindet. Michel und Ritter Hartwin wird man das Ihre abgenommen haben. Wenn es nicht anders geht, werde ich erproben müssen, wie geschickt meine Hände einen fremden Beutel vom Gürtel schneiden können. Aber es wäre nicht gerade das, was mir gefällt. Im Kampf gegen den Hochmeister können wir uns jedoch keine Skrupel leisten.«

»Es ist traurig, dass solche Männer jedermann dazu zwingen können, die eigenen Überzeugungen zu verraten!«, antwortete Isabelle seufzend. »Trotzdem solltest du nicht zur Beutelschneiderin werden. Ein Mann, den ich gut kenne, ist Mitglied des hiesigen Domkapitels. Er würde sich niemals für unsere Begleiter verwenden, denn er hält streng auf das Gesetz. Doch ich könnte ihn um Geld bitten. Er darf nur nicht erfahren, dass ich zu dieser Bande von Reliquienräubern zähle, als die Gordeanus uns bezeichnet hat.«

»Ich könnte diesen Schurken dafür erwürgen!«, brach es aus Marie heraus. Dann aber wurde sie ruhiger. »Schau morgen, ob du einen Weg findest, dir von diesem Mitglied des Domkapitels Geld zu leihen. Und jetzt sollten wir schlafen gehen. Der neue Tag wird auch neue Hoffnung bringen!«

»Du hast recht«, antwortete Isabelle und fragte, wer sich als Erste zum Schlafengehen zurechtmachen sollte.

»Natürlich Ihr als Herrin«, antwortete Marie, deren Zuversicht langsam zurückkehrte. Irgendeinen Weg, um Michel aus dem Kerker herauszuholen, musste es geben, sagte sie sich, und wenn sie alle Schliche dafür anwenden musste, die sie kannte.

7.

Isabelle wäre weniger beunruhigt gewesen, hätte sie gewusst, dass die Lösung des Rätsels noch immer tief in Adelinas Gedanken verborgen war. Die Nonne las ausdauernd in den Folianten, die Gordeanus herbeischleppte, ohne dem Hochmeister mit einer Miene oder Geste zu verraten, dass sie das Ziel seiner Sehnsucht längst kannte. Eusebius ahnte zwar, dass sie es wusste, tat aber so, als tappte er ebenfalls im Dunkeln.

So verging auch der zweite Tag. Am Abend machte Marie sich wieder auf den Weg zum Rathaus, kaufte unterwegs einen Laib Brot und stellte sich hinter den anderen Frauen an, die ihren Verwandten etwas zu essen brachten. Diesmal interessierte sie sich weniger für das, was die Frauen sagten, sondern achtete mehr auf das Gebäude und überlegte, wie sie hineinkommen konnte. Die Tür schien nicht verschlossen zu sein, denn ein Bürger trat ungehindert ein.

»Was macht denn der Mann um die Zeit noch im Rathaus?«, fragte sie scheinbar naiv den Wächter, der darauf aufpasste, dass die Gefangenen wirklich nur Lebensmittel und keine Waffen erhielten.

»Das ist der fürstbischöfliche Rat Franziskus Schrophanus, der jede Woche um die Zeit die Protokolle des Richters einsieht«, erklärte ihr der Mann. »Der Herr ist zudem Mitglied des Domkapitels und Inhaber einiger weiterer Würden wie der des Viztums von Grubweg jenseits von Donau und Ilz.«

Maries Herz machte einen Sprung. Genau diesen Schrophanus hatte Isabelle ihr als jenen Bekannten genannt, von dem sie unter Umständen Geld erhalten konnte. Sie musste direkt an sich halten, um den Mann bei seiner Rückkehr aus dem Rathaus nicht anzusprechen. Stattdessen wandte sie sich wieder an den Wächter.

»Wird denn das Rathaus des Nachts nicht abgeschlossen?«

»Zu späterer Stunde schon, so etwa eine Stunde nach Sonnenuntergang«, antwortete der Mann.

»Aber dann können sich doch Diebe einschleichen und wertvolle Dinge stehlen!«, rief Marie mit genug Verwunderung in der Stimme, um den anderen zum Lachen zu bringen.

»Drinnen halten zwei Stadtknechte Wache, und die achten auf jeden, der dort eintritt. Später bleibt einer als Nachtwächter im Haus, und der sperrt auch zu. Man müsste schon die Tür aufbrechen, um hineinzukommen, und das hört er selbst dann, wenn er eingeschlafen sein sollte – was ihm laut Erlass des fürstbischöflichen Richters verboten ist!«

In Marie formte sich ein Plan. Als Erstes benötigten sie genug Geld, um Pferde kaufen und weiterreisen zu können. Um dieses Problem würde sie sich am nächsten Tag kümmern. Ehe sie den Gedanken weiterspinnen konnte, bemerkte sie, dass die letzte Frau eben ihrem Verwandten das Essen zugesteckt hatte, und kniete sich selbst vor das ebenerdige Fenster.

Donata hatte bereits auf sie gewartet und atmete auf, als sie Marie sah. »Habt Dank!«, flüsterte sie, als sie das Brot entgegennahm. Dann sah sie Marie bittend an. »Wäre es für Eure Mildtätigkeit zu viel verlangt, uns morgen noch einen zweiten Brotlaib mitzubringen. Wir leiden hier arg Hunger!«

Der Wächter vernahm ihre Worte und lachte. »Dir und deinen Spießgesellen steht auch nicht mehr zu. Das sind ganz üble Schurken, musst du wissen«, sagte er zu Marie. »Die rauben Kirchen aus und stehlen heilige Reliquien. Es ist eine Schande, dass es solche Menschen überhaupt gibt!«

»Das ist es wirklich«, stimmte Marie ihm zu und dachte an Gordeanus, dem sie und ihre Freunde diese Probleme zu verdanken hatten. »Trotzdem sollte man die Mildtätigkeit nicht vergessen. Jesus Christus hat sich auch der Beladenen und Sünder angenommen, um sie auf den rechten Weg zu führen. Zudem mag dieser Laib Brot für mich eine weitere Stufe ins Himmelreich sein.«

Marie lächelte sanft und reichte Donata das Brot. Mitteilen konnte sie ihr nichts, da der Wächter zu nahe war. Daher zwinkerte sie dem Mädchen nur zu und stand dann wieder auf.

»Habt Dank!«, rief Donata ihr nach.

»Zu viel Mildtätigkeit ist Dummheit«, brummte der Wächter, zuckte dann aber mit den Schultern. Wenn die Gefangenen dadurch etwas zu essen erhielten, musste die Stadt es nicht tun und sparte Geld.

Marie las ihm diesen Gedanken von der Stirn ab und sagte sich, dass manche Menschen doch sehr engherzig waren. Wenigstens hatte sie einiges erfahren, das von Wert sein konnte.

Sie kehrte nicht auf dem kürzesten Weg zur Herberge zurück, sondern trat ans Donauufer und blickte auf den Strom, dessen Hochwasser mittlerweile ein wenig zurückgegangen war. Die ersten Sterne am Himmel spiegelten sich auf seiner Oberfläche und ließen ihn wie ein geheimnisvolles Band erscheinen, das aus dem Nichts kam und sich im Nichts verlor.

Es schien ihr wie ein Symbol des menschlichen Lebens. Man kam auf die Welt und ging seinen Weg, ohne zu wissen, wohin er führen mochte. Manchen brachte er Glück, doch viele erlitten Schmerzen, Leid und einen zu frühen Tod. Marie schauderte es bei diesem Gedanken, sie rief sich aber schnell zur Ordnung. Noch lebte sie, und solange sie das tat, war die Hoffnung nicht verloren.

8.

Eine weitere Nacht verging, und am nächsten Morgen setzte Gordeanus zusätzlich zwei Ritter an die Aufzeichnungen und Bücher, die er der fürstbischöflichen Bibliothek entnahm. Bevor die Männer sich zusammen mit Adelina und Eusebius an die Durchsicht machten, erklärte er ihnen eindringlich, worauf sie achten sollten.

»Wir suchen ein Kloster, in dessen Namen das Wort blau vorkommen muss, sei es Blaustein, Blauberg oder wie auch immer.«

Einer der Ritter hob die Hand. »Verzeiht, Euer Exzellenz, aber ich komme aus dem Schwäbischen. Da gibt es unweit von Ulm ein Kloster Blaubeuren. Könnte das damit gemeint sein?«

»Das weiß ich doch nicht!«, entfuhr es Gordeanus. Dann sah er den Mann mit einem forschenden Blick an. »Es muss noch etwas Blaues dort sein, ein Wasser oder so!«

»Da wäre der Blautopf, aus dem der Fluss Blau entspringt«, erklärte der Schwabe.

Gordeanus riss es förmlich herum. »Zweimal Blau als Wasser, das stimmt. Gibt es dort auch noch einen Ort oder eine Burg, die ebenfalls Blau im Namen tragen?«

»Ja, die Stadt Blaubeuren, bei der das Kloster liegt.«

»Das muss es sein!« Gordeanus reckte triumphierend die Rechte gegen den Himmel. Gleichzeitig ärgerte er sich, weil er diesen Gefolgsmann erst jetzt hinzugezogen hatte.

Er atmete tief durch und funkelte Eusebius auffordernd an. »Mach alles für unsere Abreise bereit! Wir brechen auf, sobald ich mich vom Fürstbischof verabschiedet habe. Leider besitzt er Anspruch auf diese Höflichkeit.«

Am liebsten wäre Gordeanus sofort aufgebrochen, aber er wusste selbst, dass es eine gewisse Zeit dauern würde, bis er seine Ritter um sich versammelt hatte. Einige waren auf eigene Faust in der Stadt unterwegs, und drei weitere hatte er auf die andere Inn-Seite geschickt, wo sie in der Wallfahrtskirche Mariahilf für den Erfolg seiner Suche beten sollten. Die Männer wieder zusammenzuholen, überließ er Eusebius. Das schien ihm die rechte Strafe dafür, dass dieser bereits mehrfach versagt hatte. Es war seinem Stellvertreter nicht einmal gelungen, den Namen des Klosters herauszufinden. Erst seine eigene Klugheit, weitere seiner Leute hinzuzunehmen, hatte den Erfolg gebracht.

Als Gordeanus den Raum verließ, wandte Eusebius sich an die beiden Männer. »Einer von euch fährt hinüber nach Mariahilf, um unsere Gefährten zurückzuholen. Der andere geht in die Stadt und sucht den Rest. Ich sorge unterdessen dafür, dass die Pferde bereitstehen, wenn Seine Exzellenz von seiner Audienz beim Fürstbischof zurückkommt.«

Gewohnt zu gehorchen, verließen die beiden Männer ohne Murren dem Raum. Eusebius aber blieb am Tisch sitzen und starrte auf seine Hände. »Eigentlich sollte ich froh sein, dass es gelungen ist, Raoul de Melancourts Rätsel zu lösen. Doch mein Herz ist leer!«

»Genauso wie das meine«, antwortete Adelina. Sie dachte daran, dass sie für ihre Äbtissin immerhin zwei Tage Vorsprung herausgeholt hatte, und hoffte, diese Zeit würde Isabelle de Melancourt zum Vorteil gereichen. Für sie allerdings hieß es, wieder in den Sattel zu steigen. Dabei hatte ihre Kehrseite gerade erst begonnen zu heilen.

»Ich muss die Abreise vorbereiten!« Sichtlich widerwillig stand Eusebius auf und ging zur Tür. »Ihr solltet es auch tun, meine Liebe. Lasst Euch aber ein Kissen geben, damit Ihr weicher sitzen könnt als auf dem harten Sattelleder.«

»Ihr seid so fürsorglich, Herr Ritter. Wenn es nach Eurem

Herrn ginge, würde dieser mich wie ein Gepäckstück aufs Pferd schnallen.«

Adelina schauderte es bei dem Gedanken, aber sie schenkte Eusebius ein Lächeln. Wäre er kein Ordensritter, dachte sie, und ich keine Nonne, könnte er mir gefallen. Bei diesem Gedanken spürte sie, dass unter ihrer Kutte ein Weib steckte, das die Sehnsüchte eines solchen empfand.

9.

Marie war fest entschlossen, an diesem Tag etwas zur Befreiung ihres Mannes und seiner Gruppe zu unternehmen. Aus diesem Grund löcherte sie Isabelle mit Fragen über Franziskus Schrophanus, um so viel wie möglich über diesen Mann zu erfahren. Vor allem ging es ihr darum, ob der Domherr einer anderen Person als Isabelle Geld übergeben würde, wenn diese ihn in einem Brief darum bat.

»Ich hoffe, dass er es tut«, sagte Isabelle nachdenklich. »Besser wäre es, ich würde jemanden zu ihm schicken, den er bereits kennt und dem er vertraut. Aber wer sollte das sein?«

»Es muss auch so gehen. Schreibt ihm einen Brief und fordert ihn auf, mir eine gewisse Summe zu übergeben, die Ihr ihm später wieder zukommen lasst. Es muss genug Geld sein, um Pferde für Michel und die anderen kaufen und unsere Suche zu Ende bringen zu können.«

»Das wird nicht leicht werden, denn der fürstbischöfliche Rat ist keiner, der Geld mit leichter Hand ausgibt. Am liebsten würde ich ja selbst zu ihm gehen, doch wenn Gordeanus oder einer seiner verfluchten Ritter mich sieht, denunzieren sie mich als Reliquienräuberin. Dann werde ich verhaftet und zu unseren Freunden gesteckt«, antwortete Isabelle, in der die Wut auf Gordeanus und seine Hammerkreuzritter hellauf loderte.

»Dieses Risiko dürfen wir nicht eingehen.« Maries Tonfall warnte die Äbtissin davor, es dennoch zu versuchen.

Sollte Isabelle ebenfalls gefangen genommen werden, stand

sie allein da und konnte niemanden um Hilfe bitten. In dem Fall würde sie sich tatsächlich auf ihre Stute setzen und nach Nürnberg reiten müssen, in der Hoffnung, König Sigismund dort noch anzutreffen. In der Zwischenzeit aber konnten Michel und seine Begleiter gefoltert oder gar hingerichtet werden.

Während Marie über ihre prekäre Lage nachdachte, starrte sie aus dem Fenster und sah einen Karren die Straße heraufkommen, der von einem Maultier gezogen wurde, welches müde den Kopf hängen ließ. Ein zwergenhaft gestalteter Mann saß ebenso erschöpft auf dem Bock.

»Das ist doch Nepomuk!«, entfuhr es Marie.

»Wer, wie, wo, was?«, platzte Isabelle heraus und trat an ihre Seite. »Tatsächlich! Jetzt ist unsere Lage nicht mehr ganz so verzweifelt. Schrophanus kennt Nepomuk als meinen Boten und wird ihm das gewünschte Geld auszahlen. Komm! Wir müssen ihn abfangen, bevor wir ihn aus den Augen verlieren.«

Isabelle wollte die Kammer verlassen, doch Marie hielt sie zurück. »Ihr könnt als Adelsdame nicht einem Gaukler nachlaufen. Das übernehme ich.«

»Aber bitte rasch!« Noch während sie es sagte, eilte Isabelle zum Fenster. »Ich sehe ihn nicht mehr!«, rief sie erschrocken. Doch Marie war bereits zur Tür hinaus. Kurz darauf stand sie auf der Straße und sah sich um. Nepomuk hatte ein Stück weiter vorne anhalten müssen, um ein anderes Fuhrwerk durchzulassen. Als er endlich weiterfahren konnte, griff Marie nach dem Zügel seines Maultiers und hielt es an.

»He, was soll das?«, fragte er, da er sie in ihrem Magdkleid nicht erkannte.

»Ich soll dir Grüße von einer guten Freundin ausrichten. Sie rechnet mit deiner Hilfe!«, begann Marie fröhlich.

Jetzt spitzte Nepomuk doch die Ohren. »Wen meinst du?«

»Isabelle de Melancourt. Sie schwebt in großer Gefahr!«

Marie sprach so leise, dass er Schwierigkeiten hatte, sie zu verstehen.

Zunächst schüttelte er verwirrt den Kopf und kniff dann die Augen zusammen. »Dich kenne ich doch! Bist du nicht mit der ehrwürdigen Mutter geritten, als ich das letzte Mal auf sie traf?«

»Das stimmt!«, gab Marie zu. »Und seitdem hat sich einiges ereignet.«

»Ein wenig davon habe ich mitbekommen. Es reicht aus, um zu begreifen, dass ihr Probleme am Hals habt. Aber wie soll ich euch helfen?«

»Isabelle de Melancourt braucht dich dringend als Boten.«

Als Nepomuk das hörte, atmete er auf. Diese Aufgabe konnte er gewiss erfüllen. »Gut, und was soll ich tun?«

Da schloss von hinten ein weiteres Fuhrwerk auf, und dessen Kutscher brüllte wie angestochen. »He, mach den Weg frei, sonst ziehe ich dir die Peitsche um die Ohren!«

»Dafür musst du aber verdammt tief zielen«, spottete Nepomuk und sah dann Marie an. »Also, wohin?«

»Stell erst einmal deinen Karren und dein Maultier unter! Dann komm in jene Herberge dort und frage nach Reichsgräfin Susanne von Hohenstein. Sag, du hättest Botschaft von ihrem Gemahl! Dann wird man dich zu uns bringen.«

»Und wer ist jetzt die Hohenstein, Ihr oder die ehrwürdige Mutter?«, fragte Nepomuk grinsend.

Erneut plärrte der Fuhrmann hinter ihm los. »Was ist jetzt? Verschwindest du endlich, oder muss ich von meinem Bock herunterkommen?«

»Bin ja schon weg!«, antwortete Nepomuk und trieb seine Anne an.

»Susanne von Hohenstein, Botschaft von ihrem Gemahl«, sagte er noch, um es im Gedächtnis zu behalten, dann bog er um das nächste Eck und fuhr durch eine enge Gasse, durch die kein normales Fahrzeug hindurchgekommen wäre, in Richtung des Inn. Dort lag die Herberge, die er aufsuchte, wenn er nach Passau kam. Unterwegs fragte er sich, auf welch wildes Abenteuer sich Isabelle de Melancourt eingelassen hatte, um so ein Täuschungsspiel treiben zu müssen.

10.

Beim nächsten Glockenschlag klopfte es an die Tür. Die Wirtsmagd steckte den Kopf herein und meldete, dass ein Bote für die Frau Reichsgräfin erschienen sei.

»Führe ihn herein!«, forderte Isabelle sie mit vor Aufregung zitternder Stimme auf.

»Du sollst eintreten!«, sagte die Magd mit einem schräg nach unten gerichteten Blick.

Nepomuk wackelte mit seinen kurzen Beinen in die Kammer und deutete eine Verbeugung an. »Meine Verehrung, werte Frau Reichsgräfin!«

Dabei zwinkerte er Isabelle grinsend zu.

»Du hast Ihre Erlaucht zu sagen!«, herrschte Marie ihn ganz wie eine auf die Stellung ihrer Herrin bedachte Leibmagd an.

Das Grinsen des Zwerges wurde noch breiter, doch er wartete mit einer Antwort, bis die Magd die Türe wieder hinter sich geschlossen hatte. Dann öffnete er sie einen Spaltbreit und sah zufrieden, dass die Frau die Treppe ins Erdgeschoss hinunterstieg.

»Vorsicht hat noch nie geschadet«, meinte er zu Marie und Isabelle. »Wo brennt es denn, dass Ihr so eine Maskerade aufführen müsst?«

»Tatsächlich brennt es an allen Ecken und Enden«, antwortete Marie. »Mein Mann und alle unsere Begleiter sind gefangen und sitzen im Kerker. Um sie befreien zu können, brauchen wir Geld.«

»Wenn Ihr da auf mich rechnet, so muss ich Euch enttäuschen. Ich habe nur ein paar lumpige Groschen im Beutel«, wehrte Nepomuk ab.

»Kleiner Mann, kleiner Beutel«, spottete Isabelle.

Die Augen des Zwerges blitzten kurz auf. »Wenn Ihr das meint, so kann ich Euch gerne beweisen, dass mein Beutel nicht so klein ist – und was dazugehört, auch nicht!«

Marie lachte leise, schüttelte dann aber den Kopf. »Wir haben an andere Dinge zu denken als an so was. Die ehrwürdige Mutter möchte, dass du zu einem ihrer Bekannten gehst und diesen in ihrem Namen um Geld bittest.«

»So ist es«, erklärte Isabelle. »Und zwar musst du den fürstbischöflichen Rat und Mitglied des Domkapitels, Franziskus Schrophanus, aufsuchen. Diesem wirst du einen Brief von mir übergeben, in dem ich ihn auffordere, dir fünfhundert Gulden zu übergeben, die du mir bringen sollst.«

»Und was ist, wenn ich diese fünfhundert Gulden für mich behalte und damit verschwinde?«, fragte Nepomuk grinsend.

»Dann solltest du beten, uns nie mehr über den Weg zu laufen!« Marie lächelte sanft, doch ihre Augen blickten eisig.

Da Isabelle den Gaukler besser kannte, machte sie eine beschwichtigende Geste. »Nepomuk wird uns nicht verraten! Er ist ein treuer Freund.«

»Allein für diese Worte werde ich wiederkommen«, sagte der Zwerg geschmeichelt. »Aber sagt, wofür braucht Ihr das Geld? Wollt Ihr die Kerkerwachen bestechen?«

»Nein, aber da die Pferde unserer Freunde weggebracht wurden, benötigen wir neue Reittiere«, antwortete Marie.

»Wie viele?«, fragte Nepomuk, der sich schon so manchen Gulden durch die Vermittlung von Pferden verdient hatte.

Marie zählte kurz durch. »Drei haben wir hier. Damit brauchen wir noch sieben Reittiere.«

»Sieben Pferde also«, wiederholte Nepomuk. »Es werden aber keine edlen Renner werden, wenn Ihr von den fünfhundert Gulden noch ein wenig Reisegeld übrig behalten wollt.«

»Um mehr wage ich Domherrn Schrophanus nicht zu bitten.« Isabelle seufzte, denn wie sie es auch immer drehen und wenden mochte, die Schwierigkeiten nahmen nicht ab. Schnell riss sie sich zusammen, setzte sich an den Tisch und schrieb einen Brief an den fürstbischöflichen Berater.
Nach einer Weile hob sie den Kopf und sah Nepomuk mahnend an. »Du darfst Schrophanus um Gottes willen nicht sagen, dass ich hier in Passau bin. Für diesen Mann muss ich noch in meinem Kloster sein. Hast du verstanden?«
Der Zwerg nickte grinsend. »Ich soll also bei einer kleinen Gaunerei mitmachen, die den hohen Herrn um fünfhundert Gulden erleichtern soll?«
»Er wird sein Geld zurückerhalten, sobald wir wieder beim König sind. Sigismund ist mir viel mehr schuldig als fünfhundert Gulden!« Isabelle klang giftig, denn sie ärgerte sich immer noch, dass der König ihr nicht die Möglichkeit geboten hatte, Gordeanus mittels eines Erlasses selbst in den Kerker werfen zu können. So hatte der Hochmeister alle Vorteile auf seiner Seite, und sie musste zu Schlichen Zuflucht nehmen, die ihr widerstrebten.
Als sie Nepomuk den Brief übergab, hatte sie sich jedoch wieder gefasst und strich ihm über die Wange. »Du warst mir immer ein treuer Freund. Das werde ich nie vergessen!«
»Ihr könntet es mit einem Kuss bekräftigen«, sagte der Zwerg anzüglich und erhielt dafür einen leichten Nasenstüber.
Dann aber lachte Isabelle auf. »Wenn du uns das Geld von Schrophanus bringst, bekommst du deinen Kuss.«
»Dieses Versprechen ist mir mehr wert als alles Geld der Welt!« Nepomuk steckte grinsend den Brief ein, während Marie sich eines gewissen Spottes nicht enthalten konnte.
»Diesen Kuss zu verdienen ist ja auch leichter, als an alles Geld der Welt zu kommen.«
»Da habt Ihr natürlich auch wieder recht.« Noch immer la-

chend verließ Nepomuk die Kammer, um sich in den Dombezirk zu begeben und dort nach dem fürstbischöflichen Rat Schrophanus zu fragen.

Kaum war er verschwunden, steckte die Wirtsmagd neugierig den Kopf zur Tür herein. »Habt Ihr Nachricht von Eurem Gemahl erhalten, Erlaucht?«

»Er wird leider Gottes noch ein wenig ausbleiben«, antwortete Isabelle mit einem gekonnten Seufzer und tupfte sich mit ihrem Taschentuch die Augenwinkel ab.

11.

Nepomuks Mission stand zunächst unter keinem guten Stern. Als er im Dombezirk nach Schrophanus fragte, hörte er, dass dieser sich nach Grubweg begeben hätte. Daher blieb ihm nichts anderes übrig, als ebenfall dorthin zu gehen. Für seine kurzen Beine war es eine elend lange Strecke, die ihn über die Donau, an der Veste Niederhaus vorbei bis zur Ilz und darüber hinaus führte. Als er schließlich das Landhaus des fürstbischöflichen Rates erreichte, war er völlig erschöpft und die Zunge hing ihm wie ein trockener Lappen im Mund.

Ein Diener öffnete ihm und musterte ihn von oben herab.

»Was willst du?«

»Ich habe dem ehrenwerten Herrn Schrophanus eine Botschaft zu überbringen«, krächzte Nepomuk und deutete dann auf seine Kehle. »Du hast nicht zufällig einen kühlen Trunk für mich? Der Weg war weit und hat meine Kehle ausgedörrt.«

Ohne darauf einzugehen, schloss ihm der Diener die Tür vor der Nase zu, und er musste draußen warten. Nach einer Weile kehrte der Mann zurück und ließ ihn ein.

»Mein Herr wird dich empfangen. Aber fasse dich kurz! Wir erwarten Gäste«, erklärte er und schritt Nepomuk voraus in einen kleinen Raum, in dem Schrophanus an einem Tisch saß, auf dem mehrere große Folianten und ein hoher Stapel Papier lagen. Der Domherr las in einem der Bücher und schien den eintretenden Nepomuk nicht zu bemerken. Erst als dieser sich mehrfach räusperte, hob er den Kopf.

»Mein Diener sagte, du hättest eine Botschaft für mich?«

»Ja, Euer Exzellenz, hier ist sie!« Nepomuk zog Isabelles Brief aus der Tasche und reichte ihn Schrophanus.
Dieser ergriff ihn, öffnete ihn und las ihn mit verwunderter Miene durch.
»Die ehrwürdige Mutter schreibt, ich solle dir fünfhundert Gulden übergeben, die sie mir zu einem späteren Zeitpunkt wieder zurückgeben würde.«
Nepomuk nickte eifrig. »Das stimmt, Euer Exzellenz. Sie braucht das Geld dringend, um einen Reisezug ausstatten zu können.«
»Will die ehrwürdige Mutter etwa auf Reisen gehen?«, fragte der Domherr verwundert.
»So ist es! Es handelt sich um eine wichtige Sache, die sie nicht abweisen oder verschieben kann.« Nepomuk log mit dem ehrlichsten Gesicht der Welt, denn er hatte gelernt, dass jemand wie er nur zwei Waffen zur Verfügung hatte, nämlich seinen Verstand und sein Mundwerk.
»Fünfhundert Gulden sind eine Menge Geld«, wandte der Domherr ein. »Vor allem, wenn ich sie nur auf dein Wort hin geben soll. Welche Sicherheit bietest du mir überhaupt, dass Isabelle de Melancourt die Summe bekommt?«
Nepomuk sah seinen Gastgeber gekränkt an. »Hat die ehrwürdige Mutter Isabelle Euch gefragt, welche Sicherheiten Ihr ihr geben könnt, als sie Euch vor zwei Jahren das Geld gab, um Eure Reise fortsetzen zu können, nachdem Räuber Euch überfallen hatten?«
»Nein, das nicht …« Schrophanus wand sich ein wenig und stellte dann die Frage nach Isabelle de Melancourts Ziel.
»Rom! Die ehrwürdige Mutter braucht für diese Reise sieben oder acht Pferde und kann unterwegs nicht immer auf die Freigiebigkeit von Klöstern vertrauen«, erklärte Nepomuk mit kratzender Stimme. Den Trunk, den er sich erhofft hatte, würde er wohl nicht bekommen, dachte er, während er gespannt auf Schrophanus' Antwort wartete.

Dieser überlegte eine Weile und nickte dann, als müsse er sich selbst etwas bestätigen. Plötzlich drehte er den Kopf wieder dem Zwerg zu.

»Ich könnte der ehrwürdigen Mutter zu Pferden verhelfen, wenn du die Möglichkeit hast, sie ihr zu bringen. Der fürstbischöfliche Stadtrichter hat mehrere üble Reliquienräuber verhaften lassen, die im Kerker auf ihre Aburteilung warten. Ihre Reittiere sollen zugunsten der Stadtkasse verkauft werden. Ich könnte sie daher günstig erwerben.«

Nepomuk fiel ein Stein vom Herzen. Wenn Schrophanus ihnen zu den Gäulen verhalf, mussten weder Isabelle noch er es tun. Daher nickte er sofort.

»Ich kann der ehrwürdigen Mutter die Pferde bringen. Ihr müsstet sie nur in der Passauer Herberge unterstellen, in der ich Quartier genommen habe.«

»Das wird geschehen!« Der Domherr rechnete in Gedanken kurz aus, wie viel er für die Pferde würde zahlen müssen, nahm dann eine kleine Glocke zur Hand und läutete.

Sofort schoss sein Diener herbei. »Was befehlt Ihr, Herr?«

»Zahle diesem Mann zweihundert Gulden aus und komm dann zurück. Du musst einen Botengang für mich erledigen.«

»Jawohl, Herr!« Der Diener begriff zwar nicht, was sein Herr vorhatte, doch er führte Nepomuk in eine Kammer, in der eine große, eiserne Kassette stand, und öffnete diese. Dabei achtete er darauf, dass der Zwerg nicht hineinschauen konnte. Anschließend zählte er zweihundert Gulden ab, steckte diese in einen Beutel und reichte ihn Nepomuk.

»Hier ist das Geld«, sagte er und schloss die Kassette wieder.

»Hab Dank!« Der Zwerg krächzte betont, um auf seine trockene Kehle aufmerksam zu machen.

Diesmal ließ Schrophanus' Diener sich erweichen. Er scheuchte Nepomuk auf den Flur, verschwand dann für kurze Zeit und kehrte mit einem Becher zurück, der mit einem Gemisch aus Wasser und Wein gefüllt war.

Nepomuk probierte das Getränk und nickte zufrieden. Der Wein war zwar säuerlich und wohl auch zu etwas mehr als der Hälfte mit Wasser vermischt, schmeckte aber erfrischend.

»Vergelte es dir Gott«, sagte er, nachdem er den Becher geleert und zurückgereicht hatte. Dann band er den Beutel an seinem Gürtel fest, zog sein Wams tiefer, so dass es die pralle Geldkatze verbarg, und verabschiedete sich. Während er an der Ilz entlang in Richtung Passau ging, fasste er sich immer wieder an die Stelle, an der der Beutel steckte. Die Angst vor Dieben und Räubern, denen er an Kraft nichts entgegenzusetzen hatte, hielt ihn selbst dann noch in den Klauen, als er die Donaubrücke passiert hatte und die Gasse zu Isabelles Herberge hochstieg.

Es stellte sich ihm jedoch niemand in den Weg, und er wurde auch nicht beraubt. Trotzdem war er froh, als er vor der Äbtissin stand und ihr den Beutel überreichen konnte.

Isabelle sah der Geldkatze an, dass die Summe kleiner war als erhofft, und zog die Stirn kraus. »Mehr hat er nicht gegeben?«

Auf Nepomuks Gesicht erschien ein Grinsen. »Wir bekommen noch Pferde dazu. Sie gehörten bis jetzt einigen wüsten Reliquienräubern, die bald abgeurteilt werden sollen. Der gute Schrophanus lässt sie in meine Herberge schaffen. Ich schätze, dass es noch heute geschieht.«

Marie musste sich das Lachen verkneifen. »Sind es wirklich unsere Pferde?«

Nepomuk nickte. »Ich nehme es an! Es sei denn, es laufen mehr Reliquienräuber hier in Passau herum. Aber meint Ihr nicht, dass ich jetzt meinen Kuss und einen Becher Wein verdient habe?«

»Für den Becher Wein sorge ich«, rief Marie und verließ glucksend die Kammer.

Nepomuk blieb mit Isabelle allein zurück. Diese musterte

ihn mit einem Lächeln, das sowohl anerkennend wie auch leicht spöttisch gemeint sein konnte, beugte sich zu ihm herab und berührte seine Lippen mit den ihren.

»Du bist wirklich ein kleiner, großer Held«, sagte sie und sann über ihre weiteren Schritte nach.

Ihr fiel zwar nicht die geringste Möglichkeit ein, wie sie ihre gefangenen Freunde befreien konnten, doch sie vertraute auf Maries Findigkeit, die sich auf dieser Reise schon mehrfach bewährt hatte.

12.

Ümit Ağa hatte Passau kurz nach Gordeanus und dessen Reitern erreicht, diese dann aber in der Stadt aus den Augen verloren. Durch den Verkauf seines Hengstes reichlich mit Geld versehen, kehrte er mit seinen beiden Begleitern in einem Gasthof ein und machte sich dann auf die Suche. Er betrat auch den Dom und schüttelte drinnen den Kopf über die Dummheit der Giauren, die Statuen aus Holz, Stein und Gips anbeteten und sich so den Segen ihrer drei Götter und deren Untergötter, die sie Heilige nannten, erhofften. Die Gier dieser Leute nach solchen Statuen war so groß, dass sie sich diese sogar gegenseitig stahlen. Gerade zu dieser Zeit war wohl solch eine Diebesgruppe gefangen genommen worden, denn die lautstark geführten Diskussionen, die Ümit mitbekam, drehten sich zumeist darum, dass die Reliquienräuber demnächst bei lebendigem Leib verbrannt werden sollten. In seinen Landen hätten sie die rechte Hand verloren, wie es das Gesetz des Propheten vorsah.
Ümits Eindruck, dass es sich bei den Bewohnern des Westens um üble Barbaren handelte, verstärkte sich noch durch den strengen Geruch, den viele ausströmten. Die meisten schienen sich nur selten zu waschen, und ihre Kleidung kam wahrscheinlich gar nicht mit Wasser in Berührung. Er selbst versuchte so sauber zu bleiben, wie es nur ging. Als er jedoch in seiner Herberge warmes Wasser verlangte, sah ihn der Knecht mit großen Augen an.
»Aber wenn man sich damit wäscht, wird man doch krank!«
»Bring das Wasser!«, befahl Ümit, auch wenn er wusste, dass er mit so einem Verhalten auffiel. Doch so ganz wollte

er sich und die Sitten seiner Heimat nicht verraten. Auch Mahsun war um das warme Wasser froh und der Priester ebenfalls.

Am dritten Tag endlich sah Ümit zwei Ordensritter aus einer Kirche kommen. Er blieb so in deren Nähe stehen, als wolle er das Bauwerk betrachten. Dabei achtete er genau auf das, was die Männer sagten.

»Ich hoffe, Seiner Exzellenz gelingt es bald, das Rätsel des Kreuzritters zu lösen. Sonst wachsen wir in dieser Stadt noch an«, sagte einer gerade.

»Also ich hätte nichts dagegen, noch ein paar Tage hier in Passau zu bleiben«, meinte der andere lachend. »Die Unterkunft ist brauchbar, das Essen gut und der Wein süffig. Wir sind in der letzten Zeit wie die wilde Jagd durchs Land gebraust, um Raoul de Melancourts Hinweise zu finden. Da haben wir wohl ein wenig Ruhe verdient.«

Ümit begriff, dass der Hochmeister derzeit noch nicht wusste, wo sein nächstes Ziel lag. Das erleichterte ihn, denn in den letzten beiden Tagen hatte er befürchtet, der Mann könnte die Stadt bereits verlassen und ihn abgehängt haben. Doch nun war er wieder auf der Spur der Gralssucher.

Als die Ordensritter weitergingen, folgte er ihnen vorsichtig durch das Gassengewirr der Stadt und fand heraus, dass man die Männer in der Nähe des Doms untergebracht hatte, in jenen Häusern, die den Vertrauten des hiesigen Emirs, der sich Fürstbischof Leonhard von Laiming nannte, vorbehalten waren. Andere durften zwar den Dom betreten, doch einige Gassen waren ihnen versperrt. Auch er konnte nur aus der Ferne zusehen, wie Gordeanus' Gefolgsleute einen großen Bau betraten und wenig später ein anderer Ordensritter ihn verließ.

Aus einem Gefühl heraus folgte Ümit dem Mann und erkannte bald, dass dieser in der Stadt nach seinen Gefährten suchte.

»Ihr müsst ins Quartier zurück«, rief er der ersten Gruppe zu. »Seine Exzellenz will heute noch aufbrechen.«
»Und wo soll es hingehen?«, fragte einer der Männer.
»Das weiß ich nicht! Aber Seine Exzellenz wird uns schon auf den richtigen Weg führen.«
»Hoffentlich ist die Suche bald vorbei! Ich muss immer wieder an unsere Freunde denken, die im Waldkloster umgekommen sind, und würde deren Mördern gerne die Rechnung präsentieren.«
Der Ritter klopfte gegen seinen Schwertgriff und stiefelte dann mit seinen beiden Begleitern in Richtung der fürstbischöflichen Gästehäuser, während der andere Ritter seine Suche fortsetzte, um auch den Rest der Kameraden zusammenzuholen.
Ümit hatte genug erfahren und bog in die nächste Seitengasse ab. Wenig später erreichte er seine Herberge und rief den Wirt. »Ich will zahlen, denn ich muss heute noch aufbrechen.«
»Das ist dir ja sehr rasch eingefallen!« Da Ümit noch immer Bauernkleidung trug, sah der Wirt keinen Grund, besonders höflich zu sein. Er präsentierte ihm die Rechnung, die Ümit mit einem guten Trinkgeld beglich. Dann wies der Ağa in Richtung Stall.
»Die Pferde satteln wir selbst.«
»Mir soll es recht sein«, antwortete der Wirt und strich die Münzen ein. An Geld schien es diesem Mann ja nicht zu mangeln. Nur besser anziehen hätte er sich können.
Ohne etwas auf die Überlegungen des Wirtes zu geben, stieg Ümit die Treppe hoch in die Kammer, die er mit Mahsun und dem Priester teilte, und sah beide auffordernd an.
»Wir brechen gleich auf!«
»Ihr habt den Hochmeister gefunden«, schloss der Priester aus seinen Worten.
Ümit nickte mit verbissener Miene. »So ist es. Und wir werden ihm folgen.«

»Aber was können wir gegen ein Dutzend schwer bewaffneter Ritter ausrichten?«, wandte der Priester ein.
»Darüber werden wir in dem Augenblick nachdenken, in dem es nötig ist. Und jetzt beeile dich! Nicht, dass der Mann uns entkommt.«
Mahsun war bereits dabei, seine Sachen und die von Ümit Ağa zu packen. Auch der Priester stopfte seine geringe Habe in die Satteltasche, wandte sich dann noch einmal zu dem Kruzifix, das in einer Ecke des Raumes hing, und bekreuzigte sich.
Wenig später bestiegen sie ihre Pferde. Da Ümit Gordeanus' Ziel nicht kannte, blieb ihnen nichts anderes übrig, als zum Dombezirk zu reiten und dort auf den Aufbruch der Hammerkreuzritter zu warten, ohne die Aufmerksamkeit der fürstbischöflichen Wachen zu erregen.
Mittag war bereits vorüber, als das Hoftor des Anwesens geöffnet wurde und der Hochmeister endlich erschien. Der hochmütige Zug auf seinem Gesicht war womöglich noch ausgeprägter als zuvor, und er schenkte, als er an Ümit und dessen Begleitern vorbeiritt, diesen keinen Blick. Ihm folgte Eusebius, der noch immer als sein Stellvertreter galt, weil er als einer der wenigen Ritter nicht nur des Lesens, sondern auch des Schreibens und Rechnens mächtig war und eine Reisegruppe zusammenhalten konnte.
Im Gegensatz zu seinem Oberhaupt achtete Eusebius auf seine Umgebung, und so fielen ihm die drei Reiter mit ihren ausgezeichneten Pferden auf. Eine steile Falte erschien auf seiner Stirn. Diesen Männern war er schon in Gstadt am Chiemsee begegnet! Sie hier in Passau anzutreffen konnte kein Zufall sein. Suchten sie etwa ebenfalls den Gral? Eusebius wusste nicht genau, wie viele dieser Reiter er am Chiemsee gesehen hatte. Dennoch war er sicher, dass es sich hier um weniger Personen handelte als dort. Waren einer oder zwei losgeritten, um weitere Männer zu holen, die ihnen helfen sollten, den Gral zu erringen?

Schon wollte Eusebius sein Pferd antreiben, um den Hochmeister zu informieren. Er zügelte das Tier jedoch wieder, denn er hatte keinen Beweis für seine Vermutung und wollte nicht von Gordeanus verlacht oder gar beleidigt werden. Stattdessen beschloss er, auf alles zu achten, was hinter ihnen vorging. Wenn diese drei Bauern – so schätzte er sie ihrer Kleidung wegen ein – ihnen folgten, war deren Absicht eindeutig.
Die übrigen Ordensritter hatten sich in Zweierreihen hinter Eusebius eingeordnet. Auch Adelina saß wieder im Sattel und lenkte ihre Stute neben Eusebius' Hengst.
»Bald werden wir erfahren, wem der Heilige Gral seinen Segen spendet und wem nicht«, sagte sie so leise, dass der Hochmeister es nicht hören konnte.
Eusebius nickte nachdenklich. »Gottes Wege sind unergründlich, und so mag es kommen, dass der Heilige Gral von jemandem gefunden wird, von dem wir noch nichts wissen.«
Adelina sah ihn verwundert an. »Gibt es etwas, was Ihr wisst und ich nicht?«
»Noch nicht«, antwortete der Ritter und bedachte die Nonne mit einem fürsorglichen Blick. »Doch seid gewiss, dass ich auf der Hut sein werde. Und noch etwas: Werde ich vor die Wahl gestellt, den Gral zu erlangen oder Eure Unversehrtheit zu bewahren, werde ich mein Schwert für Euch schwingen – und nicht für ein Ding aus Gold und Edelsteinen!«
Es klang so aufrichtig, dass Adelina den Ritter gerührt musterte. »Ihr seid mir auf dieser Reise ein guter Freund geworden, Herr Eusebius. Das werde ich niemals vergessen.«
»Ich auch nicht!« Eusebius dachte seufzend daran, dass ihrer beider Eide es ihnen unmöglich machten, mehr zu werden als gute Freunde, denn er wollte nicht wie viele verderbte Pfaffen das Gebot der Keuschheit mit Füßen treten.

Gordeanus' Trupp verließ die Stadt durch das Bürgtor und wandte sich westwärts in Richtung Vilshofen, um über Landshut, Freising und Augsburg Blaubeuren zu erreichen. Als sie wenig später über die Kuppe eines Hügels ritten, wandte Eusebius sich um und entdeckte ein Stück hinter sich drei Reiter, die denselben Weg einschlugen wie sie. Seine Vermutung hatte ihn also nicht getäuscht. Sie standen auf der Suche nach dem Gral nicht nur in Konkurrenz zu Isabelle de Melancourt, sondern hatten es noch mit einer Gruppe zu tun, die ihnen seit dem Chiemsee folgte.

Noch während Eusebius überlegte, ob er nun doch mit Gordeanus sprechen sollte, wandte dieser sich um.

»Die Ritter Dietrich, Matthias, Albrecht und Anton sollen zu den Dörfern in dieser Gegend reiten und nach Isabelle de Melancourt forschen! Ich muss wissen, wie groß der Vorsprung dieser Metze ist.«

»Sehr wohl, Euer Exzellenz«, rief Dietrich und bog in einen Seitenweg ab. Auch die anderen drei Ritter verließen den Trupp und hielten auf die Dörfer zu, die am Horizont zu sehen waren.

Da der Hochmeister ihn übergangen hatte, verschwieg Eusebius seine Entdeckung und fragte sich, ob er sich nicht besser den Johannitern oder dem Deutschen Orden angeschlossen hätte. Dort aber hatten die Herren des hohen Adels das Sagen, und deswegen war ihm Gordeanus' Ritterschaft, die sich aus dem einfachen Adel rekrutierte, verlockender erschienen. Bei ihr hatte er sich bessere Aufstiegsmöglichkeiten versprochen. Doch mittlerweile behandelte Gordeanus ihn wie einen Knecht, und die Handlungsweise dieses Mannes stieß ihn immer mehr ab. Es konnte nicht mehr gottgefällig sein, was der Hochmeister tat.

Gordeanus verließ sich nicht nur auf seine ausgesandten Ritter, sondern fragte auf ihrem weiteren Weg immer wieder nach Isabelle de Melancourt. Doch stets war die Antwort so ähnlich wie bei dem Burgherrn, bei dem sie nach dem ersten Tag übernachteten.

»Ihr fragt nach einer Nonne? Nein, eine solche ist hier in den letzten Tagen nicht vorbeigekommen. Die letzte war die ehrwürdige Schwester Scholastika auf dem Weg nach Passau. Aber das ist schon zwei Wochen her«, erklärte der Edelmann.

»Sie kann sich auch verkleidet haben und das Gewand einer Laiin angezogen haben«, bohrte der Hochmeister nach.

Der Burgherr schüttelte den Kopf. »Ihr sagtet, sie wäre allein unterwegs, und eine solche Frau habe ich nicht gesehen, weder zu Pferd noch zu Fuß. Die einzige Frau, die hier vorbeigekommen ist, war die Schwester meines Nachbarn, und die führte ein ordentliches Gefolge bei sich. Sie will ihrer Schwägerin bei der Geburt ihres ersten Kindes beistehen, müsst Ihr wissen.«

Gordeanus interessierte sich weder für die Nachbarn des Burgherrn noch für ungeborene Kinder. Doch sosehr er auch fragte, niemand wollte Isabelle de Melancourt gesehen haben. Damit gab es nur eine Möglichkeit, und die hieß, dass es ihr nicht gelungen war, das Rätsel ihres Ahnen zu lösen. Wahrscheinlich hatte sie sich doch auf den Weg nach Nürnberg gemacht, um von König Sigismund Hilfe zu erhalten. Damit besaß er völlig freie Hand, nach Blaubeuren zu reiten und den Heiligen Gral für die Christenheit zu finden.

13.

Die Pferde wurden tatsächlich noch am gleichen Tag gebracht. Nepomuk berichtete es Isabelle und Marie und fragte, wie es nun weitergehen solle.

»Immerhin sitzen die Ritter und ihr Gefolge noch im Kerker«, sagte er.

Isabelle wandte sich Marie zu. »Ich würde auch gerne wissen, was wir tun können. Willst du den Wächter bestechen?«

»Das hatte ich zuerst überlegt, es dann aber verworfen«, erklärte Marie. »Mir ist die Gefahr zu groß, dass der Mann zum Schein darauf eingeht, uns aber verrät, so dass auch wir im Kerker landen.«

»Aber wie sollen wir sie sonst freibekommen?«, stieß Isabelle hervor.

»Wir warten die Nacht ab, dringen ins Rathaus ein und überwältigen den Wächter. Danach verlassen wir die Stadt durch das nächstgelegene Tor, bevor jemand merkt, dass Michel und die anderen entkommen sind.« Marie sagte es in einem so lockeren Ton, als stünde ihnen ein Spaziergang bevor.

Nepomuk starrte sie entsetzt an. »Erwartet aber nicht, dass ich den Wächter niederringe!«

»Sollen wir Frauen es etwa tun?«, fragte Marie mit blitzendem Schalk in den Augen.

Noch während der Zwerg verzweifelt den Kopf schüttelte, klopfte sie ihm auf die Schulter. »Ich will jegliche Gewalt vermeiden. Daher habe ich unter den Kräutern und Arzneien, die meine Freundin Hiltrud mir mitgegeben hat, nach Mitteln gesucht, die ich für meinen Plan benötige. Ein starker Aufguss von Baldrian, Schlüsselblumen, Hopfen und

Johanniskraut wird ausreichen, um dem Wächter zu einem geruhsamen Schlaf zu verhelfen.«

»Ihr wollt ihn vergiften?«, platzte Nepomuk heraus.

Marie schüttelte lächelnd den Kopf. »Nicht vergiften, sondern nur betäuben. Wir können es uns nicht leisten, einen Toten zurückzulassen. Ich habe das Mittel mit Wein und etwas Branntwein vermischt. So sollte es uns gute Dienste leisten. Allerdings wird die ehrwürdige Mutter es dem Wächter bringen müssen, denn ich war zu oft am Kerkerfenster. Mich würde er mit Sicherheit erkennen.«

»Und wie soll ich das anstellen?«, wollte Isabelle wissen.

»Damit! Es fehlen nur noch die gelben Bänder.« Marie zog ein Kleid unter ihrem Bett hervor, das sie mit schnellen Stichen gefertigt hatte, und begann nun, mehrere schmale, gelbe Bänder daran zu nähen.

»Ich soll als Hure auftreten?« Isabelle war schockiert.

Aber Nepomuk nickte anerkennend. »Das ist kein schlechter Gedanke. Ihr müsst nur dafür sorgen, dass der Wächter einschläft, bevor er sich als Mann beweisen kann.«

Marie wollte ihm nicht erklären, dass die Äbtissin notfalls auch das zulassen musste, und behauptete einfach, ihr Trank würde selbst dem stärksten Mann unweigerlich zu einem tiefen Schlaf verhelfen.

»Zieht jetzt das Kleid an«, sagte sie zu Isabelle, »und verbergt es unter Eurem Umhang! Ich werde noch einmal zum Kerkerfenster gehen und Brote hinbringen. Wenn wir Michel und die anderen befreien, sollen sie etwas im Magen haben.«

»Und ich etwas in der Gurgel!« Nepomuk ergriff den Weinbecher, den Marie mitgebracht hatte, und erhob ihn zum Trinkspruch. »Wenn Ihr jemals Euren Stand und Eure Heimat verlieren solltet, dann kommt zu mir. Eine Frau wie Euch kann ich immer brauchen.«

»Ich werde es mir merken«, antwortete Marie lachend und

sah dann Isabelle besorgt an. »Glaubt Ihr, dass Ihr es schafft? Sonst werde ich es versuchen.«

Tut das!, wollte Isabelle schon sagen. Aber dann erinnerte sie sich daran, dass es um den Pokal ihres Ahnen ging und nicht um den eines Vorfahren von Marie.

»Ich bin bereit!« Sie nickte entschlossen.

Marie lächelte anerkennend, streifte das Magdkleid über und trat zur Tür. »Es ist dunkel genug, dass ich zum Rathaus gehen kann. Wenn die nächste volle Stunde schlägt, kommt Ihr nach.«

»Was machen wir mit unseren Stuten?«, fragte Isabelle.

»Die holen wir hinterher. Es würde auffallen, nähmen wir sie mit.«

Mit einem nervösen Auflachen verließ sie die Kammer und eilte die Treppe hinab. Als sie zum Bäcker kam, drängte sich dessen Frau in den Vordergrund. »Heute haben wir kein altbackenes Brot mehr«, erklärte diese. »Entweder du kaufst frisches oder du lässt es sein!«

Marie hatte weder die Zeit noch die Lust zu handeln und reichte der Frau die Summe, die diese für zwei Laib Brot verlangte. Dann eilte sie weiter, bis sie das Rathaus erreichte, und stellte sich hinten in die Schlange der Wartenden. Der nächste Tag war ein Feiertag, daher waren mehr Frauen anwesend, aber auch ein Mann mit zwei Kindern. Dieser durfte als Erster zum Kerker und reichte einen Laib Brot und einen Krug, von dem zuerst der Wächter gekostet hatte, durch das Fenster.

»Hier, meine Liebe, iss und trink!«, sagte er mit weichlicher Stimme. »Aber beim nächsten Mal schweige bitte, anstatt noch einmal solche böse Reden von dir zu geben wie heute Morgen. Jetzt musst du einen ganzen Tag am Pranger stehen!«

»Aber nur deswegen, weil diese alte Hexe mich verleumdet hat und du nicht Manns genug warst, mir beizustehen«, giftete die Frau.

»Ich wollte doch nur dein Bestes«, sagte der Mann noch, da klopfte ihm der Wächter auf die Schulter.

»Es warten noch andere, Sepp. Also mach Platz!«

Während der Mann samt seinen Kindern unglücklich von dannen schlurfte, reichte die Mutter, die Marie schon die letzten Tage gesehen hatte, ihrem Sohn einen Kuchen und ebenfalls ein Krüglein Wein. Sagen konnte sie nicht viel, dafür weinte sie zu sehr. Wie es aussah, hatte ihre Hoffnung, den Fürstbischof gnädig zu stimmen, sich bislang nicht erfüllt.

Diesmal musste Marie längere Zeit warten, bis sie an der Reihe war. Das war ihr sogar recht, denn damit würde es nicht mehr lange dauern, bis einer der beiden Stadtknechte im Rathaus nach Hause ging und nur sein Kamerad als Nachtwache zurückblieb. Selbst wenn dieser die Türe versperrte, so konnte Isabelle daran klopfen und ihn bitten, sie einzulassen.

»So, du bist dran!« Die Stimme des Wächters beendete Maries Gedankengang, und sie kniete sich vor das Fenster nieder. Innen sah sie Donatas bleiches Gesicht.

»Dauert es noch lange? Sie haben angedroht, uns morgen zu foltern«, wisperte das Mädchen.

»Noch heute Nacht«, antwortete Marie ebenso leise und streckte ihr das Brot hin. »Hier, zur Stärkung. Wein habe ich leider keinen bei mir, aber wenn der Herr Stadtknecht erlaubt, gehe ich welchen holen.« Den letzten Satz sagte sie so laut, dass der Wächter ihn hören musste. Der Mann überlegte kurz und nickte dann. »Ich glaube, die Zeit bleibt dir noch. Allerdings solltest du auch einen Krug Wein für mich und meine beiden Kameraden im Rathaus mitbringen. Wir haben nämlich auch Durst!«

»Das werde ich!«, versprach Marie und bedauerte, dass sie nichts von ihrem Betäubungsmittel bei sich trug. Doch auch so spielte ihr der Wächter in die Karten, denn sie kaufte beim nächsten Wirt einen Krug leichten Weines für ihre

Freunde sowie einen schweren für die Stadtknechte. Sie opferte auch den Schilling, den ihr der Wirt für einen großen Becher Branntwein abverlangte, und schüttete diesen, als keiner hinsah, in den Krug mit dem starken Wein. Dann tat sie selbst so, als hätte sie den Branntwein auf einen Zug ausgetrunken, zwang ihren Magen, aufzustoßen, und eilte mit raschen Schritten zum Rathaus zurück.

Unterwegs traf sie auf Nepomuk und Isabelle, die mit einer Laterne in der Hand in einer Ecke standen und sie fragend ansahen.

»Wartet noch bis zum nächsten Schlag der Turmuhr«, rief sie ihnen zu, ohne anzuhalten, und traf kurz darauf den Wächter an der Treppe zum Rathaus, wo er sich mit seinen beiden Kameraden unterhielt.

»Na, hast du genug Wein mitgebracht?«, fragte er, als Marie vor ihm auftauchte.

»Aber ja, Herr. Hier, nehmt!« Marie reichte ihm den mit Branntwein versetzten Krug und trug den anderen zum Kerkerfenster.

Donata wartete dort noch immer auf sie und nahm den Krug entgegen. »Möge Gott es Euch vergelten«, sagte sie, und es war deutlich zu vernehmen, dass sie nicht nur den Wein damit meinte.

»Möge Gott es Euch segnen!«, antwortete Marie und gesellte sich zu den Wachen. »Ich hoffe, der Wein mundet euch!«

»Das tut er, Weib!« Die Stimme des Wächters klang zufrieden, denn er selbst konnte sich so guten Wein nicht leisten. Auch seine beiden Kameraden tranken noch einmal, bis nur noch ein Rest im Krug verblieb.

»Der ist für dich«, sagte einer der beiden, die nach Hause gehen wollten, zu ihrem Kameraden, der die Nachtwache übernehmen musste.

»Ihr beiden habt ja fast alles ausgesoffen«, erklärte dieser entrüstet.

Seine Kameraden lachten jedoch nur, wünschten ihm eine gute Wache und verschwanden in der Dunkelheit.

»Wenn Ihr wollt, kann ich Euch noch einen Krug besorgen«, bot Marie an.

Der Mann überlegte kurz und nickte. »Schlecht wäre es nicht. Die Nacht ist lang, und da braucht man etwas, um wach zu bleiben.«

Marie sauste davon, ließ sich den Krug in der Schenke noch einmal füllen und suchte dann Isabelle und Nepomuk auf.

»Die Sache lässt sich gut an. Der Wächter ist ein Freund des Weines. Trotzdem müsst Ihr zusehen, dass er Euch mit ins Rathaus nimmt. Sonst schließt er ab und schläft ein, während wir draußen wie die Ochsen vor dem geschlossenen Stalltor stehen.«

Isabelle nickte angespannt. »Bis wann soll ich dort sein?«

»Sobald ich den Rathausplatz verlassen habe, solltet Ihr ans Tor klopfen und um Einlass bitten.« Für einen Augenblick überlegte Marie, ob sie nicht den mit dem Schlaftrunk versehenen Wein mit in ihren Krug füllen sollte, nahm aber Abstand davon, weil Isabelle wahrscheinlich auch davon trinken musste. Da war ihr die Gefahr, dass diese ebenfalls einschlafen könnte, zu groß.

»So machen wir es«, sagte sie und schärfte den beiden noch ein, wie sie vorgehen sollten. Dann eilte sie weiter und erreichte das Rathaus gerade noch rechtzeitig, bevor der Wächter abschließen wollte.

»Bist aber lang ausgeblieben«, meinte dieser.

»Es war viel los in der Schenke, und ich musste warten, bis ich an der Reihe war«, antwortete Marie lächelnd und reichte ihm den Krug.

»Lasst es Euch schmecken!«, wünschte sie noch, dann kehrte sie in einem Bogen zu dem Platz zurück, an dem Isabelle und Nepomuk gewartet hatten. Die Äbtissin war bereits fort, und der Zwerg wirkte nervös.

»Die Rufe des Nachtwächters kommen immer näher. Wenn wir nicht wollen, dass er uns sieht, sollten wir ihm aus dem Weg gehen.«

»Komm, wir suchen uns eine dunklere Ecke und hoffen, dass der Nachtwächter nicht hineinleuchtet.« Marie wollte losgehen, doch da schnappte Nepomuk nach ihrem Ärmel.

»Wir müssen nach links! Da ist ein unbewohntes Haus, und in dem wird uns wohl keiner vermuten.«

Marie schüttelte den Kopf, obwohl der Zwerg es in der Dunkelheit höchstens erahnen konnte. »Auf den Gedanken können auch andere gekommen sein, Landstreicher zum Beispiel. Ich finde, wir sollten meinem Vorschlag folgen.«

»Ihr versteht es wirklich, einem Mut zu machen«, stieß Nepomuk hervor, sagte sich dann aber, dass sie nichts riskieren durften, und folgte Marie in eine Nische, die so tief schien, dass der Schein einer Laterne nicht bis zu ihrem Ende drang.

Kurz darauf hörten sie den Singsang des Nachtwächters lauter werden und dann auch seine Schritte. Beide pressten sich ans Ende der Mauer, und nun fand Nepomuk die Idee nicht mehr so schlecht. Maries Hüfte berührte seine Brust, und sie presste ihren Busen gegen seinen Kopf, ohne es in ihrer Anspannung zu bemerken.

Der Nachtwächter kam heran, schwang, als er ein Geräusch hörte, seine Laterne, und brummelte ärgerlich. »Verfluchte Ratten! Euch hat wirklich der Teufel geschaffen.« Dann ging er weiter, und die beiden in der Nische atmeten auf.

Nun schob Nepomuk Marie von sich. »Ihr seid eine verdammt hübsche Frau, und ich bin nicht aus Stein. Aber ich glaube nicht, dass Euch an einem kleinen Liebesabenteuer mit mir etwas liegt.«

»Natürlich nicht!«, antwortete Marie etwas zu schroff und klopfte dem Zwerg dann auf die Schulter. »Ich liebe meinen Michel, musst du wissen, und ich werde ihn befreien. Daher sollten wir zum Rathausplatz gehen und sehen, ob die ehrwürdige Mutter schon etwas bewirkt hat.«

»Mit ihrem Hurengewand sieht Isabelle de Melancourt derzeit nicht gerade ehrwürdig aus«, antwortete Nepomuk kichernd. »Bei Gott, ich würde jetzt gerne Mäuschen spielen und zusehen, wie sie ihren Part bewältigt.«

»Ich hoffe, sie bewältigt ihn gut!«

Mit diesen Worten ging Marie los und erreichte wenig später das Rathaus. Alle Fenster waren dunkel, und für etliche Augenblicke kämpfte sie mit der Angst, dass ihr Plan scheitern könnte. Doch da weit und breit nichts von Isabelle zu sehen war, musste der Wächter sie ins Haus gelassen haben – und das war schon mal ein guter Anfang.

14.

Isabelles Herz klopfte bis zum Hals, als sie sich der Rathaustür näherte und dagegen pochte. Zunächst tat sich nichts. Sie befürchtete schon, der Wächter wäre eingeschlafen. Doch als sie erneut gegen die Tür schlug, hörte sie drinnen ein unwilliges Brummen.

»Was ist denn los? Wer will hier rein?«

Anstatt zu antworten, klopfte Isabelle erneut.

»Ich komm ja schon«, kam es von drinnen heraus. Dann wurde der Riegel zurückgeschoben und die Tür einen Spalt weit geöffnet. Ein Arm reckte eine Laterne heraus, und zwei Augen musterten sie misstrauisch. »Wer bist du und was willst du hier?«

»Eine Unterkunft für die Nacht«, stieß Isabelle hervor.

»Wenn du diese Gasse dort zwanzig Schritte weit gehst und dann links abbiegst, liegt hinter der dritten Tür ein verlassenes Haus. Dort kannst du schlafen«, sagte der Wächter und wollte die Türe wieder schließen.

Entschlossen stellte Isabelle den Fuß in die Tür. »Dort war ich schon, aber drinnen sind rauhe Männer, die mich gewiss nicht in Ruhe lassen würden. Da dachte ich mir, ein von der Stadt vereidigter Mann wie du wäre die bessere Gesellschaft. Ich habe Wein bei mir.«

»Wein?« Der Mann hatte bereits einiges getrunken und zudem von Marie noch einen vollen Krug erhalten. Dennoch öffnete er und ließ Isabelle ein. Als er die gelben Bänder an ihrem Kleid entdeckte, grinste er breit.

»Eine Hure! Da sage ich dir gleich, dass die Unterkunft hier nicht umsonst ist.«

Isabelle verzog kurz das Gesicht, hatte sich aber rasch wieder in der Gewalt. »Es ist etwas anderes, mit einem einzigen Mann die Nacht zu verbringen, als einem halben Dutzend wüster Kerle als Stute dienen zu müssen.«

»Vor allem, wenn sie nichts zahlen!« Der Wächter lachte und fand, dass das Schicksal es an diesem Tag gut mit ihm meinte. Es hatte ihm nicht nur Wein beschert, sondern auch noch ein hübsches Weib, bei dem sich auch sein Fürstbischof nicht hätte schämen müssen, ihm zwischen die Schenkel zu steigen.

»Komm mit!«, sagte er und ging voraus zu der Stube, in der er sich während seiner Wache meistens aufhielt. Dort gab es einen Tisch, drei Stühle und eine schmale Pritsche, die zwar keinen erholsamen Schlaf versprach, aber für das, was er vorhatte, völlig ausreichte.

»Bist ein Bissen, der mir gut schmecken wird«, meinte er. »Wirst dich über mich auch nicht beschweren müssen. Mein Knüppel ist lang wie mein Unterarm, und er hält was aus.«

Er wird doch nicht sofort über mich herfallen wollen?, durchfuhr es Isabelle. Sie war zwar keine unberührte Jungfrau mehr und hatte in früheren Jahren mit mehreren Liebhabern die Lust geteilt. Doch niemals hatte sie es mit einem Mann zu tun bekommen, der so schlecht roch und auch so aussah, als würde er keinerlei Rücksicht auf die Frau nehmen. Wenn es darauf ankam, würde sie jedoch auch das ertragen müssen, dachte sie und löste die Lederflasche vom Gürtel.

»Vorher sollten wir aber noch einen Schluck trinken«, sagte sie mit mühsam beherrschter Stimme und füllte den leeren Becher des Mannes mit dem von Marie bereiteten Schlaftrunk.

»Auf dein Wohl!« Sie drückte ihm den Becher in die Hand und sah zu, wie er den Wein in einem Zug austrank. Danach rülpste er und klopfte sich auf den Bauch.

»Das Zeug schmeckt nicht schlecht. Musst mir sagen, wo du das gekauft hast. Da möchte ich mir mehr holen.«
»Ich habe es von einer Kräuterfrau weiter oben im Waldgebirge«, erklärte Isabelle, goss ihm erneut ein und war froh, dass er sie nicht zum Mittrinken aufforderte. Es wäre fatal, wenn sie beide einschliefen und Marie und Nepomuk vor dem versperrten Rathaustor stehen würden.
Der Wächter trank mit Genuss. Da er jedoch nur eine Hand dazu brauchte, fuhr er mit der anderen ungeniert in Isabelles Ausschnitt und knetete ihre Brüste. Es tat weh, und sie verzog das Gesicht, wagte aber nicht, ihn daran zu hindern. Stattdessen füllte sie ihm den Becher erneut und forderte ihn auf zu trinken. Dies tat er auch, doch der Erfolg, den sie sich davon erhoffte, blieb vorerst aus. Er nuschelte zwar immer stärker, doch die Aussicht, sich mit einer schönen Frau vergnügen zu können, hielt ihn wach.
Nach einer Weile war die Lederflasche mit dem Schlaftrunk leer, und Isabelle schenkte dem Wächter aus Maries Krug nach. Dennoch rückte der Mann näher, hob ihre Röcke und ließ seine Hand darunter wandern, bis sie auf ihrer Scham lag. Dort kniff er sie kräftig.
»Aua, das tut doch weh!«, beschwerte sie sich.
Der Mann lachte. »Du hast in deinem Leben gewiss schon ganz andere Sachen ausgehalten. Zum Nachschenken brauchst du nur eine Hand, also könntest du mit der anderen in meine Hose fahren und meinen Knüppel ein wenig streicheln. Wirst ihn ja bald noch besser kennenlernen!«
Anzüglich lachend packte er Isabelles Rechte und schob sie unter seinen Hosenlatz. »Ist das nicht ein Prachtstück? Den habe ich schon in so manches Weib hineingeschoben!«
Schlafe endlich!, dachte Isabelle verzweifelt. Sich von diesem groben Klotz rammeln zu lassen, war das Letzte, was sie sich wünschte. Doch der Wächter fand, dass er lange genug gewartet hatte. Er zog die Hand zurück, fasste die an-

gebliche Hure um die Hüften und schleifte sie zur Pritsche. Während er mit der Linken ihr Kleid hochschlug und mit gierigen Augen auf ihren entblößten Unterleib starrte, löste er seinen Hosenriemen und holte sein Glied heraus.

»Jetzt werde ich es dir besorgen!«, rief er keuchend und wälzte sich auf sie.

Isabelle presste die Beine fest zusammen, doch gegen die Kraft des großen, wuchtigen Mannes kam sie nicht an. Er bog ihre Schenkel auseinander, schob sich dazwischen und wollte in sie eindringen. Da wurden seine Bewegungen langsamer und erlahmten endlich ganz.

Es dauerte etwas, bis Isabelle begriff, dass der Mann nicht mehr dazu kommen würde, ihr Gewalt anzutun. Stattdessen presste er sie mit seinem ganzen Gewicht auf die Pritsche und begann nun auch noch laut zu schnarchen.

»Konntest du verdammter Kerl nicht einige Minuten eher einschlafen?«, keuchte Isabelle, während sie versuchte, ihn von sich wegzuschieben. Das war Schwerstarbeit, denn der Mann wog gewiss über drei Zentner. Schließlich aber wuchtete sie ihn über die Kante der Pritsche und fuhr erschrocken hoch, als er hart auf den Steinboden der Kammer aufschlug.

Der Mann stöhnte, schlief aber weiter.

Nun erst begriff Isabelle, dass Maries Plan aufgegangen war. Sie nahm die Lederflasche an sich, damit niemand herausfinden konnte, weshalb der Mann so tief und fest eingeschlafen war, und griff nach der Laterne. Auf dem Weg zur Rathaustür zitterte sie vor Aufregung, und sie vermochte den wuchtigen Riegel nicht mit einer Hand zurückzuschieben. Das gelang ihr erst, nachdem sie die Laterne auf den Boden gestellt hatte und beide Hände verwendete. Als die Tür aufschwang, sah sie Maries angespanntes Gesicht vor sich.

»Und? Ist es gelungen?«, fragte diese. »Es hat so lange gedauert.«

»Der Kerl wollte und wollte nicht einschlafen«, stöhnte Isabelle. »Doch jetzt kommt! Ich höre den Nachtwächter näher kommen.«
Marie schob Nepomuk ins Rathaus und trat hinter ihm ein. Sofort schloss Isabelle die Tür und legte den Riegel vor. Mittlerweile hatte sie sich etwas gefasst und konnte schon wieder lächeln.
»Jetzt wird der Wächter das, was er mit mir tun wollte, höchstens im Traum erleben.«
»Ist er arg zudringlich geworden?«, fragte Nepomuk neugierig.
»Ich wüsste nicht, was dich das angeht«, fuhr Isabelle ihn an und winkte dann lachend ab. »Jedenfalls musste er vor der Pforte anhalten, die er durchschreiten wollte. Das war auch besser so, denn er war mir nicht sauber genug.«
»Ich wasche mich immer«, sagte Nepomuk mit einem anzüglichen Grinsen und erhielt von Isabelle eine leichte Ohrfeige.
»Mir ist derzeit nicht danach, mich mit einem Mann zu vergnügen!«, erklärte sie.
»Es sei denn, er ist König oder wenigstens Fürstbischof, was?«
Der Zwerg klang beleidigt, denn er kam wegen seiner geringen Größe bei Frauen weitaus seltener zum Zug, als er es sich wünschte.
Marie wurde das Geplänkel der beiden zu viel. »Kommt jetzt! Unsere Freunde wurden mit Folter bedroht und durchleiden Alpträume. Wir müssen sie befreien.«
Entschlossen nahm sie Isabelle die Laterne aus der Hand und trat zu der Treppe, die in den Keller hinabführte. Da die beiden anderen nicht im Dunkeln zurückbleiben wollten, mussten sie ihr wohl oder übel folgen.
Im ganzen Haus war es so still wie in einer Gruft. Auch im Keller vernahmen sie keinen Laut. Als sie schließlich den

Kerker erreichten und durch die Gitterstäbe der Tür schauten, sahen sie die Gefangenen auf einfachen Strohlagern schlafen. Marie nahm an, Michel und die anderen wecken zu müssen, als ihr Mann die Augen öffnete und leise aufstand. Er tippte Krispin an, der seinerseits Donatas Schulter berührte.
»Ist es so weit?«, fragte diese beinahe zu laut.
Marie legte den rechten Zeigefinger an ihren Mund, um auch den anderen zu bedeuten, leise zu sein. Dies waren sie dann auch. Selbst Stoffel hatte nichts dagegen, befreit zu werden, denn der Hochmeister hatte sich bislang nicht um ihn gekümmert.
Die übrigen Gefangenen schliefen noch. Selbst als Marie den großen Schlüssel von der gegenüberliegenden Wand holte und die Gittertür aufschloss, rührte sich niemand.
Mit einem anerkennenden Lächeln strich Michel seiner Frau über die Wange. »Ich wusste, du würdest einen Weg finden, uns zu befreien!«, raunte er ihr zu.
»Es war auch das Verdienst der ehrwürdigen Mutter und das von Nepomuk«, antwortete diese ebenso leise und hängte den Schlüssel wieder an seinen Ort.
»Wollt Ihr nicht wieder zuschließen?«, fragte Krispin erstaunt.
Marie schüttelte den Kopf. »Dann würden alle merken, dass nur ihr befreit worden seid. So aber werden die anderen, wenn sie aufwachen, die offene Tür bemerken und sich vielleicht auch in die Büsche schlagen. Dann haben die fürstbischöflichen Knechte mehr zu tun, als nur uns zu folgen.«
»Das ist sehr klug gedacht«, schaltete sich Magister Ambrosius ins Gespräch ein. »Auf jeden Fall danke ich Euch, dass Ihr uns nicht vergessen habt. Herrn Leonhard von Laimings Gastfreundschaft war nicht so angenehm, dass ich sie länger genießen möchte.«
»Dann kommt!«, forderte Marie sie auf und wollte zur Treppe. Doch Michel hielt sie auf.

»Ich habe gesehen, dass man unsere Waffen und unser Lederzeug, welches wir ausziehen mussten, in die Kammer nebenan geschafft hat. Wir brauchen die Sachen, wenn wir weiterreiten und uns gegen Gordeanus durchsetzen wollen.«
Marie nickte und leuchtete die kurze Strecke dorthin aus. Während die anderen ihre Überkleidung anzogen und Schwerter, Dolche und Krispins Köcher wieder an sich nahmen, blickte sie zum Kerker zurück. Dort rührte sich immer noch nichts.
Kurz darauf stiegen sie die Treppe hoch. An der Wachkammer angekommen sah Marie durch die offene Tür den Wächter am Boden liegen.
»Hebt ihn auf und legt ihn auf die Pritsche! Es soll aussehen, als sei er während seiner Wache eingeschlafen«, forderte sie Michel auf. Bevor dieser jedoch zugreifen konnte, hatten Krispin und Hartwin es bereits erledigt.
Jetzt, da der Kerker hinter ihnen lag, konnten sie auch wieder lauter sprechen. »Wie geht es weiter?«, fragte Michel.
»Nepomuk hat dem fürstbischöflichen Rat Schrophanus eure Pferde abgeluchst. Nun stehen die Tiere in seiner Herberge. Hannes muss allerdings mit uns kommen, denn die ehrwürdige Mutter und ich haben seinen Gaul zusammen mit unseren Stuten noch am Abend nach eurer Verhaftung aus dem Gasthaus geholt.«
Marie zwinkerte Michel kurz zu, schob dann den Riegel der Rathaustür zurück und spähte hinaus. Das Lied des Nachtwächters klang weit entfernt. Daher war der Weg für sie frei.
»Wir brauchen eine zweite Laterne«, erklärte Michel.
»Dort drüben!« Krispin eilte zu der Stelle, an der eine Laterne auf einem Sims stand, nahm sie herunter und öffnete sie.
»Sogar mit einer frischen Kerze«, meinte er zufrieden.
Michel entzündete sie an der anderen Laterne und sah Marie forschend an. »Hast du dir schon überlegt, wie wir aus Passau hinauskommen?«

»Wir treffen uns am Neuenmarkt und verlassen die Stadt durch das Bürgtor. Das erreichen wir am schnellsten.«

»Und wie geht es dann weiter?«

»Das müssen wir noch herausfinden. Raoul de Melancourt hat uns diesmal ein Rätsel hinterlassen, das wir noch lösen müssen«, erklärte Marie, die es drängte, so rasch wie möglich zu verschwinden.

Da sprach der Magister sie an. »Wie lautet das Rätsel?«

Während Marie missmutig schnaubte, berichtete Isabelle von dem vierfachen Blau. »Es soll sich zweimal um Wasser handeln und zweimal um Stein«, setzte sie hin.

»Wir sollten jetzt gehen«, drängte Marie.

»Einen Augenblick noch!«, bat Ambrosius. »Je eher wir das Rätsel lösen, umso weniger besteht die Gefahr, dass wir in die falsche Richtung reiten.«

Dies sah Marie ein, und so ließ sie es zu, dass Isabelle auch das tiefe Wasser und den frommen Stein erwähnte.

»Nun, wisst Ihr es zu lösen?«, fragte sie mit einem gewissen Spott.

»Jetzt noch nicht, aber vielleicht, wenn wir uns auf dem Neuenmarkt treffen.«

»Ich höre den Nachtwächter kommen! Nichts wie weg hier!«, erklärte Nepomuk und lief los.

Michel und die anderen folgten ihm zu seiner Unterkunft, während Marie und Isabelle gemeinsam mit Hannes zu ihrer Herberge eilten.

»Schling deinen Mantel fest um dich, damit der Wirtsknecht das Hurenkleid nicht sieht«, wies Marie die Äbtissin an und stieß dann Hannes in die Seite. »Du hast Nachricht gebracht, dass der Gemahl der Reichsgräfin Susanne von Hohenstein krank in Linz darniederliegt. Deswegen müssen wir umgehend dorthin.«

»Diese Reichsgräfin seid wohl Ihr?«, fragte Hannes grinsend.

»Nein, die ehrwürdige Mutter! Und nun kommt, sonst sind die anderen vor uns am Neuenmarkt.«
Marie eilte weiter, bog in die Gasse ein, in der ihre Herberge lag, und klopfte an das Hoftor. »Aufmachen, rasch!«
»Ja, was ist denn?«, fragte der Wirtsknecht ungehalten.
»Wir waren im Dom, um zu beten, und wurden aufgehalten, weil uns dort eine neue Nachricht erreicht hat«, rief Marie und drängte, als der Mann öffnete, sofort in den Hof.
»Rasch, sattle die Stute der Herrin und die meine. Der Bote kann den Wallach nehmen. Wir müssen, so rasch es geht, nach Linz. Der Gemahl Ihrer Erlaucht liegt dort im Spital, und sie will so schnell wie möglich zu ihm!«
Marie stieß die Worte so rasch hervor, dass der Knecht ihr kaum folgen konnte. Hinter dessen Rücken schlüpfte Isabelle in den Hof und eilte zur Tür der Herberge. Marie folgte ihr, während Hannes dem Passauer freundschaftlich auf die Schultern klopfte und anbot, ihm beim Satteln der Tiere zu helfen.
Das war dem guten Mann ganz recht, denn so ganz traute er dem Braten nicht und wollte daher den Wirt wecken, dass die Gäste abzureisen gedachten. Doch als er Hannes die letzten Arbeiten überließ und ins Haus trat, hatte Marie den Herbergswirt bereits aus dem Schlaf geholt und versüßte diesem die rasche Abreise durch ein reichliches Trinkgeld.
Dann rannte sie in die Kammer hoch und half Isabelle, das bessere Kleid anzuziehen. Das Hurengewand stopfte sie tief in eine der Satteltaschen und trug diese nach unten.
Dort hatte Hannes die drei Pferde bereits auf den Hof geführt. Er befestigte noch die Satteltasche und seinen Mantelsack, hob zuerst Isabelle und dann Marie auf ihre Stuten und schwang sich selbst auf den Wallach.
»Vorwärts!«, rief Marie. »Wir müssen zur Innstadt und dann weiter nach Linz!« Sie schlug zunächst die entsprechende Richtung ein, bog aber ab, als die Herberge hinter

ihnen lag, und erreichte nach einem weiteren Richtungswechsel den Neuenmarkt. Vor sich sah sie im Schein mehrerer brennender Fackeln bereits das Bürgtor, doch von Michel und dem Rest der Gruppe war weit und breit nichts zu sehen.

»Wo bleiben sie denn?«, flüsterte Isabelle verzweifelt.

»Die kommen schon noch. Immerhin haben sie den weiteren Weg«, versuchte Marie sie zu beruhigen.

Am gelassensten war noch Hannes. Er war froh, aus dem Kerker befreit worden zu sein, und vertraute auf Marie und Michel, dass diese ihn und die anderen in Sicherheit bringen würden.

»Sollten wir nicht schon zum Tor gehen und den Wächter wecken?«, fragte er.

Marie antwortete mit einem Kopfschütteln. »Es würde auffallen, wenn wir in zwei Gruppen dort ankommen. Wir warten besser.«

»Wir könnten das Tor doch schon passieren«, schlug Isabelle vor. Doch da hörten sie bereits Hufschläge und sahen dann ihre Freunde aus einer Seitengasse auf den Neuenmarkt einbiegen. Nepomuk begleitete sie. Seine Maultierstute hatte sich mittlerweile erholt und trabte frohgemut hinter den Pferden her.

»Da seid Ihr ja!«, begrüßte Krispin Marie lachend. »Meinen Dank auch, dass Ihr meinen braven Äolos aus den gierigen Klauen des Fürstbischofs gerettet habt. Es wäre mir schwergefallen, auf ihn zu verzichten.«

»Du solltest nicht schwafeln, sondern mit uns zum Tor reiten. Michel, sprichst du mit dem Wächter?« Marie sah ihren Mann fragend an.

Michel nickte und übernahm die Spitze des kleinen Reisezugs. Bevor sie das Tor erreichten, streifte Marie Donatas Haube ab und reichte ihr ihren eigenen Mantel mit der Anweisung, sich darin einzuhüllen.

»Es darf niemand sehen, dass du ein Nonnengewand trägst«, sagte sie.
Während Donata nickte, zündeten Michel und die anderen ein paar Fackeln an der mitgebrachten Laterne an. Bevor sie zum Tor ritten, lenkte der Magister sein Pferd neben Maries Stute.
»Ich glaube, ich habe das Rätsel gelöst. Es kann sich nur um die Abtei Blaubeuren handeln. Gleich bei ihr liegt mit dem Blautopf ein Quellteich, der schier grundlos ist und den Fluss Blau mit Wasser versorgt. Dazu gibt es dort auch noch eine Stadt, die denselben Namen trägt wie das Kloster. Das vierfache Blau hätten wir damit, und fromm und tief sind auch je eines.«
»Das alles habt Ihr in dieser kurzen Zeit herausgefunden?«, fragte Marie verwundert.
Der Magister lächelte. »Als Berater Seiner Majestät ist es meine Aufgabe, alles zu wissen, was nötig ist.«
»Nötig ist jetzt, dass wir diese Stadt hinter uns lassen«, erklärte Michel und ritt auf das Tor zu.
»He, Wächter!«, rief er mit lauter Stimme, wie es von einem Edelmann, der Passau zu nächtlicher Zeit verlassen wollte, erwartet werden konnte.
»Ja, was ist?« Der Stadtknecht kam aus seiner Wachstube heraus und musterte die Gruppe aus verschlafenen Augen.
»Im Namen des Königs, öffne das Tor!«, befahl Michel streng.
»Des Königs?« Das Wort verfing, denn der Mann ging zum Tor und schob die Riegel zurück. Dann aber besann er sich auf seine Aufgaben und sah Michel an. »Darf ich Euren Namen erfahren?«
»Reichsgraf Hohenstein«, antwortete Nepomuk an Michels Stelle. »Ich habe Seiner Erlaucht die Anweisung des Königs überbracht, sofort nach Nürnberg zu kommen. Es steht ein neuer Feldzug gegen die heidnischen Osmanen bevor.«

Der Zwerg log, ohne eine Miene zu verziehen, und überzeugte den Wächter damit. Daher stieß dieser einen der Torflügel auf und trat beiseite.

»Ich wünsche den Herrschaften eine gute Reise!«

»Hab Dank dafür«, antwortete Michel und schnellte ihm eine Münze zu, die der andere geschickt auffing. Danach übernahmen Hannes und einer der Frommberger Knechte mit ihren Fackeln die Spitze, und sie ritten so rasch, wie Nepomuks Anne ihnen folgen konnte, nach Westen.

15.

Marie und ihre Begleiter legten während der Nacht keine Pause ein und hielten auch am nächsten Tag nur kurz an, um ihren Pferden und sich selbst ein wenig Rast zu gönnen. Schon jetzt war zu sehen, dass Nepomuks Maultier nicht mehr lange würde mithalten können. Daher überlegte Marie, wie sie Nepomuk und seinen Wagen sinnvoller einsetzen konnte, und nahm ein paar Gulden aus ihrer Börse, die Isabelle aufgefüllt hatte.

»So wird es nichts, Nepomuk. Solange du bei uns bist, kommen wir nicht rasch genug voran, und wenn wir verfolgt werden, würdest du den Häschern nicht entgehen. Daher werden wir weiterreiten, während du den Weg nach Kibitzstein einschlägst, um dort eine Botschaft von uns zu überbringen.«

Obwohl es Nepomuk nicht gefiel, von der weiteren Reise ausgeschlossen zu werden, war ihm klar, dass sein Karren für die anderen einen Hemmschuh darstellte. »Es wird wohl besser sein«, meinte er griesgrämig. »Auf jeden Fall gibt es bei Würzburg einen guten Wein. Das ist ja schon was.«

»Sei nicht traurig, alter Freund«, schaltete sich nun Isabelle mit ein. »Du hast uns sehr geholfen, ohne dich hätten wir die anderen nicht befreien können.«

»Euch und Frau Marie wäre gewiss etwas eingefallen!« Nepomuk brummelte noch immer etwas, doch da beugte Isabelle sich zu ihm herab und küsste ihn auf die Wange.

»Wir sehen uns auf Kibitzstein, mein Freund. Reise unter dem Segen der Heiligen Jungfrau dorthin und bete für uns, auf dass wir unseren Feind niederringen können.«

»Das werde ich!«, versprach Nepomuk, steckte das Geld ein und bog bei der nächsten Gelegenheit zur Donau ab, um sich übersetzen zu lassen.
Die anderen ritten weiter und fragten am Abend in der Herberge, ob man dort Reiter in der Tracht von Ordensrittern gesehen habe.
Der Wirt nickte, machte aber eine wegwerfende Geste. »Allerdings! Aber die haben einem armen Wirt wie mir nichts zu verdienen gegeben, sondern oben in der Burg übernachtet. Es waren ein Hochmeister, zwölf Ritter und eine Nonne. Sie sind erst gestern gegen Mittag weitergeritten, weil zwei ihrer Pferde Hufeisen verloren hatten und der Schmied aus dem Dorf geholt werden musste, um sie neu zu beschlagen. Die Pferde meine ich, nicht die Ritter oder gar den Hochmeister!« Bei dieser Bemerkung lachte er wie über einen guten Witz.
Eines begriffen Marie und die Ihren rasch: Einen Freund hatte Gordeanus in dem Wirt nicht gewonnen. Wichtiger aber war, dass er ihnen nur einen halben Tag voraus war, und das konnten sie bis Blaubeuren aufholen. Was dann kam, musste das Schicksal entscheiden.

Neunter Teil

Der Kelch des Kreuzritters

1.

Maries Gruppe reiste zügig und hatte mittlerweile einiges von Gordeanus' Vorsprung aufgeholt. Doch um ihr Ziel vor ihm zu erreichen, hätten sie noch schneller reiten und einen Bogen um die Ordensritter herum schlagen müssen. Dazu aber waren weder sie noch ihre erschöpften Pferde in der Lage.

»Es ist zum Verzweifeln!«, stöhnte Marie, als Michel sie spät am Abend in einem Dorf westlich von Ulm aus dem Sattel hob. »Wir brausen durch das Land wie die wilde Jagd und holen Gordeanus trotzdem nicht ein.«

Michel nickte verbissen. Sie hatten in sechs Tagen über vierzig Meilen geschafft, nur um an diesem Ort zu erfahren, dass ihre Gegner vor einer guten halben Stunde vorbeigeritten waren.

»Vielleicht sollten wir einen Nachtritt riskieren«, meinte er nachdenklich.

»Das halten die Pferde nicht durch, und genug Geld, um sie austauschen zu können, haben wir nicht«, wandte Marie ein.

»Ich würde meinen Äolos auch nicht hergeben! Man hat mir gesagt, er wäre ein heimliches Geschenk meines Vaters an mich«, erklärte Krispin rebellisch. Auch er war erschöpft und niedergeschlagen, weil es ihnen nicht gelingen wollte, Gordeanus' Trupp zuvorzukommen.

»Vielleicht sollten wir uns trennen und die, die die besten Pferde haben, vorausreiten«, schlug Isabelle vor. Es war nicht zu übersehen, dass sie zu dieser Gruppe zählen wollte. Dafür aber hätte Marie der Äbtissin ihre Stute überlassen müssen, und das wollte sie nicht. »Es ist sinnlos, uns zu trennen!«, sagte sie scharf. »Wenn drei oder vier von uns vorausreiten, wären sie Gordeanus' Rittern weit unterlegen. Glaubt Ihr wirklich, der Kerl ließe sie mit dem Kelch des Kreuzritters entkommen? Er würde im Kloster neue Pferde verlangen und hätte uns in wenigen Stunden eingeholt.«

»Aber so wird er den Kelch finden!«, fuhr Isabelle auf.

»Ist das so schlimm?«, fragte Marie verärgert. »Wir sind doch sicher, dass es sich nur um ein ganz gewöhnliches Trinkgefäß handelt. Oder wisst Ihr mehr als wir?«

Isabelle schüttelte den Kopf. »Natürlich nicht! Doch als Träger des angeblichen Grals wird Gordeanus noch mehr Macht an sich raffen und in der Lage sein, uns zu vernichten.«

Der Streit der beiden Frauen brachte den Magister dazu, einzugreifen. »Mäßigt Eure Stimmen! Es bringt nichts, sich jetzt zu entzweien. Wir stehen alle gegen denselben Feind und müssen mit seiner Rache rechnen, wenn es uns nicht gelingt, ihn und seine Mannen zur Strecke zu bringen.«

»Wir sind zu wenige – und Euren klugen Worten zum Trotz werden wir auch nicht mehr«, warf Krispin ungehalten ein.

Der Magister blickte ihn sanft lächelnd an. »Zählen wir doch nach, wie viele wir sind. Da sind Herr Michel mit einem Knecht, Herr Hartwin mit drei Knechten sowie du und ich.«

»Acht Männer gegen mehr als ein Dutzend – und die anderen tragen Rüstungen aus Eisen! Ich würde mir ein besseres Verhältnis wünschen«, stieß Krispin hervor.

»Wünschen kannst du es, doch ob es eintrifft, bezweifle ich«, antwortete Ambrosius.

»Vielleicht doch!«, warf Marie ein. »Erinnert Euch daran, dass mehrere Leute, die wir nach Gordeanus gefragt haben, drei weitere Reiter erwähnten, die diesen Hammerkreuzrittern angeblich folgen.«

Krispin machte eine verächtliche Geste. »Sicher hatten die nur für eine gewisse Zeit den gleichen Weg wie unser Feind und sind mittlerweile woanders abgebogen. Sonst hätten wir sie einholen müssen!«

»Oder auch nicht, wenn sie sich näher an Gordeanus halten, als wir es bisher konnten. He, Wirt!« Michel winkte den Mann wieder zu sich und sah ihn fragend an. »Sind hier heute vielleicht drei Reiter durchgekommen. Sie tragen die Kleidung von Bauern, haben aber ausgezeichnete Pferde.«

»Solche habe ich vorhin gesehen. Sie haben an meinem Brunnen Wasser geschöpft und ihre Pferde getränkt. Sie sind dann schnell aufgebrochen, als ich ihnen sagte, dass die Ordensritter ins nächste Dorf weitergeritten seien!«

»Hab Dank!« Michel reichte dem Wirt eine Münze und drehte sich grinsend zu Marie um. »Wie es aussieht, hast du recht! Diese Reiter sind hinter Gordeanus her.«

»Ich würde sagen, weniger hinter diesem als hinter dem …« Das Wort Gral, das Krispin sagen wollte, unterblieb, als er die zornigen Blicke Maries und Isabelles auf sich gerichtet sah. Noch war der Wirt in der Nähe und hätte es hören können.

»Wir werden auf diese Männer achten müssen, damit sie uns nicht im ungünstigsten Augenblick überraschen können«, erklärte Michel.

Marie nickte mit verkniffener Miene. »Die Kerle haben uns gerade noch gefehlt – falls es Feinde sind!«

»Wenn sie hinter dem … ähem, her sind, sind sie eher Gordeanus' Feinde«, wandte Hartwin ein.

»Das ist der einzige Lichtblick, den ich im Augenblick wahrnehme.« Marie sah jedoch nicht so aus, als würde sie daran glauben. Auch Isabelle wirkte niedergeschlagen, und prompt brach Donata in Tränen aus.

Hartwin strich ihr unbeholfen übers Haar. »Hab keine Angst! Wir werden dieses Ungeheuer schon niederringen.«

»Meint Ihr?«, fragte Donata unter Tränen.
»Ich stimme Herrn Hartwin zu. Schließlich sind wir Männer und keine Memmen«, erklärte Krispin mit blitzenden Augen und streichelte seinen Bogen. Auf die Entfernung war diese Waffe weitaus wirksamer als die Schwerter der Ordensritter, und er hoffte, mit seinen Pfeilen genügend Gegner ausschalten zu können, bevor es zu einem Handgemenge kam.
»Wir reiten morgen vor Tagesanbruch weiter. Vielleicht gelingt es uns doch noch, die Hammerkreuzritter zu überholen und Blaubeuren vor Gordeanus zu erreichen.« Maries kurzer Anfall von Mutlosigkeit war verflogen, und sie blickte die anderen kämpferisch an. »In Blaubeuren wird es sich entscheiden, ob wir unbesorgt nach Hause zurückkehren können.«
Eher wird der Hochmeister eure Leichen in den Blautopf werfen, dachte Stoffel, ließ sich diesen Gedanken jedoch nicht anmerken. Auf jeden Fall musste er von nun an sehr vorsichtig sein. Der Weg zum Kloster war nicht mehr weit, und er hielt es für sicher, dass es zum Kampf mit den Hammerkreuzrittern kam.

2.

Eusebius hatte während ihrer Reise die fremden Reiter noch zweimal gesehen, und da sie sich ihrem Ziel näherten, fühlte er sich zwiegespalten. Einesteils passte ihm die Art, wie sein Anführer die Suche nach dem Gral betrieb, ganz und gar nicht. Zum andern aber hatte er Leopold von Gordean vor Gott die Treue geschworen. Dieses Band konnte nur der Tod lösen.

Schließlich hielt er die innere Anspannung nicht mehr aus und lenkte sein Pferd neben den Hengst seines Anführers.

»Verzeiht, Euer Exzellenz, wenn ich Euch störe. Aber ich habe Reiter entdeckt, die uns folgen.«

»Was sagst du?« Gordeanus riss es beinahe aus dem Sattel, so hastig drehte er sich um.

»Ich sagte, dass uns Reiter folgen«, wiederholte der Ritter.

Das sonst so männlich angenehme Gesicht des Hochmeisters verzog sich zu einer Grimasse blanker Wut. »Das muss diese verfluchte Nonnenhure sein! Gewiss hat sie neue Leute gefunden, die sich ihr angeschlossen haben. Sind es viele?«

»Das weiß ich nicht, Euer Exzellenz. Ich habe nur zwei oder drei Reiter gesehen, aber keine Frau bei ihnen«, antwortete Eusebius.

»Das hat gar nichts zu sagen!«, wies ihn Gordeanus zurecht. »Die Melancourt hält sich gewiss im Hintergrund, um nicht gesehen zu werden. Doch das wird ihr nichts helfen. Ihr Weg wird noch heute zu Ende sein!«

Obwohl Eusebius nicht überzeugt war, dass Isabelle de Melancourt zu den Reitern zählte, die er gesehen hatte, fühlte er sich schlecht, denn sein Hochmeister sah nicht so aus, als wolle er mögliche Verfolger am Leben lassen. In dem Augenblick beschloss Eusebius, sich bei dem nun unausweichlich folgenden Kampf zurückzuhalten, um nicht noch mehr Blut auf seine Seele zu laden. Dies war jedoch nur ein geringer Trost, denn seine Kameraden würden sich keine Zügel anlegen, und damit kam der Tod der Fremden auch auf sein Haupt.

Unterdessen wanderte Gordeanus' Blick über das Land. Da Ulm nun hinter ihnen lag, hoffte er, Blaubeuren noch am selben Tag zu erreichen. Vorher aber wollte er die Verfolger ein für alle Mal vernichten. Er benötigte nur noch eine geeignete Stelle für einen Hinterhalt.

Ein Stück weiter gerieten sie in ein Tal, in dem zur rechten Hand schroffe Felsen aufragten. Als der Weg direkt bei diesen Felsen eine scharfe Biegung machte, hatte der Hochmeister den perfekten Platz gefunden. Er ritt noch einige Schritte weiter und hob die Hand.

»Halt! Wir bleiben hier und warten auf die Hunde, die es wagen, uns zu verfolgen.«

»Noch wissen wir nicht, ob es sich wirklich um Feinde handelt. Es können auch harmlose Wallfahrer sein, die nach Blaubeuren pilgern wollen«, wandte Eusebius ein.

»Das wird sich weisen«, antwortete Gordeanus, doch seine Miene verriet, dass er zuerst zuschlagen und dann erst fragen würde.

Schwester Adelina war durch den harten Ritt zu Tode erschöpft, und so gesellte sie sich zu Eusebius, als wollte sie bei ihm Schutz suchen. Ängstlich starrte sie ihn an.

»Was ist, wenn es sich wirklich um meine Äbtissin handelt? Dann bin ich auch an ihrem Tod schuld!«

»Ihr könnt doch nichts dafür! Isabelle de Melancourts Tod käme höchstens auf mich, denn ich habe den Hochmeister auf unsere Verfolger aufmerksam gemacht. Aber ich glaube nicht, dass sie und ihre Leute so dicht hinter uns sind.«

»Ihr wollt mich doch nur beruhigen, aber …«, begann

Schwester Adelina, wurde aber von Gordeanus grob unterbrochen.

»Sei still, du schwatzhaftes Weib! Oder willst du die Schurken warnen, die uns den Heiligen Gral missgönnen?«

Die Nonne zitterte bei diesen Worten und senkte den Kopf. Im Waldkloster hatte sie sich Gordeanus aus Angst um ihr Leben angeschlossen, am Chiemsee war sie dann von seiner Erscheinung und seiner Entschlossenheit so überwältigt gewesen, dass sie bereit gewesen war, alles zu tun, um gemeinsam den Heiligen Gral zu finden. Mittlerweile aber hatte sie erkannt, dass sie für den Hochmeister nur ein Mittel zum Zweck und jederzeit ersetzbar war. Daher glaubte sie in trüben Stunden nicht mehr daran, diese Reise lebend zu überstehen. Immerhin war sie Zeugin gewesen, wie Gordeanus und seine Männer ein geweihtes Kloster überfallen und unschuldige Nonnen ermordet hatten.

Da Adelina nicht zurückschaute, nahm sie die Reitergruppe nicht wahr, die am Horizont erschien und rasch aufholte. Eusebius hingegen wollte nicht glauben, was ihm seine Augen zeigten. Das waren nicht die Reiter vom Chiemsee, sondern jene Gruppe, die durch Gordeanus' List in Passau festgenommen worden war. Er zählte acht Männer und drei Frauen. Zwar trug keine von ihnen Nonnenkleidung, doch erkannte er Isabelle de Melancourt an dem rötlich schimmernden Haar, das wie eine Fahne um ihren Kopf wehte.

Gordeanus begriff ebenfalls, wen er vor sich hatte, und fragte sich im ersten Augenblick erbost, wieso seine ärgsten Feinde wieder freigekommen waren. Aber er ärgerte sich nicht darüber, sondern dachte zufrieden, dass er diesen nun selbst ein Ende bereiten konnte.

Leise wandte er sich an seinen Stellvertreter. »Jetzt haben wir sie! Wir ziehen uns ein Stück in den Wald zurück.«

Für Eusebius war es eine Qual zu sehen, wie die andere Gruppe ahnungslos näher kam. Der Ort des Hinterhalts war klug gewählt. Die Äbtissin und ihr Gefolge würden völlig überrascht werden, und es konnte am Ausgang des Kampfes daher keinen Zweifel geben.

»Jetzt haben wir sie!«, wiederholte Gordeanus voller Vorfreude.

Noch in dieser Stunde, sagte er sich, würde sich sein Schicksal und damit auch das des Abendlands entscheiden. Wenn er nach dem Kampf zum Kloster Blaubeuren ritt und dort den Gral an sich nahm, gab es niemanden mehr, der ihn daran zu hindern vermochte. Hielt er die mächtige Reliquie erst in Händen, würde er über dem Kaiser und allen Königen, ja selbst über dem Papst stehen.

Der Hufschlag der näher kommenden Pferde brachte Adelina dazu, aufzuschauen. Als sie ihre Äbtissin erkannte, durchzuckte sie ein brennender Schmerz. Sie sah die Gesichter ihrer toten Mitschwestern vor sich und vernahm in Gedanken die Anklage, sie würde mit deren Mördern gemeinsame Sache machen.

Unwillkürlich ließ sie ihre Stute rückwärtsgehen, bis mehr als zehn Schritte zwischen ihr und dem nächsten Ordensritter lagen. »Heilige Jungfrau, hilf meiner Äbtissin!«, betete sie leise und begriff gleichzeitig, dass nur eine Person Isabelle de Melancourt helfen konnte, und das war sie selbst.

Noch während ihr dieser Gedanke durch den Kopf schoss, stieß sie einen gellenden Ruf aus. »Achtung! Eine Falle!«

Der Hochmeister erstarrte für einen Augenblick, ballte dann die Faust und wollte Befehl geben, die verdammte Nonne zu erschlagen. Da aber sah er, wie Isabelles Reiter ihre Pferde anhielten und zu den Schwertern griffen. Der Überraschungseffekt war verlorengegangen, und nun galt es, die Gegner mit ihrer überlegenen Zahl niederzuringen. Schwester Adelina konnte er später immer noch bestrafen.

»Vorwärts, Männer! Auf sie!«, schrie er und sprengte mit hoch erhobenem Schwert auf Michels Gruppe zu.

3.

Als Adelinas Warnruf erscholl, verhielt Michel sofort sein Pferd und zog das Schwert. »Die Frauen nach hinten!«, befahl er und winkte den Knechten, zu ihm aufzuschließen. Krispin legte einen Pfeil auf die Sehne, obwohl noch kein Feind zu sehen war, und Hartwin zog ebenfalls blank. Das taten auch Hannes und die beiden Frommberger Knechte Just und Götz. Nur Stoffel hielt sich zurück und benahm sich so, als erwarte er einen Angriff von hinten.

»Wer mag gerufen haben?«, fragte Donata verwirrt, während Marie und Isabelle die langen Dolche in die Hand nahmen, um sich notfalls selbst verteidigen zu können. Isabelle wollte bereits sagen, dass die Stimme sie an Schwester Adelina erinnerte. Da erklang Gordeanus' Angriffsbefehl.

»Jetzt gilt es!«, murmelte Michel, als die ersten Hammerkreuzritter auf sie zustürmten.

Magister Ambrosius ritt einen Schritt auf die Angreifer zu und hob die rechte Hand. »Halt, im Namen des Königs«, rief er mit lauter Stimme.

Als Antwort fuhr eine Klinge auf ihn zu und zwang ihn zu einem tiefen Bückling. Zu einem zweiten Schlag kam Ritter Dietrich nicht mehr, denn Michel stürmte heran, um dem Magister beizustehen. Seine Klinge zuckte wie ein Blitz durch die Luft und zerhieb Helm und Schädel des Ordensmanns.

Krispin schoss in rascher Folge zwei Pfeile ab und holte einen der Hammerkreuzritter aus dem Sattel. Dann musste auch er das Schwert ziehen und sich gegen zwei Angreifer verteidigen.

»Schließt euch zusammen und beschützt die Frauen!«, rief Michel und wehrte zwei Klingen ab, die fast gleichzeitig auf ihn zuzuckten.
Marie sah, wie ihr Mann und die Freunde in Bedrängnis gerieten, und funkelte Isabelle auffordernd an. »Wir sollten eingreifen. Werden die Männer niedergemacht, bringen sie uns alle um!«
Mit verkniffener Miene wies die Äbtissin auf Ritter Albrecht. »Den Kerl da hole ich mir! Der hat meine Stellvertreterin umgebracht.«
Sie ritt auf den Mann zu und rammte ihm den Dolch unterhalb des erhobenen Arms in den Rücken. Die Verletzung war nicht tödlich, aber ehe der Ritter sich umdrehen und zuschlagen konnte, führte Hartwin den entscheidenden Hieb.
Gordeanus wollte kaum glauben, was sich vor seinen Augen abspielte. Drei seiner Ordensritter lagen bereits am Boden, ohne dass es ihnen gelungen war, auch nur einen der Feinde ernsthaft zu verletzen. Voller Wut ging er auf Just los und deckte diesen mit einem Hagel von Schlägen ein, denen der Knecht nichts entgegenzusetzen hatte.
Das ist der Erste, dachte er, als Just aus dem Sattel rutschte. Da zwei seiner Ritter nicht in der Lage waren, sich gegen Michel zu behaupten, eilte er diesen zu Hilfe. Doch gerade in dem Augenblick, in dem er Michel von hinten niederschlagen wollte, tauchte Marie neben ihm auf und stieß mit dem Dolch zu. Die Klinge glitt an seiner Rüstung ab, und er schwang sein Schwert gegen Marie. Aber Hannes blockierte den Hieb.
»Ihr solltet fliehen!«, rief der Knecht Marie zu.
Diese schüttelte entschlossen den Kopf. »Die Angelegenheit wird hier ausgetragen – bis zum Ende!«
Die Ordensritter standen noch zu acht gegen sechs, weil Eusebius immer noch nicht eingriff und Stoffel sich eben-

falls zurückhielt. Doch weder Hannes noch Götz waren erfahrene Kämpfer, und der Magister war mehr gewohnt, die Feder zu führen als das Schwert, und so neigte sich die Waage den Ordensrittern zu.

Als Hartwin einen harten Hieb hinnehmen musste und ein Schwall Blut über sein Lederwams lief, jubelte Gordeanus auf. »So ist es richtig! Macht sie alle nieder!«

Er wandte sich den drei Frauen zu und hob sein Schwert. »Gleich wirst du sterben, Isabelle de Melancourt!«, höhnte der Hochmeister. »Eigentlich ist es schade, denn ich hätte gerne dein Gesicht gesehen, wenn ich den Heiligen Gral in Händen halte und die Christenheit damit rette.«

Marie und Isabelle wechselten einen kurzen Blick. Von den Männern konnte ihnen keiner helfen, und so blieb ihnen nur, ihr Leben so teuer wie möglich zu verkaufen.

4.

Der Tag hatte für Ümit Ağa schlecht begonnen. Die letzte Nacht hatten sie bar aller Vorräte im Wald verbringen und ohne Frühstück losreiten müssen. Kurz darauf hatte sich der Gaul des Priesters einen Stein unter den Huf getreten. Als es Ümit endlich gelungen war, diesen mit dem Messer zu entfernen, hatte Gordeanus' Schar einen Vorsprung von fast einer halben Meile gewonnen, und Maries Trupp hatte ebenfalls die Stelle passiert, an der sich die beiden Osmanen und der Priester ins Unterholz zurückgezogen hatten, um nicht gesehen zu werden.

Überdies war Ümits Laune schlecht, weil ihm immer noch keine Möglichkeit eingefallen war, wie er die Giauren-Ritter daran hindern konnte, den Gral der Christenheit zu erringen.

»Ich will hoffen, dass dieses Ding wirklich nur eine Sage ist, der die Giauren nachlaufen«, sagte er eben zu Mahsun, als dieser angespannt den Kopf schüttelte.

»Das hört sich an wie der Klang von Schwerthieben!«

Ümit zügelte sein Pferd und lauschte. »Tatsächlich! Weiter vorne wird gekämpft.«

»Ich würde vorschlagen, wir verschwinden im Wald und umgehen die Stelle«, schlug der Priester vor, der wenig Lust hatte, vom Schwert eines anderen Christen getötet zu werden.

»Wenn wir das tun, wissen wir nicht, wer hinter uns ist. Daher sehen wir uns die Leute an!« Ümit Ağa ritt weiter, und so blieb auch dem Priester nichts anderes übrig, als hinter ihm herzutraben. Schnell schloss Mahsun zu seinem Anführer auf, holte den Bogen aus dem Köcher und grinste erwar-

tungsfroh. Bislang hatte er noch keinen Feind getötet, und das wollte er endlich nachholen.
»Du schießt nicht ohne meine ausdrückliche Anweisung!«, befahl ihm Ümit und hielt sein Pferd erneut an, um den Kampfgeräuschen zu lauschen.
»Wir haben die Stelle gleich erreicht«, sagte er mehr für sich und ließ die Stute im Schritt weitergehen.
Zu ihrer Rechten tauchten mehrere bizarre Felsen auf, die ihnen die Sicht versperrten. Als sie vorsichtig darum herum ritten, sahen sie keine dreißig Schritte vor ihnen kämpfende Männer.
»Es sind die Krieger des Hochmeisters!«, rief Mahsun und wies auf Gordeanus, der eben zum Schwerthieb gegen Isabelle ausholte.
»Der Anführer unserer Feinde ist ein Feigling, der nicht gegen Männer, sondern gegen Weiber kämpft«, rief Ümit voller Verachtung und nahm seinen Bogen zur Hand.
Mahsuns Pfeil kam ihm jedoch zuvor. Auf so kurze Entfernung abgeschossen, durchschlug dieser Gordeanus' Panzerschiene am rechten Oberarm und drang auf der anderen Seite wieder heraus.
Mit einem Schrei ließ der Hochmeister sein Schwert fallen und wich zurück. Dabei blickte er sich entsetzt um und entdeckte die beiden Reiter, die nun auf seine Männer schossen. Ritter Anton wurde getroffen, hielt sich aber ebenso wie Gordeanus weiter im Sattel.
Nun bemerkten auch Michel und seine Truppe, dass ihnen jemand zu Hilfe gekommen war, und fassten neuen Mut. Stoffel hingegen starrte entsetzt auf den Hochmeister und sah dann, wie ein weiterer Pfeil vom Helm eines anderen Hammerkreuzritters abprallte und davontrudelte.
Nun begriff Gordeanus die Gefahr, die ihnen durch die beiden Bogenschützen drohte, und er lenkte seinen Hengst so, dass er hinter Michel und Hartwin Deckung fand. Gleich-

zeitig schrie er seine Ritter an. »Macht die Hunde nieder, bevor ihre Pfeile noch mehr Schaden anrichten können!«
Da er sein Schwert verloren hatte, zog er sich selbst ganz aus dem Kampfgeschehen zurück, sah sich um und stellte fest, dass Eusebius noch immer untätig war.
»Elender Kerl!«, fluchte er. »Kämpfe endlich!«
Mit starrer Miene schüttelte der Ritter den Kopf. »Ich ziehe mein Schwert nicht mehr für Euch.«
»Damit brichst du den Eid, den du mir geschworen hast!«, schrie Gordeanus mit sich überschlagender Stimme.
»Das muss ich mit Gott ausmachen.« Eusebius lenkte sein Pferd neben Adelinas Stute und legte ihr die Hand auf den Arm.
»Habt keine Angst, ich werde Euch beschützen.«
Die Nonne lächelte unter Tränen. »Danke!«
»Elender Verräter!«, schäumte Gordeanus auf und wandte sich wieder den Kämpfenden zu. Drei seiner Ritter ritten gegen die Bogenschützen an. Zwar zuckten ihnen Pfeile entgegen, doch diese trafen nicht richtig. Da steckten die beiden Schützen ihre Bogen weg und griffen zu ihren Säbeln. Der dritte Mann, der bei ihnen war, wandte sich zur Flucht. Da war Ritter Albrecht bei ihm, durchbohrte seinen Oberkörper und riss die Waffe sofort wieder zurück.
Ümit sah den Priester fallen und fühlte Bedauern. Auch wenn der Mann kaum mehr als ein Sklave gewesen war, so hatte sich auf dem gemeinsamen Ritt eine gewisse Verbundenheit eingestellt. Allerdings hatte er keine Zeit für Trauer, denn Mahsun und er standen drei in Eisen gewandeten Rittern gegenüber, während sie nicht einmal die feste Lederkleidung trugen, mit der die Gegner der Ordensleute ausgerüstet waren.
Als die drei Ritter auf die Bogenschützen losstürmten, gewannen Michel und seine Freunde die Oberhand gegen die restlichen Hammerkreuzler. Stoffel sah entsetzt, dass Gor-

deanus' Männer immer weiter zurückgedrängt wurden. Nicht mehr lange, dann würden die Ordensritter fliehen müssen, wenn sie nicht niedergemacht werden wollten. Dann aber war Hartwin ein Mann, der seinen Wert im Kampf bewiesen hatte, und würde im Ansehen ihres Halbbruders so hoch steigen, dass ihn nichts mehr zu Fall bringen konnte. Ihm selbst bliebe dann lediglich der Part des Knechts, und selbst da erschien es ihm unsicher, ob Hartwin ihn auf Frommberg dulden würde.

Der Gedanke, alles zu verlieren, ließ ihn zum Schwert greifen und seinen Wallach antreiben. Mit einem wuchtigen Stoß rammte er Hartwin die Klinge in den Rücken. Noch während sein Halbbruder vom Pferd rutschte, traf Stoffels Schwert den Hals seines Kameraden Götz und trennte ihm den Kopf von den Schultern. Dann griff er Michel ebenfalls von hinten an.

Marie hatte seinen heimtückischen Angriff wahrgenommen, doch ihr Warnschrei ging im Gebrüll der Kämpfer unter. Nun trieb sie ihre Stute an und rammte Stoffels Wallach. Während der Verräter darum kämpfte, im Sattel zu bleiben, stach Marie nach ihm und verletzte ihn am linken Arm. Er verlor kurz die Zügel, fasste sie dann aber mit der Rechten und schob sie wieder zwischen die Finger der linken Hand. Sein Schwert fuhr hoch, doch als er zuschlagen wollte, ging Krispin dazwischen, und sein Schlag teilte Stoffel fast in zwei Hälften.

»Danke!«, flüsterte Marie mit bleichen Lippen.

Sie war auch schon früher dem Tod nahe gewesen, diesmal aber hatte noch weniger gefehlt. Als sie sich umschaute, sah sie die überlebenden Hammerkreuzritter davonreiten. Viele waren es nicht mehr. Von den drei Rittern, die die beiden Bogenschützen angegriffen hatten, saß nur noch einer im Sattel. Zwar hatten auch ihre Gegner einiges abbekommen, sich aber gegen sie durchsetzen können. Auch Hannes blu-

tete aus einer klaffenden Armwunde, war aber guter Dinge. Der Magister hatte den Kampf ebenfalls mit einigen nicht allzu tiefen Verletzungen überstanden. Nur Michel und Krispin wiesen kaum eine Schramme auf. Dafür lagen Hartwin und seine beiden Knechte Just und Götz starr am Boden, und nur ein leises Stöhnen verriet, dass der Frommberger noch am Leben war.
Der Feind hatte sieben Ritter verloren, und ein achter, der nicht in die Kämpfe eingegriffen hatte, saß immer noch etwas abseits auf seinem Pferd, als ginge ihn die ganze Sache nichts an. Vier Hammerkreuzrittern war es gelungen, ihrem fliehenden Hochmeister zu folgen.
Isabelle sandte Gordeanus etliche Verwünschungen hinterher und stieg aus dem Sattel, um nach Hartwin zu sehen, der aus mehreren Wunden blutete. Die Verletzung im Rücken war so tief, dass Isabelle das Schlimmste befürchtete. Während sie Hartwins zerfetztes Lederwams restlos auftrennte und sein Hemd zerriss, blickte sie kurz zu Donata auf.
»Du könntest mir helfen! Er ist immerhin dein Bräutigam.«
Zitternd rutschte das Mädchen aus dem Sattel und trat zu ihr. »Das war Stoffel! Er hat Hartwin von hinten niedergestochen! Aber weshalb?«
»Du wirst ihn nicht mehr fragen können«, antwortete Isabelle herb und versetzte ihr eine leichte Ohrfeige. »Hilf mir jetzt, sonst stirbt Hartwin noch an dieser Stelle.«
Endlich raffte Donata sich auf und riss mehrere Streifen vom Saum ihres Unterhemds ab.
Als Marie das sah, hielt sie ihre Hand fest. »So geht es nicht! Der Saum ist voller Schmutz. Wenn, musst du das Hemd ganz ausziehen und eine saubere Stelle nehmen.«
Während Donata noch zögerte, zog Isabelle ein Hemd aus ihrer Satteltasche und reichte es ihr.
»Hier, das ist sauber! Schneide es in Streifen. Wir werden es wohl ganz brauchen.«

Da Donata und Isabelle Hartwin versorgten, kümmerte Marie sich um Hannes und den Magister. Michel und Krispin ließen derweil den letzten vor Ort gebliebenen Hammerkreuzritter nicht aus den Augen. Sie wunderten sich, warum dieser sich aus dem Kampf herausgehalten hatte, und erst jetzt fiel ihnen auf, dass er sein Ross so hielt, dass er Adelina verdeckte.

»Ich würde gerne wissen, was es mit diesem Mann auf sich hat und mit denen, die uns zu Hilfe gekommen sind«, sagte Marie zu Michel.

Dieser warf den Bogenschützen einen kurzen Blick zu. Die beiden waren abgestiegen und beugten sich über ihren Gefährten, der starr am Boden lag. Dabei sahen sie immer wieder zu ihnen her, schienen aber nicht recht zu wissen, ob sie näher kommen sollten oder nicht.

»Ohne die beiden wäre es schlecht für uns ausgegangen«, erklärte Michel.

»Die Hammerkreuzritter trugen Rüstungen und wir nicht«, warf Krispin immer noch erzürnt ein. »Aber wir haben es ihnen trotzdem gezeigt!«

»… und einen hohen Preis dafür bezahlt«, antwortete Marie und wies auf die toten Knechte und den schwerverletzten Hartwin.

»Hätte Stoffel nicht Verrat begangen, sähe es anders aus!« Krispin sagte es laut genug, dass Eusebius es hören konnte. Nun entschied dieser sich, seine Rolle als Zuschauer aufzugeben, und ritt auf die Gruppe zu.

»Christoph von Frommberg hat Euch nicht nur hier verraten, sondern nannte dem Hochmeister bereits am Chiemsee Euer nächstes Ziel – und bei Kirchisen ebenso. Dafür hat er den Tod seines Halbbruders gefordert«, sagte er mit belegter Stimme.

»Also deswegen konnte Gordeanus auf unserer Fährte bleiben!«, stieß Marie zornerfüllt aus.

Michel musterte Eusebius mit einem kalten Blick. »Was ist mit dir?«

»Auch ich bin ein Verräter – und ein Eidbrecher, denn ich habe Leopold von Gordean geschworen, ihm stets zu gehorchen. Doch zuletzt konnte ich es nicht mehr.« Eusebius senkte den Kopf und wischte sich mit der rechten Hand die Tränen aus den Augen, die nicht zuletzt seinen Idealen galten, die der Hochmeister mit Füßen getreten hatte.

Unterdessen musterte Isabelle ihre einstige Untergebene, die dem Ordensritter mit bleichem Gesicht gefolgt war. »Du hast mich und die anderen verraten. Dafür hast du den Tod verdient!«

Während Adelina den Kopf senkte, legte Marie ihre Rechte auf Isabelles Hand. »Sie hat uns gewarnt! Ohne sie wären Gordeanus' Leute überraschend über uns hergefallen. Keiner von uns wäre entkommen.«

Isabelle schnaubte leise, doch Adelina nickte. »Ich wollte verhindern, dass Gordeanus und seine Männer Euch aus dem Hinterhalt angreifen konnten. Ich habe schon genug Schuld auf mich geladen.«

Marie lächelte. »Damit hast du uns das Leben gerettet! Steig ab und hilf uns, die Verletzten zu versorgen, und zwar auch die Hammerkreuzritter. Es ist unsere Menschenpflicht, uns auch um diese zu kümmern.«

»Da ist nicht mehr viel zu machen, Marie«, wandte Michel ein. »Ihre Rüstungen haben zwar etliche Schläge abgewehrt, doch wo unsere Schwerter trafen, ging es ans Leben.«

»Ich kann die Männer nicht bedauern. Sie folgten einem Schurken und starben für ihn!« Isabelles Urteil war hart, drückte aber aus, was alle dachten. Gordeanus' Männer waren ihre Todfeinde gewesen und hatten niemanden geschont, der ihren Plänen im Weg stand.

»Was tun wir jetzt?«, fragte Donata leise.

»Wir fertigen aus einer Decke und zwei Stangen eine Trage

für Hartwin. Danach reiten wir zu den frommen Brüdern von Blaubeuren und holen dieses elende Ding, für das schon so viele Menschen sterben mussten.«

Noch während Michel es sagte, schnallte er seine Decke hinter dem Sattel los und forderte Krispin auf, zwei etwa mannslange Stangen zu schneiden, mit deren Hilfe sie Hartwin transportieren konnten.

Marie wies auf die beiden Fremden. »Und was machen wir mit denen?«

»Wir werden sie auffordern, mit uns zu kommen. Im Kloster dürften heilkundige Mönche sein, die in der Behandlung von Wunden erfahren sind. Ich glaube nicht, dass sie etwas dagegen haben, richtig verbunden zu werden!« Nach diesen Worten wischte Michel sein Schwert an dem Umhang eines Gegners ab, steckte es in die Scheide und ging auf Ümit und Mahsun zu.

»Habt Dank für Eure Hilfe! Lasst uns gemeinsam um Euren Freund trauern. Wir bedauern seinen Tod und Eure Wunden!«

»Was sagt er?«, fragte Mahsun verwirrt.

Ümit bedeutete ihm zu schweigen und ging Michel mehrere Schritte entgegen. »Es würde mich freuen, wenn Ihr dafür sorgen könntet, dass mein Begleiter ein christliches Begräbnis erhält. Er war Priester in einem fernen Land.«

»Das werde ich tun, sowie wir das Kloster Blaubeuren erreicht haben«, versprach Michel und streckte ihm die Hand hin. »Ich bin Ritter Michel Adler auf Kibitzstein.«

Nach einem kurzen Zögern ergriff Ümit die Hand und musterte Michel mit einem feinen Lächeln. »Ihr und Eure Freunde seid gewaltige Krieger. Ich habe selten Männer tapferer kämpfen sehen.«

»Das Gleiche kann ich über Euch und Euren Freund sagen. Mit drei gewappneten Rittern muss man zu zweit und ohne

Rüstung erst einmal fertig werden«, antwortete Michel anerkennend. »Doch sagt, wer seid Ihr? Bauern, wie Eure Kleider es weismachen, gewiss nicht.«
Ümit schüttelte den Kopf. »Mein Name ist Sandor, und ich stamme aus Ungarn. Wir wurden unterwegs beraubt und mussten uns diese Kleider erbetteln!«
»Kommt jetzt mit, Herr Sandor. Wir reiten zur Abtei von Blaubeuren, damit unsere Verletzten in kundige Hände kommen. Auch Ihr und Euer Freund solltet Eure Wunden dort versorgen lassen.«
Zwar hatten Ümit und Mahsun sich ihre Blessuren bereits gegenseitig mit ein paar Stoffstreifen verbunden, doch diese Verbände würden nicht lange halten, und so nahmen sie Michels Angebot an. Ümit fragte sich allerdings, ob auch diese Gruppe den angeblich Macht verleihenden Gral suchte, und wusste nicht so recht, was er tun sollte, wenn dies tatsächlich der Fall war.

5.

Auf dem Weg zum Kloster blickte Michel sich immer wieder um. Doch von Gordeanus und seinen überlebenden Gefolgsleuten war nirgendwo etwas zu sehen. Wahrscheinlich waren sie in die Wälder geflohen und leckten dort ihre Wunden. Als das Kloster Blaubeuren und die gleichnamige Stadt vor ihnen auftauchten, ließ sich zu ihrer aller Erleichterung auch dort kein Hammerkreuzritter sehen.

Michel lenkte sein Pferd auf das Klostertor zu und hielt direkt davor an. Am Pförtnerhäuschen unterhielten sich zwei Mönche, die erst aufschauten, als der Trupp näher kam. Dann aber starrten sie entgeistert auf die Toten, die man auf ihre Pferde geschnallt hatte, und die zwischen zwei Pferde gespannte Trage, auf der Hartwin lag.

»Heiliger Himmel, was ist geschehen?«, rief einer erschrocken.

»Wir sind nicht weit von hier überfallen worden«, berichtete Michel. »Mehrere unserer Begleiter sind tot und einige verwundet. Freiherr Hartwin von Frommberg ringt um sein Leben!«

»Überfallen? Hier bei uns?« Der Mönch schüttelte ungläubig den Kopf, doch die blutigen Verbände einiger Reiter überzeugten ihn.

»Kommt rasch herein! Bruder Kajetan, rufe sofort Bruder Ludwig. Er soll seine Salben und Arzneien mitbringen. Sag ihm, es wären Verletzte zu versorgen.«

Während Bruder Kajetan eilig verschwand, öffnete der Pförtner das Tor und ließ die Gruppe ein. Marie schenkte dem Mönch ein trauriges Lächeln. Sosehr es sie auch erleichterte, dass Michel unversehrt davongekommen war, so bedauerte sie den Tod der beiden Frommberger Knechte und des Priesters, dessen Freunde ihnen zu Hilfe gekommen waren.

Als Ümit Ağa mit seinem toten Begleiter durch das Tor ritt, wies Marie auf den Leichnam. »Das hier war ein Geistlicher, der ohne jede Schuld ein Opfer dieser Schurken wurde.«

»Stimmt das?«, fragte der Mönch, da der Priester wie ein Bauer gekleidet war.

Ümit nickte bedrückt. »Das Weib spricht die Wahrheit. Unser Freund war in seiner Heimat ein Priester Eures Glaubens. Es schmerzt mich, dass er hier durch frevlerische Hand den Tod gefunden hat.«

Der Mönch war ebenso wie Michel und Isabelle zu aufgeregt, um den Sinn dieser Worte ganz zu begreifen, doch Marie und Magister Ambrosius wunderten sich über den Ausdruck »Eures Glaubens« und musterten Ümit genauer. Auch wenn dieser Bauernkleidung trug, stufte Ambrosius ihn als Krieger ein. Der Säbel des Mannes war eine schlichte Waffe mit einem Griff, der vom vielen Gebrauch dunkel verfärbt war. Der gewaltige Schnurrbart, die Form der dunkelblauen Augen wie auch Ümits Akzent, der sich von dem der Ungarn, die der Magister kennengelernt hatte, unterschied, brachten Ambrosius auf die richtige Spur. Er sagte jedoch nichts, denn ohne diesen Mann und seinen Gefährten wären sie von Gordeanus' Rittern in Stücke gehauen worden.

»Dieser Herr und sein Freund sind ebenfalls verletzt«, sagte Marie zu dem Pförtner. »Ebenso unser Knecht Hannes sowie Magister Martin Ambrosius, der im Auftrag Seiner Majestät, König Sigismunds, unterwegs ist.«

»Bei mir ist es nicht so schlimm«, erklärte der Magister, der nur eine Fleischwunde an der Schulter und eine am Arm davongetragen hatte.

»Bei mir auch nicht«, meldete sich Hannes, obwohl ihm das Blut aus einer Platzwunde am Kopf über das Gesicht lief und es rot von seinen Fingern tropfte. »Aber um Ritter Hartwin steht es schlimm! Wir wollen hoffen und beten, dass er nicht seinen Wunden erliegt.«
Zunächst hatte der Knecht wenig von Hartwin gehalten. Doch während ihres langen Ritts hatte dieser sich als zuverlässiger Gefährte erwiesen, und so beteten alle, dass er überleben möge. Selbst Donata tat es, obwohl Hartwins Tod sie von einer Ehe mit ihm befreien würde. Sich sein Ende zu wünschen, wagte sie jedoch nicht. Das wäre nicht nur eine große Sünde gewesen, sondern auch ein Verrat an einem Ritter, der sich mannhaft für ihre Äbtissin und sie selbst geschlagen hatte.
Bruder Kajetan kehrte rasch mit etlichen anderen Mönchen und einigen Knechten zurück. »Bringt den Schwerverwundeten ins Spital und versorgt dann die Verletzungen der anderen«, rief er seinen Mitbrüdern zu und wies die Knechte an, sich um die Pferde zu kümmern.
»Ihr werdet in unserem Gästehaus unterkommen«, sagte er anschließend zu Marie, Michel und jenen, die den Kampf mit Gordeanus und seinen Rittern halbwegs unbeschadet überstanden hatten.
»Habt Dank!«, antwortete Marie. »Aber Ihr werdet gewiss verstehen, dass wir unseren Freund Hartwin von Frommberg nicht allein … lassen wollen.« Sie schluckte das »sterben«, das ihr bereits auf der Zunge lag, wieder hinunter. Noch lebte der Ritter, und sie wollte nichts verschreien, obwohl sie wenig Hoffnung für ihn hegte.
»Ich werde zuerst bei ihm wachen«, begann Isabelle, schüttelte dann aber den Kopf. »Donata, übernimm du das! Ich muss mit dem hochwürdigen Abt sprechen und hoffe, er lässt sich herab, eine Frau zu empfangen.«
»Wir alle sollten mit ihm sprechen«, wandte Michel ein.

Auch ihm war klar, dass die Gefahr noch nicht vorüber war. Gordeanus mochte verletzt sein, doch er war am Leben, und er hatte noch immer jenes verhängnisvolle Schreiben des Königs, mit dem er auch Heinrich von Hafenberg, den Abt von Blaubeuren, davon überzeugen konnte, sich auf seine Seite zu stellen. Mit einer fordernden Geste wandte Michel sich an Magister Ambrosius.

»Es kommt jetzt viel auf Euch an und darauf, dass Ihr die richtigen Worte findet, den Abt zu überzeugen.«

Ambrosius hatte begriffen, worauf Michel hinauswollte. »Ich tue, was ich kann, doch gegen gewisse Urkunden kämpfe auch ich vergebens.«

Auch Marie zog eine sorgenvolle Miene, während Krispin verwundert wirkte. »Wir sollten den Florian des alten Melancourt holen und damit nach Nürnberg reiten«, schlug er vor.

»Du vergisst unseren Feind!«, wies ihn Isabelle zurecht. »Gordeanus wird nicht aufhören, uns zu verfolgen und zu jagen. Also müssten wir uns auf jedem Schritt nach Nürnberg vor ihm hüten.«

»Ihr habt etwas vor!«, sagte Marie und sah Isabelle auffordernd an.

»Ja«, antwortete die Äbtissin leise. »Aber was es auch immer ist, ich tue es allein und ich stehe auch selbst dafür ein!«

Ihr Tonfall warnte die anderen, weiter in sie zu dringen.

Marie fühlte sich zurückgewiesen, denn bislang hatten sie Gefahr und Not auf dieser Reise gemeinsam getragen. Doch nun wählte Isabelle de Melancourt ihren eigenen Weg und ließ niemanden mehr in die Karten sehen.

»Seid mir nicht böse! Es ist besser so«, flüsterte ihr Isabelle ins Ohr. »Ich habe Euch alle liebgewonnen und will nicht, dass Euch eine Schuld aufgelastet wird, die Ihr nicht tragen solltet.«

»Trotzdem …«, begann Marie, doch in dem Augenblick er-

reichten sie das Gästehaus des Klosters. Ein Mönch meldete, dass Heinrich von Hafenberg bereit sei, die Gäste zu empfangen.
»Wie viel wollen wir ihm sagen?«, fragte Marie.
Isabelle überlegte kurz und meinte dann: »Alles! Nur durch Aufrichtigkeit können wir ihn davon überzeugen, uns zu helfen.«
Während die Wunden der Verletzten versorgt wurden, brachten Novizen Wein und Brot, damit die Gäste sich stärken konnten. Der Mönch, der sie zum Abt führen sollte, wartete geduldig, bis alle getrunken und gegessen hatten. Es gefiel Marie, dass er nicht drängte. Wie es schien, war Zeit ein Gut, über das man hier in diesem Kloster reichlich verfügte.

6.

Während Marie und ihre Reisegefährten zu den Quartieren der Gäste geführt wurden, folgte Donata den Mönchen, die Hartwin in den Krankentrakt des Klosters trugen. Der Ritter war noch immer bewusstlos und sah so wächsern aus, als könnte er jeden Augenblick verscheiden. Die Mönche legten Hartwin auf ein Bett und zogen sich dann zurück. An ihrer Stelle betraten der für die Wundpflege verantwortliche Bruder Ludwig und sein Gehilfe den Raum. Als er Donata sah, zog er die Stirn kraus.

»Was tust du hier?«

»Wir … wir wollen Herrn Hartwin nicht allein lassen«, presste Donata heraus.

»Ein erfahrenes Weib wäre dafür besser geeignet als so ein junges Ding wie du!«, sagte der Mönch mürrisch.

»Herr Hartwin ist mein Verlobter!« Donata gefiel es nicht, dies zugeben zu müssen, doch war es die einzige Möglichkeit, Bruder Ludwig daran zu hindern, sie wegzuschicken. Der Mönch warf einen ungläubigen Blick auf ihre zerfetzte Kutte und zuckte dann mit den Achseln.

»Nun, dann mag es sein!«

Ohne sich weiter um Donata zu kümmern, schälte er zusammen mit seinem Gehilfen Hartwin aus seinen Kleidern. Um der Sittsamkeit willen legte er ein Tuch über dessen Hüften und löste den durchgebluteten Verband auf dem Rücken. Angesichts der tiefen Wunde sog er erschrocken die Luft ein.

»An einer Verletzung wie dieser ist schon so mancher gestorben! Leider muss ich Euch sagen, dass Ihr noch vor Eurer Hochzeit Witwe sein werdet.«

Donata senkte den Kopf und spürte, wie ihr die Tränen in die Augen stiegen. Auch wenn sie keine Ehe mit Hartwin eingehen wollte, so wünschte sie doch nicht seinen Tod. Ihr hätte es gereicht, mit Krispin irgendwohin zu fliehen und dort ein neues Leben zu beginnen.

Der Mönch versorgte die Wunde sorgfältig und verband sie neu. Danach kümmerte er sich um die kleineren Verletzungen, die Hartwin bei dem Kampf davongetragen hatte, ließ schließlich etliche Tropfen aus einer mit einem Totenkopf versehenen Flasche in einen Becher fallen, den sein Helfer mit Wasser auffüllte, und wandte sich dann an Donata.

»Ich habe für den Verletzten getan, was ich konnte. Alles andere liegt in Gottes Hand. Zu Beginn der Nacht werde ich noch einmal nach ihm sehen. Vorher solltest du versuchen, ihm diesen Trunk einzuflößen. Ich hoffe, er kommt so weit zu sich, dass es dir gelingt. Wenn dies vor dem fünften Stundenschlag nicht der Fall sein sollte, so rufe nach Bruder Jonathan, damit er es bei dem Bewusstlosen tut. Er hat Erfahrung darin.«

»Das werde ich«, versprach Donata und zog sich, als die beiden Mönche den Raum verlassen hatten, einen Stuhl neben das Bett und setzte sich darauf.

Ihr blieb nichts anderes zu tun, als zu warten, ob Hartwin noch einmal wach wurde oder diese Welt ohne Abschied verließ. Man sollte ihm die heiligen Sakramente spenden, damit er rein von seinen Sünden vor Gott erscheinen kann, dachte sie. Dafür allerdings musste er bei Bewusstsein sein. So hoffte sie, es würde reichen, wenn ein Priestermönch Hartwin nach dem Tod mit dem heiligen Öl das Kreuz auf die Stirn zeichnete.

Ein Funken Leben schien noch in dem Verletzten zu sein, denn er bewegte sich auf einmal unruhig und stieß Laute aus, die Donata zunächst nicht verstand. Nachdem er sie jedoch

mehrmals wiederholt hatte, begriff sie, dass er nach seiner Mutter rief.
Sie wusste nicht, was sie tun sollte, legte ihm dann die Rechte auf die Stirn und stellte erleichtert fest, dass er ruhiger wurde.
»Mutter?«, flüsterte er noch in halber Bewusstlosigkeit. »Ich bin zurückgekommen, wie ich es dir versprochen habe.«
Da er auf Antwort zu warten schien, sagte Donata leise: »Das bist du!«
Ein Lächeln erschien auf seinem Gesicht, und er öffnete die Augen, ohne Donata zu erkennen. »Herr Elert hatte mich zu sich gerufen. Er ist ein sehr harter, strenger Mann, und er sagt, ich müsse seine Tochter heiraten, damit die Sippe derer von Frommberg nicht ausstirbt. Täte ich es nicht, zöge er seine Hand von mir ab und ich könne seinetwegen verrotten. Mutter, rate mir, was ich tun soll!«
Donata blickte erschüttert auf den Mann, der ebenso wie sie für ihren Vater nur ein Spielstein auf dem Brett seines Lebens war, und überlegte, was sie antworten sollte. Zu ihrer Erleichterung schloss er die Augen wieder und schlief ein. Als sie begriff, dass sie den Augenblick hatte verstreichen lassen, in dem sie ihm die Arznei hätte geben können, schalt sie sich eine Närrin. Nun würde sie sich, wenn er starb, immer fragen, ob sie es nicht hätte verhindern können.
Die Glocke der Klosterkirche verkündete die vierte Nachmittagsstunde, ohne dass eine Änderung in Hartwins Befinden eingetreten wäre. Donata saß noch immer neben seinem Bett und wagte es nicht, die Hand von seiner Stirn zu nehmen. Immer wenn sie es versuchte, stöhnte er und wurde unruhig. Noch eine Stunde, dachte sie, dann musste sie Bruder Jonathan rufen. Es war gleichzeitig das Eingeständnis ihres eigenen Versagens. Der Gedanke bedrückte sie, und sie flehte Hartwin in Gedanken an, doch noch einmal zu erwachen.

7.

Der Abt empfing die Gäste in seinen privaten Gemächern, deren Wände und Decken mit dunklem Holz verkleidet waren und in denen man mehr darauf geachtet hatte, Platz für Bücher und Schriftrollen zu schaffen, als der Bequemlichkeit des Bewohners zu dienen. Heinrich von Hafenberg trug eine schlichte Kutte und Riemensandalen, doch seine Erscheinung verriet, dass hier ein Mann saß, der keine Äußerlichkeiten benötigte, um sich seines Ranges und seiner Verantwortung bewusst zu sein. Er forderte die beiden Novizen, die ihn bedienten, auf, Stühle für die Gäste zu bringen, und wartete, bis alle saßen und seine Helfer sich zurückgezogen hatten.

»Ich begrüße Euch in unserem Kloster«, eröffnete der Abt das Gespräch.

Marie sah Michel und Isabelle an, unsicher, wer von ihnen das Wort ergreifen sollte. Es war schließlich die Äbtissin.

»Wir danken Euch, hochwürdiger Vater, und bitten Euch um Schutz und Hilfe.«

»So es in meiner Macht steht, werdet Ihr beides bekommen!«, erklärte der Abt.

»Mein Name ist Isabelle de Melancourt. Ich weiß nicht, ob Ihr je von mir gehört habt«, stellte sich Isabelle vor.

Der Abt nickte nachdenklich. »Dein Name ist mir bekannt. Wurde er vor einigen Jahren nicht zusammen mit dem Seiner Majestät genannt?«

»Das wurde er«, gab Isabelle ehrlich zu. »Später nahm ich als Nachfolgerin meiner Tante den Platz der Äbtissin ihres Klosters ein.«

»Wie eine Nonne siehst du derzeit aber nicht aus«, sagte der Abt mit einem nachsichtigen Lächeln.

Isabelle hob entschuldigend die Hände. »Ich habe das Gewand einer Braut Christi abgelegt, um unseren Feind und Verfolger zu täuschen. Allerdings muss ich zugeben, dass ich nie die nötigen Weihen erhalten habe, die für eine Nonne und Äbtissin unabdingbar sind.«

Jetzt ruckte Heinrich von Hafenbergs Kopf doch herum. »Das ist eine schlimme Sache, meine Tochter!«

»Meine Tante rief mich zu sich und setzte mich als ihre Nachfolgerin ein. Aber sie starb, bevor sie dafür sorgen konnte, dass ich die Weihen erhielt.«

»Und du hast dich nie selbst darum bemüht?«, fragte der Abt.

»Doch! Aber nachdem alle glaubten, ich hätte die Weihen bereits erhalten, habe ich geschwiegen.«

»Hoffentlich aus Scham!« Diesmal traf Isabelle ein zorniger Blick des Abtes.

»Es war meine Verpflichtung, ein Geheimnis zu hüten. Dies erschien mir wichtiger, als zuerst andernorts als Nonne zu dienen!« Isabelles Miene wirkte nun weniger schamhaft und reuig als vielmehr kämpferisch. »Das, was es zu bewahren galt, war ein Vermächtnis meiner Familie, und es bedeutete Gefahr. Wie groß diese tatsächlich war, habe ich erst später erkannt. Ihr kennt die Sage um den Heiligen Gral?«

Der überraschende Themenwechsel irritierte den Abt. »Ist es wirklich nur eine Sage? Es gibt viele Reliquien aus der Zeit Christi!«

»Ein Dutzend Vorhäute, unzählige Windeln und ganze Kannen voll mit der Milch der Gottesmutter!«, rief Isabelle verächtlich aus.

»Viele dieser Reliquien sind Berührungsreliquien«, wandte der Abt ein. »Wohl stammen sie von anderen Menschen, doch erhalten sie die göttliche Kraft durch die Berührung mit echten, starken und wundertätigen Reliquien.«

»Das mag sein!«, lenkte Isabelle ein. »Doch lasst mich von Anfang an berichten.«

Sie begann mit ihrem Ahnen, der den Orden der Templer hatte verlassen müssen, weil jemand ihn beschuldigt hatte, den Gral gefunden und für sich behalten zu haben.

Der Abt hörte ihr aufmerksam zu. Als er von Gordeanus' Überfall auf das Waldkloster hörte, zeigte er Betroffenheit, die sich steigerte, als Isabelle ihm von dem Verlauf ihrer Suche nach den Hinweisen ihres Ahnen schilderte.

»Von einem Orden der Ritter des Hammers vom Heiligen Kreuz zu Jerusalem habe ich noch nie etwas gehört«, bekannte er, nachdem Isabelle mit ihrem Bericht zu Ende war. Dann sah er sie durchdringend an. »Der Mann, der sich Hochmeister nennt, mordet mit Billigung des Königs?«

»Dem muss ich widersprechen!«, mischte sich Magister Ambrosius ein. »Seine Majestät hat Leopold von Gordean erlaubt, nach dem Heiligen Gral zu suchen, und alle im Reich angehalten, ihn dabei zu unterstützen. Doch er billigt weder den Überfall auf das Waldkloster noch den heutigen Angriff der Ordensritter.«

»Bist du dir da so sicher, mein Sohn?«, fragte der Abt.

Ambrosius wollte schon »Ganz sicher!« sagen, schwieg aber, als er an Sigismund dachte. Um an eine Waffe zu gelangen, mit der er die Osmanen besiegen konnte, würde dieser sogar Gordeanus' Verbrechen hinnehmen.

»Du weißt es also nicht«, schloss der Abt aus seinem Schweigen.

»Wäre es der echte Gral, könnte man es ja vielleicht noch verstehen. Aber der Pokal meines Ahnen ist nur ein simples Trinkgefäß!«, rief Isabelle aus.

Marie fand, dass sie alle um den heißen Brei herumredeten. »Mich interessiert nicht dieser Pokal, sondern wie wir uns vor

Gordeanus schützen können. Ich halte diesen Mann für verderbt genug, sich an unseren Kindern und allen, die wir lieben, zu rächen.«

»Wenn Leopold von Gordean so ist, wie ihr ihn beschreibt, wirst du wohl recht haben, meine Tochter. Doch hier in meinem Kloster wird auch er den Frieden wahren.«

»Mir geht es nicht um das Kloster, sondern um meine Heimat. Soll ich alle Tage, die ich noch lebe, in Angst vor diesem Ungeheuer verbringen müssen?« Marie wurde jetzt laut, daher legte Michel seine rechte Hand auf ihren Arm.

»Bitte beruhige dich! Wir haben Gordeanus mittlerweile die Federn arg gestutzt. Er hat nur noch vier Gefolgsleute …«

»… und kann sich jederzeit neue beschaffen«, unterbrach Marie ihren Mann.

»Du forderst den Tod dieses Mannes, meine Tochter? Das ist wenig christlich gedacht«, tadelte der Abt Marie.

»Ich weiß nicht, ob es christlicher ist, wenn meine Kinder in Angst vor einem skrupellosen Mörder aufwachsen müssen«, antwortete Marie herb.

Der Abt hob begütigend die Hand. »Lasst uns eines nach dem anderen besprechen – und erledigen. Ihr seid gewiss nicht ohne Grund zu meinem Kloster gekommen.«

»Das stimmt«, gab Isabelle zu. »Laut dem letzten Hinweis meines Ahnen soll sein Kelch sich hier befinden, und zwar in einer Statue des heiligen Florian verborgen.«

»Es gibt eine solche Statue«, sagte der Abt leise. »Sie befindet sich nicht in der Kirche, sondern in einer kleinen Kapelle, die seit Jahrzehnten nicht mehr benutzt wird. Den Aufzeichnungen zufolge soll ein Mönch sie vor langer Zeit mitgebracht und dort aufgestellt haben. Bei seinem Tod vermachte er dem Kloster eine gewisse Summe unter der Bedingung, dass die Heiligenfigur stets an ihrem Platz bleiben müsse und nie mehr daran getan werden dürfe, als sie neu zu bemalen.«

»Der Mönch muss mein Ahne gewesen sein«, rief Isabelle aufgeregt.
»Es scheint so!« Der Abt überlegte kurz und forderte dann alle auf, mit ihm zu kommen. »Wir sollten uns überzeugen, ob es tatsächlich die Statue ist, die ihr sucht.«

8.

Zunächst war Gordeanus Hals über Kopf geflohen. Nach einer Weile aber begriff er, dass er auf diese Weise das Kloster Blaubeuren immer weiter hinter sich ließ, und zügelte sein Pferd. Als er sich umdrehte, waren nur mehr zwei seiner Ritter bei ihm.

»Wo sind die anderen?«, fragte er erschrocken.

»Die sind entweder tot oder haben sich in die Büsche geschlagen«, erklärte Ritter Matthias bitter.

»Daran ist Eusebius schuld. Er hat uns verraten!«, stieß Gordeanus hasserfüllt aus.

»Die Nonne hat die Melancourt und ihre Leute durch ihr Geschrei gewarnt. Ihr hättet sie nicht mitnehmen dürfen!« Wohl zum ersten Mal, seit er sich Gordeanus angeschlossen hatte, wagte Matthias Kritik.

»Nicht mitnehmen dürfen?«, echote Gordeanus. »Und wer hätte uns die französischen Texte übersetzen sollen? Jeder Fremde, den wir darum gebeten hätten, hätte versucht, den Heiligen Gral selbst zu erlangen. Außerdem war es eure Schuld! Wir waren überlegen und hätten die paar Männer der Melancourt leicht niedermachen können.«

»Das hätten wir auch«, blaffte Ritter Matthias zurück, »wenn diese fremden Bogenschützen nicht eingegriffen hätten! Ich bin mir sicher, dass Bruder Eusebius diese Männer meinte, als er von möglichen Verfolgern sprach. Ihr aber musstet unbedingt auf die Äbtissin und ihre Begleiter losgehen, ohne Eusebius' Warnung zu hinterfragen.«

»Nenne diesen Verräter nicht Bruder, Bruder Matthias! Er ist nicht den Staub unter den Hufen unserer Pferde wert.«

Gordeanus' Stimme klang scharf. Am liebsten hätte er den Ritter für seine Aufsässigkeit bestraft. Doch wenn Matthias ihm daraufhin ebenfalls den Dienst aufsagte, war er mit einem einzigen jungen Ritter allein. Daher änderte er die Strategie.
»Noch sind wir nicht besiegt, Bruder Matthias! Wir vermögen trotz allem den Gral zu erlangen.«
»Und wie?«, fragte der andere unfreundlich.
Gordeanus zwang sich ein Lächeln auf die Lippen. »Ich trage immer noch das Schreiben des Königs bei mir, das alle verpflichtet, mich bei der Suche zu unterstützen. Dem wird sich auch der Abt von Blaubeuren nicht entziehen können.«
»Und wenn er es doch tut?«, fragte der Ritter.
»Dann klagen wir ihn beim König an«, antwortete Gordeanus.
»Das bringt uns dem Gral auch nicht näher!« Ritter Matthias schwankte, ob er den Hochmeister nicht einfach im Wald stehen lassen und seiner eigenen Wege gehen sollte. Da schwang sich dieser aus dem Sattel und deutete auf den Pfeil in seinem Oberarm. »Du musst die Spitze abbrechen und den Schaft herausziehen. Danach lassen wir die Wunde ein wenig bluten, um den Schmutz herauszuspülen. Anschließend wirst du den Arm verbinden.«
Der direkte Befehl gab den Ausschlag. Ritter Matthias war nie ungehorsam gewesen und befolgte auch diesmal die Anweisung seines Hochmeisters. Als er abstieg, um Gordeanus' Wunde zu versorgen, beneidete er Eusebius und die beiden Mitbrüder, die den Kampf mit Isabelle de Melancourts Begleitern überlebt und sich danach klammheimlich verdrückt hatten. Der Augenblick, in dem er sich von seinem Hochmeister hätte lossagen können, war jedoch verstrichen, und so blieb ihm nur, bis zum bitteren Ende mit Gordeanus zu gehen – oder bis zum Sieg, der ihm mittlerweile wenig wahrscheinlich erschien.

Während Matthias seinen Arm versorgte und der junge Ordensritter verschreckt danebenstand, überlegte Leopold von Gordean, wie er vorgehen sollte. Aufgeben und den Gral Isabelle de Melancourt überlassen kam nicht in Frage. Mit der linken Hand tastete er nach der Stelle, an der er den Brief des Königs bei sich trug. Dieser hatte ihm am Chiemsee und auch in Passau gute Dienste geleistet. Warum sollte es in Blaubeuren anders sein?

»Wenn du fertig bist, reiten wir zum Kloster und holen uns den Gral«, sagte er zu Ritter Matthias.

Dieser sah ihn verdattert an. »Aber was ist, wenn die Begleiter der Melancourt über uns herfallen? Wir sind nur noch zu dritt, und Ihr könnt wegen Eurer Verwundung kein Schwert schwingen.«

»Sie werden es nicht wagen, den Frieden des Klosters zu brechen«, antwortete Gordeanus mit einem harten Auflachen.

Matthias schüttelte entgeistert den Kopf. Ausgerechnet sein Hochmeister, der oft genug gezeigt hatte, wie wenig er von Gesetzen und Regeln hielt, vertraute darauf, dass ihre Gegner diese einhalten würden. Er wagte jedoch keinen Widerspruch, sondern befestigte Gordeanus' Verband, half seinem Hochmeister in den Sattel und folgte ihm. Vielleicht hatte Gott ein Einsehen, und sie konnten doch noch den Heiligen Gral erringen, sagte er sich. Es durfte gar nicht anders sein, denn sonst wären all die Opfer, die ihre Gemeinschaft bisher gebracht hatte, vergebens gewesen.

9.

Zwei Mönche trugen die Statue des heiligen Florian herein. Bei ihrem Anblick stieg in Marie eine gewisse Enttäuschung auf. Zwar war die Figur mehr als zwei Ellen hoch und stand auf einem wuchtigen Sockel, doch ihre Bemalung war schäbig und an einigen Stellen kaum mehr zu erkennen. Das Wasserschaff – das Hauptattribut des Heiligen – war zerbrochen, und eine Hand fehlte.

Der Abt bemerkte Maries skeptischen Blick und hob in einer entschuldigenden Geste die Hände. »Wie ich schon sagte, wird die Kapelle seit vielen Jahren nicht mehr benutzt, und so hat sich niemand mehr um diese Statue gekümmert.«

»Mir ist es gleichgültig, wie sie aussieht«, warf Isabelle ein. »Für mich ist entscheidend, ob es die Figur ist, die mein Ahne in seinem letzten Rätsel genannt hat, oder nicht.«

»Den Informationen nach, die ich habe, müsste sie es sein«, erklärte Heinrich von Hafenberg.

»Das werden wir gleich sehen!« Isabelle wies die Mönche an, die Statue auf den Tisch zu stellen. Danach betrachtete sie diese genau und untersuchte sie mit den Händen. Da die Farbe teilweise abgeplatzt war, sah sie, dass unter dem Sockel noch eine daumendicke Bodenplatte angebracht war.

»Krispin, reiche mir deinen Dolch!«, forderte Isabelle.

Der junge Mann gab ihr die Waffe und sah zu, wie sie die Klinge zwischen Platte und Sockel schob und sie voneinander löste. Es ging leichter als erwartet, weil sich die Holzzapfen, die beide miteinander verbanden, im Lauf der Jahrzehnte gelockert hatten.

Als die Platte entfernt war, schimmerte es im Sockel golden. Der Abt stieß einen leisen Ruf aus, während Isabelle ihren Triumph kaum verbergen konnte.
»Das ist er!«, rief sie und zog den Pokal vorsichtig aus der Figur. Er war etwa so lang wie ihr Unterarm, hatte einen wuchtigen Fuß und war über und über mit Edelsteinen besetzt.
»Das also ist der Kelch des Kreuzritters«, sagte Magister Ambrosius und streckte die Hand aus, um ihn zu ergreifen. Isabelle raffte das Gefäß rasch an sich, lachte dann über sich selbst und reichte es Ambrosius. »Hier nehmt, Herr Magister! Es ist schließlich Eure vom König übertragene Aufgabe, zu prüfen, ob es sich um den wahren Gral handelt oder doch nur um ein schlichtes Trinkgefäß.«
»Schlicht würde ich dieses Gefäß nicht nennen«, wandte Marie ein. »Allein schon der Wert des Goldes und der Edelsteine würde ausreichen, um eine stattliche Burg mit ihrem gesamten Umland erwerben zu können!«
»Wollt Ihr ihn etwa dafür haben?«, zischte Isabelle. »Es ist mein Erbe aus alter Zeit, und ich allein werde entscheiden, was mit ihm geschieht.«
Für ein paar Augenblicke sah es so aus, als würde der Pokal ihre Gedanken beherrschen und sie alle Freundschaft vergessen lassen. Dann aber lachte sie bitter auf. »Um dieses Ding ist so viel Blut geflossen! Es ist an der Zeit, dass dies ein Ende nimmt.«
»Das sollte es wirklich«, stimmte Michel ihr zu.
Marie überwand ebenfalls die Gier, die sie für einen Augenblick erfasst hatte. Auch wenn dieses Ding wertvoll war und ihr und Michel mehrere Dörfer aus dem Besitz des Würzburger Fürstbischofs einbringen würde, erschien es ihr besser, sich dieser Verlockung zu verschließen und ehrlich zu bleiben.
»Ihr habt recht, ehrwürdige Mutter«, sagte sie daher. »Für

diesen Kelch ist zu viel Blut geflossen. In der Hand halten würde ich ihn trotzdem gerne einmal.«

Sofort reichte der Magister ihn ihr. »Ich habe keine besondere Kraft daran gespürt«, sagte er.

Marie erging es nicht anders. Allerdings hatte sie den Eindruck, als wäre der Kelch für seine wuchtige Form etwas zu leicht. Beim genaueren Hinsehen bemerkte sie, dass die Rundung des Pokals nur eine Goldauflage besaß. Diese war an einer Stelle aufgeplatzt, und darunter kam rötliches Holz zum Vorschein, so als hätte man ein hölzernes Gefäß unter einer Hülle aus Gold und edlen Steinen verborgen. Sie wollte schon die anderen darauf aufmerksam machen, doch mit einem Mal waren ihre Lippen wie versiegelt. Verwirrt übergab sie den Pokal an Michel, der ihn jedoch nur desinteressiert musterte und wieder auf den Tisch stellte.

Nun streckte Krispin die Hände danach aus, aber in dem Augenblick trat ein Mönch ein und neigte den Kopf vor Heinrich von Hafenberg.

»Der Verletzte ist zu sich gekommen und bittet, dass Ihr und seine Freunde zu ihm kommen sollt.«

»Das tun wir!« Der Abt nickte Marie und den anderen kurz zu und verließ den Raum. Marie, Michel und Krispin folgten ihm auf dem Fuß, während der Magister und Isabelle kurz zögerten. Schließlich nahm die Äbtissin den Pokal an sich und ging gedankenverloren hinter der Gruppe her.

Ümit Ağa war Zeuge der Entdeckung dieses Dings gewesen und überlegte nun, was er tun sollte. War der Kelch gefährlich, durfte er nicht in den Händen der Christen bleiben. Doch wegen eines simplen Trinkgefäßes wollte er weder Mahsuns Leben noch sein eigenes riskieren. Daher betrat auch er die Kammer, in der der Schwerverletzte ruhte.

Hartwin lag auf der linken Seite, da er sich wegen seiner Wunde nicht auf den Rücken legen konnte, und sah elend aus. Seine Stirn glänzte vor Schweiß, doch der Blick seiner Augen war klar.

»Habt Dank, dass Ihr gekommen seid«, begrüßte er den Abt und seine Freunde. »Ich weiß nämlich nicht, wie lange ich noch auf dieser Erde weilen werde.«

»Ihr sollt nicht so viel sprechen. Es strengt Euch an«, mahnte Donata, die noch immer neben seinem Bett saß.

Hartwin verzog die Lippen zu etwas, das einem Lächeln gleichkommen sollte. »Der Bruder Medicus sagt, dass ich nicht mehr lange zu leben habe. Daher muss ich das, was ich noch sagen will, Euch mitteilen, bevor es zu spät ist.«

»Steht es wirklich so schlimm um Euch?«, fragte Marie besorgt.

Donata nickte unter Tränen. »Herr Hartwin hustet Blut. Also ist seine Lunge verletzt. Bruder Ludwig sagt, dass er wohl bald sterben wird.«

»Abgestochen wie ein Ochse von einem Verräter! Ich hätte mir einen besseren Tod gewünscht.« Hartwin keuchte unter einer Schmerzwelle und sah dann den Abt und Donata bittend an. »Ich habe nur noch einen letzten Wunsch: Ich würde gerne in der Gruft derer von Frommberg begraben werden. So, wie es jetzt aussieht, wird Freiherr Elert mir diese Gunst versagen. Doch wenn Fräulein Donata mir vor dem Ende angetraut wird, so wäre ich sein Schwiegersohn und hätte ein Anrecht auf die Grabstelle. Auch für das Fräulein wäre es von Vorteil. Als Witwe darf sie selbst bestimmen, wen sie einmal heiraten wird, und von ihrem Ehemann kann sie verlangen, ihren Namen anzunehmen. Damit wäre dem Wunsch meines Bruders, die eigene Sippe auch in Zukunft auf Frommberg zu sehen, Genüge getan.«

Die lange Rede kostete Hartwin Kraft, und er spürte, wie Schwäche ihn zu übermannen drohte. Unter Aufbringung all seiner Willenskraft blieb er wach und harrte ängstlich der Antwort des Abtes und seiner Braut.

Heinrich von Hafenberg musterte erst Hartwin und dann Donata. Schließlich wandte er sich Isabelle zu. »Ist es tatsächlich der Wille des Freiherrn Elert von Frommberg, dass seine Tochter diesem Mann angetraut wird?«
»Das ist es. Herr Elert sandte mir einen Brief, in dem er diese Absicht bekundet hat.«
Da Hartwin sich unterwegs als treuer Gefährte erwiesen hatte, wollte Isabelle nicht lügen. Zudem hatte der Ritter recht. Als seine Witwe würde Donata weitaus mehr Rechte besitzen denn als unverheiratetes Mädchen.
»Was sagst du, mein Kind?«, wandte der Abt sich nun an das Mädchen.
Donata war zu verwirrt, um sofort Antwort geben zu können. Daher legte Heinrich von Hafenberg ihr die Hand auf die Schulter. »Es ist der Wunsch eines Sterbenden, und ihm zu willfahren, würde dir das Tor zum Himmelreich weit öffnen.«
Die Entscheidung fiel Donata trotzdem schwer. Sie blickte auf Hartwin herab, der so gar nicht dem Bild entsprach, das sie sich von einem Liebsten machte, und sah dann Krispin an, mit dem sie immer noch ins Ungewisse fliehen wollte. Was würde er sagen, wenn sie Hartwin heiratete, selbst wenn sie bald Witwe sein würde?
»Wenn du zu lange wartest, wird Ritter Hartwin tot sein, bevor du zu einer Entscheidung gelangt bist«, mahnte sie Isabelle sanft.
Donata durchlief es wie ein Schauer, dann aber nickte sie. »Da es der Wunsch eines Ste… Herrn Hartwins ist, soll es geschehen!«
Das Wort »Sterbenden« verschluckte sie im letzten Augenblick, da dies so aufgefasst werden konnte, als würde sie seinen Tod erhoffen.
»Da der Bräutigam zu schwach ist, werde ich eine Nottrauung vornehmen«, erklärte der Abt. »Herr Michel, Herr Krispin, wenn Ihr mir ministrieren wollt?«

»Vielleicht sollte es besser der Herr Magister machen. Ich bin nicht von edler Geburt«, wandte Krispin ein.

Der Gedanke, dass Donata einem anderen Mann vermählt werden sollte, schmerzte ihn stärker, als er erwartet hatte. Zwar sagte er sich, dass es nur zum Schein sein würde, weil Hartwin nicht mehr in der Lage war, seine Rechte einzufordern. Aber auch so war es ihm, als würde ihm ein Schatz geraubt, dessen Wert er selbst noch kaum ermessen hatte.

Magister Ambrosius hatte keine Bedenken, und so konnte die schlichte Zeremonie stattfinden. Donatas Hände waren kalt wie Eis, als der Abt sie in die Hände Hartwins legte. Dieser schwebte zwischen Wachsein und Ohnmacht, lächelte Donata aber beglückt an. »Habt Dank! Ich wünsche Euch alles Gute der Welt auf Eurem weiteren Lebensweg!« Dann sah er zu Isabelle auf. »Habt Ihr den Pokal Eures Ahnen endlich gefunden?«

»Das habe ich!«, antwortete die Äbtissin und zeigte ihm das Gefäß.

»Er ist wunderschön! Gerade so, als wäre er wirklich der Heilige Gral«, flüsterte Hartwin ergriffen. »Darf ich einen Schluck aus diesem Gefäß trinken?«

Da Isabelle keinen Grund sah, der gegen diese Bitte sprach, nickte sie. »Das ist möglich! Ich muss ihn nur vorher waschen. Er ist immerhin zweihundert Jahre in seinem Versteck gestanden.«

»Bleibt!«, sagte der Abt, als Isabelle den Raum verlassen wollte, und beauftragte einen seiner Mönche, Wasser und Wein zu holen. Als dies geschehen war, wischte er selbst den Pokal mit einem feuchten Tuch aus und goss etwas Wein hinein.

»Du musst seinen Kopf halten, meine Tochter«, forderte er Donata auf, setzte den Kelch an Hartwins Lippen und sah zu, wie dieser ein wenig Wein trank.

Entkräftet, aber immer noch wie beseligt lächelnd sank der

Verletzte zurück und fiel in eine tiefe Bewusstlosigkeit, die wohl im Tod enden würde.

»Und was geschieht jetzt?«, fragte Marie, die bislang geschwiegen hatte.

»Jetzt werde ich das zu Ende bringen, was mein Ahne nicht vermochte!« Isabelle raffte den Pokal an sich und verließ den Raum. Marie, Michel, Krispin, der Magister und Ümit Ağa folgten ihr, während Donata neben dem Bett ihres Ehemanns sitzen blieb und mit sich rang, ob sie jetzt für dessen Genesung beten sollte, wie es sich gehörte, oder für einen raschen, schmerzfreien Tod.

10.

Isabelle verließ das Gebäude, sah an der Klosterkirche zu ihrer Rechten empor, als wolle sie bei Gott Hilfe suchen, und schritt auf das Tor zu, das die Abtei von der angrenzenden Stadt trennte. Dort wandte sie sich nicht dem Ort Blaubeuren zu, sondern ging nach rechts, wo der bewaldete Hang eines langgezogenen Hügels aufragte.

Marie, Michel, Krispin und Ümit Ağa hasteten hinter ihr her, während Ambrosius und der Abt ihnen etwas langsamer folgten. Gerade als sie die zum Kloster zählende Wassermühle passierten, vernahm Isabelle hinter sich einen wilden Aufschrei.

»Sie hat ihn gefunden!«

Erschrocken drehte sie sich um und sah Gordeanus mit langen Schritten heranstürmen. Zwei Ordensritter folgten ihm, und alle drei starrten auf den Kelch in ihrer Hand, dessen rote Edelsteine wie Blutstropfen glänzten.

Gordeanus streckte die Linke aus, da er den rechten Arm in einer Schlinge trug, und rannte noch schneller. Aus den Augenwinkeln sah er, wie Marie und ihre Gefährten herbeieilten, um Isabelle zu helfen.

»Haltet sie auf!«, rief er seinen Gefolgsleuten zu, ungeachtet der Tatsache, dass er sich selbst vor weniger als einer Stunde auf den Klosterfrieden berufen hatte. Während Matthias und dessen Kamerad gehorsam die Schwerter zogen und sich der Übermacht stellten, rannte er hinter Isabelle her.

Diese wurde ebenfalls schneller und erreichte einen großen, fast kreisrunden Teich, dessen Wasser in einem geheimnisvollen Ton schimmerte, der mehr türkis als blau wirkte.

Dies war der Blautopf, dem der kleine Fluss Blau entsprang, und der Sage nach das Reich einer mächtigen Nixe, die schon viele übermütige Jünglinge in ihre nasse Welt hineingezogen hatte.
Für Isabelle war es kein Zufall, dass ihr Ahne seinen Kelch nicht mehr als einen Steinwurf von diesem Wasser entfernt versteckt hatte. Der Blautopf galt als grundlos, und viele hielten ihn sogar für den Eingang zur Unterwelt. Ein Gegenstand, der hier versenkt wurde, würde nie mehr ans Tageslicht kommen.
Von diesem Gedanken getrieben eilte sie ans Ufer, blickte sich kurz um und sah Gordeanus nur wenige Schritte hinter sich. Von der Mühle drang Kampfeslärm herüber. Dort fochten die Hammerkreuzritter ihren letzten Kampf aus, denn gegen Michel, Krispin, Ümit Ağa und den Magister standen sie auf verlorenem Posten.
Dieses Opfer war es Gordeanus jedoch wert, um an den Gral zu gelangen. »Gib ihn mir!«, befahl er Isabelle.
»Niemals!« Sie holte aus und warf den Kelch in den Teich. Da Gordeanus sie im gleichen Augenblick anrempelte, war ihr Wurf zu kurz, und das goldene Gefäß blieb kurz vor der Felskante, hinter der das Wasser grundlos wurde, im flachen Wasser liegen.
»Gott ist mit mir!«, jubelte Gordeanus und stieg in den Blautopf. Verzweifelt krallte Isabelle sich an seinem Umgang fest, um ihn aufzuhalten. Da drehte er sich um und schlug mit der Linken zu. Sie sah Sterne vor ihren Augen tanzen, lockerte ihren Griff aber nicht.
Von der Gier nach dem Gral getrieben, löste Gordeanus die Schließe seines Umhangs und lachte auf, als Isabelle rücklings in ein Gebüsch fiel. Er stapfte durch den flachen Teil des Quellteichs auf den Pokal zu und genoss die Vorfreude auf die Macht, die dieses heilige Ding ihm verleihen würde.

Der Teichgrund war in der Uferregion dicht bewachsen, und die Pflanzen machten ihn schlüpfrig. Auch schienen deren Triebe wie Arme nach ihm zu greifen, so als wollten sie ihn festhalten und verhindern, dass er den höchsten Preis der Christenheit errang.

Gordeanus überwand diesen Widerstand, sah aber mit einem Blick über die Schulter, dass Michel und Krispin mit den Schwertern in der Hand heranstürmten. Sie werden zu spät kommen, dachte er höhnisch, während er die Hand nach dem Kelch ausstreckte. Doch in dem Augenblick, in dem sich die Finger seiner Linken um den Stiel des Pokals schlossen, glitt er aus und rutschte auf das schimmernde Blau zu. Schnell zog er die rechte Hand aus der Schlinge und versuchte, sich an den langen Wasserpflanzen festzuhalten. Seinem verletzten Arm fehlte jedoch die Kraft. Im nächsten Moment stürzte er über die Felskante und verlor den Boden unter den Füßen. Ihm war bewusst, dass unter ihm jenes tiefe Loch gähnte, das erst am Tor zur Hölle endete. Verzweifelt klammerte er sich an den steinernen Rand und versuchte hinaufzukriechen. Den angeblichen Gral hielt er so fest, als sei er sein Rettungsanker.

Das Gewicht seiner Rüstung schien ins Unermessliche zu wachsen, und seine Kräfte schwanden. Dann entglitt ihm sein letzter Halt. Mit einem Schrei des Entsetzens reckte er den Pokal hoch und brüllte mit sich überschlagender Stimme: »Bring mich ans Ufer!«

Statt von Engelshänden aufs Trockene getragen zu werden, versank Gordeanus wie von unsichtbarer Hand gezogen in dem geheimnisvoll leuchtenden Wasser. Das Gold und die Edelsteine des Kelchs funkelten noch ein paar Augenblicke im Licht der untergehenden Sonne, dann verschluckte unergründliche Tiefe auch den Pokal.

Isabelle, Marie und Michel, die am Ufer standen, sahen noch eine Weile Gordeanus' ungläubig verzogenes Gesicht vor

sich und starrten in den Quellteich, dessen geheimnisvoll leuchtendes Blau das Ende des Hochmeisters verbarg.
»Er hätte das Ding loslassen müssen! Dann hätte er sich retten können«, sagte Michel fassungslos.
Marie blickte noch einmal ins Wasser. Ihre Miene drückte grenzenlose Erleichterung und Zufriedenheit aus. »Das konnte er nicht. Er wollte dieses Gefäß mit jeder Faser seines Herzens haben und vermochte es selbst im Tod nicht loszulassen.«
»Ich sehe ihn vor mir, verkrümmt, sein Fleisch von den Fischen gefressen, doch die knochigen Finger seiner Hand noch immer um den Pokal gekrallt. So wird er ruhen bis zum jüngsten aller Tage!«, sagte Isabelle.
Es schüttelte sie bei dieser Vorstellung, und es dauerte bei ihr länger als bei Marie, bis sie begriff, dass die Jagd nach dem angeblichen Gral zu Ende war. Leopold von Gordean hatte das Geheimnis des Kreuzritters mit in sein nasses Grab genommen.
Nun erreichten der Abt und Magister Ambrosius das Ufer des Blautopfs. Ihnen folgten Ümit Ağa, Krispin und zuletzt auch Eusebius und Adelina. Sie alle waren Augenzeugen des Todes des Hochmeisters geworden und fühlten angesichts des unbewegten, wie von einem Licht aus der Tiefe erleuchteten Wasserspiegels ein Grauen, das sich nur langsam verlor.
Der Abt war der Erste, der das Schweigen durchbrach. »Lasst uns die toten Hammerkreuzritter begraben. Sie bewiesen eine Treue, die einer besseren Sache würdig gewesen wäre. Was die gesamte Begebenheit betrifft, so werde ich sie nicht in die Annalen des Klosters eintragen lassen. Der Blautopf lockt auch so schon zu viele Narren an, die sich von der Nixe, die sie dort vermuten, Reichtum und Glück erhoffen und doch nur an ihrer Narrheit zugrunde gehen. Daran zu denken, wie viele sich in dieses Wasser stürzen

würden, weil sie glauben, dadurch den Heiligen Gral zu erringen, erfüllt mich mit Schrecken.«
»Ist es wirklich der Heilige Gral gewesen oder doch nur irgendein erbeuteter Pokal?«, fragte Krispin nachdenklich.
»Das werden wir nie erfahren«, antwortete Magister Ambrosius. »Ich werde Seiner Majestät jedenfalls melden, dass Leopold Gordeanus die ehrwürdige Mutter Isabelle bis an die Ufer des Blautopfs gehetzt hat und dann mitsamt dem Gefäß, das der Gral hätte sein können, in die unendlichen Tiefen dieses Gewässers entrückt wurde. Zudem werde ich dem König anraten, dies nicht aufschreiben zu lassen, um zu verhindern, dass Männer wie Frauen zu Tode kommen, weil sie den Pokal erringen wollen. Der Gral hat seinen eigenen Willen. Wenn er gefunden werden will, wird dies geschehen, aber nicht durch eine mörderische Jagd und das Vergießen unschuldigen Blutes, sondern allein durch die Gnade des Herrn.«
Es dauerte eine Weile, bis Isabelle begriff, dass der Magister sie mit dieser Version des Geschehens entlastete. Sie hatte den Pokal im Blautopf versenken wollen, selbst auf die Ungnade des Königs hin. Doch nun galt Gordeanus als derjenige, der am Verschwinden des möglichen Grals schuld war, und das erleichterte sie.
Marie umarmte sie und ließ ihren Tränen freien Lauf. Die Gefahr, die ihr, Michel und ihrer ganzen Familie gedroht hatte, war endlich vorbei. Dennoch spürte sie, dass sie in ihren Nächten noch lange von der Suche nach dem Heiligen Gral und dem Kampf mit den Hammerkreuzrittern träumen würde.
Unbewegt nahm Ümit Ağa das Ende des Hochmeisters hin. Jenes Ding, das der Gral hätte sein können, war mit diesem Mann in der Tiefe eines angeblich grundlosen Gewässers versunken, das viele dieser Giauren, wie er erfahren hatte, für den Eingang zur Hölle hielten. Damit war die Gefahr,

die dem Reich seines Sultans durch dieses Ding hätte drohen können, abgewendet. Er hob einen Stein auf, warf ihn ins Wasser und sah zu, wie er versank. Auch wenn er nicht glaubte, dass der Blautopf tatsächlich einen endlosen Abgrund barg, so schien er ihm doch tief genug, um seine Geheimnisse für alle Zeiten zu wahren.

Mit einer entschlossenen Geste wandte er dem Quellteich den Rücken und sah den Abt an. »Wenn Ihr erlaubt, werden mein Gefährte und ich die Nacht unter Eurem Dach verbringen und uns morgen auf die Heimreise machen.«

»Ihr könnt gerne länger bleiben«, bot Heinrich von Hafenberg ihm an, doch Ümit schüttelte lächelnd den Kopf.

»Ich danke Euch! Aber unser Weg ist weit, und wir sind bereits lange von der Heimat fort.« Nach diesen Worten machte er sich auf den Weg ins Kloster, ohne dem Blautopf noch einen Blick zu schenken. Im Gästehaus traf er auf Mahsun, der mit gezücktem Säbel herumlief und damit die Mönche erschreckte.

»Stecke die Waffe weg, mein Freund! Unsere Aufgabe ist erfüllt, und wir können mit Stolz in die Heimat zurückkehren«, rief Ümit ihm zu und überlegte, ob er am Abend vielleicht doch noch einen letzten Becher Wein trinken sollte. Solange er davon nicht betrunken wurde, würde er das Gesetz des Propheten nicht verletzen.

11.

Am nächsten Morgen ließ Ümit sich von den Mönchen mit reichlich Mundvorrat versehen, die Mahsun auf den Wallach des toten Priesters lud. Er selbst trat an dessen Grab und bat ihn in Gedanken um Vergebung, weil er bei dieser Reise ums Leben gekommen war. Anschließend schwang er sich aufs Pferd, winkte Marie, Michel und Krispin zum Abschied noch einmal zu und trabte dann ostwärts.

»Ein tapferer Mann! Möge er glücklich in seine Heimat Ungarn zurückkehren«, meinte Michel anerkennend.

»Er und sein Knappe haben uns das Leben gerettet. Die Männer des Hochmeisters hätten uns sonst alle umgebracht«, antwortete Marie leise.

»Stattdessen ist Gordeanus tot! Beinahe kommt mir alles wie ein übler Traum vor.« Michel schüttelte sich kurz und legte dann den Arm um Marie. »Wir leben noch, und das ist das Wichtigste!«

»Aber es ist noch einiges zu tun«, wandte Marie ein. »Unser nächster Weg muss uns nach Nürnberg zum König führen. Es wird nicht leicht werden, Sigismund beizubringen, dass der Gral für ihn verloren ist und wir daran unschuldig sind.«

Michel lachte. »Ich vertraue auf den Magister. Ambrosius will sich von Sigismund gewiss nicht als Narr beschimpfen lassen, der bei seiner Aufgabe versagt hat. Da ist es leichter, alle Schuld auf Leopold von Gordean abzuwälzen, denn der kann sich nicht mehr dagegen verwahren.«

»Du hörst dich fast so an, als würdest du diesen Mann bedauern!«, sagte Marie überrascht.

»Ich bedauere weder ihn noch sein Schicksal«, antwortete Michel, »denn das hat er verdient. Er wollte große Macht erringen und musste zuletzt doch erkennen, wie machtlos er war. Aber lass uns von etwas anderem sprechen. Wie geht es Hartwin? Ich konnte heute noch nicht nach ihm sehen.«
»Zur Verwunderung des Klosterarztes lebt er immer noch. Gerade ist Isabelle bei ihm. Sie hat Donata abgelöst, die die ganze Nacht an seinem Bett gewacht hat.«
»Er ist im Grunde kein übler Kerl, etwas grob vielleicht, aber ehrlich, und er hat nicht gezögert, uns zu helfen«, erklärte Michel nachdenklich.
»Er hatte aber auch Grund dazu. Immerhin ging es ihm um Donata, die er zu seinem Halbbruder bringen sollte. Nachdem das Mädchen von Hammerkreuzrittern verfolgt wurde, war auch er von der Sache betroffen.«
Michel zog Marie enger an sich und küsste sie hinters Ohr. »Andere hätten es trotzdem nicht getan. Und nun sollten wir zusehen, dass wir etwas zu essen bekommen. Ich habe Hunger und du gewiss auch.«
»Allerdings«, antwortete Marie. »Es ist schon eigenartig. Da kommen Menschen zu Tode, wir halten vielleicht den echten Gral in den Händen – dennoch gelten unsere Gedanken mehr einem guten Frühstück als diesen sonderbaren Geschehnissen.«
»Ein Frühstück ist nun einmal wichtig.« Michel lachte und führte sie ungeachtet der missbilligenden Blicke einiger Mönche eng an sich gedrückt in den Raum, in dem ihnen aufgetischt wurde. Dort wartete bereits Krispin auf sie. Ihm leistete Hannes Gesellschaft, der sichtlich froh war, dieses Abenteuer bis auf kleine Blessuren überstanden zu haben. Kurz darauf kam auch Magister Ambrosius herein. Er war wohl etwas geistesabwesend, denn er griff nach Krispins Becher und trank dessen Morgenbier aus. Als er es merkte, griff er sich an die Stirn.

»Verzeiht, aber ich war in Gedanken noch bei einigen Texten, die der Abt mich lesen ließ. Sie werden den König sehr interessieren.«

»Aber muss ich deswegen Durst leiden?«, fragte Krispin bissig.

»Die freundlichen Mönche werden dir gleich einen neuen Becher bringen«, warf Marie beruhigend ein.

»Ich hoffe, mir auch«, erklärte Michel. Der Magister und Hannes schlossen sich diesem Wunsch an.

Ein Mönch kam herein und starrte mit großen Augen auf die leeren Becher, die ihm entgegengestreckt wurden. »Hurtig, hurtig!«, rief Krispin. »Hier sitzen durstige Männer.«

»Und eine Frau, die ebenfalls ihren Morgentrunk wünscht«, setzte Marie lächelnd hinzu.

Dann fiel ihr Blick wieder auf Krispin. Er wirkte an diesem Tag ungewohnt störrisch. Zuerst begriff sie nicht, was der Grund dafür sein konnte, doch dann schwante es ihr. In wenigen Tagen würden sie Blaubeuren verlassen und in ihre Heimat zurückkehren. Für ihn hieß dies, dass Donata nach Frommberg zu ihrem Vater zurückkehren würde. Dort aber musste sie sich wahrscheinlich auch als Witwe dessen Wünschen fügen. Für einen nicht von seinem Vater anerkannten Bastard wie ihn war sie damit außerhalb jeder Reichweite. Dies tat ihr leid, denn sie mochte Krispin, der auf dieser Reise viel von seiner Verbitterung verloren hatte. Aber Schicksal konnte auch sie nicht für ihn spielen, und so musste er mit seinem Liebeskummer alleine zu Rande kommen.

Dann fiel ihr ein, dass Hartwin allen Vorhersagen des Wundarztes zum Trotz noch lebte. Zwar glaubte sie nicht, dass er sich noch einmal von seinem Krankenlager würde erheben können, doch Gottes Wege waren den Menschen oft unerklärlich. Was würde sein, wenn der Ritter wirklich genas? Würde Donata sich in ihr Schicksal fügen oder doch noch versuchen auszubrechen? Dann würde sich für sie die

Frage stellen, ob sie eingreifen oder dem Schicksal seinen Lauf lassen sollte. Zu Beginn der Reise hätte sie Donata und Krispin mit Sicherheit nicht daran gehindert, gemeinsam zu fliehen. Doch mittlerweile wusste sie nicht mehr, wie sie sich entscheiden sollte.

Während sie ihren Morgenbrei löffelte und ihn mit leichtem Bier hinunterspülte, dachte sie über dieses Problem nach, kam aber zu keinem Schluss. Daher stand sie auf, kaum dass sie mit dem Frühstück fertig war.

»Ich schaue nach Isabelle«, sagte sie, da sie den Namen Hartwin vor Krispin nicht erwähnen wollte.

»Tu das!«, antwortete Michel, der mit dem Magister gerade ein Gespräch über die Rechte und Pflichten eines freien Reichsritters führte.

Krispin blickte bei ihren Worten nicht einmal auf, sondern brütete verbissen vor sich hin, und Hannes ließ sich gerade den dritten Becher Bier schmecken. Marie dachte traurig an die, die während der Reise verletzt worden waren, wie ihr Knecht Frieder, oder die Kämpfe nicht überlebt hatten, wie die drei braven Frommberger Knechte Rudi, Götz und Just. Den Verräter Stoffel und die Hammerkreuzritter, die für ihren Anführer gefallen waren, wollte sie gar nicht rechnen. Bei diesem Gedanken erinnerte sie sich an Eusebius und Adelina. Auch die beiden waren ein Problem, das es zu lösen galt. Mit dem Gefühl, dass ihre Schwierigkeiten durch Gordeanus' Tod kaum geringer geworden waren, ging sie zum Krankenrevier des Klosters hinüber und trat in die Kammer, in der Hartwin lag.

Der Frommberger schlief, und Isabelle saß mit einem Buch in der Hand neben seinem Bett. Als sie Marie eintreten sah, legte sie es beiseite und erhob sich.

»Kommt Ihr mich ablösen, damit ich frühstücken kann?«, fragte sie.

Eigentlich hatte Marie mit ihr reden wollen, dennoch nickte

sie. »Ich will nicht, dass Ihr verhungert. Wie geht es ihm?« Sie wies mit dem Kinn auf Hartwin.

»Er schläft gerade. Wenn er wach wird, solltet Ihr dafür sorgen, dass er ein wenig mit Wasser vermischten Wein trinkt und womöglich ein paar Löffel von dem Brei isst, der hier steht.«

»Darf er überhaupt etwas essen?«, fragte Marie.

»Stoffels heimtückischer Schwertstreich hat wohl seine Lunge angekratzt, aber nicht seinen Magen. Er sollte allerdings nicht zu viel und zu schwer essen. Trinken aber muss er, sonst trocknet er innerlich aus. Das wäre sein Ende, und das will keiner von uns.« Ein warnender Blick begleitete Isabelles Worte. Da Hartwin jeden Augenblick aufwachen konnte, galt es, seinen Lebensmut zu stärken. Dazu gehörte, nicht von Tod und Begräbnis zu reden.

Marie verstand, was ihre Freundin meinte, und rang sich ein Lächeln ab. »Wenn Ritter Hartwin erwacht, werde ich ihm zu trinken geben und ihn auch mit etwas Brei traktieren, selbst wenn ich ihn wie ein Kleinkind füttern muss.«

»Das ist Euer Vorteil gegenüber Donata und mir, denn Ihr habt Kinder, die Ihr füttern konntet, während dies für uns unbekannt ist.« Isabelle verabschiedete sich mit einem Lachen und ließ Marie mit dem Verletzten allein.

Eine Zeitlang herrschte Stille, unterbrochen nur von Hartwins gelegentlichem Stöhnen. Mit einem Mal aber riss er die Augen auf und ließ einen Schrei hören, der Marie hochriss.

»Was ist?«, fragte sie erschrocken.

Da sah Hartwin sie an und kniff die Augen zusammen. »Ihr seid es? Gott sei Dank! Ich dachte gerade, Stoffel und der Hochmeister hätten mich gemeinsam entführt und würden mich foltern.«

»Ihr seid einem Alptraum erlegen. Die beiden sind tot, und Ihr werdet nie mehr auf sie treffen, es sei denn, Euer letzter Pfad würde ebenfalls in die Hölle führen. Aber nun solltet Ihr trinken.«

Noch während sie es sagte, schob Marie einen Arm unter die Achsel des Mannes und hob ihn so an, dass sie mit der anderen Hand den Becher an seine Lippen führen konnte. Hartwin trank gierig und sah sie traurig an, als der Becher leer war. »Habt Ihr noch etwas?«

»Genug!«, sagte Marie und füllte den Becher aus dem größeren Krug, der Wasser enthielt, und gab aus einem kleineren Krug etwas Wein hinzu. Sie musste den Becher noch ein weiteres Mal füllen, bis Hartwin sich satt getrunken hatte.

»Habt Dank! Das hat gut getan.« Er seufzte und wollte sich wieder hinlegen, doch Marie hielt ihn fest. »Da Ihr trinken konntet, solltet Ihr auch etwas essen. Ihr braucht Kraft, damit Eure Wunde heilen kann!«

»Wird sie wirklich heilen?«, fragte er mutlos, ließ sich dann aber doch füttern wie ein kleines Kind. Er brachte sogar mehr als zwei oder drei Löffel hinunter. Danach war er so erschöpft, dass ihm die Augen zufielen.

Allmählich könnte Isabelle zurückkommen, dachte Marie, der das Warten neben dem Schlafenden lang wurde. Doch die Äbtissin ließ sich ebenso wenig sehen wie ein anderer aus ihrer Reisegruppe. Nur ein Mönch kam herein und brachte frisches Wasser und neuen Wein.

»Bring mir ebenfalls einen Becher«, bat Marie. »Hier zu sitzen und nichts zu tun macht durstig.«

Der Mönch kam ihrer Bitte nach, und so saß sie wenig später mit einem Becher in der Hand neben Hartwins Bett und ließ ihre Gedanken wandern. Da der Hochmeister ein selbstverschuldetes Ende gefunden hatte und die Gefahr, die von dem Mann ausgegangen war, nicht mehr existierte, sehnte sie sich zurück nach Kibitzstein, zu Trudi, Falko und den anderen Kindern. Sie wünschte sich Siebenmeilenstiefel, um so schnell wie möglich zu ihnen zu gelangen. Doch das war unmöglich, und so fluchte sie, weil Isabelle sie hier sitzen ließ. Kurz erwog sie, Donata zu holen, doch diese hatte die ganze Nacht bei dem Verletzten gewacht und brauchte ihren Schlaf.

Gegen Mittag kehrte ihre Freundin zurück. Als sie Maries vorwurfsvollen Blick sah, hob sie in komischer Verzweiflung die Hände. »Es tut mir leid, aber ich kann nichts dafür. Der Abt hat mich einem langen Verhör unterworfen und ist zu dem Schluss gekommen, dass ich ohne die entsprechenden Weihen niemals den Platz meiner Tante als Äbtissin des Waldklosters hätte einnehmen dürfen. Daher hat er mir eine Pilgerreise zum Grab des heiligen Apostels Jakobus angeraten, um meine Seele zu erleichtern.«

»Ihr wollt uns verlassen?«, fragte Marie erstaunt.

Isabelle schüttelte den Kopf. »Nicht jetzt und nicht heute. Wenn diese Reise abgeschlossen ist und wir mit Sigismund gesprochen haben, werde ich den Weg wohl antreten. Es reizt mich schon lange, die Lande zu sehen, in der die Wiege meines Geschlechts stand, und auch Spanien und das Grab des Apostels.«

»Fast hätte ich Lust, Euch zu begleiten«, rief Marie und wusste doch, dass sie ihre Kinder niemals so lange allein lassen konnte.

»Wie geht es ihm?«, fragte Isabelle mit einem Seitenblick auf Hartwin.

»Er hat mehrere Becher getrunken und auch etwas gegessen. Fast habe ich den Eindruck, als wäre er seit dem Morgen kräftiger geworden.«

Marie wunderte sich darüber und musterte den Kranken noch einmal. Tatsächlich sah Hartwins Gesicht nicht mehr so blass und wächsern aus, und er atmete ruhig, ohne dass roter Schaum auf seine Lippen trat.

»Dann will ich Euch ablösen, damit Ihr essen könnt. Ich habe bereits etwas zu mir genommen.« Isabelle lächelte, obwohl sie sich Besseres vorstellen konnte, als bei dem Schwerverletzten zu wachen. Doch Hartwin war es wert, sagte sie sich und legte ihm die Hand auf die Stirn. Diese war warm, aber nicht heiß, und das schien ihr ein gutes Zeichen zu sein. Aber würde Donata dies auch so sehen? Immerhin waren die beiden jetzt verheiratet, und sie glaubte nicht, dass ihre ehemalige Nonne in die Trauung eingewilligt hätte, wenn sie gewusst hätte, dass ihr Bräutigam wieder auf die Beine kommen würde.

»Das muss die Zukunft zeigen!«, murmelte sie.

»Was sagt Ihr?«, fragte Marie.

»Ach, nichts von Belang! Lasst Euch das Mittagessen schmecken. Auch wenn heute ein Fasttag ist, so hat der Bruder Küchenmeister doch etwas Gutes auf den Tisch gebracht.«

Isabelle sagte sich, dass sie Marie nicht auch noch mit ihren persönlichen Problemen belasten durfte, und Donata war ihr Problem. Nachdenklich musterte sie Hartwin, der seiner Genesung entgegenzuschlafen schien. Hatte er es verdient, dass Donata mit Krispin durchbrannte und sein Halbbruder ihn deshalb von seinem Besitz trieb? Dies war eine Frage, auf die sie bald eine Antwort finden musste.

12.

Als Marie den Raum betrat, in dem die Gäste des Klosters speisten, fand sie dort Ritter Eusebius und Schwester Adelina vor. Beide trugen noch ihre gewohnte Tracht, und so verzog sie beim Anblick des Hammerkreuzes das Gesicht.

»Konntet Ihr Euch von den frommen Brüdern von Blaubeuren kein anderes Gewand geben lassen?«, fragte sie.

Der Ritter senkte betroffen den Kopf. »Verzeiht, wenn mein Rock Euch missfällt. Ich würde ihn gerne ablegen, weiß aber noch nicht, welchen Weg ich einschlagen soll.«

»Ich auch nicht«, sagte Schwester Adelina. »Ich war Nonne und habe meine Oberin enttäuscht und verraten …«

»… ihr aber auch das Leben gerettet, indem du uns vor Gordeanus' Angriff gewarnt hast«, unterbrach Marie sie.

»Das mag sein. Aber ich fühle, dass ich es nicht mehr wert bin, eine Braut Christi zu sein. Ich würde gerne meine Ordenstracht ablegen und in den Laienstand zurückkehren. Ritter Eusebius hat versprochen, für mich zu sorgen.«

Marie musterte zuerst Adelina und dann Eusebius. Beiden war anzusehen, wie sehr die Morde ihres Anführers sie mitgenommen hatten, aber auch, dass sie sich zueinander hingezogen fühlten. Sie konnte nicht ermessen, ob es ihnen gelingen würde, das Grauen jemals ganz zu überwinden und miteinander glücklich zu werden. Doch im Augenblick gaben sie einander Halt. Warum sollten ihnen irgendwelche dummen Ordensregeln dazwischenkommen? Sie nickte, als müsste sie sich selbst bestätigen, und sah dann die beiden lächelnd an.

»Ich bin sehr hungrig. Lasst mich daher eine Kleinigkeit zu mir nehmen. Danach gehen wir gemeinsam zum Abt. Er wird gewiss eine Lösung finden und Euch die Absolution erteilen.«

Hoffentlich geht Heinrich von Hafenberg auf meinen Vorschlag ein, dachte Marie. Doch die Kirche würde gewiss nicht ärmer, wenn zwei ihrer Ordensmitglieder ihrem Stand entsagten und in die Welt der Laien zurückkehrten.

»Glaubt Ihr wirklich?«, fragte Adelina bang.

»Natürlich glaube ich das! Und nun setzt Euch und esst ebenfalls etwas. So manche Nachricht ist auf vollem Magen besser zu ertragen als auf leerem.«

Adelina und Eusebius füllten nun ebenfalls ihre Teller aus der großen Schüssel, die die Mönche auf den Tisch gestellt hatten. Ihr Appetit war allerdings gering, und sie atmeten beide auf, als Marie ihren Teller zurückschob, dem Novizen, der sie bediente, Dank sagte und aufstand.

Auf dem Flur traf sie auf Bruder Kajetan und bat ihn, sie zum Abt zu bringen. Der Mönch erfüllte ohne zu zögern ihren Wunsch, und so stand sie kurz darauf mit ihren beiden Schützlingen vor Heinrich von Hafenberg, der sie, Adelina und Eusebius durchdringend musterte.

»Es sieht aus, als würde dies heute ein Tag der Beichten werden«, sagte er lächelnd, da er sich am Vormittag bereits länger mit Isabelle unterhalten hatte.

»Ich weiß nicht, ob es viel zu beichten gibt«, antwortete Marie mit dem festen Vorsatz, sich nicht von ihrem Vorhaben abbringen zu lassen. »Schwester Adelina war Nonne in Isabelle de Melancourts Waldkloster, hat sich dann aber aus Angst um ihr Leben und um das ihrer noch lebenden Mitschwestern Gordeanus angeschlossen. Als sie diesen näher kennenlernte, wuchs ihre Abscheu vor ihm, und sie wandte sich wieder von ihm ab. Wir alle haben ihr unser Leben zu

verdanken, denn sie hat uns gewarnt, als der Hochmeister uns aus dem Hinterhalt angreifen wollte.«
»Ich verstehe, dass du dich dieser Frau verpflichtet fühlst«, meinte der Abt mit einem nachsichtigen Lächeln.
»Schwester Adelina ist nach all diesen Geschehnissen nicht mehr in der Lage, weiter in einem Kloster zu leben, und bittet daher, in den Laienstand zurückkehren zu dürfen«, steuerte Marie schnurstracks auf ihr Ziel zu.
Über das Gesicht des Abtes huschte ein Ausdruck der Verwunderung. »Viele würden nach einem solchen Erlebnis die Sicherheit des Klosters vorziehen.«
»Gerade diese Sicherheit ist für Schwester Adelina nach dem Überfall auf ihr Kloster nicht mehr gegeben«, sagte Marie mit fester Stimme.
Der Abt nickte unwillkürlich. »Das verstehe ich. Doch müsste Schwester Adelina den Heiligen Vater in Rom um Dispens bitten.«
»Ihr wisst, wie lange das dauert. Die Unterschrift des Abtes eines großen, wohlbekannten Klosters ist in dieser Frage genauso viel wert wie die des Papstes.«
Jetzt hatte Marie die Katze aus dem Sack gelassen. Sowohl der Abt wie auch Adelina wirkten verwirrt. Heinrich von Hafenberg fasste sich als Erster und nickte. »Es ist wohl das Beste. Doch wie will die ehemalige Nonne leben, und vor allen, von was?«
»Ritter Eusebius hat versprochen, sich um sie zu kümmern. Auch er bräuchte einen Dispens, da er seinen Orden verlassen will.« Marie wusste, dass ihre Forderungen beinahe unverschämt waren, doch sie wollte die beiden Menschen nicht ihrem Schicksal überlassen.
»Ich glaube nicht, dass dies nötig ist«, antwortete der Abt zur Überraschung aller Anwesenden. »Leopold von Gordean war kein vom Heiligen Vater eingesetztes Ordensoberhaupt und seine Hammerkreuzritter kein anerkannter Or-

den. Daher war Eusebius niemals ein echter Ritter des Kreuzes. Er kann sein Gewand ablegen und in das Leben zurückkehren, das er früher geführt hat.«
»Ich danke Euch!« Eusebius kniete vor dem Abt nieder und küsste dessen Ring, während Maries Gedanken andere Wege gingen.
»Was geschieht eigentlich mit dem Orden, den Gordeanus gegründet hat?«
»Es gab ihn nie!«, antwortete der Abt.
»Das meine ich nicht. Ich will wissen, ob es noch Ritter gibt oder irgendwelche Anhänger?« Marie sah Eusebius an, doch der schüttelte den Kopf.
»Unser Sitz war eine alte Burg in Thüringen, die Gordeanus für den eigentlichen Besitzer hätte verwalten sollen. Er hat sie aufgegeben, als wir zu Isabelle de Melancourts Waldkloster ritten, um den Heiligen Gral zu erringen. Alle unsere Ritter sind mitgekommen, und bis auf mich und zwei andere hat Gordeanus alle ins Verderben geführt.«
»Was ist mit den beiden anderen Überlebenden? Müssen wir sie fürchten?«, fragte Marie weiter.
Eusebius dachte kurz nach und verneinte. »Das glaube ich nicht. Ich habe bemerkt, dass Gordeanus' Methoden ihnen immer mehr zuwider wurden. Sie werden in ihre Heimat zurückkehren und dort ihr altes Leben wieder aufnehmen.«
»Wollen wir hoffen, dass Ihr Euch nicht irrt!« Marie wollte noch etwas hinzufügen, doch da hob Abt Heinrich die Hand.
»Ich bitte euch, mich nun zu verlassen und das Gespräch draußen weiterzuführen. Ich will Schwester Adelinas Befreiung vom geistlichen Stand aufsetzen und habe auch sonst noch viel zu tun.«
»Ich danke Euch, hochwürdiger Vater!« Trotz der zuletzt etwas unfreundlichen Worte des Abtes knickste Marie lächelnd und verließ die Kammer. Adelina und Eusebius eilten hinter ihr her und fassten sie an den Ärmeln.

»Habt Dank, dass Ihr Euch so für uns eingesetzt habt!«, rief Adelina voller Erleichterung.

»Bedankt Euch beim Abt, der bereit war, auf meine Vorschläge einzugehen. Ob es Euch zum Nutzen gereichen wird, müsst Ihr selbst entscheiden. Wovon wollt Ihr eigentlich leben?«

Eusebius atmete tief durch und sah Marie dankbar an. »Ein Oheim von mir besitzt eine kleine Burg und ein paar Dörfer. Bevor ich mich Gordeanus anschloss, wollte er mir alles vererben. Vielleicht nimmt er mich wieder auf, so wie es der Vater in dem Gleichnis vom verlorenen Sohn tat. Wenn nicht, werde ich Seine Hoheit, den Kurfürsten von Brandenburg bitten, in seine Dienste treten zu dürfen. Er braucht wackere Männer, um sich die Herrschaft an Spree und Havel sichern zu können.«

»Ich wünsche Euch Glück!« Marie umarmte Adelina und reichte dem Ritter die Hand. Dieser hielt sie für einen Augenblick fest.

»Wenn Euch einmal eine Botschaft von Hans von Rödenthal erreicht, so wisst, dass ich es bin!«

»Und mein richtiger Name lautet Margarete. Von heute an werde ich ihn wieder tragen!« Adelina lächelte zum ersten Mal seit Tagen ohne Bitterkeit und verabschiedete sich dann von Marie. Da es erst früher Nachmittag war, wollten Eusebius und sie das Kloster noch am selben Tag verlassen und in ihr neues Leben hineinreiten.

Marie verstand, was die beiden bewegte, und ließ sie mit allen guten Wünschen ziehen.

13.

Drei Tage später sprach der Wundarzt des Klosters zum ersten Mal davon, dass Hartwin überleben könnte. Dies sei ein sehr großes Wunder, setzte er hinzu und bekreuzigte sich. Marie dachte unwillkürlich an den Pokal und daran, wie Magister Ambrosius einmal erklärt hatte, der Trinkbecher eines Zimmermanns wie Jesus müsse aus Holz gedrechselt worden sein. Unter all dem Gold und den Edelsteinen hatte Holz gesteckt, das hatte sie gesehen. War es vielleicht doch der echte Gral gewesen und Hartwins Heilung das einzige Wunder, welches er in dieser Zeit bewirkt hatte? Wenn dem so war, dann hoffte sie, er würde auch das Knäuel an Problemen lösen helfen, die sie noch auf sich zukommen sah.

Isabelle hoffte ebenfalls auf die Hilfe des Himmels, verließ sich aber nicht allein darauf. Kurzerhand bestimmte sie, dass Donata Hartwins Pflege übernehmen sollte, da sie im Kloster Gespräche führen müsse und Marie und Michel Zeit füreinander benötigten.

Gewohnt, ihrer Oberin zu gehorchen, setzte sich Donata neben Hartwins Bett und versorgte ihn, wenn er wach war, mit Wein und Wasser. Auch flößte sie ihm Hühnersuppe ein, die der Koch des Klosters als wahres Heilmittel pries. Meist schwiegen beide, Donata, weil sie zu sehr mit sich selbst beschäftigt war, und Hartwin aus Schwäche.

An einem der nächsten Tage wirkte er zum ersten Mal ein wenig munterer und sah ihr sinnend zu, wie sie die Suppe im Teller mit dem Löffel umrührte und hineinblies, da sie ihr zu heiß erschien.

»Ihr seid so fürsorglich wie meine Mutter!«, sagte er mit dem Anflug eines Lächelns. »Sie war der einzige Mensch, der mich je wirklich geliebt hat.«
Donata verspürte Mitleid. »So dürft Ihr nicht sprechen! Es gibt gewiss viele Menschen, die Euch mögen.«
»Ich kenne leider nur sehr wenige«, antwortete er mit bitterer Miene, entspannte sich aber wieder und nickte. »Doch ein paar gibt es, da habt Ihr recht. Eure Äbtissin zum Beispiel. Sie ist eine edle Dame! Oder Frau Marie! Sie ist ein Weib, wie ein Mann sie sich als Gefährtin nur wünschen kann. Auch Herrn Michel will ich nennen. Einen Freund wie ihn hätte ich mir in meiner Jugend gewünscht.« Hartwin wollte auch Krispin nennen, dachte dann aber an die Blicke, die Donata mit diesem gewechselt hatte, und senkte traurig den Kopf. »Was werdet Ihr tun, wenn ich am Leben bleiben sollte? Ihr habt doch nur deshalb in die Ehe mit mir eingewilligt, weil Ihr glaubtet, ich würde sterben.«
Obwohl dies der Wahrheit entsprach, wagte Donata es nicht zu bekennen. »Ruht Euch aus, mein Freund, und sammelt Kraft, damit Eure Wunde heilen kann!«, sagte sie stattdessen.
»Ihr denkt an Krispin, nicht wahr? Er ist ein anderer Mann als ich, einer, in den ein Mädchen sich leicht verlieben kann.« Hartwin wagte nicht, Donata anzublicken, die ihm in ihrer Sanftheit und Fürsorge immer mehr wie ein Geschenk des Himmels erschien, das er wohl niemals erringen konnte.
Donata zuckte zusammen, als sie hörte, wie er Krispins Namen aussprach. Oft genug hatte sie sich überlegt, mit dem jungen Mann, an dem sie durchaus Gefallen fand, zu fliehen. Doch nun war sie eine verheiratete Frau, auch wenn sie Hartwin unter falschen Voraussetzungen geehelicht hatte. Nachdenklich musterte sie ihn. Ein Schönling war er wirklich nicht, auch trat er ein wenig barsch auf und …
Verwirrt brach sie ab, weil ihr nichts einfiel, was sie ihm

noch vorwerfen konnte. Immerhin hatte er sich im Kampf mit den Hammerkreuzrittern bewährt und sogar Krispin das Leben gerettet. Er hätte sein Schwert auch zurückziehen und den Mann, den er als Konkurrenten ansah, töten lassen können.

Mit einem wehmütigen Lächeln fasste sie nach Hartwins Hand. »Krispin ist ein schmucker Bursche, der sein Glück finden wird. Doch ich habe geschworen, dass Ihr einst in der Gruft derer von Frommberg Euer Grab finden werdet. Könnte ich diesen Eid halten, wenn ich Euch verließe und Ihr ohne mich zu meinem Vater zurückkehren müsstet?«

»Freiherr Elert würde mich von seinem Besitz jagen lassen, und ich könnte ihm nicht einmal einen Vorwurf daraus machen«, gab Hartwin mit düsterer Stimme zu.

»Aber ich würde mir immer Vorwürfe machen«, antwortete Donata leise. »Ich habe Euch aus freien Stücken geheiratet, um Euch im Tod zu ehren. Nun werde ich dies im Leben tun.«

Es fiel ihr nicht schwer, dies zuzugeben. Gewiss war Hartwin nicht der Ehemann, den sie sich gewünscht hätte. Doch nun, da er so matt vor ihr lag und ihre Hilfe brauchte, versöhnte sie sich mit ihrem Schicksal. Er würde diese Stunden ebenso wenig vergessen wie sie. Vor allem aber bot er ihr eine Sicherheit, die sie bei Krispin nie erlangen würde.

Kurz entschlossen beugte sie sich über ihn und berührte mit ihren Lippen seinen Mund.

In dem Augenblick wollte Isabelle in die Kammer treten, sah den Kuss und ging leise wieder hinaus. Wie es aussah, hatte Donata zu ihrer Bestimmung gefunden. Es stellte sie zufrieden, denn immerhin waren drei Frommberger Knechte für dieses Mädchen gestorben und Hartwin selbst schwer verwundet worden. So erhielt er wenigstens den Lohn, den er verdiente.

Mit diesem Gedanken kehrte sie zum Gästetrakt des Klos-

ters zurück und traf dort auf Marie. »Habt Ihr Krispin gesehen?«, fragte sie.
Marie wies nach draußen. »Er ist zum Blautopf gegangen, um noch einmal das Wasser anzusehen, das unseren Feind verschlungen hat.«
»Habt Dank!«, antwortete Isabelle und machte sich ebenfalls auf den Weg zum Quellteich.
Sie fand Krispin auf einer der Bänke, welche die Mönche nahe dem Ufer angebracht hatten, um sich der Meditation hinzugeben. Sie setzte sich neben ihn und blickte auf das blau schimmernde Wasser des grundlosen Gewässers.
»Was wirst du jetzt tun? Wieder nach Würzburg zurückkehren und weiterhin die Wildhüter beaufsichtigen?«, fragte sie.
Krispin zuckte mit den Achseln. »Ich weiß es nicht!«
Für sich dachte er, dass er Donata versprochen hatte, mit ihr zu fliehen, und dieses Versprechen wollte er halten.
»Wenn du daran denkst, mit Donata ins Blaue hineinzureiten« – Isabelle gefiel das Wortspiel angesichts des Blautopfs –, »so bist du dieser Pflicht ledig. Sie wird bei Ritter Hartwin bleiben. Es ist auch besser so, denn sie hat in ihrem Leben bisher nur Sicherheit gekannt. Für das abenteuerliche Leben, das sie an deiner Seite führen müsste, ist sie nicht geschaffen.«
Krispin verspürte einen heftigen Stich, als er vernahm, dass er hinter Hartwin zurückstehen müsse, und auch eine gehörige Portion Eifersucht. Donata war eine Schönheit, wie jeder Mann sie sich wünschte. Aber sie würde ein eher stilles, gehorsames Eheweib werden und damit auch ein langweiliges, das wohl kaum zu ihm passte. Dieser Gedanke gab den Ausschlag. Aber da er ihn nicht äußern wollte, versuchte er, den Unbeteiligten zu spielen.
»Dann kehre ich eben wieder nach Würzburg zurück.«
Isabelle spürte, dass er innerlich verletzt war, und legte ihm

eine Hand auf den Arm. »Wünschst du dir vom Leben nicht mehr als das?«
»Was soll ein Bastard wie ich sich vom Leben schon wünschen?«
»Der hochwürdige Abt Heinrich von Hafenberg hat mir zur Tilgung meiner Sünden aufgetragen, zum Grab des heiligen Apostels Jakobus nach Santiago de Compostela zu pilgern. Es ist eine weite Reise und für ein Weib allein voller Gefahren. Ich könnte einen Begleiter brauchen, der mich auf meinem Weg beschützt.«
Krispin hob den Kopf und sah sie durchdringend an. »Meint Ihr das ernst?«
»Hätte ich es dir sonst vorgeschlagen? Wir müssen auch nicht wie Bruder und Schwester miteinander reisen, denn eine kleine fleischliche Sünde wird uns unser Herr Jesus Christus gewiss verzeihen. Auch habe ich Freunde, die mir verpflichtet sind und die ich um einiges bitten kann, vielleicht auch um einen ehrlichen Namen für dich.«
Es war ein Angebot, das Krispin nicht ablehnen konnte. Isabelle mochte gut zehn Jahre älter sein als er, aber sie war eine Frau in der Blüte ihrer Schönheit, und in ihren Armen würde er Donata vergessen können. Auch reizte es ihn, fremde Länder zu sehen und irgendwann einmal mehr zu sein als nur der Aufseher von Wildhütern, mochte es sich bei diesen auch um brave Burschen handeln.
»Wenn es Euch wirklich ernst ist, schlage ich ein, denn das wäre ein Abenteuer nach meinem Geschmack«, sagte er mit blitzenden Augen.
Isabelle lächelte zufrieden. »Wir werden noch nach Nürnberg zum König reisen, dann machen wir uns auf den Weg.«

14.

Nachdem die Entscheidung gefallen war, wollte Isabelle nicht länger im Kloster Blaubeuren bleiben, sondern drängte darauf, nach Nürnberg zu reiten, um das Gespräch mit dem König hinter sich zu bringen. Da auch Marie und Michel wieder nach Hause wollten und sie Donata und Hartwin bei den Mönchen in Blaubeuren in guter Hut wussten, verabschiedeten sie sich von Heinrich von Hafenberg und brachen auf.

Die Strecke nach Nürnberg war in wenigen Tagen zurückgelegt, und zu Maries Erleichterung gab es keinen weiteren Ärger und auch keinerlei Hindernisse. Dabei hatte sie sich Sorgen gemacht, weil ihre Gruppe recht klein geworden war. Das Nürnberger Stadttor passierten sie in der Reihenfolge, die sie sich während der Reise angewöhnt hatten. An der Spitze ritten Marie und Michel, dahinter kamen Isabelle und Krispin, und den Abschluss bildeten der Magister und Hannes. Da etliche gute Männer hatten sterben müssen, war die Stimmung gedämpft, und sie sahen der Begegnung mit König Sigismund beklommen entgegen. Als sie erfuhren, der König würde sich noch an diesem Ort aufhalten, atmete Marie tief durch.

»Bringen wir es hinter uns!« Mit dieser Bemerkung lenkte sie ihre Stute zur Burg, ließ sich dort auf dem Hof von Michel aus dem Sattel heben und wandte sich mit einer energischen Bewegung dem Herold des Königs zu, der herbeigeeilt war, um zu sehen, was für Gäste eingetroffen waren.

»Meldet uns bei Seiner Majestät an. Er erwartet uns!«

Während der gute Mann verwirrt davoneilte, sah Isabelle Marie bewundernd an. »Ihr habt Mut, uns auf diese Weise einzuführen, obwohl wir mit leeren Händen gekommen sind.«
»Gelegentlich muss man den Stier bei den Hörnern fassen, damit er einen nicht stoßen kann«, antwortete Marie und wartete gespannt, was sich nun tun würde.
Noch während einige Knechte ihre Pferde wegführten, kehrte der Herold zurück. »Seine Majestät wünscht Euch alle sofort zu sehen!«
»Hoffentlich habt Ihr auch genug Kraft in Euren Armen, um Sigismund bei den Hörnern festhalten zu können. Er kann manchmal arg störrisch sein«, raunte Isabelle Marie zu und blieb, als der Herold sie in den Palas führte, hinter dieser zurück.
Unterwegs fasste Michel nach Maries Hand. »Wir stehen das schon durch!«
»Das werden wir!«, sagte sie mit blitzenden Augen und versank wenig später vor Sigismund in ihrem ehrfürchtigsten Knicks. »Wir sind zurückgekehrt, Euer Majestät!«
Sigismund saß in einem grünen, goldbestickten Gewand auf seinem Thronsessel und trug einen schmalen Kronreif. Seine Miene drückte Erwartung und Gier aus, aber auch die Angst, enttäuscht zu werden.
»Und, habt ihr den Gral?«, fragte er ohne Umschweife.
»Sagen wir, wir hatten ihn«, erklärte Magister Ambrosius. »Die ehrwürdige Mutter Isabelle hatte ihn im Kloster zu Blaubeuren gefunden. Doch da tauchte Hochmeister Gordeanus mit seiner Horde auf und fiel über uns her. Drei unserer Knechte starben, und Freiherr Hartwin von Frommberg wurde schwer verletzt. Er liegt immer noch auf seinem Schmerzenslager in Blaubeuren.«
»Der Gral, was ist mit dem Gral?«, unterbrach Sigismund seinen Berater rüde.

Ambrosius hob in einer bedauernden Geste die Hände. »Hochmeister Gordeanus entriss der ehrwürdigen Mutter das heilige Gefäß und wollte sie töten. In dem Augenblick fuhr eine Windhose vom Himmel herab, packte den Hochmeister samt Gral und schleuderte ihn in den Blautopf, der, wie Eure Majestät weiß, grundlos ist und als Eingang zur Hölle bezeichnet wird. Dort sind beide versunken.«

»Aber … Das … Ich …« Sigismund versagte die Stimme, und er brauchte eine Weile, um sich wieder zu fassen. »Wie kann der Gral in die Hölle geraten?«

»Er ist nicht in die Hölle geraten, sondern nur an deren Pforte! Nun verschließt er diese besser als jeder Riegel. Unzählige Menschen werden dadurch gerettet werden, weil sie der Gnade des Grals anheimfallen und von ihren Sünden gereinigt werden, die sie sonst unweigerlich in Satans Reich geführt hätten.«

Nie hätte Marie erwartet, dass der sonst so steife Magister so geschickt lügen konnte. Für Sigismund war diese Nachricht jedoch ein Schlag.

»Wir hätten den Heiligen Gral so dringend gebraucht«, sagte er mit tonloser Stimme. »Die Osmanen bedrängen Ungarns Grenzen, und Wir hätten mit Hilfe dieser heiligsten aller Reliquien das Reich einigen und den Platz einnehmen können, der Uns als Träger der Krone des Heiligen Römischen Reiches gebührt.«

»Die ehrwürdige Mutter Isabelle hätte Euch den Gral gerne überbracht. Doch als Gordeanus' frevlerische Hand das heilige Gefäß berührte, schwand es wieder von dieser Welt, und es mag abermals tausend Jahre dauern, bis der Gral erneut von einem Erwählten des Herrn gefunden wird.«

Während sie sprach, senkte Marie den Kopf, damit der König nicht das Lächeln sah, das um ihre Lippen spielte. Sigismund hatte den Gral als Waffe verwenden wollen, doch Jesus hatte den Frieden gepredigt. Daher erschien es ihr gerecht, dass der König wie betäubt auf seinem Thron saß und den Verlust seiner Hoffnung betrauerte.

»Ihr hättet Gordeanus nicht freie Hand geben dürfen«, erklärte Isabelle mit zornerfüllter Stimme. »Er wollte den Gral nicht für Euch, sondern für sich selbst. Dies hat der Himmel erkannt und ihm seinen Segen verweigert.«

»Euer Majestät sollten den Mut nicht sinken lassen. Noch seid Ihr der König und gebietet über viele Fürsten und Ritter. Lasst Eure Grenzen durch deren Schwerter bewachen und nicht durch die flüchtige Hoffnung auf ein himmlisches Wunder«, warf nun Michel ein.

»Etwas anderes wird Uns nicht übrigbleiben!« Sigismund verzog unwillig das Gesicht, sagte sich dann aber, dass sich im Grunde nichts geändert hatte, und hob huldvoll die Hand. »Wir danken euch, dass ihr euch auf diese Suche gemacht habt, auch wenn sie zuletzt doch vergebens war. Wir werden euch diese Treue nie vergessen.«

Noch während der König sprach, merkte Michel, wie sich hinter dem Thron ein Vorhang leicht bauschte. Misstrauisch geworden, ging er hin, riss den Stoff beiseite und sah einen Mönch vor sich, der ihn erschrocken anstarrte.

Jetzt wurde auch Sigismund auf den Lauscher aufmerksam und sprang auf. »Was soll das, Bruder Fabianus? Was hast du hier zu suchen?«

»Ich wollte nur nach einer Feder schauen, die ich gestern Abend hier verloren habe«, presste der Mönch hervor.

»Wir waren gestern Abend nicht hier«, antwortete der König. »Du hast meine Korrespondenz in meinen Privatgemächern geführt.«

»Das hatte ich ganz vergessen und dachte, es wäre hier gewesen.« Der Mönch lächelte nervös und wollte sich verziehen.

Michel erinnerte sich an die fremden Bogenschützen, die ihre Namen nicht genannt hatten. Es konnten Ungarn gewesen sein, aber einiges sprach dagegen. So hatten die Männer am Grab ihres Gefährten, der Priester gewesen sein sollte, nicht das Kreuz geschlagen und auch die Klosterkirche nie betreten. Zudem hatten sie Wein und Bier abgelehnt und nur Wasser getrunken. Daher packte er Bruder Fabianus und schleifte ihn vor den König.

»Ihr solltet diesem Mann nachspüren lassen, Euer Majestät. Man sucht keine Federn hinter einem Vorhang, wenn man sie davor verloren hat.«

»Das kommt mir auch seltsam vor«, erklärte Sigismund und winkte seine Wachen zu sich. »Sperrt diesen Mann ein und durchsucht seine Kammer. Auch will ich wissen, zu welchen Leuten er gegangen ist und mit wem er gesprochen hat.«

»Dies wird geschehen, Euer Majestät!« Der Anführer der Wachen verbeugte sich und befahl zweien seiner Männer, den Mönch zwischen sich zu nehmen.

»Euer Majestät, Ihr macht einen schrecklichen Fehler!«, rief Bruder Fabianus entsetzt. »Ich habe Euch doch allezeit treu gedient.«

»Wie treu, wird sich weisen.« Sigismund war zornig, weil er das Gespräch mit Marie und den anderen ohne Zeugen hatte führen wollen. Sogar seine Wachen hatte er ans andere Ende des Raumes geschickt, und nun hatte sich sein eigener Schreiber hinter dem Thron versteckt, um zu lauschen.

Nachdem Bruder Fabianus weggebracht worden war, beendete er die Audienz und befahl seinem Herold, Marie, Michel und ihrem Reisetross ein Quartier zuzuweisen.

Als auch Magister Ambrosius gehen wollte, hielt er ihn zurück. »Ich würde gerne Euren Bericht sehen!«

Der Magister lächelte entschuldigend. »Es wird keinen schriftlichen Bericht geben, Euer Majestät, darin bin ich mit dem hochwürdigen Herrn Heinrich von Hafenberg, dem Abt von Blaubeuren, übereingekommen. Der Abt befürchtet, dass sich, wenn die Sache bekannt wird, viele Leute in den Blautopf stürzen, um den Gral zu finden. Doch es ist kaum einmal jemand aus diesem heimtückischen Höllenschlund wieder aufgetaucht. Aus diesem Grund solltet auch Ihr das Wissen, das Ihr von Ritter Michel, den beiden Damen und mir erhalten habt, für Euch behalten.«

Nach einer kurzen Bedenkpause nickte der König. »Dann soll es so sein!«

Sich selbst sagte Sigismund, dass es gewiss besser war, wenn niemand wusste, dass er Leute ausgesandt hatte, um den Heiligen Gral zu suchen, und das ohne Erfolg. Daher entließ er nun auch Magister Ambrosius und rief seinen Diener zu sich, damit dieser ihm frischen Wein einschenkte.

15.

Sigismunds Enttäuschung war groß genug, weder Marie und Michel noch Isabelle eine zweite Audienz zu gewähren. Die ehemalige Äbtissin ließ sich jedoch nicht so ohne weiteres beiseiteschieben. Kurz entschlossen drang sie bis zu dem Saal vor, in dem der König mit seinen Beratern saß, und funkelte die Wachtposten, die ihr den Weg verlegten, zornig an.

»Lasst mich durch!« Da sie ihrer Stimme keine Zügel anlegte, vernahm Sigismund sie und überlegte bereits, sie wegschicken zu lassen. Der Gedanke aber, dass sie in ihrem Zorn von seiner vergeblichen Suche nach dem Gral berichten könnte, gab den Ausschlag.

»Bringt sie herein! Und ihr, meine Herren, lasst uns einige Augenblicke allein.«

Seine Räte nickten grinsend, denn sie kannten die Vorliebe des Königs für schöne Frauen und waren auch froh, sich kurz untereinander besprechen zu können. Während sie den Saal verließen, stürmte Isabelle herein, blieb vor Sigismund stehen und stemmte die Hände in die Hüften, ohne so ehrfürchtig zu knicksen, wie es sich gehörte.

»Euer Majestät, ich muss sagen, dass ich Euer Verhalten als schäbig erachte!«

Sigismund riss es bei diesen Worten. »Wie meint Ihr das?«

»Ich habe mein Kloster und meinen gesamten Besitz verloren und dazu Schulden machen müssen, um für Euch den Heiligen Gral zu suchen. Ihr aber verweigert mir jede Entschädigung!«

»Was wollt Ihr?«, fragte der König verwundert.

»Zum einen wünsche ich einen Ausgleich für meine verlorene Abtei, denn ich brauche Reisegeld für eine Pilgerfahrt nach Santiago de Compostela, und zum anderen muss ich dem ehrwürdigen Passauer Domherrn und fürstbischöflichen Rat Franziskus Schrophanus fünfhundert Gulden zurückzahlen, die dieser aufgewendet hat, damit ich meine Suche nach dem Gral fortsetzen konnte.«
Isabelle streckte unwillkürlich ihre Rechte vor, so als könne Sigismund ihr die Münzen Gulden für Gulden in die Hand zählen.
Der König zog ein säuerliches Gesicht. »Ihr fordert viel, und das für nichts.«
»Diese Angelegenheit hat mich alles gekostet, was ich besaß, und noch viel mehr!«, antwortete Isabelle hitzig. »Etliche meiner Nonnen und einige wackere Männer haben ihr Leben verloren, und das nicht zuletzt, weil Ihr einem Wahnsinnigen freie Hand gegeben habt.«
Für Augenblicke sah es so aus, als würde der König Isabelle aus dem Saal werfen lassen. Dann lachte er gezwungen auf. »Ihr sollt bekommen, was Ihr wünscht. Dafür werden Wir das Waldkloster und die Schenkungen, die es bisher erhalten hat, in Reichsbesitz übernehmen!«
Isabelle versank in einem vollendeten Knicks. »Ich danke Euch, Euer Majestät, und werde stets Eure Großzügigkeit preisen.«
»Besser nicht, sonst verlangen andere, dass Wir Uns ihnen gegenüber ebenfalls großzügig erweisen.« Das Lachen des Königs klang nun natürlicher, und er zwinkerte Isabelle zu. »Wendet Euch an Unseren Kämmerer. Er soll Euch die Summe auszahlen, die Ihr braucht.«
»Ihr solltet auch die anderen belohnen, die sich für Euch geschlagen haben«, sagte Isabelle mit einem auffordernden Lächeln. »Ohne Frau Marie und Herrn Michel wäre ich von Gordeanus' Leuten umgebracht worden. Auch den jungen

Krispin solltet Ihr nicht vergessen, ebenso wenig Hartwin von Frommberg, der während dieses Abenteuers zweimal verwundet wurde, das letzte Mal so schwer, dass wir nicht mehr an eine Genesung geglaubt haben.«

»Wir werden darüber nachdenken«, rief der König, bevor Isabelle noch mehr sagen konnte, und blickte betont zur Tür. »Lasst Uns Eure Vorschläge schriftlich zukommen. Doch nun warten meine Berater auf mich.«

Isabelle knickste und verließ mit einem unterdrückten Lachen den Saal. Draußen traf sie auf Marie und Michel, die mit Magister Ambrosius zusammenstanden. Beide trugen Reisekleidung, und Isabelle begriff, dass der Augenblick des Abschieds gekommen war.

»Wir wollen heute noch aufbrechen«, erklärte Marie, »denn wir sind schon zu lange von zu Hause fortgeblieben.«

»Krispin und ich werden uns wohl morgen auf die Reise machen. Wir haben einen weiten Weg vor uns. Ich sage trotzdem nicht Lebewohl, sondern auf Wiedersehen, denn wenn der Himmel es will, werden sich unsere Wege wieder treffen.« Isabelle umarmte Marie, dann Michel und schließlich auch den Magister.

»Ich hatte zunächst meine Bedenken«, sagte sie, »doch habt Ihr Euch als wertvoller Reisegefährte erwiesen.«

Der Magister lachte leise auf. »Das freut mich. Es war auch für mich lehrreich, mit Euch, Frau Marie, Herrn Michel und den anderen zu reisen. Übrigens hat man gestern noch die Räume des Schreibers durchsucht und feines, leichtes Papier und kleine Lederhülsen gefunden, wie man an die Beine von Brieftauben bindet. Als wir weitersuchten, kam heraus, dass ein Schuster in der Stadt für Fabianus einen Taubenkobel eingerichtet hat, angeblich, damit dieser immer ein Täubchen essen könne, wenn ihm danach ist. Unter der Folter hat der Mönch jedoch gestanden, Botschaften an die Osmanen geschickt zu haben.

Wohl deshalb ist Ümit Ağa mit seinen Leuten mitten im Reich erschienen.«

»Ümit Ağa? Wer ist das?«, fragte Marie verblüfft.

»Unser rettender Bogenschütze!«, antwortete Ambrosius fröhlich. »Er wollte zwar seinen Namen nicht nennen, aber ich dachte, es könnte nicht schaden, ihn und seinen Gefährten ein wenig zu belauschen. Da ich der Sprache der Osmanen halbwegs mächtig bin, fand ich heraus, dass es sich um einen Offizier des Sultans handelt, der auf eine geheime Nachricht hin in dieses Land gereist war, um nachzusehen, was es mit dem Gral auf sich hat. Er muss jenseits des Inns auf ein paar räuberische Bauern getroffen sein und einige seiner Männer verloren haben. Zu unserem Glück ist er weitergeritten und hat zu unseren Gunsten in den Kampf mit den Hammerkreuzrittern eingreifen können.«

»Er war ein Osmane, also ein Feind? Warum habt Ihr ihn nicht festhalten lassen?«, fragte Michel verwirrt.

»Sein Eingreifen hat uns das Leben gerettet. Da wollte ich nicht undankbar sein. Außerdem hat er gerade seinen wertvollsten Zuträger verloren, denn Bruder Fabianus stand sehr nahe am Thron. Einen solchen Mann kann er so schnell nicht ersetzen. Doch verzeiht mir, denn die Pflicht ruft!« Der Magister verabschiedete sich und eilte davon.

»Ein vielbeschäftigter Mann«, spottete Isabelle. »Aber er hat uns sehr geholfen. Ihr würdet mir ebenfalls helfen, wenn Ihr meine überlebenden Nonnen dabei unterstützt, ein Kloster zu finden, in das sie eintreten können. Ich selbst bin in den Laienstand zurückversetzt worden und muss nach Santiago, um für meine Anmaßung zu büßen, eine Äbtissin gewesen zu sein.«

Sie lachte und verriet damit, dass diese Pilgerfahrt für sie keine besonders schwere Strafe darstellte. Nachdem sie Marie und Michel ein weiteres Mal umarmt hatte, ging sie fröhlich von dannen.

»Eine bemerkenswerte Frau«, sagte Michel kopfschüttelnd. »Glaubst du, dass wir sie einmal wiedersehen werden?«

»Vielleicht, vielleicht auch nicht«, antwortete Marie philosophisch und trat auf den Hof. Ihre Gedanken galten bereits der Zukunft, und darin spielte Isabelle de Melancourt schon keine Rolle mehr.

»Wir werden uns in der Stadt noch umsehen und einige Geschenke für unsere Lieben kaufen müssen. Immerhin sind wir etliche Zeit fortgeblieben, und es wird viele gute Worte kosten, um Trudi, Falko und ihre Geschwister wieder zu versöhnen.«

»Damit könntest du recht haben«, antwortete Michel und hob sie lachend in den Sattel. Marie fiel in sein Lachen ein und ließ ihre Stute antraben.

Aus einem Fenster sah ihnen Sigismund nach und wünschte sich, seine eigenen Probleme als König der Deutschen, von Ungarn und von Böhmen nur für einen Tag mit ihren Sorgen tauschen zu können.

16.

Marie und Michel hatten vor etlichen Wochen Kibitzstein verlassen, um nach Würzburg zu reiten. Nun kehrten sie von einer weitaus längeren Reise zurück. Als sie die Burg vor sich auftauchen sahen, seufzte Marie und wischte sich ein paar Tränen aus den Augen, die ihrer Erleichterung geschuldet waren.

»Wir sind wieder zu Hause!«

Michel nickte und fasste nach ihrer Hand. »Ja, und dafür bin ich dankbar! Trotzdem ist mir bang davor, wie man uns empfangen wird.«

Nun musste Marie hellauf lachen und legte das letzte Stück zur Burg im Galopp zurück. Dort war man auf sie aufmerksam geworden. Das Tor wurde aufgerissen, und die Kinder, Anni, Alika und das gesamte Gesinde eilten ihnen entgegen. Marie sah auch Nepomuk unter ihnen, der sich seine Mütze vom Kopf riss und fröhlich damit winkte. Er wirkte besser genährt als bei ihrer letzten Begegnung und schien ohne Probleme von Passau hierhergekommen zu sein.

In dem Trubel war es fast unmöglich, vom Pferd zu steigen. Erst als Frieder alle ein wenig zurücktrieb, konnte er Marie aus dem Sattel heben. Diese fand sich sofort im Mittelpunkt einer Traube aus Kindern und Frauen.

Alika umarmte sie unter Tränen, während Anni dies nicht wagte. Auch die Ziegenbäuerin Hiltrud kam eben durch das Burgtor und schloss sie in die Arme.

»Na, du Zugvogel? Endlich zurück?«, rief sie lachend.

Ein Zupfen an ihrem Kleid erinnerte Marie daran, dass Trudi darauf wartete, sie begrüßen zu können. Sie beugte sich zu dem Kind herab und hob es auf. »Na, mein Herz, bist du immer brav gewesen?«, fragte sie und küsste sie auf die Wange. Dann reichte sie Trudi an Hiltrud weiter und umarmte nacheinander Lisa und Falko und nahm zuletzt Hildegard auf den Arm.

»Da sind wir wieder, und wir haben euch auch etwas mitgebracht!«, sagte sie strahlend.

Sofort verlor sich der leicht störrische Ausdruck auf Trudis Gesicht, und sie versuchte, wieder zu ihrer Mutter zu gelangen.

Da sie zu sehr strampelte, maß die Ziegenbäuerin sie mit einem tadelnden Blick. »Hat dir niemand beigebracht, dass Geduld eine Tugend ist und Ungeduld keine?«

»Ich bin nicht ungeduldig!«, rief Trudi. »Ich will nur mein Geschenk haben.«

»Du bekommst es auch gleich!« Michel griff in seine Satteltasche und holte ein Päckchen heraus. Während Trudi es öffnete, verteilten Marie und Michel die anderen Geschenke. Falko nahm ein schön bemaltes Holzschwert mit dem Stolz eines jungen Kriegers entgegen, Hildegard war mit ihrer Puppe zufrieden, und das war auch Lisa, deren Puppe ein wenig größer war.

Unterdessen starrte Trudi verwirrt auf Nadel und Faden, die sie in ihrem Päckchen gefunden hatte, und sah dann ihre Mutter an. »Was soll ich damit?«

»Hübsche Kleider für die Puppen deiner Schwester nähen«, antwortete Marie spitzbübisch.

Noch während Trudi einen Flunsch zog, holte Michel ein weiteres, größeres Päckchen heraus.

»Und natürlich auch für deine eigene Puppe«, sagte er lachend.

»Ich habe auch eine Puppe!« Trudi war so begeistert, dass sie ihre Eltern vorerst vergaß.

Diese begrüßten unterdessen Nepomuk. Der Zwerg hatte

mehrfach nach draußen geäugt und sah sie nun fragend an. »Die ehrwürdige Mutter ist wohl nicht mitgekommen?«
»Nein. Auch ist Isabelle de Melancourt keine Äbtissin mehr, sondern gehört dem Laienstand an. Sie hat sich auf eine Pilgerfahrt nach Santiago de Compostela begeben«, berichtete Marie.
Nepomuk starrte sie verwirrt an. »Wie kommt sie denn darauf? Dorthin werde ich ihr aber nicht folgen!«
Noch während er es sagte, bekam er jedoch Lust, die lange Reise ins ferne Spanien anzutreten.
Unterdessen wandte Marie sich an Frieder. »Was ist eigentlich mit den Nonnen aus dem Waldkloster geschehen?«
»Die frommen Frauen sind in das Kloster Hilgertshausen eingetreten, denn in das Waldkloster wollte keine mehr zurückkehren«, erklärte der Knecht.
Marie nickte zufrieden. »Damit ist auch dieses Problem gelöst. Wir können endlich Ruhe finden und es uns wohl sein lassen. In den nächsten Monaten bringen mich keine zehn Pferde von Kibitzstein fort.«
Michel hüstelte. »Du hast vergessen, weshalb wir nach Würzburg reisen wollten. Durch die ganzen Verwicklungen sind wir nicht dazu gekommen, mit dem Fürstbischof über den Kredit zu sprechen, den wir ihm gewähren sollen. Daher werden wir in ein paar Tagen doch wieder zu ihm reiten müssen.«
»Aber wirklich erst in ein paar Tagen«, antwortete Marie. »Und noch etwas: Sollten wir auf dieser Reise erneut auf eine Jungfrau in Nöten treffen, schlagen wir einen großen Bogen um sie herum!«

Glossar

Adlatus	Helfer
Ağa	osmanischer Rang
Bei	osmanischer Rang, über Ağa
Effendi	Herr
Elle	Längenmaß, ca. 65 Zentimeter
Fuß	Längenmaß, ca. 30 Zentimeter
Gral	Kelch des letzten Abendmahls, dem Wunderkräfte zugeschrieben werden
Han	Gasthof
Kaftan	langes orientalisches Gewand
Klafter	Längenmaß, ca. 1,80 Meter
Marabut	moslemischer Heiliger
Pfleger	Richter und Verwalter eines Gebiets
Refektorium	Speisesaal eines Klosters
Rute	Längenmaß, ca. 4,86 Meter
Soutane	Priesterrock
Viztum	Verwaltungsbeamter des Herzogs

Personen

Die Kibitzsteiner:

Alika	Maries Freundin
Falko	Maries und Michels Sohn
Frieder	Waffenknecht auf Kibitzstein
Hannes	Waffenknecht auf Kibitzstein
Heiner	Waffenknecht auf Kibitzstein
Hildegard	Maries Stieftochter
Hiltrud	Maries Freundin, die Ziegenbäuerin
Hiltrud (Trudi)	Maries und Michels Tochter
Lisa	Maries Ziehtochter
Marie	die ehemalige Wanderhure
Michel	Maries Ehemann, Reichsritter auf Kibitzstein
Willi	Waffenknecht auf Kibitzstein

Das Waldkloster:

Adelina	Nonne
Agneta	Nonne
Antonia	Nonne
de Melancourt, Isabelle	Äbtissin
Eulalia	Nonne
Hilaria	Nonne
Irmfrieda	Nonne
Justina (Donata von Frommberg)	junge Nonne
Magdalena	Nonne

Odilia	Nonne
Susanna	Nonne

Die Frommberger:

Christoph (Stoffel)	Gefolgsmann Hartwins von Frommberg
Götz	Gefolgsmann Hartwins von Frommberg
Just	Gefolgsmann Hartwins von Frommberg
Rudi	Gefolgsmann Hartwins von Frommberg
von Frommberg, Elert	Donatas Vater
von Frommberg, Hartwin	Donatas Onkel

Die Ordensritter:

Eusebius	Ritter des Hammerkreuzordens
Gordeanus, Leopold	Hochmeister des Hammerkreuzordens
Landolfus	Gordeanus' Stellvertreter
Dietrich, Matthias, Albrecht und Anton	Ordensritter

Die Osmanen:

Emre	Krieger Ümit Ağas
Mahsun	Krieger Ümit Ağas
Ümit Ağa	osmanischer Offizier
Tülay	Ümit Ağas Stellvertreter
Der Priester	

Andere:

Ambrosius, Martin	Magister in König Sigismunds Diensten
Fabianus	Schreiber König Sigismunds
Franzl	Fischerssohn
Gori	Bauer im Dorf des Meiers
Josephus	Pater
Kajetan	Mönch in Blaubeuren
Krispin	junger Mann
Ludwig	Mönch in Blaubeuren
Margit	Nonne auf Frauenwörth
Der Meier	Oberhaupt eines Bauerndorfs
Nepomuk	Gaukler
Schrophanus, Franziskus	fürstbischöflicher Rat in Passau
Sepp	Franzls Vetter
Tilda	Sepp und Zenzis Mutter
Wabn	Heilerin
Zenzi	Franzls Base

Geschichtliche Personen:

Brunn, Johann von	Fürstbischof von Würzburg
Friedrich I.	Kurfürst von Brandenburg
Hafenberg, Heinrich von	Abt zu Blaubeuren
Heinrich XVI., der Reiche	Herzog von Niederbaiern-Landshut
Sigismund	König der Deutschen, Böhmen und Ungarn
Laiming, Dorothea von	Äbtissin auf Frauenwörth
Laiming, Leonhard von	Fürstbischof von Passau

Nachwort

Uns wurde bereits bei der Arbeit an *Töchter der Sünde* bewusst, dass wir gerne noch einen Roman mit unserer Heldin Marie schreiben würden. Allerdings stritten hier zwei Seelen in unserer Brust. Zum einen hätten wir gerne den sechsten Roman in der Reihe geschrieben und uns damit von Marie und ihren Nachkommen verabschiedet. Andererseits hatten wir in den drei Romanen, in denen Marie die Hauptrolle spielte, sie immer von Michel getrennt, so dass die beiden erst nach aufregenden Abenteuern wieder zueinanderfinden konnten. Daher wollten wir gerne einen Roman schreiben, in dem die beiden Seite an Seite ihr Schicksal in die eigenen Hände nehmen konnten.
Den Ausschlag gab schließlich der Film *Die Rache der Wanderhure*. Die Drehbuchautoren Thomas Wesskamp und Dirk Salomon hatten dort zwei Personen eingeführt, die uns auf Anhieb faszinierten, die Äbtissin Isabelle de Melancourt und den Gaukler Nepomuk. Wir wollten die beiden unbedingt in die »offizielle« Wanderhurenreihe einfügen und fragten bei Dirk und Thomas an, ob wir Isabelle und Nepomuk für einen weiteren Wanderhurenroman verwenden dürften. Zu unserer großen Freude sagten die beiden ja, und so erleben wir mit diesem Band noch einmal Marie und Michel zu einer Zeit, die weniger als ein Jahr nach *Das Vermächtnis der Wanderhure* spielt.

Die chronologische Reihenfolge der Wanderhurenreihe lautet daher wie folgt:

1. Die Wanderhure
2. Die Kastellanin

3. Das Vermächtnis der Wanderhure
4. Die List der Wanderhure
5. Die Tochter der Wanderhure
6. Töchter der Sünde

Zum Zeitpunkt dieses Romans herrschte noch König Sigismund über das Reich, und in Würzburg residierte mit Johann von Brunn ein recht weltlicher Fürstbischof, dessen Ausgaben sich nur selten mit seinen Einnahmen vereinbaren ließen. Baiern (Bayern mit Ypsilon ist erst seit dem neunzehnten Jahrhundert gebräuchlich) war in Teilherzogtümer aufgeteilt, die erst in späterer Zeit wieder vereinigt wurden, und im Osten wurde das Reich der Osmanen immer mächtiger.

Vor diesem Hintergrund erleben Marie und Michel ihr erstes gemeinsames Abenteuer.

Iny und Elmar Lorentz

Eine Frau kämpft in der grausamen Welt des Mittelalters um ihr Glück.

Iny Lorentz

Die Wanderhure

Die Kastellanin

Das Vermächtnis der Wanderhure

Die Tochter der Wanderhure

Töchter der Sünde

»Mittelalter erwacht zum Leben.«
Bild am Sonntag

Eine grausame Zeit.
Ein unerbittlicher Inquisitor.
Eine verbotene Liebe.

Iny Lorentz

FLAMMEN DES HIMMELS

Roman

Münster im 16. Jahrhundert. Die junge Frauke Hinrichs und ihre Familie werden als Wiedertäufer verdächtigt und mussten deshalb fliehen, um dem Tod zu entgehen. Doch nun scheinen sie in Sicherheit zu sein. Selbst als ein berüchtigter Inquisitor in der Stadt auftaucht, erkennt Fraukes Vater die Gefahr nicht. Als die Bürger dem »Bluthund des Papstes« ein Opfer nennen müssen, um selbst keinen Verfolgungen ausgesetzt zu sein, fällt ihre Wahl auf die Familie Hinrichs. Frauke kann fliehen – mit Hilfe Lothars. Er ist der Sohn eines engen Vertrauten des Fürstbischofs und liebt das Mädchen heimlich. In Münster sehen sie sich wieder – und stehen auf feindlichen Seiten.

KNAUR